KUWEI
酷威文化
图书 影视

烧不尽

回南雀 —— 著

广东旅游出版社
中国·广州

CONTENTS

第一章	打个赌吧	001
第二章	恶枭	024
第三章	不能释怀也没关系	052
第四章	彻底被困住了	076
第五章	爱情的囚徒	104
第六章	我变贪婪了	126
第七章	再见了，北教授	146
第八章	借条	172
第九章	说了谎就一定会被拆穿	198
第十章	你会对着流星许愿吗	226

CONTENTS

第十一章	想更了解你的世界	249
第十二章	一起生活	270
第十三章	我喜欢你就够了	292
番外一	打赌	313
番外二	北教授的交往对象	317
番外三	把喜欢刻进基因	321
番外四	遇见你实在太好了	325
番外五	亲和力	329
番外六	影子——司影的自白	335
番外七	论走近哲学对当代年轻人性格养成的正面意义	361

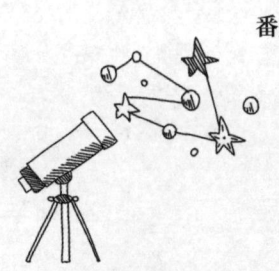

第一章

打个赌吧

第六次。

"叔本华认为,人生来就是不幸的,所谓幸福与享受只是欲望的暂时停止,生命的主旋律是痛苦、空虚和无聊……"

按下遥控器上的按钮,讲台上方的投影幕布显出相应选段。

"《作为意志与表象的世界》一书中这样写道……"

第七次。

"……欲求和挣扎是人的全部本质。"

余光中,那个人还在看手机。

十分钟里,他看了七次手机。消息接连不断,有那么两次手机刚放到桌上就开始振动,虽然并不是多大的动静,但也足够分散我的注意力。

在他又一次拿起手机时,我忍无可忍,停下讲课,操作着电动轮椅来到讲台边缘,凝着脸望向对方所在的位置。

"你……"

我举起激光笔,准确照射到第三排最右边、靠近走廊的那张桌子上。红色的小圆点缓慢上移,最终停在了桌后面那人心口的位置上。

任何心智还正常的人当发现自己被一道不明激光照射时总会下意识抬头寻找来源,对方也不例外。

穿着宽松白T恤的年轻男人蹙眉抬起头,脸上明晃晃写着"我不高兴,别来惹我"几个字。当那双漆黑深邃的眼睛睇过来时,我甚至生起了一种被凶猛野兽盯视的错觉。

他现在或许不太饿,无须捕猎,但你要是敢继续在他面前撒泼,他不介意把你撕成一条条的碎片拖回去装饰他的巢穴。

我抿了抿唇,按灭激光笔,冷声道:"如果你有急事,就去处理,我的课堂不允许使用手机。"

◆ **烧** 不尽

声音透过耳麦清晰地传递过去,对方一挑眉,与我对视片刻,将手机塞进裤袋里,接着站起来就往门外走。干净利落,没为自己做任何辩解。

坐在他身边两个位置的应该是他的朋友,见他走了,对视一眼,拿起书也飞快跟了过去。

教室门开了又关,我盯着三人离去的背影,不自觉捏紧了手中的激光笔。

室内陷入诡异而尴尬的沉默,人人都紧张地看着我,放轻了呼吸。他们应该比我还要震惊,竟然有人胆敢在我的课上挑战我的权威。

也确实,很久没有这样的勇士了。

转开视线,我对教室最后一排的助教道:"记他们旷课。"

人群后排举起一只白嫩的胳膊,余喜喜大声应道:"收到!"

回到讲台中央,调整了下随身麦,我再次按下遥控器继续之前的内容,很快将这一插曲抛诸脑后。

课程结束,众人散去,我抱着讲义,由余喜喜推着往办公室去。

"小芥,你知不知道你现在有个外号,叫做'北哲王'?"她性格活泼,不喜欢沉闷,可能和以前担任文艺部部长的经历有关,就是短短几百米路,也总想活跃活跃气氛。

我时常觉得,她当助教可惜了,她应该去当娱记,这样就可以冲浪、工作两不误。

"什么意思?"

树影在地上摇曳,明明有风,却感觉不到任何凉意。都十月了,为什么还这么热?去年的这个时候,明明都开始穿长袖了。

"南法僧,北哲王。法学系的王楠教授和哲学系的你,并称清湾大学最难搞的两尊神。展开来就是——王楠,法学系的秃驴;北芥,哲学系的魔王。"

"……"我还以为王教授戴假发的事别人都没看出来,原来大家只是表面装看不见,私下讨论激烈。

"我昨天还看到有人跟别的系科普你,说'北哲王的课能不选就不选,非常难过,作业要求很高,但如果是为了脸,就当我没说'。小芥,你的颜值经受住了一届又一届学子的审美考验呢。"

网上的各种八卦,认识的不认识的,校内的校外的,余喜喜通通一股脑塞进我耳朵里,并不在意我要不要听。

指尖有规律地敲击着轮椅扶手,又热又心烦。

"对了,小芥,你知道今天被你赶出教室那人是谁的儿子吗?"

我动作一顿。

"校长的?"我猜。

余喜喜一乐:"校长哪生得出这么靓的崽,就他那张老脸……"

Chapter 01
打个赌吧

我偏头睨了她一眼:"注意你的言辞。"

她像是才意识到我们不是在哪个荒郊野岭,而是在人流密集的学校,一下子闭了口。

左右看了看,余喜喜压低声音道:"他叫商牧枭,商禄的儿子,就是十几年前很有名的那个电影明星,拍《逆行风》那个。商禄那会儿还挺火的,我妈可喜欢他了,可惜拍完《逆行风》就退出演艺圈做生意去了。"

我的心一跳:"商禄?"

这名字好多年没听过,乍然听闻让人有点恍惚。

十几年前,不仅余喜喜的妈妈喜欢他,我也喜欢。说起来,他还是我年少时的偶像,有那么几个夜深人静的夜晚,我也会伴着他的海报进入梦乡。

时光如流水,转眼他竟然连儿子都这么大了。

仔细回忆,今天那人眉眼间的确有商禄的影子。只是商禄长得端正,是典型的大男主角长相,容易让人心生好感,而商牧枭虽然长相更精致,五官也更有视觉冲击力,却有种说不上来的……距离感,让人无法亲近。

"听说商禄息影是为了照顾生病的妻子,当时还被媒体报道称为'绝世深情男',可惜第二年妻子就病死了。"

"不过虽然家庭不幸,但他化悲愤为力量,之后几年在商场混得风生水起,投资的产业一个比一个赚钱,很快就上了富豪榜,被八卦小报记者送了个'点金手'的外号。"

余喜喜一路八卦到了办公室,进门时,已经说到前两年商禄突然结束多年鳏居生活,娶了个和他大女儿差不多年纪的小明星的事,两人相差二十几岁,商禄又被媒体报道赞为"老而弥坚"。

"听说婚礼上只见大女儿,不见小儿子,大家都猜是他儿子看不惯老子娶个这么年轻的小妈……"

"好了,八卦就暂时到这里,有机会我下次再听。"我见她迟迟没有停下的趋势,只得出声打断,"明天中午前把目前为止的出勤记录发给我,你那边也记一下,和之前一样,满五次旷课的直接通知取消期末考试资格。还有上节课的作业,汇总好之后也麻烦一同给我,谢谢。"

余喜喜将我推到办公桌前,闻言颤抖了一下,低声"啧"了两声道:"果然是大魔王。"

她虽然贪玩,好在工作效率不低,只一个下午便把我交代的事完成,汇总成压缩包发给了我。

我的选修课没有太多的学生,一共也就三十几份作业,在表格上逐一登上分数,谁交了谁没交几乎一目了然。为数不多的空白里,商牧枭的名字赫然在列。

商禄做生意或许在行,这儿子教得可不太行啊。

疲惫地捏了捏鼻梁,看了眼腕表,发现已经晚上八点多。

◆烧不尽

手机显示有四五通沈洛羽的未接来电,还有七八条短消息,点开一看,都是沈洛羽问我怎么不接电话的。

关灯关窗锁好办公室,一边操控着轮椅前往停车位,我一边给沈洛羽回电话。

对方很快接了,是松了口气的感觉:"你吓死我了,我还当你出了什么事。"

"抱歉,下午上课手机调成静音忘了调回来。"

她也没什么大事,只是像例行公事一般,问我最近过得好不好,身体怎么样,又旁敲侧击、小心翼翼地打探我和家人近来的联系。

"我爸妈都很好,小岩也很好,我上个月刚和他们吃过饭,他们还提起你,奇怪你一大把年纪了为什么还不结婚。"

沈洛羽听到这里倒抽一口气:"你骗人的吧?舅舅、舅妈怎么可能关心我的婚事?你就是不想我多问,故意拿这话来堵我。"

我忍不住勾了勾唇:"你知道就好。"

沈洛羽大吐苦水:"你以为我想管啊,那不是我妈逼的吗?舅舅、舅妈老找我妈问你的事,我妈不知道就问我,那我不是只能问你了吗?你们一家人真的很奇怪,为什么要兜这么大个圈子,直接问你不好吗?"

轮椅停在停车位前,那点因为沈洛羽升起的笑意,转瞬又因为她的话消散一空。

路上行人寥寥,各自匆匆前行,唯有路灯贴心得像个称职的老母亲,替我照亮昏昧的前路。

我仰起头,冲我的"老母亲"叹了口气,道:"是啊,为什么不直接来问我呢?我也很想知道。"

电话那头一静,沈洛羽意识到自己说错了话,开始慌忙补救。

"不是,可能舅舅、舅妈怕打扰你工作吧,你整天那么忙……"

从我车祸瘫痪,再到北岩出生,虽然没有过任何争吵,但我和父母的关系还是在不知不觉中渐渐疏远。十二年过去,冰冻三尺,如今就连一起吃饭都透着股找不到话题的尴尬。我平时没事不会联系他们,他们想知道我的近况也不会主动问我,而是迂回曲折地要沈洛羽来打听。

怕打扰我工作?这话说出来恐怕沈洛羽自己都不信。

他们不是怕打扰我工作,他们只是怕我。怕我让他们想起曾经那个引以为傲的孩子,怕突然意识到我已经成了一个让他们无法忍受的废物,也怕我哪一天心血来潮,追问他们关于北岩的出生。

在我因为车祸瘫痪的第三年,母亲生下了与我相差二十二岁的弟弟。这个在我瘫痪后由高龄母亲产下的孩子,像一个"薛定谔"的禁忌,或许不去深究,大家就还能麻痹自己,认为他只是个美丽的意外。

但其实这就跟王教授的假发一样,每个人都对他出生的缘由心知肚明。

"好了,我要开车了,没事我挂了。"

Chapter 01
打个赌吧

沈洛羽话音一顿,长长叹了口气,语气中透着万般无奈。

"过几天我去看你,你自己注意身体。"

挂了电话,我拉开车门,放下驾驶座旁的辅助座椅,借着手臂力量将自己挪到上面。等轮椅被收到后座,我再升起辅助座椅,将自己挪到驾驶位上。

我已经很习惯做这些,前后一共也才花了两三分钟,绝大部分时间还是在等轮椅收纳好。

由于针对我这种双下肢残疾人群设计的车辆,刹车、油门都要用手控制,一般我都不会开太快,即使前方无车,我的平均时速也不会超过五十迈。

学校周边有条路十分狭窄难开,道路两旁都被停车位占满,只能容一辆车通过。

可能今天是周五的关系,两旁餐馆商铺生意爆棚,车位十分紧张,加上杂乱停放的自行车,通过难度直线上升。

我绷着神经,小心翼翼地前进,不敢有半点懈怠,以致车速直接降到了个位数。

车后传来引擎轰鸣,我看了眼后视镜,是一辆蓝白重机。骑手穿着一身黑色皮衣,看身形是名男性,容貌隐藏在头盔下不太分明。

他可能也嫌我慢,一直不停加油门发出轰隆声响,虽然没按喇叭那么直白粗暴,但也吵得人心烦。

因着这份焦躁,最后的二十米我没再控制刹车,直接加速开了过去。

而命运有时候就是这样不讲道理,总爱在你放松警惕时给出迎头一击。

马路边忽地横蹿出一只三色小猫,被车灯映照得格外仓皇。我吓了一跳,下意识拉起刹车,小花猫飞奔向马路对面,安然无恙,车尾处却发出一声巨响。

头脑有一瞬的空白,我屏住呼吸,手指紧紧握住方向盘,过了好一会儿才从惊惧中回神。

意识到可能是追尾了,我降下车窗想要查看后车情况,但由于视野局限并不能看到什么。

车旁的宽度不够放下轮椅,而没有轮椅我寸步难行。往往在这种时刻我才会意识到,残疾有时是多让人难堪的一件事。

就在我苦思对策时,车窗被人叩响,蓝白重机的骑手已经找上门。

降下车窗,对方也正好脱去遮面的头盔。待看清彼此长相,两人都是一怔。

"是你啊。"我还没反应过来,高大的骑手先一步开口。

好巧,撞我的竟然是商牧枭。

"我还当前面的车有什么毛病,这么慢,老太太走路都快一些……原来是你啊。"商牧枭垂着眼皮,显得神色倦怠,"你下次在后面贴个标识吧,免得引起误会。"

✦ 烧 不尽

我一愣，开始没明白他要我贴什么标识，细细一品上下句，很快意识到他应该是要我贴个"车主是残疾人"之类的标识。

他可能并不是有意表现得像是在歧视我，但他的话的确让我很不舒服。我只是注意安全，这和我是不是残疾人没有关系，哪怕我不残疾，我也会小心开车。

"不好意思……"

忍着不悦，我向商牧枭解释刚才急刹车是为了避让突然蹿出来的野猫。商牧枭听完点点头，一副对事故原因并不是很感兴趣的样子，爽快地表示既然是他追尾，那就他全责。

"撞得厉害吗？"我问。

"我的还好，只是蹭掉点漆，你的比较严重。"商牧枭将头盔夹在腋下，掏出自己手机看了眼，不知给谁发去消息。

只是过了几秒，铃声骤然响起，他几乎是立刻接通了电话，本有些不耐的表情变得不可思议的柔软。

"姐……就小事故而已，没事……我知道，我会注意……你要吃的小点心已经买好了，你再等一会儿……"

近看才发现，他右耳上打了耳洞，戴着枚细小的黑晶石耳钉。耳垂稍靠上的位置有一颗黑色的小痣，若不注意会以为他打了两个耳洞。

我记得商禄在同样的地方也有一颗痣，以前我就非常喜欢他的这颗痣，觉得很有味道。

基因真神奇，竟然连这种地方都这么像。

车后渐渐排起长龙，不停响起催促的喇叭声，我们的事故已经开始造成拥堵，再耽搁下去怕是警察都要来了。

"这样……"我刚想说不然先行驶到开阔处再议，商牧枭挂了电话，直接将手伸向我。

我不明所以盯着那部递到我面前的手机，没懂他意思。

"你的手机号给我。"他说，"我会让我的保险经纪人联系你。"

原来是这个意思。

我接过手机，将自己号码输入进去，完了交还给他。

他一眼没看，手机塞进裤兜，重新戴上头盔冲我道："先就这样吧，我还有急事，有什么问题下周到学校再说。"

我点点头，没再说什么，启动车辆再次朝路口而去。刚转过弯，一道蓝白身影从后方疾速超车，流畅的车身还不待我细看就消失在了视野中。

当晚就有一个自称商牧枭保险经纪人的男人给我打了电话，约我有空到指定地点定损，说修理费用会由他们保险公司全出。

我那车屁股如商牧枭所言，伤得的确挺重，整个后保险杠都凹了下去，摇摇

Chapter 01 ♦
打个赌吧

欲坠。撞成这样他却说他那车只是蹭掉点漆，都不知道要说是他的车质量太好呢还是我的车质量太烂了。

最后约在周末定损。将车开到定损点后，工作人员看了我的车，告诉我可能整个后保险杠都要换掉，后车盖也要重新喷漆。我问他大概要多久才能修好，他说最少也要两周。

一想到两周都没车用，我就止不住地烦恼。

而这股无形的挥之不去的烦恼也间接影响到了我生活的方方面面，比如上课的情绪。

连余喜喜都察觉到我近来心情不佳，凡事小心翼翼的，越发夹紧尾巴做人，八卦都不敢和我分享了。

周三沈洛羽来看我，带了不少生活用品，知道我没车出行不便，还特地去了趟菜场帮我把冰箱填满。

看在她出钱又出力的分上，我恶劣了好几天的心情也平复不少，连带她和我说些老生常谈的事情我都没那么不耐烦了。

"小芥，我上次跟你说的那个互助小组，你看你周六有没有空，去参加一下呗？"沈洛羽简单做了两盘意大利面，与我一人一份。

"什么互助小组？"我卷着面，不太记得她说的这个互助小组的事，大抵是我嫌她啰唆，听过就算，一个耳朵进一个耳朵出了。

"就是那个……乐观向上心理互助小组。"

这名字，我好像有印象了。

我抬头看她："我没有心理问题。"

沈洛羽压根不信："你这么悲观厌世还没有问题？"

我纠正她："这不是我的心理问题，这是我的哲学观点。"

她一脸无话可说。

"是我妈让我劝你去的，要是我再无功而返，她就要亲自登门了。她这两年身体也不好，你忍心看她为你的事操心吗？"

要是她拿自己打这副亲情牌，我完全可以很忍心。但姑姑是我从小敬重的长辈，只要她出马，我是怎样都无法说"不"的。

我静了静，没有直接回绝："姑姑最近怎么样？"

"还是老毛病，天气一凉就容易咳嗽。"沈洛羽戳着自己那盘面，语重心长道，"她很担心你。"

姑姑年轻时候得过肺病，后来虽然治好了，但也落下了病根，一有个什么刺激就容易犯病。当年我出事时，她为我流了不少眼泪，我不想她再为了我的事操心。

她已经是现在为数不多肯为我操心的人了。

烧不尽

抿了抿唇，我放下叉子，最后还是妥协。

"好，我去。"

沈洛羽走后，我收拾好碗筷，替自己倒了杯适合睡前喝的贵腐甜白，来到客厅CD架前。

从边角抽出《逆行风》的DVD，打开盒子，我熟练地将其塞进了影碟机。

坐在昏暗的客厅里，望着投影幕布上已经不知重复播放过几次的画面，我选择直接快进到了自己想看的地方。

湿热的谷仓，叼着烟的男人。女人与他调情，他将她一把拥入怀中，口里的烟缓缓吐出，形成美妙的流体现象，朦胧地笼罩着两人的头脸。

这部电影还有更为人称颂的画面，但我独独热爱这一段。

导演该是极爱商禄的，爱他优秀的表现力，也爱他武装到头发丝的演技。侧脸的近景里，每一颗汗珠、每一个呼吸起伏都恰到好处，就连耳垂上的那颗痣，都仿佛在诉说男主角的无穷魅力。

看完电影，将空酒杯放到洗碗槽，由着酒精作用，困意渐渐浮现。我关闭投影，操控着轮椅进到卧室休息。

那一晚，可能是喝了酒的缘故，又或许是因为重温了《逆行风》，我做了许多乱七八糟的梦。一觉醒来，梦里的内容记不大清了，只是觉得身心疲惫，仿佛与人搏斗了一夜。

"老师，我真的是有原因的，我不是故意旷这么多课的，您再给我一次机会吧，让我参加考试……我不能再挂科了，不然会影响我毕业的。"

知道自己要挂科，来找我求情的学生不在少数，大多软磨硬泡，好话说尽，等发现确实难以攻破，也就放弃了。

可今天这个不太一样。

我敲击着电脑键盘，并不抬头。

女孩见我不理她，干脆绕过办公桌来到我跟前："老师，求您再给我一次机会吧。"她矮下身，半跪在我的轮椅旁，哀声祈求着。

我的头更疼了。

将电脑窗口最小化，我往后靠到椅背里，垂眼看她："旷课满五次取消考试资格，但你不止旷课五次，严盈同学。自开学以来，你一次都没有上过我的课。你不是大一新生了，应该知道我最不能容忍什么。"

女孩瑟缩了一下，目光闪躲起来："我有苦衷的，老师。暑假时我得了……得了抑郁症，然后情绪就不太能自控，吃药也没什么效果，一直到开学都没好转，旷课……都是因为我在发病，真的不是故意不上课的。"

我点点头："那就给我医疗记录。如果你真的有抑郁症，我会网开一面。"

Chapter 01
打个赌吧

"我……我找不到了,我不记得放哪儿了……"严盈仰起头,化着精致眼妆的眸子里缀满了泪水,开始胡搅蛮缠,"老师,我不会骗你的。我真的……真的是生病了,真的很惨,老师……你可怜可怜我吧……"

她扑到我的腿上,在我膝头哭泣:"老师,五万够不够?我给你钱,你别挂我。"

"你贿赂我?"我有些被气笑了,握住她的手腕,将她一把掀离,"你知不知道自己在做什么?"

她无措地看着我,想要抽回自己的手:"我、我只是……"

"我不想再浪费时间了,在我叫保安过来之前,请你离开我的办公室。"我冷声道。

严盈像座苍白的雕像,维持着一个姿势愣在那里半天没动静。

在我考虑是不是真的要叫保安时,门外传来敲门声,紧接着,并没有关实的办公室门就这样在推动下缓缓敞开大半。

我和严盈不约而同地看过去,门外的人维持着敲门的姿势,同样错愕地看向门内。

"抱歉,我不知道里面还有人。"说着抱歉,却完全没有要回避的意思,商牧枭斜斜靠在门框上,饶有兴味地打量我和严盈。

有第三人在场,怎样也不可能继续朝我哭闹,严盈略显尴尬地站起身,急匆匆出了门。经过商牧枭面前时,连看也不敢看他一眼。

严盈走后,商牧枭进到办公室,反手关了门:"我收到助教电话,说你找我有事。怎么,是你的车出了什么问题吗?"

终于摆脱了严盈纠缠,我暗暗松了一口气,压了两泵桌上的免洗洗手液,揉搓着双手道:"刚刚的事不要出去乱说。我找你和我的车无关,和你的学分有关。"

商牧枭不知道是从哪里过来的,身上衣服皱得乱七八糟不说,还沾了些像红酒渍一样的污迹,脸上也是充满倦容,仿佛一夜没睡。

"我的学分?"他一屁股瘫坐在会客用的沙发上,完全不用我招呼,自来熟得过分,"我的学分怎么了?"

我操控着轮椅缓缓来到他面前,道:"由于你上周没交作业,加上你有两次缺课,我算了下,你期末需要考到九十分以上才不会挂科。这基本是不可能的事。"

他揉着额头,闭着眼问:"你怎么知道我一定考不到?"

鼻端传来的隐隐酒气证实了我的猜测。他应该刚经历了彻夜狂欢,这会儿还宿醉未醒。

转到饮水机前,我用一次性水杯倒了杯温水,轻轻放到茶几上,推向商牧枭。

"因为从没有人能在我这里拿到九十分以上。"换句话说,他这科按照目前趋势是挂定了。

◆ 烧不尽

商牧枭闻言动作一顿,缓缓睁开双眼。

那种即将被撕成一条条碎片的感觉又出现了。

他盯了我半晌,问:"所以,你叫我来到底是要干什么?"

十指交握置于身前,我静静地看着他,道:"如果我真的想让你挂科,就不会让你来。你想听听另一种可能吗?"

商牧枭放下手,拧眉看着我,没出声。

我紧了紧手指,到现在都不敢相信自己会做这样的决定。这不像我。众人口中的那个"大魔王"才是我,坐在这里的,仿佛是来自宇宙的另一个意志。

"我不太做这种事,但如果是你,我想我可以再给你一次机会。"一口气说完,断绝后路。

商牧枭神色莫辨:"给我一次机会?为什么?他们说你从来不会手下留情。"

"你不一样。"

商牧枭闻言一愣,没有立刻应下,只是意有所指地由上到下,扫过我的全身。那视线分明没有任何重量,却奇异地让我感受到了落在肌肤上的"刺痛"。

我皱起眉,刚要问他在看什么,他将轻佻的目光收回,笑道:"原来是因为这个。虽然……但……不用了,谢谢你的好意。"

他的话让我茫然了一瞬。

这个?

等等,他不会以为……

我很快反应过来,他可能是误会了。他误会我在暗示他付出一些什么来与我交换这多出来的一次机会。

我一时有些哭笑不得,我只是……想要他补交两篇论文作业给我而已。

"好了,我还有事,你去找别人玩吧。想挂科还是想开除我都可以,我不在乎。"他一口喝干杯子里的水,将纸杯捏成一团,丢进茶几下面的垃圾桶里,随后站起身就要走。

"我不是……"

我想解释,在他经过我身边时妄图拽住他的袖子。

这是个糟糕的决定。

他完全没有手下留情的意思,指尖碰到他身体的瞬间,他就一把扣住了我的腕骨,力气大到让我有种自己的骨头要被他捏碎了的错觉。

"别不识好歹。"他唇角还带着些弧度,却绝不会叫人错认成是笑意。

不识好歹。

我怎么都没想到,这句话会是他来和我说。

我忍着痛,一字一句咬牙道:"放开。你真的误会了,我没那个意思。"

"误会?"商牧枭俯下身,野兽一样的眼眸直视着我,"可你看我的眼神并不像是误会啊。"

Chapter 01 打个赌吧

酒与香水还有汗液的气味，混合成一股奇异的香氛，冲入鼻腔，席卷大脑，让人胸口憋闷，头晕目眩。

我不太舒服，伸手去推他。

他松开手，顺势后退，两手插在裤兜里，看着我的眼神就像在看一条恶心的可怜虫。

他唇边挂着讽笑，倒退到门边，拉开门道："行了，把你的机会留给别人吧，我不需要。希望我们以后都不会再见面了，北教授。"说完，他离开办公室，用力拉上了门。

随着关门的一声巨响，四周重归寂静。瞪着门板，要不是手腕还隐隐作痛，我都怀疑刚刚是不是做了一场荒诞的梦。

虽说人生就是由一系列无法满足的欲望推进的，充斥着无尽追逐的渴求与痛苦，但我对商牧枭真是清清白白，毫无非分之想，硬要说有什么超出师生情谊的东西，也只是冲着商禄的一点爱屋及乌罢了。

这也太荒唐了……真是恶人做多了，做好人都没人信了吗？

"乱咬人的狗崽子。"揉着疼痛不已的腕部，我简直要气笑了。

承他吉言，我也希望和他不会再见面。

然而，最近命运似乎格外关照我，总是千方百计塞给我意料之外的"惊喜"。前一个还没消化，后一个就来了。

两天后的夜晚，我去参加沈洛羽帮我报名的心理互助小组，屁股还没坐热，一个高大的身影就从门外走了进来。

我不知道对方看到我什么感觉，反正我的感觉不太好。

这座城市的心理互助小组那么多，沈洛羽精挑细选，选中了唯一有商牧枭的那个。

天气有些阴，我担心会下雨，出门时特地带了把伞。

心理互助小组的活动点离我家不算远，距离大约五公里，就在一所小学的室内体育馆里。

我听沈洛羽说，小组的负责人是这所小学的行政管理人员，因此才能在晚上借用闲置的体育馆。

我的车还在修理中，只能打电话预约出租车来接我。能载我的车偏偏不是随时随地都能有，等了好些时候才有一辆黄色出租车姗姗来迟。

当我赶到目的地时，一位面容和蔼、身材丰腴的中年女士已经等在体育馆门前，一见我，笑得眼都眯缝起来。

"你就是北芥吧？你好，我是乐观向上心理互助小组的负责人廖银年，你叫我廖姐就好。沈小姐之前已经跟我说过你的情况，不要有压力，就当过来交朋友的。"她一边说，一边绕到我身后。

✦ 烧 不尽

我看出她的意图，忙制止道："不用，我可以自己来，您替我扶下门就好。"

廖姐愣了下，点点头："哦，好。"

室内已经到了不少人，大家围着乒乓球桌坐成一圈，每个人面前都有一个英式红茶杯。

"你要红茶还是咖啡？"廖姐引我到桌边。

我打量着四周，冲几个与我对上视线的人微微颔首，回道："茶，谢谢。"

廖姐从一旁勾过茶壶，替我斟满。

在场大概也就六七人，有老有少，有男有女，穿着打扮也各不相同。这些人光看外表实在比我健康太多，完全不像攒了满肚子哀愁的人。要不是廖姐先前有和我确认，我都要怀疑沈洛羽是不是给我报错了组。

"好了，时间差不多了，咱们先开始吧。"廖姐击了击掌，让大家都看向自己，"原本还有个新人的，但我估计他不会来了，我们就不要等了吧。"

她话音刚落，体育馆的大门便被人从外推开，淡淡的水腥气卷着微凉的夜风涌了进来。

我同众人一道转头看去，正好见商牧枭黑着脸踏进室内。外头应该是下了雨，淋得他头发都湿了，牛仔外套肩膀的位置也显出深色水印。

他用手背擦着脖颈，扫了眼室内，与我不期然对视，愣怔了一瞬，脸更黑了。

这场景，谁看了心里不道一声"见鬼"？

"你是商小姐的弟弟吧？"廖姐热情依旧，迎上前道，"快过来坐，我还当你不来了呢。外面下雨了啊？你看都淋湿了，我去给你拿条毛巾，你等等。"

商牧枭与我对视半晌，移开视线，坐到了我的对面。

我端起茶杯轻抿了一口，心里止不住叹息。冤家路窄，怎么会有这么巧的事？

廖姐很快从杂物间拿了条崭新的毛巾过来，商牧枭谢着接过，稍稍擦了擦自己的头发。

"现在人齐了。"廖姐坐到自己座位上，如同主持人一般，宣布这次的心理互助活动正式开始，"先从新人的自我介绍开始吧。"说着，她将目光投向我。

虽然我已经习惯被注视、被当作中心点提问，但那些都是职业需要，和现在的状况还是很不一样的。

坐在讲台上讲课，并不需要如此深刻地剖白内心。

"我叫北芥，北方的北，芥草的芥。我在清湾大学哲学系任教，今年32岁，如大家所见，是名双下肢瘫痪的残疾人。"

静了片刻，确定我已经说完，廖姐带头鼓起掌："欢迎北芥。"

"欢迎！"

"欢迎……"

其余人跟着鼓起掌，脸上挂着和善的、令人头皮发麻的微笑。

Chapter 01
打个赌吧

"下一位。"廖姐眯着眼看向一旁正用银勺百无聊赖搅着咖啡的年轻男人。

商牧枭感觉到了众人灼热的视线，抬起头，一松手，银勺与瓷器碰撞到一起，发出一声轻响，在安静的环境下显得尤为突出。

"商牧枭，清湾大学金融系大二学生，今年20岁。"他往后一靠，漫不经心地做了个简短的自我介绍。

"哎呀，两位都是清湾大学的呀，真是太巧了。"廖姐掌控着节奏，继续让剩下的人逐一做了自我介绍。

家庭主妇，外企白领，退休老人，秃头男人，带货主播，高中少女，加上廖姐正好九个人。

接下来，廖姐依次要大家说一下自己的近况，这周相对上周的一些变化，或者身边发生的各种让人在意的大事小事。

"儿子一点都不懂事，这周我又被老师叫去了学校，脸都丢光了。"家庭主妇抱怨道，"丈夫完全派不上用处，一到家就喊累，除了吃饭洗澡和我就没有别的话题了。又是想要抛夫弃子的一周。"

"工作压力好大，这周我每天加班，黑眼圈都要挂到嘴角了，上司还不停催促我的项目进度。父母也和以前一样不理解我，觉得我故意不交女朋友不结婚，整天打电话催我……"白领烦躁地挠着头，"我感觉自己要撑不下去了。"

"我肺部的肿瘤长大了。但我不准备开刀，仍然打算进行保守治疗。活到我这个岁数也差不多了，不想再折腾了……"白发苍苍的老人家说完，开玩笑似的对白领道，"其实我有个孙女，今年也要30岁了，你看你有没有兴趣，我可以给你们牵线。"

现场浮现零星笑声，缓解了有些压抑的气氛。

沈洛羽没搞错，这里的确是"乐观向上心理互助小组"，每个人都仿佛被快乐抛弃了，去掉表面坚固的伪装，脸上都写着大大的"衰"字。

很快，按照顺序该轮到我自述了。其实我也不知道要说些什么，犹豫了片刻，说起来到这边的缘由。

"我的家人觉得我对生活不积极，太悲观。他们希望我做些改变，希望我快乐起来，所以替我报了这个小组。"我抬起头，看向众人，"但我其实没有故意不快乐。我只是坚信，生活就应该充满痛苦与各种无法满足的欲求。乐观是假象，不幸是常态。我没有任何要改变现状的想法，我觉得自己这样就很好。"

一个人生活，一个人吃饭；远离家人，没有爱人；寂寞，但享受寂寞。

别人认为我可怜，但"可怜"只是客体性的标签，身为主体，我的生活并不受这个标签影响。

"如果可以让你选择把身体恢复到最健康的状态，难道你也不想改变吗？"拖沓的尾音在空旷的体育馆内回荡。

最健康的状态……应该指的是我还没瘫的时候吧。

013

◆ **烧** 不尽

这问题还挺诛心。

我看向问话的商牧枭,与他视线相交,毫不退让。

"这个问题没有意义。"

时间无法倒回,我的身体也不可能回到最健康的状态。而就算我没有瘫痪,人类向死而生,从出生那一刻起就注定了要一步步走向衰亡。肉体的溃败不可避免,长生不老只是一场美梦。

好大一会儿都没人说话,廖姐轻咳一声,打圆场道:"第一次也不用说太多,可以先听听别人的。"

顺时针顺序往下,秃头男人吐露自己秃头的烦恼,说总是被同事取笑,也交不到女朋友;带货主播因为常年被"黑粉"攻击,每晚只能服安眠药入睡,一米六五的个子只有八十多斤;高中女生从小就是乖乖女,一直品学兼优,深受老师父母疼爱,唯独没有朋友。

众生百态,就在这体育馆里,乒乓球桌前,展现得淋漓尽致。

轮到商牧枭,人人都在看他。他翘着椅子,视线落在桌下,结合他手臂肌肉细微的颤动,我猜他应该是在玩手机。

"牧枭。"廖姐只好出声叫他。

"我姐让我来的。我听她的话,所以来了。"商牧枭说话时并没有抬头,依旧维持着那副事不关己的模样。

由于商牧枭不太配合,廖姐只好充当提问者的角色。

"所以,你的问题是?"

"我的问题就是我觉得自己没有问题,但我姐觉得我有问题。"

要不是梁子已经结下,我倒是很想与他握一握手,叹一声"同病相怜"。

"那你姐姐觉得你有什么问题呢?"廖姐接着问。

椅子晃了两晃,落回地面,商牧枭终于抬起脸,将手机往桌上一丢,抛下一颗惊雷:"她觉得我有暴力倾向,想杀了她男朋友。"

廖姐浑身一震,有些被吓住了,直接没了声音。

"你真的想杀了他吗?"我问。

商牧枭看过来,似乎没想到这种时候我会插话。

"当然是开玩笑的。"他勾着一边唇角,"那个男人配不上我姐,我可能言行有些过激,但我只是想要他们分手。"

"可是,你姐姐也是自由独立的个体啊,恋爱是她自己的事情,你可以听取她的想法,尊重她的选择,但不该横加干涉。她和谁相爱不需要经过别人的同意。"家庭主妇听不下去,表达了自己的看法。

商牧枭点点头,完全认同,但坚决不改。

"的确,是不需要。但我讨厌一个人也不需要经过别人同意,不是吗?"纵然他的语气毫无攻击性,还是让人觉得毛骨悚然。

chapter 01
打个赌吧

家庭主妇可能也没遇到过这种刺头，瑟缩了下，端起茶杯喝了口茶，不再说话。

七点半开始，九点半结束，商牧枭在后半段以上厕所为由离开后就再也没回来。我以为他早走了，结果出门一看，他竟然还在门口屋檐下抽烟。

雨下得小了，只是还有些密。

小组成员各自打伞离去，没有道别，不见如何热络。廖姐说，离开这栋建筑物后，里面的一切就都成了秘密，哪怕路上遇到彼此，也可以当作互不相识。不要有压力，不要有负担。

渐渐地，屋檐下只剩我和商牧枭两人。他在最右，我在最左，两人间隔着一大段距离，看着只有五六米，实则是一整条马里亚纳海沟。

兴许因为雨天的关系，迟迟打不到车，我也迟迟无法离去，只能与商牧枭尴尬地缩在这条逼仄的屋檐下。

"你为什么还不走？"

我转头看向商牧枭，他靠着墙，手垂落身侧，当我对上他的视线时，他正从口中缓缓吐出一口白烟。

烟雾轻抚过他的面颊，冉冉消散在空气中，潮湿的风轻轻推着它，在我脸上落下一个轻轻的吻。

就像……《逆行风》里我最钟爱的那幅画面。

我眨了眨眼，有点想再拉开些彼此的距离，可边上就是雨里，我实在无处可去。

烦人的狗崽子，只是并排待着都不行吗？

为避免他误会，我难得地做了全面的解释："因为某人撞坏了我的车，我现在出门都必须打车，不巧今天下雨，附近很难打车。这就是我还不走的原因。"说完我不再搭理他，低头继续尝试用软件打车。

等待超时，转眼 APP 问我要不要加价，我刚要点下去，手上一空，错愕抬起头，发现是商牧枭抽走了我的手机。

"既然是我害的，那我送你回去吧。"说着，他将烟蒂丢进一旁的垃圾桶。

我有些不可思议地看着他。这人还真是想一出是一出，分明之前还说不想再见到我，这会儿竟然要主动送我回家了。

怎么，后悔没要我的"机会"了？

"不用。"

我想也不想地拒绝，将手伸向商牧枭，示意他还回手机。

"你想好了？这个时间附近很难打到车。"他看向雨里，视线落在不远处停着的一辆黑色悍马上。

漆黑如墨的庞然大物像怪物一样矗立在空地，存在感十足。

✦ 烧 不尽

"好不容易今天开了辆'大车'。"

我继续朝他伸手,不为所动。

他嗤了一声,将手机丢回给我,随后又退到墙边。

雨还在下,不知何时才能结束,水珠从屋檐断断续续坠下,车还是打不到。

仿佛整个清湾的车都绕开了这里,又仿佛我在不知情的情况下被拉进了一个拒载的黑名单。

商牧枭双手插兜,靠着墙,望进雨幕看了很久。

我不知道他为什么不走,但他就是没走。

不仅没走,还安静得像团空气。

我不确定他是在发呆还是在赏雨,抑或更缺德点——看我笑话。

时间一点点过去,我对能打到车已经不抱希望,不再去看手机。

"我说了,这附近很难打车。"

只是稍稍疲惫地叹一口气,那头,商牧枭就好像一直关注着我的反应一样,尽说些幸灾乐祸的话。

我今日遭的难,来日都会算在沈洛羽头上。

"把车开过来。"我将手机塞进外套口袋里。

商牧枭偏头看过来:"啊?"

拖长的腔调,完全不是惊讶的语气。我确定他听到了也听懂了,只是恶劣地想再听一遍。

而说不说第二遍,对我来说其实也没差别。

"把车开过来,快去。"我看着他,下巴朝悍马所在的位置抬了抬。

商牧枭直起身,脸上挂着胜利的笑容,往前走了两步,又退回来,朝我伸出手。

"伞给我,我讨厌淋雨。"

他不解释还好,一解释我就忍不住多想。

将挂在轮椅扶手上的雨伞递过去,我迟疑地问道:"你不会是为了我的伞才一定要送我的吧?"

他握住伞身,冲我笑了笑:"是又怎样呢?"说罢猛地一抽,撑开黑伞吹着口哨走进雨里。

黑色悍马横停在我面前,商牧枭下车后拉开后车门,一副恭迎大驾的模样。

虽然我的下肢还有一点感觉,但商牧枭这辆车也太高了,光凭我自己根本上不去。

我怀疑他就是算准了这点,在这里看我笑话。

我定在原地,半天没动静,黑洞洞的车厢宛如巨鲨之口,险恶地朝我大张着。人有五感,可此刻无论哪一感都在告诉我,这不是个好主意。

Chapter 01
打个赌吧

"需要帮忙吗？"终于，商牧枭像是看够了戏，决定不再将自己伪装成一朵附在车门上的人形蘑菇，冲我伸出了援手。

看一眼幽森"巨口"，又看向商牧枭。这不是个好主意，谁都知道，但我仍无可避免地要自投罗网。

"劳驾，扶我一下。"我递出手，再一次示弱，发现自己已经越来越适应了。

就算有商牧枭的帮助，过程仍然不太顺利。

十二年前，一场严重的车祸致使我脊椎受损，下肢瘫痪，两条腿从那天开始彻底成了摆设。我早已接受现实，也认清自己下半生注定要与轮椅为伍。

头两年，医生让我积极复健，认为我虽然无法再像正常人那样行走自如，但或许可以短暂站立一会儿，甚至还有可能偶尔靠着拐杖在屋子里走走。

我并没有觉得这好到哪里去，但父母坚持，我只得开始痛苦的复健。可是所有的尝试均以失败告终。人生头一次明白，原来不是所有努力都能得到回报。而比起失败带来的沮丧，是父母脸上那难以掩饰的失望，让我更觉得煎熬。

复健终止，我不再做任何努力。父母从一开始的怒其不争，到后来彻底死心对我放任不管，也不过用了两个月。

事后想想，他们可能用这两个月终于想得很明白，与其在我这个废人身上浪费时间，不如再要一个孩子，重新培养，更靠得住一些。于是第二年，北岩就出生了。

"你这样我没法走路。"

早知今日，我当年复健该更用心些。

我全身一半的重量都在商牧枭脖子上，他被我压得歪倒下来，姿势别扭地撑着轮椅把手，语气已经开始变得不耐。

"那你可以想个更好的姿势。"我两手勾住他的脖子，努力让自己不摔倒，而就在我话音落下第二秒，整个人一轻，还没反应过来就被商牧枭打横抱了起来。

我颇为震惊地盯着他，一句话都说不出。

"这个姿势就很好。"他微微一笑，将我稳稳地送进后座。

落到实处，受惊过度的心脏才缓缓恢复正常节拍。

"你这个怎么收？"商牧枭摸索着轮椅问道。

我回过神，指挥他正确折叠轮椅。他很快找到窍门，收起轮椅塞进了后备厢。

告诉他地址后，他设好导航，我们便再无交流。无论是那天关于"机会"的对话，还是方才互助小组里的一切。

雨越下越大，逐渐形成瓢泼之势。车内除了雨刮器有规律的机械声之外再无其他。

打开手机看了眼天气预报，晚上有雷暴的概率接近80%，看来这场雨还有得下。

路上花了半小时，进了地下车库，商牧枭直接将我送到了电梯口。

✦ 烧不尽

下车时，依旧是他抱我下去的。这次我做好了足够的心理准备，不忘跟他说谢谢。

但让我意外的是，商牧枭放下我后并没有马上开车走人，而是将车门一锁，与我大眼瞪小眼起来。

"做什么？"我蹙眉问他。

"有点渴，我能上去喝杯茶吗？"他的语气就像走进便利店问老板要麦旋风的死小孩，透着令人迷茫的理所当然。

"很抱歉，不能。"我干脆利落地回绝，之后操控着轮椅往电梯而去。等走出一段，回头看过去，发现商牧枭竟然跟了过来。

我调转轮椅直面他，重申道："我说了，不能。"

"我听到了。"双手插在牛仔外套里，商牧枭的模样看着有点无赖。

我甚至已经脑补出了他的潜台词——我听到了，但那又怎样呢？你能打断我的腿，让我无法再跟着你吗？

我不能。

我看了他一会儿，拿他无可奈何，索性也不去管他。

商牧枭就这样跟着我，一路坐电梯上楼，和我来到了同一扇门前。

当我用指纹锁开门时，他就靠在门边看着我。

"你没有一点防范心吗？"他似乎感到不可思议，"要是我想杀人夺财怎么办？"

开门的动作一顿，我古怪地望向他。

"你开着几百万的车，夺我的财？"

他可能也意识到这事有点说不过去，换了套说辞道："那就……夺色？"

将门打开，我听了他的话，直接笑了起来。

"前几天你还让我不要打你的主意。"

进到室内，我将客厅的灯全都开了，一回头，商牧枭果然自己进来了。

"你家……东西好少。"他打量四周，言语已经很客气，我想他本来应该是想说"寒酸"的。

这套房子就我一个人住，一共五十多平方米，一室一厅，空间有限，坐轮椅不适合在家里堆东西，我一向只买必需品。

"喝了水就马上走。"我没有搭话，去厨房倒了杯水，回客厅一看，他正在研究我的望远镜。

"别乱碰。"我耐着性子提醒他，将水杯放到了茶几上。

"什么都看不出啊。"他一只眼对着目镜，看了半天没看到什么，也觉得没意思，果断放弃了这个"玩具"，一屁股坐到沙发上。

"今天下雨，云层那么厚，你自然什么都看不到。"我努力为自己的望远镜正名。

Chapter 01
打个赌吧

"天气好的时候能看到什么？"商牧枭端起水杯问。

"星星。"

"星星？"

"这是天文望远镜。"

他点点头，不见得多有兴趣。

忽然，他的外套口袋振动了起来。他拧眉掏出手机一看，犹豫了几秒，最终还是接通了电话。

"姐。"

我还记得他上次接到姐姐电话时，情绪转换得有多猛烈，这次却好像是淋了雨的丧家犬，蔫了吧唧的。

"嗯，我知道，下雨了……我在外面，在……"他瞥了我一眼，面不改色道，"在朋友家，他会陪着我。不是……不是尹诺他们，是新认识的朋友。"

我记得"尹诺"这个名字，在我的选修课学生名单里，应该是他的那两个同学之一。

五分钟后，商牧枭挂了电话。他看着手机出了会儿神，又去看窗外。

雨点斜斜打在玻璃窗上，将远处的霓虹渲染成五彩的光斑。

"我讨厌下雨。"

"我也讨厌下雨。"

商牧枭挑着眉看过来，一脸狐疑。

"下雨没有星星。"我指了指那台对着天空的星特朗，解释道，"虽然我无法环游世界，但我可以翱翔宇宙。"

"听起来很有意思。"他没什么诚意地说着，整个人窝进沙发里，环抱住自己的胳膊，"让我再待一会儿，雨停了我就走。"

显然，喝水只是借口。

我看了眼时间，已经晚上十点半。驱动轮椅，我决定不去管他，自己去睡觉。

"走时别忘了关门。"

到了卧室门前，手刚刚触到门把手，身后就传来商牧枭的声音。

"北教授，我改主意了。"

我回头去看他。

商牧枭闭着眼，靠在沙发垫上，这张沙发由沈洛羽为我选购，虽然于我无用，但她说客人绝对会喜欢，一坐下去就像坐在云间，完全不想起来。

我不知道商牧枭是不是正处于这样的状态，但他的声音听起来的确昏昏欲睡，神志不清。

"我想，我可以接受你的提议。"他懒洋洋地说着，缓缓睁开了双眸。与声音截然不同，他眼里毫无睡意，再清醒不过。

他竟然真的在后悔没要我的"机会"。

◆ **烧**不尽

  这种局面，是我万万没想到的。
  我忍着揉太阳穴的冲动，心平气和道："我再说一遍，那天是你误会了，我对你没有非分之想。我所谓的'机会'是指……"这件事的可笑程度让我有些语塞，一时都不知道要怎么去说那两篇论文，"算了，那不重要了。我现在已经改主意了，我不会再给你什么机会。我的课你挂定了，下学期好好选课吧，商同学。"说完我也不等他回答，推开门进了卧室。
  关上门，脑海里还回荡着商牧枭那句"我可以接受你的提议"。
  "可以什么啊……"轻轻叹一口气，怕他乱来，我想了下还是把门锁上了。
  翌日一早，晨光从窗帘缝隙照射进来，落在眼皮上。我蹙着眉一点点清醒过来，看了眼床头闹钟，已经八点半。
  进浴室洗漱完，低头一看身上的睡衣，觉得不妥，出门前特地换上了平时穿的常服。
  客厅里静悄悄的，沙发上已不见商牧枭踪影，看来昨夜雨停后他就走了。
  既然人走了，我也重新回房间换回睡衣。
  简单地做了份鸡蛋三明治加牛奶当早餐，快吃完时，杨海阳打来电话，问我下周末有没有空。
  我想了下，道："应该有。"
  他松了口气的样子，道："那太好了。那天我女朋友也会来，到时介绍你俩认识一下。"
  我当他怎么突然要请我吃饭，原来是交了女朋友。
  杨海阳与我相识十几载，是我的初中同学。他家境一般，读书也不算太有天分，初中毕业后考上高职，高职毕业后就出社会做起了保险推销员。
  我们初中后本已没有来往，他却因为业务需要三天两头给我打电话，硬是让我买了份意外保险。也多亏这份保险，我出事后家里基本不用怎么出钱，医药费全由保险公司买单。
  四舍五入，他还要算我的恩人。
  我瘫痪后，他经常打电话询问我近况，有空就约我吃饭，几年下来，竟也成了最好的朋友。他结婚时，我参加了，他女儿杨幼灵出生，我还认她做了干女儿，后来他前妻嫌他没本事，做来做去还是个小小保险业务员，和别的男人跑了，至此无影踪，我还陪他在深夜买过醉。
  杨海阳边喝边哭，边吐边喝，折腾了整整一夜，第二天就去公司把工作辞了，拿着不多的积蓄开了家小卖部，说要创业。
  如今三四年过去，小卖部升级成了便利店，他和女儿的生活也越过越有滋味。我之前还问过他，有没有想过再婚，他那时对爱情婚姻已经死心，也怕女儿受委屈，直言不会再找。没想到这才一年不到，竟然就要介绍女朋友给我认识了。

Chapter 01
打个赌吧

由此可见,男人的话并不可信。

约好时间地点,杨海阳就挂了电话。

我刚要放手机,看到有几条未读消息,点开一看,第一条就是沈洛羽的,问我昨日参加互助小组的情况。

想了想,回了三个字。

"还不错。"

下一条,是个陌生号码发的信息。

"谢谢你昨晚的收留,你家沙发很舒服。下次见了,北教授。"

不用想,这一定是商牧枭发来的。

我皱起眉,想要删除信息,手指悬在上方又有些犹豫,最终只是按熄屏幕,将手机丢到了一边。

"小芥,大事不妙!!"我才到学校,就被余喜喜在办公室门口扑住。

她满脸紧张,一改往日嬉笑神色,说了件让我大感意外的事——严盈向学校投诉我公报私仇,对她进行人格侮辱。

"她说你对她有偏见,私下经常对她进行言语辱骂,贬低她的智商,让她身心压力巨大,这才会一直不敢上你的课。她这人怎么这样啊,乱说一气的?而且你知道吗?那个教务长陈奇雪陈老师,和严盈的父母竟然是旧识,这次事情就是她拉着严盈投诉到系里的。"

余喜喜推着我一路跑得飞快到了系主任办公室。

进门一看,人文学部的副部长姜毅、系主任董立、教务长陈奇雪都在,严盈正抓着陈奇雪的手哭得梨花带雨。

"小余,你先出去。"姜毅见我来了,招手让我过去。

轮椅停在茶几前,严盈一副十分惧怕我的样子,瑟缩着往陈奇雪怀里钻。陈奇雪轻抚着她的背,看我的眼神带着严厉的审视。

三堂会审,果然不妙。

"大概的情况,你应该也听小余说了。"董立用指节敲了敲大理石桌面,一脸严肃道,"叫你来,是想听听你的解释。我和姜主任,都觉得你的性格不会……"

"董主任,两个都是你的学生,我知道你难做,但也不用偏心偏得这么厉害吧?"陈奇雪打断董立的话,言语火药味十足,"在事情没有调查清楚前,最好不要把话说得这么绝。"

董主任脸色一变:"我这怎么是偏心了?说话要讲道理的!"

"好了,你们先都别说话,听北芥怎么说。"姜毅在这三人里年纪最大,也更有话语权一些,看要吵起来了,连忙出声,"不能偏心,也不能偏听偏信,你说是不是,教务长?"

陈奇雪冷哼一声,没再说话。

✦ 烧不尽

办公室内安静下来，我开口道："对于严同学的指控，我个人并不认同。"沉吟片刻，我将这件事来龙去脉理了一遍，"严盈同学从开学就一直没来上课，按照缺课五次取消考试资格的规定，我上周让余喜喜给她发了邮件……"

从系主任办公室离开，余喜喜第一时间冲上来嘘寒问暖，仿佛我在里面受了多大的酷刑。

"气死我了，论坛上说什么的都有，好像他们就在现场一样。"余喜喜捂着胸口，一副气不过的模样，"一定是那些被你挂过科的人在散布谣言。我已经拜托管理员删了几个相关帖子，小芥你觉得我们该怎么办？"

"你越拜托管理员删帖，别人越觉得我做贼心虚。"作为事件主角，我倒是比余喜喜还要镇定，"放宽心，相信学校，等通报吧。"

结果通报没来，商牧枭先来了。

他一进门就靠坐在办公桌上，一贯地自说自话："你车还没修好吧？在你车修好前，我负责每天送你回家怎么样？"

我敲着键盘，不去理他。过了会儿，鼠标动起来，将我正在填写的表格最小化。

内心暗叹口气，我没办法，只得抬头正视他。

"谢谢，但不用了。"说罢我去摸鼠标，手刚覆上去，被商牧枭一把按住。

他缓缓俯身，唇边带着若有似无的笑："你的事我听说了，要帮忙吗？"

我的事不多，最近也就那一个。

"你要怎么帮我？"我有些好奇。

"那天我就在门外，可以给你做证。"

说的也是。

我点点头道："那就麻烦你替我做证了。"

"但我有个要求。"商牧枭笑得有几分纯真。

他实在很爱笑。这点和商禄不一样，商禄走酷哥路线，饰演的角色都不爱笑，笑得也不好看。

"什么？"看着这张脸，我不免有些晃神。

"和我一起出去玩。"

我反应了几秒才意识到他在说什么，不是请他吃饭，也不是不要挂他的课，而是……出去玩？

像被火燎到，我猛地抽回手，语气难掩不快道："出去。"

他上下打量我，见我态度坚决，举起双手做了个敷衍的投降姿势，表示自己只是在开玩笑。"别生气，随便说说的。"他看了眼手机时间，直起身道，"作为替你做证的条件，这一个月让我送你回家，这总行了吧。"

我看了眼电脑上未完的表格，又看一眼商牧枭，最终将电脑关闭。

"走吧。"我操控着轮椅往外走去。

没过几天,教务处传来消息,因为有一位不肯透露姓名的好心学生替我做证,是严盈意欲贿赂我,而非我对她实施精神摧残,这件事已经可以下最终定论了。

教务处随后对此次诬告事件发出通报,对严盈记过处分。大概隔了半天,又发一份通报,对严盈严重缺课的行为予以再次记过处分。由于严盈屡次被记过,经校长办公室开会决议,对她进行开除学籍处分。

第二章

恶枭

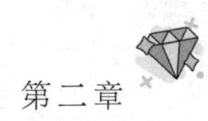

不大的阶梯教室内，分散坐着三十多人。除了我的讲课声，再也听不到杂音。

商牧枭坐在最前排正中的位置，目光一直随我移动，不时还会做点不知道是什么的笔记，专注得就像上次被我赶出教室的人不是他一样。

"现在是提问环节。"暂停 PPT，我来到讲台边缘，面对学生道，"大家可以自由提问。"

举手的人不多，但商牧枭也在其列。与他的赌约只说不能故意回避，没说他举手我就一定要点他。而且，下意识里，我总觉得他不会问什么正经问题。

我十分坦然地对他的积极视而不见，跳过他点了后排的一位男同学。

商牧枭有些不满地收回手，往后看了眼被我点名的那个男生，接着整个人朝椅背上一靠，一副大爷模样。

被我点名的那个男生也不知发生了什么，只是肉眼可见地瑟缩了一下，声音都有点结巴。

"我，我想问，老师您能不能不……不用哲学语言，用大白话解释下叔本华的《充足理由律的四重根》理论？"他不好意思地挠了挠头道，"我觉得有点艰深，不是……不是很明白。"

哲学本就是十分艰深且复杂的学科，充满各种互相矛盾又统一的派别理论，只是作为选修课兴趣抑或迫不得已来上这门《西方哲学史》的初学者，若没有极大悟性，的确很容易被复杂的哲学名词搞晕了头。

我点点头，表示理解，整理了下语言，缓缓道："《充足理由律的四重根》，大白话就是……世间万物为什么会如此呈现的四种根本理由。叔本华认为，世界之所以不同是因为人有不同的表现方式。

"第一种，直观经验构成了人类对事物的根本看法，它由人类传承而来。

"第二种，抽象概念构成了人们对事物的基本判断，它由人们对事物的认识而来。

Chapter 02
恶枭

"第三种，对时间和空间的先天认知构成了人们对数字的敏锐性，它定义了存在感。"

"第四种，行动由事物主体负责，是意志的呈现方式，驱动它的是'动机'。"

"以上就是《充足理由律的四重根》的核心表述，明白了吗？"

男生一边做着笔记一边用力点头："嗯，明白了，教授一说我就明白了！教授你真厉害！"

商牧枭嗤笑一声，轻蔑之情根本懒得掩饰，似乎觉得这样的问题也拿出来讲，实在很没有水平。

也不知道他一个挂科预定人员哪里来的勇气嘲笑别人。

"还有人提问吗？"

商牧枭懒洋洋地举起手，似乎并不抱希望我会点他。

但我偏偏就点了，问："你想问什么？"

如果他说些有的没的，我也好名正言顺地请他出去。

商牧枭明显怔愣了下，颇为意外，但很快回神，流畅而清晰地描述了自己的问题。

"不受世人祝福的爱情，应该听从理性还是本能？"

"这要看你更愿意相信哪套理论。"

他进一步提问："如果是教授你呢？当你遇到令自己心动的另一半，但你们的爱情并不受世人祝福，你是选择听从理性，还是回归本能？"

"人类和动物的区别在于，人类拥有理性。理性能使我们更好地规划未来，掌握主动，降低风险，我认为不该放弃这部分权益。"

"但理性也使我们失去对事物的敏锐性。"商牧枭与我据理力争道，"'理性使我们有所得，也使我们有所失。'这句话不该是说，理性并没有那么重要吗？"

这是叔本华的原话，看来是有备而来了。

老实说，这并不是什么难答的问题，它没有太多的哲学性在里面，反倒更适合作为辩论赛辩题，让正反两方辩个明白。

我还以为他会提什么高明的问题，到头来也不过如此。

"我是理性主义，你是非理性主义。我们俩不是一个派别，又怎么说得到一起？你愿意回归本能，我更想听从理性，从一开始，我们就有分歧。你说服不了我，我也没有说服你的意图，哲学本就是充满各种见解与思辨的存在，不必非要分个高下。"

这个问题没有再辩下去的意义，我想叫停，他却还在延伸。

"所以你永远不会被本能驱使，永远理智，是吗？"他身体微微前倾，语气和表情都与方才有细微变化，似乎不信，又似乎有些拭目以待，那双黑沉的眼眸中，是直白的跃跃欲试。

他觉得自己能叫我打破理智，违背原则，将今天的一番见解抛诸脑后。看着

◆ 烧 不尽

他年轻狂妄的面孔,我就已深知他的想法。

他并非问了一个没水平的问题,他只是在为未来的某一天,为那一天能嘲笑我曾是一名理性主义者而作铺垫。

恶劣的狗崽子。

我没有给他这样的机会,迅速结束了这个问题。

"我的观点不重要。这个问题结束,下一个。"

没有得到自己真正想要的回答,他有些无趣地靠回椅背,手里把玩着一支圆珠笔,唇角微微含笑,对着我无声说了三个字——胆小鬼。

我若无其事地扫过,开始解答下一个问题。

自替我做证后,商牧枭便像是与我达成了某种心照不宣的约定,会天天在下班前到我办公室报到,送我回家。

虽然不知道他有什么目的,但有人天天送我,我乐得轻松,也就没有制止他。左右不过是小孩子的把戏,我也懒得计较,他玩腻了自然就该干吗干吗去了。

"周六有空吗?带你去个好地方。"车停到老位子,商牧枭拉上手刹,对我发出邀约。

"没空,周六我约了朋友。"

解开安全带,我看商牧枭还不动,眼神询问他有什么问题。

"那下周六呢?"他正对着我,一只手肘搁在方向盘上,与方才相比,脸上的表情已经淡了许多。

所以说小孩子就是小孩子,什么都摆在脸上。

"下周六的事,下周再说。"

他闻言靠回椅背,不和我交流,也没有动作,大有我不答应就不让我下车的架势。

论熬时间,我实在不是他的对手,也处于弱势。他要是一不高兴直接将我丢在这儿,我除了爬回去别无他法。

"知道了,我会把下周六时间空出来。"到最后,我只得妥协。

商牧枭变脸飞快,一下子又高兴起来,不用我催便下车组装好轮椅,再绕到我这边将我抱下了车。

只是几天抱下来,他越来越顺手,我也越来越心安理得了。等我那车修好,怕都要不习惯靠自己上下车了。

真可怕啊。十几年来,我凡事都靠自己,因为知道如果太依赖旁人生存,我迟早有一天会变成真正的废物。结果就因为一个小小的意外,一个莫名的做证条件,十几年来的坚持就动摇了。

我突然意识到,我或许把人类的本能想得太简单了。

将我送到电梯口,商牧枭忽然接了个电话,那头的人声音很大,几乎是在吼,

Chapter 02 恶枭

似乎身处的环境很嘈杂。

"老地方吗?别叫……"他看了我一眼,将原本要说的词咽了回去,"别叫那么多人,有我不认识的我就不去了。"

那头不知道说了什么,只有最后三个字——"你快点",我听清楚了。

"朋友叫我去唱歌,我先走了。"商牧枭好像真的怕我介意一般,还与我认真解释了一通。

"嗯,玩得开心。"

我还沉浸在理性与本能孰强孰弱的对决中,心事重重地与商牧枭挥别,回家关上门思考了一夜,自己到底能不能真的完全理性至上。没有得到答案。

周六下午,我按照约定时间到达杨海阳指定的餐厅。他已经到了,只是不见他女朋友身影。

"你先看菜单,芸柔自己来的,刚到,还在停车。"他同我解释。

我对吃的没什么讲究,没接菜单,表示全凭他做主。

等差不多点完菜,杨海阳与我说着话忽然举手朝门口方向用力挥了挥,整张脸都因为对方的到来亮了起来。

到这会儿,我才终于相信他是真的又找到想一起度过余生的人,而不是随便找个人凑合过日子了。

"对不起,我来晚了。"对方坐下,声音清婉,长发及肩,穿着一件休闲又不失职业化的白西装外套,模样是可以当女明星的那种漂亮,最重要的是……似曾相识。

只是……可能吗?也太戏剧性了。

"你好,我是商芸柔,杨海阳的女朋友。我经常听海阳说起你,这次终于见到了,果然名不虚传。"商芸柔客气地伸手过来,要与我握手。

我盯着她的脸,结合她少有的姓,本来只是 20% 的怀疑,现在已经升到了 60%,瞬间过半。

"请问……"我一边与她握手,一边问道,"你是不是有个弟弟?"

商芸柔诧异非常:"你认识我弟弟?之前虽然知道你是清湾大学的老师,但我弟弟是金融系的,学校那么大,我以为你们不会认识的。"

她真的是商牧枭的姐姐……

这一难以置信的巧合简直让我哑口无言。是啊,学校那么大,我为什么就会和商牧枭有瓜葛呢?我自己都很想知道。

我打量着商芸柔清丽脱俗的五官,再次感叹基因的神奇。

她其实不太像商禄,轮廓和眉眼都不像,但偏偏与商牧枭又有几分神似。想来,是因为商牧枭像父亲又像母亲,而商芸柔只像母亲的缘故。

这样看来,姐弟俩的母亲也是位惊天动地的大美人啊。

◆ **烧** 不尽

"我在学校教哲学,你弟弟来上过我的选修课。"我说。

商芸柔了然。

"原来是这样啊。不知道牧枭在学校里乖吗?我和他相差十岁,小时候我们妈妈……身体不太好,爸爸又忙于工作,一直是我照顾弟弟比较多,不知不觉就有些溺爱他了。"显然,做姐姐的也知道商牧枭的脾气有多差,说起这个弟弟就面有忧色,"他现在做事经常没有分寸,让我非常头疼。"

想到之前参加互助小组时商牧枭说的那些话,我想她的头疼列表里应该也有"弟弟无法接受自己男友"这一条。

"我和他接触不多,如果你想知道他在学校的表现,我可以替你去问一问金融系的教授。"

商芸柔忙摆手道:"不用不用,我就是随口问问的,你不用当真。"

看了眼对面有些皮笑肉不笑的杨海阳,自从提到商牧枭他就一直是这个表情,坐在边上也不插话。以我对他的了解,要不是商芸柔在,他估计就要与我大吐苦水,狠狠抨击商牧枭那个讨人厌的家伙了。

我没有提及心理互助小组的事,一来我不想让商芸柔一见面就觉得我有什么心理问题,二来今日的主角毕竟是商芸柔与杨海阳,老是插入其他人的事也不太合适。

服务员陆续上菜,桌上不再讨论商牧枭,转而开始说一些轻松有趣的话题。

商芸柔与她弟弟除了长相相似,性格简直南辕北辙。同一个爹妈生的,不知道怎么会有这样大的区别。

说起她和杨海阳的相识,商芸柔简直妙语连珠,幽默中不失分寸,温婉中透着俏皮,情节更是引人入胜。

"那天我开车回家,突然在路边看到有个孩子在哭,我就停下来问他为什么哭,他说他找不到妈妈了。这时候海阳和灵灵正好也路过,知道是这么个情况,就和我一起带小男孩去警局报了案。"商芸柔边说边去看身旁的男友,眼里满是柔情,"有时候人和人之间真的很讲眼缘,我见到灵灵的第一眼,就觉得这孩子怎么这么可爱。"

我有些意外,商芸柔一见钟情的对象竟然不是杨海阳,而是他的女儿杨幼灵。

不过,那小丫头虽然才五岁,但人美嘴甜,加上性格又特别懂事乖巧,我就没见过不喜欢她的大人。

"本来一个北芥就够我受的了,现在还加上一个你,打又打不得,骂也骂不了,这样小孩子很容易被宠坏的。"杨海阳受不了地直摇头。

我凉凉地睨着他:"你身为父亲,要对她多点耐心。况且她都这么乖了,会做什么值得你打骂的事?"

商芸柔举起水杯敬我,一副终于找到组织的模样。

"太同意了。灵灵这么乖,怎么会犯错?错的肯定是爸爸。"

Chapter 02 恶枭

我举杯与她相碰，两人瞬间便确定立场，组建"灵灵联盟"，共同抵制杨海阳对我们灵灵的霸权。

"所以，你们是因为灵灵才开始交往的？"

我一提醒，商芸柔想起刚刚的话才讲到一半，继续道："不是，是因为我的鞋跟断了。"

三人将小男孩送到警局，在确定家长已经在赶来的路上后，便打算各自离去。结果好巧不巧，商芸柔的高跟鞋在走出警局时卡在了窨井盖上，还断了。

"其实也不是特别高的跟，整个断掉倒也好说，但它只断一半，还有一半与鞋底藕断丝连，难分难舍，就让我很尴尬。"

而在这万分尴尬的时候，杨海阳发现异样走了过来。他先是询问商芸柔有没有受伤，又蹲下替她查看鞋子情况。在修理高跟鞋的间隙，还将自己的大拖鞋给商芸柔暂时将就，自己则赤脚站在石子地上。

杨海阳一向热心肠，这的确是他会做的事。除了离婚那会儿，我就没看他为什么事沮丧过。如果说我是极致悲观主义者，那杨海阳就是我的反面，是乐观积极的代名词。

"那一刻我就觉得他好帅啊，但因为灵灵叫他爸爸，我以为他不是单身，心里还想，果然，好男人都结婚了。"

杨海阳替她修好了鞋——把两只鞋跟都掰断了，作为回报，她开车将父女俩送回了家。

一路闲聊，当她得知杨海阳是位单亲爸爸后，在对方下车时果断问他要了联系方式。

我就想杨海阳怎么会突然改变独身的想法，原来是一出女追男的戏码。

"没有人能拒绝得了她。"杨海阳叹着气道，"我想过反抗的，但根本不管用。"

这可能就是他们商家人骨子里流淌的魔力？最原始的驱动欲望的能力。只要他们勾勾手指，纵然知道不应该，还是会有大批人义无反顾扑上去。

吃完饭，商芸柔开车，与杨海阳一道将我送回了家。

下车时，杨海阳让女友在车里等着，自己下车推我到了电梯口。

"商牧枭那小子你可别跟他有太深入的接触，他和他姐不一样，是个神经病。"

我还当他跟过来要说什么，原来是要提醒我远离商牧枭。

"一个孩子而已，瞧把你吓得。"

"不是，他真的是个神经病！最近这小子在闹退学呢，一直在跟家里犟，芸柔都要头痛死了。"

我一愣："退学？"

"对啊，不知道他怎么想的，想一出是一出。"杨海阳小心地瞄了眼那边车上的商芸柔，分明不可能传那样远，还是压低声音道，"你知道枭是什么鸟吗？"

"猫头鹰？"

◆ 烧 不尽

"是猫头鹰，但古代也将它称为'食母鸟'，意为会吃掉母亲的鸟。别的我不知道，但商牧枭当年一出生，他妈妈就得了产后抑郁症，据说那原本也是一位非常有前途的女画家，结果就因为抑郁症完全无法进行创作，又因为无法创作更加抑郁，这样痛苦了五年，最后自杀了。"

我一怔，没想到还有这样的隐情。

当初余喜喜说商禄的妻子是因病去世，我还以为是癌症，原来是抑郁症。

"他的名字谁取的？"我问。

"妈妈。"杨海阳道，"他们姐弟俩和父亲关系都挺生疏的，但芸柔要好些，还有交流，商牧枭那小子和他爸基本就是冤家对头，三日一小吵，五日一大闹的。似乎商爸爸也觉得妻子的死全是小儿子的错，还当着面说过类似'要是你没有出生就好了'这种话。"说到最后，他表情也有些复杂，"只能说，恶劣性格的养成，父母真的要负好大的责任。"

"怪不得他这么依赖姐姐。"商芸柔对他来说可能不仅仅是姐姐，更是爸爸和妈妈，是他的全部亲情。

"可不是吗？"杨海阳脸上刚刚生出一些怜悯之色，闻言转瞬即逝，变得满是嫌弃，"护芸柔跟老母鸡护仔一样，还说要是我再缠着芸柔，他就打断我的腿。大爷我又不是没打过架，谁怕谁啊？到时候不知道谁断腿呢。"

这话倒是不错。杨海阳初中时就是出了名的打架王，经常和校外的小混混起冲突，伤得脸上青一块紫一块，是老师眼中头号问题学生。

"叮"的一声，电梯到了。

我控制轮椅进到电梯，回身叮嘱他："他们毕竟是姐弟，你别让商小姐难做，不要和商牧枭起正面冲突。"

杨海阳挠挠鼻子，含糊地"嗯"了声，也不知有没有听进去。

周日的心理互助小组活动日，现场不见商牧枭的踪影。他第一次就来得不情不愿，估计也是应付姐姐才会参加。这次不来，以后说不准也不会来了。

"这一星期过得怎样？"

我将视线从平静的琥珀色茶汤中移开，看向问话的廖姐。

"挺好。"我说，"我的车终于修好了。"

经过两个礼拜的维修，它现在简直跟新的一样。直到再次坐上它，我才知道自己有多想念它。

新的一周，商牧枭消失了。他没有来上选修课，也没有再不请自来地出现在我的办公室。

一个月都不到，只是一周，他就腻烦了送我回家的"条件"。起初，我是这样想的。

Chapter 02 恶枭

结果到了周五，再一节选修课，就如他突然的消失一样，他又突然出现了。位置换到了最后一排，脸上戴着一只黑色口罩，整节课都无精打采地趴在桌子上。与他一道的那两个学生坐在前排，不时回头看他，他也毫无反应。

下课铃响起，众人陆续离开教室，我收拾着台上讲义，一抬头，发现商牧枭到了跟前。

他站在那里，只是看着我，也不说话。

"那我们先走了。"商牧枭的两个同学中长相更秀气些的男生冲我点了点头，看了一眼毫无反应的商牧枭，随后与等在门口的另一个黄头发男生一起走了。

因着商牧枭的关系，上次余喜喜点名我也特别留意了下，知道那个秀气些的男生就是尹诺，而染着一头黄毛的那个叫周言毅。他们与商牧枭一样，都是金融系的学生。

"你为什么要看他们？"商牧枭的声音闷在口罩里，显得有些幽怨，又有些危险，"我站在你面前，你不看我，反倒看他们？"

我移开视线，将讲义竖起垒齐，远远看到余喜喜一脸惊悚地注视着这边，无声地指了指商牧枭，一副吃不准这是什么情况的样子。

我冲她微微摇了摇头，示意她先行离开。余喜喜更震惊了，虽然欲言又止，不知道我搞什么，但还是一步三回头地出了教室。

只剩下我和商牧枭两人，总算是能静下心来哄小孩子了。

"你戴着口罩，我怎么看？"发现他没被口罩遮住的眼角似乎有块瘀青，我蹙了蹙眉，问道，"你脸怎么了？"

他伸手扯下口罩，我注意到他指节处也是青紫的。

"被人打了。"他委屈极了，凑到我面前让我细看，"你看，嘴角都打破了。"

他握住我的手，牵引着去碰触他的伤口。

"谁打的？"

不知为何，我总有种不太好的预感。

"我姐的男朋友。"

手指刚触到他眼角，我一颤，他"嘶"了声，眼神瞬间凌厉，待对上我的视线，又很快软下来。

杨海阳那小子，完全没把我的话放在心上啊。

打就算了，竟然还打脸。

本来就只有一张脸能看，现在打成这样，完全已经贴上了"一无是处"的标签啊。

"你也打他了？"收回手，惋惜之余，我也没忘了关心杨海阳的伤势。

其实我不太担心他。虽说商牧枭胜在年轻，但杨海阳常年健身，那身腱子肉也不是摆着好看的，应该不会吃什么亏。

商牧枭直起身，重新戴上口罩："没打。是他单方面打我，我没有动手。"

烧不尽

他说得跟真的一样，我视线缓缓下移，看向他青紫的手背。

"这不是……"他注意到我的视线，抬起手背解释道，"这是我自己砸墙弄的，我真的没打他。"

他不知道我和杨海阳的关系，没必要特意骗我，所以我更倾向于他是真的没打杨海阳——这倒是太阳打西边出来，稀奇了。

"你好好的砸墙干吗？"将讲义置于膝上，我控制着轮椅往外行去。

商牧枭跟上，与我始终差开两步左右的距离。

"因为快忍不住要揍他了。"

要说前面听他说自己真的没打杨海阳还只是惊讶，这会儿知道他竟然情愿砸墙都不揍对方，我简直是震撼了。

也就几天不见，怎么性格差这么多，跟被人下了蛊一样？

"怎么？你觉得我被打成这样，就一定要打回去？"商牧枭见我久久不言，猜到我在想什么，嗤笑着道。

我觉得你不仅会打回去，还会加倍地打。

"没有，只是觉得……有些不像你。"

心里想是一回事，说出口是另一回事。我已经不是想什么说什么的莽撞年纪，知道该怎么见人说人话，见鬼说鬼话。

"哪里不像？"他双手插在外套口袋里，晃晃悠悠走到我旁边，与我并排前行，"我平时就很乖啊。"

我忍不住抬头看他，想知道他是用什么表情说出这种话的。

他感觉到了，垂眼看过来道："干吗？在我看来不作奸犯科就是'乖'了。"

我不予置评，默默看回前路，佩服他这样大言不惭的话还能面不改色地说。

学校里最宽阔的主路两边种着高大的法国梧桐，年岁久了，树冠便连到了一起，将路遮得密密实实。阳光只能借由风的帮助细碎地挤过树叶的缝隙，艰难地向大地传递着自己的体温。

现在是秋末，梧桐树叶已由原先的绿色转成了金黄，想来不用过多久，待黄叶掉落，这条路就能重见天日了。

"你的车修好了吧？"快走出梧桐大道时，商牧枭忽然问。

阳光自脚背攀爬至全身，干燥、温暖，如果我是一个人，这会儿就该停下来晒太阳了。

"嗯，以后不用麻烦你送我回家了。"我特地放慢了速度，想叫这段路晚些结束。

商牧枭毫无所觉，还是依照之前的步速前进，不一会儿就到了我前面。

"你没有忘记明天的约会吧？"他问。

我是32岁又不是62岁，答应过的事还不至于这么快忘记。

"没有。"我说。

Chapter 02

恶枭

他一下子停住脚步，蹙眉看过来，似乎这时才发现我们俩已不在同一条线。

"你怎么这么慢？"他抱怨着，口罩都遮不住他的不耐。

阳光落在他身上，眼角的瘀青越发明显。我眯了眯眼，仍旧慢慢悠悠地往前，并不加快速度。

"等不及你可以先走。"

他闻言轻"啧"了声，听起来很有话要说。

"算了……"但不知为何，最后还是选择将话全部咽了回去，"明天晚上我会去你家找你会合。八点，你别忘了。"

他等在原地，等我到他身边再往前。这次走得很慢，配合着我的速度。

"你到底要带我去哪里？"

前面就是路口，再过去就到我办公室了。我虽然应了约定，也承诺不会回避，但还是想知道自己会被带到哪里，也好有个心理准备。

然而商牧枭还要卖关子。

"好玩的地方，你不会失望的。"到十字路口，他停下来道，"我还有课，先走了。明天见，北教授。"

他倒退着冲我摆了摆手，插着兜转身往另一个方向离去。

我注视他背影片刻，调转轮椅方向，与他背道而行。

一回到办公室，放下讲义，我就给杨海阳去了个电话。

那头没响几声便接了，听声音是在外头，能听到隐隐的汽车鸣笛声。

"对对，就这个位置……喂，北芥啊，怎么了？什么事啊？"

他听起来在忙，我也就长话短说："今天商小姐的弟弟来上课，脸上带伤……"

我话还没说完，杨海阳就激烈地打断我："别跟我提那个神经病！他长这么大还没被人打死真可以说是祖上积德了。"

他开始同我讲述商牧枭到底是个怎样的神经病，这些天又发生了什么。

"那天好好的，什么都好好的，突然我就听到一声巨响，'哗啦'一下，我店玻璃就给人砸了。"杨海阳莫名其妙，出去一看，就看到商牧枭站在外头，拍着手，一脸挑衅，看见他也不逃，还对他竖中指。

新仇加旧恨，杨海阳也承认，是自己冲动了。

"我问他是不是有病，他说'你要是再不和我姐分手，我可能会病得更厉害些，下次砸的就不只玻璃了'。你也知道便利店是我的心血，芸柔又是我的死穴，他一戳戳俩，我上去就给了他一拳。"两人扭打起来，杨海阳正在气头上，也没留意自己打了对方几拳，又挨了几拳，就觉得商牧枭身手还挺菜。

听到这里，我也觉出不对。既然是商牧枭先起的头，怎么会给杨海阳这样白打？

◆ 烧不尽

"你不知道他多能装。我还以为他是真菜呢，结果可能从来没被人这么打过，挨了几拳不行了，本性暴露，一把掐着我脖子把我抵到了墙上，那眼神……我差点以为他要拿刀捅我。结果他一拳砸在了墙上，留下还没反应过来的我拍拍屁股就走了。"

晚上商芸柔就打来电话将他骂了一通，不敢相信他竟然把她弟弟打成那样。到这杨海阳才发现自己中了计，商牧枭那小子竟然用自损一千的方式离间他和商芸柔。用心之歹毒，令人发指。

他这两天既要忙店里，又要哄商芸柔，简直焦头烂额，对商牧枭的仇恨可以说拔升到了历史新高点。

"世上怎么会有这么恶劣的小王八蛋？！"我都可以想象这会儿杨海阳是怎么手捂胸口一副吐血模样。

果然是……不折不扣的恶枭啊。

委屈和可怜都是伪装，不过是他的苦肉计，凶险狡诈才是本性，叫人防不胜防。

"商小姐也是关心则乱，你好好和她说，她也不是不讲道理的人，会想明白的。"又和杨海阳说了些话，他那头正在重新装店里的玻璃，缺个人搭把手，与我说着"下次再聊"，飞快结束了通话。

晚上我收到他信息，说已经同商芸柔和好，还给我看了段商芸柔坐在摇椅上抱着杨幼灵读故事书的视频。

画面中小女孩披散着一头柔软的长发，乖巧地窝在商芸柔怀里，眼睛半阖着，睫毛遮住眼帘，看上去已经快睡着了。

算起来也挺久不见小丫头了，给杨海阳回复信息，告诉他过几天我会去看杨幼灵，杨海阳回了我一个"OK"，暂且约定下周二晚上见。

我做了个梦。

我知道自己在做梦。这个梦伴随了我十二年，头一两年几乎每晚都要梦到，后来随着时间流逝，渐渐变为只在情绪不稳定、压力过大的时候才会偶尔梦见。

行驶的车辆内，耳边是另外三人的说话声。卢飞恒问我要不要喝水，我睁开眼，刚要接过，刹那间天翻地覆。

一切都在翻滚，完全不知道发生了什么，等回过神时，自己已经被甩出车外，浑身都在疼。模糊的视线中，那辆刚刚我还身处其中的SUV翻倒在护栏边，引擎盖整个变形，正冒着火花。

我看到经慎满脸是血地倒悬在车内，生死不知，我想过去救他，可双腿一点反应都没有。

油箱中的油一点点扩散开来，最终被一颗小小的火星点燃，吞噬了整辆汽车残骸。

Chapter 02 恶枭

胳膊被人架起,拖离危险地带。

"还有人……"我虚弱地说着,视线逐渐转暗。

再一睁眼,已是天光大亮。

我躺在自己的床上,听着窗外鸟鸣,缓了好一阵才疲惫地撑坐起来。

没有人喜欢重温噩梦,还是那样一个惨烈的噩梦。

那一整天我都显得心事重重,烧水忘了时间,做菜忘了放盐,连洗个衣服都不记得有没有倒洗衣液。

如果不是商牧枭打电话给我,我可能也会忘了与他的约会。

"我已经到楼下了,你快下来。"声音一顿,他补上一句,"记得带车钥匙。"

我到楼下时,商牧枭靠在他那辆蓝白重机前,正在无聊地抛玩自己的头盔。看到我下来了,他把头盔锁好,朝我靠过来。

"你开车,我来导航。地方有点远,不过风景很好。"

大晚上的看风景?

我内心疑惑不已,但还是按照他的吩咐一路开往他口中的目的地。

路越开越偏,路上车辆越来越少,甚至出了市区,往荒郊而去。

眼看上了山,连个路灯都没,我只得开起远光灯照亮前路。

"还有多久?"我终于沉不住气,开口问道。

商牧枭看着窗外,道:"快了。"语气怎么听怎么敷衍。

随后的一个小时,这段对话又出现了不下三次。

八点开到十点,幽暗的道路两旁是大片的果树,商牧枭说那是樱桃树,也不知真的假的。

"到了,停车!"好像看到了什么记号,商牧枭忽然示意我停车,并且在车还没停稳前就自行开门跳下了车。

搞什么……

我难得地有些动气,为他这样危险的行为。

车辆熄火,我坐到轮椅上,往他所在的方向滑去,草地有些不平,但不影响轮椅前行。

"你知不知道刚刚很危……"绕过车子,眼前豁然开朗,我霎时有些失语。

眼前是一处开阔的观景台,山下黑黝黝的,只有零星的灯火。远方的城市被山峦遮挡,四周是风吹过树叶的簌簌声。当高科技带来的光消失殆尽,群星的光芒变得前所未有的闪耀。

"你看,风景是不是很好?"

商牧枭抬起胳膊,替我引荐这璀璨的银河。

北半球秋季的夜空,头顶上方最主要的星象之一是飞马座。它由数颗亮度不一、大小各异的星体组成。其中最耀眼的四颗组成一个巨大的四边形,每条边代

◆ **烧** 不尽

表一个方向，是秋季夜空十分重要的路标星座，也被称为"秋季四边形"。

"啊，看到四边形了……但为什么是飞马？这东西哪里像马了？"

"我们看到的飞马是倒过来的，顶上那是腿，底下打弯的才是头和脖子。"

我努力向商牧枭描述飞马座的样貌，再借由"秋季四边形"找到附近的几个相邻星座与亮星。

"那颗就是织女星，下面一点的是牛郎星，中间那个是银河。"

星空除了充满无数未解的谜题，也充满人类无尽的想象与极致的浪漫。

如果他能早点告诉我是来看星星的，我可以提前带上指星笔。现在这样，我也只能将就着说，他将就着听了。

讲了十多分钟，头顶的星空能讲的差不多都讲完了。我不再说话，只是与商牧枭静静欣赏眼前的美景。

良久，商牧枭忽然道："北教授，你看星星的时候，会为自己的渺小感到沮丧吗？"他双手撑在砖石垒起的观景台上，仰头望着星空，"我们就像宇宙中的一粒微尘。出现，消失。出现，再消失。以为自己发光发热，独一无二，其实和所有你痛恨的、仰慕的、鄙夷的存在并无差别，也无足轻重……"

遥想第一次用天文望远镜观测星空时，我似乎也有过此类想法——对于整个宇宙来说，人类实在是渺小而卑微的存在。

可能立于辽阔苍穹下，很难让人不去想这些吧。

"你知道人类和大猩猩的区别吗？"

商牧枭看向我，表情带上几分疑惑。有对我的，也有对这个问题的。

"你在考我吗？人类拥有理性，而动物只有知性？"就算再疑惑，他还是给了我一个回答。

山上的夜风有些凉意，我紧了紧外套道："这是叔本华的观点。但在尼采看来，论对这个世界的贡献，人类和大猩猩基本没有区别。只有极少数人能超越自己的动物本性，成为真正有价值存在的'超人'。所以你说的没错，对于这个世界来说，我们都是无足轻重的。"

听到这里，商牧枭垂下眼睫，脸上透出一丝或许可以被称之为"落寞"的神色。

"但是……"话锋一转，他跟着眼睫颤了颤，我接着道，"对于生活在这个世界的我们来说，亲人、朋友、同事、恋人，每个个体都至关重要。放到宇宙中或许是微尘，可拿到眼前，每颗都是无比珍贵的宝石，每颗都独一无二。"只是这些宝石，可能并不会永远属于我们。

最后一句话我没有说出口。虽然我悲观看待世间万物，但我并不强求别人同我一样。

像商牧枭这样的年轻人，人生的路还长，可以慢慢摸索适合自己的那套生存理论，无须旁人强加灌输。

Chapter 02 恶枭

"宝石？"商牧枭哂笑出声，一连念叨了好几句"宝石"，到最后几近喃喃自语。

"那我的人生，实在很贫乏。"

就在我以为他对我的论调嗤之以鼻时，他忽然朝着观景台下大吼一声，接着双手一撑，整个人站上窄窄的砖石墙。

我一下子呼吸都要凝住。此地没有路灯，观景台下黑漆漆的一片，虽说这会儿什么也看不清，但按照常理，多半是悬崖。他就那样危险地站在上面，风大点都能把他吹下去。

"你一个悲观主义者，竟然能说出这样的话。北教授，我有点好奇，你的人生中有过多少宝石？最喜欢的那颗又是怎样的存在？"他好像走钢丝一样，张开双臂，努力维持平衡，走得摇摇晃晃。

杂技团里走钢丝好歹还有安全绳，商牧枭什么都没有，掉下去不死也是半残。而就算他有幸不死，我这副样子又哪里能救他？

简直左右都是死。

"商牧枭，下来。"我沉声命令他，完全顾不上他的问题是什么。

"你在担心我吗？"他仍是嬉皮笑脸、毫不正经的模样。

我努力压抑火气，将手伸给他。

"下来，你这样太危险了。"

他停下让人冷汗直流的走动，背对悬崖，面朝我站立，低垂的视线先是落在我的手上，又移到脸上。

"乖……"

我对他循循善诱，他居高临下地看着我，展开双臂，露出一抹极灿烂的笑来。

"你在担心我。"他满脸得意，作势要向后倒去。

"商牧枭！！"双目大睁，我嘶吼着要去抓他，下一秒身体失去平衡，比商牧枭更先栽倒在地。

掌心被粗粝的石头磨破，火辣辣地疼。双腿以不自然的姿势纠结在一起，绵软无力。

我喘息着，焦急地去寻商牧枭的方位，一抬头却见对方轻巧地跃下了矮墙。

"你怎么这么不小心？"他过来扶我，一脸轻松笑意，仿佛刚才的惊险不过是我的幻觉，"你刚刚叫得好大声，是怕我真的跳下去吗？"

他不是真的要跳下去，他只是在测试我的反应。

我的反应让他好奇，也让他愉悦。

到这会儿我才真正认同杨海阳对他的评价——神经病。他就是个神经病。

我闭了闭眼，试着平复剧烈波动的情绪。

"北教授？北芥？"商牧枭见我没反应，不停叫着我的名字。

如果他有眼力见，就该让我自己安静一会儿。

◆ 烧 不尽

我咬了咬后槽牙，火怎么也压不回去。

可能有好几年，我都没这么生气过了。

猛地挣开他，我拒绝交流，也禁止碰触。

他没有防备，一屁股坐到地上，眉心倏地蹙起，再看我时的目光变得阴狠无比，像只终于停止摇尾巴，回归本性的狼崽子。

是了，狼怎么会乖乖听话？是我异想天开了。

我直直与他对视，表面气势半点不落，内心却在急速思考等会儿打起来要怎么办。

我没有杨海阳的本事，估计至多也就只能咬两口出出气。

约会约到打起来，在我二十岁那会儿都没这样过，也真是越活越回去了。

"和你闹着玩的，至于生这么大的气吗？"对峙片刻，再开口时，商牧枭野兽一样的眼神已收敛大半。

他拍拍手从地上站起，退后几步，靠在观景台的矮墙上，不再试图帮我。

我自己吃力点倒也能回到轮椅上，就是不太好看。所有的挣扎、狼狈、难堪，都会毫无保留地呈现在商牧枭眼前。

残疾是一回事，不想在别人面前表演"残疾"是另一回事。

一切像是静止了，我不动，商牧枭也不动。我们僵持着，大有熬死对方就是胜利的架势。

山里的温度随着入夜越发寒凉刺骨，风一吹，单薄的外套根本无法阻挡寒风侵袭。

我不受控制地打了个哆嗦，没忍住喉头发痒咳嗽了声。

商牧枭那头忽地重重"啧"了声，听着不耐烦极了。

手心一阵阵地发疼，我咬了咬牙，打算就这样坐到天荒地老。

眼前忽地一暗，带着体温的东西从天而降，罩了我满头满脸。

我扯下一看，是件外套。

踩过草地，商牧枭从我身边走过，往车后方去。

"我去抽根烟。"

从他选择回避来看，这场战役似乎是我赢了。但我一点生不出高兴的心思，我觉得自己实在太幼稚了。无论是一个月的送我回家的"条件"，还是宁可坐到死都不愿意在商牧枭面前爬上轮椅这件事，都幼稚得叫人不敢置信。

一支烟后，商牧枭走了回来，我也回到了轮椅上。

"你流血了。"他盯着我的腿。

我今天穿了条白裤子，刚刚在地上搓了一通，染上不少污渍。最明显的还是膝盖位置，布料被磨破了，露出底下沾着土的伤口，黑黑红红的一团，看上去很是凄惨。

Chapter 02 恶枭

"没有感觉。"我将外套还给他,直接塞进他怀里,要收回手时,被他一把攥住。

外套落地,他看了眼我的掌心,道:"手也流血了。"

我都怀疑他是不是真的有夜视能力,眼睛这么尖。

"没事……"我抽回手道,"我不想看了,回去吧。"

在经历刚刚的事后,我想很少还有人可以有闲情逸致和他一起看星星。

轮椅怎么走都是原地打转。我纳闷地向后看去,就见商牧枭捡起地上的衣服抖了抖,另一只手牢牢握着我的轮椅把手,不让我走。

瞬间,我仿如一只被命运扼住后脖颈的猫,只能任他拿捏。

"你干什么?"我压低声音,尽量让自己显得不那么无措。

商牧枭再次把外套丢给我。

"谁说我们今天要回去?"

荒郊野岭,配合他的言行,我脑海里已经浮现出好几个经典悬疑片的开头。

他不是要把我从山上推下去吧……

我用没受伤的那只手将他的外套盖到腿上,一时不知要不要问他我们这是去哪里。

他推着我在漆黑的山路上走了一段,忽然拐了一个弯,进入一条幽深小道。

两旁都是树,成片的树,除了头顶一点星光,几乎伸手不见五指。

"我们去哪里?"紧了紧膝上的外套,我终于忍不住问出口。

"之前尹诺带我来过一次,就在前面了……"几乎是他话音刚落,前方隐隐绰绰出现一抹幽光,近了才发现是只挂在院门旁的纸灯笼。

灯笼左边是一块木牌子,写着小院的名字——流水人家。

再下面是张破破烂烂的纸,用毛笔写着硕大的"摘樱桃,新鲜的水晶樱桃,不甜不要钱"几个字。

"就是这里,饭菜很好吃,床也很舒服。"说着,商牧枭按下门铃。

到这会儿我已经猜出他是要夜宿农家乐,但仍然觉得荒谬。

"我没说过要住这儿。"也从来不知道自己要住这儿。

商牧枭不以为意:"不住,你总要清理伤口吧?这副样子开两个小时的车回去,等到了清湾,你的血都要流干了。"

光听他这话,不知道的还以为我伤到大动脉了。

"这点小伤是不会把血流干的……"

他突然笑起来,打断我的话:"有没有人说过,你太一本正经了?"

有。而且他们这么说的时候,一般是在变相地让我闭嘴。

我沉默下来,不再多言。

"谁啊这么晚……"穿着蓝色布衫的老人家过来开门,一见商牧枭,愣了愣,再见到我,更惊讶了,"这是……摔的吗?"他这话问得明显自己都底气不足。

◆ **烧** 不尽

  "我是之前打电话来订了房间的。"商牧枭并不回答更多，推着我便进了小院，"麻烦快点帮我办理入住，我们都累了。"
  小院是地地道道的中式农家院子，大堂摆着几张圆桌，门口就是 L 形的柜台。
  老人家关了院门，慢悠悠地踱进屋。
  "原来是你啊，我还以为你不来了呢。"他拐进柜台，从底下找了把钥匙上来，"直走右拐第三间房。"

  商牧枭一路推着我找到了房间，进门见到两张床时，我暗暗吁了口气。
  "你等等，我去问老板要个东西。"商牧枭放下我又出去了，过了大概五分钟，回来时手里提着个急救箱。
  他打开箱子，从里面取出棉签和双氧水要替我清理伤口。
  "我自己来就行……"我去夺他的棉签，他一下避让开，没有说话，但已经用行动表明——这不是我能决定的事。
  我真的有些累了，不光是身体上的，也有心理的。商牧枭实在好本事，来看个星星竟然也能把我看得筋疲力尽。
  我冲他笑笑，做了个"你请"的手势，放弃了对自己伤口的自主权。
  "小时候我摔倒，父母只会让我忍耐，只有姐姐会给我处理伤口。但她有些笨手笨脚，总是弄得我很疼，长大一些我就学会自己处理伤口了。"他的动作十分轻柔，几乎没让我感受到太多疼痛，果然是技术娴熟。
  "你很爱你姐姐。"
  商牧枭的手一顿，棉签没控制好力度，戳进肉里，一阵尖锐的疼痛。我下意识地想要缩回手，被商牧枭更用力地攥住手腕，又拉回自己面前。
  这次他的动作更小心，棉签所过之处，会感觉到有股微凉的气息。
  "因为，她是我唯一的一颗宝石。"他低垂着脸，我只能隐隐看到他似乎勾了勾唇，"我不像教授这样富裕，有那么多宝石。我只有一颗，当然会很珍惜。"
  他这话说的，纵使钢铁心肠的人听了都要心中一酸。想到他从小的成长环境，爹不亲娘不爱的，忽然又有些理解他方才疯狂的行径了——那是自小养成的，对于"注意力"的下意识争夺。
  不对……
  我一下警醒。我为什么要给他找理由？他既然能对商芸柔用苦肉计，那也能对我用。发一下疯再扮一下可怜，博取我的同情，就像处理伤口一样，说不定也是他的拿手好戏。
  摒除那点微乎其微的酸楚，我直击他的要害道："你珍惜的表现形式，就是逼她和男朋友分手吗？"
  商牧枭根本不觉得自己做法有问题，语气颇为理直气壮，很有自己的一套理论："他们不是一个世界的人，在一起也不会幸福。那个男人学历低，没有钱，离

Chapter 02 恶枭

过婚，还带着个女儿。我姐有钱有学历，年轻貌美身材好，值得世上最好的男人。"

他越说越嫌弃，说得我都心虚起来。清咳一声，我问："你爸爸是什么态度呢？他也反对吗？"

"他根本不关心我们的死活。"商牧枭丢掉棉签，替我的手包上纱布，"他还活在梦里。"

对于商禄，他没再多说什么，我也不好多问。但看得出来，他们关系的确不太好。

"听说你要退学？"我岔开话题。

商牧枭垂着眸，手上认真卷着纱布，语气颇为不以为意："啊，你消息还挺快。对啊，手续已经办下来了。"

"为什么？"

"不想学了呗，没有为什么。"

他一副不想多聊的样子，我也就没继续深入。

包完手，他从急救箱又重新取出一支棉签，半跪下来，十分自然地要去卷我的裤腿。

我愣了两秒才反应过来他这是要替我处理腿上的伤口，赶忙握住他的胳膊，惊慌制止他的动作。

"等等。腿我可以自己来，我自己来就行。"

自从车祸后，我就不喜欢别人碰我的腿。除了理疗师，这双腿就跟古代小姐的三寸金莲一样，旁人轻易难看到。

商牧枭深深看了我一眼，直起身，将棉签丢回箱子里。

"我先出去。你别自己偷偷溜走啊，毕竟……"他举起右手，向我展示食指上的东西，"车钥匙在我这里。"

我一摸口袋，只摸到手机，车钥匙都不知道是什么时候被他偷走的。

怎么会有这种人……

直到房间里只剩我一人，我都处于一种极度震惊中。

主体由动机驱动，通过行动呈现意志。换言之，万事万物都有动机，这世界不存在没有动机的行为。

商牧枭做事也该有动机，可他的动机实在让人无法捉摸。只要是关于他的，就没有一件事的发展是在我意料之内的。

之前我觉得他不如商禄有亲和力，看着难以亲近，但现在想想，或许难以亲近并非他给人的感觉。难以亲近只是我的直觉在告诉我，我该远离他，我们不是一路人。

比起商芸柔和杨海阳，我们才真正是两个世界的人。

腿上没有知觉，自己处理起来也很方便。我略显粗暴地清理完伤口，贴上纱布，商牧枭都还没回来。

◆ **烧** 不尽

　　将他的外套放到其中一张床上，我控制着轮椅往阳台门方向去。刚刚我就注意到，屋里还有扇门，本以为是个阳台，结果打开了发现是院子。

　　院子用花草围成天然屏障，没有太多的装饰，只在廊下放了一张桌子两把椅子。

　　今晚的月亮格外圆。我在院子里看了会儿月亮，听到身后有响动，回屋里一看，商牧枭已经回来了。

　　他只在下身围了块浴巾，上身赤裸着，头发还在不断滴水。

　　仔细一看他身上还有伤，肋部和腰上都有不同程度的瘀青。杨海阳这是下死手了，半点没留情。

　　"你要洗澡吗？"他问。

　　我回身关上门，对他的提议置若罔闻。

　　"车钥匙什么时候还我？"

　　他摸出手机，开始玩起来。

　　"明天吧。"他说。

　　这是必须要过夜的意思了？

　　我忍下长叹一口气的冲动，眼不见心不烦，控制着轮椅往浴室去。

　　这里只是普通农家乐，所有设施优先为普通人服务，没有什么残疾人专用设施。这就意味着，无论是上厕所还是洗澡，对我来说都将是万分困难的一件事。

　　幸好也就一晚，克服一下应该也能过去。我都不知道为什么，突然在这种时候生出了为数不多的乐观想法。事后证明，这可能也是大脑的一种保护机制——为了安抚我即将崩溃的内心。

　　简单擦洗了身体，再出浴室时，屋内的灯光已经转暗。商牧枭那张床已经没了动静，被子隆起一坨，只在顶上露出一点黑发的局部，看着是睡着了。

　　还好睡着了。

　　轮椅行驶在地毯上，没有太大的声音。注意着不要吵醒对方，我将轮椅停到床边，一侧紧挨着床沿，接着姿势有些狼狈地撑住床面侧身翻滚了上去。当终于靠着双臂力量倚到床头时，我已经止不住地气喘吁吁。

　　看了眼受伤的手掌，雪白的纱布表面透出一点血迹，是刚才撑到床上的时候弄的。

　　这也是我一定要等商牧枭睡着的原因。无论平时伪装得再好，一到这种时候，我还是会变回那个无用的、什么事都做不成的废物。太难看了。

　　残废已经很要命，只有一只手的残废，真是要命中的要命。

　　苦笑着盖了点被子到身上，又看了眼商牧枭方向，他还是原来的姿势，似乎已经熟睡。

　　我没有睡得太实，一来陌生环境下我不太习惯，二来……我又开始做梦。

Chapter 02 恶枭

"北芥，这次旅行回来，我有话要和你说。"卢飞恒唇边带着点温柔的笑意，摸着我的脑袋道，"我想了很久，觉得还是应该告诉你。"

我不太喜欢别人碰我的头发，避了避，不解道："什么话不能现在说吗？"

"不能。现在还是秘密，无法解锁。"

那时候我还太年轻，无法从他复杂的目光和言行中得到更多的讯息，只是有种奇怪的预感，他要说的话很重要，非常的重要。

"神神秘秘的。"他不肯说，我也就不再追问，以为五天后就能知道答案，却不想第二天我们就阴阳两隔了。

他的秘密到底是什么？他想和我说什么话？这些问题曾经也是困扰着我的梦魇。后来随着年纪增长，慢慢地，从犹豫到不敢置信再到确信，某一天我突然就醒悟过来，原来自己错过了一场年少轻狂的爱情。

卢飞恒、经慎、徐尉，是我大学时的朋友。我对卢飞恒与对另外两人并无不同，从没想过他会喜欢我。但回首往事，其实很多细节都已经非常明显。就连经慎和徐尉，我都怀疑他们早就看出端倪，才会提议大家一起去古镇游玩，好为我和卢飞恒创造机会。

结果，机会没创造成，大家先遭遇了严重的车祸。

由于前车突然变道，经慎避让不及，致使车辆失控撞上了高速隔离护栏。

我和徐尉被甩出车外，我幸运一点，活了下来，而徐尉不太巧，摔出来时后脑着地，救护车赶到前就已经咽了气。另外两人由于坐在前排，被死死卡在了严重变形的车里，连消防车都没等到，便被熊熊大火吞没。

有很长的一段时间，我睡着后都能听到他们俩的惨叫。

我痛苦无比，将此事告诉了母亲，她却说那不过是我的幻觉。着火时他们俩已经受了重伤，意识模糊，根本不可能叫得出来。

她就是这样的人，从来都是冷冰冰、硬邦邦，没有一点温情。

我的梦境十分凌乱，上一刻还在与卢飞恒说话，下一刻便坐到车里，再下一刻，车子就失控撞上了隔离护栏，我猛地醒过来，人已经摔到床下。

我还有些蒙，扶着额不是很清醒，满心疑惑为什么有护栏还能摔下来？又为什么身下这样柔软，家里什么时候铺了地毯？

"喂，你没事吧？"

直到商牧枭的声音响起，我才渐渐回神，想起自己这是在外头，在一家名为"流水人家"的农家乐里。

"没事……"头顶的灯骤然亮起，我不适地举手挡了挡眼睛。

商牧枭那头传来窸窸窣窣的声音，没多会儿，他跳下床，身上只穿了条牛仔裤。

我还有些蒙，只是愣愣地看着他，连拒绝都忘了。

他将我连人带被子抱到床上，我坐着缓了片刻，他用这段时间套上了 T 恤。

✦ 烧不尽

"七点了,你饿吗?"他看了眼手机道。

我摇摇头,缓过劲儿后,饥饿感并不明显,可另一种生理欲望却渐渐突显,存在感十足。

"有点饿了,我去看看老板有没有准备早餐……"

他转身要走,我感觉那股欲望越来越强烈,再忍下去估计就要不太好看,忙一把扯住他下摆。

"能不能……先抱我去洗手间?"

别的我都可以不求助他,但就这事,要是靠我自己,等挪到马桶上估计都要尿裤子。

商牧枭没有反应,我也没去看他,心里一时还在为自己的不争气感到懊恼。

我能感到他的目光在我身上游移。但就跟我无法确定他行事的动机一样,我也无法确定这股视线的动机。

只是觉得有些像突然蒙上脸的蛛丝,无形、黏腻,还很险恶。

半晌,他突然动起来:"你要上厕所啊,早说嘛。"他弯下腰,利落地将我再次打横抱起,往浴室而去。

我低垂着脸,整个人都恨不得就地蒸发,根本无法直视他。

过程并不顺利,可能是昨晚没睡好,也可能是早起的起床气,让我从昨天开始积累的情绪彻底爆发了。

我异常沮丧,为自己连单独上个厕所也做不到,也为必须要这样接受商牧枭恶劣的戏弄。

我缩在床上,把自己尽量缩小。

头顶的灯光有些晃眼。我不知道商牧枭回去做什么,我只想把自己藏起来。

我后悔了,我不该任由商牧枭靠近,也不该觉得这只是一场小孩子打发无聊无伤大雅的游戏。

我该离他远远的,该离所有人都远远的。

我用被子将自己包裹起来,形成一个巨大的茧。黑暗密闭的环境有些憋闷,但可以让我稍稍平静下来。

无法躲避,无法逃离。我只能这样自我麻痹,骗自己:这个堡垒很安全,谁也进不来。

脚步声靠近,商牧枭从浴室里出来。

"你不闷吗?"他看到我这个样子,笑着来扯我的被子。我死死拽住,没让他得逞。

"别跟我说话。"我隔着被子对他道。

外头一静,过了片刻,响起商牧枭有些好笑的声音:"就因为你让我抱你去上厕所?"

我闭了闭眼,将自己裹得更紧。

Chapter 02 ✦
恶枭

"你要一辈子不出来吗？"

我没有回答，躲在堡垒里很有安全感。

"又不会有别人知道，你到底在意什么？我还以为你不会介意别人对你的看法。"他用蛮力扯下我头顶上方的被子，让我露出脸。

我怒视着他，声音喑哑道："走开。"

我是不在意别人的看法，但我有自己的感受，我现在感受很差。

他愣了愣，好像没想到我是这个样子。

"你哭了？"

我确定我没哭，但我确实情绪一激动就容易红眼睛，看起来就和马上要哭出来一样，为此还经常引发误会。

"没有。"撇开脸，我不去看他。

商牧枭在床边坐下，有那么两分钟没有说话，两分钟后，他突然就妥协了。

"唉，我错了，我错了还不行吗？都是我的错。"拖着音调，不是很情愿。

我看回他，问："车钥匙呢？"

他掏了掏口袋，将车钥匙往床头柜一扔。

"你自己擦手吧。"他将手里一直攥着的湿毛巾丢给我，随后第三次进了浴室，听动静，应该是去洗漱了。

用完早餐，我和商牧枭启程回了清湾。路上我不想说话，他也识相地没来招惹我。

手上的伤被重新包扎过，伤口与纱布黏在了一起，撕下来时又出了不少血。

在给我贴上第二块纱布时，商牧枭突然就和我说了对不起。

要不是我看着他动的嘴，我都要怀疑自己是不是幻听。

"原谅我吧。"他抬眼看我，在我伤口上吹了口气，"吹一下，就不那么疼了。"

那里贴上了纱布，分明感受不到他的气息，但当他吹气时，我的肌肉仿佛感受到疼痛一般，不自觉地痉挛起来。

我抽回手，有些怕是伤到了神经，但之后这种情况再没有出现过。

那边商牧枭还在问："原谅我了吗？北教授。"

小孩子的世界总喜欢追根究底，问个明白，但成人的世界有太多顾忌，不能肆意妄为。

虽然他真的很可恶，但我以成年人的大度，最后还是接受了他的道歉，纵使我"嗯"出口的时候也十分勉强。

回到我家楼下时已经快要中午。商牧枭的蓝白重机仍然停在原地，像个安安静静的美男子，路人经过它，总忍不住多看一眼。

"那我走了，下次再一起玩啊。"戴上头盔，拧动油门，商牧枭与我说了回程

◆ 烧 不尽

以来的第一句话。

他竟然还想有下次？

"走好。"虚情假意地同他告别，我头也不回地钻进电梯。

回到熟悉的家中，明明只是离开一夜，我却觉得恍如隔世。

在客厅里静静待了一会儿，我进浴室洗澡，没有特别照顾腿上的伤口，仗着它感觉不到，任它被水流冲刷得泛白。

洗完澡，我舒适地躺到床上正准备补个觉，突然想起晚上还有心理互助小组的活动要参加。

给廖姐去了个电话，告诉她自己身体有点不适，这周不能去参加活动。廖姐表示理解，对我很是关心了一番。

好不容易挂断电话，感觉更累了。

一觉睡到接近晚上，再醒来已是下午五点。

我打开软件，想给自己叫个外卖。北岩的电话就是这时候进来的。

他带着哭腔，让我去接一下他，说自己和父母吵架了，再也不想回家里。

他从小被寄予厚望，一向管束很严，一日三餐，学习补课，连课余时间都被安排得明明白白，甚至连交友都要过审。

看着他，就像看着小时候的我。

一个孩子失败了，他们就用同样的办法培养另一个，仿佛我们不是活生生的人，只是工厂流水线下来的木偶玩具。

我让他待在原地不要动，告诉他马上会去找他，在确保他会按我说的去做后，我掀开被子就要下床，然后就被自己晾在外面的伤腿吓了一跳。

只是几个小时，它竟然就开始发炎化脓了。

赶时间，我也顾不了那么多，匆匆用纸巾擦去脓血，贴上纱布，便驱车前往北岩的所在地。

到了地方才知道，那是一家宠物医院。

我一进门，所有人都看着我，只有北岩从椅子上站起来，往我这边跑过来。

北岩这两年长身体，吃得多，奈何发育没跟上，有点往横向发展。

矮矮壮壮的一只，脸颊十分饱满。

"你在这种地方做什么？"我问。

他扭捏了一阵，不敢看我。

"北岩。"我沉下脸。

他害怕起来，瑟缩了下，终于说了实话。

原来他在路上看到一只被车撞了的流浪狗，觉得可怜，自己把狗带到了医院，又因为没有钱也不敢告诉爸妈，只能打电话求助我。所谓跟父母吵架，都是骗我的。

Chapter 02 恶枭

他一说完，里间恰好出来一名身穿绿色手术服、脸戴口罩的年轻兽医，问出车祸的小土狗是哪家的。

"我我我，是我的。"北岩激动地凑上去。

我也跟了上去，看到对方胸牌上的名字是"贺微舟"，便叫他"贺医生"。

"狗怎么样了？"

贺微舟摘下口罩，露出一副疏淡却颇为耐看的五官。

"双后肢骨折，两条腿已经打好石膏，但还需要输个液。"说着他带我们去看了麻醉还未过去，尚在昏睡中的小狗。

小狗是只土狗，大概也就三个多月大，可怜巴巴地趴在那儿，舌头耷拉着，跟死了一样。

这狗是带不回去了，无论我那儿还是我父母那儿，都没有它的容身之处。

为今之计，也只得暂时将它寄养在宠物医院，等它痊愈再为它另寻主人。

余喜喜似乎一直想养条狗防身，到时候问问她吧。

为了联系方便，离开前，贺微舟留了我的手机号码，说会定期给我发小狗的照片。

处理完一只小崽子，还有另一只。

我让北岩上车，将他送回了家。

"以后有话直说，不用骗我。上去吧。就说今天补习班放晚了，路上还塞车。"

北岩磨磨蹭蹭下了车，问我："不上去吗？"

我看了眼那道熟悉又陌生的绿色铁门，摇了摇头："不了，等会儿我还有事。"

"哦。"他看起来有些失落，"那我上去了。"

掏出钥匙开了铁门，他噔噔几下上了楼，消失在我的视野中。

这个点家家户户都在做饭，满小区的饭香，父母应该也在等他回去吃饭吧。

按了按瘪下去的肚子，我点开外卖软件，接着之前的操作叫了份盖浇饭。等到家的时候，它就被放在门口。米饭都已经涨开，凉了，还很难吃。

食之无味，弃之可惜。

吃了几口实在吃不下去，最后我还是将它送给了垃圾桶。

"小芥，你怎么这么久没来看我啊？"杨幼灵坐在我怀里，语气透着不满。

"因为我要工作赚钱啊。"我点点她小巧的鼻头，将轮椅停在餐桌前。

"这么辛苦呀。"小姑娘用手里的兔子玩偶亲了亲我的脸颊，道，"那好吧，原谅你了。"

"吃饭了。"杨海阳端着最后一道汤从厨房出来，见女儿坐在我身上，赶紧让她下来。看表情都知道他有多怕杨幼灵把我给压坏了。

其实我没那么脆弱的，自从和商牧枭看过星星，我都觉得自己无论身体和心理都更坚韧了一点。

◆ **烧** 不尽

"哦。"杨幼灵噘着嘴跳下轮椅,抱着毛绒兔子坐到了自己的专属座位。

据说这只粉色的兔子玩偶是商芸柔送给她的生日礼物,小姑娘很喜欢,最近走到哪儿都带着。

饭菜都是杨海阳亲自做的,作为家常菜来说,味道很不错,比外卖好吃多了。

吃着饭,我和杨海阳有一搭没一搭地闲聊着,大多是些家长里短的话题,杨幼灵在幼儿园的表现,便利店的生意,他和商芸柔……

"我喜欢芸柔阿姨,我想让她做我的妈妈!"一听到商芸柔的名字,杨幼灵从自己饭碗里抬起头,唇边还粘着一粒米。

"可是芸柔阿姨还没同意要嫁给我呢,你说要怎么办?"杨海阳替女儿收拾干净唇边的米饭,笑得一脸慈父模样。

"那你就多努力呀。"杨幼灵纤眉一蹙,很认真地支招,"装装可怜,芸柔阿姨那么好,会同情你的。"

我忍不住笑出声,对杨海阳道:"叫你装可怜听到了吗?学学。"

杨海阳也是哭笑不得:"我又不是商牧枭,我可装不了可怜。"

听到商牧枭的名字,我唇边的笑意淡了些,故意岔开话题道:"你已经求婚了吗?"

杨海阳原也是顺嘴一提,很快将商牧枭抛诸脑后,开始说起自己的求婚计划。

"我准备感恩节那天求婚。"

"感恩节?"虽然也是个节日,但国人多不信教,很少听到会特地选在感恩节求婚的。

杨海阳道:"如果求婚成功,每年的这一天都会是我的感恩节。"

我怔然稍许,心中万分感慨,想不到杨海阳也有这样深情浪漫的一面。

"我已经提前订了烛光晚餐,也买好了戒指,只求那天顺顺利利,不要出什么意外。"他眼里闪过一丝忧虑,但很快散去,也没和我深聊。

我想我知道他口中的"意外"是什么。若被商牧枭得知他求婚,恐怕就不是石头砸玻璃这么简单了,我都怕他被商牧枭暗巷偷袭,砸破脑袋。

吃完饭,杨海阳收拾完桌子,从卧室拿出两张画展门票给我。

"梅紫寻个人画展?"我读着门票上的抬头,对这名画家并不熟悉。

"是芸柔的妈妈。"杨海阳道,"她去世后,生前画作皆由她名下的基金会管理,每年会定期在世界各地举办画展,收益除了维持基金会的日常运营,都会用于慈善。"

"票是芸柔给我的,让我送你,说你一看就是很有艺术鉴赏力的人……"

虽然美学也是哲学体系的一个分支,但我从来只是研究和探讨它,对它所呈现的作品却知之甚少。不过……

"替我谢谢她。"既然是商芸柔特地送我的,那我怎样也要去一去,也好不辜

Chapter 02 恶枭

负她的好意。

我身边对画展感兴趣的也只有沈洛羽，打电话给她一问，她这周六正好有空。

画展是上午八点到下午五点，地点在国立美术馆，我与沈洛羽约定下午三点在美术馆门口碰面，结束了正好一起吃个饭。

去画展前，我专门上网查了查梅紫寻的资料，好对她的画有最基本的了解，不至于到时什么都看不明白。

网上多是她的画展信息、生前获奖情况等等，对于商禄只是一笔带过，"抑郁症""自杀"等字眼更是一次都没出现，只说她因病去世，享年不过三十七岁。

她最具代表性的画作，多停留在三十岁前，明媚绚烂的颜色与自然风景相结合，造就她独特的个人风格，她还曾被著名书画评论家范峰称为"东方印象第一人"。可惜三十岁后，由于病痛折磨，她的画作逐年减少，最后两年已经停止创作。

《园景》是她在三十岁那年创作的最后一组巨型油画，一共三幅，每幅的尺寸都是190厘米×200厘米，可以说是每次画展当仁不让的主角，就连门票上都印着这组画的局部截图。

到了周六那日，我和沈洛羽碰头后一起进了美术馆，随即便分头逛展，各看各的，只约定五点在出口集合。

展厅挺大，但人不算多，有时候一幅画看半天都没有人来打扰。

梅紫寻的画色彩的确厉害，网上看已经很漂亮，现场再看真迹，只能用"震撼"形容。

我慢慢地逛，一幅幅地看，一个人看得津津有味，到展出《园景》的区域时，已经接近四点。

偌大的展厅一头进一头出，有两个口。我刚要进去便看到正中站着一个人，头戴鸭舌帽，身穿黑色机车装。不用看清全脸，只是一个侧影我就认出那是商牧枭。

这一周他都没再来我眼前晃，随着约定取消，似乎我和他的联系也都断了。

手脚的伤口经过一周的愈合已经结痂，相信再过一段时间便能恢复如初。我以为商牧枭也会像这伤口，逐渐淡出我的记忆，再不会有交集，结果逛个画展都能遇到……

也是，这本来就是他妈妈的画展，他当儿子的来看一看又有什么奇怪的？

我正打算静静地，趁他还没发现赶紧退出去，余光一扫，看到他手里握着的东西，心头陡然一跳。

那是一把陶瓷开箱刀，长得像笔，可以伸缩，是拆快递的一把利器。我之所以知道，是因为我也有这样一把刀。

它不似传统刀片那样锋利，但要划破画布，那还是绰绰有余的。

✦ 烧 不尽

　　商牧枭静静地站在《园景》前，仰头看着最中心的那幅，手上不断将陶瓷刀头伸出又缩进，并没有察觉我的到来。

　　他的脸色十分阴郁，望着眼前画作的表情隐带狠意，仿佛那不是他梦中美丽的家园，而是他的噩梦所在。

　　我有预感他要做些糊涂事，他特地带了陶瓷刀躲过安检，我不觉得他只是为了在这里收快递。

　　忽然，他朝着画走了过去。

　　"商牧枭！"在理性发挥作用前，我的身体自己做了选择。

　　商牧枭停住脚步，见鬼一样看向我，我趁机过去一把握住他的手腕。

　　"放开。"他语气恐怖，没有纠结我为什么出现在这里，只是要我放开他。

　　他越是这样，我越是不放，反而握得更紧。

　　"你要做什么？这里到处是监控，每幅画都装了报警器，你疯了吗？"这些虽是他母亲的画，但严格说来已经属于基金会，他不能拥有，更无权毁坏。

　　"再说一遍，放开。"最后两个字，他吐字清晰，一字一顿。

　　没看到就算了，都过来了怎么可能视而不见？

　　他抬手想要挣脱，我牢牢握住不让他动，两个人在展厅里拉扯起来。他觉得我多管闲事，我觉得他太不听话，两人的动作都带了火气。

　　我不明白他为什么总要做些出格的事，分明有大好青春，却过得稀里糊涂。

　　"把刀给我。"我去抢他的刀，他反抗激烈，争夺间掌心锐痛袭来，下一秒刀落到地上，因着作用力滑至墙根。

　　"你……"他火大到不行，我觉得有那么一瞬间他是真的想把我弄死，可一看到我的手，他又怔住了，情绪也凝滞在那儿，发不出，消不去。

　　我的手被陶瓷刀划破，掌心留下一道血线，还好不深，只是新伤加旧伤，怕是又要养好一阵子。

　　我举着手，从怀里掏出纸巾按住伤口，没再看他。

　　"你不该拦我。"他话里恨意难消，但已趋向平和，听着是放弃了毁画的意图。

　　展厅外传来人声，远远的有几分嘈杂，对讲机的声音穿插其中，似乎是展厅安保从监控中察觉此处异样，让就近的人过来查看。

　　我赶忙抬头去看商牧枭，见他还坦然站立着，无所畏惧的模样，蹙眉催促道："还不走？"

　　他深深看我一眼，又去看《园景》，模样颇为不甘，但形势所迫，也只能匆匆从另一个口离开。

　　他走后，我马上从墙根处捡起陶瓷刀，刚放进轮椅边上的储物袋，安保紧随其后，目光扫过我，检查了一圈展厅情况，见没有发现异常，回复了对讲机后，又到了别处巡逻。

　　我塌下肩膀，大口深呼吸，后知后觉地发现自己刚刚紧张得连呼吸都忘了。

Chapter 02
恶枭

后半段我已无心看展,提早出去在附近药店买了纱布,简单处理了伤口。五点清馆,与沈洛羽在大门处会合,她看到我手上的伤很是惊讶。

"你这伤哪里来的?之前有吗?我怎么不记得?"她扶了扶脸上的眼镜,凑近了想要看得更仔细。

我藏了藏,没让她看太清。

"有,你没看仔细吧。我上礼拜不小心摔的,腿上也有,不过已经好得差不多了。"

"你摔了?怎么摔的?哪里摔的?腿没事吧?"她一连问了好些问题,完全不怀疑我话语的真实性。

"我饿了,我们直接去吃饭吧。"我有意回避,她的问题一个不答,只专心第一等人生大事。

"哎呀你……"她撬不开我的嘴,明显被气到,但偏偏又对我无可奈何,只一会儿便自己追了上来,"那去我上次说的那家吃吧?"

本以为画展一役后,我与商牧枭的缘分便彻底了结,除非校园偶遇、他姐结婚,私下该不大有机会再遇上。

可没想到第二天我就又遇上了他,还是在自家门口。

他浑身湿透地挡住我的去路,雨水从发尖滴落,顺着眼尾滑下,像只神气不再的落水狗。

第三章

不能释怀也没关系

"是这样的……"廖姐声音有些低沉,面色凝重,"我们小组的黄老先生,昨天不幸病逝了。"

此话一出,众人一片哗然。

"怎么会……"

"这病是很快的,老黄都这么大岁数了……"

"上礼拜感觉他还好好的,太可惜了……"

虽然我没参加过几次活动,对小组成员还不是很熟悉,但上周还说说笑笑的人这周就突然离世了,任谁都会感到唏嘘。

印象里,黄老先生是个十分随和的老人家。七十多岁了,白发苍苍,精神看起来很好,不说都没人会信他是名癌症病人。

据说他是在一年前查出肺癌的,医生让他化疗,他觉得年纪大了,未必撑得过,只进行了保守治疗,另外再给自己报了个心理互助小组来调节心情。

"黄老先生留下了一封信,指名是要给互助小组的各位的,大家一起听一下吧。"廖姐将一直拿在手中的白色信封撕开,取出里面的信纸,当着大家的面念了起来。

"大家再见,下次见!"

"下次见。"

六名小组成员逐一别过,出了体育馆才发现外面下起了大雨。

我有些发愁,今天出门时忘了看天气预报,我没带伞。

"老、老师……"身后传来一个怯怯的声音。

我回头看去,是那个胆小羞涩的高中女孩。

她一旦被人直视似乎就不知道该怎么说话了,盯着我的脸足足愣了三四秒,才像突然想起什么一样从包里掏出一把伞。

Chapter 03

不能释怀也没关系

"您……您没带伞吧？我，我可以送您到车上。"

我看了眼她的伞，是属于少女的粉色。

"谢谢。"我轻声道。

雨有些大，她的伞全都遮在我的头顶，到停车位的短短几步路自己半边身体都淋湿了。

我不太好意思白受她这恩惠，询问她家在哪儿，打算送她一程。

"不用的不用的，太麻烦了……"女孩忙摆手谢绝，"我自己坐公交车回去就好的。"

这天气在公交站站五分钟都很要命，更何况她衣服还湿了。我看她握着伞的手整个都被冻红了，猜她应该很冷。

"上来，快点。"我不自觉带上点上课时的严厉，女孩一哆嗦，果然乖乖上了车。

她家住在学校的另一头，与我家是彻底的两个方向。

两个人一辆车，总不说话有些奇怪，奈何女孩性格内向，我也不是多话的人，只是一开始说了两句，之后便再没有互动。

"老师，死亡是什么样的呢？"快到目的地时，女孩毫无预兆地开口。

我张了张口，不知道该怎么回答。

探讨"死亡"是哲学永远的主题，但要将它定性却很难。

"有哲学家认为，肉体的消亡并非真正的死亡，真正的死亡是意志的泯灭。一个人肉体死亡，但意志长存，他便永远活在世间。一个人虽然活着，可意志早已不再，活得犹如行尸走肉，那这个人活着也是死的。"

女孩静了片刻，又道："黄爷爷的意志……还在吗？"

"你看过《寻梦环游记》吗？"

"啊……"女孩愣了愣才道，"看过。"

其实我没有看过，但余喜喜看后第二天就来学校将整个剧情都跟我复述了一遍，说到动情处还哭起来，认为此片无可超越。

"只要我们还记挂他，他就还在。"我说，"你可以这样认为。"

女孩下车时又和我道了谢，还是不敢看我，但话语流畅许多，好像已在心中模拟了多遍。

"谢谢您。我明年就要高考了，希望能考上清湾大学哲学系，成为您真正的学生。"她开门撑伞，忽然又回头，"那个……您可以叫我天儿。"

第一次参加小组活动，每个成员都有自我介绍，我记得她姓于。

"嗯。小心湿滑。"

我同她告别，设置了回家的导航。

车内寂静无声，开着车，脑海里不自觉又想起黄老先生的信。不怪于天儿忽

✦ 烧 不尽

然多愁善感，在听过那样一封诀别信后，没有人还能对死亡无动于衷。

众位小友，当你们读到这封信时，我应该已经不在人世。我黄寅国虽与各位相识不久，但也算彼此交心。人生最后的时刻，我想给不快乐的各位支个招。

把每天都当作最后一天来活吧。既然明天要死，为什么不能放纵自己？既然明天要死，为什么不珍惜今天？既然明天要死，那就把烦恼留给明天。

从前我也觉得自己活够了，七十六岁，看尽社会变迁，人世繁华，子孙满堂，家人和睦，还有什么遗憾？但到临死了，才发现自己有许多不舍。长篇大论不说了，最后一句——你们还年轻，你们要好好活。

好好活啊……
听着简单，字也少，但真正做起来就出乎意料的难。

将车停好，按下电梯楼层，十几秒后，电梯停稳，"叮"的一声，门朝两边缓缓打开。

一出电梯门，我便看到了瘫在我家门口的"庞然大物"。

他靠坐在门上，浑身都湿透了，也不知是不是冻着了，脸很白，嘴唇也缺乏血色。

真想让这狗崽子听一听黄老先生的信。

他微微闭着眼，不知道是不是睡着了。

"商牧枭。"我来到他身前，轻声叫他。

他闻声动了动，一点点睁开双眼，不知道是不是因为脸上其他颜色淡了，他一双眼便显得尤为深邃浓黑。

"你终于回来了……"他揉着额头，努力使自己清醒。

"你怎么到这里的？"一见到他，我的手都不自觉痛起来。

他仰起头，后脑抵在门上，声音满是疲惫。

"走过来的，结果半路还下了雨。我姐姐不在家，应该又去找那个男人了。我没有地方可去，你收留我吧。"他的头发还在滴水，身上没有一处干的，可以说狼狈落魄到了极致，我与他至多只是互相认识，他却语气自然得好似我们是多年老友。

我应该把他赶走，遇见他就没有什么好事，可他绝不会乖乖听我的，而且他挡着门我也进不了家。

好歹是杨海阳女朋友的弟弟，和我也算师生关系，他现在状况不太对，收留一下……也不为过吧。

Chapter 03

不能释怀也没关系

"先进屋吧。"

商牧枭站起身,朝旁边让了让。

我开门进到屋里,正要去开灯,窗外忽地落下一道闪电,接着便是隆隆雷声。

"我妈妈,就是在这样的雨天去世的。"商牧枭走到窗边,静静去看外面的雨,"她把所有人都支走,把我丢进了雨里,我拼命拍着门想进屋,始终得不到她任何回应。雨好大,我好冷,我不明白她为什么一直不喜欢我。后来,姐姐从学校回来了,司机撞开了门,他们在画室找到她。她穿着一条白裙子,睡得很安详,是我见过的,她最平静温柔的样子……"

他语气平平,我却听得心惊胆战。

我记得余喜喜说过,商禄的妻子去世时,商牧枭才五岁吧。

怪不得他这样讨厌雨天。一个五岁的孩子,任何一点悲伤的记忆都足以成为一生的阴影,更何况这么惨烈。

我一时不知道要如何接话,也忘了要去开灯,只是定在原地,望着他的背影。

"以前只要下雨,姐姐就会很担心我,可是今天她甚至都没有打来电话。她最关心的已经不是我了。"他转过身,靠在窗上,语气并不激烈,甚至可以说毫无起伏,"唯一的一颗宝石,我也要失去了。"

富有的人,不会在乎他的财产里是否少了一块钱,而贫穷的人,一块钱都有可能要了他的命。

他的眼神让我不安,而这份不安并非出于恐惧或者担忧……它来自心口的酸楚。

"你先洗个澡吧,我去找找有没有你能穿的衣服……"我避开他的目光,一头钻进了卧室。

抬手按了按胸口的位置,只是一会儿,酸楚消散,不安也跟着退去。

人类为什么不能多掌控一点身体的主权呢?我无声地叹了口气。

叫了附近便利店新睡衣新内裤的外送,十几分钟后,门铃响起,我出了房门,听到浴室的水声,知道他是听话地去洗澡了。

谢过外送小哥,我拿着塑料袋往浴室走去。

我这房子虽说只是一室一厅,并不大,但有两个洗手间。一个在我房里,是我专用的,洗手台的高度等等都根据我轮椅的高度进行了调整,另一个就是商牧枭现在在用的,是客人专用的洗手间。

"开一下门,拿衣服给你。"

淋浴的水声小下来,最终完全消失。过了会儿,浴室门开了条缝儿,从中窜出一股湿热的空气。

"谢谢。"商牧枭轻声道谢,从我手中拿过塑料袋,再次关上了门。

我愣了片刻,从柜子里拿出一床不用的被子丢到沙发上,又调高了客厅的空

◆ 烧 不尽

调温度,之后便进了自己那屋。

洗漱完后,我扫了眼房门,有些不放心,还是出去看了看。

商牧枭整个人蜷在沙发里,我一靠近就睁开了眼。

他头发没有完全吹干,还带着点潮湿,往日嚣张的神情不再,看着竟有几分乖巧。

"北教授,"他朝我伸出手,"我好像发烧了。"

我盯着他伸过来的手指,迟疑了下,还是握了上去。温度烫人,真的发烧了。

"我找一下药。"

翻箱倒柜找到一盒还没过期的退烧药,我倒了水送到商牧枭面前。他撑坐起来,从我手中接过药,仰头服下,就着我的手快速喝了一大口水。

他躺回去,难受得好像连一句话都不想说了。

我将水杯放到一边的茶几上,又把拖到地上的被子拾起来,塞进他的身下。外面还在下雨,我没有关掉客厅全部的灯,留了一盏昏黄的阅读灯,让环境不至于太过昏暗。

半夜醒了一下,上过洗手间后,我又去客厅看了眼商牧枭。

用手掌摸了下他额头的温度,感觉还是有些烫。

商牧枭被这动静弄醒,看着我时,眼神还带着蒙眬。

"抱歉,吵醒你了。"

我正要收回手,商牧枭一把拽住我,握着我的手腕将我的手拉了回去,贴着他的脸。

"你的手凉凉的,很舒服。"他烧得眼尾都红了,声音也带上一丝沙哑。

我不太适应,想抽手,又顾念他是个病人。

我也病过,知道生病的滋味不好受,人还容易变得脆弱。

"因为你还在发烧,等烧退了就好了。"

"北芥……"他用泛红的眼睛看着我,双唇就贴在我脉搏的地方,似乎很喜欢那块肌肤的触感,"你来做我的宝石吧。"

我当场怔住,完全忘了反应。

"好好睡觉。"过了片刻,我抽回手,对他的话置若罔闻,只是匆匆留下一句便转身离去。

我能感觉到商牧枭的视线一直追着我,缠在身上,黏在颈后。我始终没有回头,忍受着这如有实质的目光,直到我们被一道门板阻隔。

翌日一早,我起床出门时,商牧枭还在睡。

外头的雨在后半夜就停了,只是天气仍旧不好,地上残留着未干的水迹,空气又冷又潮。

晚秋的雨是冬的信使,每降临一次,便预示着寒冬离此地更近了。

Chapter 03
不能释怀也没关系

再回来时，商牧枭应该走了吧。

一天的课程全靠余喜喜泡的特浓美式咖啡撑着，但到了下午，咖啡因在持续作用之后威力大减。从教这么多年来，我头一次上课上到一半出了神。

脑海里不期然地响起商牧枭的声音，重复着他昨晚对我说过的话语。

"北芥，你来做我的宝石吧……"

为什么能把这种话说得这么理所当然？

宝石是谁都能当并且想当就能当的吗？

"……师？"

"老师！"

我一下魂体归位，见学生们个个一脸迷惑，不明白我为什么要在这种地方做停顿。想要若无其事接上，却根本忘了之前讲到了哪儿。

"休息十分钟。"关掉随身麦，我来到讲台旁，拧开保暖杯灌下一大口黑咖啡，苦涩的滋味从舌尖一路延伸到喉咙，再到胃里。也不知道是不是心理作用，只是须臾间，大脑就像是没那么昏沉了。

"小芥，你没事吧？"余喜喜跑上来关心我，看了眼我杯子里已经见底的咖啡，蹙眉道，"你今天喝了好多咖啡啊，昨晚没睡好吗？平时你都不喝这些东西的。"

"没事，就是没睡好。"我揉着太阳穴，闭目缓神，没有多说什么。

任凭余喜喜想象力再好，也难想出我这个双休日的"精彩程度"。

"小芥，你听说了吗？商禄的儿子退学了，好可惜哦，再也见不到他了。"余喜喜不无遗憾地说。

我睁开眼，视线无声地扫向她。

余喜喜后知后觉地转过脸，见我在看她，突然红了脸："干吗？人家也爱看帅哥嘛……和他差不多年纪的星二代里，就数他要身高有身高，要颜值有颜值，好多人都期待他能接商禄的班进娱乐圈呢。"

对于商牧枭，我现在是能不想就不想，能不提就不提，所以也没有过多发表自己的意见，只是简短地"哦"了一声。但余喜喜似乎是误会了我这声"哦"的含义，认为我是在质疑她，非要和我掰扯明白。

"不是，真的很多人看好他的，他两年前有张出圈照，现在隔三岔五还会被营销号拉出来博眼球呢。"余喜喜掏出手机翻找起来，"喏，就是这张。"

她将手机递给我，我接过一看，恰恰撞上照片里一双熟悉又陌生的眼。

黑白的色调，露天的环境，背景里模糊地显出串灯与户外伞的一角。光影正好，使画面中眉眼凌厉的少年透出一种近似于雪松的干净气质。

他穿着一件淡色的毛衣，头发剪得相当利落，完整地露出优越的脸部轮廓。可能只是不经意地感觉到被人窥视，往镜头这边随意瞥了眼，结果便叫偷拍者拍

◆ **烧**不尽

个正着。表情仍是自然随意的，眼里却已透出冷冽的寒芒。

"这种高清怼脸照都能拍这么好看，气质绝了好吗？我记得这张照片刚流出来的时候，好多人都以为这是商牧枭要进军娱乐圈的探路石，结果等了两年都没消息，除了这张照片也只有这张照片。"余喜喜说着摇了摇头，"他要是真有心进娱乐圈，早就去戏剧学院啦，何必费这力气考我们学校，还进了金融系？子承父业的确是子承父业，但人家肯定是要继承家业的，哪里会去拍戏？不过这样一来他学霸的人设倒是彻底立住了，路人好感度反倒更高了呢。"

真学霸哪里会让自己挂科。

我对余喜喜过分夸大的描述不置可否，将她手机还回去时，不知点到哪里，屏幕回到了上一级相册列表，显现出除商牧枭这张照片外的其他照片。

其他照片还是商牧枭的。

整个相册大概二三十张照片，不同时间不同角度，一看就是在课上偷拍的。

我一言不发地看向余喜喜。

她飞快夺回手机，神色尴尬道："不是，我有两个姐妹，特别喜欢他，我拍给她们看的。"

我点点头："哦。"

"……"

余喜喜看着要抓狂了："不是，真的啊，你信我，我真的有两个姐妹！是她们逼我的，我也不想的！你相信我！"

下班时分，我正要开车回家，沈洛羽的信息就来了，问我在哪儿。

在回家路上。

回完我直接发动车子出了学校大门，没一会儿手机又振了一下，似乎是沈洛羽回了信息。

我没有看，打算到家再回。结果没多久手机铃声响起，来了电话。

我理所当然地以为是沈洛羽等不到我回复打来的，想也没想便接通了车载蓝牙。

"你什么时候到家？"

当低沉沙哑的声音从音箱里传出时，车身不受控制地往右侧偏移了大概十厘米，被我迅速正回原位。

心脏猛烈跳动着，我瞥了眼智能屏上的号码，果然是商牧枭。

"你还没有走吗？"

他有气无力地说道："我睡了一天，浑身无力，吃不下饭。你的药没有作用，我好像还在发烧。"

闻言我眉心一蹙，道："你的衣服我晾在阳台了，你看下干了没，干了就换上，我马上到家……"

"你要赶我走？"方才撒娇似的语气陡然一变，温度骤降。

我一顿，心里不断告诉自己他是病人，我要体谅。做完心理建设这才耐着性子同他解释："我的药没有作用，你需要去医院挂急诊。"

那头静了静，只余轻浅的呼吸声。

久久没有等到他回复，我都怕他是不是突然晕过去了，带着丝急切地唤了他一声："商牧枭？"

"嗯。"他很快回应，"那我等你回家。"

用比平日更快的速度到了家，进电梯时我突然想起还没回沈洛羽的信息，拿出手机看了眼内容，整个脑子都嗡了一下。

> 我有东西要给你送来，你别急，慢慢开车，先到我就先进屋，晚上我们俩凑合吃一顿。

沈洛羽有我家电子锁的密码，有时候给我来送东西，如果我不在，她就会直接把东西放屋里再走。

电梯门缓缓打开，家门近在眼前，我却没有开门的勇气。

我努力回想了遍车库里有没有看到沈洛羽的车，一无所获。

希望她没有我快……

手指按上指纹锁，随着"已开门"的电子女声，门锁开启。

大门一点点打开，站在客厅里的两个身影纷纷看过来。

我还是没快过沈洛羽。

可是为什么怕她看到商牧枭，我自己也说不清楚。

我只是收留对方住了一晚，有什么好心虚的？

"呃，我不知道你这里有客人。"沈洛羽提了提手上的袋子，道，"别人给了我妈一块腊肉，她让我给你送点来。这位是……"

她似乎也是刚到，连肉都没来得及放下。

我与商牧枭对视一眼，几乎是同时开口。

"朋友。"

"学生。"

我内心低吟一声，不是很想去看沈洛羽的表情，同时庆幸商牧枭已经换回他自己的衣服，不然事情更解释不清了。

"你先去楼下等我。"我对商牧枭道。

不知是生病还是有第三人在场的关系，他今天异常听话，闻言小幅度地点了点头，一句话不多说地出了门。

◆ 烧 不尽

大门再次关上，下一秒，沈洛羽略微提高了嗓音惊诧道："学生？"

"忘年交。"

沈洛羽的表情变得有些一言难尽。

我与她对视片刻，又补了句："杨海阳女朋友的弟弟，正好是我们学校的。"

我做了点言语诱导，让沈洛羽以为商牧枭是要顺道搭车和我去跟杨海阳他们吃饭，这才提前到我家等我。

"这样啊，我就说你怎么突然多了个这么不对路的朋友。"她看起来是接受了这个说法。

她拎着袋子去了厨房，替我将东西塞进冰箱。

"你只管去你的就行，我用你家厨房做个饭，吃好了就走。"

我有些不好意思道："好，下次请你吃饭。"

下到停车库，一出电梯我就开始寻找商牧枭的身影，可四周扫了一圈都不见他人。

最后到车前一看，他背靠车门，蹲在地上，双手插在外套里，可能还在难受，眼睛闭着。

听到轮椅的声音，他睫毛颤了颤，掀起眼皮，看到是我，脸上逐渐绽开一抹夺目的笑来。唇角带动面部肌肉，眼尾被牵引着微微弯起，只是一个表情，便使他原先不可亲近的气质发生了翻天覆地的变化。

一瞬之间，他仿佛就从无法驯服的野狗变成了对人类言听计从的家犬，不仅围着你脚跟乱转，还会对着你露出柔软的肚皮。

"老师。"他轻快又甜腻地吐出两个字。

"我是你朋友吗？"

之前他从来都是叫我"北教授"，或者连名带姓地喊我，这还是第一次听他称我为"老师"。

"起来，上车。"我无视他的问题，自顾自开锁上车。

商牧枭过了会儿也坐上副驾驶。

"你有没有发现，每次只要你不想回答我的问题，就会当没听见。"

我将车缓缓开出地库，教他成人世界约定俗成的法则。

"当一个人选择沉默时，你就不该再咄咄逼人。他想回答，就会在第一时间回答，如果他不回答，那就是不想回答。"

商牧枭拖长了音调敷衍地"哦"了一声，随后将椅背放低，不再说话。

这个季节太阳总是落得很早，我回家时天还微微亮着，这会儿却已是彻底暗下来。

我估摸着商牧枭只是着凉引起的发烧，该没有太大问题，便就近寻了家医院，离家不过五公里，二十多分钟就到了。

Chapter 03
不能释怀也没关系

车辆驶进地库,车轮碾过减速带,发出不小的声响。

商牧枭不知被这动静惊醒还是本来就没睡,忽地出声:"刚才那个是你朋友吗?"

我愣了会儿才意识到他说的是沈洛羽,忙道:"她是我表姐。"

停车时,商牧枭先下的车,等我停好车下去找他,他又在墙角蹲了下来。

"你还好吗?"我有些担心他不能坚持到诊室。

他站起来,身体危险地晃了晃,好在没有倒。

"晕。"他靠着墙,神色恹恹道。

我让他再坚持一会儿,路上几乎是一步三回头地观察他的情况,看他好好地跟了上来才放心。

好不容易到预诊台,一量体温,四十摄氏度,比昨天还要高。

验了血,医生看过报告后给开了两瓶点滴。我来来回回付费拿药,商牧枭就安静地坐在医院走廊的长椅上,外套拉链拉到头,竖起领子,半张脸都缩在里面。

点滴室人不多,就是天气冷的关系,门窗都关着,又开了空调,显得有些憋闷。

商牧枭一踏进去就拧了眉头,自己选了靠窗的位置,默不作声地将窗推开老大一道缝,好让新鲜空气流进来。

然后我又把窗关上了。

他不满地看向我,还要去开窗,被我一巴掌拍在手背上。

"你想把脑子烧坏吗?"

烧到四十摄氏度还敢吹冷风,真是嫌命太长。

他摸着手背,撇了撇嘴角,想说什么,触到我目光又咽了回去,之后都没再动窗户。

护士拿着器具来给商牧枭扎针,扎的时候他一声不吭,扎完了等护士走了,却跟个向大人寻求怜爱的小朋友一样,给我看他的手背。

"她刚刚扎得我好疼。"

商牧枭的手骨节分明,五指修长,手背上肉很少,可以看到底下隐隐的血管和骨头。如果说女娲造人时花费在每一个人身上的心思都是不同的,那她在创造商牧枭时一定分外用心,才会使他从头到脚,连手都比旁人赏心悦目。

"扎针哪有不痛的。"我不为所动,看了眼墙上挂钟,已经快要七点。商牧枭有两瓶点滴要挂,没有一个小时挂不完,看来只能在医院用晚餐,"你要吃什么?我叫个外卖。"

"不饿,不想吃。"他窝进椅子里,看样子又要睡。

他一天都没吃东西,就算不病也要饿出病来。

打开外卖软件,选了家附近的餐饮店,没听商牧枭的,最后给他点了碗鸡肉

◆ 烧 不尽

粥，自己则点了碗拌面。

半个小时后，外卖送到。

我将外卖放在一旁家属陪护的小凳子上，拿起粥碗轻轻推动商牧枭。

他慢悠悠睁开眼，见着递到面前的粥，并不接过。

"我说了不吃。"

哄杨幼灵吃饭都没这么麻烦。

这狗崽子都二十岁了怎么还像两岁小朋友那么难伺候？

而且我到底为什么要伺候他？就因为他是杨海阳未来小舅子吗？

我感觉自己好像个保姆。好朋友要去约会，但是家里熊孩子没人带，只能交给无所事事还单身的我带。我把屎把尿，还要追着熊孩子满屋子喂饭，呕心沥血，只为了成全挚友的爱情。

杨海阳都不知道我为他付出了什么。

我舀起一勺粥，放到嘴边吹了吹，又递到商牧枭面前。

"张嘴。"他要是再拒绝，我就打算把勺子塞进他嘴里了。

商牧枭看看粥，又看看我，兴许从我的语气里听出什么，没再任性，乖乖就着勺子咽下了粥。

就这么我一勺他一口，全程零交流，也把一碗粥吃了大半。

"真的吃不下了。"他偏开头，不肯再吃，"你吃吧，你的面都要凉了。"

我见他实在没有胃口，加上已经吃了不少，也不再勉强，将粥碗放到一边，端起自己的面。

面条这种食物，刚出锅那会儿才好吃，放久了就容易坨，彼此粘连影响口感。我的面放了有段时间，都快坨成一团了，但条件有限，也不能强求太多，三两口便全都扫进了肚。

快九点时，商牧枭的两瓶点滴才算完全挂好。

我让护士给他又测了下体温，三十八点九摄氏度，虽然还没完全恢复正常，但也在慢慢往下降了。

回去的路上，等红灯的间隙，犹豫再三，我还是问出口："要不要送你回家？"

昨天他情况特殊，收留一晚也算说得过去，可要是一直留他在家，总觉得有些古怪。

连沈洛羽都能看出来我和他不对路，我们完全是两类人，无论从为人处世还是性格方面，都可以说是南辕北辙。

照顾生病的他，带他看病，已经是我们目前关系所能做到的极致。自嘲幼儿保姆是一回事，真的当保姆是另一回事。

商牧枭没有立刻回话，我忍不住去看他，发现他也在看我。

幽暗的车厢内，他的眼眸也很暗："你嫌我烦了？"

食指叩击着方向盘，我按下心中的烦躁，道："你住哪里？"

他稍稍垂下眼，道："住家里，但我现在回不去。我和我爸吵架了，他知道了画展那天的事，把我赶了出来，还停掉了我所有的卡。"

原来这才是他大半夜淋雨走到我家的真相。

"你联系你姐姐了吗？"

他重新躺回椅背，并不看我："我把手机关机了。"

"……"

好一个不让人省心的熊孩子。我都能想象到商芸柔联系不到他会有多着急，说不准都要哭着去报警了。

"马上开机给你姐报个平安。"以此做交换，我妥协道，"你要是实在没地方去，可以在我家待到病好。"

他年轻力壮，恢复也快，最多再过两天也就好全了。

再当两天老妈子。我告诉自己。

红灯跳绿，车流重新往前挪动起来。

安静的车厢内，商牧枭在长久的沉默后，忽地开口。

"谢谢。"

回到家，沈洛羽已经离去，桌上留着张纸条，说冰箱里有她做的菜，让我饿了自己热一下吃，别总是叫外卖。

我发了条信息谢谢她，让商牧枭自便，之后一头钻进了自己的卧室。

隔着门，我听到外头响起一连串的短信提示声，猜测商牧枭是终于开机了。

怕睡不着影响第二天的课，睡前我特地吃了粒安眠药，结果更糟糕。分明是自己家，熟悉的环境，我却仍是噩梦连连。

上一刻大家还在讨论毕业后的人生规划，下一刻我的面前就出现了三具鲜血淋漓的尸体。

"北芥，我好痛，救我！救我！！"卢飞恒向我爬来，身上的火焰一点点烧毁他的肌肤。

我拼命想要扑灭那些火，却完全没有用，我只能眼睁睁看着他在我面前变成灰黑的焦炭。

恐惧充斥内心，我揪扯着头发，尖叫全都哽在喉咙口，完全发不出声音。脚上一紧，低头看去，是经慎抓住了我。他问我为什么不救他们，为什么只有我活着，话还没说完，就一点点化为飞灰消散在了我的面前。

我摇着头，不断后退。

"不是的，不是的……"

脚下突然踩到什么，我僵硬着回头一看，是徐尉已经扭曲变形的尸体。

脑子里维持理智的弦猝然绷断，我开始尖叫，发出撕心裂肺的号哭。

我不是故意活下来的，对不起，对不起……

烧不尽

我错了,我不该幸存,原谅我……原谅我……

"北……"

"北芥……"

我不停挣扎着,意识模模糊糊的,只感到身体被人轻轻摇晃,耳边断断续续传来对我的呼唤。

"北芥,醒醒……你在做噩梦,没事的,什么都没发生……"炙热的手掌抚过我的脸颊,我吃力地睁开眼,眼角有什么液体滑落,让我视线一度受阻。

梦里的情绪太过激烈,以致被带到现实。

"对不起……"我哽咽着,分不清自己身处何处,也不知道眼前是谁。

"嘘。"黑暗中,对方将我轻轻抱起,抚着我的脊背问,"为什么要道歉呢?"

我浑身颤抖,无法抑制地想更靠近这个让我感到安心的怀抱。

"因为……只有我活着……"

内心深处,我知道这是一种 PTSD,是心理问题,可每当夜深人静,回忆起三名惨死的好友,我仍会无法控制地因为自己的幸存而感到愧疚。

空气静了静,对方更紧地环抱住我,声音很轻,仿佛是在和我说话,又好像只是喃喃自语。

"活着不是一件可耻的事,你不需要向任何人道歉。"

早上七点,闹钟准时响起。我挣扎着醒来,由于安眠药的作用,大脑仍旧一片昏沉。

坐在床上缓了会儿神,昨夜的记忆随着神志的清醒也跟着一点点复苏。

从前只要做完噩梦,第二天就算什么也记不得了,那种刻在骨子里让人浑身战栗的痛苦仍会让我难受很久。可是这次不同了,片段式的闪回里,黑暗中坚实的怀抱和耳边轻柔的安慰实在太有存在感,盖过撕心裂肺的疼痛,仿佛是另一场离奇的梦境。

"活着不是一件可耻的事,你不需要向任何人道歉。"

还是第一次有人这么告诉我,看来他除了脸也并非一无是处。

唇间刚泛起笑意,又骤然想到昨晚梦中醒来,我哭得伤心至极,被商牧枭抱进怀里哄了许久。我死死抓着他背上的衣服,像是溺水的人抓住最后一根救命稻草,直到哭着再次睡去都没有松开手。

我将脸埋进掌心,难以置信自己竟会哭成那样,还是在商牧枭面前哭成那样。

还不知道他会怎样嘲笑我……

怀着懊恼的心情,洗漱完毕后,我做了番心理建设,这才推门而出。

沙发上不见商牧枭的身影,空气中有股莫名的焦煳味,像是有什么东西烧焦了。

心中一惊,我循着味儿来到厨房,见商牧枭好端端坐在桌前用餐,一旁放着

Chapter 03

不能释怀也没关系

外卖袋,桌上五花八门全是早点,包子、花卷、豆浆、粥……几乎将小小的餐桌铺满。

"醒了啊。"他见我醒了,抬抬下巴,示意我过去吃早饭。

"什么东西煳了?"

"粥煳了。"他看起来是彻底好了,食欲大增,两口一个花卷下肚,嘴里没咽下又去拿下一个,和昨天吃不下饭的虚弱模样简直是天差地别,"我本来想煮粥的,可一眨眼工夫它就煳了,然后我就叫了外卖。"

视线扫过角落的垃圾桶,他一脸嫌弃道:"锅废了,我懒得洗,下次赔你一个新的。"

我跟着看过去,差点没认出我那小奶锅。曾经清新的薄荷绿外壳变得熏黑一片,内里的搪瓷涂层粘了厚厚一层焦炭,跟变了一口锅似的,果然是废了。

"不用,本来也旧了,不值几个钱。"记得这锅有一整套,我搬家时沈洛羽送我的,说是国外的一个牌子,优点是长得好看,缺点是贵。她送我的这套总价超过五位数,送得她颇为肉疼,而我因为这锅金贵,平时也很少用它。

想不到它竟就这样惨死在商牧枭手中,时也命也。

"皮蛋瘦肉粥,吃吗?"他掀开一只塑料碗的盖子,推到我面前。

我点点头,去拿外卖袋里的塑料勺。

他完全不提昨晚的事,也没有流露出任何嘲笑我的意思,简直要让我怀疑昨晚真的只是我的梦境。

"烧退了吗?"坐一桌吃饭,不说话始终有点奇怪,我只能努力去寻话题。

"退了。昨天半夜就退了。"

"你和你姐姐联系过了吗?"

"嗯。"他喝一口豆浆,用纸巾抹了抹嘴,算是吃完了,"今晚我就回家。"

吃完早饭,商牧枭说他正好要去找周言毅他们,于是我载着他一道去了学校。因着要去的校区不同,他在大门口便下了车。

"对了……"他开了门,即将下车,我叫住他,和他说了心理互助小组黄老先生去世的事情。

可能是有人询问了廖姐相关信息,她昨天群发了葬礼举办的时间地点,说想送黄老先生最后一程的可以去参加,没空也不强求,大家根据自己时间安排就好。

落葬仪式定在今天下午,我下午正好没课,就打算去送一送他。

"那老头死了啊。"商牧枭神色淡淡,看起来并不意外,"你去吗?"

"去。"

他想了想,道:"那我和你一起去。"

我有些意外,还以为他不会去的,毕竟他也就参加过一次互助小组的活动,兴许连当初有多少人都没记住。

◆ **烧** 不尽

　　最后与他约定下午两点学校门口见,他点点头说知道了,下车便走了。

　　上午的课上完,吃过午饭,在办公室看了会儿文献资料,不知不觉有些入迷,要不是商牧枭发来信息说他已经等在学校大门外,我都没发现到时间了。

　　我以为他是要坐我的车去,结果到门口一看,路边停着辆眼熟的蓝白重机,骑手戴着头盔,用一只脚撑住地面,无论是场景还是他本人都好像模特在拍海报,就算看不到脸也引得路人纷纷注目。

　　我将车开到他边上,降下车窗问:"你是跟在我后面吗?"

　　他打开护目镜,挑了挑眉道:"怎么,你还怕我跟不上你吗?"

　　潜台词仿佛在说:就你那龟速,我让你十迈都没有怕的。

　　一句话没多说,我升上车窗,开在商牧枭前头领路,三十公里路,难得的全程只花了一个小时。

　　今天阳光不错,无风无雨,气温虽低,但不会让人觉得寒冷,是个好天气。

　　我们到时,黄老先生的墓碑附近已经围了一圈人,每个人手里都拿着枝白色的菊花,神情庄重又肃穆。

　　站在人群末尾的不知是殡葬服务的工作人员还是老先生的家属,穿着一身黑衣,怀里抱着一捧白菊,见我们靠近,询问过身份,给了我和商牧枭一人一枝花。

　　我们站在最尾端,只能听到前头模模糊糊的说话声,似乎是黄老先生的儿子在念悼词。

　　过了大概两分钟,悼词念完了,人群开始挪动,一个个上前献花。

　　我和商牧枭是最后两个上去的,墓碑前已是铺满了鲜花,照片里的老人家笑得分外和蔼慈祥,摆放骨灰盒的位置刻了一行耀眼的金字——你们还年轻,你们要好好活。

　　他竟然将这句话当作自己的墓志铭刻了下来,简直就像是……他对我们这些来参加葬礼的后辈最后的叮咛。

　　凝重的情绪消散不少,心里有些好笑,又有些温暖,便如此刻的阳光,纵使身处寒冷的季节,也总能感受到丝丝暖意。

　　落葬仪式简单也简短,我在人群里看到了几个互助小组的熟面孔,大家只是远远颔首,算打过招呼,葬礼结束后也没有过多交流便各自离去。

　　我与商牧枭一同往墓园大门走,不知是不是被葬礼气氛影响,他一路都显得很安静。

　　"这还是我第一次参加葬礼。"快走到大门口的时候,商牧枭突然说道。

　　我一听便觉得不对,他第一次参加葬礼,那他妈妈去世时他在哪儿?

　　他仿佛听到了我的心声,语气平淡地接着道:"我妈妈举行葬礼时,我不被允许靠近,只能由保姆牵着站在远处。因为我爸说,妈妈不会想要见到我。"

　　分明方才还觉得阳光温暖,只是片刻工夫,我又无端冷起来。虽然我与父母的关系也十分疏离淡漠，但也不至于像他这样水火不容，我实在很难想象，商禄竟然对五岁的孩子说这种话。

"她死的那天，问过我……要不要和她去一个地方。我一直很怕她，她从来不喜欢我，除了对我发脾气，就是责怪我毁了她的事业，我直觉那不是好地方，就拒绝了。她一下子变得很生气，强硬地将我推出门外，丢进了雨里，任我怎么哭喊都不开门。"说到这里，他哂笑一声，"长大了才知道，她是要带我去黄泉，果真不是什么好地方。"

"人人都说她是病了，她也不想那样，要我原谅她。"他走在阳光里，声音却冷得要落冰碴，"可她病了也不是我的错，我为什么不能恨她？"

到了大门口，不远处便停着我和他的车。他停下来，我也不由自主跟着停下。

"她的画充满生机，寓意美好，看着那些奇妙的颜色，心灵也会不自觉平静下来。她把最好的一面给了别人，最坏的一面给了我。"

所以他才想要毁去《园景》，毁去那些在他看来虚假到令人作呕的东西。他从小长在父母的责备中，没有得到过一丝来自他们的温情，只有姐姐是他的全部。

而现在，商芸柔也不再独属于他。

他站在我面前，双手插在外套里，青春无敌的二十岁，眼里却满是对这个世界的厌倦与愤恨。

你们还年轻，你们要好好活。他也看到了这句话，却不知如何才算好好活。

"这也是我第一次参加别人葬礼。"我说，"十二年前，和我一起出车祸的三个朋友举行葬礼时，我还躺在病床上难以起身。"

商牧枭没有半点惊讶，面向我，脸上很平静。

"你也看到了，我如今仍然深陷噩梦，没有办法从车祸里走出来。"

不知道从什么时候开始，到处流行着要与世界和解的观念。要无悲无喜，无怨无恨，要追求内心的宁静，以立地成佛为己任，仿佛怀揣私欲便是低人一等，流露恨意就要天理难容。

"叔本华认为要消除人生的痛苦，首要不是断绝生命，而是通过禁欲与苦行达到生命意志的灭绝。意志消失了，人也就不再会痛苦。由此反推，真正证明你还活着的，反而是那些极端情绪的流露，那些无法抑制的欲望发泄，做着只能带来'痛苦'之事的瞬间。"

我凝视着他的双眼，一字一句缓慢道："所以，不能释怀也没关系。不是所有的事，都能轻易从人生中抹去。"

不和解也没关系，痛恨完全可以，生命是一丛瑰丽的红色火焰，这些难以抹消的欲望会使它越燃越炽，越发茁壮。

他可能是第一次听说这理论，微微歪着头思索了半天。

"不能释怀也没关系吗？"

"没关系。"

"恨她也可以？"

"可以。"

他半晌无言，似笑非笑地看着我，毫无预兆朝我俯下身。

"好，就听你的。"

我还没反应过来他要做什么，便感觉自己脸上被极轻地碰了一下，柔软的触感让我内心为之一震。

"这是对你这些天收留我的报答。走了，明天学校见。"他跟个恶作剧成功的熊孩子一样，倒退着冲我摆摆手，转身上了他那辆蓝白重机。

我尚处于震惊中，只能眼睁睁看着他绝尘而去。

到完全见不到他身影了，我抬起手，指尖轻轻碰了碰他刚双唇触过的地方，又飞快收手，紧握成拳。

梦游一样回到车上，视线扫过后视镜，发现自己整张脸都红了。

每当我的视线扫过商牧枭，无论是不是有意看他，他都回我以微笑。

撑着下巴，心情瞧着格外明朗，坐在教室靠窗的位置，我走到哪里，他目光便落到哪里。悠闲自在的模样，与周围一众认真听课、埋头记笔记的学子们形成鲜明对比。

既然不认真听讲，他到底为什么要来旁听？

不对，他既然都退学了，到底为什么还要回来？意义在哪儿？

"柏格森也是西方哲学史上十分重要的一位巨匠，同叔本华与尼采一样，他并不认为本能低于理性。这种思想造就了他的'直觉概念'，而他的新形而上学理论便建立在此之上。若人类摒除理性，忠于本能，或许就会发现生命的本质……"

放在讲台上的手机屏幕忽然亮起，我瞥了眼，是商牧枭发来的信息。

明天晚上有空吗？

我收回视线，没有理他，继续讲课。

两分钟后，屏幕再次亮起，上一条信息还在，又来新的一条。

请你看比赛。

"……'假如我们能够向本能提问，而本能又能够回答我们的问题，那么本能便能够向我们揭示出生命最深层的秘密。'他的《创造进化论》，通过直觉主义方法论，完全颠覆了之前既有的进化论哲学体系，标志着生命哲学的进一步成熟。"

Chapter 03
不能释怀也没关系

我直接将手机朝下放置，选择眼不见心不烦。

商牧枭在我看过去时坐得端端正正，无可指摘，可等我视线一移开，他便低下头，似乎又要发信息。

"不要做与课堂无关的事。"我停下讲课，用着与讲课时同样的音量同样的语调说道。

余光里，商牧枭迅速抬起头，十分有自知之明地停下了手上的动作。

其他人闻言也抬起头，纷纷往我注视的方向看去，想知道是哪个倒霉蛋遭到了我的警告。而我只是随便选了个方向落下视点，并没有看任何人。为了避免误会，我回身面向大屏幕，调出下一张PPT，继续讲课。

下课后众人纷纷起身，商牧枭也站起来，往我这边走来。我正琢磨着要如何脱身，几名哲学系的学生抢先一步将我团团围住，开始一个接一个地问我问题。

这真是瞌睡了就有枕头，实在让我大大松了口气。

我的人生曲线图，自车祸以后，由制高点慢慢回落，如今已趋于平稳，生活波澜不惊，难有起色。旁人看来或许枯燥乏味，我却乐在其中，觉得舒适安稳。

而这份舒适突然插入了商牧枭这个变量，让我不再拥有生活的掌控权，人生重新跌宕起伏起来，很是心累。

我也并非惧怕面对商牧枭，只是有种鸵鸟心理，觉得不直面他、忽视他，就可以一直待在自己的舒适区，不去想那些复杂的心理变化。

说到底，人类的本质便是趋利避害。

被缠着问了半个小时的问题，等学生们都散干净了，我也终于可以离开教室。

余喜喜先走一步，已将我的东西带回办公室。

白日的学校行人来来往往，有充满人间烟火气的热闹，又有远离尘俗的安逸。梧桐大道两旁的梧桐树在深秋开始陆续落叶，应学生的强烈要求，落叶时节学校对主干道不做清扫，任落叶铺满路面。也因此，这里成了学校里绝佳的拍照地点，可谓秋季人气之最。

然而，我却非常头痛。

落叶使路面凹凸不平，也看不清底下的状况。特别是下过雨后，如果车轮陷进某个湿滑的泥坑里，很容易就原地打滑。

好比现在。

我的后轮陷进了落叶下的积水坑里，怎么都出不来。车轮无用地空转着，碾碎周围的落叶，没能脱困，反倒使路面越加泥泞起来。

就在我打量四周，准备随便叫个人帮我一把的时候，斜后方忽地响起一道带笑的声音。

"老师，需不需要帮忙？"

我浑身一僵，回头看去，商牧枭站在我身后两米处，不知道已经跟了多久。

视线轻轻扫过他的脸庞，我抿了抿唇，身体转回前方。

◆ 烧不尽

"过来。"我用他能听到的声音道。

他笑得更厉害,伴着细细树叶踩踏声,很快来到我身旁。

"来看我比赛好不好?"他将手放到轮椅握把上,并不使力,话里是请求,话外并没有给我选择的余地。

"你的比赛?"他方才短信里就一直提比赛的事,我以为他是要请我去看篮球或者足球比赛之类,结果是他自己的比赛。

"清湾国际赛车场,明晚九点,16号贵宾包厢。"他食指轻点握把,等着我的回答,"来不来?"

这种情况下,我难道还能说"不"吗?

"知道了。"我无可奈何地答应下来。

话音方落,轮椅便被推出泥坑。商牧枭没有就此停下,而是一路推着我直到这段梧桐大道尽头。

他冲我摆摆手机:"电子票已经发给你了,记得准时到啊。"瞥到手机上的时间,显得有些诧异,"啊,我的课要来不及了。"说是这样说,动作却仍是慢慢悠悠。

"那我走了,明天见。"

他站在原地,并不离开,静静地看着我,直到我也对他说了"明天见",他才好像被口令触动的狗崽子,摇着无形的尾巴与我挥手告别。

商牧枭发给我的电子票,正中是一个硕大的二维码,最上面写着"清湾第三届冰霜杯摩托大奖赛"几个字。

运动与我无缘,我不了解任何体育赛事,不知道这个冰霜杯到底是怎样的存在,一开始还有些担心是什么地下黑赛。但后来一想既然能办三届,应该……多少是正规的。

第二天晚上,我提前两个小时就出了门。然而国际赛车场远在郊野,我第一次去,找停车场就花了不少时间,等检票入场时,已经是八点五十。

商牧枭八点时便发信息问我到哪里了,但当时我在开车,没有回复。八点半时他又打来电话,不巧我正焦头烂额地寻停车位,一不小心给挂断了。到八点四十,见我信息不回电话不接,他发来三个字,只看一眼便能感知到他的低气压。

你骗我。

抑制住叹气的冲动,我一边坐电梯上贵宾包厢,一边回复他的信息,告诉他我已经到了。

他没有回复,不知道是不是在忙。

整个赛车场灯火通明,主看台上坐着不少观众,甚至还有人拉起横幅。越往上,越能俯瞰整个赛道,贵宾间设在最高处,正对着起点线,视野绝佳。

Chapter 03

不能释怀也没关系

"欢迎来到清湾第三届冰霜杯摩托大奖赛比赛现场,接下来请允许我为大家激情解说此次比赛。"

我一进入 16 号包厢,便听到悬在高处的大屏幕里传出的解说声。

立在落地窗前的尹诺闻声回头,有些惊讶地看向我:"北教授?"

他似乎并不知道我要来。

我蹙了蹙眉,同他说明情况:"商牧枭要我来的。"

他怔然片刻,看着还有些蒙,但也算是接受了我的说辞。

"比赛马上要开始了。"他让开一些,让我上前看。

包厢十分宽敞,配有吧台、沙发、电视,吧台上还有一瓶泡在冰桶里的起泡酒。从落地窗往下看,可以清晰地看见停在发车格内、整齐排列、蓄势待发的一辆辆重型摩托。

"阿枭在那儿……"尹诺指了指队列最前方,身着蓝色赛车服的车手,接着手指后移,指着后边红色赛车服的车手道,"言毅在那儿。"

"今年有五十位赛车手参加比赛呢,对于非专业摩托大奖赛,无论场地还是赛程安排,这个规模可以说已经做到了极致。"解说一个人做着赛前暖场,也多亏了他,让我不至于看得稀里糊涂。

"大家都知道,GP 大赛是彰显每个车队财力与实力的摩托界盛事,车队会倾全力打造旗下的参赛车辆,造价动辄百万美元。我们民间赛事呢,虽然没有那么豪华的定制车,每辆车的排量也不尽相同,但每一位选手的参赛车辆还是非常有看头的,接下来就让我为大家介绍一下。

"首先是车号 28 的商牧枭选手,这已经是他第三次参赛,他的坐骑是 BMW 的 HP4,经典的鲁冰花蓝,该车是在 S1000RR 的基础上优化而来,全球限量 750 辆,售价超过 100 万。

"车号 96 的荧光绿摩托是非常经典的川崎 ZX-14R,因为车前的六个大灯,被誉为'六眼魔神',售价在 22 万左右……

"车号 71 的周言毅选手也是位从第一届就参赛的老选手了,坐骑是杜卡迪 1299,火红的颜色非常夺目,售价在 35 万左右。"

说到一半,起点线前出现一位举着倒计时板的工作人员缓缓走过。

"比赛要开始了。"解说员终止对选手和选手车辆的介绍,转而解释起赛制,"本场比赛共二十二圈,持续约四十五分钟,没有积分赛,一场定输赢。第一名除了能拥有我们冰霜杯的精美大奖杯,还可以获得三十万的特别奖金。"

倒数三十秒,选手们开始准备,连厚厚的落地玻璃都无法阻隔粗犷的引擎声。

尹诺视线牢牢盯住下面,看起来很紧张,没有再说话,包厢里只余解说的声音。

氛围熏染下,我也不自觉跟着屏气凝神。

倒数十秒,紧要关头,最前方的蓝衣骑手忽然抬头朝这边看来。

他戴着头盔，离得也远，照理我应该无法看透他的视线。可我偏偏有一种难以名状的预感，觉得他这是在找我。

倒数七秒……

他似乎是看到了我，两指轻触头盔，往这边飞了个吻，嚣张得仿佛冠军已经十拿九稳。

身旁的尹诺看了看我，所幸没有太久，注意力又回到赛场。

倒数三秒，商牧枭终于垂落视线，伏低身体。

三、二、一——

"轰！"

犹如一只隐在夜色里自树上俯冲而下的夜枭，商牧枭一马当先冲出了起点。

他一直处于领先位置，头几圈与第二辆车甚至拉开了一段距离。

"清湾这个赛车道，靠近看台的地方为了增加可看性，当初造的时候特地设计成了连续的弯道，而在连续的弯道之后，观众看不到的区域，则大多是平顺的直线。"整场比赛一共四十多分钟，可能一开始头部选手都会保留些实力，排位变化更多地发生在车流末尾，前三名基本保持不动。

比赛没那么惊险刺激，主播也就再次将解说重点放到了选手身上，继续之前未完的关于选手车辆的介绍。

二十二圈，每两分钟商牧枭就会以每小时300公里的速度从包厢下方驶过，快得犹如一道蓝色的闪电，往往还没等眼睛对上焦，他便已经远去。

第二名六眼魔神与第三名周言毅间的差距很小，周言毅似乎一直在寻找机会，尝试弯道超车。可六眼魔神车技娴熟，经验老到，一次两次都把周言毅挡在了身后，没能叫他如愿。

"漂亮！姜还是老的辣，六眼魔神死死霸占着第二的位置，没有轻易让杜卡迪超过去！他与第一之间的速度也缩减到了0.6秒，相信最后两圈会有非常激烈的冠亚军争夺等着我们。"

如解说所言，到第十二圈时，赛程过半，选手们一个个不再保存实力，六眼魔神逐渐发力，将紧咬不放的周言毅一点点甩开，向着第一名的位置发起挑战。

一圈，两圈……

荧光绿的六眼魔神眼看就要追上商牧枭，两人只差半个车身了。

到第十六圈，当两人再次紧挨着驶过主看台时，精彩刺激的追逐战引发了观众席不小的欢呼声。

"剩下六圈了，六眼魔神利用纯熟的弯道技巧进一步缩短了与第一名的距离……"

过弯道时，骑手重心向一侧歪斜，膝盖几乎贴住地面，看着就像随时随地都要倾覆，加上商牧枭与后车实在很近，让人越发提心吊胆，怕他们会不小心撞上。

第十九圈，六眼魔神再次尝试在连续弯道超车，结果意外突发，他的身体太

Chapter 03
不能释怀也没关系

过倾斜，车轮抓不住地面，侧滑着直接连人带车摔出了赛道。

这似乎也稍稍影响到了商牧枭，六眼魔神摔车时尚在弯道，而商牧枭已经直起身过了连续转弯，不知是不是被碰到了，车身不受控制地晃了晃。

手掌一下按到玻璃上，我的脊背都绷紧起来，想更仔细地观察他的情况，但他速度太快，包厢内的视野很快便无法捕捉到他。

我回身去看电视，屏幕里导播将画面给了发生意外的六眼魔神。慢动作回放中，他的手脱开机车后整个人在地上翻滚了数圈才最终在赛道边缘停下。

"没想到会发生意外，太可惜了，希望车手没有大碍……"解说原本高昂的语气一沉。

"应该没事。"尹诺也跟着回身看向大屏幕，"骑手们每个人身后都配了安全气囊，头盔也非常坚固，他是背部着地，不太会受重伤。"

就像是为了印证他的话，穿着绿色赛车服的车手这时从地上缓缓爬起，朝观众席摆了摆手，示意自己无事。

观众再次爆出欢呼，解说也大松一口气："虽然车报废了，但幸运的是选手看起来完好无损，真是太棒了。"

导播再次把画面切回到第一位的车手身上。由于事故的影响，周言毅由第三转为第二，并且抓住机会将与商牧枭间的差距缩减到了 0.4 秒。

最后三圈，每一个弯道都有可能成为周言毅反超的制胜点。蓝色与红色，一前一后，追赶角逐，毫不相让。竞技体育中，没有人不想得第一。

随着决胜圈的到来，解说语气也愈加激动。

"最后一圈了，看来商牧枭是准备将第一的名次保持到底了！这个弯道将是周言毅反超的最后希望……他试着超车，0.2 秒了，他能成功吗？啊，失败了，商牧枭加速与他拉开了距离，两者间的差距再次回到 0.4 秒……商牧枭要冲线了！他率先冲过了终点线！！本次冰霜杯的冠军诞生了，大家为这位年轻的二十岁小将鼓掌吧！"

流畅的车身宛若一颗自天边划过的彗星，在我的视网膜上留下一道蓝色的影子。商牧枭一过终点线便站立起来，只用一只手把着车把，另一只手则在空中用力握紧，减速接受来自四面八方的掌声，振奋之情溢于言表。

年轻，闪耀，拥有无限可能……

指尖轻轻滑过那抹鲜艳夺目的蓝，汗湿的掌心在玻璃上留下一道浅淡的痕迹。

十二年前，相同的年纪，我也曾和他一样，无数荣光加身，年轻气盛，觉得自己无所不能。可如今再看，我和他的人生已是截然相反的两个样子。

他健康俊美，我残疾病弱；他无所畏忌，我瞻前顾后；他青春洋溢，我……死气沉沉。

"第一届时他是第四，那时他才刚满十八岁，成绩已经很不错，却也黑脸黑

✦ 烧不尽

了好几天。第二届时言毅第一,他屈居第二,好歹是好朋友得第一,没那么不开心,但也不怎么高兴。今年终于如他意拿了第一,他开心,我们也总算可以不再看他脸色了。"尹诺的声音将我的思绪拉回到现实。

"那他很有天赋。"我随口说道。

商牧枭的车进了维修区,后续车辆也陆续过了终点线。正对着贵宾包厢的领奖台已经做好准备,备好香槟,只等冠军到来。

"砰!"

我惊吓回头,发现是尹诺开了吧台上的起泡酒。

金黄的酒液落入高脚杯,他举着杯子向我示意,道:"要吗?"

我摇摇头:"不用,我开车。"

尹诺端着酒杯再次回到窗边,视线落到领奖台。

"北教授,你在和阿枭交往吗?"

这个问题太私人,暂且不说我同商牧枭并不是那样的关系,就算是,又关他什么事?

我拧眉看他侧脸半晌,也去看领奖台。

商牧枭脱去头盔,被人群簇拥着站上领奖台,身旁分别是亚军和季军。

冰霜杯的奖杯像是由整块白色水晶雕成的,晶体透着天然的浑浊,在光线下泛出浅浅的蓝,远看跟真冰一样。

尹诺见我迟迟不答,补充道:"我只是善意地提醒。不可能有人能完全占据他的,他心里最重要的始终是他姐姐,只要他姐姐一句话,他随时可以头也不回地丢下任何人。北教授,你玩不起的,不要陷得太深了。"

看来商牧枭真的恋姐恋到尽人皆知。

"放心。"

商牧枭接过奖杯,高高举起,接受镁光灯的洗礼,脸上的表情那样自信,又那样理所当然。

"我现在还没有陷进任何东西里,你不用替我操心。"

二十岁,正是轰轰烈烈谈场旷世之恋的年纪。

这么多年,除了这双腿,若说我的人生还有什么遗憾,应该就是没有在可以肆意跑跳时谈一场不计后果的恋爱了吧。

唉,卢飞恒告白的时机实在选得太差了。

回过神,底下的领奖台上已没了商牧枭踪影,只剩第二名第三名在那儿搂肩拍照。

尹诺声音透着点无奈道:"商牧枭这个人,有些东西从不拖泥带水,哪怕上一刻跟你掏心掏肺互称知己,下一刻你和他告白,他也会毫不犹豫跟你绝交的。"

听着他的话,我忽然有些回过味来。商牧枭不是只有一颗宝石,而是在他看来,不被他在乎的人就算捧着真心到他面前,那也不是宝石,不过是赝品玻璃罢了。

他只要最闪耀的、最钟爱的，他认定的那颗"宝石"。他会将它护在羽翼下，藏在巢穴最深处，谁也不能碰，谁也看不见。

任性又挑剔。

包厢门在此时被人猛地推开，我和尹诺不约而同地看过去。

商牧枭捧着奖杯，呼吸微喘地走进来，仿佛是从领奖台一路跑过来的。

"阿枭……"尹诺笑着迎上去，商牧枭看也不看他，直直朝我走过来。

"你在看哪里？"商牧枭不悦地掰过我的下巴，为我没有全身心地关注他而感到不满。

我偏了偏头，摆脱他的手，控制着轮椅不动声色往后退了一点。

"恭喜你，比赛很精彩。"

他脸上起初还有些不高兴，听到我夸他，飞速浮现笑意，当真是小孩心性。

"喜欢吗？"

我还当他问喜不喜欢这种比赛。

老实说我不喜欢，太危险了，方才那辆六眼魔神摔出赛道时，看着镜头里好不容易止住翻滚的车手，那种骨头寸寸断裂的疼痛仿佛短暂地又回到了我的身上。要不是后面担心商牧枭再发生意外，这种感觉说不定还会存在更久。

"很有意思。"

然而作为稳重的成年人来说，客套是基本的社交礼仪。哪怕不喜欢，我还是对这一赛事表示了肯定。

商牧枭笑着眯了眯眼："可惜你不能坐我的车，我的后座好多人都想坐呢。"说着他将沉甸甸的奖杯往我怀里一放，"给。"

我下意识地抱住奖杯，过后又很茫然。

这是什么意思？

他看出我的疑惑，指着奖杯上的一处道："你看，这里有一颗星星。"

我随着他手指的方向看过去，只见奖杯正面棕色的底座上，嵌着一颗闪亮的五角星样式的钻石，星星身后拖着条长长的银色尾巴，还是颗彗星。

商牧枭好似一名求表扬的小朋友，语调微微上扬，脸上带着难以掩藏的愉悦。

"你不是喜欢星星吗？我比赛前就想好了，要把这颗星星送给你。"

"你要吗？"他问。

第四章

彻底被困住了

这座犹如冰雕的冠军奖杯对他来说意义非凡，但对我至多只是个……纸镇。这是他的荣耀，他的青春。我是喜欢星星，但我喜欢的是缀在夜空，遥不可及，无法被我捕获的星星。不是这样嵌在底座里，造型夸张，闪得刺眼的装饰品……

我不该要。

"你要吗？"

商牧枭弯着腰，因为要指给我看底座上的那颗星星，脸离我很近，近到我甚至可以不费吹灰之力地闻到他头发上的烟草味。

可能是比赛的缘故，今天他右耳上没有戴耳钉，那颗细小的黑痣尤为醒目，在我眼前晃来晃去，比底座上的钻石星星都要动摇我的心神。

指尖微微蜷缩，我冲他僵硬地勾起唇角："谢谢，用心了。"

他神情一下子柔和起来，笑容里掺杂了一点得意："我就知道你会喜欢。"

那你很厉害了，我自己都不知道我会喜欢。

商牧枭与我大聊特聊今晚的比赛，说到六眼魔神翻车时，脸上全然没有害怕，只有满满的兴奋。他热爱这项运动，热爱走在钢丝上肾上腺素飙升的快感。

想到他带我去山里看星星那晚，他不顾危险跳上狭窄的观景平台，在我看来难以理解，但在他看来，这或许是再正常不过的对刺激的追求。

"你们怎么还在这里磨蹭，不去喝酒了吗？"包厢门再次被人猛地推开，周言毅大摇大摆走进来，一头黄毛格外扎眼。

他一眼看到吧台那儿的尹诺，笑着去抢他手里的酒杯，一口喝干里头的起泡酒，这才看向落地窗这边。

"噗！"然后震惊地将嘴里的酒喷了出来。

他呛咳着，脸涨得通红，尹诺连忙给他递纸巾，他接过了捂在嘴上，弯腰咳

Chapter 04
彻底被困住了

得停不下来。

"你好脏啊。"分明距离还远，商牧枭却像是已经沾到了对方喷出的沫子一般，退后几步，嫌弃地扫了扫衣襟。

周言毅边咳边往这里看，一会儿看看商牧枭，一会儿又来看看我。

好不容易止住咳，他对着商牧枭欲言又止："你们……"

后面省去的内容，实在让人生出许多想象。

我正要告诉他，我们什么也没有，却发现他根本不看我，只是用一种既无语又意外的表情看着商牧枭。

"真的假的？"

我和商牧枭的组合，在他看来仿佛比世界末日到来还要不可思议。

商牧枭方才还心情明朗得跟春日里的艳阳天一样，这会儿面对好友的质问，完全像变了个人似的，语气冰冷而不耐。

"闭嘴。"

周言毅挑了挑眉，却并不生气，反倒是对着自己的嘴做了个拉上拉链的动作。

"好了，不是要去庆功吗？我一早就定好地方了，现在过去吧，我还没吃晚饭呢……"尹诺上前打圆场道。

"是上次那家吗？现在就点菜吧，到了直接就能吃，我也饿了。"周言毅勾住他肩膀往外走，脑袋直往他手机上凑，"点这个肉，我喜欢嫩的……不要辣的，我不喜欢辣的……也不要羊肉……"

尹诺直接将手机丢给他："你烦死了，你自己点吧。"

门缓缓合上，屋内只剩我和商牧枭两人。

他一扫先前阴郁，语气复又轻快起来，问："你要一起去吗？"

我看了眼时间，已经要十一点。

"不了，太晚了，我明天还有课。"而且也太奇怪了。

收下他的奖杯已经很奇怪，再与他和他的朋友们一同去吃庆功宴，不用细想我都觉得不妥。

"十一点很晚吗？"他往门口走去，嘴上虽这么说，但并没有强求我的意思，"算了，那你回去休息吧。"

他拉开门，用身体抵住，好似五星级酒店敬业的门童，对着我做了个"请"的手势。

我与他低声道谢，出了包厢。

他将我送到楼下，我看他穿着赛车服，料想他应该还要去换衣服，便让他不用管我。

"好黑。"他瞥一眼外头黑黝黝的环境，道，"我送你到车上。"

赛车场建在郊野，很是偏僻。这个点除了广场上几座高耸的探照灯还在工作，几乎没有别的光源。黑是黑了点，但也不至于就看不见了。

✦ 烧 不尽

停车场离出口起码还有五百米,我轮椅加个速其实不费什么时间,和他一道走倒要照顾他的速度,少说也要十分钟。

"不用了,尹诺他们还在等你,我自己找车就行。"

商牧枭看也不看我,双手插兜,径自就往外面走。只要他打定主意,似乎做任何事都不需要别人的认可。

我盯着他背影,实在很没脾气,见他越走越远,只得出声叫住他。

"左边。"

他闻言一顿,若无其事地退回来,又往左边走去。

一前一后,慢慢走着。夜晚本来就凉,郊区人烟稀少,更凉几分,这会儿说话都冒白气。

"你喝酒吗?"商牧枭问。

"喝。"

"酒量好吗?"

"还行。"

对于酒精,我的代谢能力出乎意料的好,目前还没醉过。有一年去异地参加研讨会,会后组织聚餐,另一所学校的教授因着每年学校排名都在我们之下,对我们几个清湾大学来的很看不顺眼,仗着自己酒量好,一杯一杯来劝酒。

系主任董立过去是我老师,我算他的得意门生,他向来十分护着我,一开始还不让我喝,搞得自己差点没被灌吐。后来我实在看不过眼,直接与那位教授一对一较量,最后成功把对方喝到桌下,大获全胜。之后,学校里就流传开了我千杯不醉的传闻。

"看不出来啊。"商牧枭偏头看向后方,"我还以为你是那种极其克制、滴酒不沾的人呢。"

"'克制'是知道自己的极限在哪里,能及时停下,不是抑制自己的欲望。"

他目光在我脸上游移片刻,看回前方:"所以你还是会克制。"

"每个人都应该克制。"

"我不喜欢,我讨厌克制自己。"夜色里,他的声线格外低沉,却又不会让人无法听清,"想要什么,我就一定要得到。极限在那里,但我不会停下。我要冲过去,超越它。"

不是每个人都有挑战极限的勇气,也不是人人都敢放纵自己的欲望。当商牧枭说出"我要冲过去,超越它"这句话时,如果说之前我只是有些羡慕他,那么从这一刻起我开始嫉妒他。

嫉妒他的莽撞,嫉妒他的狂妄,嫉妒他耀眼的无限为本能服务的鲜活生命。

我清楚地知道自己无法成为他那样的人,嫉妒或者羡慕也无法改变我既定的处世观,但并不妨碍我觉得他……闪闪发光。

这大概就是年轻人吧。指腹摩挲着怀里奖杯坚硬的棱角,我有些自嘲地想着,

chapter 04
彻底被困住了

若说追忆青春是衰老的前兆，那我或许要早衰。

商牧枭送我到车旁，替我将奖杯放到副驾驶座。我开车离去时，他就站在路边默默注视着我。

等开出一段距离再看后视镜，他仍旧站在原地，还是同样的姿势。

回到家，找了一圈没找到合适的地方，我只好将商牧枭送给我的纸镇——奖杯摆到书架上，与我的一众藏书做伴。

睡前我点开手机软件，找到我们系的工作聊天群，犹豫半晌，还是打下一行字发了出去。

我发现柏格森的直觉概念或许是对的，本能天然便要优于理性。

此话一出，安静的工作群瞬间炸了锅。

苏格拉底座下犬：小芥？小芥你要是被绑架了你就眨眨眼！

笛卡尔万年黑：恭喜弃暗投明，传统理性主义的概念本来就是有缺陷的，高度客观并不存在。

笛卡尔万年黑：等等，北芥？你是北芥？你疯了吗？你和董主任两个不是坚定的理性主义支持者吗？

清湾亚里士多德：……徒儿啊！你万年不出现，一出现就给为师这么大惊喜吗？

反理性先锋：主任，你是清湾大学理性派最后的独苗苗了。

苏格拉底座下犬：点蜡。

清湾亚里士多德：悲泣！

我没有理会群里的议论纷纷，直接退出软件心安理得地关灯睡觉。

翌日一早，再开手机发现多了很多消息。有宠物医院贺医生给我发来的小狗近况，也有余喜喜小心翼翼私敲我问我发生什么事的，还有……母亲每月一次的要我回家吃饭。

翻看上一条聊天内容，还是叫我回家吃饭的。上个月的同一天，一个字都不差，简直就像是她专门设置了一个闹钟，每个月提醒自己一次，好让她记得要叫我回家吃饭，避免显得他们太冷漠。

盯着那几个因着机械刻板变得冷冰冰的字，想要拒绝，在床上坐了十分钟，却还是只发出去一个"嗯"字。与上个月、上上个月、往年的每一个月都没有差别的回复。

✦ 烧 不尽

出门前，眼睛忽然被晃了下。

可能靠近窗户的关系，阳光洒进来，落在书柜中的奖杯上，无论是奖杯本体还是底座上的那颗钻石都跟着熠熠生辉起来，隔着玻璃都无法削弱它的存在感。

太刺眼了。

想了想，我重新回到屋中，将奖杯从书架上取下来，把它锁进了抽屉里。

点开工作群，发现已经无法撤回昨天的发言，我只得重新又编辑一条发出。

冷静下来，我又觉得理性可以了。

众人：？？？？

在上大学前，我从来不觉得自己的生活奇怪。

普通都是和不普通对比产生的。不普通的人，也只有在遇到普通人后，才会发现自己有多与众不同。

我永远记得，当卢飞恒得知我十八年来的人生竟全然没有玩乐、没有朋友，只有学习时，那种诧异又古怪的表情——当时觉得是"古怪"，现在想想，他可能是在心疼我。

第一次看商禄的电影，也是在大学。不知是不是"雏鸟情节"，那之后再看别人的电影便觉得都不如商禄，还偷偷买过他的海报藏在床底。

卢飞恒也喜欢商禄，经常会和我一道回看商禄的电影。可惜那会儿商禄虽然才三十岁，却已经息影。他留下的作品就那几部，翻来覆去看，看得我台词都会背。

他当年要是不退圈，现在怎么也是个影帝了。

商禄在最辉煌的时候放弃演艺事业，转而从商，是不少粉丝的遗憾。无怪乎那么多人期待商牧枭继承衣钵进圈拍戏。这无关喜好，更像是一种……情怀。

不过他们父子关系这样差，应该是没可能的了。

"把西蓝花吃了。"

安静的餐桌上，严厉的女声打断我发散到天边的思维，把我拉回现实。

方形餐桌，四人分坐一边，北岩在我对面，正冲着碗里仅剩的一颗西蓝花愁眉苦脸。

他从小不爱吃蔬菜，以前经常把蔬菜留到最后，当着父母面假装吃下去，其实只是含在嘴里，回房后再吐到窗外。

这本是天衣无缝的计划，然而我家住在一楼，他窗外就是小区绿化带，母亲那段时间总觉得夏天苍蝇多，寻过去一看，这才将他的招数彻底拆穿。

母亲因他的欺骗而暴怒，冷脸清扫了绿化带后，很长一段时间都只给他吃素。本是想改正他挑食的毛病，但不喜欢就是不喜欢，长再大，对于蔬菜的厌恶仍然刻在他骨子里。

Chapter 04 彻底被困住了

"哦。"北岩勉强地将西蓝花塞入自己嘴里,咀嚼得很辛苦。

我看他实在吃得难受,便有意替他说话:"不喜欢吃就算了,别逼他吃了。"

父亲没有说话,可能是工作的关系,平日里他总是显得很严肃,不大说笑,在家里话也不多。从以前开始,他就习惯家里万事都由母亲做主,对于教育孩子这块,能不插嘴就不插嘴。

他始终认为,夫妻间只能有一种声音,一旦两个人都发声,矛盾便会爆发。

"不行,营养不均衡身体怎么会好?必须吃下去。"母亲一如既往地强硬,没有半分退让的余地。

她几十年不曾胖过,年轻时好歹脸上还有肉撑着,不致太瘦削,年纪大了皮肤松弛,脂肪消退,人看着便越发清瘦,一双眼显得格外大,怒视人的时候让人心里发怵。

北岩被她一吓,把嘴里没怎么嚼烂的西蓝花囫囵吞了下去。接着他整个定在那里,两眼大睁,双手捂着脖子,张着嘴却发不出任何声音。

我心里立刻就有些不妙。

他的动静着实吓人,父母一下子就不淡定了,放下筷子围到他身边,拍背的拍背,倒水的倒水。

北岩脸憋得发紫,一副快喘不过气的模样,显然是被西蓝花哽住了。

"小岩,你别吓妈妈。"母亲语带哭音,整个人都慌了神。

"走,我开车,去医院。"父亲说着起身就去找车钥匙。

几人中我还算冷静,记得之前在急救手册上看过,这种被食物呛到卡住气管的情况要用海姆立克急救法,晚了可能会对大脑造成永久性的损伤。

"等等,先把他食道内的异物排出来……"

根本没有人听我说话,母亲不住替北岩拍着背,泪水已经盈满眼眶,嘴里喃喃重复着同一句话:"你可千万不能有事,你可千万不能有事……"

父亲晕头转向找钥匙,偏偏越急越找不到,拿出手机就要叫救护车。

眼看再晚就要来不及,我抿着唇将母亲推开,一把扯过北岩,让他面朝前坐在我的腿上,随后一手握拳,用拇指顶住他的上腹,另一只手抓住腕部,快速用力向上挤压。

利用肺部残留的空气形成气流,只是两下,北岩便"哇"的一声吐了出来。食物残渣顺着他的衣襟落到我手上、身上,那块差点要了他小命的西蓝花也在其中。

不再被异物卡住气管,他大口呼吸着,一下子软倒下去,被母亲牢牢接住,搂进怀里不断亲吻。

"怎么样?怎么样了?"父亲举着手机着急忙慌地跑过来,脸色不比北岩好看。

我抽过桌上纸巾擦起手,见北岩哭得中气十足的,便道:"应该没什么大问题了，你们要是不放心，可以再去医院看看。"

父亲一愣，捂着心口大大松了口气，随即便对手机那头的接线员说明了情况，要他们不用再派救护车来。

吃饭吃成这样，谁都没心情再进行下去。父亲忙着给北岩换衣服洗澡，母亲收拾起桌上残羹。

我一点点用纸巾擦去裤子上的污渍，又在水槽前洗了手，可那种黏腻的触感与秽气仍然挥之不去，让我有些反胃。

"刚刚多亏了你。"母亲将一叠碗筷放入洗碗槽，已经完全恢复往日模样，要不是亲眼所见，我都不知道她原来也会那样失控。

"他是我弟弟，我难道能看着他死吗？"我轻轻说着，将手上水珠擦去，纸巾丢进垃圾桶，决定看过北岩后就走。

"你的裤子……"母亲忽然叫住我，视线扫过我膝盖上的水印道，"要不要给你换了？"

指尖微微收缩，我摇了摇头，婉拒了她的好意。

她没有再坚持，打开水龙头，背对我开始洗碗。我们能说的话，就此便算是全都说完了。

北岩在生死之间走了一遭，耗费了大量心神，洗完澡就有些蔫儿，光溜溜地缩在被子里，看起来很疲惫。

"还难受吗？"我问。

"不难受了。"可能刚吐过的关系，他这会儿嗓音还有些哑，不复少年人的清亮，小圆脸仍带着些苍白。

我替他掖了掖被子，道："以后吃东西自己注意些，爸爸妈妈年纪大了，你要有什么事，他们受不了的。"

北岩嗫了嗫嘴，低低地"嗯"了声。

我见他没事了，正打算离开，他忽地神秘兮兮叫住我，压低声音问我小狗的情况。

瞄了眼房门，我将手机里贺医生给我发来的小狗近照给他看。

"恢复得不错，只是骨折没那么容易好，还要再养养。"

"太好了……"北岩来来回回将照片看了好几遍，这才将手机还给我，小声向我道谢。

我心中一软，露出今晚第一个真心实意的笑来。摸摸他的脑袋，与他告别后转身出了房门。

父亲见我要走，主动送我到了楼下。

两人一路都没说话，到我临走前，他终于忍不住开口："北芥，前阵子你妈有

Chapter 04
彻底被困住了

个朋友想给你介绍个对象，二十多岁，各方面都很好，就是学历不算高，手有点残疾……"

原以为北岩的意外已经是这场家宴上最糟心的事，结果却只是冰山一角。

我压抑着心中烦躁，打断他："我这个样子，你让我结婚？"

父亲张了张口，似乎被我的态度冒犯到，面色不由沉下来。

"对方也同意的，人家知道……你的情况，说以后想要孩子可以寻求医疗手段。我和你妈妈都觉得对方不错，很适合你，你都三十二岁了，也该考虑将来的事了。"

这实在太好笑了。

我这个当事人还一无所知，他们竟然就与人家谈婚论嫁起来，甚至连将来孩子的事都想好了。胸腔里好似凝着一团被冰封起来的火，想要燃尽一切，烧光所有，偏又虚弱得连周身冰壁都烧不穿，只能眼睁睁看着自己一点点被耗死，活得窝窝囊囊，苟且偷安。

我冷声问："你们现在是询问我的意见，还是只是在通知我？"

父亲板着脸道："北芥，我们也是为了你好。"

我短促地"哈"了一声，道："谢谢，但是不用了，我一个人活得很好。"话毕看也不看他，加快速度离去。

回到家洗完澡，本想喝点酒看会儿电影再休息，却在这之前便接到了商牧枭的一通电话，将我睡前计划全部打乱。

"现在才八点，你不是睡了吧。"他那头隐隐传来低缓的音乐声，除此之外再无其他。

"没有。"

"我在酒吧，你来吗？我请你喝酒。"

从橱柜里拿酒杯的动作一顿，我说："我不喜欢人多的地方，而且如果我过去就要自己开车，喝不了酒。"

他低低笑起来："不是那种夜店，人很少很安静。不能喝酒，我请你喝果汁也行。"

今天我真的很累了，也已经洗过澡。喝酒在哪儿都能喝，我完全可以在家进行，不必跑那么远去喝果汁。再说我为什么要被他随叫随到？我和他不过是……

"老师。"他特地拖长了尾音，用裹着蜜一样的嗓音叫我，"来吧，我唱歌给你听。"

思绪忽然卡壳，有些接触不良。

我和他不过是……

"我会唱《小星星》，还会唱《亲亲我的宝贝》，你要听哪首？"不知是不是在抽烟的关系，说到最后，他声音里带上一丝沙哑。

◆ 烧 不尽

通过手机听筒,我仿佛也闻到了那股缭绕不去的尼古丁气息。浓烈,呛人,叫人晕头转向。

是……

"地址发你手机了,我等你。"他一点拒绝的机会都不给我,说完便挂断了电话。

含有地址的短信随之而来,我怔怔地盯着手机屏幕,手指越攥越紧。

是什么是?

什么都不是!

"砰!"

懊恼地拍上橱柜,我回卧室换好衣服,再次出门。

酒吧在一家五星级酒店的十楼,窗外就是环城河,点缀得豪华璀璨的游船不时驶过,加上两岸高楼灯火,组成一道不错的都市风景线。

商牧枭没骗我,这里的确安静,不是年轻人玩乐的地方,更像是商务会客之地。

服务员得知我是来找人的,立马将我引到了外面露台。

外头不比室内,没有可以遮挡的事物,冷空气一下便从四面八方围拢过来。

所幸酒吧给每个卡座旁都摆了个功率强大的立式暖炉,大理石材质的茶几也从中间的缝隙冒出屡屡篝火,尽己所能地为每位顾客提供更多的温暖。

不远处有一支四人乐队,身着晚礼裙的外国女歌手正用浑厚婉转的嗓音唱着慵懒的蓝调。

商牧枭坐的那桌临着河,我过去时,他站在护栏前,手肘撑着栏杆,脑袋微微低垂,正百无聊赖地看风景。

到底是年轻,夜里这样凉,他竟然只是穿了件黑色的薄毛衣,外套就那么随意地丢在一旁椅背上。

服务员问我是不是这里,我正要点头,商牧枭听到动静转过了身,我这才看清,他手里还有东西,一个威士忌杯以及一支刚刚点燃的烟。

"你终于来了。"他懒洋洋地靠在护栏上,看神色已经喝了不少。

服务员替我搬走一把椅子,让我的轮椅可以入座,接着又把酒水单给我,问我要喝什么。

"一杯橙汁。"威士忌杯中只剩一块巨大的球冰,商牧枭将它递给服务员,随后在我身边落座,对着烟灰缸弹落一截烟灰,"还是说你更喜欢苹果汁?"

他的问话没有问题,脸上也带着并不让人讨厌的笑意,可我总觉得他语气不对。这语气不像是对着比他年长的成年人的,反倒更像是对着比他小的幼童的,透着些许纵容和一点无可奈何的宠溺。

"不用,给我来杯乌龙茶,热的。"我将酒水单还给服务生,对方点点头,转

Chapter 04
彻底被困住了

身离去。

商牧枭笑了："老师，你还挺养生。"

如果你不叫我出来，我现在已经在床上酝酿睡意了。

"你怎么一个人在这里？"我问。

"晚上没有事做，有点无聊，又不想找周言毅他们胡闹，就跑这里来了。"商牧枭望向黝黑宁静的河面，缓缓吐出一口薄烟，"这里很适合一个人喝酒。"

我敏锐地察觉到他语气里的异样，不由蹙眉："你和你家人又吵架了？"

他身体一僵，像是被我戳中了心事，再回过头表情便有些懊恼。

我忙道："知道了，不提这个。"

他面色稍缓，瞥了眼我的腿，忽然扯过外套丢到我身上。

"盖上，外面冷。"

又来了，那种好像对待小孩子一样的语气。我都觉得这话好耳熟，似乎每次带杨幼灵出去玩，怕她着凉我也是这么说的。

心里这样想，表面我仍是冲他道了谢，淡定地收下他的外套。

服务员很快托着托盘送来了热茶和又一杯威士忌。

两个人短暂地双双沉默下来，我拿起杯子抿了口茶，注意力被正在演唱的女歌手吸引。

对方穿一条闪亮的粉色珠片紧身裙，大V领，高开衩，将一副凹凸有致的好身材展露无遗。赏心悦目的同时，我又无可避免地替她感到寒冷。特别是在我看到她一双手都冻红了后，实在很想让她进屋换件暖和点的衣服。

"好看吗？"

我一怔，回头看向商牧枭。

他本也在看那名女歌手，留意到我看他，便也收回目光与我对视。

"她好看还是我好看？"指尖夹着烟，靠进柔软的沙发里，他语气很淡，说话间，下巴朝女歌手的方向抬了抬。

这算什么问题……

我错开视线，看回那名女歌手，没有回答他的问题："我只是觉得她唱得很好。"

话音方落，身后传来细微响动，商牧枭越过我朝女歌手走去。

我下意识拉住他，怕他乱来。

"你干什么？"

可能是喝了酒的关系，他的手很热，好似一团燃得正旺的火焰。只是几秒，我就觉得自己好像要被烫伤了，急忙又松开手。然而指尖脱离的瞬间，商牧枭的手缠上来，更紧地回握住我的手，完全不让我抽回去。

"你以为我要干什么？砸场子吗？"他拇指摩挲着我的手背，把我僵冷的手指都捂得温热起来，"说了唱歌给你听的，等着。"说完他松开我的手，缓步走向

◆ 烧 不尽

露台中央的四人乐队。

也不知他是怎么沟通的,女歌手连连点头,却没有离场,一边的钢琴师倒是起身让了位。

商牧枭在琴凳上坐下,调整了下话筒位置,弹了几个音感受音准,等准备得差不多了,冲其余人点了点头,按下第一个音。

享誉全球的《小星星变奏曲》在露台上幽幽响起,轻快的曲调充满童心。但两段后,曲风突变,他再次重复开头,调性已经由轻快短促变得悠扬懒散。

吉他与鼓慢慢合了上来,形成一支独特的、带着浓浓蓝调风情的……《小星星》。

商牧枭的声音带着点轻微的烟嗓,日常说话时不明显,唱歌时却能听得一清二楚。

被他改编得面目全非的《小星星》忧郁得根本不似一首纯真童谣,更像是一首成年人的悲伤情歌。

"Twinkle, twinkle, little star... like a diamond in the sky..."①

女歌手适时加入和声,并不喧宾夺主,完美契合商牧枭的嗓音。

露台上的顾客纷纷停下交谈,因着熟悉又陌生的曲调好奇地看向正中央的演唱者,一看便再也没有移开视线。

"Then the traveller in the dark, thank you for your tiny spark..."②

不少人对着商牧枭录像拍照,他全不受影响,只是专注于掌下的琴键。

《小星星》这首歌本就不长,改编成蓝调前后也就三分钟时长。当商牧枭敲下最后一个音符结束演唱时,女歌手也慢慢落下尾音。

就在此时,不和谐的玻璃碎裂声骤然响起,靠近舞台的一桌情侣争吵了起来。

"我哪里做得不对你告诉我好吗?我不要分手,你别走……"女孩苦苦挽留,男人只是冷漠地甩开她。

"别再烦我了,我们结束了。"他理了理西装,将两张钞票塞进闻声赶来的服务员怀里,便头也不回地离去。

女孩捂着脸号啕大哭,丝毫不顾忌周围人的窃窃私语。

服务生上前询问她需不需要帮忙,女孩抽泣着摇头,看着男人离去的方向,拿起包包追了过去。

商牧枭唱完歌回到座位,脸上是浓浓的不爽。

---

① 一闪一闪小星星……似若钻石夜空明……

② 在黑暗中旅行,感谢你的小光芒……

Chapter 04
彻底被困住了

这本该他的主场，却被人抢了风头。

"烦死这些哭哭啼啼的了，再找下一个不就好了，有什么好舍不得的？"许是唱歌唱得有些口干，他一口将自己那杯威士忌喝完，扬手又要叫服务员。

"可能是因为……他们在谈恋爱，不是在搞一夜情吧。"虽然我希望人人都以理性为先，但我知道这种理想状态并不存在，人类终究是感情生物，很容易便被情绪左右。

商牧枭不明白："难道每一场恋爱都要奔着一生一世吗？"

"那奔着什么？"

"当然是开心就好，如果不开心了，就果断抽身走人。藕断丝连，当断不断才会产生痛苦。"

我张了张口，发现自己竟然难得地与他的观点一致。

服务员很快来了，商牧枭刚要开口，我抢在他之前道："上一杯柳橙汁。"

商牧枭闻言一挑眉，服务员也有些迟疑。

僵持须臾，我仍然坚持："柳橙汁。"

不知道我来之前他已经喝了多少杯，但威士忌度数高后劲足，一向只适合细品，这样一杯接一杯的喝法不正常。

商牧枭将威士忌杯还给服务生，最终还是妥协。

"算了，橙汁就橙汁吧。"点燃一支新烟，他徐徐吐出白雾道，"我明明是叫你出来喝酒的，结果你只喝茶就算了，还强迫我点果汁，那我们来酒吧的意义是什么？"

不知道。没有意义吧。

我都觉得自己很莫名其妙。

见烟灰缸里已积满烟头，我忍不住道："你才二十岁，少抽点烟，对肺不好。"

他看了看我，忽然摁灭长烟。

"你不喜欢我抽烟？我还以为你喜欢的呢，我每次抽烟，你看我的时间总会格外多。"

我不自然地轻咳一声，别开了眼。

"你的错觉。"

果汁上来后，商牧枭喝了一口，嫌弃它太过酸涩，再没动过。

不能抽烟，没有酒喝，他显得兴致缺缺，开始努力从我身上找乐子。

"北芥，你恋爱过吗？"

我端起茶杯的手不自觉一顿，又若无其事地接上："三十二岁，我又没出家，当然也会谈恋爱。"

早几年，我其实不乏追求者。

那些人无一例外被我的皮相所惑，忽视我残疾人的身份，展开热烈追求。然而，只是几次约会后，便会猛然清醒于我是个怎样的存在，尴尬地与我道歉，一

◆ 烧 不尽

个个离开我的世界。

那些人只是想要尝试，尝试一个没试过的新鲜玩意儿。一旦意识到这个玩意儿只是虚有其表，不仅一点也不好玩，还需要很多照顾，照顾起来也很麻烦，种种不便就会使之迅速厌烦这段感情。

二十多岁时我还有精力给对方机会，也给自己机会，现在我只想安安静静地了此余生。

所以，如果算上那些短暂的约会，是的，我当然谈过恋爱。

"几个？"商牧枭又问。

我不再回答，他却没有就此打住。

"发展到哪一步？"

"你带那些人回过你家吗？"

"有人和你一起看过星星吗？"

这些问题越听越奇怪，我忍不住横他一眼，示意他闭嘴。

他撇撇嘴，举起双手往后一靠，伸了个懒腰，倒是没再说些不该说的。

又听了两首歌，商牧枭招来服务员买单。

"你家有酒吗？"商牧枭问。

我一时没明白他的意图，便老实回道："有，不过都是葡萄酒。"

"那走吧，去你家喝酒。"他皱了皱眉，似乎惊诧于自己才想到这么个绝妙的好主意，"早知道直接去你家了。"

我感觉自己额角的青筋在跳，脑袋都开始疼起来。

"……这么晚了，不方便。"

"你家有别人吗？"

"……没有。"

"那有什么不方便的？"

我更久地沉默，不知道是不是该说实话——你去就会不方便，怎么都不方便。

买完单，我们走到电梯口，他靠住墙壁，又问我："我想去你家看星星，用那个望远镜，不行吗？"

"……"

我怀疑他已经摸透了我的脾性，看准我是吃软不吃硬，所以每次试过硬的不行后，总会转换语气。

陈述句让人反感，但如果换成柔软的问句，便会让人难以拒绝。

"好不好？"

电梯这时正好到了，我率先进入轿厢，回身将盖在自己身上的衣服丢回给商牧枭。

"到外面把衣服穿上。"

他低笑着"哦"了声，穿好了衣服，跟着我下了停车场。

Chapter 04 彻底被困住了

虽然我什么都没答应，什么也没说，但他已经知道我的答案。

他以一种胜利者的姿态坐进副驾驶，扣安全带时小声嘀咕了一句。

"以后这个位置只有我能坐。"

我一下看向他，怀疑自己听错了："什么？"

"什么什么？"他扣好安全带，打了个响指道，"准备好了，出发吧。"

到了我家，商牧枭一点不把自己当外人，从酒柜里挑了支奔富干红，熟练地打开瓶盖，又拿出两个杯子。

"今天月亮还挺圆，你教我看月亮吧。"往红酒杯里倒上酒，他把其中一杯递给我，自己端着另一杯朝客厅阳台走去。

盯着他的背影，我抿了口杯子里的酒，浓郁的葡萄香混合着酒香迅速占领整个口腔，回味带着轻微的酸以及合适的涩。

放到以前，我必定会花些工夫好好品尝这杯美酒，感受单宁在舌尖弥漫的奇妙体验，绝不辜负酿酒师赋予这支酒的心血。但现在我毫无心情慢慢品酒，只是想快点结束今晚的一切。

我到底为什么要把他带回家？

带着这样的疑惑，我仰头一口喝光了杯子里的酒液，空杯放在吧台，操控着轮椅朝商牧枭而去。

"去旁边待着，我调整好了你再来。"我赶他去一边，打开望远镜电源，开始校准角度。

调试时，商牧枭就安静地环胸靠在一边，转着酒杯，并不说话。等差不多了，我让开位置招手叫他过来。

"这么快啊。"他将酒杯放到茶几上，再次上前。

我告诉他望远镜各个部位的名称以及作用，接着将手控器交给他，让他自己看。

他弯下身，小心贴近目镜，等看清望远镜所呈现的画面时，忍不住发出一声惊叹。

"好丑。"

月亮从古至今承载了人类众多美好的想象，蟾宫嫦娥，桂树玉兔，诗句中也多以美玉相称。可事实上它并非皎洁的玉盘，上头更没有貌美的仙子，有的只是大片的月海，崎岖的山脉，无数的陨石坑。

"月球没有大气层缓冲，任何物质撞击它都会在表面留下清晰的痕迹，又因为没有空气和风，使它难以形成风化作用，导致这些痕迹经年累月无法抹灭。你所看到的每一个细微的凹陷，可能都已经存在了上亿年。"

只凭肉眼便能目睹这些古老的痕迹，在我看来是十分可贵的，商牧枭却有些难以理解。

"观察这些坑这么有意思吗？"

"这些坑都有名字。"我说，"最北端，你能看到的那面有条狭长的阴影，那是冷海。它下面是同样狭长的月陆，中间的坑叫作柏拉图，东边一点的是亚里士多德，亚里士多德下方一大片阴影是澄海，越过它就能达到笛卡尔高原。"

"所以说，哲学家都住在月球上。"他笑着抬起头，见我没有反应，只得进一步解释道，"这是某位国外戏剧家的名言，讽刺哲学家满嘴空话，不能脚踏实地。"

虽然有部分哲学家的确如此，但并非所有人都这样，这话不免失之偏颇。

"我不这样。"我撇清自己。

"我有另外的问题。"他让开一些，问，"左边那块阴影是什么？我感觉它在动。"

动？我以为是有什么小虫子，凑近了去看目镜。

视野一片清晰，什么都没有。

不存在小虫子，也没有什么会动的阴影。

我狐疑地抬起头："什么也没……"

话还没说完，便被一双灼热的唇吻住。

我的大脑从那一刻开始宕机，什么也无法思考。

感觉过了很久，又像只是短短一瞬。商牧枭退开一些，眼里带着笑意："你的问题就是太过理性。比如现在……"

现在怎么了？

我盯着他，不确定自己是不是将疑问问出了口。

他双手撑在我的轮椅两边，俯视着我，不疾不徐道："现在气氛这么好，你怎么能只是等着我吻你呢？"

那我该……怎么做？

恍惚间，我仿佛听到了冰面裂开的声响，却无法细想那是什么。

我明明只喝了一杯酒，为什么就开始醉了？

我不该喝那杯酒的……

"你怎么跟没谈过恋爱一样？"他抱怨着再次靠近，"北芥，你再不吻我，我就要生气了。"

脑海里涌现许许多多的声音，一会儿是黄老先生的"把每天都当作最后一天来活"，一会儿又是康德的"没有比理性更高的东西了"……他们反反复复出现，中间穿插两句柏格森或者叔本华的幸灾乐祸，将我本已经接近罢工的大脑搅得一团混乱。

商牧枭久久等不到我的反应，轻哼了声，作势就要直起身。

我在完全无法思考的情况下，伸手一把扯住了他的袖子。

脑海里的声音在一瞬间全都消失了，冰面的开裂越来越大，大到再也无法控制，整个破碎开来，化为齑粉。柔软的薄毛衣被我紧紧攥在手心，我垂着视线，

Chapter 04
彻底被困住了

过了两秒才意识到，那不是什么冰面，是我的理性。

我的理性在土崩瓦解，它从根基开始一点点倒塌，被本能攻城略地，夺去王座。

本能赢了，赢得悄无声息又轰轰烈烈，将所有曾经轻看它的都踩在了脚下，触角延伸至每个大脑沟回，让你无法轻易剔除它。

它迅速扩张着领地，不仅要占领大脑的高地，也要获得控制我身体的权利。

"真拿你没办法……"商牧枭好似无可奈何一般，轻抚我的脸颊。

我抬头看向他，内心还在做最后的垂死挣扎。

我不信，不信理性就这么死了。

"你不吻我，也不让我走……"他眼眸黑沉，隐隐透出与言行不符的狠劲，"那就只能我主动了。"说话间，他俯下身，到最后一个字落下，双唇已牢牢将我吻住。

他不再伪装，彻底暴露本性。

好像在用行动明晃晃地告诉你：掉进来了，就别想出去。这是书生的兰若寺，是武帝的白云乡，是你无法逃脱的孽债。

"北芥，你骗人。"

胸膛剧烈起伏着，我也想表现得尽可能地游刃有余，然而身体不允许。我努力平复着，一时没顾上他在说什么。

"你还说你对我没有非分之想，可你明明就很喜欢我。"

我偏了偏头，想要甩开他的手。

他固执地贴上来，并不让我得逞。

"松开……"我瞪他一眼，抓着他衣袖的手缓慢松开。

理性苟延残喘，尚留一线生机。

我要救活它。

商牧枭瞥了眼我的手，眼里闪过一丝不悦。

按住我的双手，属于他的气息席卷重来。

理性死了。本能跷着腿坐在王座上，悲悯地看着它。四周响起曲调忧郁的《小星星》，那是理性的挽歌，也是本能的加冕曲。

坚冰破碎，被囚禁了多年的火焰一旦接触外界，便要卷起燎原之势。

回过神时，我已进了房间，可我甚至都没有印象自己这一路是怎么进来的。

太好了，本能还会随意删减我的记忆。

"嘀嘀嘀……嘀嘀嘀……"

睡梦中，手机闹铃声持续不断地响着，我艰难地将手探出温暖的被窝，摸索着想要关闭闹铃，拿过手机一看，已经十点。

我骤然惊醒，从床上撑坐起来，慌乱了两秒，又迅速忆起今天是周六，不用

◆ 烧 不尽

上课。

　　还好，差点以为要迟到了……

　　我捂着额头，内心庆幸不已。

　　可还没等我松完一口气，随着意识的复苏，昨晚种种已如走马灯般在我脑海里重现。

　　我闭了闭眼，恨不得再次睡死过去，便不用面对醒来的一切。

　　在商牧枭面前展露身体的缺陷是件非常考验我自尊的事，不只是他，任何人对我来说都是如此。那些或好奇怜悯或嫌恶厌倦的视线，是比残疾这件事本身更让我难以面对的存在。

　　这是挡在我和其他人之间无法逾越的鸿沟。

　　如若某一天有人能让我放弃坚持，抛开底线，袒露人生最脆弱的部分，那我必定爱他至深，视他比世上任何事物都要重要。可显然商牧枭不是那个人，至少现在还不是。

　　后来，我昏昏沉沉地睡着了。

　　再醒来，便是此刻了，周围也不见商牧枭的身影。

　　他最好是走了……

　　心事重重地洗漱完，打开房门的一瞬间，我仿佛听到了命运的嘲弄，它大笑着往我脸上丢了四个字——你想得美。

　　商牧枭头发还湿着，脖子上只挂了条浴巾，站在我的 CD 架前不知道在翻阅什么。

　　看到他这样子，我又想感叹。也只有血气方刚的二十岁才能在这样的天不穿衣服不穿袜子，只穿一条裤子站在没开空调的客厅里了。

　　还是身体太好。

　　我心里正腹诽着，商牧枭察觉到我的注视，往这边看来。

　　"你醒啦。"他擦了擦头发，将手里的东西面向我，眯着眼问道，"你是商禄的影迷？"

　　他手里拿的，正是《逆行风》的珍藏版 DVD 铁盒。

　　只是迟疑了一秒，我否认道："不是，我是韩佳的粉丝。"

　　韩佳是《逆行风》的女主角，当年同商禄拍电影时也算顶流，可惜有点后劲不足，此后多年演艺事业一再下滑，最终四十岁时嫁给一名华人富商，退出了娱乐圈。

　　我也不知道自己为什么要说谎，但现在是本能当家，它认为最好这样做，那我也只能这样做。

　　"那你觉得商禄怎么样？"他认真观察着我的神情，仔细甄别我每一句话的真伪。

　　"我知道他是你父亲。"我说。

Chapter 04 彻底被困住了

"我不是在问你我爸怎么样,我问你,你觉得商禄怎么样?"他进一步补充题干,"这个男人怎么样?"

"……还行。"

他垮下肩,一手叉腰,另一只手捏住《逆行风》铁盒的一角,满脸不敢置信。

"还行?"

他怒视我,再次重复:"还行?"

好了,不用本能提醒,我都知道自己捅了马蜂窝了。

我甚至怕他下一秒就把手里的 DVD 扔出窗外,忙镇定地补充道:"还行,但是不如你。"我将"但是"两字故意咬得很重。

他立时像是气消了些,掂着那只铁皮盒,漠然睨着我,又问:"我的奖杯呢?"

我一愣,莫名有些心虚。

"这里……"拉开电视柜抽屉,我将商牧枭的奖杯从中取出,向他递了递。

他冷眼看着,嗤道:"你把商禄的电影放在架子上,把我的奖杯藏在抽屉里?怎么,我很见不得人吗?"

DVD 不放在 CD 架上,难道还要放在保险柜里吗?怎么一晚上的工夫,感觉他更难伺候了?

"那你想放哪里?"我问。

他想了想,转身把《逆行风》放到 CD 架顶部,过来从我手里接过奖杯,几步回到架子前,用力将奖杯压在了铁盒上。

"放这儿。"他拍拍手,一副"谁也别劝,劝谏者死"的表情。

在这种事上他也要压一头。知道的他们是父子,不知道的还以为他和商禄有什么深仇大恨。

我点点头,随他去,转身进厨房准备午饭。过了会儿,商牧枭换好衣服也凑进来,硬是要帮忙,可他一个十指不沾阳春水的大少爷,煮个粥都能把锅烧烂,又哪里真的能帮到我。

在他用刨丝器刨土豆结果差点刨掉自己手指后,我忍无可忍,态度强硬地将他赶出了厨房。

香肠、胡萝卜切碎,倒入蛋液里,用平底锅摊成一张薄饼,再慢慢从头卷起,等凉了便可以切成大小适宜的卷饼摆盘。土豆丝清炒,最后放入干椒与白醋提味。

冰箱里还有些芦笋,我切了点之前沈洛羽拿来的腊肉,本没抱多大期待,没想到一下锅便香飘四溢,红绿相间的色泽也十分诱人,馋得人直咽口水。

三道菜,一个人有点多,两个人却正正好。

还差最后一道汤,由于我平时都一个人吃饭,汤做多了容易浪费,一般都直接冲速食汤,一顿一袋很方便。

一箱速食汤里有五种口味,我不清楚商牧枭要哪种,便拿着袋子去外头问他。

大白天的,他站在窗户前,一只眼对着望远镜的目镜,兴致勃勃地不知在看

烧不尽

什么。

"你……在干什么？"

商牧枭闻声抬起头，发现新大陆一样招手让我过去："你这个不仅晚上能看，白天也能看哦，而且能看好远。你都不知道我看到了什么。"

我过去关掉望远镜的电源，对他看到的东西并不感兴趣。

"别乱看，会被人当作变态的。"

他一挑眉，完全无惧我的危言耸听："这是你的房子，你的望远镜，就算被当作变态也是你吧。"

我不理他，竖起五个包装袋，问他要选哪个。

他弹了弹我手里的小袋子，道："这是什么？"

"汤。"

他有些新奇，每个都拿在手上看过一遍，最后选了一袋紫菜蛋花汤。

冲好汤，我转头去盛米饭，再回桌旁时商牧枭已经落座，正拿着手机……拍我做的菜。

看不出他还有这种爱好。

拿起筷子，我发现商牧枭也是同样的姿势，一双眼盯着蛋卷，分明很想吃却并没有开动。

他不是在等我落筷吧？

夹一筷土豆丝到碗里，我试探着道："吃吧。"

话音方落，他立马目标明确地将筷子落到了那盘蛋卷上，直接整个塞进嘴里，没嚼完又去夹腊肉。

一餐饭吃得风卷残云。我还剩小半碗没吃，他便已经去盛第二碗饭了。到我一碗饭吃完，他第二碗都快见底。

这是饿了多久？

吃完了饭，他两口将汤喝完，开始扫盘。蛋卷最先吃完，接着是芦笋腊肉，最后是土豆丝。他夸张到连一根土豆丝都不放过，要不是我拦着，甚至要把干椒都吃下去。

"你昨天没吃饭吗？"我问。

他揉着自己的胃，一脸满足道："吃了。不是饿，是你做得太好吃了，让我没办法少吃。"

虽说"千穿万穿，马屁不穿"，但我还算有点自知之明，清楚自己的厨艺至多就是"能吃"，还不到他所表现的这种程度。

收着碗筷，我对他的话不予置评。他起身帮我一起，在差点失手打翻一个盘子后，再次被我赶出厨房。

这期间我听到客厅方向传来手机铃声，是商牧枭来了电话。

Chapter 04
彻底被困住了

他说自己不在家，这两天住在酒店，对方又说了些什么，他沉默半晌，让对方等他一会儿。

"我下午有点事，先走了。"

我正在洗碗，他突然从后偷袭，一口亲在我的唇角。

手一打滑，我正在洗的盘子便掉了下去，还好水槽里有不少水，减缓了落势，没碎。

"你这么怕我做什么？"他发泄不满一般，道，"你该不会不认账吧？"

我茫然地看着他。认什么账？

"你昨天亲了我，要负责的。"

昨天分明是他先开始的……

我一边内心震惊于他居然能说出这种赖皮话，一边又觉得自己有这种想法好像个人渣。

"其实我们只是……你没必要放在心上。"

万万没想到我有一天竟然也能说出这种话。

"所以你不想负责是吗？"他表情逐渐淡下来，眼里满是对负心人的谴责。

我那一向十分饱满充盈的道德感痛哭流涕地站在山巅上，被人五花大绑，塞住口舌。我预感如果我此刻言行有半点不对，它就要被推下悬崖，死无葬身之地。

理性死了，道德岌岌可危，本能作为王此时站出来说了句公道话："这事你不占理。"

我只能妥协："没有……"

"我就知道你不是那样的人。"商牧枭复又高兴起来，蹲下身，眉眼含笑道，"那我们交往吧。"

我暗暗倒抽一口气，知道不太可能，但仍想垂死挣扎。

"……我比你大。"

"你知道我爸和他的新欢差几岁吗？"

"我是你的老师。"

"选修课而已，而且我已经退学了，我们不是师生关系了。"

"我……一辈子只能坐轮椅。"

商牧枭有些好笑地抚摸我的脸颊："北芥，你想和我过一辈子吗？"

我张了张口，不知要如何回答。

一辈子是正在进行时，理性地说，谁也不可能就未来没有发生的事做百分百的承诺。

"明天的事明天再烦恼，我现在并不觉得这是个问题。"他说，"我不会同情你，也不会怜悯你，在我看来你和常人无异。这样还不够吗？"

这样还不够吗？

如果理性当家，要说不够，那真的很不够。可现在是本能做主，本能已经一

◆ **烧** 不尽

脚把理性踢进了阴曹地府,并宣布它是"北芥"这具生命体唯一的掌控者。

我问它,够吗?

它回答,够了。

于是我也回答商牧枭:"够了。"

两个字一出口,他双眸便亮了起来。

"你同意了?"

我仍有许多挣扎,但既然已经迈出第一步,又何妨再多几步?

试过不行至多被打回原形,但如果可以……

我点点头,短促地"嗯"了声,算是应答。

商牧枭笑着捧住我的脸,迎上来便给了我长长一吻。

我还不太习惯在完全清醒的状态下,与他光天化日如此厮磨,想躲。可他完全固定住我的脸,不给躲,也不给退。

要不是两条腿站不起来,我怕是膝盖都要打战。

"早知道就说不去了……"他看了眼手机上的时间,烦躁地嘟哝一声,与我告别,"那我走了。"

我头也不抬,含糊地说了声"再见",专注于眼前那两只盘子,仿佛这是天下间最吸引我的事物。

等关门声响起,我这才松懈了一直强撑着的神经,疲惫地趴在水槽边,长长地吁了一口气。

晚上有心理互助小组的活动,我按时到达体育馆,进门时发现大家已经到得差不多了。

"这周大家有什么积极的变化吗?"廖姐环顾一圈,指名由于天儿开始。

"我这周……交到朋友了。"于天儿说着脸蛋微红,头也越垂越低。

几人面面相觑,同时嗅到了一丝不寻常的味道。

"小姑娘,你该不会早恋了吧?"家庭主妇纤眉一竖,不认同道,"听我一句劝,你现在高三,正是紧要关头,长得再帅的男孩子也要放一放,先顾好自己再说。我当年就是没好好读书,早早就找了个男人嫁了。结果你看看,落得满肚子牢骚。"

于天儿一愣,慌忙抬头:"不是不是,我没早恋,而且……"她越说越小声,"对方是个女孩子,是我补习班的同学。"

"恭喜恭喜,有进步,非常大的进步。"廖姐带头鼓掌,给予小女生以鼓励,使得天性羞涩的于天儿越发不好意思。

下一位是家庭主妇,在经历了黄老先生的离世后,她似乎看开很多,发现了不少生活中之前被她忽略的细节。

"丈夫每天都会回家吃饭,从不在外面鬼混,如果出外勤路过我喜欢的蛋糕

Chapter 04 ♦
彻底被困住了

店,总会排队给我买上一大袋。"她微笑着道,"孩子虽然调皮了点,但好在聪明活泼,身体健康。上次被叫家长后,我发了脾气,他还和我道歉,说以后再也不会做让我丢脸的事了。"

秃头男说自己已经着手准备植发,以前心疼钱,迟迟下不了决定,现在却觉得今天不知道明天,能用钱解决的为什么要拖呢?

"我也从黄爷爷身上得到许多启示。"女主播一撩长发,风情万种,"黑就黑,骂就骂,老娘有钱赚就行,管黑子骂得多难听。他们越是看我不顺眼,证明我人越红。"

"是,你这样想就对了。其实你的直播很解压,比起骂你的人,你更应该看到那些喜欢你的粉丝。"白领一改脸上的颓丧,笑容灿烂到刺眼。

"阿白,你工作上的事还顺利吗?"廖姐问。

"项目终于告一段落,领导说很看好我,父母也暂时没有催婚了。"白领道。

"那真是太好了。"一圈下来,大家都有了各自的进展,廖姐最后将视线放到了我身上,"北芥,你呢?"

我缓缓看一眼众人,在一双双期盼的目光下,开口道:"我……对一个人动了心。他和我,差太多了,我明明知道不该对他动心思,可是……"想到杨海阳形容商芸柔的话,当时觉得太夸张,现在再看,实在很贴切,"他太厉害了。我想过反抗,但根本不管用。"

我莞尔道:"目前,我打算走一步看一步。毕竟要把每一天都当作最后一天过。"

我和商牧枭,至此开始了交往。

同之前倒是没什么差别,他偶尔会来旁听一下我的课,如果我不忙的话,晚上会和我一起回家蹭顿饭;不怎么说家里的事,但一说到杨海阳就咬牙切齿;精准记录奖杯与《逆行风》之间的角度,不允许我移动分毫;不爱用望远镜看星星,但特别喜欢我给他讲解星座、星系、银河之类的东西;像一只黏人的、精力旺盛的小狗……

虽说已经不是学生,但有时候他总爱学着别人玩笑一样叫我"老师"。

这天快下班时,我无意中打开朋友圈,刷到一条杨海阳的动态。

> 感恩节,感恩有你。

看过日历,才发现原来不知不觉已经到感恩节了,今晚他就会向商芸柔求婚。

对于我和杨海阳的关系,之前没和商牧枭说是因为与他没到那份上,可现在既然正式交往,于情于理都应该知会他一声。

✦ 烧 不尽

虽然我有预感他听过后反应不会好……

食指敲击着桌面，思虑再三，我决定发信息给商牧枭，约他今晚来家里吃饭，与他摊牌的同时，也顺便帮好友一把，替他将不安定因素提前按灭。

商牧枭很快发来消息，说还有事，结束后就马上去我家。

六点左右，三菜一汤，两荤一素全都上齐，门外也传来了电子锁开锁的声音——答应交往的第二天，他就从我这边软磨硬泡到了电子锁的密码，至此之后畅通无阻，来去自如。

"今天是什么好日子，你怎么还做了汤？"他盯着桌子上的牛肉汤一脸诧异。

"感恩节。"

"你还信这个？"他更诧异了。

我将手里的筷子塞给他，冲他笑笑道："感恩有你。"

"……"

他虽觉古怪，但还是愉快地动起了筷子。

看他吃得那样香，我都要怀疑商禄是不是从小克扣他口粮了，不然他怎么能每次吃我做的饭都能吃成饿死鬼投胎的样子。

商牧枭忽然停筷，有些意外地看向我，神情似笑非笑："他虽然不是个好爸爸，但没有在物质上虐待过我，我从小吃得还挺好。"

他这样一说，我才发现自己方才竟然将"商禄是不是虐待你了"直接问出了口，立时大窘，耳朵都有些烫。

到底是人家爸爸，我正待道歉，又听他接着道："我喜欢你做的菜，是因为你是第一个亲自为我下厨的人。不是因为工作，也不是讨好我，单纯只是……做饭给我吃。"

当他收起嬉笑之色，认真看着你的时候，就好像你是他的全部，会显得格外深情。

虽说皮相不代表一切，但有副好皮相，实在可以加分不少。

耳朵上的热度延伸到脸颊，我低头给他夹了块鱼，不再看他。

"老师，我还想吃虾。"过了会儿，他语带笑意道。颇有些得寸进尺，恃宠而骄的意思。

我并不惯着他："自己剥。"

"老师……"

手机铃声响起，商牧枭皱起眉，满脸被打扰的不悦。

接起手机，他不客气道："什么事？我在忙。"

四周比较安静，他又离我很近，电话那头的声音也传了些到我耳里。听声音似乎是周言毅，语气有些急，让他赶快过去。

"你看到谁了？"商牧枭声音猛地拔高，我的心也跟着跃起，生出浓浓不安。

Chapter 04 彻底被困住了

清湾说大不大，说小不小，不会这么巧吧。

结果下一秒老天告诉我，就有这么巧。

"他还敢求婚？知道了，我马上来。"挂断电话，他黑着脸，起身匆匆就要走。今天求婚的还能有谁？

"等等……"我一把拉住他，知道他这是要去砸场。周言毅必定是从哪里得知了杨海阳要求婚的消息，来跟他通风报信了。

"哦，抱歉。"他像是才想起有我存在，"我有急事，先走了。"

我没有松手，仍想挽留："吃完饭再走吧。"

不能让他去，他去了不知道要做什么。

"我给你剥虾，你吃了再走。"我一时想不到别的挽留方法，只好这样说。

他拧着眉，道："不用了。"说着毫无留恋甩开我的手，大步往外走去。

关门声响起，我连忙拿出手机拨通杨海阳的电话，等了许久始终无人接听，不知是不是吃饭时设了静音。

顾不得收拾，我拿上车钥匙便追着商牧枭出了门，一到楼下，发现他还没来得及走，正骑在机车上系头盔。

"你怎么下来了？"他诧异地看着我。

"我送你去吧。"

明知概率几乎为零，我却仍有种天真的想法，觉得路上说不准还能把他劝住。

他瞟了眼我的车，没多大兴趣，放下护目镜道："你的太慢了。"说完不等我再说什么，一加油门，驾驶着蓝白重机绝尘而去。

我一边继续拨打杨海阳的电话，一边开车追了上去。然而商牧枭的速度极快，在车流里穿梭又灵活，只一眨眼工夫便在大路上失去了踪影。

之前我听杨海阳提过求婚地点，是他一个朋友的餐厅，这个朋友曾经也和我一道出席过杨海阳的婚礼。我有印象他似乎是在市中心开了家高档法餐馆，当时还给过我名片。

努力回忆了下名片上的地址，大概记起在哪条路后，我用着比平时更快的车速，一路变换车道，穿街走巷，紧赶慢赶竟也不落商牧枭多少。

远远看到他把车停在餐厅门口，跨下车便气势汹汹推门而入。前面的车因为下客迟迟不动，我按了两下喇叭催促，对方才慢慢悠悠起步。

也顾不得会不会被贴罚单，直接靠边停车，将车停在了马路边。

一下车，我就看到周言毅正靠在餐厅门边抽烟，身边站着个女孩子，两人看着是一起的。

他见了我，下意识挺直了背，按灭了手里的烟。

"北教授？"

我蹙眉打量他，问："你在这儿做什么？"

"呃……"周言毅一愣，"吃饭？"

烧不尽

"吃完了吗？"

"没，今天不营业，被包场了。"

杨海阳也是大手笔，竟然包下了整个餐厅。

"那你们还不走？"我开始赶人，免得后面他又掺和进来，把事情弄得更复杂。

两人面面相觑，周言毅瞟了眼餐厅里边，神色有些迟疑，但最终还是带着人走了。

他一走，我马上进入餐厅，不用服务员指引，顺着激烈的争吵声便找到了三人所在。

商牧枭身前拦着商芸柔，杨海阳则被他的朋友挡着，几人脸色都不算好。地上散落一地玻璃，玫瑰花被众人慌乱下踩在脚下，零落成泥，不复娇艳。

"你到底有完没完？"杨海阳指着商牧枭鼻子开骂，"这事跟你有什么关系？有你什么事？"

他平时都是好好先生的样子，乐于助人，绝少生气，能把他气成这样，也是商牧枭的本事。

"没完。你要是还缠着我姐，这事就永远没完。"

商牧枭推开商芸柔，上前一把揪住杨海阳的领子，餐厅老板夹在中间不住地劝架。

"以后都是一家人了，有话好好说。"

这话叫不对付的两人首次统一了立场，几乎是异口同声道："谁跟他一家人！"

我一看情况不妙，赶紧上前，试图分开他俩。

"海阳，别冲动！"

几人纷纷一愣，朝我看过来。

杨海阳是最先回神的，不可思议道："北芥，你怎么在这里？"

我下意识看向商牧枭，发现他也在看我，那眼神极其陌生，仿佛从不认识我，又仿佛从这一刻才认清我。

我们对视了两秒，他移开落在我身上的所有视线，一言不发猛地朝杨海阳挥下一拳。

场面一度混乱。

"海阳！"商芸柔急急扑过来，挤进杨海阳与商牧枭之间，用自己的身体挡住杨海阳。

杨海阳被揍了一拳，火气更甚，但顾忌着商芸柔并未立刻发作，只是不断将商芸柔往自己身后拉扯，不让她挡在中间，同时小心提防着商牧枭的下一击。

见商牧枭动手了，我也有些急，拽住他的胳膊，口气不自觉严厉起来。

Chapter 04
彻底被困住了

"商牧枭,你闹够了没有?!"

他面无表情偏头看过来,视线自我脸上缓缓下移,刀子一样落到我的手上。

有那么一瞬间,我生出一种血肉都要被他生生刮去的错觉。

他冷着脸,幅度剧烈地一扬手,我便再也握不住他的胳膊。

他挣脱了我,还待去寻杨海阳麻烦,商芸柔不知从哪里拿了杯葡萄酒,大力往地上一砸,酱紫的液体洒了满地,好似浓稠的血。

这一招将在场众人都震慑住了,几人停下动作,一同看向她。

商芸柔红着眼,红唇紧抿,踩着高跟鞋几步走到商牧枭面前,抬手就是狠狠一巴掌。

"商牧枭,我也有我的人生,你太过分了!"

她眼里含泪,说完回头去牵杨海阳的手,拉着他一道快步离开了餐厅。徒留一地狼藉,外加一只失魂落魄的狗崽子。

这短短几分钟内信息量太大,老板看看商牧枭,又来看我,眼里很有几分茫然无措。

商牧枭垂着脑袋,脸上顶着巴掌印,一动不动站着,似乎是被他姐给打蒙了。

忠犬不惧任何敌人施加的暴力,但若是主人以拳脚相加,那是比任何攻击都要严重的伤害。它绝不反抗,只会夹着尾巴呜呜哭泣,或许到死都弄不明白为什么它爱的人类要这样对它。

这大概就是目前商牧枭的状态吧。

"走吧。"我来到他面前,本想去拉他的手,又怕被他甩开,踟蹰片刻,只得作罢。

"这么多年,她从来没有打过我……"他语气出奇的平静,比起悲伤,更多的是震惊,"今天竟然为了一个认识才一年的男人打我。"

那不是普通男人,那是她的恋人啊。而且还不是你先动的手?

杨幼灵从小乖巧,北岩虽调皮但被母亲管束得很严,因此我其实没什么机会接触熊孩子,骤然面对商牧枭这么个超龄熊孩子,也觉得十分棘手。

打不过,劝不听,哄他又不一定买账,实在难搞。

我这边还在搜肠刮肚想劝慰词,他那边却并不需要我的安慰,看也不看我一眼,利落地转身出了餐厅。

蜷了蜷手指,压下想要叫住他的冲动,我朝一旁的老板不好意思地颔首道:"抱歉,把你地方搞得这么乱。"

老板忙表示不用放在心上,他明天会找杨海阳报销一切损失。

告别老板,到外面找了圈,商牧枭早已走得不见人影。

车上果不其然被贴了罚单,我将其折叠起来,放进钱夹,打算也记在杨海阳头上,改日找他报销。

◆烧不尽

本以为商牧枭短时间不会想见到我，甚至心里也做好了最坏的打算，没想到回家一看，他的机车竟然就停在楼下。

我满怀忐忑地上了楼，一出电梯，就见商牧枭靠在门边，手里提着只蓝色的头盔，望着远处天花板的一点看得出神。

听到电梯到达楼层的提示音，他动了动，自雕像状态复苏。

秋后算账。我脑海里闪过四个大字。

他分明知道门锁密码，却不进门，显然是在这等着我呢。

我默默开了门，与他一前一后进屋。

"你早就知道。"

开灯的手一顿，我回头看向身后，商牧枭站在入口的地垫上，不关门，也没有要进来的意思。冷白的灯光打在他脸上，使他看起来格外冷漠。

"杨海阳是我初中同学，他和你姐姐的事，我的确早就知道，但我不认为我之前有义务告诉你这些。"

"你不认为？"商牧枭气急反笑，指着那桌子还来不及收拾的饭菜道，"你知道他今天要求婚，所以故意留我吃饭的是不是？你一开始就是站在他那一边的，亏我还以为你做这一切都是因为我。"

前半句我承认，后半句纯属胡搅蛮缠。

他这样说，好像在指责我对他全是算计，没有半分真情。

但如果我真的从一开始就站在杨海阳那边，对他满是偏见，又怎会心智不坚受他的诱惑，理性全无地同意与他交往？

"你先冷静下来我们再聊……"我习惯成年人的交流方式，平和淡定，慢条斯理，以杜绝争吵为前提。

可商牧枭并不认同我这套理论，他就要吵，就要闹，不克制自己情绪，也不让你克制。

"看我像傻子一样问你要不要做我的宝石，你是不是觉得很好笑？到头来无论是你还是我姐，都是别人的宝石，从来不属于我。还剥虾给我吃，谁稀罕？"

他怒不可遏，完全失控，手上头盔被他猛然一掷，好巧不巧，砸到我那台星特朗望远镜的三脚架上。

哗啦一声，随着三脚架的崩塌，望远镜整个掉到地上，镜片碎裂四散，目镜断在一边，死状凄楚。

这台望远镜是我工作后给自己买的第一样东西，当时存了三个月的钱，在天文望远镜里虽然只能算入门款，但对我来说意义非凡，一用就是这些年，也想要换过，最后还是不舍得。

没想到它就这样毁在了商牧枭手上。

老伙计死得不明不白，我很为它惋惜，再看商牧枭，语气也冷下来。

"你既然无法冷静下来好好谈，那就不要谈了。你今天先回去吧。"

Chapter 04 彻底被困住了

他发了疯，出了气，人不再像方才那样暴躁，但脸色仍旧不好，听我这样一说，直接不假思索摔门而出，关门声震得我耳膜都发痛。

我怔怔盯着紧闭的房门半晌，调转方向缓缓来到那台倒塌的星特朗身边，轻抚过它的身躯，开始收拾残局。

"小浑蛋，什么不好砸，要砸我的望远镜……"将蹭破了点漆的头盔放到茶几上，越看越气，打不到商牧枭，只好拿它出气。食指一弹，在护目镜上发出"啪"的一声，又脆又响。

弹完脑门，我心情好了些，可一进餐厅，见到桌上吃了一半的饭菜，脑海里便自动浮现商牧枭的那些混账话。

不稀罕就不稀罕吧。裹上保鲜膜，我将那盘还剩大半的基围虾丢进冰箱。

唉，原本我就算不能周游世界，也能通过望远镜去到群星深处，现在可好，现在我彻底被困住了。被这架轮椅，也被商牧枭那个煞星。

第五章

爱情的囚徒

杨海阳第二天便打来电话问我情况,一夜之后,他也回过味儿觉出不对。商牧枭出现在餐厅并不让人意外,意外的是我怎么也在。

我不爱说谎,对谎言也不在行,避重就轻地表示正好得知商牧枭要去阻挠他求婚,怕出事就跟去了。

但到底是怎样一个"正好",我没想好,就没说。

杨海阳显然对这个模棱两可的答案不太满意,沉吟着还想说什么,被我打断,询问他昨晚求婚有没有成功。

杨海阳长叹一声,说被商牧枭那小兔崽子一搅和,只能再议了。而且芸柔也希望他能在订婚前见一见她父亲。

好歹是人生大事,见长辈这无可厚非,就是不知道到时商牧枭又会做什么过激举动。

一连几天,商牧枭没有再联系我,发去的短信也全都石沉大海。

我不知道这是冷战的开始抑或分手的意思,很心烦,课上尚能集中精神,课下却时常晃神,有时候甚至能对着电脑发呆发大半天。

恋爱带来的甜还没尝透,它的酸涩便叫我难以消受。

到这会儿我才开始佩服杨海阳,佩服他在经受过一次失败的感情后,还有再次尝试的勇气。其中固然有商芸柔个人魅力超群的原因,但若杨海阳早就心如死灰,恐怕商芸柔就是再热情如火也难以将他这摊余烬点燃。

说到底,这世界但凡需要两个人完成的事务,都逃不开相辅相成。

"最近好冷啊,早上都起不来了,今天我差点睡过头……"余喜喜抱着讲义和茶杯走在我身侧,说着说着就打了个呵欠。

近来的确越来越冷,梧桐大道两边的梧桐树都成了秃子,看起来凉飕飕的。不过好在积叶总算是清扫干净了,我轮椅经过那边时终于可以不用再小心翼翼。

Chapter 05
爱情的囚徒

"我记得你就住学校宿舍,提前半个小时起来梳洗准备也来得及吧。"

"可我还要化妆啊,光化妆我就要半小时。啊,那不是商牧枭吗?天啊,他身边那个美少女是谁啊?哪个明星的女儿吗?长得好漂亮啊。"余喜喜用讲义遮住自己的下半张脸,压低声音以只有我俩听得到的音量兴奋地八卦着。

不远处,商牧枭迎面从梧桐大道另一头走来,一边走一边与身边的女孩子有说有笑的。视线中途扫过我的面庞,又若无其事移开,好似我只是个无关紧要的陌生人。

我和余喜喜,他和女孩,就这样相交又错开,往各自的前方继续行进。

走出五米,我停下轮椅,终究做不到视若无睹,回头看了眼商牧枭的背影。他侧着脸,嘴角噙着笑,一副认真聆听身边人说话的模样,与女孩无论身高还是外貌都十分般配。远远瞧着,真像是画一般。

"小芥?"余喜喜紧张道,"你看得也太明目张胆了,会被发现的啦!"

我收回目光,再次驱动轮椅,淡淡回道:"不会,他眼里哪里还有别人。"

人类实在是自制力很差的生物,明知俗欲会带来苦痛,却仍不可避免要沉溺其中。从前我以为我已经看透人世,不沾贪嗔痴,远离怨憎会,现在才发现自己也不过大俗人一个。

会受诱惑,会有欲望,也会生出嫉妒。

"你的腿部肌肉状况保持还不错,看来每天都有好好按摩。"隔着薄薄理疗服,理疗师用手指轻柔地揉捏着我腿部的各处肌肉,逐一感受它们的弹性。

我仰躺在理疗床上,闭眼假寐,闻言简单地"嗯"了声。

过了会儿,理疗师犹不死心,再次开口:"你真的不再试试吗?最近我们有几个推荐名额,可以免费试用科技公司最新研发的外骨骼设备,它能帮助你更好地恢复下肢力量。有了它,你可以站起来,甚至可以通过简单的辅助设备行走。"

听着很诱人,然而……

"不用了。"我睁开眼,不知道第几次地拒绝对方,"一套外骨骼少说也要上百万,我没那么多钱。"

房子贷款都没还清,日常还需要开销,我只是一介副教授,哪里有多余的一百万能让我买这种奢侈品?

理疗师面露遗憾:"那你就不再试试复健吗?我觉得你还是有希望能站起来的。"

我想也不想摇头婉拒道:"只是站起来又有什么意义?我已经习惯坐着的生活,这样就很好。"

我没有杨海阳的勇气,失败过一次后,就不会轻易地再做尝试。

理疗师见我态度坚决,不再相劝,但走前仍然塞给我一份关于外骨骼的宣传广告单,看起来还是没放弃。

◆ 烧不尽

我知道他是好心，没说什么，收下了，只是始终没有翻动，回家后原样丢进了卧室的抽屉里。

转眼来到12月。

自从路上见面不识后，我不再试图联系商牧枭，多少默认了"分手"这件事。纵然，这实在是很糟糕的分手方式。

我自己都没想到，第一次正正经经谈恋爱，持续时长竟然只有可怜的一个月不到。

所以有些事，并不是努力了就会有好的结果。复健是，恋爱也是。

"您好，我是蔚蓝宠物医院的贺微舟，您的宠物已经可以出院了，您看是要接它回家还是继续寄养？"

接到贺微舟电话时，我正在下班回家的路上。

"已经完全治愈了吗？"我有些惊讶。

贺微舟笑道："骨折没有那么快的，它现在主要的就是静养，也不用打针吃药，家里就能做到，住院的意义不大。我们这边环境也不适合长期让它住着，所以能够接回家的话，最好还是接走。"

一听他这样说，我立马改换了车道，往宠物医院方向驶去。

"好，我现在就去接它，半个小时后到。"

余喜喜那边我问过了，她是很喜欢小狗，但因为目前住的是学校宿舍，没办法养，就希望我能代为照顾到年底，等寒假里她在校外找到房子了，再接小狗过去团聚。

她甚至将狗的名字都取好了，叫蛋黄。

半个小时后，我将车停在了宠物医院门外。

办理好出院手续，贺微舟抱着蛋黄出现在我面前，胳膊上还挽着个大袋子。

小黄狗乖巧地睡在他怀里，发出轻微的鼾声，比一个月前长大一点，但仍然瘦弱。

我谢过他，伸手要接，小黄狗却微一错身，避开了。

我一愣，不明所以地看向他。

"它醒来后可能会对陌生的环境产生抵触，从而想方设法逃离密闭空间。你一个人开车载它太危险了，我正好要下班，和你一起吧。"贺微舟道。

我看了眼睡得正香的小狗，道："不用麻烦了，我看它挺乖的，应该不会有什么大问题。"

贺微舟闻言什么也没说，将手里的小狗直接放到地上，还没触到地面，原本睡得好好的小土狗就像猛地被热油烫到一样，凄厉地嘶号起来，吓了我一跳。

"它不喜欢冷硬的地面。"贺微舟解释。

Chapter 05
爱情的囚徒

"……还挺娇气。"

他成功用事实说服了我。

将车停好,贺微舟抱着狗,我抱着那袋宠物用品,一同上了电梯。

"它现在腿也不好,又不喜欢下地,你不用遛它,它尿急了会自己上狗厕所……"贺微舟一路都在和我讲如何养狗的事,详细到方方面面,很有些停不下来的感觉。

但因为我也确实需要这些知识,便有心邀他进屋坐一坐,让我拿支笔好将知识点记下来。

电梯一路上行,很快达到指定楼层。

贺微舟按着开门键,让我先走。

"今天谢谢你了,进来喝杯茶再走吧。"我与他说着话出了电梯,一抬头,与商牧枭四目相对。

他靠在门边,身边竖着个不知道是什么的巨大纸箱,面色微沉地盯我看了片刻,视线扫向我身后。

"你把密码改了。"他眸色冷冽,话虽是对我说的,但一直看着贺微舟。

"啊……"贺微舟不知道什么情况,顿在那里,进退两难。

我回头冲他歉意地笑笑,伸手去抱小狗:"看来今天招待不了你了,给我吧,已经到门口了,我自己进去就行。"

贺微舟在我和商牧枭间来回看了两眼,也很识趣,将小狗交给我后,说了声"再联系"就走了。

"再联系?"电梯门一合上,商牧枭的声音便冷冷响起。

我回身去开门,没有理他。

开了门,我径直来到沙发前,将蛋黄轻轻放在了上面。它昂起头,好奇地打量四周,一开始还有些不安,但在我摸了它两下后便镇静下来,再次将脑袋枕在两条前腿上,闭上眼入睡,乖到不可思议。

"他是谁?"商牧枭跟进来,一个问题接一个问题,"你怎么能让别的男人进屋?这狗哪儿来的,是不是他送的?你为什么不看着我?"

这只也乖一点就好了。我在心里暗想。

"北芥!"他无法忍受我的忽视,磨着牙叫我名字。

我将袋子放到一边,终于正视他。

"你和谁来往,不是也没知会我吗?"

他显然知道我在说什么,很快反应过来:"那是周言毅的妹妹,我只是正好有空带她去学校找周言毅,帮着照顾一下。"

"贺医生也只是顺道帮我送下狗。"

商牧枭嗤笑一声:"送狗?是你傻还是我傻?他才不是顺道,他就是想追你。

◆ 烧 不尽

狗只是借口，是他接近你的工具。"

他指着门，信誓旦旦："他对你没安好心！"

只是一眼，他仿佛已经看穿贺微舟的祖宗十八代，对他知根知底。

"你现在是以什么身份在提醒我？"

商牧枭眉心隆起，不太明白我的意思："什么什么身份？当然是恋人。"

我点点头："你一个星期都没联系我，路上遇到也只当不认识，我以为我们已经分手了。"

或许都不能称为"分手"，应该说，他终于腻了和我玩这种过家家游戏。

恶劣、骄纵、肆意妄为，让人恨得牙痒。偏偏从一开始他就没想过隐藏这些坏毛病，并且还明确地告诉你，他就是这样的，开心了就及时行乐，不开心就分手快乐。若不能与他合拍，他大可以找别人去玩。

"谁说我们分手了？我只是……"他顿了顿，像是自己理清了一些莫名的关系，目光忽然狠厉起来，"怪不得你要请刚刚那人进来喝茶。你觉得自己恢复单身了，就可以和别人重新开始了是不是？刚刚那人哪一点比我好了？"

我一个学哲学的竟然跟不上他的思维跳跃速度，心里复读了两遍才完全理解他话里的意思。

他并不知道光是接受他我就花了多大的决心，又怎么可能在他之后再和别人重新开始？

我重新开始的那点微末勇气已全部用完，这次失败了，就永远不会再有下一次。

"如果我单身了，那我无论邀请谁进来喝茶或者做别的什么都是合法合规的，不需要向任何人报备。"我说。

"你……"他看着气到不行，双唇嗫嚅，像是有什么狠话要放，可与我对视半晌后，又最终放弃，大步往外走去。

他如果不回头，就这样彻底结束吧。心里这样想着，我不自觉一点点握紧了掌下的轮椅扶手。

他没有回头，大步出了门。

结束了……

我怔然盯着半开的门。

然而下一秒，商牧枭又回来了，手里拖着门外那只巨大的纸箱。

箱子沉重，他卷起毛衣袖子，露出底下结实的小臂，拖拽着尼龙扎带，搬得很小心。

"有开箱刀吗？"他问。

我迟疑了两秒，指了指进门一侧的抽屉："绿色那把。"

商牧枭起身从抽屉里翻出一把陶瓷开箱刀。

纸箱大而牢固，拆开一层下面又有一层，将中心的商品保护得很好。

Chapter 05
爱情的囚徒

当他将所有包装全部拆除，露出底下精密复杂的仪器时，我呼吸都不自觉地静止下来——它实在是太美了。

作为天文爱好者，我不可能认不出它，这是星特朗的高端系列，是天文爱好者梦寐以求的专业望远镜，如果没有记错，这款型号售价在三十万左右。

当年我这房子的首付也就三十万吧。

我的视线完全被它吸引了，操控着轮椅缓缓靠近过去，仿佛被美人夺去了心神的昏君，伸手就想摸一摸。

眼看就要碰到，手腕被人一把攥住，强硬地拉了过去。

昏君心思活络，宠冠六宫的"妖姬"却不允许。

"你看到我都没这么高兴。"商牧枭用脸贴着我的掌心，不悦道，"一台破望远镜比我还重要吗？"

破？他都不知道自己在说什么，这可是三十万的望远镜。

"这望远镜哪里来的？"我控制不住视线要去看它，在这间真正的小破屋里，它的存在简直像北极星一样耀眼。

"我找了好多地方才找到这样一台现货，上次弄坏了你的望远镜对不起，这台赔你，别生我气了。"他吻了吻我的掌心，语气撒着娇一样。

"太贵了。"我忍不住要缩手，对于"小美人"虽不舍，但态度坚决，"你把它退了吧，我那台不值什么钱，也用了很久，我早就想换了。"

"包装拆了，退不了。"他不让我收手。

"你别……"我那被望远镜冲散的气势进一步土崩瓦解。

"跟我说，我们没有分手。"他摩挲着我的手腕，黑眸沉沉望着我，一定要我承认我和他只是在吵架，没有要分手。

我抿着唇不说话。

他眸光锐利，拉扯着我的手腕，狠狠吻了上来。

好似在报复我的沉默，他力道出奇的大，像在撕扯猎物，以期耗光它的最后一点挣扎。

我上身渐渐失了力气，挣扎也弱下来，一点点被他拖拽着离了轮椅，拥入怀中。

"北芥，你再不说话，我就要一直做下去了……"他呼着热气。

我闭了闭眼，颤抖着妥协道："我们没有分手。"

"我有男朋友。"

我重复："我有男朋友。"

"商牧枭比谁都重要。"

"商牧枭比……"我发现不对，及时停住。

他的手轻抚过我的脊背，命令道："说。"

我颤抖得更厉害："商牧枭，比谁都重要。"

烧不尽

他声音带笑："乖。"

"乖……"

他笑得身体都微微震颤："这句不用重复。"

经过情绪的宣泄，我冷静下来，他也冷静下来，我们终于可以像成年人那样交谈。

他将我又抱回轮椅上，自己则找出望远镜说明书，研究着怎么组装这架贵得惊人的玩具。

我试着和他讨论杨海阳与商芸柔的事，他专注于手上，没有很排斥，只是说得也不多。

"你觉得人类能做到完全不偏心吗？"他毫无来由地发问。

"你是指什么？"

"孩子……之类。"他拧着螺丝，袒露自己的心结，"他有一个孩子，那如果再有一个孩子，和我姐姐的孩子，他会更偏爱哪一个呢？"

"不要说什么每个孩子都是父母的宝贝了，你我都知道，那不过是最理想状态，父母的爱也并非没有条件。"

虽然我想替杨海阳说两句话，告诉商牧枭对方并非那样的人，必定会公平对待两个孩子，但就个人经历而言，我没办法不负责任地一味否认他这种想法。

很多时候，父母的爱的确存在条件。它充斥着各种各样的要求。

要听话，要成才，要开心，要健康，这世上并不存在毫无目的的爱。推动这一切的，是从自身出发的欲求。

"照你这么说，大家都只能生一个孩子了。"

他撇撇嘴："一个孩子有什么不好？我情愿从来没有出生过。同一个父母生的都能有这样大的区别，更何况两个母亲生的。"

我想到自己和北岩，又想到商牧枭从小的成长环境。他的担心乍听起来偏激了点，还有些杞人忧天，仔细想想，又觉得有点道理。

"你应该和你姐姐谈谈这些。"我说。

他停下动作，努力掩饰偏见，但没怎么成功。"她会觉得是我在发神经。我知道她不会有任何的问题，她会是个好妈妈，但我信不过姓杨的。男人都靠不住。"

我还想为杨海阳，为全体男性同胞再说两句话，商牧枭却已经厌倦这个话题，示意我打住。

"好了，别在我面前提杨海阳了。"

我只好又闭上嘴。

他继续研究手里的各个零件，在说明书与我的双重指导下，一个小时后，终于组装好了整个望远镜。

Chapter 05
爱情的囚徒

异常高大粗犷的望远镜被摆放到与之前同样的位置，商牧枭做着最后的调试，自动寻星对准了月球。

仿佛是近视的人突然戴上了眼镜，我头一次看月球这样清晰，那些月海、月陆、起伏连绵的山丘，好像近在眼前。如果说之前我只能看到月亮脸上的毛孔，那现在，我连那些细小的绒毛都看得一清二楚了。

"喜欢吗？有了它，你就能看到更远的地方了。"

商牧枭拍拍望远镜的镜身，毫不顾惜的模样，拍得我神经都绷紧了。

"喜欢。"

他笑起来："我就知道你会喜欢。"

"但这并不能掩盖你做过的错事。"我话锋一转，算起旧账，"你不该乱发脾气，也不该乱丢东西，更不该一个星期不和我联系。"

他笑容一僵："我……"

"过来。"我冲他招招手。

他迟疑片刻，弯下腰，表情有些忐忑，又有些委屈，好像在说："我认错态度都这么好了，你怎么还不原谅我呢？"

我抬手拈住他耳垂，在他唇上轻轻印上一吻。

"这次原谅你，下不为例。"

本以为他不会再怎么样，结果我刚要退后他就追过来，将我从轮椅上抱了起来。

他把我放到沙发上，让我躺下，我脑袋晕晕乎乎，照做了，眼角余光瞥到他拎着一坨黄色的东西放到了地上。

脑海里还在疑惑那是什么，凄惨的狗叫声便响了起来，彻底把我拉回现实。

我赶忙将一只脚即将触地的小土狗抱回来，放到胸口。小狗哼唧了两声，鼻子蹭了蹭毛衣，蜷起身体跟没事狗一样接着入睡。

商牧枭眼神不善，看它像看一条死狗。

"它有什么毛病？"他问。

我用手护住小狗，讪讪道："腿不好，受不得冷。"

沈洛羽来看我，给我送了许多东西，收拾冰箱腾地方时，发现几罐啤酒。

"你现在喝啤酒了？"她拿起一罐查看，"你不是嫌啤酒胀肚吗？"

那不是我的，是商牧枭的。但我也不好明说，只能随口扯了个谎道："用来做菜的，啤酒鸭。"

沈洛羽来了兴趣："哇，你现在都能做这么高端的菜了？什么时候做给我尝尝呗。"

"……下次吧。"

收拾好冰箱，她舒服地往沙发上一躺，正要找部电影看，发现对面CD架上

◆ **烧** 不尽

的水晶奖杯。

她握着遥控器一指，问："你什么时候得的奖？什么比赛啊？"

我将她点的清热解毒菊花茶泡好端到茶几上，闻言面不改色道："上次陪朋友看摩托比赛买的周边。"

"哪个朋友？杨海阳吗？"沈洛羽敏锐地捕捉到重点，"他都快结婚的人了还会要你陪？"

我本来还真想说是和他的，现在被沈洛羽这样一质疑，也觉得不太合理。

说一个谎就要用一千个谎来掩盖，还不如直接和她说了。

"其实，我恋爱了。"我索性也不藏着掖着，坦白道，"啤酒是对象的，奖杯是对象的，望远镜也是对象买的。"

沈洛羽转头去看窗边的望远镜："你不说我还没发现……"

她一下顿住，双眼大睁着回看向我，才算反应过来："你说你什么？你恋爱了？"

她一下从沙发上跳起来，反应不像是知道我恋爱了，倒像是得知自己中了千万大奖，满脸不可置信，夹杂一点难以言喻的惊喜。

"先不要和姑姑说，也不要告诉我父母。我们交往时间不长，不是很稳定，对方……比我小，不知道能不能长久。"

她好似完全没听到我说的，重新又坐下，扯过个抱枕搂进怀里，看我的样子让我想起姑姑。

十二年前，我从昏迷中醒来，姑姑从一旁扑过来，也是这样的表情。分明是高兴，看着却像是要哭了。

"太好了啊北芥。"连说的话都差不多少。

沈洛羽紧紧抱着抱枕，红着眼又说了一遍："太好了。"

我看她竟真的掉了眼泪，赶紧扯过纸巾给她。

"你也太夸张了。"

她拿下眼镜，抹去眼泪，用浓重的鼻音道："我和我妈都好怕你哪一天撑不下去啊，你什么都不在乎，什么都不喜欢，活得跟个苦行僧一样，生活没有半点激情，完全死水一潭……我们真的好担心你。"

原来她和姑姑是这样看我的。

"好了。"我轻轻拍她的背，安抚道，"别哭啦，我这不是……又活过来了吗？"

沈洛羽擤着鼻涕，又哭又笑地将抱枕丢到一边，倾身来抱我。

"太好了，北芥。你还有爱人的能力，你的灵魂还没有干枯。"

还能谈恋爱竟然也成了件值得庆幸的事。我姿势别扭地回抱住她，不免哑然失笑。

商牧枭的星特朗太贵重，我虽然收下了，但收得很不好意思，于是决定也回送一样礼物给他。

可我实在没有多少送礼的经验,也不知道现在二十出头的年轻人喜欢什么,左思右想,只好求助于课上的学生。

看了眼时间,还有两分钟下课,我开始布置作业。

"浅谈中西方哲学思想的同与不同,不少于三千字,另外……"我控制着轮椅来到讲台边缘,一脸肃然道,"我想请你们发给我一份礼物清单——最希望恋人送什么给你的礼物清单。数量不限,今天就可以发。"

下课铃声响起,课堂却一片死寂,没有人起身离开。

最前排的一个学生小心翼翼举手问道:"这也是作业吗?"

"不是。"我回身关闭PPT,道,"回答得好也不会提高你们的期末成绩,但作为个人,我会很感谢你们。非常感谢。"

第二天余喜喜一汇总,足足列了一百多条礼物清单出来。

小到一支笔,大到一套房,奢侈品就更不用说了,甚至还有希望男朋友能向媒体公开恋情的,旁边特地注明男朋友是某个当红流量,将人类想象力发挥到了极致。

一个个看过去,再一个个排除,鼠标最终停在编号"97"的一栏上。

"手工饰品……"可以自己设计,自己制作,不落俗套,还能彰显心意。

看着不错的样子。

上网搜了下类似的工坊,发现学校附近就有一个,下班时便顺道拐了弯。

店主是个年轻的女孩,明了我的来意后,直接建议我做一对戒指。

我想也不想否定了这个方案:"我们……貌似还没到可以互送戒指的地步。"

"哦哦哦,明白了,那您看手链项链这些呢?或者耳环耳钉这些,您可以当场设计,也可以由我们设计好再自己制作,都行的。"

她引我去看了他们的材料库,柜子里放着一只只小巧的盒子,每只盒子里都是一颗璀璨的宝石,欧珀、水晶、碧玺、钻石,应有尽有。

"推荐这颗钻石哦,虽然只有三十分,但真的特别闪,无论谁收到一定会很开心的。"店主将装有钻石的小盒子递给我,让我看得更仔细些。

随着盒子转动,其中的宝石亦随之绽放出惊人的火彩,是真的很闪。

家里那座奖杯底座上的星星,我记得中心也有颗钻石,不如就用那个样式做枚耳钉吧。

做下决定后,一切便都很快。与店主订下钻石,约好下次来的时间后,我就回了家。

一到家衣服还没换,商牧枭的消息就来了。

到家了吗?

◆烧 不尽

知他脾性，我也不敢怠慢，马上回复。

　　刚到家。蛋黄还习惯吗？

商牧枭的电话在我发去信息没多久便打了过来，一开口就是控诉。
"你怎么能先问狗？"
那天之后，也不知道他怎么就和狗较上了劲，硬是从我这边讨走了蛋黄。说要帮我养，让我不用担心，发誓一定会照顾好它。
我有些怀疑他是怕我再和贺微舟有什么联系，所以要提前斩断一切不利因素。但也不好直问他，怕他恼羞成怒又要胡闹。
"那是人家的狗，我能不关心吗？"有些好笑，我边打电话边从冰箱里拿出速热盖浇饭，撕开包装丢进了微波炉里。
他那头像是听到了声音，问："你晚上吃什么？"
我看了眼包装上的字："红烧牛肉盖浇饭。"
"听着不怎么好吃。"
"一个人，能填饱肚子就行。"
"我给你点份外卖吧，你别吃盖浇饭了。"
"不用麻烦……"
我话还没说完，商牧枭就挂断了电话，此后再拨，都是正忙。
微波炉"叮"的一声，饭已经热好。
我将盖浇饭取出，看着上头深褐色的糊状体，不得不承认它的卖相的确糟糕透顶，让人很没有食欲。
我拨弄着盖浇饭，随便吃了两口，将它放到了一边。
大概半小时后，商牧枭发来信息，让我再等一会儿，外卖有些远，但已经在路上了。
我有那两口饭顶着，倒也不算太饿。
又过半小时，门铃响了，我猜是商牧枭的外卖终于赶到，去给开了门。
"您的外卖到了，请接收。"一个大袋子从天降落在我怀里，袋子后是商牧枭俊朗的面容。
意外，更多的是惊喜。
"你怎么来了？"最近他总是很忙，加上我课也多，两人不总能见上面，就算见了也是趁我办公室没人的时候。
"忙好了，就想看看你。"他摸了摸我的脸，手冰冷。
我将客厅暖气调高，到桌边拆了袋子，一共三个餐盒——一盒时蔬，一盒烧味三拼，一盒白米饭。
商牧枭跟过来，在桌边坐下，为我介绍道："这家店是正宗老字号，味道很不错，我和我姐一直都很喜欢他家的烧鹅，你尝尝看好不好吃，好吃我下次带你去店里吃。"

掰开一次性筷子，我夹了块烧鹅放进嘴里。味道咸淡适中，肉质鲜美有弹性，不会太难嚼，也不会太软烂，配上一点梅子酱，开胃又下饭。

我等他的外卖等得也有点饿了，吃得便格外快也格外香。

商牧枭撑着下巴，就坐一旁看我吃饭。

"好吃吗？"

我被他看得有些别扭，咽下米饭，低低"嗯"了声。

"我也想吃。"

我夹了块烧鹅送到他唇边，他却避开了。

"不是这个。"他视线缓慢下移，落到我的唇上，"是这个。"

我差点把烧鹅都抖掉。

清了清嗓子，我没有一味顺着他，还是很有自己的原则。

"等我吃完饭。"

他蹙起眉心："可我不想等。"

我不理他。

"北芥……"他将椅子拖过来，挤在我身边，脸凑得很近。

这样还能吃下饭？我也不至于死了理性。

放下筷子，我伸手去扯纸巾。

"好歹让我擦个……"最后一个字都没说完，商牧枭扯过我的衣襟吻上来。

"好了，我充完电了。"他起身就往外走，"你慢慢吃吧，我先走了，晚上还有事。"

我脸上余温未消，闻言放下筷子便将他送到门口。

他本来都要走了，只是回头看了我一眼，又过来捧住我的脸给了我一个吻。

再磨蹭下去他今天还要不要走了……

虽然这样想着，我却始终没有推开他。

耳钉做起来不算复杂，店主指导也很专业，但我可能没有什么手工天赋，不仅做得很丑，还弄伤了手。

伤口位于左手食指指关节处，1厘米不到的口子，好在不严重，创可贴贴个两三天也就结痂了。

临近年末，又逢圣诞，街上到处洋溢着节日的气氛，红红绿绿的，瞧着十分热闹。

离开手工坊时，无意中看到边上公交车站张贴的宣传海报——12月24日至12月25日，新版《天鹅湖》颠覆传统，凄美上演！

这版《天鹅湖》我久闻大名，一直很想去看，可每当我有空时舞团都在别处

◆ 烧不尽

巡演，而等舞团来了清湾我又各种抽不出空。久了也成一种执念。

这次难得天时地利人和，一切都正好，查了下余票情况，圣诞节的满了，平安夜那天午夜场还有位置。

看一眼捏在手心的蓝色丝绒小盒，我兴冲冲地给商牧枭打电话，问他对芭蕾舞剧有没有兴趣。

"芭蕾舞？你想去看吗？"

"嗯。"摩挲着盒子表面，我朝空气中吐出一口白雾，道，"平安夜那天，你有空吗？"

他一静："平安夜吗？"

我听出他语气里带了些为难，知道这天他应该是有事。

果然，他接下去便道："那天是尹诺生日，他一早约了我们去酒吧狂欢。改天没有吗？"

手上动作一顿，我将首饰盒收进兜里，垂眼道："没关系，那就我一个人去看吧。"

说的也是，没人规定平安夜就一定要和恋人一起过，这本身就是商家为了促进销量营造出的概念。对不信教的人来说，那只是平平无奇的一天。

"别看芭蕾舞了，你过来和我们一起玩吧？我还会唱好多歌呢，到时候唱给你听。"

我突然意识到，在我看来完美的约会——平安夜与恋人一道看芭蕾舞剧，散场后在深夜的街头送出自己亲手做的礼物，在他看来或许是件过于土气的事情。

他喜欢寻求刺激，钟爱极限运动，我怎么会以为他对芭蕾舞感兴趣呢？

他能对我感兴趣，都已经是件十分不可思议的事了。

"不了，我不方便……"那是他和他朋友的狂欢，我一个外人，还是老师，去了也是尴尬。况且也的确不方便。

"没什么不方便的，你不想和别人说话坐在那里就好，不唱歌的时候我都陪着你。"

"不用了。你去玩吧。"我再次拒绝他。

他见难以劝动我，也不再做尝试。

"好吧。"他说，"圣诞节那天我可以陪你。"

我浅浅笑道："好。"

挂断电话，看了眼海报上充满力量的男芭蕾舞者，我拨通订票热线，购买了一张无障碍席位的演出票。

平安夜正好是周五，由于时间尚早，我下班后回了趟家，吃过晚饭后才去的剧院。

入场时，工作人员会分发给每位观众一份小册子，大概讲一下整个芭蕾舞剧的故事背景与创作灵感。

我细细翻阅着小册子，大概九点半，整个剧场慢慢暗下来，观众席的说话声也随之渐止。

幕布缓缓拉开，第一幕舞剧开始了。

王子从小活得十分压抑，他的母亲冷漠而自私，不曾给他半分温情。绝望下，他来到湖边打算结束自己的生命，这时，一群天鹅出现了。

王子遭到了群鹅的攻击，正万般无助时，一只美丽的天鹅救了他。他与这只天鹅逐渐亲密起来，不可自拔地迷上了对方。

天鹅的矫健、优雅、善良，无不是王子所向往的。

他与天鹅亲密地嬉戏，似乎找回了遗失的快乐。

可是天亮了，他必须回到令人窒息的皇宫，去参加无趣的舞会。

令他惊喜的是，舞会上他再次看到了心爱的天鹅，对方穿着一袭黑衣，还是那样优雅迷人。

他想上前，可天鹅一副不认识他的样子。

王子彻底崩溃了。他心碎了，这世上他在乎的最后一点也离他而去。

回到卧室，王子卧在高床上，痛苦地伸出手，抓着幻想中的天鹅，以期得到救赎。可天鹅最终没能再次英勇地出现，他被群鹅攻击，在音乐的最高潮伤痕累累地倒下，而王子也在其后垂下了那只求助的手。

皇后发现儿子死去后悲痛欲绝，而象征幻境的镜子里，王子被天鹅抱在怀中，灵魂终得安息。

幕布合拢，心情还在震荡中，观众席陆续响起一些掌声，到幕布再开，一众舞者谢幕，恢复心神的观众已是掌声如雷，久久不歇。

去往停车场的路上，我的心情仍没有完全恢复，脑海里充斥着王子与天鹅的身影。

一切美好不过幻觉，冰冷压抑才是残酷的现实。

在黑格尔看来，悲剧是文字艺术的最高峰，而叔本华则认为音乐才该站在美学的顶端。那结合两者，今夜这部悲剧色彩浓重的芭蕾舞剧，可说是艺术的极致了。

刚发动引擎，商牧枭的电话就来了。听声音有些醉意，周围也很嘈杂，应该是生日派对还没散。

"你来接我吧……"他声音拖沓，隔着电话都像是能闻到酒气，"我喝酒了，开不了车。"

我看了眼时间，已经要十二点。

"你在哪里？"

他报了个地址，正好离大剧院不远，开过去最多半小时。

◆ **烧** 不尽

"你等等，我大概半小时后到。"

他莫名笑起来："好，我等你。"

静了片刻，谁也没挂。

我索性连上车载蓝牙，边开车边与他讲话。

"你怎么喝这么多？"

"他们一直灌我。"他似乎是换了个姿势，传来一阵衣服窸窣声，"其实也就喝了两三杯，但其中一杯不知道混了几种酒，喝的时候就觉得很恶心，现在还有点想吐。"

"酒怎么能混着喝？你们也太胡来了。"

"是他们胡来，我很乖的。"

就这样有一搭没一搭聊了一路，快到地方时，手机那头忽然响起整齐划一的倒计时。

"10、9、8、7……"

我和商牧枭一时谁也没再说话，等倒计时到最后一秒，我先开口："圣诞快乐。"

他过了会儿也道："圣诞快乐。"

酒吧就在前方，我靠到路边打亮双闪，道："我到了，你出来吧。"

商牧枭"嗯"了声，没有挂电话，但也没再出声，听动静应该是正拿着手机往门口走。

"嗳，你要去哪儿？想趁机开溜啊？"周言毅的声音突然出现。

商牧枭很有些不耐烦："溜个屁，回家睡觉。让开。"

周言毅惊讶道："这么早？现在才十二点。你不是和谁约好了吧？难道是……北芥？"

通话到这里断了。

大概过了五分钟，商牧枭才从酒吧推门而出。

他一坐进来，车里便满是酒气。

我将车里备着的矿泉水递给他，他接过了，却不喝，只是贴在脸上。

"好热。"他扯了扯毛衣领子，开了点窗，而我很快又将窗户升起。

他拧眉看向我，脸颊微微醺红："你干什么？"

我关掉暖气，道："吹冷风容易着凉，我把空调关了，等会儿就不热了。"

他盯着我，好像我脸上突然长了花，认真地上下打量起来，很久没说话。

我只当他醉汉行为，没理他，照样开车。

"北芥，有没有人说过，你很适合哭？"他抬手就摸我的脸，指尖搓揉着眼角的位置，"你哭的时候，特别好看。"

我打开他的手，轻斥道："别闹。"

喝醉的人永远不会觉得自己在闹。你越是让他别闹，他越是闹给你看。

Chapter 05
爱情的囚徒

"每次你一哭,我就会特别奇怪。"他索性凑上来。

"既想让你哭,又不想让你哭。"

我有些招架不住:"你别……"

"闹"字还没出口,他便靠在了我肩头,黏人得不行。

我紧紧抿住唇,不再说话。还好深夜车少,集中些精神倒也顺利开回了家。

停车库不知哪里来的风,吹得人鼻头都发麻。

商牧枭下了车反倒安分下来,进电梯也只是静静靠在一旁闭目养神,不知是不是冷风一吹酒劲上来难受。

怕他吐,一到家我便让他先去洗澡,自己则进厨房替他冲醒酒汤。

等汤冲好出来一看,却发现他躺在沙发上,胳膊遮着眼一动不动。

"商牧枭?"我将盛着醒酒汤的杯子放到茶几上,推了推他肩膀,"喝了醒酒汤再睡。"

推了几下不醒,我刚要收手,他就像生了第三只眼,脸上胳膊动也没动,另一只手却一把攥住我的手腕,将我扯到了他身上。

"啊……"我姿势有些狼狈地摔向他,下身因为无力不断往下滑。

他终于挪开胳膊,看着我的眼里闪过一丝奇异的、类似亢奋的情绪。

我静静地靠着他,既觉得别扭,又觉得这样相互依偎的感觉很好。

"我有东西要送你,就在床头柜的抽屉里,蓝色的盒子,你自己去拿吧。"我推推他。

"你还给我准备了礼物?是什么?"他像小狗一样蹭着我。

我有些痒,笑着想躲,被他箍住腰又拖回来。

闹了一会儿,他放过我,起身走进卧室,没一会儿便拿着那只蓝色丝绒盒出来了。

"不会是戒指吧?"他晃了晃盒子,想听里面的声音。

"你更想要戒指吗?"我道。

他看了我一眼,笑而不语。

回到我身边,他打开盒子,看到里面是一枚星形耳钉时,露出诧异的表情。

"这是……"他拿出那枚耳钉,举到面前细看。

手工制品到底不能和大牌工艺比,制作痕迹相对明显,也不够精致。

他瞥了眼我的手指:"你亲手为我做的?"

我缩了缩指尖,轻轻点了点头。

"嗯。第一次做,做得不太好。"

他将耳钉递到我面前。

我没反应过来,只是茫然看着他。

"给我戴上啊。"他又往前递了递。

✦ 烧不尽

"哦,好。"我忙接过耳钉,小心穿进他靠过来的耳洞里。

堵好耳帽,我退后看了看。

银色其实不太衬他,五角星嵌钻的款式也太土气了些,若非有他脸撑着,这实在是件很失败的作品。

"算了,摘下来吧,不好看……"

我想将耳钉取下来,他按住我的手,不让我动。

"送给我就是我的了,我自己不取下,你也不能乱碰。"

他都这样说了,我当然也不好再强迫他取下。

揉捏着他的耳垂,拇指一再抚过他耳垂上的小痣。

他微微闭着眼,一副享受的模样,最后甚至直接躺倒在我腿上,枕着我的膝盖昏昏欲睡。

"等睡醒了,我们出去走走吧!"

摸着他耳垂的动作微顿,我问:"去哪里?"

"逛街,或者看电影?都行。"他不知想到什么,轻笑起来,"或者你想去游乐场,坐摩天轮?"

又不是拍偶像剧,坐什么摩天轮。

心里这样想着,嘴上开口却是:"随你。"

两个人洗漱完毕,躺到床上都已经要凌晨两点。我睡了八个小时,十点就醒了,商牧枭却因为宿醉,一直拖到下午两点才肯起。

拖拖拉拉洗完澡,又吃了我给他煮的泡面,四点我们俩终于出门过圣诞节了。

周六加节日的关系,街上的人比往常要多,沿街商铺张灯结彩,走两步就能看到一棵装扮隆重的圣诞树。

商牧枭领着我进街边的游戏厅玩了会儿篮球机和地鼠机,他技术高超,我不得要领。起先他还挺得意,后面玩多了也觉得无趣,便转而去玩推硬币了。

投了两枚,底下硬币一动不动,就是不肯落下。

他将游戏币给我,让我试试。

我观察了一番底下堆叠的硬币结构,看准时机投下一枚游戏币。

"哗啦啦!"顽固的结构霎时崩塌,大量硬币掉落下去,游戏机下方的口子源源不断往外吐着兑换券。

"好多!"商牧枭抱起地上一大堆兑换券,脸上透着一种孩子气十足的喜悦。

之后他又让我试了两次,虽然不如第一次多,但也吐出不少兑换券,导致之后他抱着惊人的兑换券去柜台时,还引起了不少孩子的围观。

"请问要兑换什么礼物?"清点完兑换券,工作人员指着后排的礼物墙问。

商牧枭让我选,我看了眼积分,又看了眼礼物墙,选了一口玻璃奶锅。

家里那只自从被商牧枭煮烂后,我还没来得及添置新的,今天正好有,也省得我再去买，直接带回去就好。

商牧枭接过工作人员递过来的袋子，和我一道往外走。

"不知道为什么，你没开口之前我就猜到你一定会选这个。"他晃着袋子，看着心情特别好，"我有点饿了，前面有家不错的餐厅，我们吃饭去吧。"

他一天就吃了点泡面，这会儿都六点了，也该饿了。

我点点头，与他并肩往前走着，到一个十字路口时，他忽然停下脚步。

"你看那只狗像不像丑丑？"

他不爱叫小土狗蛋黄，自己取了个"丑丑"的名字，叫得顺嘴，让他改他只当没听见，次数多了我也懒得纠正他。

顺着他视线望去，只见马路另一边，隔着人海，远远有一大束氢气球浮在半空，其中有只小柴犬，乍一看上去，的确有几分像蛋黄。

"你等我一下，我马上回来。"正好绿灯，他说完也不等我回应，快步便往马路对面而去。

知道他是去买气球了，心里有点好笑，有时候真是觉得他好像还没长大一样。我朝手心呵着气，在原地等了他五六分钟。他迟迟不来，让我不免有些担心。

忽然远处传来一声巨响，接着便是人群惊慌的呼救。

"快点快点！招牌掉了，砸死人了！"

"打120，快点打120！"

行人匆匆往那边赶去，空中一只黄色的气球一点点飘向天空。

我的心猛地一紧，大脑瞬间被无名的恐慌占满。

来不及打个电话确认一下，我急急操控轮椅与人群一道往马路对面去。可过了横道线，却发现对面的上街沿没有坡道，我的轮椅根本上不去。

我怔然望着那道坎儿，无力又无措。

对普通人来说那样轻易的事，对我却难如登天。只是与地面之间的一段小小的落差，便使我寸步难行，无法去到近在咫尺想去的地方。

信号指示灯上的绿色数字从"90"开始倒数，我想找人帮忙，可大家不是行色匆匆，就是被不远处发生的意外吸引，不等我开口便加快脚步离去。

斑马线上人来人往，时间分明是流动的，我却像是静止在了那里，与周围格格不入。

"你好，能不能……"我伸手想要叫住一名路过我身边的年轻人，可对方看也没看我，只是一心打电话。

"好像前面有人出事了，好多人哦，我过去看看。"

收紧手指，我的内心逐渐被弥漫开的焦灼浸满。明明就在眼前却毫无办法，这种无能为力的感觉，实在让人深恶痛绝。

十二年过去了，一切都没有改变，我还是只能眼睁睁看着不幸发生，自己什

烧不尽

么都做不了。

好友的惨叫环绕在我耳边，合着"嗒嗒嗒"的绿灯倒计时，仿佛地狱传出的丧歌，令我心神大乱。

"有人能帮帮我吗？"

"……请帮帮我！"

"帮帮我……"

明明已经用尽全力嘶吼，可声音一出口，嗓子眼却好像被什么东西堵住了，显得虚弱又含糊。

复健失败后，我彻底放弃自己，不愿再做任何尝试。某一天深夜突然醒来，隐约听到房门外父母的交谈声。

母亲忧愁不已地说："北芥以后要怎么办？我们以后要怎么办？我真是造了什么孽了，好不容易养大的孩子，福没享到，出这种事。"

父亲长久的沉默后，叹一口气道："命保住了，人算是彻底废了。"

"还不如……"

"胡说什么！"

母亲没有说完便被父亲严厉打断，显然他知道她后面要说什么。

还不如……不如什么？不如和另外三人一起死了？不如一次性结束痛苦，也好过成为废物？不如从一开始就是残废，这样他们也不用有所期待？

那是第一次我清楚地意识到，哪怕我还活着，哪怕我还有清晰的语言组织能力，我还能自己做许多事，但在大多数人眼里，我已经看不到未来。

原本璀璨的星光大道已为彻底的黑暗取代，伸手不见五指，仿若一张狰狞幽深的口，随时随地等待着吞噬我的时机。

你为什么连这个都做不好？

从小到大，我听得最多的便是母亲的这句话。以前不觉得什么，只怪自己没达到她的预期。可自从听过她和父亲的对话，不知怎么，这句话越来越多地出现在我的梦里，彻夜纠缠不休，俨然成了心结。

是啊，我为什么连这点事都做不好呢？

我怎么能……连这点事都做不好？

"北芥？"绿灯倒计时还剩最后十秒，身前忽然响起商牧枭的声音。

我骤然回头，发现他就站在我面前，正垂眼看着我，四肢完好，无伤无痛。汹涌的情绪向我袭来，上一刻内心还灰暗得仿佛世界末日，下一刻便雨霁云收，星斗满天。

"太好了……"声音仍是虚弱，透着劫后余生的万幸。

"什么？"他没听清，微微弯下腰。

Chapter 05
爱情的囚徒

　　我没有回答，只是展臂抱住他，不顾身处环境，不顾周围目光。他没有准备，被我抱得差点摔倒，慌忙下扶住轮椅扶手，这才维持住平衡。

　　人的身体是世界的一个表象，受内在欲望控制。欲望受意志的驱使。意志通过身体传达渴望，支配我们的世界。

　　当你的世界因为一个人的到来而变得前所未有的炫目闪耀，你就该警醒，那是意志的沦陷。

　　理性死了，本能为王，我的城还在，它坚不可摧。然而一旦意志沦陷，那是另一回事。

　　那代表，在与商牧枭的交锋中，我彻底地败了。他攻陷了我，占领了我的世界，俘获了我的意志，让我至此变成了爱情的囚徒。

　　"我只是离开一会儿，你就这么想我了？"他笑道，有些意外。

　　我不说话，搂住他的脖子，默默抱了他一会儿，感到投在身上的视线越来越多，这才松开手。

　　信号灯已经变红，我们只得再等下一个绿灯。

　　"你不是去买气球了吗？"我扫了眼商牧枭的手，除了礼品袋，没发现氢气球的踪影。

　　"哦，我刚买好，另一个小孩儿过来说也要和我一样的，但老板只剩最后一只柴犬了，小孩妈妈就求我把气球让给她儿子。我看小孩儿挺可爱的，就把气球让给他了。"他往身后人声嘈杂处看了看，道，"那边好像出事了，不知道有没有人受伤。"

　　我忍不住去牵他的手，低声道："希望没人受伤。"

　　希望大家都只是虚惊一场。

　　商牧枭找了家店吃西餐，环境优雅而昏暗，为营造气氛，每桌都点了一支烛火晃动的电子蜡烛。

　　吃到尾声，不远处的黑胶唱片机忽然响起悠扬的舞曲，两名舞者缓缓入场，伴着萨克斯声轻轻摇晃。

　　服务员过来解释，这是圣诞节的特别活动，客人如果感兴趣，也可以一起共舞，买单时能够享受折扣优惠。

　　他刚解释完，不少桌情侣便互相牵着手步入舞池。

　　"那个戴眼镜的跳得还不错……"商牧枭喝一口柠檬水，视线不离舞池里的情侣，"啊，那个胖子踩了他女朋友三次脚了，再有一次他女朋友应该就要发火了。"

　　果然，他话音刚落，那对情侣中的女孩猛一推男朋友，转身一瘸一拐地回了座位，脸色黑如锅底。

　　商牧枭颇有些幸灾乐祸地笑起来："我说吧。"

◆烧 不尽

  这样笑别人不太好，但看着他笑，我不禁也想笑，于是只能将脸埋低一些，好笑得不那么明显。

  商牧枭与我一道吃完饭，送我到停车场后便走了，说要去酒吧拿车，约我周一学校见。

  从昨天到今天，我们把情侣会做事的几乎都做了一遍，流程完美而圆满。可不知为什么，在分开的一刹那，我心里还是空落落的。

  直到车开到半路，等信号灯时，盯着远处那抹刺目的鲜红，我才醍醐灌顶般醒悟过来，那不是"失落"，那是"不舍"。

  圣诞过后的周日清晨，我给我的理疗师打去电话，预约了复健事宜。

  他反复与我确认了三遍，得到我百分百的肯定答复后，声音听着比我还要兴奋。

  "你能改变主意真的太好了！"他好奇起来，"你怎么会突然想通了？"

  我知道，现在就算我铆足了劲儿复健，下半辈子也不可能脱离轮椅。我已错过了最佳的复健时机，再想取得好效果简直难如登天。但……

  "一分钟就够了。"

  "啊？"

  "我想……和我的恋人跳一支舞，一分钟，只要能撑一分钟就够了。"

  一分钟不行，三十秒也够，三十秒不行，哪怕十秒……我也想站着与商牧枭共舞一曲。

  理疗师愣了两秒才反应过来，感慨道："原来是爱情的魔力，怪不得。"

  一切不可思议的改变，若冠以爱情之名，往往就变得容易理解起来。这可以说是爱情的魔力，但我更愿意将它视为驱散阴霾的星光，为我照亮前路。

  元旦那天，雨下得特别大，我去沈洛羽家吃饭。姑姑听说我准备再次尝试复健，高兴得直掉眼泪。

  听了一耳朵心灵鸡汤，直到晚上九点，她老人家要休息了，这才放我离开。沈洛羽送我下楼，问我打算什么时候把对象带给他们看。

  "他……有点不一样。"我迟疑着道，"再给我一点时间吧。"

  沈洛羽微笑着点头："行，随你。"

  回到家，十一点开始下起了雨。不大，但看着要下很久的样子。

  冬雨最是讨厌。夏天的雨像天上掉下的棉花，无害，还带点温度；冬天的雨简直是天上掉下的刀子，扎在身上，不死也去半条命。

  想到上次下雨商牧枭那狼狈的模样，从神气活现的狼崽子直接成了落汤狗不说，还病了好几天。

Chapter 05
爱情的囚徒

我有些担心他这次的状态，忍不住打电话给他。第一个他没接，过了大概半小时，我又打了第二个，响了许久，他终于接了。

"喂？"他声音有些沙哑，好像刚从睡眠中醒来，还带着起床气。

"你还好吗？"

那头一静，过了会儿，商牧枭低笑着道："你特意半夜打电话来问我好不好吗？"

被他这样一说，我也觉得自己有点傻气。

抿了抿唇，我道："外面下雨了。"

他似乎是听了会儿外面的动静："原来是下雨了，我就说怎么这么累，一直睡不醒。"

"有人陪你吗？"我问。

"丑狗算吗？它就睡我脚边。"他打了个大大的呵欠，"晚上我、我姐、我爸和他妍头难得吃了顿团圆饭，我喝了点酒，十点就睡了，不知道我姐走没走，但我爸他们应该还在。"

我放下心："抱歉，吵醒你了。你继续睡吧，我挂了。"

"等等……"

我缓下动作："怎么？"

"你把手机开着，放一边，我想听着你的声音睡。"

"好。"我开了免提，将手机放在枕边。

"我想听睡前故事，你给我讲一个吧？"

可能下雨天的关系，让他显得比平时更娇气一些。

关了灯，我仰躺到枕头上，盯着黑暗的天花板毫无焦距地思考了会儿，闭上眼道："从前有个哲学家，叫叔本华，出生富贵，才华横溢。21岁时，他在哥廷根大学学医，突然觉得自己对哲学更感兴趣，就转而去了柏林。此后几年，他发表了好几篇著作，通过一本《作为意志与表象的世界》，他得到了柏林大学的一个哲学讲席……

"当时有个叫黑格尔的哲学家，是哲学界的领军人物，众人无不对他马首是瞻。叔本华心高气傲，一生没受过什么挫折，觉得自己并不比黑格尔差，就将讲座时间定在与黑格尔一道。结果因为去的人太少，他的讲座被迫取消了。

"最后，他愤而离开大学，定居法兰克福，从此靠着巨额财富过上了幸福的生活。"

干巴巴背完叔本华的生平，我侧耳仔细听了听手机那头，商牧枭呼吸平缓，已经睡着了。

第六章

我变贪婪了

中午吃饭遇到董主任，就和他还有余喜喜三个坐了一桌。

余喜喜吃饭时说话不多，都在看手机刷视频。董主任与我说了些教学注意事项，转头见余喜喜正看手机看得不亦乐乎，好奇地探头过去瞄了眼。

"看什么呢？哎哟，校园片啊？"

余喜喜大方将手机摊在桌子上，往他方向挪了挪，让他看得更清楚。

"不算校园片，就是部都市电影。十年前的老片子了，当年没啥大水花，但小圈子里不少人将它奉为神作，可惜主演演过这一部后就没有后续了。"

董主任挺捧场，认认真真看起来，不时根据剧情发问："这是女主角吗？看着好小啊，长得真好看。"

余喜喜道："拍这戏时她才十九岁，人间水蜜桃，超纯超美的。这部电影题材还挺带感的，讲一个上班族爱上一个女高中生的故事，可惜拍得啰哩巴嗦的，剧情进展也很拖沓，要不是女主角的颜撑着，简直一无是处。"

董主任不解道："那你还说小圈子把它奉为神作，哪个圈子啊？"

"美少女制服圈。"

董主任一脸问号，显然是没听懂。

"不重要。"余喜喜摆摆手，"你只要知道，她是女神一样的人物就够了。"

董主任坐直身子："我的女神只有我夫人。"

我听得只想发笑。董主任是出了名的惧内，系里聚餐喝多少酒都必须向夫人请示，夫人不批准，他是绝对不敢喝的。

余喜喜神秘兮兮道："她后来嫁的老公说出来你们肯定都认识。你们猜猜？"

董主任第一时间放弃，说："我肯定是猜不出来的，北芥你试试？"

"小芥我觉得你可以的，之前我还跟你八卦过他们呢。"余喜喜将手机递给我，"她艺名叫司影，真名不知道，只拍过这一部电影，制作也不大，这十年在娱乐圈没什么名气，要不是结婚被认出来，都不知道原来她还在圈里。"说到最后，

Chapter 06 我变贪婪了

她好像觉得不太准确，自我纠正道："这样说也不对，她老公其实也不算圈子里的了。"

我停下筷子，盯住手机屏幕上暂停的画面眯了眯眼。

电影中女主角穿着一身黑色水手服，长直发，平刘海，眼妆像猫一样地微微上挑，使她清纯中夹杂了一丝性感野性。

总觉得这张脸有几分眼熟……

我伸手遮住画面中美少女的上半张脸，只露出唇与下颌，这样看了片刻，脑内灵光一闪，终于知道这股熟悉感从何而来了——她长得好像商牧枭的妈妈。

特别是下半张脸，简直一模一样。但加上眼睛再看的话，司影会显得更娇艳一些，眼里透着青春叛逆，与梅紫寻的沉静是完全两种气质。

"她是商禄新娶的那个老婆吗？"结合余喜喜的提示，我大概有个底。

"对了！"余喜喜一打响指，"今年才二十九岁哦，比商禄的大女儿还小一岁。果然啊，男人无论自己几岁，都喜欢二十多的。"

我一个外人都能看出对方长得像梅紫寻，商牧枭又怎么会看不出？

怪不得他会那样反感商禄再婚。在对异性的选择上固然每个人都有一定偏好，但偏成这样，也的确有点微妙。

记得之前商牧枭说过，商禄并不管他们，他还活在梦里。

当时我没有在意，现在再想，这话实在是话里有话。

"这部电影最绝的就是结尾了，堪称神转折，但也因为结尾被骂得好惨。"余喜喜见董主任来了兴趣，拉着他细说电影之后的情节，两人还就剧情合理性展开了辩论。

我预感他们接下来要问我意见，拉我站队，便早一步端起托盘遁走。最后也不知道他们有没有辩出输赢。

天气越来越冷，让人只想窝在有暖气的屋子里静静躺着，哪儿也不去。

商牧枭就算来找我，也多是窝在沙发里看书，我改好论文，也会同他一样拿出书来看。

"好安静……"商牧枭放下书道，"放点音乐吧？我要睡着了。"

我将书置于膝头，到CD架前挑拣了番，选了张瓦格纳的《特里斯坦与伊索尔德》。

当充满故事性的宏大前奏响起时，商牧枭再次从书本中抬头，挑眉道："古典乐？"

我一顿，看出他好像不太喜欢，尴尬道："我这里……只有这些。"

哲学总离不开对艺术的探讨，艺术中又以音乐为最。想了解哲学，就要了解哲学史，了解那些哲学家所处的时代，所以我听的多是古典乐。

"算了，就这个吧。"商牧枭竖起书，"我等会睡着了，你可要叫醒我……"

◆ 烧 不尽

"这不是纯音乐,有唱歌的。"

我没有继续看书,而是去厨房倒了两杯红酒回来。

"喝点提神。"我将酒递给他。

商牧枭从我手里接过酒杯,浅浅抿了一口,脸都皱起来。

"好酸。"

我笑起来,忍不住俯下身,吻在他唇上。

他似乎没料到我会亲他,维持着一个姿势许久没有动,显得格外温驯。

耳边是激昂悲怆的交响乐,使得这幕亲吻都像是带了点悲剧色彩。

选错音乐了……

我刚要直起身去换张 CD,商牧枭一把扯住我的胳膊。

手微微颤抖起来,杯子里的酒眼看要洒,我偏过头,强制性地结束了这个吻。

商牧枭有些不乐意,还要扯我,我干脆往后退开,不让他够到。

"我去换张碟……"将酒杯放到茶几上,我转身往 CD 架而去,没走几步,商牧枭方向传来起身的动静。

结实有力的臂膀从后头环住我:"北芥,不喝酒了吗?"

客厅的《特里斯坦与伊索尔德》还在继续,听着已经快要唱到第二幕的内容。

特里斯坦的叔叔是康沃尔的国王,他命特里斯坦远赴爱尔兰,迎回公主伊索尔德,作为康沃尔的皇后。

特里斯坦与伊索尔德在相处中渐生爱慕,却不得不遭受命运的愚弄,无法相守。

绝望中,公主吩咐侍女准备毒药,要与特里斯坦一道赴死。然而阴错阳差下,最后服下的却是侍女调换过的爱情迷药。

受药性驱使,两人再也抑制不住内心情愫,相拥纠缠在了一起……

耳边回荡着饱满激荡的男女二重唱,显然,特里斯坦与伊索尔德已经服下了爱情迷药,不能自拔了。

载着特里斯坦与伊索尔德的船只在风浪中摇摆不定。

爱情迷药催化了一切,让他们不顾礼教,抛却恩仇,眼中只有彼此。

不知过了多久,歌剧逐渐到了尾声。

抑制不住思念之情的伊索尔德发出信号,终与特里斯坦在花园相会。

爱火点燃了两人,在夜色中,华丽的二重唱一声高过一声,伴着澎湃的乐曲,是极致的欢愉,是销魂的狂喜,是不顾一切的对爱的追求。

哪怕黎明将至,哪怕这爱不为世人所容,趁着无人打扰的黑夜,也要抵死缠绵,耗尽每一分精力。

爱的夜晚,让特里斯坦与伊索尔德融为一体,甘愿为此去死。

Chapter 06

我变贪婪了

七点五十六分时我迷迷糊糊醒来，发现自己被商牧枭搂在怀里。

我挣了挣，伸手去拿手机，提前关了闹铃。

商牧枭被我惊动，脸埋进枕头里，语气不怎么清醒道："天还没亮你怎么就起来了……"

我瞥了眼透进微光的窗帘。

"我九点有课。"

他没有动静，看来只是短暂地醒了下，很快又睡死过去。

捞起地上的衣服穿好，这一本来对我还算轻松的过程，今日却比往常困难了几分。

洗完澡换好衣服，见商牧枭还睡着，便轻手轻脚关门离去。

上完上午两节课，我开始感到有点不对。我的思维在变迟缓，大冬天的，穿得也不比平时多，却无端觉得热。

连余喜喜都看出我状况不佳，手掌摸了摸我的额头，确定我是发烧了。

这下可不得了，她连忙找来退烧片给我吃，又将保温杯倒满热水，甚至还惊动了董主任，要给我请假。

我体感还行，应该不到三十八度，只是有些低烧，就觉得可以坚持。但余喜喜和董主任却不这么认为，几乎是将我赶回了家。

我回到家时，商牧枭已经离开了。

只是开回家这点路，腰越发酸痛起来，呼出的气都像是烫的。澡都没洗，躺在床上就睡了过去。

不知睡了多久，被噩梦和骨缝里发出的酸痛惊醒，外面的天都黑了。

已经忘了梦里的内容，但还是止不住地心悸后怕。看了眼手机，六点了，没有信息，也没有来电。

我抿了抿唇，主动给商牧枭拨去电话。

响了好几下，那头接起来，听着像在外面。

"喂？"

"你在哪儿？"可能是发烧的缘故，我的声音含着丝沙哑。

商牧枭轻笑着道："我刚吃好饭，正想打电话给你，你就打来了。你到家了吗？"

我没提自己发烧的事，只是轻轻"嗯"了声。

"那你别做饭了，等一等，我给你送外卖来。"

我更紧地将手机贴近耳朵，微笑着道："好。"

分明只是过去一夜，好像就什么都不一样了。

然而要细思这种异样，又有些困难，叫人难以描述。硬要说的话，大概就是——我变贪婪了。贪婪到，连他的时间都想拥有。

✦ 烧 不尽

在床上又躺了半小时，起来时，身上软得差点没坐上轮椅。镜子里的脸毫无血色，我搓了把脸，想让自己看起来健康些，失败了。

等待期间，手机铃声响起，是商牧枭的电话。

我接起来，理所当然地问他到了哪儿。

他静了静，抱歉道："我姐突然找我有点事，我要去她那里一趟。晚餐已经叫了闪送，应该很快就到了，你记得好好吃完。"

说不失落是假。唇角的笑意难以维持，我也只能在他看不见的地方说些心口不一的话。

"嗯，你去吧。"

商牧枭的闪送送到的时候，已经又过了半个小时，还是上次那家烧腊店，点的煲仔饭。可惜有些凉了，加上我也没什么胃口，吃了一点觉得腻，干脆放下继续上床睡觉去了。

经过一下午的休息，热度没有退，但也没有升高，只是身上的酸痛实在恼人，让人辗转反侧，睡不踏实。

不知道明天能不能好，不能好还得请假，会很麻烦。

恰逢期末，大家都很忙，如果因为我而耽误了大家的工作，就太糟糕了……

断断续续睡了没多久，隐约听到外头有人开门的响动。

挣扎着醒来，身上却又软又湿，连起身开灯的力气都没有。再仔细一听，外头的声音没了，也不知道是自己做梦还是幻听。

眼皮沉重，我闭上眼，渐渐又要睡去。忽然，卧室涌进一股寒冷的风，我打了个哆嗦，睁开眼，发现门外立着个模糊的高大人影。

"才九点你就睡了？也太早了吧。"

屋里的照明灯伴随着商牧枭的声音骤然亮起，刺得我很不舒服，蹙着眉将脸埋进了被子里。

"今天、今天太累了……"我哑着嗓子道。

商牧枭静了片刻，走到床边，将手从缝隙里挤了进来。

他的手带着室外的寒凉，在平时会觉得有点冷，今天却正好，叫人忍不住要贴上去，给快要烧坏的脑子降降温。

隔着被子，好像听到商牧枭重重"啧"了声。我下意识地颤了颤，不敢再蹭上去。

"你在发烧你知道吗？"额上舒适的温度离去，下一瞬，被子被强硬地掀开。

我眯了眯眼，慢慢适应了光线，抚着额道："知道，低烧而已，睡一觉就好了，没什么大问题。"

商牧枭看了我半晌，转身离去，过了几分钟又回来，手里端着杯温开水。

他扶我起来，喂我喝水，我喝了两口不愿再喝，别过了脸。

Chapter 06
我变贪婪了

"你嘴唇干成这样，又出这么多汗，不多喝点吗？"他拨了拨我的额发。

我抑制着颤抖的冲动，摇了摇头："不用了，我不渴。"

不渴是假的，但一想到我可能没有力气独自去解手，我就宁可干一点了。

"怎么突然就发烧了呢？"商牧枭揉着我的眼尾，若有所思道，"昨天明明还好好的。"

我一僵，垂下眼，指尖微微收紧，揪住被套，一时不知道要怎么开口。

"你姐姐那边的事解决了吗？"我岔开话题。

"哦，她自己换灯泡，从梯子上摔下来把脚扭伤了。"商牧枭道，"我陪她去医院做了检查，好在没有大碍。"

那真是很危险了，还好没有摔到脑袋，脚也只是扭伤，算是不幸中的万幸。

"没事就好。"我再次躺下，可能喝了水的关系，身上感觉不那么难受了，一时睡不着，就想与商牧枭说说话。

"她好歹也是有男朋友的人，结果受了伤不找男朋友反而找上我。我问她姓杨的怎么不陪她，她说她不想让对方担心。"商牧枭冷嗤一声，"那要他有什么用？"

杨海阳这会儿应该还在店里上班，他那便利店二十四小时离不开人，加他一共就三个店员轮班，商芸柔第一时间找弟弟帮忙，可能也是不想打扰男朋友工作吧。

我不好明目张胆地替杨海阳说话，便道："反正你也没事。"

"谁说我没……"他扬起的声音忽地一顿，好似终于想明白了什么，恍然大悟道，"啊，是因为我吗？"

这话题转换得太快，我有些跟不上他的思绪。

他也不需要我的回答，自己把话接上了："是因为我你才发烧的吗？"

我一愣，双唇嗫嚅两下，错开了眼道："没有……"

商牧枭捏着我的下巴，强迫我直面他。

"北芥，你一点都不会说谎。"

我生出一丝谎言被拆穿后的窘迫，躺回床上，用被子蒙住自己，闷声道："都说了没事的，睡一觉就好了。"

我不想让他觉得我很麻烦，是个碰不得的玻璃娃娃。毕竟我本来就已经很麻烦，要是再麻烦起来，估计没几个人能受得了。

他没再说什么，坐了片刻，起身往外走去，很快，我听到了外头大门开了又关的声音。

屋里再次恢复寂静，我抬起头，去看房门，门半开着，显然商牧枭是走了。

怎么……这就走了？

心里一点一点生出苦涩，混着发烧带来的疼痛，劲道猛烈，让人鼻腔都隐隐泛起酸意。

◆ 烧 不尽

　　再次倒回床上，想着走就走吧，他在我要病，不在我也要病，以前一个人可以，现在一个人我也可以。
　　想归想，可当早就习以为常的孤寂像潮水一般袭来时，我还是感到难以呼吸。
　　我已经太久没有生病，久到都忘了，病着时最难忍受孤独。
　　讽刺的是，我对孤独的耐受力，偏偏多是在病床上培养出来的。
　　胡思乱想着，差不多给自己做好了心理建设，门外忽然又传来开门声。
　　我一下回身看去，盯着半敞的卧室门眼眨也不眨。
　　商牧枭不一会儿出现在门外，手里拿着个小袋子，呼吸有些喘，耳朵尖都给冻红了。
　　"我给你买了点药，店员说这种很管用。"他拿着袋子走到床边，一屁股坐下，拿出盒东西就开始拆包装。
　　黑潮退去，整个屋子重新变得明亮又温暖。
　　只是几个月而已，我从一个享受孤独的人，变成了一个害怕孤独的人。
　　爱情如此美妙，又如此可怕。它让我不再是我，让我成了全新的我，陌生的我。
　　"我以为你走了……"我撑坐起来，因为太过意外，将心中所想都说出了口。
　　他一边展开说明书看起来，一边分心回我："我和姓杨的可不一样。"
　　我反应了一会儿，才用迟缓的大脑想明白对话里为什么出现姓杨的，姓杨的又是谁。

　　吃了药，商牧枭问："我看你没吃几口饭，饿吗？"
　　我摇摇头，拍了拍床边的位置，道："你过来陪我一会儿。"
　　他笑了笑，听话地上了床，没脱衣服，也没盖被子，只是撑着脑袋躺在我身边，一只手隔着被子轻拍我的后背。
　　"你要听我唱歌吗？"
　　我闭上眼，往他身边靠了靠。
　　"要。"
　　"《小星星》怎么样？"
　　我笑了笑："好。"
　　舒缓版的《小星星》自身旁响起，伴我进入梦乡，这次没有噩梦纠缠，也没有病痛折磨，一觉睡到了天亮。

　　再醒来时，烧已经退了，骨头虽然还有些酥，但精神好了不少。
　　商牧枭维持着睡前的姿势，侧身挨着我，我一动，他也醒了。
　　"几点了？"他揉着眼问。
　　"八点。"我看了眼手机道。

Chapter 06 我变贪婪了

他伸手过来探我的温度，又和自己的做比较。"好像不烧了，但不知道会不会反复。你今天要不请假吧，别去学校了。"

他揉着脖子坐起身，仰头伸了个懒腰，瞧着昨天睡得很不舒服。

"不行，今天有教研会。"而且是整个学部的教研会，缺席不太好。

商牧枭耸耸肩，也不勉强："行吧，那你记得不要太累了，也不要着凉。"

洗漱完，吃过简单的外送早点，我和商牧枭一道出了门。

取车时，发现他这次来没有开那辆蓝白重机，而是开的之前与我有过一面之缘的黑色悍马，我随口问了句："你的机车呢？"

商牧枭拉开车门，答得也很随意："给周言毅了。"

至于怎么就给周言毅了，是借还是送还是其他，时间有限，我也没多问。之后到了学校，也很快将这茬忘了。

从考场出来，我拿着封好的试卷正准备回办公室，半道突然被人叫住。

"您好，请问教务处怎么走？"

我顺着声音看去，一下有些愣神。

对方穿着一套浅灰的休闲西装，脸上戴着黑色蛤蟆镜，瞧着三十岁左右，身高腿长，气质很好。没有墨镜遮挡的下半张脸，下颌线条清晰而流畅，唇形优美，唇角微微上翘。只一眼，就让我想到了梅紫寻。

分明两人连性别都不同，但就是有一种相像的即视感。

怪了。我心中纳闷。梅紫寻也不是什么大众脸，怎么最近一个两个都那么像她？

"您好？"

我回过神，忙道："跟我来吧，我正好也要往那边去。"

对方点点头，静静跟在我后头到了教学楼。

"四楼就是。"

一前一后进入电梯，我按下二楼，替他按了四楼。

我先到，出去前，又嘱咐了遍教务处的具体位置，他点点头，扫了眼我身上的监考证。

"谢了，北教授。"

电梯缓缓合拢，继续上行，我交了试卷，回到办公室，还没等喝上口热水，余喜喜的八卦就到了。

"小芥，你都不知道你错过了什么！就在一个小时前，我们学校有人打架了！"

她手里拿着一袋原味薯片，吃得停不下来。最近她一篇论文卡了很久，十分焦虑，就靠吃东西发泄，人都胖了不少。

"没兴趣。"学校里这群荷尔蒙过剩的少男少女，隔三岔五为了点鸡毛蒜皮的

✦ 烧 不尽

小事就要吵个架动个手，早就不是新鲜事。

"你都没听是谁惹了祸你就没兴趣？"

我替自己泡了杯红茶，转身往办公桌而去，闻言好笑道："那你说说到底是谁闯祸了。"

余喜喜来了劲儿，往沙发上一坐，欢快道："商牧枭啊！他和别的男生争风吃醋，在学校里打起来了，好多人看到呢。"

手上的茶一晃，不小心泼出来烫到了手，我赶忙将杯子放到桌上，抽出一旁纸巾按在烫红的地方。

"对方被商牧枭打得毫无还手之力，保安来了才把两人拉开的，旁边那女生哭得梨花带雨。"余喜喜毫无所觉，吃得快乐，讲得欢畅，完了还把在学校论坛看到的照片发给我，要与我同乐。

照片还挺高清，将商牧枭打人的狠劲拍了个七八。完全碾压式的，将对方按进了土里。再加几行字，配个飞溅的鲜血特效，都能做电影海报了。

"据目击者称，一个说另一个纠缠自己女朋友，一个说另一个抢了自己女朋友，真相为何不得而知，但女孩真漂亮。"余喜喜边看边发出"啧啧"的声音，"这只猫头鹰身边漂亮女孩怎么这么多啊，上次那个也漂亮……"

心里涌现一股烦躁，我打断她道："他现在人在哪儿？"

余喜喜有些吃惊地抬起头，看到我的样子，顿了两秒才道："啊，在……在教务处呢。虽然商牧枭现在不是咱们学校的了，但那对小情侣是我们学校的，在学校打架影响多不好啊，估计是把他留下询问情况了。"

我点点头，心神不宁地在电脑前打了两行字便怎么也进行不下去，脑袋里都是商牧枭的事，连余喜喜什么时候走的都不知道。

试着给商牧枭发去信息，没有回，又打了个电话，刚响便被挂断了。

这似乎坐实了余喜喜的话。

鬼使神差地，我乘着电梯到了四楼，一出电梯门都有些恍惚，不明白自己这是在干什么。

正打算坐电梯再下去，教务处的门开了，商牧枭表情不善地从里边走出来，身后跟着才见过不久的灰西装。

商牧枭一眼看到我，愣了愣，放慢脚步往我这边走来。

灰西装由于商牧枭的遮挡没注意我，边戴墨镜边道："你爸爸和姐姐都在出差，你乖一点，别让他们担心，下次也不用我来帮你擦屁股……"

商牧枭在我面前停下，完全当灰西装不存在一样，看着我道："你怎么在这儿？"

我张了张口，总不能说自己也不知道，便随便扯了个谎："我来找陈教务长有点事……"

"哦。"他上扬的唇角又降下去，"原来不是找我。"

Chapter 06 我变贪婪了

灰西装听到对话也注意了我的存在，停了话头，走到近前发现是熟面孔，有些诧异。

"又见面了。"

商牧枭眯着眼看他一眼，又来看我，问："你们认识？"

"刚刚这位先生找我问路，我给他指了个路而已。"我解释道。

灰西装朝我伸出手道："你好，正式介绍下，我是方麒年，商牧枭的……表哥。"

表哥？那应该是梅紫寻那边的亲戚了，怪不得这么像，原来有血缘关系。

"你好。"

我刚与方麒年握上手，连客气都来不及，商牧枭一把拽开对方，推着他就往电梯口走。

"没事快点走！"

快进电梯了，商牧枭回过头，冲我道："我到你办公室等你。"

"啊……"

好了，这下我就算没事也要给自己找点事了。

为免在走廊上碰见熟人，我只好进四楼厕所躲了十分钟，出来好死不死碰到教务处长陈奇雪。

她扶了扶眼镜，上下打量我一通，问："你怎么上这儿来了？"

"来找王教授的。"为防止对方再问什么，我一口气补圆了整件事的来龙去脉，"但王教授不在，我突然有些急，就想来用个厕所，忘了四楼没有无障碍设施，又立马出来了，正好被您碰上。"

陈奇雪听得一愣一愣的，闻言点点头，"哦"了声，也没再说什么。

我暗松一口气，与她道别后，快速坐电梯下了两层。

推开办公室门，商牧枭果然已经在里头。

我办公室有一大一小两个沙发，他霸占着大的那个，完全横躺在上头。手机里传出激烈的游戏音效，他沉浸其中，一时都没发现我进来了。

被人看到像什么样子。

我转身锁上门，故意发出了点动静。

他这次听到了，放下手机往我这边看来。

"你终于回来了。"他朝我伸出手，"过来。"

"这里是学校，你收敛一些。"说归说，还是往他那边去了。

我一到他边上，他就拉过我的手往他身上按。

"我肚子疼，你替我揉揉。"

我以为他是在撒娇，光天化日，还是在学校，自然不肯，抽手的时候动作有点猛，他嘶了声，捂着肚子显出痛色。

◆ 烧不尽

"怎么了？"我见他不似作伪，撩起他衣服查看，发现他腰腹处乌青了一大片。

看来这一架他表面风光，却也不是完全没受伤。

我小心翼翼用指尖碰了碰他伤处，问："疼吗？"

他抽着气，委屈得要死。

"疼，特别疼。你揉揉才不疼。"

我将手放到唇边呵了两口气，等指尖不那么凉了，再探进他衣服里。

商牧枭的腰腹结实而有力，按下去都是肌肉，没有什么脂肪层。

我也不敢使太大力气，只是轻轻揉搓。他跟只被挠到痒处的猫似的，半眯着眼，瞧着都要舒服得睡着。

揉了十分钟，手都有些酸，我停下手道："好了。"

抽回手时，被商牧枭一把握住，拉过去，贴着脸蹭了蹭。

"北芥，你为什么不问我？"

被茶水烫到的地方不红也不肿，只是有些刺痛，被他一蹭，掺入了痒，变得又痒又痛。

"问什么？"我缩了缩手指。

"问我今天发生的事。为什么和人打架，为什么突然多了个女朋友。"他张嘴咬在我的指尖，威胁性地加重力道，仿佛只要我的话不合他心意，就要一口咬断我的手指。

我只得依言问道："为什么和人打架，为什么突然多了个女朋友？"

他松开我的手，笑得有几分恶劣："因为我爱上了别人，不要你了。"

我知道他在开玩笑，但仍有几分生气。

或者说，我其实早就开始生气了，只是找不到时机发作。

抚了抚他的脸，趁他没注意时，我突然低头咬了他一口，然后退开身，用尽量平缓的口气道："好好说话。"

商牧枭抹了抹唇角，并不生气，脸上反倒高兴几分。

"你吃醋原来是这个样子，好恐怖。"

我看着他不说话，他见逗弄不了我，撇撇嘴，换上一副嫌恶的表情道："我根本不认识那个女的。"

商牧枭一早来学校，准备等周言毅他们考完试一起去吃饭，突然在路上被一个女孩拦住去路，开口就一副熟稔模样，勾着他的手就走。

他正莫名其妙，后头窜出来个男的，指着商牧枭就质问女孩这是谁。

女孩说这是她男朋友，让对方别再纠缠她。男人不信，要女孩说明白，一来二去两人发生争执，男的就和商牧枭打了起来。

怎么就从吵架变成打架的，商牧枭没细说，但可以想见应该也是一片混乱。

"他打我我当然要打回去，结果那女的看我把那男的打得太惨，竟然哭着过来拉我。"商牧枭回忆起来都觉得生气,长吟着骂了一声,"两个智障,害我被方麒年看笑话。"

没想到前因后果竟然是这样,我没忍住笑起来,笑得很有些收不住,眼泪都要出来。

男孩被商牧枭打得太惨,学校不好私自放人,便请来了商牧枭的家长,也就是方麒年。最后在女孩的解释下,加上方麒年的一些金钱补偿,商牧枭得以全身而退,剩下的事便都和他无关了。

"这次不怪你。"我又隔着衣服揉了揉他腰腹的伤,"是他们不好。"

他张开双臂,语气自然:"那你还不来安慰我。"

我瞥了眼办公室门的方向,实在不想冒险,正待拒绝,一触到商牧枭的眼眸,说出口的话语就变成了:"只能两分钟。"

结果两分钟变成五分钟,五分钟变成十分钟,他就是不松手,非要看我焦虑,眼眶都急得发红,他才笑着放开我。

几天后,随着最后一门考试的结束,寒假正式来临,我的复健也终于被提上了日程。

"最近大家过得怎么样?"廖姐穿着一身浅粉色的呢子套裙,笑得一如初见那般和蔼可亲,边给大家倒茶,边推销着桌上的一盘小饼干,"我自己做的,大家吃哈。"

"李太太和张大哥今天不来吗?"主播今天扎着双马尾,脸上戴一副银框眼镜,显得格外青春靓丽。

廖姐给众人倒完茶后,捧着自己的杯子缓缓坐下,回道:"哦,他们啊,他们以后可能都不来了。"

"不来了?"大家都有些惊讶。

"李太太的先生由于工作调动,要搬去国外,不能来了。张先生植发之后信心大增,现在沉迷健身,说要努力做型男,心态非常积极乐观,也不需要来了。"廖姐喝一口茶,喟叹道,"他们都毕业啦。"

在场几人面面相觑,于天儿手指点了一圈别人,最后指向自己道:"所以现在就我们四个了吗?"

廖姐点点头,一脸笑眯眯地:"希望你们也早日毕业呀。"她摸摸上衣口袋,摸出两张折起来的信纸,展开其中一张,清了清嗓子道,"李太太和张先生都给大家留了信,我给大家念一下吧。先是李太太的……"

最近忙着打包搬家,身体感到很疲惫,一想到要去陌生的地方,心里又各种焦虑。放在以前,我肯定会将这些疲惫和焦虑忍到独自崩溃,但现在我已经学会换一种角度看事情。

◆烧 不尽

我很疲惫，但儿子和丈夫也不轻松，甚至还要忍受我疲惫后的坏脾气。我各种焦虑，但对于我陌生的地方，对儿子和丈夫何尝又不陌生？

过去我总追求完美，想要一个完美的丈夫，一个完美的儿子，实现童话故事中的幸福人生，把自己弄得很抑郁。现在，我不再执着于"完美"，接受自己拥有一个不完美的丈夫，一个不完美的儿子，发现原来自己其实也不完美。

抑郁时，看什么都是丑的。想开了，放眼处处是风景。

不知此生还有没有机会见面。在此我也想学黄老先生，给大家一点临别感言——希望大家都能坦然接受自身的不完美，也接受别人的不完美。

廖姐停顿了会儿，换下一张："李太太的就到这里。接下来是张先生的……"

后悔，我太后悔了，我应该早点植发的！大伙儿，有钱别捂着，岁月不可回头，想变漂亮趁早啊！

"没了。"廖姐重新将信对折，坐回椅子上。

于天儿率先笑起来，银铃般的笑声带动了所有人，不一会儿，整个体育馆便都回荡着大家此起彼伏的爽朗大笑。

"对了，告诉大家一个好消息——我们在一起了！"笑声中，女主播突然握住白领的手高举起手臂。

白领憨憨地笑着，有些不好意思地挠了挠头。

众人短暂地惊诧过后，连道恭喜，为他们真心感到高兴。

"其实两个月前，我连遗书都写好了。但老黄快我一步，"女主播笑着笑着眼眶一点点变红，"我觉得你们连着参加两场葬礼也挺累的，就想等等再说，想不到这一等把爱情等来了。彻底死不掉了！"说罢号啕大哭起来，与身旁的白领抱作一团。

这明明不是感伤的时刻，于天儿与廖姐却纷纷跟着落起了眼泪，就连我，心中也涌现出一股说不清道不明的情绪。不同于任何正面情绪，亦不同于任何负面情绪，像是两者中间的灰色地带，甜苦交织，耐人寻味。

在我以为大家都比我健康积极，完全不像有满肚子哀愁时，他们用实际行动告诉我，衣着再光鲜的人背后，也都藏着不为人知的苦痛；在我以为大家都被生活折磨得失去欢乐，再也振作不了时，他们一而再再而三地打破了我对悲观主义的认知。

本以为生活处处是痛，乐观向上不过是最大的谎言，原来改变这样容易。只需一个契机，一点勇气，往前迈一步，便能收获全新的世界。

Chapter 06 我变贪婪了

　　脆弱又坚强，敏感而善变，可以群居，也享受独处，这世间再没有哪种生物能比人类更复杂，更充满未知的魅力。

　　抹干眼泪，廖姐问我："北芥，你目前怎么样？"

　　"挺好。"今晚的氛围太好，连我都不自觉变得积极又乐观，仿佛无所畏惧，"我开始复健了。虽然开头很难，但我会继续努力。"

　　双腿的复健并非一朝一夕能看到进步，大多都是枯燥的、重复的训练。只是两天工夫，我的手掌便被磨出了水泡，挑破后，第二天又再继续。

　　而这一过程中，忍受艰辛还不是最主要的，最主要的是能接受失败。接受哪怕付出巨大的努力，也有可能连一点微小的改变都无法看到的心理落差。

　　"天啊……"廖姐轻掩双唇，一脸喜出望外。

　　这时，女主播带头举着杯子起立道："我第一次觉得我们小组这么名副其实。来，祝所有人乐观向上！"

　　其余人跟着起立，我不能站，只得遥遥举杯。

　　"祝所有人乐观向上！"

　　有一阵没联系杨海阳，这天他突然打电话给我，说杨幼灵想我了，要我过去吃饭。

　　自和商牧枭交往，我对这个干女儿的关心的确少了一些，自觉心中有愧，特地买了只独角兽的毛绒玩偶当作赔罪礼去讨她欢心。

　　小丫头很喜欢，替独角兽向兔子玩偶做着自我介绍，不一会儿告诉我，两只毛绒玩偶已经成了好朋友。

　　餐桌上，杨海阳问我最近在忙些什么，怎么总没声音。

　　我道："你自己整天忙着谈恋爱，还说我没声音？"

　　杨海阳摸摸鼻子，干笑着道："忙是真的，但不是忙着谈恋爱。我最近在忙开分店的事，芸柔工作正好也忙，我们一礼拜都见不到一面，简直是抽空谈恋爱。"

　　"你见过家长了吗？"

　　"见了，昨天刚见的。"杨海阳呷了口酒，表情古怪，"她爸挺好说话的，但你可以明显地感觉到那种隔阂，就……跟他不是一类人，注定说不到一起，你明白吗？"

　　明白，曾经我对商牧枭也是这种感觉。

　　"嗯。那他对你和商芸柔的婚事怎么说？"

　　"他说只要芸柔高兴就行，还说当年和芸柔的妈妈在一起也很不被看好，但还是执意结婚了，所以他不会干涉子女的恋爱。"

　　"那就好。"

　　商禄都没意见，商牧枭就算再反对，独木难支，也不是什么大事。

　　"不过他们家感觉怪怪的。"杨海阳接着道。

◆烧 不尽

"怎么说?"

"芸柔他们那个继母,不太说话,我们吃饭,她一个人很快吃好,自己就去画室画画了。商禄看着对她也不是很上心,有点貌合神离的意思。"

听杨海阳这样一说,我倒不算惊讶。鉴于对方和梅紫寻过于相似的面容,商禄这第二场婚姻的出发点到底是不是因为爱情,还需要打个问号。

从杨海阳那儿吃完饭回家,一进门,就见商牧枭坐在客厅里,身前的茶几上摆着三四个外卖,投影幕布上播着不知道哪部外国电影。

寒假开始后,他一天都不得空闲,被商芸柔拉去直接在自家公司做起了朝九晚六的上班族。为免别人溜须拍马行方便给他偷懒的机会,甚至不允许他自爆少东家的身份。

所以,尽管放了寒假,他却比我都忙。

"你去哪儿了?"商牧枭并不看我,心思全在面前的食物与眼前的电影上,"这阵子你好忙啊。"

关于复健,我没有与商牧枭明说,只告诉他寒假里要经常去医院做理疗,是每年惯例。他不明真相,也没有怀疑。

"和朋友吃饭。"我解下围巾,丢到沙发上,见他点的都是浮满红油的辣菜,蹙眉道,"怎么吃这么辣?"之前都没听说他喜欢吃辣的。

他咽下一口菜,用纸巾抹了抹嘴道:"没胃口,吃点辣的开胃。"

只是几天,怎么看着都像是瘦了一圈?

"很累吗?"

他看了我一眼,跪坐下来,牵过我的手,俯下身,将额头轻轻贴在了我的手背上,像个虔诚的信徒。

今天他穿了身稍显正式的工作装,白衬衫配西裤,外头是件长款的灰毛呢外套。此刻外套已经被丢到一边,领带也松垮地垂在胸前,衬衫衣领扯开最上面的两个扣子,被发蜡固定了一天的头发还凌乱地落下两簇挡住了眉眼。分明是邋遢的打扮,放他身上硬是邋遢出了几分不羁的味道。

"很累。"他低低道,"我讨厌被拘束,也讨厌我爸。"

"那不要去了。"我用另一只手揉了揉他的脑袋,将他本还算规整的头发弄得彻底散乱开来。

他静了静,维持着一个姿势没有动,也不再说话。

起先我以为他在认真考虑,但过了几秒我突然意识到,我的话可能让他为难了。他讨厌拘束,讨厌商禄不假,但他爱商芸柔,那是他唯一的宝石,他愿意为了她去做任何让自己感到疲累厌倦的事。

"活着哪有不累的……"商牧枭轻叹着,松开我的手,整个趴到了我的腿上。

我摸着他的头发,没来由想起蛋黄,问:"你什么时候把蛋黄还给我?"

Chapter 06 我变贪婪了

余喜喜前两天搞定了房子，昨天还给我拍了为小狗买的狗窝和狗粮，虽然人家没有催，但一直拖着总归不太好。

"等过寒假吧。"

"它不是已经能跑能跳了吗？为什么要过寒假？"

商牧枭沉默以对。

"……你是不是，不想还？"

"没有！"他想也不想否认，"怎么可能。"

我笑道："好吧，那我去和喜喜说一下，寒假后再给她送去。"

今年的新年来得格外早，转眼再几天就是除夕了。

城市里没什么过年的气氛，我也没什么过年的仪式感。往年都是和父母还有姑姑他们一家吃顿团圆饭，今年……自从上次一顿饭，我和父母还没有联系过，也不知道他们这次要不要我回去过年。

除夕前一天，商牧枭与商禄爆发了一场极大的争执，大到……他只能来我这边寻求安慰。

他一进门就将我从轮椅上抱起来，一路到了床上，我还摸不着头脑想起身，他却一把按住我。

一番纠缠过后，我见他平静不少，便问他到底怎么回事。

他一言不发去厨房拿了灌冰啤，很快回到床上，点燃一支烟抽起来。

"有个文艺片导演，是我爸妈以前的一个朋友，想把我妈的生平拍成电影。"他于昏暗的室内"啪"地打开啤酒罐，室外的月色与一点灯光照进来，衬得烟雾中的他好像一幅画。

"这本来没什么，拍就拍了。可这个导演一直找不到满意的男主角人选，于是就去求我爸，想让我出演。毕竟我无论年纪还是长相，都和我爸年轻时候很像。我爸……同意了。"他握着罐子的手微微颤抖，说出口的每一个字都像在割着他的声带，让他痛苦不已，"他要让我饰演年轻时候的他，让我一遍遍面对他们令人作呕的爱情，让我去赞美那个虚伪的、唯独对我冷酷的女人，甚至都没有问过我的意愿！"

从前不被重视，不被喜爱，现在又像工具一样被出借。是人都不会开心吧。

我握住他颤抖的手，将啤酒罐拿开，放到一边床头柜上，然后环抱住他的身体。

"好了，我们不演，谁劝都不演。没有人可以强迫你做你不喜欢做的事，任何人都不可以。"

一早醒来，洗漱完去到客厅，发现商牧枭已穿戴整齐，手上握着杯快餐店的外送咖啡，正弯腰端详那架星特朗的目镜。

✦ 烧不尽

看惯了他平日里休闲散漫的模样，乍一见他商务精英一样的装束，还有点不习惯。

他见我醒了，一指餐厅道："早饭在桌上。"

我点点头，往餐桌而去，走前不忘嘱咐他："都告诉你别乱看了。"

早餐是经典的美式套餐，培根、煎蛋、香肠，加一杯咖啡。

我嫌咖啡苦涩，没动，给自己冲了杯袋泡伯爵茶。红茶佐以佛手柑的香气，顺滑地流过喉头，叫还有些混沌的大脑渐渐恢复清明。

"望远镜用着还好吗？"商牧枭来到餐厅，说话间从我叉子上叼走一块煎蛋。

我没想到他会突然靠过来，吓了一跳，反应慢半拍才道："哦，挺好。"

"这可是我用自己的钱给你买的，你一辈子都不许把它扔了，听到没？"

"你自己的钱？"之前我想过，商牧枭才二十岁，没毕业没工作，就算家里再有钱，那也是家里的钱，花他三十万，很有种新闻里"八岁幼童背着父母给主播打赏三十万巨款"的罪恶感。

因着这份罪恶感，我甚至还考虑过偷偷将望远镜二手卖了把钱还给他……

"是啊，我自己赚的钱，完完全全百分百自己赚的，没用我爸的一分钱。你为什么这么惊讶？我看起来是个只知道花钱的纨绔子弟吗？"商牧枭表情有点不爽。

我心虚地不敢看他："……咳，没。"

"从十八岁开始我就已经在靠比赛赚钱了，可以算我的人生第一桶金。后面我又用这桶金做了些金融投资，赚得不算多，但也不少，那台HP4就是我自己买的，当时花了一百多万。"他语气懊恼地喃喃起来，"早知道不买这么贵的了。"

他这样一说，我想到之前他得比赛冠军好像是有奖金的，当时没在意，但记得金额似乎也有三十万。尹诺说这是他第一次得冠军，那以他之前的名次，奖金估计也不会太多。两年全凭自己赚到一百多万，无论从他的年纪还是战绩来看，都可以说是很厉害了。

遥想我二十岁的时候，还是个什么都不懂的愣头青呢。

"既然这么有纪念意义，怎么说给周言毅就给他了？"

满打满算，这车才开了一年多。

"哦……"他调整领带的动作一顿，半晌道，"反正你也坐不了，他喜欢就卖给他了，我开我姐的悍马也一样。"

他看了眼时间，匆匆与我告别。

"走了。"随即，他转身离去。

商牧枭走后，我用完早餐便去医院做了复健。一上午的工夫，练得筋疲力尽，大冬天的都汗湿重衫。

"你的伤都十几年了，复健肯定比较困难。坚持住，时间久了，一定会有回报的。"理疗师一边给我加油鼓劲，一边帮我放松手部肌肉。

Chapter 06
我变贪婪了

"我知道。"曲张着手指,我解下手上被汗水浸透的运动绷带,丢进了一旁的垃圾桶里。

在开始几天练得满手水泡后,理疗师便推荐我去买了运动绷带贴在手心上,这东西效果明显,非常好用。

换上自己的衣物,拉开门,我与理疗师道别:"那我走了,下次见。"

"下次见,除夕快乐。"

我一怔,这才想起今天已是除夕。

回他一句"除夕快乐",离开医院后,我行驶在大街上,发现虽然还不到晚上,但行人和车辆都明显有所减少。

大家都已经回家过年了吧。

除夕佳节,本该阖家团聚,我却显得有些不知所措。

从前,孤独是我自己的,我将它视作温驯的宠物,我们相处愉快,和谐共存;现在,孤独是全世界强加于我的,它宛如一只调皮捣蛋的臭鼬,上蹿下跳,让我一刻都不想同它独处。

犹豫着是不是也要找个地方过过节,商牧枭的电话来了,问我晚上有没有空。

"有。怎么了?"

"晚上带你去一个好地方,五点在楼下等我。"

我一听,也没有很意外,只以为他和我一样,是和家人吵架后没有地方过年了。

既然团圆不了,那过我们的二人世界也挺好。

我当即答应下来,只等五点一到,与他共度佳节。

谁想五点还不到,商牧枭的车没来,沈洛羽的电话先来了。大概意思,是让我赶紧回家吃年夜饭,说一家人都在等我,我不来他们不开饭云云。

我都能猜到,哪有什么一家人等着我?怕是姑姑到开饭还不见我,知道不对劲,硬是让沈洛羽打电话来给我台阶下的。

"不了,你们吃吧,我晚上还有事。"

天色将暗未暗,气温很低。我等在楼下,觉着冷,往围巾里缩了缩,显得声音有些含糊。

"大过年的你还有什么事?"沈洛羽明显不信。

"约会。"

沈洛羽一噎,似乎才意识到我已经告别单身。

"哦哦哦……"她道,"那行吧,我跟我妈说你去朋友家过年了。你、你年节里要是有空就来我家一趟,我妈说要和你聊聊。"

沈洛羽不说,我也正有这个准备。

"嗯,知道了。替我向大家说声抱歉,祝他们新年快乐。"

✦ 烧 不尽

沈洛羽不知为何叹起气来:"你也新年快乐。"

挂了电话没多久,远处打来冷白的车灯,我眯眼一看,是商牧枭的黑色悍马踏着最后一抹暮色驶来了。

上这辆车,我总是需要商牧枭协助的。与之前不同,这回他将我抱进副驾驶时,我不但一点不会不自在,心里还十分熨帖。

"你太瘦了。"他将我放下,熟练地收起轮椅塞进后备厢,再绕进驾驶室,继续之前的话题,"抱着你的时候,我都怕把你弄坏了。"

这话我实在不知道怎么接,就假装整了下空调风口,若无其事地岔开话,问:"我们要去哪里?"

"到了你就知道了。"他缓缓起步,"会很有意思的。"

其实到这里我就应该产生警觉,"很有意思"实在不像是对一家餐厅的评价,听着就不大对劲。

但彼时,可能是沈洛羽的那通电话让我决定放空大脑,又或者终于摆脱了孤独这只臭鼬使我心情愉悦,我懒得思考,懒得想任何事。或者说,自从与商牧枭在一起,我就完全放弃了思考。

车足足开了一个小时,越来越偏,到了郊区。就在我以为要出市时,他拐进了一道大门,门头颇为气派,但怎么看都像是住宅小区。

道路两旁树林密布,要不是路灯还算明亮,简直要让人怀疑开进了哪家森林公园。

或许是家大隐隐于市的私房菜馆……我盯着车窗外黑黢黢的天色,心里没来由升起一股不安。

商牧枭又开了足足十分钟,才将车停进地下车库。

下车时,我看了圈四周,这显然是间私人车库,左右加起来足足可以停二十几辆车,放眼过去都是不重样的豪车。

这要真是家私房菜馆,估计也只对权贵开放。

商牧枭熟门熟路带我穿过一道门,开门时,用的竟然是密码。

进到电梯里,他按下数字"1",之后斜倚着厢壁,突然毫无预警开口道:"这里是我家。"

我整个人愣在那里,想从他脸上找出一丝玩笑的痕迹,可是没有,他不是说笑。

电梯很快到了一楼,"叮"的一声后,门缓缓打开,我僵硬地看向电梯外。

"回来啦……"商芸柔一脸笑意地迎上来,在看到我的时候,表情空白了一瞬,满满的猝不及防。

她不知道商牧枭要带我回来,他没告诉她。

"回来了。"我来不及反应,商牧枭便推着我出了电梯,"姐,北教授你认识吧?今天要和我们一起吃饭的,你让王嫂加双筷子吧。"

商芸柔盯着我，一副天都要塌下来的模样，以她对商牧枭的了解，此刻应该已经猜到我和他的关系。

我闭了闭眼，觉得糟糕透了。

原来这就是他口中的"很有意思"。我以为他是要与我共度佳节，过二人世界，但其实他只是想要带我回来增加点"意思"。从头到尾都是我一厢情愿。

我就像火锅店里赠送的拉面表演，存在的意义，不过是为了给今晚这顿平庸的晚餐添点乐子。

"哪个回来了？"旋转楼梯款款步下一道修长人影，我抬头看去，差点以为自己出现幻觉。

对方穿着一件黑底绣花的长袖旗袍，侧边开到大腿根，身形窈窕，长发及腰，手上还抱着一只……小土狗，若非脸上妆容太过浓丽，简直就是梅紫寻再世。

我统共知道两个与梅紫寻极为相似又和商家有关的人，一个是十年前惊艳了余喜喜的电影演员、如今商禄的继室司影，还有个便是上次遇见的商牧枭的表哥，方麒年。

眼前这个，应该就是司影了。

见到我，司影停下脚步，只是微微吃惊，没有商芸柔那样大的反应，只是垂着眼皮看向我身后的商牧枭，摸着狗头凉凉地道："你真是要死了。"

第七章

再见了，北教授

　　长方形的餐桌，我与商牧枭坐一边，司影与商芸柔坐一边，空出最顶头的主位，是留给商禄的。
　　商芸柔当真是教养良好，脸难看成那样都没赶我出去，照旧招来用人摆上碗筷，像待一名正常客人那样待我。
　　我其实不想留，但我连大门在哪儿都不知道，想走也走不了，便只好暂且咽下尴尬，静观其变。
　　"西贝货，谁准你动我东西了？"由于还没有开餐，用人只上了些充饥的水果，商牧枭咬下一块苹果，将金属叉对准了对面的司影，语气很有些阴恻恻。
　　"它自己跑过来找我的。"司影无论穿着、打扮都挑不出毛病，往楼梯上一站，都可以去拍民国风美女挂历，偏偏一把嗓子十分沙哑，让人颇为出戏。
　　"还你好啦，小气鬼。"说罢，司影举起蛋黄，将它放到地上。
　　只一瞬间，原本乖巧安静的小土狗便化身惨叫鸡，拖着两条后腿无头苍蝇似的满地乱转。
　　商芸柔哪有见过这种狗，一脸震惊道："它怎么回事？"
　　"之前腿不好，被惯坏了，现在娇气得很，一点路都不肯走。"商牧枭抬抬手，扬声道，"王嫂，过来，把狗抱上去。"
　　王嫂答应着，忙上前一把拎起蛋黄抱进怀里，蹭蹭几步上了楼。
　　没了小土狗鬼哭狼嚎的惨叫，餐厅一时安静下来。
　　商芸柔看了眼时间，道："爸爸应该也快回来了，上菜吧。北教授，你有忌口的吗？"
　　同第一次和我见面时相比，她明显客气不少，甚至都改口叫起我"北教授"，可以说态度相当明确。
　　"没有。"我说。
　　商芸柔点点头，招来用人，通知厨房上菜。

Chapter 07 再见了，北教授

冷菜陆续上桌，商禄却迟迟不归，商芸柔烦躁地拿起手机，似乎是要打电话，这时，客厅里的座机响了。

王嫂跑去接听，没两句就挂断了，随后过来通知大家，商禄临时有个应酬脱不开身，不回来吃饭了，让大家不用等他。

商牧枭冷嗤一声，冲司影道："大年夜都不回来，你说他在外头是不是另外成家了？或者找了个比你更像的……女人？"

方才还笑意盈盈，对商牧枭的恶言恶语好似全不放心上的人一下子沉了脸，放下手中的茶杯，冷声道："谁惹了你你找谁去，别把气撒在我头上。"

"那不是人没回来吗？"

"哦，那我明天等着看你这么跟他说话。"

"你……"

"好了！"两人你一言我一语，火药味渐浓，商芸柔看不过去，直接出声喝止。

四下重新恢复寂静，商牧枭虽脸色不豫，但仍是听话地没再与司影发生争执。

"他既然不回来，那我上去把衣服换了。"司影站起身，径自往楼上而去。

我注视着对方的背影，心里生出种无处可说的荒唐感——商禄简直是疯了，正常人做不出这样的事来。

"你在看什么？"一旁传来商牧枭不快的嗓音，下一秒，脸就被掰了过去，"很好看吗？"商牧枭脸上吝啬着笑意问道。

往日里我总会哄着他，让着他，毕竟我比他年长许多，可今日我突然就有些腻了。

"嗯，好看。"

他眼角一抽，瞪着我的表情着实可怖，仿佛不敢置信我竟然会觉得司影好看。

我不再看他，移开视线，专注于面前的茶水。

他还想再说什么，被商芸柔一声轻咳打断。

商芸柔就像什么也没发生，什么也没看见一样，举起酒杯，微微笑道："我们先吃吧。来，祝大家新年快乐。"

商牧枭不得已只能收回钉在我身上的目光，举起酒杯。

"新年快乐！"不怎么走心地说完，他一口喝干了杯子里的白葡萄酒。

我迟疑片刻，也举起杯子道："新年快乐。"话毕，同样一口喝完了杯子里的酒液。

商家吃饭没几个人，菜却不少，模样更是道道精致。可惜我实在没有胃口，只是一杯杯地喝酒，很少动筷子。

眼看一瓶干白都要被我喝完，司影才姗姗而来。脸上已卸去浓妆，身上也换上了居家的毛衣长裤，这样一来，与梅紫寻便没那么像了。

而随着对方的到来，寂静的餐桌才算有了话题。司影询问商芸柔最近的工作

◆ 烧 不尽

情况、感情生活，商芸柔逐一作答，两人交谈流畅，看着相处融洽。

"北教授是教什么的？"司影可能怕我这个客人感到沉闷，忽然将话题转到了我的身上。

唉，其实可以当我不存在的。

"哲学。"我两口把酒喝完了，道。

"哲学啊。"司影惊喜道，"我很喜欢柏拉图的《理想国》，这是本充满智慧和哲理的书，有机会我们可以探讨一下。"

我笑了笑，问："如果真有理想国，你想去吗？"

"去啊。"司影毫不犹豫道，"我很好奇，哲学王是否真的能统治好一个国度。"

苏格拉底始终认为哲学家才能当好君王，否则人类将永无宁日。可事实是，哲学家往往过于理想化，又很天真，从政向来凄惨，没有什么好下场。

"不能，哲学家做不好政治家。"我不看好。

司影大笑："所以是理想国嘛。"

捧着酒瓶的用人又要给我倒酒，商牧枭一掌盖住杯口，让她换成水。

我没理，只作不知，但也没再碰那杯水。

撇去糟糕的开场不说，这顿饭其实不错，菜不错，酒不错，司影也不错。不过商牧枭应该觉得不怎么样，一餐饭下来，他那边气压越来越低，到最后简直要凝出实质的阴云。

喝完餐后清口茶，还不到八点。正常来说该再坐坐，但我这身份来吃饭已经很奇怪，再坐保不齐商芸柔心里要怎么骂我。

我正琢磨着怎么走，那头商牧枭却开始让用人准备客房。

"准备客房做什么？"商芸柔问。

"我喝了酒，不能开车，这么晚了，又不放心北教授一个人回去。"商牧枭看向我，眼里好似都是柔情，话里挑不出半点毛病，"就想让北教授今晚住在这儿，明天再走。"

不是，你才不是不放心我，你就是没气到你爸，心有不甘，想让我留下来明天继续表演"甩面"。

"北芥，好不好？"他过来拉住我的手，又是那副故作哀求的模样。

他知道我吃这招，知道我会惯着他，会难以拒绝，所以越发肆无忌惮，恃宠而骄。

我完全可以甩开他的手就此离开，或将"不好"两个字冷冷地甩在他脸上，看他如何作答，但我没有。

或许，酒精对我也不是那么不起作用。我注视着他，突然也变得疯狂起来。

"好。"我点头应允，想看看事情能发展到哪一步。

Chapter 07
再见了，北教授

商芸柔的表情变得很精彩，司影还是一贯镇定，只是唇角多了抹看穿一切的哂笑。

"那就住楼下吧，楼下方便。"司影端着茶杯道，"还好去年商先生骨折时装的那些东西都没拆，也算是命中注定吧。"

商芸柔深吸口气，显然是忍到了极致。

"那我也住下吧。"她说。

之后司影提议看电影，问有没有人一起，半天无人响应，对方耸耸肩，也就自己一个人去了地下室。

用人很快整理好客房，与商芸柔打过招呼后，商牧枭推着我穿过客厅，走了小段，进到一间宽大的套房。

如司影所说，松软整洁的大床旁，方便起身的扶手都还没拆，看来商禄去年伤的是腿。

"好了，你出去吧。"我直接下逐客令。

身后静了半晌，商牧枭没有出去，反倒从身后轻轻怀抱住我，道："北芥，你生气了吗？"

他每说一个字，我就感到一阵麻痒。

"你们家已经这么精彩，实在不用我添砖加瓦。"我偏了偏脸。

他一顿，收紧手臂，锲而不舍地再次靠上来："我的确想借由我们俩的事气气我爸，让他知道我不是他手中的玩偶，也会反抗，但这只是其一。最主要的，还是想带你见见我的家人，和你一起过除夕。没有事先告诉你，是知道你肯定不会同意。如果你为此生气，那我向你道歉。对不起，原谅我吧。"

他每次道歉都特别爽快，似乎也知道只要他放低身姿吐出"对不起"三个字，哪怕再盛怒的人对着他这张脸也不好继续生气。

而原谅来得太过轻易的结果，就是让他很难生出愧疚感。"道歉"只是他用来平息矛盾的一种简单便利的工具，他并不会真的觉得"对不起"。

他才二十岁，别人想要拥有的一切他都唾手可得，金钱、外貌、关注。来得太轻易，所以他全不在乎，包括我。

他只会珍惜那些他难以拥有的，得来不易的，比如亲情，比如商芸柔。

这一领悟让我从内而外地感到疲惫，头都痛起来。

恶枭始终是恶枭。我怎么会以为他乖了一阵后就会完全转性呢？他根本不可能被我驯服。

我暗暗叹息着，道："你先出去吧，过会儿你姐姐该来敲门了。"

我没有做好接受他道歉的准备，也不想和他在这里吵架，于是决定抱着鸵鸟心态，暂时将此事搁置，过了今晚再说。

"牧枭，房间还好吗？"商芸柔果然不放心我们，几乎是我话音刚落，她就

烧不尽

到了外头。不过还算克制，没有破门而入。

"看来是被'教导主任'盯上了。"他笑着在我腮上印上一吻，直起身道，"等她睡着了我再来找你。"

我回头看去，商牧枭几步走到门边，拉开门见着商芸柔，半开玩笑道："姐，你要监视我吗？"

"胡说什么呢！"商芸柔快速往我身上扫了一眼。

门被商牧枭轻轻带上，谈话声隔着门板逐渐远离。

确定两人都走了后，我控制着轮椅来到门前，将门上了锁。

床上摆放着干净的睡衣，看上去像是新的。我拿着进了浴室，一进门就被镇住了，里头的无障碍设施简直比我自己家的都要到位。

好好洗了个热水澡，再出浴室时，人都轻松了几分。

带着点微醺，我早早上了床。

半夜睡得迷迷糊糊，忽然感到有人来到了我身边。睁开眼，眼前仍是黑暗，只看得到床边有个模糊的人影。

我以为是商牧枭，没有出声，那个人影也更近地靠过来，身上带着陌生的香水味。

我蹙了蹙眉，意识一点点复苏，觉得有哪里不对。

就在我努力思索到底哪里不对的时候，黑暗中忽地传来一道低沉的，充满磁性的嗓音。

"今天怎么这么早睡？"

我猛然惊醒，整个人都僵住了。

什么哪里不对？完全不对，这根本不是商牧枭！

我慌忙出声："等……等等！"

那人动作一顿，没多会儿床头传来开关"啪"的一声，房间大亮。

我手肘撑在床铺上，微微昂起上半身，当看清对方的面容时，一下怔愣当场。

对方有着与商牧枭相似的面容，穿着一袭灰蓝色衬衫，外搭深灰色马甲，手上挽着同色的西服外套。眼角刻着细细的岁月痕迹，眉间纹明显，看起来成熟又威严。

是商禄。

活生生的，真实的商禄。

先前被商牧枭莫名其妙带回家，光顾着震惊和慌张，也没心情想别的，对于见商禄这件事便没什么真实感。现在商禄近在眼前，哪怕知道这位昔日偶像或许不会待见我，但出于一名影迷的条件反射，我还是不自觉屏住呼吸，心跳加速起来。

明星和普通人到底不一样，算算年纪他也是快五十岁的人了，看起来却至多四十岁，连一根白头发都没有，当真是"天生丽质"。

"你是？"商禄茫然地注视我。

"我……"双唇嗫嚅着，却讷讷不成言，完全不知道该怎么介绍自己。

人类拥有世界上最复杂的语言体系，同样的词汇，重新排列组合就能成为另一种意思，然而令人遗憾的是，说话的艺术并非人人都能掌握。对于突发事件，也不是所有人都能巧舌如簧，应对自如。

"北芥，外面……"

而就在我苦恼于怎样才能向商禄表明自己身份时，那头房门却忽然被人推开。

商牧枭笑意盎然地跨步进来，话说一半，猝然刹住脚步，僵立在门口。

如果真有宇宙意志，那它一定幼稚又顽劣，被它青睐的人，都要接受它令人窒息的特别关照，成为一切戏剧化的主人翁。

我们三人就这样在没有任何准备的情况下，仓促地打了个照面。

商牧枭脸上笑意一点点消散，表情肉眼可见地冷下来。

"你们在做什么？"

商禄回头看了看他，又再次看了看我。同时，视线毫无阻碍地扫到了摆放在床另一边的轮椅。

渐渐地，他眼里迷茫尽褪，仿佛只是两眼间，就已明了了什么。

"抱歉，我认错人了。"他直起腰，转身朝商牧枭走去。

两人越来越近，商牧枭整个人都绷紧了，唇角抿得平直，一副严阵以待的模样。

商禄没有多做停留，直接擦过他，用含着冰雪般的声音命令道："你，跟我出来。"

商牧枭朝我睇了一眼，很快收回目光，带上门与商禄一道去了外面。但不知是商禄对房子的隔音太过自信，还是有意要说给我听，两人并没有走远，就在门外你一言我一语争执起来。

"床上那个是谁？"商禄声音隐隐传进来，有些窒闷，但仍能听清。

"我姐他们没说吗？那是清湾大学的哲学老师，也是我现在的交往对象。"商牧枭的话语中，含着丝大仇得报的痛快。

商禄一静，似乎在消化这一信息。

"你把人带回来，是觉得我会生气吗？你想通过这种方法来反抗我对你的压迫？"商禄再次开口，语带讥讽，"商牧枭，不管你和谁交往，我都不会生气。你的人生是你自己的，和我没有任何关系。"

果然，电影角色归电影角色，千万不要和演员本身混为一谈。

"既然和你没有任何关系，那为什么你总是要干涉我的人生，逼我做我不喜

◆ 烧不尽

欢做的事？之前让我报考金融系，现在又要让我去拍电影。我的人生是我自己的？"商牧枭冷笑一声，"我自己都不知道！"

"因为那些不再只是你的人生，也是我的人生。当我们的人生轨迹发生重叠，你难道觉得我该优先考虑你的感受吗？你用的穿的哪一样不是我给的？就连这条命都是我赋予的，你到底在愤愤不平什么？"

"你赋予的？你不是经常说，我这条命是用我妈的命换的吗？"

商禄没有回答，不知是无言以对，还是懒得理睬，但我没来由觉得是后者。

短暂的静默后，商牧枭语气平静下来，只是透出浓浓疲惫："你们到底为什么要生我？"

商禄这次沉默得更久。

"我以为再生一个孩子她会快乐，没想到却让她更不快乐，这点上，我也很后悔。"他的声线低下来，显出与方才咄咄逼人截然不同的语气。仿佛只是提到梅紫寻，都足以让他变得温和。

"所以你恨我，你觉得是我杀了她。"

"不。"商禄顿了顿，道，"是我们一起杀了她。"

我猛地倒吸一口凉气，揪紧了手下的衣襟，只是旁听，都被这句话的杀伤力震慑到。

之前商牧枭曾说商禄虽然不是个好爸爸，但从来没有虐待过他。他说得不对，商禄的确没有在吃穿用度上亏待他，但他虐待他了。用言语，用冷漠的态度，化为一把把尖刃，刺向本该最无辜的孩子。

难以想象，商牧枭是怎样经年累月忍受这些"暴力"的。

外头彻底静下来，在商禄说了那样的话后，就是商牧枭也要缓上一缓。

良久，就在我以为随着争吵结束，两人都已经各自离去的时候，商牧枭缓缓推开门走了进来。

他的身体完好无损，他的脸上没有任何伤口，但任何人只要对上他的双眼，便会清楚地意识到——他受伤了，伤得很重，奄奄一息，鲜血淋漓。

他坐到床边，没有提争吵的事。

"北芥，外面下雪了。"

睡前我没有拉遮光帘，只是拉了层白纱，此时望出去一片黑洞洞的，看不到灯光也看不到雪。

"那明天应该很冷……"

"他碰了你哪里？"商牧枭抬手捧住我的脸颊。

突然转变的话题让我有些反应不过来。

"他说他认错人了……"

我有些不适，想要退开，他却固定住我的脸不允许我动。

"……我以为是你。"

Chapter 07
再见了，北教授

我向他澄清着这场误会，可他好似根本不需要我的澄清。

"对，我们长得很像。"他眼瞳漆黑，脸上没有一丝表情。

"商……"

"你喜欢他碰你吗？"

心头一刺，我终于确定他是在迁怒，在无理取闹。忍无可忍，我对着他的手指，一口咬了下去。

商牧枭眉心一蹙，下意识抽回手，看着指关节处深深的牙印，眉眼阴郁更重。

我冷声驱赶他："出去。"

他抬眼看过来，目光中翻涌的危险情绪叫人心惊胆战，仿佛下一刻就要扑杀上来，撕扯我的咽喉，啃咬我的血肉。

偌大的空间内，只余我俩轻浅的呼吸声，在这极静中，神经崩到顶点，发生任何事都不足为奇。

忽然，窗外响起一连串响亮的炮仗声，朦胧白纱后，黑暗的夜空中，一朵朵璀璨的烟花绽放开来。

爆竹声声，辞旧迎新。

零点了。

所有的情绪被这喧闹打断，如同午夜一到就要恢复原貌的灰姑娘，商牧枭瞥了眼窗外，眉间阴霾一点点消散，收回所有尖锐与狂躁。

"好好休息，明天我们就离开这里。"他倾了倾身，像是要吻我，被我先一步避开了。

他停下动作，没有强求，没多说什么，起身往外离去。

屋外的热闹还在继续，将夜空彻底点亮，我在床上坐了片刻，心中五味杂陈，其中苦味最甚，涌上喉头，顷刻便在我口中弥漫开来。

外头太吵，断断续续的鞭炮放到一点，手机一直振动个不停，接收着各方发来的新年祝福。

我简单编辑了一条，也加入群发行列。

大约两点左右，四周终于彻底安静下来。我再次入睡，做了许多梦，再醒来感觉整个人都很沉重，以为自己没怎么睡，一看手机，都要十点了。

洗漱好后，我换上自己衣服出了卧室。

商家这别墅着实有点大，昨晚我没怎么记路，这会儿找门找得晕头转向。路过一个路口时，忽然听到左边传来商芸柔的声音。

"我能和你一样吗？"

左边是间小小的会客厅，与走廊间隔着一套博古架，商芸柔正压低声音与商牧枭交谈，两人侧对着我的方向，我又被挡着，因此谁都没有注意到我的到来。

◆ 烧不尽

商牧枭坐在沙发上，一副吊儿郎当的语气："有什么不一样？"

"哪里都不一样！"商芸柔尽量克制，但仍然难掩激动。

我预感他们的话题脱不开我，没有急着出声，小心翼翼打算原路折回。

"那好啊。只要你和姓杨的分手，我就和北芥分手。"

我怔了怔，遽然抬头，透过博古架的空隙，商牧枭脸上漫不经心的笑意没有任何遮掩地展露在我眼前。

他或许喜欢我，但他并不珍惜这段感情。这一昨晚才理清的事实，再一次清晰地、毫无保留地摆在我面前。

突然，却没那么多的意外。

怕被商牧枭他们发现，使局面变得更难堪，我本想退回之前的客房，可慌不择路下却越走越偏，彻底在房子里迷失了方向。

胡乱转悠了许久，发现前方有扇半开的门，从门里流泻出恢宏的管风琴演奏声。

有音乐就说不准有人，有人……不管是谁，好歹能为我指个路。

我轻轻推开房门，并不进去，只是朝里张望。

"有人吗？"

室内光线充足，有着一整面墙的白色菱格窗，干净明亮的窗玻璃透出外面被白雪覆盖的天地，油画作品凌乱地堆满房间，靠墙摆着一套看起来便价值不菲的音响设备。

高大的油画板后，穿着工装背带裤的长发丽人听到动静探出头来，一见我，拿起遥控器按下暂停键。

"你怎么上这儿来了？"一夜过去，商禄回来了，司影又变作了梅紫寻的替身，哪儿哪儿都是梅紫寻的影子。

"抱歉，我好像迷路了。"

"进来吧，陪我说说话。"对方并不为我指路，说着又缩回画板后，"今天你这一走，我们不知道几时还能再见了。"

我踌躇片刻，最终还是进到画室。

墙上挂着两幅大型油画，一幅描绘秋天，一幅描绘冬天，风格和梅紫寻颇为相像，但颜色运用上稍逊一筹，显得有些灰暗。

"我其实不会画画，画得也不好，但商先生喜欢看我画画的样子，所以他在家的时候，我都会扮成这样下来画画。"司影笑道，"画啊画的就变成现在这个样子了。事实证明，再不擅长的事物，经年累月，十几年下来，也足以乱真了。"

我来到对方身边，看了眼画板。长方形画布中，白色的羊毛地毯上趴伏着一只憨态可掬的黄色小狗，正是蛋黄。

"你画得很好……"生动、传神，任谁看了都要忍俊不禁。

Chapter 07

再见了，北教授

"商先生不喜欢我画这些，他喜欢我画花花草草，画风，画雪，画一切高雅的、商夫人会画的东西。"说是这样说，还是一笔笔将蛋黄的形象勾勒得更饱满。

司影叫商禄"商先生"，叫梅紫寻"商夫人"，好像完全没把自己当这个家的主人，始终以一种较低的姿态仰视着他们。

"你一定很好奇我的身份。"可能我的目光流露出太多情绪，对方一眼便看穿我的想法，"我是个孤儿，很早就离开生活的城市出来闯荡了。"

"但是外面世界也并不美好。我到处流浪，打过黑工，住过天桥，还捡过垃圾。你能想象捡垃圾都要捡别人剩下的那种日子吗？"

这种时候，似乎说什么都不太合适。

我什么也没说，只是摇了摇头。

对方虽然脸上带笑，似乎已经遗忘过去的苦痛，但我还是能从寥寥数语的描述中感受到那种耿耿于怀。

我出生在一个普通的家庭，父母双全，亲戚和睦，不是大富大贵，但也绝不贫穷。二十岁之前，我只是这世界芸芸众生中最普通的那群人。对方口中所说的那些，是我从来不会去想，不会涉及，也不会遭遇的。

"有一天，我饿得实在受不了了，就想，把我抓起来吧，哪怕去坐牢，好歹有地方睡，有饱饭吃，比在外面强啊。"司影将两个颜色糅合在一起，端详画布片刻，斟酌着落下一笔，"然后我就砸了一辆车的车玻璃。那辆车一看就特别贵，砸完后叫个不停，很快就把司机引来了。"

"我没想逃，就站那里等着被他抓。司机也不知道要拿我怎么办，转头就去问老板。那个老板是谁，你应该能猜到吧？"

"商先生？"我猜测道。

司影点点头："那时候我特别瘦，又很久没剪头发，看起来就跟乞丐一样。"

"他没有报警，反而把我带回了家，给我东西吃，给我房间住，用一切在我过去看来遥不可及的东西腐蚀我的内心。三天后，他问我，要不要留下来？他可以继续让我过这样的生活，甚至，更好的生活，只需要我付出一点微不足道的代价。"

话说到这里，我已隐隐有了预感，这或许就是对方如今境况的原因。

"他给了我一件裙子，让我以后在他面前都以这个样子出现。我当时觉得他变态极了，但他说不会要我做别的，只是因为我长得很像他亡故的妻子，才会提这样的要求。如果我不想要这份工作，完全可以离开。"

司影歪着脑袋，往后退了点看刚完成的画，似乎颇为满意，将调色盘与油画笔丢到一边，伸着懒腰站了起来。

"但是你看看，我怎么还能离开？"对方重新按下遥控器，暂停的《g小调赋格》再次奏响。

在巴赫的音乐中，司影如一只轻灵的鸟儿般翩翩起舞。

烧不尽

"我一生都在追寻这样的生活,别说扮成另一个女人,就是扮成一只狗一头猪我都甘愿。"说着,对方脸上笑意更浓,却是发自内心,绝无勉强,"所以,就成了你现在看到的样子。你是第一个知道这些的'外人',我很高兴能把这些告诉你,我憋得太久了。"

"那你们的婚礼是……"只是替身,为什么要冒险办婚礼?而那部电影又是怎么回事?

司影停下舞步,有些惊讶我这样直击重点,但仍然为我解答:"他和我'结婚',只是因为当年欠他夫人一场婚礼,他想弥补。你知道的吧,他们十几岁就在一起了,商先生被爆隐婚那天,也是他退出娱乐圈的那天。"

我当然知道,那可是当年的大新闻,就算不熟悉娱乐圈,也肯定略有耳闻。

"他爱她,如痴如狂。那是他的月光,他的女神,他心口最艳的那捧血凝出的红玫瑰。我和他,算是各取所需。这个家每个人都不太正常,你习惯就好。"最后一句,像是告诫,又像宽慰。

这个家的确不正常,压抑得让人喘不过气,商芸柔或许是其中最正常的存在了。

可在"不正常"中催生出的"正常",真的就正常吗?

我揉了揉鼻梁,简直要被这一家人弄疯了。

"北芥,你在里面吗?"

就在我为这一切感到头疼不已时,门外响起商牧枭的声音。

我动作微僵,看向画室大门。

没有完全闭合的木门,只余一道小缝,商牧枭却并没有推门进来。

"他不喜欢这里,绝不会进来的。"司影指着角落里一张盖着毛毯、摆着各种颜料罐的法式贵妃榻道,"商夫人就是在那里自杀的。"

室内分明同方才一般温暖又明亮,我却一下子觉得好冷,肌肤上出了层细小的鸡皮疙瘩。

"我……我先走了,下次再聊。"我朝对方微微颔首,快速离开了画室。

商牧枭见我果真从里面出来,长眉紧拧着,一副不爽到了极点的模样。

"我找了你好久,你为什么不接电话?"

我看了眼手机,一夜过去,它在接收完海量的祝福短信后,方才终于耗尽最后一点电量,自动关了机。

"没电了。"我将手机举起来给他看,"我迷路了,不小心走到这儿的。"

他表情松动,但仍不大舒坦:"你离我爸的人远一点,我看到她就犯恶心。"

我垂下眼:"我们能走了吗?"

"你还没吃东西吧,要不吃完饭再走……"

"不,现在就送我回去。"我打断他,语气坚决。"或者你替我叫辆车,我自己走。"

Chapter 07

再见了，北教授

他闭上嘴，不再多言，转身径直往前走去。

我跟在他后面，走着走着，来到厨房。

我停下来，有些焦虑，以为他又要不顾我意愿强迫我留下吃饭。

现在状况比昨天更糟糕了，外面下着雪，我没有伞，没带钱，手机还没电，一个人根本走不了。

可我也不想就这样任他摆布，我受够他的目中无人，受够了他们一家。

我调转方向，找到个看起来像大门的方向就要过去。

"乱走什么？那里不是车库。"身后商牧枭发现我的意图，急急拉住我的轮椅，将从冰箱里拿的东西塞进我怀里。

我低头一看，是一包牛奶和一块用纸包着的三明治。

"不爱吃吗？"他看我发愣，以为不合我口味。

"没有。"我摇摇头，将吸管插进牛奶盒里，填补空落落的胃袋。

回程由于雪有点大，商牧枭开得很慢，吃完三明治，被车内暖风一吹，我突然犯起困，在颠簸中昏昏沉沉睡了一觉。

再醒来，车已经进了停车库。随着车辆停稳，我逐渐清醒。

"北芥，到了。"

脸上是熟悉的温度，我忍着蹭上去的冲动，避开了他的碰触。

商牧枭缓缓收回手，眼里很有几分受伤："你还在生我的气吗？"

生气吗？当然生气。但最主要的不是生气，而他可能永远也不会明白这一点。

"你觉得，我不应该生气？"

"可我已经道过歉了。"

他也无法明白，并非所有的道歉都会被接受。

我点点头，问："如果商芸柔让你跟我分手，你会照做吗？"

他一怔，被我问住了。

"为什么这么问？"

他没有第一时间给出答案，而是追问我的动机。潜意识里，他就在逃避做出选择。

因为他自己也清楚地知道，他给不了我满意的回答。

我轻叹口气，道："没什么，送我下车吧。"

我有些懊恼自己为什么要问这样显而易见的问题。

这个问题毫无意义，只会让我内心更为不甘。

商牧枭可能也有点心虚，之后都显得很乖巧，将我送到电梯口，还想再送上楼，被我拦住了。

"回去吧。"

我进到电梯，他站在外面，朝我再三确认："我们和好了对吗？"

◆ 烧 不尽

我张了张口，说不出话，只是冲他笑了笑。

他好像得到了肯定的答复，脸上露出明媚的笑来，灿烂得叫人移不开眼。

我的理性不是被本能杀死的，我的理性是被商牧枭杀死的。我不能再任由这种事发生了，再这样下去，我迟早……迟早是要万劫不复的。

北芥，你要做出决断，继续前进，还是到此为止？

继续前进，你要有庞大的耐性，一颗千锤百炼的心脏和无尽的爱意。但你可能得不到好的结果，就像复健，不是努力就会有收获。

到此为止，你的人生会回到原本的样子，平静，孤独，每一天都一丝不变。不会再有任何点亮你生活的事物，你要永远忍受灰暗的人生。

电梯缓缓合拢，我陷进迷茫中，不知该如何选择。这真的很难。

突然，商牧枭毫无预兆地大步跨进电梯，俯身捧住我的脸，给了我一个短促而匆忙的吻。

随即，他又迅速退出电梯，朝我挥手道别。

我怔然望着他，心里的天平再次朝一边完全倾斜。

本能高举旗帜，对于前方的艰难险阻跃跃欲试。它就像名穿着简陋草甲，又毫无自知之明的二缺勇者，没有头脑，没有身手，全凭一腔热血也敢战恶龙。

理性合该高于一切。

因为当理性不起作用时，人类就会变得愚昧痴妄，让自己吃尽苦头。

我明明知道，我知道的。可我同时也知道，无论怎样挣扎，我都没救了。

他或许不够成熟，不够珍惜这段感情，还自负霸道，坏毛病一堆……

但不管结局如何，只要有一线希望，只要他对我的喜欢不假，我还是……想要试一试，试着为我们俩搏一个未来。

回到家，手机重新充上电，又跳出来许多短信和邮件。

有些学生没我的手机号，逢年过节便会通过邮箱发送祝福。

我点开逐一回了过去，有的会附带一张卡片，有的则干脆上传一段拜年视频。当点到一封由陌生邮箱发来的邮件时，我没有多想，毕竟年年换邮箱的学生也不在少数。

邮件有个还挺大的视频文件，我下载下来，将其打开，视频内容却与我想的大相径庭。

光线昏暗，镜头一晃而过，从高处拉向低处。

商牧枭与周言毅出现在画面中，背后是巨大的投影布，不远处能看到三三两两拿着话筒聚在一起的年轻男女，看装修这应该是一家KTV。

"北芥对你有意思？"周言毅呷了口威士忌，满脸错愕，"你确定？"

"我看起来像说谎的人吗？"商牧枭转着杯子里的球冰道。

Chapter 07

再见了，北教授

"不是我不信你，但口说无凭，北芥怎么看都不像是会喜欢上你这种人的人啊。"

商牧枭一挑眉："我怎么了？"

周言毅上下打量他："你太不好惹了，哈哈哈。"

镜头跟着抖动起来，似乎是拍摄者也忍不住要发笑。

商牧枭翻了个白眼，放下手里的杯子，从兜里掏出包烟，从中抽取一支，弯腰去拿茶几上的打火机点燃。

"啪"的一声，红色的火苗扭动两下，很快又消失不见。

白色烟雾冉冉飘散开来，镜头在此时拉近，对着商牧枭轮廓分明的侧脸来了个大特写。

商牧枭深吸一口气，再缓缓吐出，这期间往这边睨了一眼，正对镜头，但很快移开视线，没和拍摄者说一句话。

"那我们打个赌吧？"他指尖夹着烟，回头去看周言毅。

镜头又一点点拉远，将周言毅再次囊括进来。

"赌什么？"周言毅放下唇边的酒杯，问。

商牧枭想了想，道："赌北芥到底喜不喜欢我。"

周言毅简直哭笑不得："怎么，你还真打算牺牲色相啊？行吧，你要是能追到北芥，我随便你说什么。"

商牧枭闻言肩胛微微抖动起来，像是觉得好笑。

"这还不容易？你看北芥那个样子，肯定很缺爱。只要给点温暖，给点阳光，不用做太多，对方就会乖乖到我手心里来了。"

他的脸没再对着镜头，无从得知他说这句话时的表情，但从声音来听，他颇为笃定，仿佛已经胜券在握。

周言毅边摇头边道："你可别把话说得太死。"

商牧枭不以为意："赌什么？"

"就赌……"

视频在这里突兀地结束，屏幕陷入一片黑暗。

我捧着手机，呆了两分钟，这才迟缓地将它放下。

原来，喜欢也是假的。

现在想想，当初他会突然接近我、追求我，本就处处透着古怪。

脑子里更乱了，我扶着额头，努力想将这件事理清。

一切的起点，在于那场误会。我想给他一次不挂科的机会，约他到办公室，没想到他误以为我对他觊觎已久，两个人不欢而散。之后互助小组再见，他的态度就开始转变。

是不是从那时起，他就已经在算计着怎样让我乖乖到他手心里去了？

◆ **烧** 不尽

缺爱……原来他是这样看我的。

那追到我之后,为什么还要继续和我在一起?他已经赢了,无论是对我还是周言毅,他大可以从那时起便褪去伪装,以胜利者的姿态嘲笑我的不自量力。为什么还不离开,为什么要让我陷得更深?

我努力回想,将我们在一起后发生的事都逐一想过,忽然记起答应交往后没多久的那场争吵。那场由杨海阳引起的,长达一周的冷战。

是了,我们本该在那里结束的。

无论怎样想,那都已经是结局了。可他突然改变了主意,带着礼物上门赔罪。如果他和我在一起不是因为喜欢,那么他找我和好,也不可能是因为对我不舍……

我以为他是太过年轻,年轻到不懂得好好处理自己的情绪,经营一份感情。但如果他从来没想过要经营呢?因为不喜欢,所以不珍惜。我的存在,只是他刺激家人的一种手段。或者更不堪一点,还可以用来报复杨海阳,报复我……

思索间电话忽地响起,我猛一回神,见来电人是董主任,按下心神,伸手接通了。

"喂……"

"喂?北芥,新年好啊。"董主任声音听着有几分中气不足,仿佛大病初愈,"是这样,我有件事要麻烦你……"

原来昨晚除夕夜,他们一家在外就餐,也不知哪道菜不新鲜,桌上十个亲戚八个拉肚子,他本人更是上吐下泻,被诊断为急性肠胃炎,新年第一天就要在医院挂水。

而不巧的是,初三那天他一大早便要赶赴外省,去参加一个哲学讲座。行程是一早就定下的,放主办方鸽子实在不地道,大过年的他们可能也找不到救场嘉宾。董主任思来想去,就想找我帮忙,替他去参加讲座。

"我问过主办方了,换人是可以的,换你他们更是高兴,毕竟你很少参加外省的讲座。现在就看你了,你要是没空,我再去问问别人。"

只是参加讲座而已,我孤家寡人一个,过不过年和平时也没什么区别,况且董主任这些年待我不薄,能帮忙总是要帮的。

"有空的。"我说,"你让主办方联系我吧,我可以去。"

董主任大喜,一个劲儿地谢我。

"对了,我听你声音有点不对,你是不是感冒了?严重就不要去了,我再找人……"

我摸了摸嗓子,道:"没有,可能刚从外边回来,喝着冷风了。我没事的。"

董主任不疑有他,正事说完,开始叮嘱我过年期间切勿大鱼大肉,要注意身体,不要跟他一样大过年上医院。唠叨是唠叨了点,但我知道他是关心我,耐心听完了,也让他好好养病。

Chapter 07 再见了，北教授

挂掉电话，屋内再无声音，恢复到落针可闻的寂静。

外头的雪还在下，那样大，又那样悄无声息。寒冷逐步占领每个角落，刺入人体，刮着骨头，仿佛连血液都要凝结。

来到窗前，我望向楼下。街上人烟稀少，车也不多，整个世界都好像慢了下来。

雪花成片地被风卷着，在空中飞舞，也跟慢镜头似的。

好美。

全白的世界，美得令人心悸。

拉开窗，将手探到室外。寒风中，雪花落在掌心，还没觉出凉意便已化为一摊凄苦的雪水。

我盯着自己的手心，盯了许久。直到五指渐渐麻木，融化的雪水顺着掌纹一点点滑落，向着地心引力，砸向地面。

收紧手指，想要握住些什么，却只是加速了雪的融化，使得自己能拥有的更少。

越是苦苦挣扎，越是一无所有。

指甲深深陷进掌心，生起刺痛，我攥住拳头，直到整只手都因太过用力微微颤抖起来。

我闭了闭眼，终究还是不得不认清现实，不再较劲，松开五指，任由最后一点雪的痕迹随风消散。

我说谎了。

我骗董主任说自己没事，可我怎么可能没事……

半小时前，我还在犹豫"继续前进"还是"就此打住"，我还在告诉自己，哪怕很难很难，但只要他对我的喜欢不假，我就愿意试一试。我真是……太可笑了。

商牧枭哄我做了一场美梦，让我觉得一切都在变好。现在我醒了，发现原来什么都没变。

他说得对，只要给我一点温暖，一点阳光，我就会屈服于他为我营造的名为"爱"的假象，乖乖朝他袒露心扉，轻易将自己的所有交付。

我愚蠢又天真，竟然真的以为会有人……会有人爱我这样的残废。

到头来，我的心动，我的沉沦，我所有的妥协，在他看来不过是场意料之内的胜利。

我一点点，忍着疼痛，扒开已经结痂的伤口，给他看自己的真心。我以为他会高兴，可他其实根本不需要，说不定还很嫌弃。他看我这样卖力，不知道背后要怎么笑话我这个傻子，笑话我如此轻易被他迷惑，又如此轻易交出真心。

可能的确有些着凉了，我头疼嗓子也疼，梦游一样，卷着被子，睡了醒醒了

✦ 烧不尽

睡，不吃东西也不觉得饿。

"北芥太单纯了，这样很容易被骗。"经慎本来在看书，突然抬头说了一句。

卢飞恒闻言笑道："也就被你骗，谁叫你说新垣结衣是你未婚妻的？"

我从笔记中抬起头，为自己申辩："我都说了，那是因为经慎给我看了一张照片，说里面的女孩是他老婆，我才会以为那真的是他认识的人……"

"我认识啊，我怎么不认识？"经慎大叫，"她就是我老婆！"

徐尉刚从外头洗手间洗完水果进来，见到的每个人都得了他一个脆枣。

"你认识个屁，就知道欺负小芥。"徐尉骂道，"小芥那是好骗吗？不是，小芥只是善良。傻孩子不知道，这个世界上有些人骗人是不需要理由的。"

"没关系，以后有我们呢。我跟你说我眼睛可毒了，有我们罩着，谁也别想骗我们小芥！"

经慎信誓旦旦说着，被卢飞恒一个枣核飞上去正中脑门。

"也就你老骗人，你还说，你还说！"

"卢飞恒你有没有素质你别丢了……"

我看着他们，心中充满怅然，说不清为何这样不舍。

再久一点吧，让我停留在这一刻再久一点……

可惜，哪怕是我自己的梦，也由不得我做主。

眼前一片氤氲，我眨了眨眼，从黑暗里醒来，抬手抹了把脸，触到一手冷泪。

骗子，都是骗子。

这世界上，骗子真的太多了。

才凌晨四点，但我已经睡不着。进浴室用冷水洗了脸，看向镜子时，有些被自己糟糕的样子吓到。

头发胡乱翘着，眼眶红肿，面色苍白，嘴唇干裂……最重要的是，眼里一点神采都没有，仿如一具行尸走肉。

电饭煲里煮上粥，我赶忙洗澡换衣，稍微打理了下自己，等洗漱完，粥也煮好了。

两碗热粥下肚，人像是活过来一点。

放在客厅里的手机已经充满电，有几通未接来电，还有不少未读短信。

翻了下，有同事的群发短信，也有商家的促销广告，还有……商牧枭的。

你为什么不接我电话？

你还在生我的气对吗？

到底要我怎么样你才能不生气？

可能气恼于我竟然这样不识抬举，这样难哄。最后一条信息是昨天夜里十一

Chapter 07

再见了，北教授

点发的，之后他便没有再发短信，也没再打电话。

我没有理他，将短信删除后，再看下一条，发现是商芸柔的信息。

她约我下午两点，在市中心的一家咖啡馆见面。

该来的还是来了。

咖啡馆人流不多，显得很冷清。我一推门进去，就见商芸柔坐在靠窗的位置，正面无表情看着路上来来往往的行人，不知在想什么。

她对面的椅子一早便被拿走，为我的轮椅空出地方，这点可以说十分贴心了。

"不好意思，久等了。"

我一出声，她迅速回神，朝我看过来。

"没有，我也没到多久。"她将饮料单递给我，"要喝什么？我请你。"

这时，服务员见有新客人也走了过来，我没有看饮料单，直接让他给我上了杯柠檬水。

"我很喜欢这家的多拿滋。撒上开心果的巧克力淋面，松软的面包，不甜不腻的内馅，海阳每次经过这附近都会给我买。"说话间，商芸柔将滑落颊边的一缕长发撩到耳后，"但什么东西吃多了都会腻，我深知这个道理。所以他给我买三个，我只会吃一口，买一盒，我只会吃一个，剩下的全都扔进垃圾桶。这样既成全了他的心意，又不会让自己少一样爱吃的东西，一举两得。"

分明还是同样的五官同样的妆容，可我总觉得今天的她和之前几次都不太一样。她不再堆起热情的笑意，不再散发平易近人的气质，甚至连一个善意的眼神都懒得给予。

没有杨海阳，没有商牧枭，没有盯着她的第三人，她完全释放了自己的本性。

先前除了容貌上的相似，我并不觉得她与商牧枭性格上有哪怕一丝一毫的共同点。但到这一刻我才发现，我错了，他们果然是亲姐弟——只要愿意，他们可以让任何人喜欢上他们，只要愿意，他们也可以伪装成任意讨喜的性格。

"你找我来，是为了谈商牧枭的事吧？"我懒得和她兜圈子，直接开门见山说正事。

商芸柔看了我半晌，搅拌着面前的吸管，道："我不想你伤得太深，北芥，你是海阳的朋友，我不会害你。"

先礼后兵，我预感她接下来没好话，但还是忍不住问道："你想怎样？"

"牧枭和你交往，不过是为了用另一种方式引起我们的注意。我也算养他长大，他是什么性子我最清楚，他不可能和你长久的。你现在是美味的多拿滋，甜蜜新鲜，可等时间一久，你就会变成令人作呕的垃圾食品，归宿唯有毁灭一途。"她直视着我，一字一句，语重心长道，"别让爱情死在最不堪的时候，北芥。"

撇去她糟糕的比喻，她说得不无道理，但可惜……晚了，已经死了。死得何止不堪，简直惨绝人寰。

经过一晚的情绪沉淀，我已能平静、理性地看待我和商牧枭的这段感情。不得不说，商芸柔果真是最了解她弟弟的，我很认同她对商牧枭的分析。

而认同她的同时，我也有些感慨："人类说到底都是自私的生物，以满足自身欲望为先。你不让他干涉你的感情生活，却必须掌控他的人生，是吗？"

听出我话里明显的嘲讽意味，商芸柔却并不生气。

"你会认为我双标也是理所当然的事，但我只是尽量想让大家看起来正常点罢了。你知道要维持这个家的'正常'是多难的一件事吗？"不等我回答，她便自己给出了答案，"你不知道，商牧枭也不知道，没有人知道。"

她往后一靠，双手环胸，面无表情的时候与商牧枭格外像。

"为了过上正常的生活，我可以不惜一切。"她特意咬重"正常"两字的音节。

怔然片刻，心里重复了两遍她的话，我才算理清其中意思。

因为想要一个看起来正常的家，所以不能容忍任何的不正常吗？

商家果然如司影所说，个个都有问题。就连看着最正常的商芸柔，都为了追求所谓的"正常"而偏执至此。

我犹疑着问出口："和海阳在一起，也是为了寻求'正常'吗？"

其实我更想问，她对杨海阳的爱是否有先决条件？

"正常"虽然相比财富、美貌容易达成得多，但不能因为它的普遍而否定它发生变化的可能性。如果有一天杨海阳变得不再"正常"，她还会和他在一起吗？

又或者，她到底爱他吗？

杨海阳是我多年好友，我不希望他遭遇这样的事，好不容易重拾爱情，又被人伤害。

商芸柔显然知道我要问什么，勾唇笑道："有的人恋爱是为寻求刺激，有的人是为传宗接代，我难道就不能为了'正常'吗？只是一眼，我就确定杨海阳是我要找的人。他会是个好丈夫、好父亲，这些对我尤为重要。而对于旁人来说，这些都和他们无关。"

最后一句话已经很不含蓄，明摆着要我少管闲事。

"我改变不了我父亲的选择，但他好歹在外人看来是个正常人。可你不行，你的存在永远会让我们家显得'异样'。"她大方承认道，"所以你说得对。为了你好，或者为了他好，这些都是我冠冕堂皇的借口，真相不过是……我想让自己好受。"

复杂的原生家庭，看来并不止在商牧枭一个人身上留下印记。

商芸柔如此执着于"正常"，也可以说是一种她自己对既有认知的幸福的追求。

母亲抑郁，父亲冷漠，弟弟年幼需要照顾，她那时也就是个孩子，思想很容易发生扭曲。一个正常的家庭若是在孩童看来难以企及，长大后格外想要拥有，也无可厚非。

我欣赏她的坦诚，也能明白她性格的成因，但老实说，很难理解。

Chapter 07
再见了，北教授

"如果我今天拒绝你的要求，你打算如何？"

她微微抬起下巴，垂着眼皮，用着最轻柔的语调，说着最狠的话："我有能力让你一无所有，北芥，不要逼我行使这种能力。只要一个电话，我就能切断商牧枭所有经济来源，也可以轻松斩断你引以为傲的事业。没有钱的小少爷和一个失去工作、不良于行的副教授，你觉得能有未来吗？"

兵不血刃，她深谙人性所有的弱点，也知道如何才能精准打击。

我不再说话，表面在犹豫，心里却在想商芸柔这样厉害，杨海阳爱上她，不知是幸还是不幸。

她见我久久不答，警告意味更重地补了一句："我爱海阳，别让我为难。"

唉，罢了罢了，我自己都一塌糊涂，还管什么别人的感情生活？

左右都是杨海阳的劫，得由他自己去渡。就像商牧枭是我的劫，我也只能自己了结。

我点点头道："我知道了。"

她微挑纤眉，似乎不太确定我这句话到底是不是她想的意思。

我说得更明白些："我会和他分手。"

她放下双臂，身体前倾，有些不敢置信。

"你……这么……"她顿住，没有说下去，但我想她大概在惊讶我竟然这样轻易就放弃了，惊讶到一半，又觉得以她的身份说这话不太对。

我莞尔："怎么？你还准备了大额支票吗？"

商芸柔立时语塞，看着我的目光复杂。

"综合考量，这段感情各方面都已经不再适合继续。我会和他分手，不会让你难做。"

她找我也就为了这件事，既然解决了，我俩也没什么好聊。

"明天一早我要赶飞机，行李还没收拾，如果没事的话，我先走了。"不等她回答，我控制着轮椅调转方向离去。

说是回家收拾行李，但其实也就去两天，没什么好收拾的。

既然分手，商牧枭从前留在我这里的衣服、配饰，还有他送我的奖杯、望远镜都得让他拿回去。

大门密码我没改，给他发了信息，告诉他我深感彼此差异巨大，思前想后，还是决定结束这段关系。正好我要去外地出差，不在的两天，希望他能来将东西拿走。顺便，把狗还回来。

商牧枭一直没有回消息，不知是没看到还是气得不知道该怎么回我了。

第二天，手机仍是毫无动静，到我上飞机前都没有商牧枭的任何信息。

我不确定他这是什么情况，犹豫着要不要打个电话，手指悬在他的名字上方，又最终挪开。

✦ 烧不尽

算了，随他吧。

飞机行程三个小时，我小睡片刻，还看了一部纪录片。等飞机落地停止滑行后，我重新打开手机，连屏幕解锁都来不及，商牧枭的电话就进来了，巧得简直像是在我附近装了监控。

只是短信分手到底不够正式，好歹也相处了几个月，亲口说一句"再见"，也算有始有终。

我盯着来电看了许久，最后接通了。

一句话还没说，对面便先发制人。

"你在哪里？为什么现在才接电话？"他含着怒意，恶狠狠地质问。

我的位置就在舱门边，是第一个下飞机的。谢过空乘为我拿下头顶上方的行李，我一边与商牧枭说着电话，一边通过廊桥去往航站楼。

"我说了，我这两天出差，你没看到我给你发的短信吗？"

对面一静，咬着牙问："你什么意思？就因为我把你带回家你就要和我分手吗？"

看来不是没看到，只是有意地忽略了。

这座机场我也是头一次来，不大能辨明方向，跟着人群走了一段，见大家都坐自动扶梯下去了，便四处寻找无障碍电梯。就这一晃神的工夫，商牧枭那头语气越来越急，也越来越阴沉。

"北芥，是不是我姐和你说了什么？你现在在哪里？我当面和你说……"

"和周言毅打赌好玩吗？"

好像忽然被突兀地按下暂停键，他霎时不再言语，要不是还能隐约听到话筒里传出的呼吸声，我都要以为是手机没电了。

"'只要给点温暖，给点阳光，不用做太多，对方就会乖乖到我手心里来了'，记得这话吗？"我找到了无障碍电梯，排在了队列末尾，没多会儿后面也来了人。

人太多了，我不太方便说话，只能放轻声音道："你已经赢了，不需要再假装喜欢我，放过我吧。"

"你怎么会……"他彻底蒙了，完全没想到我会知道这件事。

"这两天把东西拿走，我们也算好聚好散了。"电梯来了，我不再与他多说，也自觉没什么好说，匆匆挂断了电话。

"北芥？北芥……"

手机从耳边放下时，还能隐隐听到他一声比一声更急切的嘶喊。

"罗素的伦理学将道德与人类欲望相关联，他认为本能之上还有'精神'，精神让我们不再自私，让我们可以共情他人。因此价值判断是超越个人的，整个人类欲望的表达，也就是'希望'的表达。我们视某种事物是'恶'的，实际上是'正

Chapter 07

再见了，北教授

常的希望'没有人会遭遇这种事物。伦理学至今存在很大争论，而他的伦理学全篇都不太能站得住脚。他希望有一个充满感情但又不会因感情而变得凶暴失控的世界，大家一起探讨美与智慧，这本身就是一种绝对理想主义……"

演讲结束，台下掌声渐起，我在工作人员的指引下去往后台休息室。

"老师，您是要在这里休息一下还是现在就去机场？"

我预订的是下午6点的航班回清湾，现在已经1点，早点去是等，在这里也是等，还不如早点到机场安安心心等。

"送我去机场吧。"

工作人员点头应了声，忙替我协调车辆去了。

两天转眼即过，活动圆满结束，我也该回到清湾，回到自己的家。但老实说，我倒是希望讲座一直进行下去，开个一周、半个月、一个月……也好让我有借口不用回去。

主办方特意为我叫了无障碍出租车，上下都很方便，也不用怎么麻烦别人。

一个小时后，我到了机场，将轮椅做了托运，换坐机上专用轮椅，之后便拿着机票过了安检，去到登机口附近等待。

离登机还有两个小时，我从包里拿出一本《小逻辑》，不知是第几次从头看起。

对于书籍，人们不该因为读过它而漠视它，对于文字，更不该因为认识它而轻视它。

每一本书都是温故而知新，你总能从中获取一些力量。这世上并不存在无用的阅读。

投身在浩瀚的哲学理论中，精神过于集中，乃至身旁有人叫我名字都没有反应。直到对方用手轻轻推了推我，我这才回过神，惊诧地看向对方。

"贺……医生？"

"好巧啊。"贺微舟脚边停放一只小尺寸的行李箱，手里还拿着张与我一样的机票，不用想，他应该也是这架飞机的乘客。

世上竟有这样巧的事……

"你好。"我冲他礼貌性地颔首，"真的好巧。"

虽然说不上熟，但也好歹认识，又坐同一班飞机，对方理所当然在我身旁座位坐下。

"我是回家过年，你呢？是来玩的吗？"贺微舟问。

"不是，来参加讲座的。"翻过一页书，我一心二用地与他说着话，"这才初四，你就走了吗？"

"在家待够了，小动物也不会因为过年就不生病了，早点回去，早点开工。对了，小狗还好吗？有时间的话还是带它到我那边再进行个复诊吧。"

指尖微顿，我有些心虚，清了清嗓子道："它现在被我朋友养着，挺好的，就

◆ 烧不尽

是……不喜欢走路，不知道是不是还有什么心理阴影。"

不知道商牧枭有没有把狗还回来，早知道那天在他家就直接把狗抱走了。他要是不肯还，余喜喜那边我实在不好交代，她期待了两个月，一应器具都买齐了……

"还不喜欢走路吗？"贺微舟愕然道，"那你让你朋友有空带它来看看吧。"

"……好。"我除了点头也只能点头。

话题暂告一段落，我将注意力重新放回书本上。

过了会儿，贺微舟忽然开口："是上次那位朋友吗？"

我再次从书本里抬起头，惊讶于他会问得这样直接，这样唐突。作为一名成熟的社会人士，我以为不问私事已经是种无须重申的共识。

"是，是他。"

我想我表情里的"不适"有点明显，他感觉到了。

"抱歉，我是不是问了不该问的？"贺微舟连忙解释，"一涉及小动物我就会变得特别没有情商，你不要生气。就……你的那位朋友看起来脾气有点大，我不确定他是不是有足够的耐心对待一只车祸犬。狗和人一样，也需要不断的关爱和鼓励的。"

虽然的确有点被冒犯到，但也不至于生气，而且……他说的也是事实。

"只是暂时让他养着，很快小狗会送到它真正的领养人身边的。"我说。

贺微舟松了口气的样子："那就好。"

我和贺微舟都是商务座，得以优先登机，结果他就坐在我边上，让我有些傻眼，而他也再次发出了"好巧"的惊呼。

这位贺医生瞧着知性疏淡，但其实很会聊天，什么也都能聊。天文地理，音乐宗教，就没有他接不上话的，一路倒也相谈甚欢。他甚至还是一位黑胶唱片的发烧迷，知道我有富尼埃演奏的巴赫无伴奏大提琴组曲的黑胶盘，激动地让我一定要借给他听一听，他可以将自己的藏品拍下来，任我交换。

下飞机后，他问我有没有车接，说他把车停在了机场车库，要是我没车接，可以坐他的车，也正好顺路。

我第一反应是拒绝，这个点，我怕他和上次一样，与商牧枭撞个正着。但话还没出口，又及时咽下了。

为什么我要怕他们撞不撞上？这思路不对。

我已经与商牧枭没有瓜葛，难不成和谁做朋友还要经过他同意？

想明白了，为了佐证自己并不在乎，我大方邀请贺微舟上我家去，取那一盘他心心念念的富尼埃。

我这话着实说到他心坎里了，他闻言大喜，脸颊都激动得微微泛红。

"不会打扰到你吗？"

"不会。"

贺微舟的车就是普通的两厢小轿车，比商牧枭那辆悍马低得多，靠自己我也能上。

贺微舟对轮椅的收纳十分熟练，我这头刚上车，他后头已经将轮椅折叠起来，搬进了后备厢。

车辆平稳驶出停车库，清湾的雪仍没有停，灯光一打，可以清晰看到天上飞旋的暴雪。

贺微舟的车里播放着他自己的 CD 盘，是贝多芬的交响曲，听起来很是气派激昂。

"你要是累了可以睡一会儿，到了我叫你。"他将音乐调轻了一点。

我的确有些累了，也没和他客气，抱着胳膊，歪在座椅上小憩起来。

当中睡了大概几分钟，又很快醒了，之后就只是闭着眼，没有睡实。

车子遇到红灯停了下来，我感到身边的贺微舟在看着我，那是一种古怪的打量——他在观察我的腿。

醒着时这种打量太过失礼，只能睡着后打量，这种人很多，没什么大不了的。

我装着睡，没有理会，直到车辆再次移动起来。

到我家楼下时，已经快十一点。我让贺微舟和我一道上楼，从唱片柜里找出那张富尼埃给他。夜太深，也不再留他。

商牧枭的东西一如我离去时的摆放，他似乎根本没有来过。

也算是……意料之内吧。或许对他来说，这些不过一堆垃圾，除了能更好地助他攻陷我，没有别的任何价值。

贺微舟抱着唱片一脸满足地往外走，到门口时，突然回头问："我可以约你吗？"

我一愣，不确定他的意图。

"一起听音乐会那种，我很少约得到同好。"他接着道。

原来是这种"约"，还以为被商牧枭说中，他真的对我有意思。

我点点头，没把话说得太死："如果我有空的话。"

贺微舟也没有太在意，挥手与我道别，坐电梯下了楼。

转身回房，只是两分钟，门外又传来敲门声。我以为是贺微舟忘了东西，口里嚷着"来了"，过去开门。

门一打开，出现在眼前的却是商牧枭。

他头上、肩上都沾着雪。穿着一件黑色的羽绒服，双手都插在衣兜里，敞开的衣襟内，露出柔软的白色高领毛衣。

只是看到他，我的心就开始抽痛起来。我条件反射地想关门，被他眼疾手快抠住门缝一把掰开。

门板撞到墙壁，发出巨响，商牧枭面无表情地走了进来。

"你把我拉黑了。"

◆ **烧** 不尽

我忐忑地退后一些,拉开与他的距离:"你不是说,分手了就要分得干脆,绝不拖泥带水吗?"

他看到门边的纸箱,弯腰掀开盖子,从里面拿出自己的水晶奖杯。

"所以你是铁了心要和我分手是吗?"他掂着奖杯问。

我暗自深吸一口气,道:"是。"

他嗤笑一声,好像已经识破我的把戏:"我看到那个宠物医生了。什么出差,都是骗我的,你这两天其实和他在一起吧?"

喉头滚动两下,将解释憋回去。

误解又如何?在乎才会憎恶被误解,我不在乎了,我不需要向他解释。

"那又如何?我们已经分手了。"

他紧紧握住奖杯,身上的雪已融化,顺着发丝落到他脸上,在眼角留下蜿蜒的痕迹。

他怔了片刻,死死盯着我,梦呓一般轻喃:"所以你真的和他在一起……"

我牢牢抿住唇,不再说话。

"好,很好。"他看向阳台,道,"东西你不要就扔了吧,反正我也不需要。至于这个……"他猛地扬手,将水晶奖杯狠狠砸向地面。

奖杯霎时四分五裂,碎得到处都是。

"……麻烦你帮我丢垃圾桶。"

我盯着溅到脚边的碎片,好像心脏也跟着支离破碎了。

"还有这个……"商牧枭拿出一直放在口袋里的右手,我这才发现他从指关节到掌心都缠裹着厚厚的绷带。

尚来不及惊讶他手上的伤,便见他好似没有痛觉一般,粗暴地扯下耳垂上的星星耳钉,用力掷到地上。

"还给你,你拿去送别人吧。"

可能是被耳钉划伤了,他耳垂没多会儿渗出血来,滴到了羽绒服上。他用缠裹绷带的手背碰了碰伤口,放到眼前看了眼,眉间升起烦躁。

雪白的绷带染上鲜红,我张了张口,心里一再让自己要漠视,要若无其事,忍到身体都在微微颤抖。

商牧枭把着门把手,回身看我,眼神和声音都冷到了骨子里,一副对这段感情深恶痛绝,至此再不会提的模样。

"的确,分手就要果断,没什么了不起的,反正也不见得有几分真心。"他深深看了我一眼后,毅然离去,"再见了,北教授。"

四野阒然,确定他不会再回来,我缓缓吐出淤积在胸腔里的室塞,整个人由紧绷的状态松懈下来。

我一直知道他是只彻头彻尾的"恶枭",套用罗素的伦理学,这或许是我不希望和他有过多交集的一种潜意识的自我警戒。但没有用,这种认知并不能阻止我越陷越深，对于有些事，人类总是明知不可为而为之。也再次验证了，罗素的伦理学确实没有什么说服力。

　　捡起地上散落的奖杯碎片，将它们统统归进之前的盒子里。捡到沙发旁，发现了那枚小小的耳钉，我摩挲着它的表面，最终也同碎片一道，丢进了盒子。

　　到最后，我没能成为商牧枭的宝石，他也做不了我的星星。

　　从一开始这段感情就是错误的，现在，也算终于回到了正轨。

第八章

借条

初六那天一早,我接到一个陌生来电。一开始以为是推销电话,我任它响了许久。后来见它一直锲而不舍响个不停,怕是什么重要来电,这才接起来。

对方一开口便自报家门,自称卢飞恒的姐姐,卢玥。

一听对方是卢飞恒的姐姐,我有些害怕是卢飞恒的父母出了事。这些年我和卢飞恒、经慎、徐尉他们的家人虽然联系不多,但每到逢年过节都会互发问候短信,他们有时也会问起我的现状。

这十二年,我只给卢飞恒他们三个扫过一次墓,在五年前。但经慎那个墓园路太窄,我进不去,只在门口给他献了束花。

卢飞恒的父母十分和蔼善良,谈起儿子总是满面骄傲,见到我会可惜地叹气,会告诉我活着就好。他们从不在我面前谈论那场车祸,但我知道卢飞恒的死对他们打击很大,五年前我见他们的时候,他们六十岁不到,却已是白发苍苍,说是七十岁都不为过。

"北芥,我爸妈不让告诉你,可我……可我已经没有办法了。"卢玥语带哽咽,将事情原委和盘托出。

自我五年前见过卢爸爸,这几年他的身体便一日不如一日,肺部被多种疾病困扰,这两年更是到了只能靠吸氧维持生命的地步。

卢家本就清贫,卢父卢母早几年为了看病卖了房已经搬去与女儿同住,可他们那边房产便宜,没卖出多少钱,很快看病就都把钱花光了。如今卢父的病已不能再拖,只有换肺一途,他们向亲戚朋友借了一些,远远不够,卢玥无意中听父母提起我,便想到问我借。

"能借的都借了,我知道你和我们没有什么关系,我不该跟你开口,但我……真的走投无路了。一万也好,两万也好……飞恒不在了,我不能让父母再有事,我一定要救我爸……多少钱我都要救!"

前几天我还给卢妈妈发去新年问候,她一点没提卢爸爸病重的事,我还以为

Chapter 08
借条

他们过得很好。

"你们还差多少钱?"我问。

卢玥平复了下情绪,道:"大概还差三十万。"

三十万,说多不多,说少不少。我手头能拿出的存款大概有十万,还有二十万……我不由看向客厅里那台矗立着的,售价三十万的星特朗望远镜。

"还有三十万我来想办法。"

除了没包装,这望远镜基本跟全新的一样,折价十万,应该还是有很多人愿意买的。

卢玥一怔,说话都颤抖起来:"我,我不会白要你的,这钱我一定会还你,我活着就我还,我死了我儿子还……谢谢,真的谢谢你,北芥。你不知道这些天我为了筹钱求了多少人,跪了多少家……"说到最后,她泣不成声。

我连忙道:"还钱的事以后再说,现在看好病最重要。如果卢飞恒活着,我家急用钱,他一定也会极尽所能地帮我的。"

卢玥谢了我许久,挂断电话后,很快将卢爸爸的病例和各种检查报告发到我的手机。

肺间质纤维化、重度肺动脉高压、呼吸衰竭、心脏病、糖尿病……一连串的病名,看得人触目惊心。

如果不是到了极难处,卢玥是断不会找我的。既然会找我,就必定如她自己所说,已经到了走投无路的地步。

来到那架星特朗旁,仔细抚过它身上的各处部件,纵然心中充满留恋,但我知道,就如商牧枭一般,它也已成为我生命中不得不割舍的存在。

"最后,还是留不住你啊。"俯下身,我在目镜处轻轻一吻,叹了口气。

初六本就与沈洛羽说好,要去她家吃饭。我以为她只叫了我,一去才发现,她还叫了我父母他们。

阔别数月,虽然当时也不算闹得很难看,但因着谁也没给谁台阶下,再见多少有些尴尬。本就生疏,这会儿更是连个眼神接触都避免,彼此活像陌生人。

姑姑同我母亲在厨房忙活,父亲与沈洛羽便在餐厅坐下,各倒一杯茶,聊起工作和人生。我则与北岩待在客厅,他看动画片,我陪他看动画片。看到动画片里出现一只小狗,忽然转头问我:"小狗还好吗?能走路了吗?"

蛋黄也算是有福的小狗了,大过年的,这都是第二个这么关心它的人类了。

"挺好……"说它好吧,它到现在还不愿意下地走路,说它不好,它在商家又过得似乎挺滋润。

"那我能去见见它吗?"北岩眨巴着纯真的小圆眼,让我实在很难拒绝。

"……等我问过它的主人,看什么时候有空带它来见见你。"

商牧枭那条路是堵死了,不知道去找商芸柔,能不能让她把狗抱出来。

✦ 烧不尽

北岩双眸都亮了，小声欢呼起来。他本是盘腿坐在地上的，这会儿将薯片放到一边，拍拍手，双手握拳，轻轻沿着小腿往上，给我敲起腿。

"你做什么？"我好笑地看着他。

"给你按摩呀。"北岩道，"多按摩，你的腿就会好起来。我练了好久的，你都不回来，我也没办法施展。但我一直给我同学们按，他们都说舒服的。"

你就算给我按，我也感觉不到啊。

"谁告诉你的？"我笑着问他。

"妈妈呀。"北岩仰起脸，红苹果一样的脸蛋上洋溢着讨人喜欢的笑容。

我心中一动，继续问他："妈妈说，我的腿多按摩就会好起来？"

北岩先是点点头，过了会儿又摇了摇头，道："她没说你的腿多按摩会好起来，是我这么觉得的。她只说你不会结婚了，也不会有孩子，所以我必须知道怎么照顾你，等他们都不在的时候，你就会是我的责任。我要多给你按摩，带你去晒太阳，每天帮你擦身……"

他说到这里，我一把按住他的胳膊，让他不得不停下动作。

他狐疑地看着我："你怎么了？"

他还太小，他根本不知道自己说了什么、被灌输了什么，也根本无从拒绝这天降的巨大责任。

我敛起表情，语气严肃道："我不是你的责任。"

他好像吓到了，收回手，看我的表情怯怯的。

我也不知道该怎么跟他解释这一切，只能尽量和缓了态度道："我自己能照顾好自己，你只需要为自己而活，知道吗？"

他似懂非懂，但在我的逼视下，最终还是点了点头。

饭后，气氛还算热络，沈洛羽带着北岩，与我父亲一道下楼去放烟花。

"真好看啊。"姑姑拿出手机，对着夜空中的烟花拍个没完。

这个雪夜，也算是多年来我们家难得的阖家欢乐了。

看到一半，姑姑去洗水果，窗边一时只剩下我和母亲。

望着楼下北岩欢快的身影，我斟酌着，还是开了口："我不需要北岩照顾，现在我能照顾自己，以后我也能照顾自己，你们不用替我操这个心。他是你们的孩子，不是你们的工具，不要灌输给他不必要的思想。"

身旁久久没有声音，就在我以为对方可能没有听清我的话时，她长长叹了口气。

"我知道你要强，但等你老了，不靠他还能靠谁？我做事不漂亮，也没你姑姑会说话，但我绝对做到了一个母亲该做的。我抚养你长大，培养你成才，就算你觉得这一切都是我虚荣、我自私，但难道你就没有因此受益吗？我都不明白你在怪我们什么。"

我转头看一眼厨房，很怕和她在这里吵起来。同时心里也很疲倦，她根本没

Chapter 08 借条

懂我的意思。

我们鸡同鸭讲，永远都说不到一起。

"我没有怪你们的意思。"放到之前，我可能还会好好与他们辩上一辩，但现在我太累了，所有的事都堆积起来，让我疲惫不堪，"我很感谢你们抚养我长大，培养我成才，但你们会这样做，是因为你们是我的父母，你们对我有责任。可北岩没有，北岩不需要为我负责，替我付出。"

母亲素雅的脸上毫无表情，她冷着脸，环抱着胳膊道："这一切由不得你，也由不得他。算他倒霉吧，谁让他投到我们家。"

霎时我一口气都憋在胸腔内，咽不下吐不出，哽得慌。

她和我扯大道理，说明还有道理可讲。现在她将一切归咎于天命，我还能说什么？这简直就是强词夺理了。

"那我就不做这个家的人了，和我断绝关系吧。"我一刻都待不下去，脑袋跟炸开了一样，疼得厉害。

我快速往门外驶去，姑姑恰巧从厨房端着水果出来，见我要走，一脸惊讶。

"怎么这么快就要走？"

"临时有些事……"我推开门，冲她勉强笑了笑道，"下次再来看你们。"

姑姑往窗边瞟了眼，小声道："又和你妈吵架了？"

我但笑不语，与她挥手告别。

我直接下了地下停车库，与沈洛羽他们都没有照面，更勿论道别了。

等我到家后，沈洛羽才打来电话，询问我怎么回事。

我大概与她说了下，她一个劲儿地抽气，吃不准要怎么站队。

"舅妈的意思我理解，你的想法我也明白。你怎么不和她说你有对象的事？你说了她兴许就放心了。"

我静了片刻，道："我们分手了。"

沈洛羽"啊"了一声，怎么也没想到我说交往就交往，这会儿又说分手就分手了。

"没、没事儿……"她底气不是很足，"下一个更好！"

我揉着额角，很想放声大叫，叫到声嘶力竭，发泄出心中所有愤恨哀愁。

可偏偏铺天盖地的倦意涌来，让我就连张嘴说话都已是极限。

"嗯，下一个会更好。"

我附和着她，但其实心里明白，不会再有下一个了。

永远不会。

初八，我开始了新年来的第一场复健，仍是不见起色。

手一滑，我不小心从复健器材上摔倒，趴在地上急促地喘气，满头大汗，手指到胳膊上的肌肉都在颤抖。

烧不尽

理疗师立即过来扶我起来："今天先到这里吧。"

我点点头，接过他递给我的水，大口大口喝起来。

"对了。"理疗师道，"记得上次我跟你提过的那个外骨骼设备吗？他们公司昨天打电话来，说正好有一套二手的设备，参展用的，可以给你打很大的折扣，你要不要考虑买下来？"

"多少钱？"参展用的，就算给个对折少说也要五十万，对于现在的我来说，根本凑不齐这么多钱，所以问的时候我也没抱多大期望。

"十万。"

我握着矿泉水瓶，茫然看向理疗师，又问了一遍："多少钱？"

他完全理解我的错愕，绘声绘色模仿电视购物里的主持人，夸张道："十万，总价只要十万。你买不了吃亏，买不了上当。只要十万，你就可以拥有目前市场上最高端的外骨骼设备。续航12小时，比那些续航4小时、8小时的厉害不是一点两点，完全满足日常所需，最主要它很轻便。心动吗？赶快拨打下方购物热线……"

百万级的设备，最后十万卖出。这是折扣吗？这根本就是贱卖吧。

然而一文钱难死英雄，如今莫说十万，一万我都是拿不出的。

十万存款已经先给卢玥打了过去，毕竟她那边急用，星特朗仍未找到下家，剩下二十万还没着落，卡里就剩五千，下个月还有房贷，过日子都紧巴巴，我哪里有闲钱买别的东西……

钱的确并非万能，但你又不得不承认，它是这个社会运作的根本，是每个人生存的必需。有钱不一定长命百岁，没钱却一定寸步难行。

虽说机遇总是突如其来，可这也太突然了，好歹给我点时间缓冲一下，存个钱呢。

"谢谢，但我……算了，让给别人吧。"

脑海里一瞬间闪过许多想法，包括问姑姑借钱，问杨海阳借钱，甚至问家里借，又都一个个被我否定了。

当初我想买房子，父母并不支持，认为我无力负担。多亏姑姑借了我一部分首付，这才买了现在的这套房。直到去年这笔钱才全部还清。

我不想旧账结束便添新账，总是问姑姑要钱，成为她的负担。而杨海阳要养孩子还要扩张门店，现在正是用钱的时候，找他借也不合适。我父母那边……就更不用说了。

我不像卢玥，并不到万不得已的地步。外骨骼于我，虽然机会难得，但就跟普通人遭遇大折扣海外游尾单一样，抢到了，是一场说走就走的旅行，错过了，大不了继续待在家里。

对我来说，无论是站着用外骨骼走路，还是坐着用轮椅代步，除了能呼吸更高层的空气，其实并没有什么太大差别。

Chapter 08
借条

"啊？"理疗师微愣，好像一名即将跑到终点庆祝夺冠的长跑选手，在最后一秒被人从身后反超，无措中夹杂一点震惊，还有点不敢置信。

"我没有十万。让给别人吧，会有人比我更需要的。"我抹了把脖颈上的汗，说完往更衣室而去。

"那我……那我打电话和对方确认一下吧。"理疗师的声音在身后讷讷道。

好东西不缺识货的人，没几天，星特朗那边便找到了买家。

对方通过本地天文观星论坛上的二手转卖帖找到我，表示愿意出二十万买下望远镜，并且亲自上门提货。

我与对方说定后，第二天一早他便与朋友两人一道上门来验货。

"你这望远镜真是不错，二十万卖亏了。"买家四十来岁，是名专业级的观星爱好者，在论坛上也算小有名气，喜欢分享各地拍到的星图。论坛 ID 名叫"渴水的鱼"，所以大家都叫他老鱼。

"那我现在提价还来得及吗？"我说笑道。

"那不行啊，做生意要讲诚信。"可能怕我真的反悔，他赶紧掏出手机给我转账。

只是两分钟，二十万便全都转到了我的银行卡里。

熟练地检查完各个部件，老鱼与他的朋友小心从支架上拆下望远镜，将它分成几个方便运输的部件，再用泡沫纸包裹，逐一带下了楼。

眼看望远镜就要被带走，割舍的痛楚开始后知后觉地涌现，仿佛他们带走的不是望远镜，而是附在我的肉里，连着血脉，与痛觉神经深深缠在一起的某种寄生物——容忍它，它像个累赘，对我绝无益处；去掉它，腐疮总会痊愈，只是要经受非人的痛楚。

"等等！"我叫住老鱼，驱动轮椅到他身旁，缓缓抬手，隔着泡沫纸，最后一次抚摸我的星特朗，"它就交给你了，好好对它。"

老鱼笑了："你怎么跟嫁女儿一样？知道啦，我会好好待它的。"

我将他们送到楼下，待他们的车驶出小区，彻底看不到了，我在门廊下又发了会儿呆，直到脸都冻麻了，这才转身进门。

客厅里空出一块，怪不适应的。但就目前我的财政状况来说，也只能先空着了。

进厨房给自己倒了杯水，忽地眉心一蹙，往对面楼看了眼，什么都没看见。

总觉得刚刚有人在往这边看……

没发现什么可疑的人，只以为自己多心，我拿着水杯往客厅而去，并没有将这一插曲放在心上。

本以为贺微舟说要约我，大概率只是说说，没想到他是行动派，寒假里就约

烧不尽

上了。

他发给我一个链接，问我周六有没有空，点开一看，发现是霍尔斯特的《行星组曲》的音乐会介绍。

《行星组曲》共分七个乐章，分别以太阳系中除地球以外的另七个星球命名。由于乐队编制过于庞大，一般很少全曲演奏，大多只演奏其中的部分乐章。

但贺微舟给我发的这个，竟然是全曲演奏的。

错过了外骨骼说不定还能等到下一次机会，错过了这场音乐会，我可就不一定还能等到下一次了。

左右卢爸爸的手术费已经凑齐，我也不用再那么抠抠索索。手头还有五千，算算买张票不是问题，便没多做犹豫，与贺微舟约定了周六一道去听音乐会。

他约的也是很巧，周六是寒假倒数第二天，周一便要开学，再晚我就不一定有空了。

到了周六，贺微舟让我不用开车，说他会来接我。

其实我倒宁可自己开车。坐别人的车，上车下车先不说，收纳轮椅总要麻烦别人，让我很过意不去。

这晚带来《行星组曲》的，是国内知名的爱洛斯交响乐团，技法与配合都天衣无缝。将各个乐章表达的不同情绪展现得淋漓尽致，土星的衰退，金星的平和，海王星的神秘……最叫人称绝的还要数火星，用声音演绎战争与硝烟，可谓气势磅礴。

这要是和商牧枭一起来听，他一定会无聊到睡着的。

唇边笑意刚起，心头一凛，我回过神，忙将对方从脑海里剔除。然而心境一受打扰，之后便无论如何都不能再集中到音乐上了。

回程路上，贺微舟问我觉得如何，我后半场基本都在出神，控制不住地出神，便有些讪然地给出了个中规中矩的评价——挺好。

"你脸色有些差，不舒服吗？"贺微舟抽空看了眼我，担心地问道。

"没有，我很好。"只是想到商牧枭后，听着火星、水星、冥王星，我都忍不住回忆起之前与他一同观星的情景。

实在太煎熬了。

我想一个人走走，便叫贺微舟直接停在小区门口。

他靠边停下，从后备厢取出轮椅替我重新展开，之后又送我进了小区大门。

"我可以一个人回家的，我们小区很安全……"我简直都要哭笑不得。难道因为我是残疾人，就让他觉得我处处需要保护吗？

"好好好，我就送到这儿了，剩下的你自己进啊……"他忽然停下，目视着前方，一副诧异不已的模样。

Chapter 08 借条

我顺着他看的方向看过去，便见商牧枭也在看着我们。

他没有穿外套，只套了件薄毛衣站在花坛边，手里牵着一根绳，另一头不住在草丛里晃动，在昏暗的光线下看不分明，但就模糊的颜色猜测，那应该是一只……狗。

大半夜的，他为什么要遛狗？

不是，大半夜的，他为什么跑我家小区遛狗？

"这不是蛋黄吗？"

贺微舟一眼认出自己曾经医治的小狗，久别重逢，格外欢喜，上前就要摸狗，被商牧枭一步抢先，将小狗提溜起来，侧身挡住贺微舟靠近。

"干什么？"他一脸嫌恶，声线冰冷，"不知道没经过主人同意不能随便摸人家狗吗？"

贺微舟尴尬地摸了摸鼻子："呃……抱歉。"

"你怎么在这里？"我问出心中疑惑。

他睨我一眼，摸着怀里小狗柔顺的皮毛道："这整个小区你买下来了吗？你管我为什么在这里。"

我被他呛得不轻，但确实……小区的路不是我造的，门也不是我建的，商牧枭更不是我什么人，他要来，怎么来，都是他的事，和我无关。

视线下移，落到他抱着的小土狗身上。他我管不着，但狗我管得着。

"把狗还给我。"

他一哂："我的狗，为什么要还你？"

"你……"我瞧他意思是不想还，有些气急，"这狗当初只是暂时寄养在你那里的，你不能这么无赖。"

"你有证据吗？"好像诚心与我作对，我说他无赖，他就彻底无赖给我看，"有证据就去报警啊，我等着警察来抓我。"

我闭了闭眼，努力平复情绪——这不是吵架的地方，而且还有第三人在，我告诫自己必须冷静。

怕商牧枭又说些不着边的话，我有意支走贺微舟，让他先走。

贺微舟不是很放心的样子："要我送你到门口吗？"

"不用。你走吧，门口不太好停车，万一被贴罚单就不好了。"说着，我看向对面商牧枭，"我们小区很安全。"

贺微舟在我坚持下，一步三回头地走了，走前不忘让我进家门了发个消息给他，一副生怕我半道被商牧枭扑进草丛啃个尸骨无存的样子。

"刚约会回来啊？"商牧枭站在月光下，由于穿得太少，鼻尖被冻得微微泛红，说话都透着鼻音，"你这新欢还挺体贴。"

抱着狗的右手手掌已经拆了绷带，这会儿看过去都是暗红色的痂，伤口瞧着……就像一拳砸在了玻璃上。

✦ 烧 不尽

"你确定不还狗是吗？"无视他的胡言乱语，我专注在狗的事上，也不想去管他为什么大半夜出现在这里。

他扯了扯嘴角，仿佛故意挑衅般，将两字分开拖长了念："不——还。"

"那你好好养，哪天不想养了，就还给我。"

我不再多言，操控着轮椅离去，从他身旁经过时，忽然动不了了。

回头看去，果然是被他握住了轮椅握把。

"我的东西还在吗？"不等我说什么，他便先一步开口，"我改变主意了，我想拿回我的东西。"

他垂着眼，微微停顿，做了要命的补充："全部。"

第二学期如期开学，商牧枭那边毫无动静，几乎要让我忘了他的存在，直到……他再次出现在选修课课堂上。

身边没有尹诺，也没有周言毅，只有他一个人，应该是来旁听的。

我心烦意乱，整堂课都只是专心盯着PPT，一股脑地讲课，没有看一眼台下。

但就算如此，我仍能从众多视线中清晰地感知到商牧枭投注到我身上的那道——它满含侵略性，落在肌肤上，甚至会有些隐隐作痛。

讲完课后，我留下余喜喜回答学生们的问题，自己则拿着讲义飞速离开了教室。

一路观察四周，没有发现商牧枭跟过来的迹象，提心吊胆回到办公室后，我暂时松懈下来，放下怀中讲义，给自己倒了杯热茶压惊。

把门锁了，如果商牧枭来找，就假装不在吧……目光扫向办公室大门，刚想有所行动，那门便被人缓缓推开。

"走这么急做什么？"商牧枭从外头走进来，语气带着笑意，也带着明知故问的恶劣。

手一抖，我将茶泼在了裤子上，因为完全感觉不到疼，过了好几秒才想到要找纸巾把水擦了。

我这头手忙脚乱找纸巾，商牧枭那头反手关上门，接近一米九的大个子靠在门上，像一座小山似的，直接将门洞堵得严严实实。

"一周到了，钱呢？"

宛如孙悟空的紧箍咒，我现在听到"钱"这个字就万分头大。

回想一周前的夜晚，商牧枭突然拉住我，说他改变主意想要回自己的东西，全部的东西。

用膝盖想都知道，他不可能是想要回那堆碎玻璃，他的"全部"里必定包含了那台星特朗。这让我很头疼。望远镜已经被我卖了，钱都转给了卢玥，哪还有东西还他？

"怎么，有难处吗？"商牧枭追问道。

Chapter 08 借条

何止是难处？

冬夜寒冷，路边还留着一些没来得及融化的积雪，我吐着白雾，如实告知："我以为你不要了，已经把望远镜卖了……"

最后几个字我说得有些虚，不由垂下眼皮，盯着地上的一小摊积雪，不敢看他。

"卖了？卖了多少？"

"……二十万。"

"那你把二十万给我。"

"你……"我一下抬头，心里说不上来什么感觉，就有一种……什么事都赶到一起的措手不及。

"我什么？"商牧枭气定神闲看着我。

我一咬牙："望远镜本来就是赔我的，照理……我可以不用还。"

放之前我肯定说不出这种话，但现在要钱没有要命一条，我也只有厚脸皮一回了。

商牧枭闻言眯了眯眼，说话自带一套逻辑："那照着之前那架望远镜我原样再给你买一个，你把二十万给我。"

我与他彼此对峙着，一时谁也没出声。

忽然，蛋黄打了个大大的呵欠，商牧枭将狗搂得更紧一些，同时吸了吸鼻子，面色在积雪映衬下冻得发白。

我长长叹了口气，与他打着商量："给我几天时间……"

"好啊，那我给你一周时间。"本以为他不会这么轻易松口，谁知话到一半便被他打断，"我现在就住在那栋楼的1102，除了望远镜以外的东西，麻烦送到那里。"他伸手指了指不远处的一栋楼。

不仅就在我住的楼对面，连楼层都和我一样。

我拧了拧眉，压下即将脱口而出的询问，点点头，问："我现在可以走了吗？"

他收回冻僵的手，放在唇边轻轻呼着气道："走吧。"

第二天我就叫了闪送，捡出耳钉，把他那箱东西全给他送了过去。

闪送小哥对着地址确认再三，最后面色古怪地带着箱子走了。

这一周我不是没想过办法，但确实没办法。有办法，我也不至于放弃十万块的外骨骼。

我从一旁抽过纸巾，将它们按到大腿上，一边擦着茶渍一边道："能不能再宽限几天？我可以写张借条给你。"

从财富正增长到负债累累，我只用了一个月都不到。这年头，可真是太世事无常了。

商牧枭仍是靠在门上："要是我不愿意呢？"

◆ **烧** 不尽

我将潮湿的纸巾丢进垃圾桶，用之前让他还狗时他回我的话以彼之道还之彼身。

"那你就去报警吧。"

我来到办公桌后，打开电脑开始工作，没再特意关注他的动向。

过了会儿，商牧枭朝我这边走来。

"二十万刚到口袋就没了，你给谁了？"

"与你无关。"

"给你那新欢了？"他语气微沉。

他每次说"新欢"这两个字我都要愣上一愣，慢半拍才与贺微舟的脸对上。

"……与你无关。"我重申。

他靠坐在办公桌上，消停了那么半分钟，什么也没说，什么也没做，随后突然爆发，伸手用力掰过我的下巴，迫使我抬头看他。

"我不会报警，但你要是不还钱，我就让全校都知道，你故意赖账，欠钱不还。"他凑近我，语气、动作无不轻柔，眼瞳却很暗，"你不想那样吧，北教授？"

指尖抽搐着，我不敢相信他竟然要用这种事情威胁我。

胃部痉挛起来，带着些许反胃感。心脏像是成了一只外强中干的牡蛎，看起来坚不可摧，结果一撬就开，毫无办法地袒露出最柔软的部分，被曾经那样在乎的人反复戳刺，直到血肉模糊。

"商牧枭……"气息颤抖着，我一眨不眨注视着他道，"你非得把我的感情这样踩在脚底下糟践吗？"

我知道商牧枭对我的一切都是假的，可以很理性地结束与他的感情。但我不会后悔有这段感情，毕竟我的付出是真，发生过的快乐也是真。

它不是我人生中能够照亮我前路的一段星光，但也绝不是我的污点。

我不明白商牧枭为什么要将这一切弄得这样不堪。

商牧枭没有回答，盯着我看了半晌，松开手道："我可以再宽限你一个月。"

他直起身，从我办公桌的文档收纳架里抽出一本笔记本，翻到空白的那页，将其摊到我面前。

"借条，写下来。"

我抿紧了唇，拿起一旁的钢笔，拔下笔帽，规整地写完一张借条，撕下来甩到他面前。

他接过仔细检查了一遍，满意地收下。

这时，门外传来敲门声。

"小芥，是我。"余喜喜道。

我紧张地看了眼商牧枭，他瞥向办公室大门，脸上升起被打扰的不悦，但还是放下长腿，往门口走去。

"那我就先走了，北教授。"他拉开门，无视余喜喜的惊愕，冲她笑了笑，头

Chapter 08 借条

也不回地离去。

"哇哦，我差点和他贴面，近看也太帅了吧。"余喜喜捂着胸口走进来，"小芥他来找你干吗？"

我现在浑身都有种虚脱的无力感，无限接近大病初愈，或者死里逃生。

揉着鼻梁，我随口答道："一些……哲学上的咨询。"

随着开学，我的复健频率也有所减少，全都集中在了双休两日。其实我对能站起来已经不抱希望，权当强身健体了。

这天我刚一进门，就觉得理疗师看上去……格外不同，要笑不笑的，一脸"你快来问我，我马上要憋不住"的模样。

那呼之欲出的喜色，叫我忍不住也笑起来："怎么？你是要结婚了吗？"

他终于不再矜持："不是，是你那套外骨骼！你不知道你有多幸运，上次之后，对方代表听说你资金上可能有些困难，特地向上做了申请，免除了你全部费用，现在你可以拥有一套属于自己的外骨骼设备了！兴不兴奋？高不高兴？！"

我被这天降的惊喜砸得脑袋一片空白，话都说不出了。

峰回路转，否极泰来。在我以为自己已经没什么可失去的时候，老天告诉我，不，我失去的还远远不够。而在我即将一无所有的时候，老天又送来这么大个礼物。

我跟着理疗师一道傻笑起来，笑人生如戏，也笑老天爷这个变态，玩弄人心实在有一手。

"真的？"我还是有些不敢相信。

理疗师好笑道："难道我还会骗你啊？不过对方代表说了，虽然你可以不用付钱，但你需要随时随地给他们做一个用户反馈，上传你的使用感受。"他掏出手机让我扫二维码，"这是对方代表的联系方式，你加一下。"

这要求合情合理，不算过分。我点点头，扫出一个添加好友的界面。

对方头像是一片星空，昵称十分简练，只是一个"X"。

"代表姓什么？"

"姓肖。"

我"哦"了声，做了备注，打上"肖先生"三个字。

复健完后，我看了看手机，对方还没有通过我的好友申请。

或许是个工作号，只在工作日才上线吧。想着，我挥别理疗师离去。

出门时我也没看黄历，但我想今天应该是个充满喜气的日子，好事连番而至，让我应接不暇。

开到半道上，杨海阳打电话过来，告诉我他要结婚了，婚期定在下个月。

他们年前才见过家长，我以为他们起码要下半年才会将婚礼提上日程，想不

◆ 烧 不尽

到竟然这样仓促。

我问他为什么这样急。

他憨笑着，含着丝丝羞赧道："芸柔怀孕了。"

杨海阳说他一直有做措施，但不知道怎么的还是怀孕了，直言这可能就是天意吧，本来他没那么快想要第二个孩子。

要是不了解商芸柔本性，我大概不会有什么怀疑，现在听他这样说，我都觉得这一切是不是商芸柔设计好的，就是为了尽快与杨海阳结婚，避免夜长梦多。

然而这些都只是我的猜测，虽然商家人多多少少都有让人头疼的怪毛病，但就目前来说，商芸柔对杨海阳还不错，除了送上祝福，我也没有别的能做的。

肖代表在当天晚上终于通过了我的好友申请，简单问好后，他要去了我身体的各项数据，并且询问了我的一些基本情况。

肖先生：你自己一个人住吗？
我：是。
肖先生：有交往对象吗？

我盯着他的问题迟疑了片刻，不明白这和我即将要佩戴的外骨骼设备之间有什么必然关系。

我：为什么需要知道这个？

大概一分钟后，对方才答复我。

肖先生：主要是想知道日常身边有没有人可以协助你使用我们的外骨骼设备呢。
我：不用协助，我一个人就可以。
肖先生：好的亲。
我：叫我北芥就好。
肖先生：好的，北芥。

晚上吃好饭，下楼倒了个垃圾，结果又遇到商牧枭遛狗。

他背对着我，没有察觉我的到来，一个人对着花坛自言自语。

"外面好冷，你能不能快点上厕所？"

茂密的麦冬晃动两下，一只土黄色的小狗钻了出来，一眼看到了我，欢快地叫了两声，对着我的方向一个劲儿地摇尾巴，好像要过来。然而花坛不过一巴掌

Chapter 08 借条

高，它跑到边缘却怎么也下不去，只得焦急地朝商牧枭不断吠叫。

"叫什么……"商牧枭回头看来，见是我，紧蹙的眉心一点点展开，"是你啊。"

垃圾桶就在他边上，我丢了垃圾不欲久留，转身就想走。

那头商牧枭一把抄起小狗，语气凉凉道："你看，人家根本就不要你，你凑上去干吗？贱不贱啊？"

我实在很想跟他好好捋一捋这件事，到底是我遗弃还是他强抢，但又想到他现在是债主，手握二十万借条，不好与他起正面冲突，便也只当什么都没听到，忍气吞声地径自回了我那栋楼。

由于无法兑现承诺，我对余喜喜心中有愧，买了不少零食哄她开心，还答应替她物色新狗。余喜喜虽然遗憾自己未能成为蛋黄的主人，但知道小狗过得不错也就不再计较。

为了赔她新狗，我又联系上了贺微舟，询问他们那边有没有别人不要的小狗。对方得知我意图，发了好几张小狗的照片，只只眉清目秀，说都是主人丢在他们那里的病犬，治好了就一直养在医院接受领养。

我将照片又都转给余喜喜，她看过后，挑了只有着黑白卷毛的小奶狗。

贺微舟可能也很高兴小狗终于有人领养，说什么都要亲自给送到学校。

他也算是帮了我一个大忙，而且他来的时候已经快要中午，我就干脆留他一道吃了顿饭。

将小狗暂时安顿在办公室，我、余喜喜、贺微舟三人便前往学校食堂用餐。

我将自己的饭卡给到余喜喜，让她想吃什么尽情点，她高兴地接过，蹦蹦跳跳走了。

我和贺微舟找了个靠窗的位置坐下，他打量着四周，对清湾大学的食堂称赞有加，从窗户到桌子再到饭菜的香气都被他夸了一遍，不知道的还以为他是食堂阿姨请来的托。

"你们大学食堂不这样吗？"我问。

"我们那个小食堂可破了……"他忽然毫无预兆地变换了话题，"你和你那位朋友吵架了吗？蛋黄要不回来了？"

我唇边笑容微僵，道："嗯。"

贺微舟若有所思地看着我，看得我很不自在。

我刚要问他在看什么，他开口了："其实你们不是朋友吧？至少……不是普通朋友。"

这话都已经不是试探了，我双唇微张，被他如此直白的一问弄得很尴尬。

可能我的脸色过于精彩，贺微舟慢半拍地反应过来自己不合时宜的提问，忙道："抱歉，我是不是问了不该问的？"

何止不该问，这要是扫雷游戏，他已经踩到了最大的那颗雷。

◆ **烧**不尽

但他既然已经看破，我也不再欲盖弥彰，大方承认道："我们分手了。"

他点点头："怪不得。"

怪不得什么，他没说，我也不想知道。

"你们知不知道宋万呈最近要拍新片了？"余喜喜很快点完了菜，过来一坐下就开始分享八卦。

"宋万呈？那个很有名的文艺片导演？"贺微舟道。

一听宋万呈的名字，我也来了兴趣。宋万呈便是商禄息影前最后一部电影《逆行风》的导演，凭借此片，他在国际上拿奖无数，直接晋升一流导演行列。

后来他又拍了几部电影，口碑都不错，名利双收后，便逐渐退居幕后，轻易不再导戏。这几年都没再听到他的名字了，乍闻他有新戏，还挺惊喜。

"对哦。"余喜喜见有人捧场，说得更起劲了，"就是那个拿了很多奖的文艺片大佬。他最近要拍一部新片，根据商禄和他亡妻的真实故事改编的，男主角是现在最热的当红流量，女主角是个新人。商禄老婆是个画家嘛，他们就找了个正经油画系的女大学生来演，你别说，还真挺像的。"

我怔在当场，宋万呈竟然就是那个要拍商禄与梅紫寻爱情故事的导演？这样看来，商牧枭最后还是把男主角给推掉了，不知道这和他从家里搬出来有没有关系，他不是被赶出来的吧……

"宋万呈竟然让流量小生演他的男主角？"贺微舟惊讶道。

"是吧，网上一开始都在猜男主角会不会让商禄的儿子来演，子承父业嘛，想不到竟然不是。流量也不错啦，但意思上还差一点，毕竟先入为主，没办法轻易把他代入到商禄的身份上去……"余喜喜说着拿出手机，划拉两下，递给贺微舟道，"你看，明明儿子更合适嘛，多帅啊，这张脸演的片子就算再沉闷冗长我也会去看的。他之前还是我们学校的学生哦，不过是金融系的。"

贺微舟拿过手机一瞧，愣了愣，飞速抬眼往我这边看来。

我知道他是认出了商牧枭，错开眼，没有与他对视。

"这么巧，来吃饭啊。"忽地，肩膀从背后被人一把按住。

我吓了一跳，整个人都哆嗦了下，心脏剧烈跳动着，几乎要跃出嗓子眼。

"啊，商同学啊……"余喜喜不知是刚在背后说人是非深感心虚，还是被商牧枭突然搭话心潮澎湃，这会儿话都有些说不清了。

"北教授，我有事要找你，你能不能现在跟我过来一下？"肩膀被不轻不重地捏了一下，他在我身后，我看不见他的表情，只能从声音判断，他现在应该是笑着的。

"我们还没吃饭，有什么事你等我们吃好饭再说吧。"贺微舟坐在我的对面，也是正对着商牧枭的位置。

他一说完，肩膀上的力道便一下子加重了，不用回头我都知道，商牧枭可不

Chapter 08 ✦
借条

太认同他的话。

我被捏得有些疼，皱眉刚想采取行动，商牧枭俯下身，用只有彼此才能听到的音量，不容置喙道："跟我过来。别忘了你还欠我二十万。"说罢，他直起身，肩膀上的力道也跟着消失。

他擦过我身边，双手插着裤兜，信步往食堂外走去，一副完全不担心我不跟上去的样子，看都没往后看。

双手紧了紧轮椅扶手，我对余喜喜他们道："你们先吃吧，不用等我。"

"啊？"余喜喜一脸莫名其妙，"那……行吧。"

我加快速度跟上商牧枭，他左拐右拐，进了食堂附近一栋教学楼的底层无障碍洗手间。由于是中午时分，教学楼没什么人，厕所连个鬼影都没有，更不要说无障碍洗手间了。不过以防万一，我还是锁上了门。

"你有什么事？"我问。

他靠到墙上，顾左右而言他："那个宠物医生一看就不是什么好东西，你交朋友的眼光也太差了。"

他在我吃饭的时候把我叫出来，绕了这么些路，躲进无障碍洗手间，只是为了跟我说贺微舟的坏话？

我顿觉啼笑皆非："不会比你更差了。"

说完我就想走，商牧枭几步来到我前面，挡住我的去路。

"我才说他一句你就生气了？"

"至少他比你坦诚。"我说。

他看了我半晌，忽然弯下腰，将我整个人抱起来，放到了一边的洗手台上。

这一切发生得太快，快得我除了怔愣连挣扎都忘了，回过神已经无力回天。

"你做什么？"

"这样你就跑不掉了。"他头也不抬，将轮椅拖得更远。

深呼吸，再徐徐吐出，我努力维持镇定，又问了一遍："所以，你要做什么？"

他站在几步外，先是满意地端详我片刻，接着靠过来，手撑在我身体的两侧。

"我们来玩个游戏，我问你答，你只需要答是或否。你答得好，根据我的心情，我会适当减去你的欠债金额。你答得不好，同样根据我的心情，会缩短你的还款期限。"

我都没同意要和他玩什么问答游戏，他自顾自已经开始。

"第一个问题，"他道，"你是不是把二十万给那个宠物医生了？"

商牧枭这样全不顾我心情的行为，让我很不舒服。可现在他为刀俎，我为鱼肉，硬碰硬肯定是不行的，我这条半身不遂的鱼除了顺服，似乎也没有别的法子。

"不是。"

我都不知道他为什么这么执着于问这笔钱的去向，又为什么觉得一定是贺微

◆烧 不尽

舟得到了这笔钱。贺微舟好歹也是一表人才,看起来很缺钱吗?

"减一万。"商牧枭闻言勾了勾唇,两句话间便大方减免了我一万块的债务。

随着我的配合,他得以继续自己的问答游戏。

"借给……亲人了?"他又问。

"不是。"

"同事?"

"不是。"

他蹙了蹙眉:"朋友?"

我想了想,朋友的姐姐应该也是能称之为朋友的,于是点了点头道:"是。"

"杨海阳问你借钱了?"商牧枭瞪着眼,说话间一副马上要去找杨海阳催债讨钱的凶狠模样。

我发现了,他就是在以个人偏见揣测这件事,先是贺微舟,再是杨海阳,反正他不喜欢的,都长着张骗钱的脸。

"不是。"怕他不信,我着重补充了一句,"不是他。"

商牧枭闻言怔然稍许:"不是他?"

"四个问题了,不扣钱吗?"我提醒他。

商牧枭一咬牙,彻底蛮横不讲理起来:"我满意才扣钱,我现在不满意,要扣时间。"他想了想,说,"扣一个星期。"

我简直要被他的态度气笑了。我答了五个问题,现在债务由原来二十万减到现在的十九万,而还款期限从一个月变为三周?再下去,我估摸着他明天就该催我还钱了。

"你根本不是要和我玩游戏,你就是想知道我把你的钱给谁了。"我直言道。

"所以你给谁了?"他并不否认。

"告诉你后,你放我下去?"

他没有立刻作答,盯了我片刻,下一秒猝不及防地拉近了我与他本就很近的距离。

我一惊,抬手抵住他,同时人往后仰,靠在了身后的镜子上。

"看我心情。"他勾唇一笑,毫不掩饰自己的恶劣。

我忍着牙痒,道:"我大学同学的父亲得了重病,需要换肺,缺三十万,钱我是借给他的。"

"大学同学的父亲?"商牧枭再次蹙眉,"车祸里另外三个人其中一个的父亲?"

我垂下眼,点了点头。

商牧枭什么都没说,就这么静了下来。

时间一秒秒过去,大概过了一分钟,他忽地长长叹了口气,言语里满是不客气:"你是不是傻?"

Chapter 08 借条

只一句话我就知道,他并不认同我的做法。

我抬眼看去,他凝着脸,笑意全收,完全是想要敲开我的脑壳看看里面是不是空空如也的架势。

"你自己都……一个跟你没多大关系的人,你犯得着砸锅卖铁救他吗?你是不是觉得只有你活下来,所以有义务替其他三个人孝敬父母,给他们养老送终啊?你累不累?"他一把攥住我抵在他胸口的手,捏着腕骨扯到一边,"死人就该有死人的样子。他们和这世间不再有任何联系,活人也不需要替他们而活。"

"不是你想的那样……"我挣了挣,没挣动,手腕被他越握越紧。

他的话太刺耳,我想反驳,与他据理力争,可嘴巴就跟打了结似的,一句像样的话都说不出。

"不是我想的哪样?你不就是在通过压榨自己的生活来达到道德上的满足感吗?他们死了,只有你活下来,于是你内疚,你自责,你觉得你不配。现在终于有机会让你'赎罪',你拼了命地筹钱,想让他的家人活下来,这样就好像死去的人也活下来了对吗?"

"不对……"我不去看他,防御性地否认,四处寻找着逃离的办法。

"你甚至都不敢看着我说话!"

他把我莫名其妙叫出来,莫名其妙玩什么见鬼的游戏,现在又莫名其妙一定要让我承认自己不过是个脑子不清醒的傻子。

什么都是他说了算,在一起时这样,现在分手了还这样,我只能被动地被他牵着鼻子走。

这不公平。

而且他有什么资格说我?他自己到现在不还深陷在他母亲带给他的阴影里这么多年走不出来吗?他要是真能将生死看淡、恩怨全了,何苦想去破坏梅紫寻的画?

"不对!"我彻底爆发,"我会借钱给他,不仅因为他是我朋友的父亲,也因为你的望远镜远远没有一条人命值钱!"

手腕上的力道一下子加重,商牧枭的表情可怕极了。

我怒视他,一字一句道:"它能值二十万你应该感到高兴,这样……起码你在这份感情里也不是一无是处。若干年后回忆起和你的事,我好歹能有一丝欣慰,而不是全然的恶心。"

商牧枭骤然眯了眯眼,脸色发青,两腮绷紧了,仿佛下一刻就要上来拧断我的脖子。

我丝毫不惧地与他对视,强忍手腕上的痛楚,明白自己身体上是占不到什么便宜的,也唯有口头上暴力一番。

狭小的空间,不自在的姿势,一再的逼问,像是一块块相撞的火石,最终将深埋在心底的炸药桶点燃。

◆ **烧** 不尽

恋爱时我纵容他，现在分手了我难道还要纵容他？就是因为以前太过纵容，才会让他越发变本加厉、无法无天。

"你还有什么问题？"我问。

他没说话，只是一点点松开力道，往后退了两步。

我连忙抽回手，揉了揉有些发麻的手腕，心里已经做好被他报复的准备，包括直接被撂在这，或者被他拿欠条或者其他什么东西威胁。

可令我惊讶的是，他并没有表现得更过激，除了面色微沉，看着反倒像是因为我的话冷静了下来，又或是……被震慑住了。

他动了动唇，欲言又止，可最终还是什么也没说，一言不发地转身，从角落里拖过轮椅到我面前，随后朝我伸出手。

我揉着手腕，下意识瑟缩了下。

他动作微顿，嗤笑一声，终于开口，嗓音带着隐隐沙哑："麻烦忍一下你的恶心。"

我垂下眼，睫毛因他的话不自觉轻轻颤动了下，将手更紧地按压在心口处。

他将我再次抱回轮椅，接着便去开了门。

"还是一个月，二十万，一分不能少。"说罢，他推门走了出去。

我在洗手间里又待了一会儿，就着冷水洗了把脸，平复心情后，这才离开。

乐观向上心理互助小组，如今只剩下我和于天儿两人。白领和女主播过年时回老家见了家长，现在两人已经飞速订婚，过起了甜蜜的二人世界。

廖姐还是老规矩，给我们准备了茶水点心，再依次问我们最近过得如何。

因为过年，互助小组停了半个多月，这还是新年来我们的首次活动聚会。

"六月就要高考了，我要做最后的考前冲刺，这可能是我考试前最后一次来参加小组活动了。"于天儿笑道，"如果能顺利考上理想大学，我应该也可以从这里毕业了吧。"

"一定可以的。先预祝你高考顺利。"廖姐举起茶杯，与她轻轻相碰，未了转头问我，"北芥，你这个年过得如何？"

老实说，不怎么样。

令人不愉快的事一桩桩一件件密集地发生，没有让我喘息的余地。我感觉自己就像一头被命运驱赶着的骡子，满身疲惫，却始终无法停歇。

分明之前我还感慨改变很轻易，快乐很简单，但现在我又觉得好难，太难了。

"我即将拥有一台外骨骼设备，我很快……可以站起来了。"所幸，也并非全无好消息。

而人类，又是很擅长伪装的生物。

"哇，太棒了！"廖姐与于天儿闻言大喜过望，纷纷举杯敬我。

只有两个人，自白时间缩短了不少，又聊了会儿于天儿与补习班同学的趣闻，廖姐掏出一张信纸，要给我们朗读。

信是白领和女主播留的，自黄老先生后，这似乎成了一个保留节目。只要离开小组，就要给剩下的人写临别感言。

> 言语有时会是最锋锐的利箭，刺伤他人，反噬自己；爱情有时会是最美妙的灵药，甜蜜他人，拯救自己。不开心时，要记得倾诉；开心时，也不要忘了分享。人要自私一些，人要慷慨一些；人要孤独一些，人要充实一些；人要爱人，也要爱自己。

肖代表在沉寂了几天后，忽然发来信息，说周日就能为我调试设备，问我有没有空。

> 我：不好意思，周日正好没空。
> 肖：是非常重要、非做不可的事吗？
> 我：嗯。
> 肖：约会吗？
> 我：算是吧。
> 肖：和谁？

我还没来得及对他这句发言生出不满，他似乎也发觉不妥，即刻撤回了。过了没多会儿，他又发来信息。

> 肖：你这么快就有对象了吗？恭喜恭喜。
> 我：不是对象，是干女儿。我要陪她去上马术课。

前两天杨海阳打电话给我，拜托我暂为照看杨幼灵一天。起因是他母亲忽然阑尾炎要做手术，他要照顾母亲，又要顾店，有些忙不过来，而周日杨幼灵恰巧有节马术课，需要大人陪同。他没有办法，便只好找我救场。

到了周日一早，我直接驱车前往杨家接孩子。杨海阳等在小区门口，连带着手里的小书包一道将杨幼灵送上了车。

"小芥，早呀！"杨幼灵坐上后排，自己乖乖系上了安全带。

"早啊，灵灵。"我通过后视镜与她打招呼，确定她系好安全带后，挥别杨海阳，根据导航缓缓上路。

"今天又可以看到小马啦，好开心呀。"杨幼灵欢快地晃着两只小脚道。

"你什么时候开始学骑马的，我之前怎么都不知道呀？"杨海阳一直奉行快

◆ 烧 不尽

乐教育，连个早教班都没给小姑娘报过，突然升级到马术这么高端的运动项目，实在不像是他的手笔。

"你一点不关心我。"杨幼灵从书包里掏出自己的兔子玩偶，捋着玩偶的脑袋叹了口气。

"我……"我哑然失笑，痛快认错，"那对不起啊，以后我一定更关心你好不好？"

"当然好啦。"杨幼灵道，"就去年开始学的呀。我喜欢小马宝莉，芸柔阿姨说她有一匹宝莉，可以教我骑马，然后就开始学骑马啦。芸柔阿姨好厉害的，她有好多马啊，那些小马都很听她的话。"

我愕然道："芸柔阿姨教你的？"

杨海阳这么重要的信息为什么不提前说？要是等会儿遇见商芸柔，那可就太尴尬了。

杨幼灵细声细气道："她也不是每次都教，有时候她很忙，就让李老师教。"

"这次她会来吗？"

"不会。她说她这几天生病了，不舒服，只能让李老师教我。"

生病应该指的是妊娠反应，我松下一口气，为了不会遇见商芸柔而庆幸不已。

开了近一个小时，我们到达了郊区的一家马场。

怀抱杨幼灵的小书包，我跟在后头，小姑娘一蹦一跳跑在前面，领我进了门。李老师是名二十多岁的年轻女孩，穿着挺拔的红色骑手服，笑起来十分有感染力，是小朋友喜欢的那类热情的大姐姐。和我打过招呼，她就牵着杨幼灵的手去更衣室换衣服了。

我百无聊赖，不由顺着走廊往建筑后头而去。

走廊的尽头大门大开着，可以看到不远处相连的白色围栏。四周草地随着春季到来已经微微萌芽，只有围栏中心，因为被踩踏得厉害，还是呈现一片土黄色。围栏内错落有致地摆放着各类马术障碍物，一阵马蹄声响，我朝右侧看过去，只见一匹白色骏马由远及近奔来，在背上骑手的驱使下，优雅从容地越过一道双重障碍，后蹄轻抬，稳稳落地。

马匹借着冲势往前又跑了几步，被骑手拉住，拽着缰绳打了个方向，往我这边走来。

当来到我面前时，骑手微微抬头，露出帽子下俊朗的五官。

"老师，好巧啊。"商牧枭戏谑道，"你也来骑马啊。"

我没有遇到商芸柔，却遇到了更麻烦的家伙。

我和商牧枭从以前开始好像就特别有缘，随便去个地方都能遇上。先有心理互助小组，现在又有骑马场。

Chapter 08 借条

"你怎么会在这里?"要不是还有杨幼灵,我简直想掉头就走了。

商牧枭骑在高高的马上,闻言轻笑道:"我从小就在这儿骑马了,要问应该也是我问你怎么会在这儿吧?"

他这样一说,我回忆起杨幼灵说过的话。商芸柔既然是这家马场的常客,还在这里养了好几匹马,那商牧枭会出现在这里似乎也不令人惊讶。而且……我到这会儿才意识到,这里离商家别墅挺近的。

"我陪小朋友来上马术课。"我说。

"杨海阳的女儿吗?我听姐姐说过,她在教她骑马。"他俯下身,扬扬得意道,"我的马术也很不错,怎么样,要我教她吗?"

"不必,她有老师。"

商牧枭看了我一会儿,直起身道:"那随便你吧。"说罢轻夹马腹,驱使马匹离去。

又过了几分钟,李老师牵着换好衣服的杨幼灵出现在我面前。

小姑娘长得本就粉润可爱,换上马术装后,可爱中透出几分神气,稚嫩中又存几分英姿勃发,任谁看了都想夸她好看。

"小芥,我好不好看啊?"她也知道自己好看,故意问我,想要听到别人赞美。

我一向宠她,自然不会吝啬对她的溢美之词:"好看,特别好看。灵灵穿什么都好看。"

她开心得咯咯直笑,将兔子玩偶交给我,让小兔子和我一同在旁陪伴她上课。

李老师领着杨幼灵到了另一侧围栏,没多会儿,一名男性工作人员牵来一匹小马。

这马不知年纪尚小还是品种就这样,瞧着个头着实是有些矮,还没我坐着高,但对杨幼灵来说就非常合适。

在李老师的帮助下,小姑娘熟练地骑上马背。

"好了,我们开始了。"李老师在马首位置扣上一条长长牵引绳,站到围栏中心,以自己为圆心,对小马发出指令。

小马缓缓跑动起来,马蹄踏在沙地上,发出沉闷的笃笃声。

"对,注意姿势,保持平衡,压,起,压……"

杨幼灵的小马也是白色,与商牧枭的那匹长得很像,两匹马跨越障碍的样子,简直如同一个模子刻出来的。

小的看着看着,视线不自觉跑到大的一边。高大的骏马身姿流畅地越过接二连三的障碍,与背上的骑手仿佛化为一体。

这样来回两圈,商牧枭赞赏地拍拍马脖子,逐渐靠到围栏边缘。

他下了马背,松开帽绳,摘下帽子,抓了抓被压塌的头发,与等在围栏边的工作人员说了什么,自对方手里接过矿泉水喝了两口,忽然似有所觉般往这边看过来。

◆ 烧不尽

我赶忙收回视线，若无其事地继续去看杨幼灵。

虽然才六岁，接触马术的时间也不算长，但杨幼灵已经学得颇具样子，再过几年或许就能赶超商牧枭了。

"那匹马叫雪泡，和我那匹雪沫是同父异母的兄弟，两匹马都有阿拉伯血统，身价超过两台望远镜。"商牧枭不知何时来到我身边，望着场上杨幼灵道。

听他提起望远镜，我有点不自在，怀疑他是故意的，用这种方式提醒我还欠他二十万。

身旁传来打火机点火声，过没多会儿，阵阵烟味飘散开来。

他又开始抽烟了。

是了，之前不再抽烟的，是因为知道我不喜欢他抽烟，现在也不需要营造这样那样的人设，当然是爱怎么抽就怎么抽。

"她长得一点都不像杨海阳。"商牧枭道，"比杨海阳好看多了。"

杨幼灵长得像妈妈多点，但要说一点不像杨海阳也不见得，我看眼睛就挺像的。

"听说外甥像舅，希望我姐和杨海阳的孩子不要像杨海阳，像我就好。"

听到这句，我终于忍不住看向他。

他夹着烟，感受到我的目光，也看过来："怎么？像我不好看吗？"

像他当然是好看的，但我还是第一次听到舅舅提这种无礼的要求。

我不回答，只道："杨海阳很快就是你姐夫了，你要和他好好相处。"

从前我会担心他做事不知分寸，伤了商芸柔的心，让杨海阳难做。现在，我只担心杨海阳。商芸柔或许会觉得烦恼，但大抵是不会在乎商牧枭这些小打小闹的。不像杨海阳，他很难不在乎这些。他爱商芸柔，自然也希望妻子的家人能接受他。

商牧枭哂笑道："你们是不是都怕我大闹婚礼？放心吧，不会了，现在不会了。"他走到围栏边，将手肘搁在栏上，整个人半趴在上头，背对着我道，"现在我已经知道，我反对也没有用。她喜欢，就会千方百计地和那个男人在一起。我反对得越激烈，他们就会粘得越紧。"

这话竟然是他说出来的。

不过，我倒是因为他的话更确信了一件事。

就和买珍珠一样。一缸成千上万的珍珠，每颗都差不多，但你总会不自觉挑挑拣拣选择最中意的那颗交给店家，镶嵌在戒托上，让它伴你一生。

这世间普普通通的男人千千万，商芸柔会选择杨海阳，必定也是因为他是她最中意的那个。

"祝贺你终于长大了。"我由衷地、发自内心地替杨海阳感到高兴。

商牧枭一边与我说着话，一边也在观察场上的杨幼灵，可能是觉得马的速度太快了，他将手拢在唇边，朝李老师方向扬声道："速度慢一点！"

Chapter 08 借条

李老师闻言回头看了眼这边,冲他比了个"OK"的手势。

商牧枭叮嘱好后便不再关心她们那头,指间夹着烟转过身来。

"都是老师教得好。"他两臂自然舒展,架在护栏上,唇角隐隐上翘,显出一抹介于讽刺与真心的微妙笑容。

"坚持住坚持住!"

就在这时,李老师忽然提高了音量,我与商牧枭不约而同看过去,只见小白马不知怎的高高扬起前蹄,在一个障碍物前停下,怎么也不肯过了。

杨幼灵小小的身子随着马匹动作剧烈起伏着,虽然一直努力坚持不被甩下,但到底耐力有限,很快落下了马,摔到沙地上。

"呜呜呜呜……"听到小姑娘号啕大哭,我的呼吸都要凝住了。

李老师立马赶了过去,我也想过去,可围栏内都是沙地,我的轮椅会陷下去。

商牧枭拧眉将烟蒂碾灭,指着我道:"你别动,我去看看。"说着动作利落地翻过围栏,小跑着往杨幼灵那边去了。

我在原地焦急地等待着,再一次感受到了无法行走的苦楚。

所幸商牧枭过去后,杨幼灵的哭声很快止住了,让我稍稍放了一点心。

又过片刻,李老师先站了起来,接着商牧枭抱着杨幼灵也站起来。李老师牵着马往马厩走去,商牧枭则往我这边过来。

杨幼灵哭得脸都花了,帽子被商牧枭拿在手上,本来扎得好好的两根麻花辫不知是被帽子压的还是摔的,显得很凌乱。

因为哭得太用力,额头与鬓角都出了汗,将头发粘成一簇簇的。

"小芥……"她本来已经不哭了,只是不断打嗝,结果一见到我便伸手要我抱,还一副马上又要哭出来的模样。

我见她额头上好像是被擦破了一点,很是心疼,正要伸手去接,商牧枭却让开了。

"你刚刚已经答应过我不哭了,你现在是想出尔反尔吗?你再哭,我就不带你去骑大马了。"

他的威胁很奏效,几乎是话音刚落,杨幼灵的眼泪便都收了回去。

她吸吸鼻子,强迫自己绽开一抹假笑,讨好地道:"好啦,我不哭了,你别生气嘛。"

见杨幼灵果真不哭了,商牧枭这才轻轻将她放到地上。

小姑娘连忙朝我扑来,一脸心有余悸:"小芥,刚刚好吓人哦,我从马背上掉下来,撞到那个障碍物了。你看,都破了……"她指给我看她的额头。

还好没有大事。

我从书包里拿出一条小毛巾,替她擦了擦汗道:"小白马今天的脾气不太好,我们不要骑了吧。"

"小马也和我一样会不高兴呢。可能是昨天玩得太晚了,没有睡好,或者早

◆ 烧 不尽

饭没吃，肚子饿了。"杨幼灵并不将这次失败怪罪于雪泡，反而给它找起各种奇异的理由。

我本来想给她重新绑一下辫子，奈何技术不够，怎么绑都奇奇怪怪，引来商牧枭不加掩饰的嘲笑。

"老师，你有时候真是意外的笨手笨脚的。"他从我手里夺过皮筋，以一种流畅到不可思议的手法替小姑娘迅速扎好了一根辫子，瞧着甚至比一开始的小辫儿都好看些。

对于他的这项才能，我满心震惊，一时说不出话。

杨幼灵摸摸自己的头发，道出我的心声："哇，大哥哥你好厉害，比我爸爸还厉害！这个辫辫我看到别的小朋友梳过呢，但爸爸一直学不会，笨死了。"

"我以前经常给自己的马梳辫子，它的毛可比你头发多多了。"他依样绑完第二根，忽地觉出不对，眉心一蹙，道，"别叫我大哥哥。"

"那叫你什么啊？"

"叫舅舅。"

"舅舅？"她满脸疑惑，不明白为什么是这个称呼。

"这是你芸柔阿姨的弟弟，所以你要叫他舅舅。"我忍着笑意替她解惑，一边心里又觉得，其实"大哥哥"这个称呼也不错。

"芸柔阿姨的弟弟？"小姑娘转过身直视我，两只眼睛睁得格外大。

我点点头："对，亲弟弟。"

她恍然大悟："啊，怪不得他长得这么好看……"

爱美之心人皆有之，看来连小孩子都不能免俗。不过，我打算找个时间好好给她说说，不要因为对方长得好看就放松警惕，对方说什么都相信。长得好看的人，也可能是坏人。

说话间，李老师拿着一张创可贴再次出现。替杨幼灵仔细贴上后，商牧枭便牵着她往雪沫的方向而去。

"商小先生好久没来了。"两人走远后，李老师感慨道，"商家是我们马场的老主顾了，在这里寄养了四五匹纯种马。商小先生以前很喜欢来这边骑马，可惜后来他最喜欢的一匹马病死了，之后他就再也没有来过。"

"病死了？"

"嗯，病得很重，救不回来了。为免让它遭受更多痛苦，商先生让我们对马实行了安乐死。但他好像忘了告诉商小先生，等几天后对方从寄宿学校回家得到消息的时候，一切都晚了，当时发了好大的火呢，我差点以为他要把我们马场都给拆了。"

听得多了，我现在一点都不惊讶商禄会做这样的事，甚至还有种"果然是他"的感叹。

他哪里是忘了？他只是不在乎而已，因为不在乎，所以懒得顾及。

Chapter 08 借条

商牧枭带着杨幼灵在围栏里跑了好几圈，并没有做危险的跨栏，只是绕场小步跑着，等差不多尽兴了，便将孩子还了回来。

我看时间已经快到中午，也该找地方吃饭，就和杨幼灵商量着是不是可以走了。

"小芥，舅舅可以和我们一起吗？"她一脸不舍，短短时间，已经与商牧枭有了极深的感情。

这让我十分为难。

商牧枭瞥了眼牵着自己手的小姑娘，再抬头看向我，似乎也很为难："其实我下午原本是有事的……"我正庆幸不已，他话锋一转，"但算了，推后好了。"

他低下头，对杨幼灵笑得一脸慈爱："毕竟我也很舍不得灵灵。"

第九章

说了谎就一定会被拆穿

商牧枭不知怎么今天没有开车,要一起去吃饭,便只能坐我的车。

三个人,两大一小,用餐自然要问过小的那个喜欢吃什么。结果杨幼灵选了小朋友都喜欢的快餐店,说店里新出的儿童套餐送一个不知是什么的小玩具,她想要。

我看向商牧枭,他表示没有异议,于是我开了导航,三人便向着最近的快餐店出发。

因为周末的关系,店里人不少。可能新出的套餐对小孩子真的有巨大的吸引力,好多都是父母带着孩子一起。

找到一张空桌坐下,手机点完餐,没多会儿轮到我们,不等我动作,商牧枭便先一步起身去拿餐。

店里不少人向我们这边投来视线,看我,抑或看商牧枭,并不明目张胆,但足够被感知。

"小芥,我不想在这里吃东西了,我们走吧。"杨幼灵忽然不开心起来,急着要走。

"怎么了?刚刚不还好好的吗?"我耐心地询问她,心里其实隐隐知道她是怎么回事。

她噘着嘴沉默半晌,道:"我不喜欢他们看你的眼神。"说话间,她往我身后某个方向狠狠瞪过去。

我回头一看,正好看到不远处一名七八岁的小男孩慌忙收回视线。

对于和自己不同的存在,人类总是会有很多好奇,大人尚能掩饰一下,小孩子就没那么多顾虑了。这也是人之常情,没有什么好在意的。

我对杨幼灵道:"没关系的,他们也没有恶意。躲避别人目光是件很难的事,你不会变得更自在,只会更封闭自己。我们一起当他们不存在,不要不开心了好不好?"

Chapter 09 说了谎就一定会被拆穿

一开始或许还会在意,但十几年过去,我早已麻木,并不觉得这是个问题。

小姑娘双颊鼓起,像只愤怒的河豚,听了我的话后思索良久,道:"那你真的不生气?"

我摇摇头。

她逐渐松开眉头,撇撇嘴道:"好吧,那就不管他们了。"

这时,商牧枭端着餐盘回来了。放下餐盘后,他微微偏过脸,望向我们边上一桌的客人。

那是个看起来过于肥胖的男人,身体夹在桌椅之间,像一座随时会坍塌的肉山似的。脸上冒着痘,头发显得很油腻。

"你在看什么?"商牧枭问他。

胖男人吓了一跳,捏着汉堡无措地看了眼左右,确定商牧枭是在和他说话后,支吾着道:"什么看什么?我又没看你……"

商牧枭垂眼睨着他,表情充满厌恶,像在看一只恶心的鼻涕虫。

"我刚才就注意到你,从我们进来开始就不停往这边看。我警告你,无论你看的是谁,你再看一眼,我就把你眼珠抠出来。"

别人说这话或许最多只是威慑,但商牧枭说这话……大抵是发自真心。我没注意,不知道对方是不是真的从进门就在看我们,但我希望他能识相些别再刺激商牧枭。

"神、神经病!"所幸胖男人可能也心虚,一哆嗦,汉堡都不吃了,飞快端起餐盘就走。

等对方走远了,商牧枭无视周围视线在杨幼灵身旁坐下,表情已经恢复成一派轻松自在,变脸比翻书还快。

"小芥说大家都没有恶意,要学会不去在意别人的目光,你干吗和人吵架?"杨幼灵抽出一根薯条,边吃边道。

"因为我不舒服。"商牧枭分着饮料,理所当然地道,"我不舒服,别人也别想舒服。"

这是什么教坏小孩子的说法?

"……商牧枭。"我低低叫他,带着些无奈。

他抬眼看过来,与我对视片刻,转头笑着冲杨幼灵改口道:"没有,开玩笑的。因为刚刚那个人是变态,变态就要毫不留情骂回去,懂吗?"

"你怎么知道人家是变态?"

"因为他眼神很下流。"

"下流是什么?"

"就是让你不舒服的举动。"

"那……"

"好了,先吃东西。"我适时打断两人对话,岔开话题道,"吃完再说吧。"

◆ 烧不尽

　　杨幼灵听话地没有继续追问，兴致勃勃地拆开儿童套餐送的玩具，高兴地把玩起来。
　　我与商牧枭谁也没再说话，只是低头专心吃东西。
　　忽然，放在桌上的手机振动起来。我一看，发现是银行短信，显示我有三十万入账。
　　我愣了愣，赶忙点开手机银行查看，发现这笔钱是卢玥汇来的。
　　这才一个月不到，她哪里来的钱还我？心里生起不好的预感，管不得商牧枭在旁，我直接拨通了卢玥的号码。
　　"喂，北芥啊……"电话很快接通，卢玥的声音听起来十分疲惫。
　　"你怎么突然把钱还给我了？"
　　她叹了口气，道："我爸不肯做手术，说不想最后的日子在医院度过，我们打算尊重他的想法。不好意思啊北芥，让你白凑钱了，等下次什么时候见面了，我再好好谢你。"
　　器官移植不是小手术，伴随着极大的风险，上了手术台就不知道有没有下来的时候，而就算挺过手术，后续也可能引发一系列严重的排异反应。
　　卢爸爸的担忧不无道理，可如果不做手术，迎接他的就只有一个结局。
　　"他是在担心钱的事吗？你有告诉他钱已经凑到了吗？"
　　"说了，但他觉得为了件不知道结果的事欠别人那么多钱……不值得。"
　　"怎么会不值得？"我捏紧手机，"用钱能买到活下去的机会，怎么可能不值得？"
　　我的质问太严厉，卢玥一下没了声音，过了会儿才讷讷道："北芥，我知道，我全都知道的。可我知道没用，我劝不动他……"
　　这回换我说不出话了。是啊，我们旁人说得再多有什么用？生病的不是我们，做手术的不是我们，经历生死的也不是我们，这件事上，其他人本就没有太多的发言权。
　　"我们已经回家了，医生说，可能也就这一两个月的事……"卢玥停顿片刻，忍着哽咽道，"你要是有空，就来见我爸最后一面吧，他看到你应该也会很高兴的。"
　　逐渐松开手上的力道，全身被一种深深的无力席卷。我低低"嗯"了声，道："我知道了。"
　　挂了电话，我盯着手机发了会儿呆，再抬头，发现商牧枭和杨幼灵两个都在看我。
　　"小芥，你不开心吗？"杨幼灵捧着颜色鲜艳的套餐玩具，小心翼翼地问道。
　　说不上不开心，只是有些……惆怅。
　　"没有。"我冲她露出抹微笑道，"没有不开心。"
　　她半信半疑，还要再说什么，刚张开嘴便被一只鸡翅堵住。

Chapter 09
说了谎就一定会被拆穿

"你再不吃我就吃光了。"商牧枭说着，将儿童套餐里的一盒鸡块拉到自己面前。

小姑娘急了，一手抓着鸡翅，另一只手就去够鸡块："不行，给我留点嘛！"

吃完午饭，我开着车将杨幼灵送往杨海阳处，顺便上去病房看望了下杨海阳的母亲。

阿姨精神不错，就是脸色有点苍白。见杨幼灵额头贴了创可贴，忙问她怎么回事。

杨幼灵说了前因后果，阿姨心疼不已，怪罪杨海阳为什么要让小孩子学这么危险的东西。

杨海阳摸摸鼻子，也不为自己辩解。

"不危险的。"杨幼灵一脸严肃道，"是我自己要学，和爸爸没关系。"

杨海阳母亲轻轻刮了刮小姑娘的鼻尖："你就知道帮爸爸说话。还好没破相，不然等你爸爸和芸柔阿姨结婚，你顶着一张小花脸参加婚礼，看大家笑不笑你。"

"他们笑我，让我不舒服，我就骂他们！"杨幼灵叉腰，形容彪悍。

杨海阳他们听到小姑娘这样说，都觉得有意思，哈哈大笑起来。我却只能僵硬地掀起唇角，怎么也无法发自内心地笑出声。

以后决不能让商牧枭带孩子了，他太容易把人带坏。

回到车上，正在闭目假寐的商牧枭缓缓睁开眼，将椅背调直坐了起来。

我发动车辆出了停车场，余光里，身旁的人靠住车门，一动不动，似乎又要睡。

我今天七点起床，绕路去接杨幼灵，到马场时差不多九点。商牧枭比我们还早到，起得绝不会晚，这会儿吃完了饭，怕是起了"饭困"。

将车里音乐调轻，周末路上车并不多，半个多小时也就进了小区。

停好车，我见商牧枭仍不醒，只好伸手去推他。

他蹙着眉悠悠醒来，哑着嗓子问："到了？"

"嗯。"

他环伺周围，打了个呵欠，推开车门就要下车。

我叫住他："等等，你把银行卡号给我一下，我有钱还你了。"

他困惑地回头："什么钱？"

看起来还不是很清醒。

"望远镜的钱。"我提醒他，"二十万。"

他抹了下脸："哦，你把我望远镜卖了……怎么，你同学的爸爸不换肺了？"

中午的电话他也听到了，以他考上清湾大学的智商，应该已经明白发生了什么。

我不想和他再起争执，没回答他的问题，只是重复道："把卡号给我。"

烧不尽

"背不出。"揉着脖子,他脸上带着浓浓起床气道,"卡在家里。"

"那你回去发我。"

"哦。"他下了车,甩上车门走了。

终于不用再绷着神经,我稍稍呼出口气,刚要开门下车,副驾驶门又被拉开。

商牧枭去而复返:"你把我拉黑了我怎么发?"

他语调明明也不如何激烈,我却听出了"控诉"的意味。

鉴于他说的也是事实,我只好拿出手机,翻出他的号码,将"阻止此来电号码"取消。

操作完后,我把手机屏给他看。

"好了。"

他扫了眼,点点头,再次甩上车门转身离去。

可不知道他是不是一回家就将这事忘了,直到第二天我都没收到他的短信。

周日下午,按照约定时间,我来到康复医院试戴外骨骼设备。

在场的除了我的理疗师,还有外骨骼研发公司派来为我讲解设备功能的技术人员。

外骨骼比我想象的更加小巧,通体黑色,只在腰部突出一块方形区域,是电池和主板所在。如果穿个外套,不仔细看是看不太出来的。

"这是电池,平时这样插上充电就可以了……"技术员替我穿戴好设备,耐心教我使用方法,"电池理论上可以连续使用十二个小时,用完了再次充满大概需要五个小时。如果它突然卡住短路不动了,不要担心,重新启动下就好。"

说着他将一块连着线的,巴掌大小,犹如电极片一样的东西贴在了我的腰上,冰凉的触感有些奇怪,让我忍不住打了个激灵。

"这是初级防水的,小雨没问题,但不能一直对着淋……"

理疗师递给我两支肘式拐杖,道:"你已经十几年没有走过路了,可能一下子会不知道怎么走路,这是给你逐步适应用的。等你习惯了行走,就可以不用它了。"

我握住拐杖,紧了紧手指,突然生出点类似近乡情怯之感。先前还很淡定,这会儿却无端忐忑起来。

真的能成功吗?通过这样一副单薄的金属骨骼……我就能站起来了?

"准备好了吗?"技术员问。

"可以了。"我朝技术员颔首道。

设备开启,外骨骼支撑着我腰部以下,当感应到我"站立"的意图时,关节一点点舒展拉伸,用强大的机械力将我的膝盖以上托举了起来,形成了"站立"的过程。

Chapter 09
说了谎就一定会被拆穿

这实在是一种神奇到难以用语言描述的感觉。十几年来，我第一次可以真正站立，这样轻松，这样随意，毫不狼狈。

"继续，来，往前试着走一步。"技术员指引着我。

配合拐杖，我缓缓抬起右脚，迈出一步，接着左脚笨拙地跟上。完成"第一步"，我回头看去，大概只是移动了20厘米。

20厘米，我自己走出来的……20厘米。

我以为，坐着和站着并没有多大区别，呼吸更高层的空气对我没什么意义。

我错了。

虽然还不熟练，虽然行走起来可能远没有轮椅那样快。但从今以后，我将再不会被台阶、被树叶、被任何小于20厘米的沟渠阻拦，也再不用怕去任何人多的地方，不用担心电梯空间不够，不用烦恼叫不到无障碍出租车。

这怎么会没有意义？

这简直太有意义了！

我深深吸气，直到胸腔盈满空气，涨得发疼，才徐徐吐出。

理疗师不解道："这是做什么？"

我冲他淡淡一笑，告诉他："上面的空气真好。"

在理疗师的帮助下，我很快掌握诀窍，学会了通过拐杖缓慢行走。

离开医院前，技术员与我互留了手机号，让我有什么技术上的问题就打他电话。

我点头道："行，那我先走了。"

理疗师帮我将轮椅送到车旁，叮嘱我路上小心，之后便回去了。

我收起拐杖把它们放在副驾驶座上，开了车窗，就着午后宜人的微风与阳光，往家的方向驶去。

半路上，我收到了肖代表的信息。

怎么样？

趁着红灯，我给他回复消息。

我可以走了。

肖代表紧接着又发来一条。

拍张照给我。

✦ 烧 不尽

他很快接下一句。

　　我要写报告。

设备本来就是对方以反馈数据为前提免费提供的，我自然是要配合。

　　好，到家拍给你。

肖代表没有停顿，继续追问。

　　大概多久？

我估算着路程，见红灯快结束便简短复他。

　　半小时。

今天路况不错，红灯也少，只是半路不小心遇到前车抛锚，挡住了一条主干道，堵了大概十多分钟。
等我进小区，匆匆将车停好下车，发现商牧枭又在遛狗。
不知道为什么，他遛狗的时间十分不固定，一会儿早，一会儿晚，毫无规律可言。
我站在车边，等放下轮椅这点工夫，他转身看到我，一时怔住了。
他似乎是震惊于我竟然站了起来，直愣愣地盯着我，目光一动不动，让我很不自在。
别开眼，轮椅一放下我便用最快的速度收起拐杖，推着轮椅往楼里而去。
进电梯后，按下楼层号，电梯门逐渐合拢，我瞥了眼商牧枭的方向，发现他似乎仍在看着我。
我为什么要逃？这样显得我好像很在意他的目光，太奇怪了。
我闭了闭眼，懊恼的同时，更懊恼地想起来，我忘了提醒对方发我银行卡号了。

回到家后，我对着全身镜拍了张半身照发给肖代表。
对方正好在线，很快回过来。

　　要全身照，把脸露出来。

Chapter 09
说了谎就一定会被拆穿

虽然觉得奇怪，但想着可能是需要确认身份吧，我又重新拍了张露脸的照片发过去。

这次对方没再说什么，只是冲我竖起大拇指，表示很满意。

寻思着应该是没事了，我放下手机，在客厅里继续训练用外骨骼走路。这样一直练到傍晚，再次拿起手机查看时，发现肖代表在"大拇指"之后没多会儿给我发了句话。

你站着的样子很好看。

我蹙了蹙眉，觉得这肖代表有时候说话真是不太注意距离。虽然这样说话都没多大问题，但乍眼一瞧，总是免不了让人心里犯嘀咕。

当沈洛羽为我开门，发现我"站"在她家门口的时候，她的表情就好像看到路上有张写着她名字的大额支票在跳芭蕾——震惊中透着一点不可思议，极度怀疑自己没睡醒，同时开始回忆上次喝醉是什么时候。

她瞪着眼，半天没动静，跟宕机了似的。

这周来我经历了太多这样的场景，已经很熟练，也不说话，只是微笑着任她自己慢慢消化。

"怎么了，谁啊？"沈洛羽半天没声音，姑姑跟出来查看，透过沈洛羽看到我，举着锅铲直接定住身形，母女俩双双宕机。

"妈，你……你掐我一下。"沈洛羽视线不离我，将手伸向后方。

姑姑捂着胸口缓缓走来，抓住沈洛羽的胳膊将人一把扯到边上，再把手上锅铲塞给她。

"小芥，你……"姑姑上上下下，仔仔细细打量我，眼里迅速泛起泪光，"你可以站起来了？"

我抬起一只脚给她看："外骨骼。"

姑姑一脸茫然，显然并不知道这是什么。

"一种机械设备，可以靠外力帮助我站起来。"我进一步向她解释。

"哦哦。"她似懂非懂点头，欣慰地又将我上下看了遍，过来给我一个大大的拥抱。

"我好为你骄傲。"她抱着我，语带哽咽道，"无论是你二十岁前，还是这十几年来，你一直都是让姑姑骄傲的好孩子。"

由于丈夫去世得早，姑姑不得不独自带大孩子，早年开过饭店，做过运输，吃了很多苦。好在沈洛羽也争气，知道母亲辛苦，从不要她操心。自小成绩不能说顶尖，但也一直名列前茅，大学毕业后便进入设计院工作，一路稳扎稳打，到

◆ **烧**不尽

如今也是能带徒弟的资历了。

　　她们母女俩的性格,都属于独立有主见、做事又潇洒的类型。就连我出事那会儿,姑姑要哭也都是隐忍地哭,从不会在我面前流露悲伤,每次来到病床前,我只能透过她红肿的双眼猜测她是又哭过了。不夸张地说,这么多年来,这是我头一回看到她号啕大哭。

　　似乎是为我感到高兴,又似乎是终于能够宣泄这十几年来压抑的悲伤。

　　姑姑特地让沈洛羽到楼下买了两个熟菜一瓶啤酒,要为我庆祝。我开了车,自然不能喝。她身体不好,我让她也少喝。

　　最后姑姑小酌一杯,剩下的都到了沈洛羽胃里。

　　饭桌上聊到外骨骼的来历,沈洛羽无限感慨道:"这公司真好啊,一百万的设备一分钱不要你,就让你配合提供反馈。什么时候甲方爸爸造个房子也能让我免费进去试住个七十年?"

　　姑姑一指戳上沈洛羽额角,训斥道:"叫谁爸爸呢?"

　　"什么爸爸?哪儿来的爸爸?妈你听错了吧。"沈洛羽连忙改口,撒谎撒得面不改色。

　　我看她们母女相处这样和睦,不免内心羡慕。我和父母,怕是一辈子都不可能这样了。

　　快吃完晚饭时,突然收到贺微舟的短信,问我在不在家,说想过来还我唱片。我告诉他可能要八九点才到家,让他不用急着还,不然给我寄过来也行。本意是希望他能改日再还的,但不知他是不是没听出我的潜台词,当即表示那就九点,如果我没到家,他就在门口等我一会儿。

　　我看了眼时间,已经七点多,算算现在回去也差不多了。

　　轻叹口气,我只得起身与姑姑她们告别。

　　"这就要走啊?"姑姑喝了点酒,兴致正高,极力劝我再坐一会儿。

　　"不了,朋友过会儿要来我家,我得赶回去。"我缓步走到门口,让她留步。

　　她见劝不动我,只好放弃,叫我路上小心。

　　"我送你下去。"沈洛羽拿上钥匙,跟我一道出了门。

　　进入电梯,只剩我和沈洛羽两人,她开启了一贯的主题。

　　"从过年到现在,你还没和你爸妈联系过吧?"

　　"嗯,一直没时间。"

　　算起来,这场冷战已经快持续大半年。我也想过要打破僵局,可又怕再次以疲惫的争吵结束。就这样一日拖一日,不知道何时才是个头。

　　"你不准备告诉他们这个好消息吗?"沈洛羽问。

　　我没有马上回答,沉默着,一直到电梯到达一楼。

　　"你认为他们会在乎吗?"电梯门打开,我和沈洛羽一同走出去。

　　她惊讶地回头:"你在说什么傻话,他们当然在乎。"

Chapter 09 说了谎就一定会被拆穿

见我不说话,她接着道:"舅舅、舅妈还是关心你的,北芥。他们或许思想顽固,各方面都很保守,但他们做事的出发点还是为了你好,当然我知道这种'为你好'式的关爱很令人窒息。但……"她顿了顿,感触颇深道,"这世界上没那么多人在乎我们的好坏,大多数的关系都说断就断。能有人为你着想,哪怕你不需要,哪怕是多管闲事,我认为也是甜蜜的烦恼。"

"甜蜜的烦恼?"我咀嚼着这几个字,实在很难将这样乐天的想法融入自身。

沈洛羽道:"你看,这世上既有'我死后哪怕洪水滔天'的人,也有我妈这种早早杞人忧天,担心她百年后我孤苦伶仃成孤老的人。你要是打辩论赛,那这两方都有很多点可以批判,但人生不是辩论赛,干吗非得分个对错呢,是吧?"

我点点头,告诉她:"我知道了,等过段时间我会给我妈打电话的。"

有时候我也很不好意思,总是让姑姑她们夹在我和父母之间,做我们的调解员、润滑剂。

沈洛羽这些话,固然是为了让我与父母能更快和解,但站在我父母的角度,他们的确做了他们能做的,也不曾亏待过我,或许我真的应该换个乐观一点的心态看问题。

回到家时,贺微舟还没到。在外一天,外骨骼的电量已经见底,我脱下设备充电,重新坐回轮椅。

也不知道贺微舟等会儿会不会久留,以防万一,我还是去厨房烧了壶泡茶的水。

对面楼这个时间段还亮着不少灯,正对着我楼层的1102的窗户一片黑沉,看不出商牧枭是不在家还是单纯的没开灯。

这几天我见到他便会催要银行卡号,他却总是以各种理由推诿,一度让我产生"到底谁欠谁钱"的错觉。

我开始怀疑,他之前并不是真的急着要我还钱,只是享受那种逗弄我、让我难堪的感觉。就像当初他和周言毅打赌,表面理由不重要,本质都是以逗弄我为乐。

按下烧水键,这时门铃响了。

我跑去开门,贺微舟站在门口,冲我微微一笑。

"不好意思,这么晚打扰了。"

的确很打扰。但来都来了,我也不好赶他。

"没有。你坐一会儿,我给你倒杯茶。"

贺微舟换了鞋进到屋里,将唱片放茶几上,没有坐下,而是跟我到了厨房。

"晚上聚会去了吗?"他倚在门边,一副与我话家常的模样。

我找出茶叶罐,边等水开边道:"去看了下我姑姑。这次不巧,设备没电了,下次有机会让你看看我走路的样子。"

◆ **烧**不尽

身后许久无声，我回头看去，见对方满脸错愕。

我以为他是没听懂，误会在我身上发生了什么医学奇迹，忙补充道："机械外骨骼，类似于高科技假肢，能续航十四小时，所以以后白天我都可以不坐轮椅了。"

他张了张嘴，放下环在胸前的双手，显得有些措手不及。

"那……那真是太好了。"他说。

我隐隐觉得他有点奇怪，但又说不上来哪里奇怪。

热水很快沸腾，我泡好茶，一回身，被不知道什么时候来到我身后的贺微舟吓个够呛。

手一哆嗦，茶泼溅出来，烫到手指。我吃痛地抽了口气，再捏不住杯子，整杯茶翻倒下去，大半淋到我的腿上，玻璃杯则在地上摔得粉碎。

"啊！不好意思不好意思，你没事吧？"贺微舟忙抓过一旁纸巾，替我吸去裤子上的水。

热水大多泼在膝盖的位置，顺着裤子流向小腿，虽然没有感觉，但以常识来说，我现在应该迅速降低皮肤温度，不让热量继续堆积。

"我自己来就好。"挡住他的手，我打算先进浴室冲一下水。

"我帮你处理一下吧。"贺微舟蹲下身，不由分说要卷我的裤腿。

就连商牧枭我都没让他看过这双腿，现在就更不会让贺微舟看。

我一把抓住他的手，语气微沉道："不用了，你先让开，我自己进浴室处理。"

贺微舟抬起头，表情古怪异常。

他半跪在地上，仰视着我道："北芥，你真的看不出来吗？我喜欢你，我在追求你。"

我一愣，被他的话炸得猝不及防。

"我……"

没有，我没看出来。

但商牧枭倒是看出来了。难道真的被他说中，我没有看人的眼光？

我整理着语言，委婉地拒绝道："谢谢你的喜欢。但我还没完全恢复，目前……不打算展开新恋情。"

客厅里，我的手机忽然疯狂响起来。

"我和其他人不一样，我绝不会嫌你麻烦，也很乐意照顾你。"

僵硬着身体，我试探着问："你……不介意我坐轮椅吗？"

客厅电话一个接一个，久久不歇，但我这会儿实在顾不上它，也只能任它去响。

"当然不介意，我喜欢你这个样子，你什么样我都喜欢。"贺微舟显然也知道我在想什么，大方承认道。

我一时也说不清自己应该感到荣幸还是荒唐。

Chapter 09 说了谎就一定会被拆穿

形势于我不利,我不欲刺激他,只好虚与委蛇道:"这样,你先给我点时间。你突然跟我说这些,我……我要想一想,毕竟也是人生大事。"

他盯了我半晌,复又垂下眼,仿佛压根没听懂我的话一般。

"让我替你处理烫伤好不好?"他自顾自地一点点卷起我的裤腿。

我想拒绝,他现在这种行为,已经和骚扰无异。

"你不要这样……"我深觉无力。

万万没想到,有一天我在自己家也会遭遇这样的事,还是被一个当作朋友的人……

难道我真是象牙塔里待久了,不识人心险恶吗?

"不要害怕,我不会伤害你……"裤腿被卷到膝盖。

周围并没有趁手的、可以拿来当武器的东西,手机在客厅,已经不再发出响声。

我闭了闭眼,心里升起一股绝望。

而几乎是同一秒,门口传来电子锁开锁声。

贺微舟动作微顿,还来不及反应,便被冲进来的商牧枭扯着后领狠摔到地上。

场面一度有些失控,我眼睁睁看着两人扭打起来,在我的厨房地板上翻滚。

商牧枭一句话没有,只是挥拳揍人。贺微舟到底文弱,完全不是他这个玩极限运动的对手,一下吃了好几拳,嘴角都被打破。

虽然我对商牧枭的突然出现也很震惊,但这会儿不是纠结这个的时候。一逃离贺微舟的控制,我便直扑茶几上的手机,拨通了报警电话。

"你……你做什么?"贺微舟瑟缩着躲避商牧枭的拳头,声音带着几分恐惧。

"我做什么?"商牧枭揪起他的衣襟,一拳揍在他的腹部。

贺微舟霎时脸都白了。

商牧枭再次扬起拳头,加重语气又重复一遍:"我做什么?"

"您好,有什么能帮助您?"电话接通,对面传来接线员温柔的嗓音。

我一边观察着厨房里两人的战况,一边与接线员说明情况,撇去前情,只说有人打架。

接线员表示会安排民警尽快赶到,让我注意自身安全。

那头贺微舟奋力推开商牧枭,踉跄地逃到门口,看到我,脸上闪过一丝复杂的情绪。

"抱歉,我没想过伤害你……"

他匆匆说完,怕商牧枭再追出来,慌忙转身离去,连电梯都没坐,直接沿着消防通道跑走了。

没多会儿商牧枭追着他到了门口,见人已经没了踪影,不甘地咒骂一声,将门重重拉上。

◆ 烧不尽

屋里只剩我们两个，虽然我还有些回不过神，心脏也仍在狂跳不止，但现在更让我难以理解的是为什么商牧枭会这样巧合出现在我的家里。

"怎么回事？"

"你怎么会来？"

我们俩几乎是同时开口，又同时愣住。

商牧枭呼吸还有些喘，见我不答，脸色难看地抓了把头发，靠在门上，盯着我裤子上的水迹再次开口："你喜欢他？"

我都不知道他是怎么从上一句的思维跳到我喜欢贺微舟这个话题的。

"什么？"

"我进来前你们在做什么？"

他完全一副质问的口吻，让我有种自己此时正在被警察审问的错觉。

我耐着性子回答："我不小心把茶打翻了，烫到了腿，他说要帮我处理……"

"所以你就让他处理了？"他大声诘问，往我这边走了两步。

大脑好像一只被戳爆了的蜂巢，瞬间涌出大量蜜蜂，每一只都在嗡嗡作响。

"不然呢？我难道能拒绝吗？他突然说喜欢我，又不顾反对要帮我清理，我连跑到客厅接电话都做不到，你让我怎么办？站起来和他打一架吗？"

他提高音量，我也提高音量。这好像成了我俩之间的魔咒，每次交流都无法心平气和地说话。

商牧枭沉默片刻，低低地说了一句："你就不应该让他进门。"

如果可以，我真恨不得能站起来和他打一架。暴力的确不能解决任何问题，但暴力能让这个小浑蛋老老实实闭嘴。

"是，我识人不清，你说的都对。"怒气让我连他为什么会出现在我家都不想知道了，只想让他快点滚，"还有事吗？没事的话就请离开吧。"

他一时没有再说话，直直地瞪着我，好像这里不是我的家，而是他的家，我的要求很无礼。

与我对视须臾，他垂下眼，扫过我裸露在外的小腿，道："你皮肤很红。"

我低头看去，腿上苍白的肌肤被烫出一片嫣红，要是有痛觉，这会儿必定是火辣辣的疼。

商牧枭来到我面前，半蹲下来，伸手要将我裤子再往上拨。

这会儿再遮遮掩掩多少有几分矫情，可我不知道他要做什么，只得一下按住他的手，不让他动。

他没再动，但也没收回手。

"怎么？别人能碰我不能碰吗？"他语气凉凉道。

我一愣，手不自觉松开几分。他干脆拿开我的手，将裤管完全卷到膝盖以上。

看清我膝盖上的伤势，他拧着眉轻嗤一声，站起身，不由分说将我往浴室推去。

Chapter 09
说了谎就一定会被拆穿

我看他拿下花洒开始调节水温,知道他是要替我的伤口降温,再次说道:"你不用管我,我自己可以处理,你走吧。"

他置若罔闻,复又蹲到我面前,握着我的脚踝轻轻抬起,将冷水浇淋到被烫伤的部位。

如今虽然已是春季,但气温仍是很低,可能是从家里跑过来的关系,他只穿了件短袖白T恤,看得我都觉得冷。

浴室充盈着淅淅沥沥的水声,商牧枭的睫毛纤长浓密,从我这个角度看,尤为惊艳。余喜喜说得对,他不进演艺圈的确是可惜了。

"用手把裤腿往上提,不然会淋到水。"

我注视着他的睫毛,没有动。

商牧枭疑惑地朝我看来,我不动声色移开视线,依照他的吩咐抓着裤腿远离膝盖。

在浴室的白灯下,本就苍白的腿显得更白,简直要和地上的白色瓷砖融为一体。他的手本就宽大,轻松便将我的脚踝整个圈住,一深一浅的肤色对比鲜明,格外有视觉冲击力。

藏了这么久,最后竟然是在这样的情况下与商牧枭见面。

事实证明,有些坎儿跨过去的那瞬间才会发现,没有撕心裂肺,也没有忍辱含羞,有的只是平静和解脱,仿佛一种快狠准的脱敏疗法。

"你怎么会过来?"随着水流不住冲刷伤处,我的怒火伴着那些不理性的情绪似乎也一点点被浇灭,我又开始重拾主题,好奇商牧枭出现的缘由。

商牧枭小心移动着花洒,确保所有泛红的地方都能被水淋到。

"我本来要打电话告诉你银行卡号,但你电话怎么也打不通。我看你家灯亮着,好歹相识一场,而且你还欠我二十万没还,就想过来看一眼。"

乍听他的话好像没什么毛病,仔细一想,却处处都是漏洞。

一般要查看别人是不是发生意外,起码先敲门,敲门没有回应才会使用别的方法破门吧?而且如果我是因为在洗澡才不接电话呢?

他没说实话。我心里隐隐生出这样的猜测,可真相是什么,这么会儿工夫又实在理不清。

我没有继续追问,表面上相信了他的说辞。

"你为什么还没把密码改掉?"商牧枭忽然问。

我自繁杂的思绪里回神,道:"忘了。"

花洒不受控地晃动了下,过了会儿商牧枭才硬邦邦道:"哦。"

烫伤降温要持续十分钟以上,大概进行到一半的时候,门外门铃响起。

"可能是警察来了。"我回头看向浴室门。

商牧枭放下我的腿,将手里花洒往我这边递了递,道:"你先自己冲着,我去看看。"

◆ **烧** 不尽

透过水声,只能听到外头断续的对话。没一会儿,一名中年男警官出现在浴室门口。

"你好,是你报的警吗?"

我点点头:"是。"

我听到门口还有说话声,商牧枭应该是在和另一名警察复盘发生的事情。

"请问之前报警是发生了什么事?"中年警官问。

我将事情大概讲了讲。

"这年头,什么人都有啊。"他感叹一声,道,"好的,我了解情况了。但我要和你说一下,因为你现在没有受到实质性的伤害,他也没有表现出明显伤人意图,我们无法采取刑事措施,只能对他进行口头警告,让他不要再靠近你。"

我表示明白。

他颔了颔首,道:"你有什么事还可以再打我们电话,我们会第一时间出警。那就这样,我们先走了。"

我谢过他,与他告别。他走后没多久,外面传来关门声,接着商牧枭回到浴室,重新接手替我伤处降温的活计。

"你觉得他还会来找你吗?"商牧枭问。

"不知道,我希望不会。"总觉得贺微舟胆子应该没那么大,我也不至于那么有魅力,让他流连忘返。

一阵沉默,商牧枭突然道:"你应该改改你的脾气。"

我不太明白。商牧枭今天总是说些没头没尾的话,说贺微舟就说贺微舟,怎么又扯出我的脾气?我的脾气和今天发生的事有什么必然联系吗?

"我的脾气怎么了?"

"你戒心太低,表面上看着对什么都不在乎,其实对谁都很包容。这样不行,这样会让对你心怀不轨的人得寸进尺。"他拧紧水阀,将花洒放回高处,俯视我道,"他们会不断试探你的底线,想看你到底能忍到几时。"

心怀不轨的人……

我有些好笑,带着些许嘲讽道:"包括你吗?"

他睫毛轻轻颤了颤,道:"对,包括我。"

抖开柔软的浴巾,将腿上水珠尽数拭去,由于姿势的关系,水花大半沾湿了他的裤脚和下摆。

等会儿出去风里一走,恐怕会冷。

擦完了腿,他将我再次推出浴室,见厨房地上散着碎玻璃,逐一捡起丢进垃圾桶后,还替我擦干了地上残留的茶水。

看得出他不太做这些,姿势相当笨拙。

做完后,他站起身,与我四目相对:"那……"他拖长着尾音,久久不说后面的话。

Chapter 09 说了谎就一定会被拆穿

而我也只是任他盯视,没有催促。

半晌,他道:"那我走了。"

"你等等。"我叫住他,转身进卧室拿了件外套给他。

他接过衣服,不明所以看着我。

"你衣服湿了。"我说。

他低头查看自己衣裤,仿佛这会儿才刚刚发现。

披上外套,他微微眯眼笑道:"你看,你就是这样才会招惹变态。"不等我反驳,他挥一挥手,开门离去。

他走后,我控制着轮椅来到位于厨房的窗户边,这个位置能够看到对面的楼,也可以看到楼下。

几分钟后,商牧枭从我这边楼道里出来,脚步轻快地往对面走去。

卢飞恒的老家大概离清湾三小时车程,我一大早出发,中午左右才到。

卢玥提前准备好饭菜等着我,为我开门时,同沈洛羽一样,傻了半天才知道接过我手里的问候礼。

卢妈妈听到动静从里屋出来,一边走近一边眯眼打量我,等看清我长相,眼里满是惊喜。

"北芥,你能走路啦?什么时候的事儿啊?怎么没听你提过?"

"是啊,我刚开门的时候都吓了一跳。"

母女俩围着我,你一言我一语地说起话来。

我与她们解释了外骨骼的工作原理、使用方法,并表示自己也才佩戴它没多久。

卢妈妈不知道是想到卢飞恒还是卢爸爸,眼里升起无限怅惘。

"不知道人类什么时候才能解决所有的医学难题,我是看不到这天了,希望你们能看到。"

卢玥笑道:"那得医学多发达?我和您就差二十多岁,您看不到,我肯定也看不到的。"

卢妈妈带着我进到卧室,屋里颇为昏暗,只开了盏昏黄的小灯。

卢爸爸戴着呼吸机,消瘦得只剩一把骨头,闭着眼,半躺在床上费力地喘息,完全是一副油尽灯枯的模样。

"这些天他醒的时间是越来越少了。"卢妈妈小声说着,到床边轻轻推了推丈夫。

卢爸爸悠悠转醒,看到我时愣了许久才认出来。

"北芥?"他颤抖地伸出手。

我撑着拐杖到他身边,一把握住他的手。

✦ 烧 不尽

"叔叔……"

他似乎已经不太清醒，虽然认出了我，却时间感混乱，一会儿问我毕业了没，一会儿又问我卢飞恒什么时候回来，他想他了。

我去看卢妈妈，她摇摇头，示意我不要点醒他。

我只能更紧地握住对方的手，哄骗着道："很快，他很快就会回来了。"

卢妈妈红着眼眶离开了卧室，留我们两个单独说话。

我坐到床边的凳子上，将拐杖放到一边。

"你的腿好了啊。"只一会儿工夫，卢爸爸好像又恢复了点神志。

"嗯，现在能走路了。"上次见到他时，他头发还很黑，眼睛有神，人也壮实，看起来非常健康。不像如今，头发白了，眼里的神采消失了，人也瘦脱了形。

明明应该活更久的……

理智上，我知道应该尊重病人的选择，要学会放手，可情感上，潇洒说再见真的很难。内心深处，我甚至有些怨怼他这样轻易地放弃了活下去的可能。

"真好。飞恒知道了，也会很高兴的。"他好像看穿了我的想法，劝慰道，"不要难过，我只是比你们早走一步，我……我会去找飞恒，有他在你们不用担心……他会照顾我。"

一口气说了长句，他喘得更厉害，声音也更轻，好像再没有多余的力气说话。

听到他提卢飞恒，我的眼底不自觉涌上热意，点头道："是，飞恒很会照顾人，他一定能把您照顾得很好。"

"卢玥是不是问你借钱了？"他突然问。

张了张口，我不知道要怎么回答。向我借钱这事卢玥是瞒着父母的，还钱的时候也没同父母提起钱是跟我借的，就怕两个老人会有心理负担。但显然，姜还是老的辣，卢爸爸到底是猜了出来。

"就借了一点。"我说。

"她啊，怎么能麻烦你呢……"

"我不怕麻烦。"

他笑起来："你不怕麻烦……"说话间他眼眸半阖起来，看着像是随时随地会再次昏睡过去，"你有对象了吗？"

"没呢。"

"不要急，你还年轻……慢慢来……你这么优秀，一定很多人喜欢的。"

"好，我不急。"

"飞恒不知道几时带女朋友回来，这小子招人喜欢……"

笑容凝在唇边，只一会儿工夫，他又糊涂起来。

"……应该也快了。"我顺着他的话道。

卢爸爸精神不济，人也不怎么清醒，又说了两句，我看出他的疲累，主动结束话题，让他好好休息，之后起身出了屋。

卢妈妈见我出来了，招呼我到桌边吃饭。

"吃过晚饭再走吧。"说着她夹一筷子菜到我碗里，"好不容易来一趟。"

我摇摇头，婉拒她的好意："不了，我下午还有些事。"

杨海阳下周就要举行婚礼，说给自家人都准备了合身的礼服，我也不例外，所以我今天下午得去试衣服。再者卢爸爸的身体情况这样差，我也不便一直打扰，卢妈妈她们照顾病人都很累了，我不想她们为了招待我再费心力。

"那吃了饭，你和我进去再见一眼你叔叔吧。这一别，应该是没有下次了。"卢妈妈长长叹了口气道。

桌上氛围因为卢爸爸的病情有些沉闷，只是简单的对话，没有聊太深。卢玥做的都是他们当地的特色菜，味道很不错，临别时，卢妈妈还塞给我一大包的当地特产，让我回家煮汤喝。

开车回到清湾已是下午四点多，我匆匆给自己煮了碗速食饺子，吃完就要前往与杨海阳约定好的礼服店。出门前，忽然接到了商牧枭的电话。

"你今天是不是要去试衣服？"

我看了眼厨房窗户，对面的灯一如既往地暗着，无法得知房子主人有没有在家。

"你怎么知道？"

"我们是一家店，前两天店里打电话给我，说衣服做好了，问我什么时候去试衣服，我就打听了下你和杨海阳试衣服的时间。带上我吧，我现在没车很不方便。"

"杨海阳也在。"我提醒他。

他不以为意："我知道。"那头传来关门声，他似乎是出门了，"放心，我不会和他打起来的。"

"可是……"

我正要找理由拒绝，商牧枭飞速打断我："我到下面等你，你快点。"说罢挂了电话。

只是顺路带一程而已，我们住得这样近，没什么的。我盯着手机，给自己洗脑。

下到车库，商牧枭已经等在车旁。驱车四十分钟，我们到达了市中心的一家门头复古精致的定制礼服店。这家店据说是商芸柔指定的，开了几十年，老板是商禄的朋友，替很多商贾名流都定做过衣服，手艺了得，据说还上过电视。

第一次来时，由于我坐着轮椅，裁缝师傅为了精准，量尺寸都量了许久。

推门而入，头顶上方的古旧铜铃发出一声轻响，店员闻声而来，带我们到了里面的试衣室。

◆ **烧** 不尽

"北芥！"杨海阳正在试衣服，一身挺拔的八字领白衬衫加藏青色西裤，有别于他平时的糙汉形象，显得尤为帅气。

他早前便从电话里得知了我穿戴外骨骼的消息，不过亲眼看到还是第一次。

"你真的站起来啦！"他咧着嘴，笑得有几分傻气，说着快步朝我走来。

可就在这时，我和他之间却忽地插进另一个人来，迎上去热情抱住杨海阳，大力拍着他的背。

"姐夫，好久不见。"

杨海阳跟被蛇咬了一样，急急挣脱，见真是商牧枭，脸色一下变得很精彩。

"你……你怎么来了？"

"我也来拿衣服啊。"商牧枭回头看向我，"我现在和北教授住一个小区。"

杨海阳看看他，又看看我，目光充满同情，仿佛我不是和商牧枭住在一个小区，而是和一条恶犬关在同一个笼子。

更衣室只有一间，我让商牧枭先请，他也不客气，拿着衣服便进去了。

"哇，真是个煞星啊，我刚刚被他抱得鸡皮疙瘩都立起来了。"杨海阳压低声音，搓着胳膊道，"我之前听芸柔说他和家里吵架搬出来自己住了，但怎么也没想到搬到了你们小区，这也太巧了。"

他的疑惑也是我的疑惑，千千万万个小区，我始终不明白商牧枭为什么独独选中有我的那一个。难道房子是一早就租好的，想演戏演得更逼真一些，只是没想到我突然与他提了分手，他退不了房，正尴尬着，与家里吵了架，便只好硬着头皮搬去住了？

这样一想，似乎也不是没有可能。

"或许是图我们小区交通方便吧。"

"方便吗？"杨海阳想了想，"你们小区外头不就一个公交站吗？"

我和他分析了下，同样的租金，学校附近只能租到小小的一间房，但在我们小区能租到二室一厅的房子。虽然周边设施匮乏了一点，但有公交直达大学城，生活还是很便利的。

杨海阳愣愣点头，像是被我完全说服了。

他试完了衣服，十分合身，没有要改的地方，只等商牧枭出来把衣服换下。

不多时，更衣间隔帘"唰"地拉开，商牧枭系着腕上的衬衫扣走出来。长腿细腰，肩膀宽阔，只是往那儿一站，便将所有人都比了下去。

他目光在我面孔上游走一圈，带着钩子般，勾住我的眼睛，让我怎么也无法移开视线。

走到全身镜前，他看起来像是专心在打领带，其实一直在镜子里与我对视。

我别开眼，将视线放在墙上的一卷布料上。

"对了，北芥，马上就能看到你男神了，你兴不兴奋，高不高兴？"杨海阳脱去外套交给一旁店员，解着领带往更衣室而去。

Chapter 09
说了谎就一定会被拆穿

隔帘拉上,他的声音还在继续。

"我记得你大学那会儿可喜欢芸柔的爸爸了,还给我推过他的电影。结婚那天你别忘了找他签名,说不准还能跟他互加好友。"

人果然是不能说谎的,说了谎就一定会被拆穿……

我没来由地打了个激灵,下意识去看商牧枭。

全身镜前,他领带打到一半,这会儿一动不动,唇边已没了笑意,望着我的目光又沉又冷。

如果周围不是还有其他人,我毫不怀疑他会扑上来将我撕碎,让我为欺骗他付出惨痛的代价。

"北芥?"杨海阳得不到我的回复,特意提高了音量。

"嗯……是。"关注着商牧枭的一举一动,我心里不免有些发怵,怕他突然发疯,在杨海阳面前质问我当初为什么跟他撒谎。

当初我脑子一热,说自己是《逆行风》里女主角的影迷,就是怕商牧枭知道我崇拜商禄生气,结果一个大圈子兜下来,还是逃不开惹他生气。

商牧枭收回视线不再看我,拉扯领带的动作变得十分用力。他现在拿我没有办法,便只能同死物较劲儿。

直到杨海阳换完衣服出来,我们再没有眼神接触,更勿论交谈。

他现在一定恨死我了。

当换我试衣服时,杨海阳一直在我身后发出各种夸张的惊叹。

"哎呀,我们北芥真好看啊。"

"我们北芥这气质绝了。"

"你看这腰,你看这腿……"

我想商芸柔肯嫁给他绝对有这嘴的一份功劳——太能说了。

我被他说得很不好意思,出声制止道:"好了,留点功力到结婚那天拍新娘子的马屁吧。"

视线扫过镜中的商牧枭,他穿着全套的西服四件套,上衣口袋露出一角白帕,衬衫领口甚至还别上了一对黑色的宝石领扣,大马金刀地坐在角落的沙发上,一手支额,看着就快睡着了。

可能是感觉到我的目光,他倏地睁开眼,不费吹灰之力便将我抓个正着,眼里没有睡意,全是阴郁。

"骗子。"

他坐在角落,所有人的身后,因此除了我,并没有别人读到他的这一唇语。

衣服一如所想,非常合身。确认没什么问题后,我见商牧枭坐在那里迟迟不见动静,便自顾自地进更衣室换衣服。

"那我去外头结账了哈。"杨海阳说着,去了外头。

◆ **烧**不尽

拐杖支在一旁，才解开扣子，隔帘就被一把拉开，商牧枭挤了进来。

极速拉近的距离使我不安，脚步不稳地往后退去，背脊撞上墙壁，生出闷痛。

他这是要和我算账了。

看一眼他身后的隔帘，薄薄一片，动静大点外面就全都听到了。

"回去我再跟你解释。你先出去。"我小声安抚他，但其实自己都没想好怎么解释。

这件事也没什么好解释的。事实便是如此，我的确骗了他，无论出于怎样的考虑，说谎就是说谎，我需要为此道歉。

他低垂着眼眸，漆黑的瞳仁深不见底，让人看不清里面的情绪。

我别开眼，背过身，手腕忽然被人从身后攥住，紧接着靠上来一具结实的人体。

"你之前想让我讨好你，说我不一样……"他低语着，"哪里不一样？"

我挣了挣手腕，没挣开，反倒使他更用力了几分。

讨好我？什么讨好我？我以为我只需要为自己其实是商禄影迷这件事道歉，可为什么他现在又扯出来一个讨好我？那个乌龙我以为我早就解释清楚了。

"是不是因为，我是商禄的儿子，你才对我不一样？"呼吸灼热，语气却透骨生寒，他攥着我的手，好似下一秒就要将它折断。

他跟我关注的点完全南辕北辙，打了我一个措手不及。这事情并非三言两语能够说得清，环境地点也不合适，而且我也不喜欢他这样胁迫式的沟通方式。

"你先放手。"微微偏首，我用另一只手去掰他的手指。

这一行为似乎彻底激怒了他，他猛力将我按压在墙上，牢牢制住，不给我任何反抗机会，一口咬在了我的后颈。

他真是疯了……

好痛，感觉肉都要被咬下来了……

我忍耐着，没发出什么声音。商牧枭咬够了，齿间一点点松开力道，却没有动。

片刻后，他彻底退开，放我自由。

我将额头抵在墙上，缓了一会儿，看也不看他，拄上拐杖离开了更衣室。

人类的牙齿到底不像野兽，没有那么锋利，我抹了把后颈，没摸到血，只摸到一些凹凸不平的牙印。还好今天穿的衣服领子不算低，后头有个帽子，应该能把他的咬痕挡住。

换好衣服后，店员接过我手上的衣服，可能是见我行动不便，问我需不需要快递服务。想了想，也省得我这一路拿回去，便给他留了地址。

杨海阳这时也已经付完尾款，见商牧枭没出来，瞟了眼试衣室方向，道："那我先走了，你们路上小心。"

Chapter 09
说了谎就一定会被拆穿

我点点头，同他告别。

商牧枭没多久也换完衣服出来，店员再次上前接过他手里的西服，同样询问他需不需要快递服务。商牧枭简短地"嗯"了声，于是店员取来快递单，让他填写地址。

他扫一眼我，示意服务员问我即可。

说罢从裤兜里掏出烟盒，推门而出，没有走远，只是站在门外。不多时，白色烟雾穿过夜色，如最轻薄的纱绸，在他身侧萦绕不去。

店员将快递单递到我面前，我无奈地接过，填上了他的地址。

铜铃如来时一般发出轻响，店员替我拉开门，恭送我离开。

商牧枭见我出来了，碾灭烟蒂，双手插兜走在前头，一言不发地往停车场走去。

他一路往前走，我就默默跟在后头，谁也没开口说话。

我有种预感，一场争吵在所难免。

到了停车场，昏暗的光线下，只有零星的几盏灯照明。车位几乎被停满，这个时间段，大家不是在吃饭就是在逛街，人反而很少。

商牧枭突然停住脚步："怪不得你那样看他。见到真人，果然比电视里的要更让你激动吧？"他转过身，冰冷地凝视我。

若不是"电视"两个字给了我提示，我甚至都反应不过来他说的是谁。

"我当时的确是因为你是商禄的儿子才对你网开一面……"

"哈，你承认了吧！"他像是抓到了我的把柄，有理在就声高，"你跟我分手根本不是因为那个该死的赌约，你就是因为见到心心念念的崇拜者，所以不需要我这个赝品了！"

"还有这颗痣……你很喜欢吧？"他指着自己右耳耳垂，眼尾全被怒气染红，"和他一模一样是不是？"

他说得太像那么回事，像到要不是他控诉的对象是我，我也会觉得这是个经典的替身故事。

我试着和他解释："商禄只是我年少时崇拜的一个普通的电影明星，我也只是他很普通的一个影迷，事情没有你想的那么复杂。"

他抿着唇，胸膛明显起伏着，呼吸很重。

久久，他问："什么程度？"

我怔了怔，没明白他的意思。

"你崇拜他，到什么程度？"商牧枭每个字都咬得很重。

见我回答不出，商牧枭冷嗤一声，脱下外套摔在我面前。

"普通影迷？啊？"他满满嘲弄意味。

我们本来就分手了，分得也不好看，我为什么还要执着于维护和他恋爱时自己的形象，苦苦解释自己没有精神出轨？他也没有为他的行为道过歉不是吗？

◆ 烧 不尽

误会就误会，鄙夷就鄙夷，反正我说什么他这会儿都不会信了。

这段感情本来对他也一文不值，现在不过是从一个好笑的笑话变成一个恶心的笑话。

想明白了，我不再做无谓的解释，赌气道："是，不是普通影迷。你说得对，我喜欢被他碰触。"我平静地，用着不大不小、确保他能听到的音量说道，"比被你碰更喜欢。"

这是除夕那天在商家，商禄误入我的房间后，商牧枭无理取闹问我的问题，当时我没回答，没想就放这儿来回答了。

这或许也是一种墨菲定律，越是想绕开，越是绕不开。

"满意了吗？还想听更多我对他的看法吗？"我问。

他仿佛被我击中了要害，脸孔一白，显得眼尾越发红了。

死死瞪视着我，脖子上的经络都因为肌肉的紧绷而全部显露出来，我以为他要扑过来，他却望了眼头顶夜空，毫无预兆笑起来。

"天啊，太好笑了……"他说，"原来我们两个都是骗子，偏偏认为对方全是真心的。好了，我骗你一次，你骗我一次，也算两清，以后谁也不欠谁了。"

说完他转身独自离去，没有坐我的车。

我在原地站了半晌，直到再也见不到他身影，这才缓缓走到那件衣服前，弯腰将它拾起。

"呀，你的腿怎么受伤了？"理疗师按摩到我的小腿时，看到裤管底下的烫伤，不由惊叫出声。

"不小心烫伤的。"

之前被茶烫到，虽然及时做了处理，但第二天还是陆续生出一些水泡。仗着没有痛觉，我将水泡逐一挑破后简单贴上创可贴，这几天差不多也都痊愈，只是留下一些红色的疤。一双腿本就难看，现在更难看了。

"我刚看到还以为是文身呢。"理疗师笑道，"这颜色还挺好看的，跟梅花一样，也不暗。"

我看了眼自己的小腿，觉得他实在很会说话，被他这样一讲，倒像是我因祸得福了。

做完理疗，我起身穿戴外骨骼，理疗师询问我关于外骨骼的使用感受，问有没有什么不舒适的地方。

"没有，它不能更完美了。"只是短短一个月，我已经很习惯穿戴它行动，好像它是我身体的一部分，穿上它，我才是完整的我。

回到家，天还没有完全暗下，冬季过后，白昼慢慢长起来。

打算晚上煮个面吃，我来到厨房做准备工作，一抬头，目光不经意在对面1102停驻。

Chapter 09
说了谎就一定会被拆穿

这几天那间屋都没有亮灯，也不见商牧枭下楼遛狗，不知道他是不是已经搬走。

银行卡号不给，电话还被拉黑，看来他是真的不想再跟我有任何瓜葛。

忍不住长长呼出口气，只是想到他，我就心口憋闷，烦躁不已。干脆眼不见心不烦，我降下厨房遮阳卷帘，隔绝视线，转身将卷面投入煮沸的锅里。

吃好晚饭，洗漱完，我准备写一会儿论文就睡，拿起手机发现有未读信息，点开一看，是肖代表的。

你腿烫伤了为什么不说？

我一愣，惊讶于他的消息灵通。

不知道是不是相处久了，我现在对他这种莫名的语气也是见怪不怪，习以为常。

唐沅和你说的？

唐沅是理疗师的名字。下午我刚做完理疗，晚上肖代表就找上了门，除了他俩互通了消息，我想不到第二种可能。

正好有些工作上的往来。

果然是唐沅。我向对方解释只是小伤而已，现在已经没事了。对面很快回过来。

你要好好保护自己的腿。

虽然未曾谋面，虽然对方可能只是出于工作随口一说，但怎么也是一番好意，我需领情。

嗯，谢谢。

他没有就此结束话题，问完腿伤，又与我唠起家常。

肖：吃饭了吗？
我：吃了。
肖：吃了什么？

◆烧 不尽

　　我：自己做的素面。
　　肖：怎么不做菜？
　　我：嫌麻烦。

　　我一心两用，边写论文边与他聊天，虽然也觉得他突然找我闲聊有点奇怪，但出于礼貌不好不回，于是他问一句我答一句，不知不觉就聊到深夜。
　　看一眼时间，快要十点，关闭文档，我活动了下僵硬的肩颈，同肖代表发了最后一条信息。

　　明天我还要早起，先睡了，晚安。

　　对面隔了会儿也回过来一个"晚安"，还附上一个小猪盖被子的表情包。
　　我莞尔一笑，这肖代表，还真是童心未泯。

　　翌日一早，我穿戴整齐，七点便驱车前往杨海阳处与他会合。
　　商芸柔不喜欢过于繁复的婚礼程序，只想亲朋好友聚在一起度过悠闲轻松的一天。加之她有孕在身，不宜操劳，杨海阳便索性连接亲都省了，只办一场简单的仪式。
　　婚礼在市中心一处奢华的洋房内举行。洋房上个世纪建成，住过许多历史名人，占地五千多平方米，拥有超大私家花园，自建成便因它童话城堡般的外观广为人知。
　　避免来回奔波，杨海阳与商芸柔早一天就住进了洋房，我到时，杨海阳正在他的"新郎室"弄头发，而商芸柔则在另一层的"新娘室"做准备。
　　"我好紧张。"杨海阳捂着胸口道，"不敢相信，我真的要和芸柔结婚了。"
　　"现在后悔还来得及。"化妆师与他说笑。
　　"怎么可能后悔？"杨海阳想也不想道，"我这辈子都不可能后悔。"
　　他语气坚决，满目深情，任谁都不会怀疑，他爱商芸柔，他会牢牢牵着她的手过完这一生。
　　照理追求幸福也是一种欲望的体现，而欲望正是人生痛苦的根源。要断绝痛苦，必须消除自身欲望。但古往今来又有几个人能做到真正的无欲无求？寻求极致的"无欲"，难以说清它是不是另一种"欲"。
　　秉承佛道思想，以前我总认为，有太多欲望不是好事，它会让人堕落。现在却觉得，在欲望中挣扎是人类摆脱不了的宿命，与其想着规避，不如大方承认——自己便是因欲望而生，也要因欲望而死。
　　没有欲望不见得好，充满欲望的人生，亦不见得差。

Chapter 09
说了谎就一定会被拆穿

到十点左右,宾客陆续到场,包括双方长辈。大家聚在楼下草坪上,衣着体面,举着香槟,不时轻声交谈耳语,一旁的小型交响乐队正在演奏圣桑的《动物狂欢节》,欢快的乐曲十分喜庆,与今日气氛相得益彰。只是,不知为何有些好笑。

化妆师给杨海阳做完造型,还想给我弄,被我婉拒了,他看起来颇为遗憾,只得叹着气从一旁箱子里取出朵胸花给我别上。

这时,杨海阳的母亲同杨幼灵正好到了外头,找不到地方,我便主动说要去接她们,让杨海阳安心和司仪对流程。

快到门口,我远远看到杨幼灵她们,也看到了……商牧枭。

他牵着杨幼灵,正往我的方向走来,两人一路说说笑笑,看着感情深厚,倒像是一对亲舅甥。

"北芥!"杨海阳的妈妈远远朝我挥手。正与小姑娘低头说着什么的商牧枭闻言抬头往我这边看过来,视线在我脸上停留片刻,又很快挪开,表情没有一丝变化,好似只是在看一个路过的陌生人。

这表情我见过。当初,我们为了杨海阳的事吵过一架,他为此一星期没有理我,路上遇到便是这副表情。可以与别人谈笑风生,但懒得看我一眼。

"北芥啊,我刚刚在外头差点找不着门,还好遇到芸柔弟弟了,他认识灵灵,就把我们带进来了。"杨妈妈走到近前,说起她们会和商牧枭一道进来的缘由。

"这里的门是不太好找。"他既然不想和我交流,那我也不去讨嫌,只当他不存在,"阿姨,我带你们去海阳那儿吧?"

"好好好,我去看看他,也去看看芸柔。"她拍拍自己随身的小包道,"今天正式过门了,红包可不能免。"

一听要去见杨海阳和商芸柔,杨幼灵立马松开了商牧枭,改牵奶奶的手。

"舅舅我先去找爸爸啦,我们等会儿见!"

商牧枭扯了扯嘴角,似乎对她这种不加掩饰的偏爱颇为不满。

"嗯,等会儿见。"他语气没怎么起伏地说道。

我带着两人去到杨海阳处,杨母叮嘱了些琐事,之后带着杨幼灵又去找商芸柔。

司仪见时间差不多,便叫杨海阳先到楼下待命。

我替他揣着戒指盒,被他的情绪感染,不自觉也开始紧张。

十一点半,婚礼进行曲准时奏响,杨海阳站在由绿白两色鲜花编织的拱门下,忐忑地等着他的新娘。

绿色的草坪被鲜花立柱隔出一条天然绒毯,笔直地通向拱门。宾客自然分立两边,与杨海阳一样,望向新娘的来处。

商禄与司影位于最靠前的位置,商牧枭并不和他们站在一处。人太多,我一时也找不着他。

◆ **烧** 不尽

　　司影今日穿着一袭醒目的姜黄礼裙，头上戴着顶同色礼帽，薄纱微微遮住上半张脸，表情显得很模糊。

　　商禄侧身与他身旁一名身材纤细的女孩说着话，表情分外温和，甚至有几分宠溺。再看那女孩的脸，只一眼我就知道，她就是余喜喜口中宋万呈找来扮演梅紫寻的那个女大学生。她的眼睛，她身上的神采，和梅紫寻太像了。司影与她一比，只能算是拙劣的仿制品，顶多仿了个形。再看女孩的另一侧，果然就是名导宋万呈。

　　司影没事人一样，任商禄与女孩谈笑，同他们之间仿佛自有一道无形屏障，十分沉得住气。

　　人群中我还看到了尹诺，这学期他没有选修我的课，也不再同商牧枭走在一起，我已经许久不见他，没想到会在这里遇见。

　　他感觉到有人打量他，蹙眉往我这边看来，对上我的眼睛时，脸色一变，僵硬地转开了目光。

　　洋房古朴厚重的大门在这时打开，商芸柔一袭白纱从中缓缓走出，简洁的改良旗袍设计，头上披着正好到地的蕾丝白纱，颇有民国风韵，倒是和这处建筑很配。

　　手里捧着白色马蹄莲与某种蕨类植物扎成的花束，商芸柔目不斜视地朝杨海阳走来，一直看着他，仿佛在场所有宾客都已经消失，这场婚礼只剩他们彼此，整个世界都只剩下他们彼此。

　　还差几步时，杨海阳忍不住朝商芸柔跨出一步，缩短了两人的距离。

　　婚戒的交换仪式在一种温馨又甜蜜的氛围中结束，当司仪宣布两人正式结为夫妻时，所有人鼓起掌，为他们欢呼起来。

　　司仪道："大家可以到处拍拍照，吃点点心聊聊天，等会儿我们会上热食，大家随意取用。累了也可以进屋休息，娱乐室内有桌球和桌游提供。当然了，如果您舞技出色，也可以和着乐队的舞曲与您心仪的对象翩翩起舞。"

　　仪式过后，商芸柔上楼换衣服，杨海阳全场游走招呼宾客。我退到婚礼帐篷下，取了杯喝的解渴。

　　"北教授。"

　　听到有人叫我，我往发声处看去，见是尹诺，没有很意外。

　　他咬着唇，往我这边走过来。

　　"对不起。"他不敢看我，垂着眼，不怎么甘心地吐出三个字。

　　我靠住身后的桌子，问他："为什么道歉？"

　　他一下抬眸，眼里透着惊讶。

　　"你不知道吗？"

　　"知道什么？知道邮件是你发的？"发视频的人必定是商牧枭身边的人，就那几个人选，并不难猜。

Chapter 09 说了谎就一定会被拆穿

"我……"他霎时被我的反问问得有些蒙,不知该要怎么回答。

"这个我知道。"我说,"但你为什么要道歉?商牧枭用我打赌,不是事实吗?"

他动了动唇,没有说话。

我继续道:"既然是事实,你将视频发给我,让我看清这段感情的真面目,我应该感谢你。而你……你发视频给我的目的不就是想让我和他分手吗?现在目的达到了,为什么反而要和我道歉?"

我是真不明白他道歉的目的。做都做了,现在和我道歉,未免有些……得了便宜还卖乖。

尹诺低低地道:"因为……事情其实不是那样的。"

"把视频发给你后,阿枭马上猜到是我,非常生气,从那时候起就再也没理过我。"尹诺轻轻叹一口气道,"其实……赌约很快就作废了。阿枭自己说不玩了,周言毅让他请了顿饭,之后再没提过。后来他渐渐和你走在了一起,我们都以为他又想玩了,所以我才会劝你别太当真……可慢慢地,我发现,那不是玩的架势。他自己或许也没发觉,但我知道,我知道……他对你都是真心的。"

"我当时就想看他笑话,看他怎么跟你解释,一冲动就把视频发给了你。对不起,我太卑鄙了。"尹诺说完,深深低下了头。

这回换我有些蒙。

板上钉钉的事,竟然还能有反转。

第十章

你会对着流星许愿吗

我现在有种乏力感，并非体力告竭所致，纯粹是自觉玩不过他们年轻人，出于精神上的疲惫。

"该不会是商牧枭让你这么说的吧？"

不怪我多想，实在是一朝被蛇咬，十年怕井绳。在商牧枭的事情上我冲动过，吃了教训，跌得头破血流，如今不得不谨慎小心。

尹诺闻言愣了愣，很快反应过来："你怀疑我和阿枭串通起来骗你？"

我沉默着，没有否认。

尹诺像是受了什么奇耻大辱，道："当然没有。你如果不信我，我也不能勉强你，反正又不是我谈恋爱。"说完他气呼呼转身离去，动作快到我甚至来不及叫住他。

盯着他远走的背影，我心情复杂，一半保持警惕，觉得他并不可信，一半蠢蠢欲动，以为他不至于这样。

可无论他说的是不是实话，无论商牧枭那个赌约是持续了一天还是一个月，对我有没有动真情，如今分手已成定局，一切纠结来纠结去似乎都没有意义。

错过了就是错过了，好比明日黄花、中秋过后的月饼，任何东西都有它的最佳保质期，爱情更是如此。

况且我和商牧枭的问题也不止这一个……

我想在洋房内参观一下，到处走走，感受历史风韵，便拄着拐杖一路游览，到了三楼。

墙上挂着不少和这间屋子有关的人物旧照，古今中外，商人墨客，应有尽有。

"你要闹到什么时候？"走到走廊尽头，推开门有个小阳台，一站到上面，竟能听到隔壁房间的谈话声。

那屋子的窗正开在阳台边上一点，只是拉着一重白纱，说话人可能比较靠近窗口，因此听得分外清晰。

不管有意无意，这样偷听别人说话总是不好，我转身待走，这时又听到一个声音。

"我没有闹。"

我停住脚步。是商牧枭。

第一个声音刚刚只觉得耳熟，现在想来，应该是商芸柔了。

也是孽缘，我怎么总是误入他们姐弟俩的谈话现场？

"你没有闹你对我这种态度？从小到大，姐姐让你做的事你总是能很好地完成，你一直没让我操过心，为什么偏偏在这件事上犯浑？"

这一耽搁，便听了更多。

商芸柔也没有明确说是哪件事，但我有种诡异的直觉，怀疑这件事可能和我有关。

"你没有操过心，是因为我不想让你操心，所以事事争气，力求做到最好。我努力地取悦你，取悦爸爸，只是想让你们多看我一眼。可我现在不想取悦了，你们开不开心我不在乎，更不想管。"商牧枭冷声道，"你要嫁人就嫁，他要发疯就发，我的事你们也别管。"

商芸柔显是气得不轻："北芥那么好吗？值得你这样和我生气？"

听到自己名字，我眼皮一跳，越发放轻了呼吸。

商牧枭静了静，随后嘲讽着道："北芥？你觉得我是为北芥？可笑，分手就分手了，反正也是随便玩玩的，我难道会真的在乎吗？"

垂眼注视眼前石制的阳台护栏，心里想着尹诺的话果然是不可信的。还好没有上他的当，不然真要死无全尸。

我不想再听，回身开门欲走。

那头商芸柔继续追问："那是为了什么？"

商牧枭的声音随位置移动发生改变，由远及近："我受够了你们对我的控制。我不想再听话了！"

听动静我就感到不妙。果然，我才走出阳台，那头房门便豁然大开，商牧枭和我撞个正着。

被抓现行，我尴尬不已，他见鬼一样瞪着我，张开嘴似乎要说什么，半天没声音。最终凝视我少顷，抿了抿唇，拉上房门一言不发地走开了。

我不远不近地追在他身后，回到楼下，一走近草坪，便觉得气氛有些不对。所有人望着舞池，表情都很奇怪。

我看过去，立时懂了。

场上跳舞的有不少，男男女女，其中最瞩目的，莫过于商禄和那个女孩。两人姿态亲昵，全不顾旁人目光，简直已经不能更明显。

◆ 烧不尽

杨海阳端着酒杯呆立在场边，直到我走过去，才惊惧地小声叫道："哇哦，什么情况啊？"

犯病了吧。

看了眼场上疯得彻底的商禄，我忽然也有些同情商芸柔，摊上一大一小两个这么不省事的混球。

"跳舞啊。"我笑了笑，生硬地岔开话题，"对了，你们打算去哪里度蜜月？"

杨海阳也不是真想背后与我讨论自己老丈人的桃色八卦，抒发过情感后便也放下不提。

聊着天，忽然听到一旁有人叫我，我停下交谈，看过去，方麒年缓缓走近，到了我面前。

他伸出手道："你可以跳舞吗？"

杨海阳有些惊讶，似乎是没想到方麒年会过来邀我跳舞。在他看来，我们两个怎么也不该有交情的。

但今天这种场合，这种氛围，跳舞而已，又不是跳海，没什么不可以的。

"嗯。"我点点头，将拐杖交给杨海阳保管，朝方麒年伸出手道，"但要慢一些。"

方麒年脸上现出一点笑意："好。"

在众人注视下，我与方麒年进入舞池。

我曾经为了能和商牧枭跳这样一支舞，发愿站起来哪怕十秒也好，不想真的站起来了，和他却已成陌路。

如今与方麒年跳这一支舞，也算达成了"跳一支舞"的那一半愿望，弥补了些许遗憾。

"你和商牧枭分手了吗？"轻缓的舞步中，方麒年忽然问道。

我和商牧枭的事没什么好瞒的，于是点头道："嗯。"

"他活该。"方麒年唇角勾起冷笑，丝毫没有为对方说话的样子。

我们跳得比别人慢，经常不在拍上，看着不像跳舞，更像身体在漫无目的地轻轻摆动。

商禄与别人跳过一曲，此时已不在舞池内，不断变换的视野中，可以看到他与宋万呈正在不远处的帐篷下说话。

他看到我们，脸上没什么表情，但往这边看的时间格外久。

"过年那会儿，他和商芸柔吵了一架，被关了起来，手机也给没收了，这事你知道吗？"

我回过神，听方麒年这样说，回忆起那两天商牧枭的确有一段不回我消息也没有电话，失联超过四十个小时，直到我去参加讲座下了飞机才重新接到他的电话。

我想过种种可能，唯独没想过他是被关了起来。

Chapter 10

你会对着流星许愿吗

"你不知道。"方麒年通过我的表情知道了答案,又说,"你都想不到他做了什么。为了出来,他用手把镜子给砸碎了,将沾血的纸巾从门缝塞出去,说自己割腕了。王嫂怕他有个好歹,不敢再关他,吓得差点大过年叫救护车。"

原来他的手伤是这么来的……

"嘶!"方麒年痛呼一声,"北教授,你踩我脚了。"

我大窘,忙道:"抱歉,我感觉不到。"

方麒年笑道:"你是心乱了,所以舞步也乱了。"

我重新调整步伐,收敛心神道:"你为什么和我说这个?"

"商家人个个都是疯的,就连和他们待久了也会被同化。你人不错,我不想你羊入虎口。走了就别回来。"他嘴角噙着笑,说出的话令我一窒。

走了就别回来……我细细咀嚼着这句话来回品,品出点悲壮的情绪来。

搂着方麒年转过半圈,忽然与不远处的商牧枭四目相对。

他手里握着一个威士忌杯,面无表情地看着我,不知道已经喝了多少,眼神都有点发直。

我们就这样一直对视着,谁也没有先挪开眼,较劲儿一般,直到这曲结束。

一回头,他又消失不见。

之后商芸柔换完衣服下楼,舞池清空,供她与杨海阳这对今日的绝对主角共舞。

杨幼灵本来在儿童区和其他小朋友玩,被奶奶抱来看杨海阳他们跳舞,吵着也要跳。我答应她下一曲就和她跳,结果下一曲跳完又跳一曲,就这样跳了一下午。

小姑娘一首接一首,在舞池中扭腰摆臀,跳得像模像样,要是评奖,她绝对是今天的舞会皇后。

跳到她电力耗尽,大汗淋漓,我也已经接近极限,将她交给杨海阳后飞速尿遁逃离。

洋房内一切维持旧时模样,洗手间也是马桶、洗手池、浴缸的家庭布局,不像公共洗手间那样宽敞。

派对人多,一楼的两个洗手间都满员,我只好辗转去到二楼,试图寻找可供我使用的洗手间。

拧开一扇紧闭的门,屋里有股陈旧的气息,室内成列着许多照片和书信,似乎是个小型展览室。

看起来没有洗手间……

我转身要走,被身后突然出现的高大人影吓得不自觉后退了两步,差点一屁股跌倒。

对方一把拽住我的胳膊,将我揽入怀里,身上酒气浓重,熏得人难以呼吸。

✦ 烧不尽

"北芥，我难受……"商牧枭八爪鱼一样抱住我，喑哑着嗓音道。

他显然是喝醉了，还醉得不轻，在我耳边来来回回说着醉话。

"我一定是生病了，我快死了……

"我好难受……我头疼……

"这里好吵……"

拐杖掉到地上，他将我搂得太紧，我挣脱不开，只能姿势别扭地僵立在那里。

久不见我回话，他不满地拧眉看过来，眼里全是控诉，好像一名在万圣节要不到糖吃的小朋友——他不知道自己哪里做得不对，他只知道万圣节人人都该给糖吃，这是他的权利。

"你可能只是……喝酒喝太多了。"我忍着叹息的冲动，努力寻找他这些症状的根源。

"才不是！"他倏地收紧双臂，与我身体贴得更近，"我说我生病了你听不懂吗？"

他突然暴躁起来，像一只受了伤得不到有效安抚，逐渐狂化的野兽。

腰间的外骨骼电池块正好抵着脊椎，被他一勒，隔着薄薄衬衫戳着皮肉，很不舒服。

"听懂了。你生病了，很难受。"我用没被他攥住的那只手去掰他的胳膊，没掰动。

"那你还不带我去看病？"他吐着酒气，双颊醺红道。

我深知和喝醉的人讲道理是讲不通的，便没再把他当神志正常的成年人看待。

"你抓着我，我怎么走路？松手，我带你去看医生。"我哄着他将我松开。

他歪头想了想，觉得我的话有些道理，逐渐放开胳膊。

现在是落日时分，外面光线已经逐渐暗下来。洋房四周绿荫环绕，北面的房间本就采光差一些，此刻更是显得蒙昧难明。

酒气混合着纸质陈旧的气息，形成一种独特的味道，不好闻，但也不难闻，只是……不配。

就像我和他本身。他给我古井无波的生活带来的一切，的确新鲜又刺激，好比一坛烈酒，入喉呛烈，后劲十足。但我们并不相配，不仅是商芸柔会这样想，任何有眼睛的都会这样想。

我和他是完全不同的两种人，从性格到喜好，我们格格不入，我们难以相融。

"好了，你现在可以走了。"商牧枭牵着我的手，与我十指相扣。

我头疼不已，盯着好似黏在一起的两只手，忍不住又想叹气。

这种样子我怎么可能走得出去？

"我有事要先离开一会儿，你……你先放手，我等会儿再来找你行吗？"我用商量的语气道，"然后我们就去看病。"

Chapter 10
你会对着流星许愿吗

"我不能跟着吗？"他犹豫着，不太放心的样子。

再这么僵持下去，我都不用找厕所，直接另找条裤子就好。

这个人明明清醒着的时候恨不得离我越远越好，怎么喝醉了反倒黏上我走哪儿都要跟？难不成是错把我认成自家保姆了？

"我很快回来的，你在这等着就好。"我继续哄他。

他用一种怀疑的、不信的目光望着我："一定回来找我？"

"嗯。"这种时候，我自然不可能否认，"一定回来。"

"好，那我在这里等你。"他一点点松开我的手，难舍难分，"你千万别忘了。"

明明人高马大，他的眼里却透出一种属于孩童的天真懵懂。醉酒让他变得更阴晴不定，也更单纯了。

这对我是好事，方便我脱身。

他立在正对着房门的地方，没再追上来，只用目光追随我，直到我离开房间，从外面将门轻轻带上。

我最终在二楼找到了空着的洗手间。

从洗手间出来往回走，再次经过那间展览室时，略做停留。

握上门把，对着毫无动静的门板看了良久。脑海里闪过许多画面，伴着音效，一会儿是商牧枭嗤笑着出言无状，一会儿又是尹诺毫无根据的旁观者清。

商牧枭对我是真心，但他自己可能都不知道。这句话本身就很滑稽。我难道要为他不自知的真心而感到荣幸吗？

分手就是分手，有些人分手的确还能做朋友，但我和商牧枭不行。我没有理由再纵容他。

他说过，我的性格需要改改，不然很容易让心怀不轨的人得寸进尺——那就从这一刻改变吧。

收回手，我转身离开，往楼下而去。

中午的一餐更像是个鸡尾酒会，晚上就要正式一些，帐篷里拼上长桌，摆上座椅，每个餐盘上都放了名牌，供来宾入座。

当最后一丝阳光沉下地平线，草坪上方亮起暖色的串灯，洋房内外也点亮璀璨灯火，将整个建筑烘托得如梦似幻，仿佛真的身临童话城堡。

吃饭时杨幼灵与我坐在一起，她奶奶忙着招呼客人，顾不过来，基本都不在位置上，整餐饭便只能我照看着她。

所幸小姑娘吃饭乖巧，倒是不需要额外操心。

男方与女方的桌席分在四顶不同的白色帐篷里，可能怕晚上有风，帐篷四边这会儿全都封了起来，只能透过透明的假窗隐隐瞧见另几个帐篷的情形，但看不分明。

要从其中明确找出某人来，当然也是不可能的。

◆烧 不尽

  我不知第几次地强迫自己将视线从假窗上撤回，闭了闭眼，喝了好几口杯中的清水来压心里的烦躁。
  商牧枭是喝醉，不是失智，怎么可能在原地站一个小时？等不到我，他自然就会离去，此时说不准已经醒酒，正在女方席用餐，又或者缠着另一个人继续耍酒疯。

  吃到后半段，上了甜品，杨海阳与商芸柔过来敬酒。
  敬到我时，商芸柔脸上没有一点破绽，笑容得体温柔，好似压根不记得我和商牧枭的糟心事。
  敬完了，她自然地移向下一位，杨海阳跟着也要过去，我拉住他，低声道："我的外骨骼只有十四小时电量，等会儿要先走，你找别人带下灵灵。"
  "知道了，灰姑娘。"杨海阳打趣道，"我让小雅照看下灵灵就好。"
  小雅是他某个表妹，就坐我这桌。
  "灵灵，小芥要回家了，你跟爸爸去找小雅表姑吧。"他拍拍杨幼灵脑袋道。
  从甜汤里抬起头，杨幼灵嘴里还有东西，含糊地冲我道别。
  "哦，小芥，再见！"
  杨海阳牵着女儿，转身要走，却被我再次拉住。
  "怎么了？"我拉住他，偏偏又不说话，弄得他很莫名其妙。
  唉，我要是能知道自己怎么了就好了。
  "……见到商牧枭了吗？"
  "商牧枭？没有啊，我也正奇怪呢，整晚都没见到。"杨海阳回头看了眼商芸柔方向，道，"我问芸柔，她说不用管。可能那小子自己走了吧。"
  我松开手，有些怔然。
  杨海阳没有立即走开，问道："你问他做什么？有事找他？"
  我点点头："不是什么大事。"
  "那你下次见到他再找他呗。"杨海阳一听不是大事，也不放在心上，牵着杨幼灵走了。

  从草坪到停车场，必要经过那栋洋房。
  我的腿像是有自己的意识，一到门口就不动了，在原地定了片刻，调转方向往里走去。
  外骨骼引导着双腿，踩在柔软的地毯上，没有发出任何声音。
  走廊亮着壁灯，所有人都在外头用餐，里面显得格外安静。
  握住门把，轻轻推开展览室的门，屋内没有开灯，只有窗外月光照明。
  见商牧枭不在原地，我以为他是走了，刚要松一口气，角落里忽然有什么动了动。

Chapter 10 ✦
你会对着流星许愿吗

我将门推得更开，好让外面的灯光照进来。

商牧枭抱着膝盖坐在靠窗的角落，听到动静抬头看过来，见是我，眨了眨眼，缓缓绽开一抹笑来。

"我以为你不回来了。"月光碎在他的眼里，让他的笑都像是带了几分哀伤的颜色。

这些都是你的错觉。你就是对他有太多错觉，才会越陷越深。

"你酒醒了吗？"我站在门口，并不进去，"醒了就起来。"

他的笑一点点消散，和我对视片刻，仰起头，后脑抵住墙壁，虚弱道："我难受，站不起来。"

这又是他的诡计，别中计了。他总是知道怎样才能让你心软。

仿佛过了一个世纪那么久，但其实只有大概十几秒，我见他不动，缓缓朝他走近。

身后的房门没了支撑，渐渐合上，只留下巴掌大的缝。

地上细窄的光线像是一条由光织就的地毯，将我引向他。

"起来。"我到他面前，把手伸给他。

他仰头看着我，握住我的手，没有起来，反而将我拉下去。

我身形不稳，连同拐杖一道跟跄着倒在地上。翻身间商牧枭压上来，双手撑在我身侧，从一个仰视的姿势，变换成了被我仰视的姿势。

"你有什么了不起？分手就分手，我才不稀罕。"他垂着眼皮，语气有些木然，说不清到底有没有酒醒，又醒了几分。

"嗯，不稀罕……"

我还打算用老办法哄他，这次却不太管用，他似乎根本听不到我的话，只沉浸在自己的世界。

"我一点都不在乎！"他瞪着眼，狠狠说道，"你和谁在一起，你过得怎么样，我都不在乎！你不要我，我难道还会没人要吗？"

说他醉了，他还挺有逻辑，说他没醉，这又绝不是他清醒时的作风，也不是他清醒时会说的话。

"可你怎么能这么绝情？把我的望远镜给卖了，把送我的都要了回去，还想把狗带走……"说着说着，他褪去狠色，现出一些茫然，"我什么都没有了，而你喜欢的甚至都不是我。"

这真是有理都说不清了。

我抬手抚上他的面颊："好了……"

肌肤滚烫，方才脸颊上的一点微红，这会儿已经蔓延到了眼下。我用指腹抹着他的眼尾，他毫无所觉，只是继续着自己的谴责。

"你怎么能喜欢别人？"

眼底也红了……

◆ 烧不尽

"你怎么能和别人跳舞？"

他声音都在颤抖，说到最后一个字，从眼里落下一滴眼泪，正正砸在我的唇边，又苦又咸。

他实在是太知道要怎么对付我了。他一撒娇，理性便尸骨无存；他装可怜，所有原则都摇摇欲坠；如今他落了一滴眼泪，我的心就再也硬不起来。

"哭什么？"我捧着他的侧脸，抹去他眼下残留的泪痕，"多大个人了还掉眼泪。"

他对我的话置若罔闻，盯着我的唇，用指尖小心翼翼碰触我的唇角部位——那里还有他未干的眼泪残留。

将微湿的指尖拿到眼前，他好像有些不敢置信，不敢置信这软弱的物质产自他的体内。

"我哭了……"他看上去比我还要震惊，"我为你哭了？"

他的语气中仿佛我才是那个对感情不认真，拿别人感情打赌的浑蛋，为我掉一滴眼泪都是对爱情的亵渎。

"那就没哭，我什么都没看见。"我飞速改口。

不知我是说错了哪句话，他将视线从手指移到我的脸上，挥开我的手，一瞬间又竖起了浑身的尖刺。

"你这个骗子！你现在彻底暴露了吧？你根本不关心我，也不在乎我！"红着眼眶，他越说越恨，"对我的好都是假的，骗我的。你喜欢我爸，你怎么能喜欢他？"

真难哄啊……

我抬了抬手，想碰他，又怕他抗拒，犹豫过后只得放弃，乖乖躺回地上。

"我对你父亲不是那种喜欢……"我试图与他理清追星与暗恋之间的区别。

"你就是喜欢他！"然而商牧枭根本不听我的，"你还想和他跳舞！"

我想和商禄跳舞这个想法他又是从哪里看出来的？我为什么要和商禄跳舞？

要说之前他对我的诸多不实揣测还能找到一些误会依据，那么这件事也太过莫名其妙了。

"你们谁都不要我……我讨厌你们……"嘴里说着讨厌，身体却越加俯低下来，吻住了我的唇。

酒精放大了所有情绪，一会儿让他委屈到极致，一会儿又让他恨到极致。

两种情绪揪扯着他，最后汇成一股，全都变成了对我的不满。

"我讨厌你……"

威士忌的气息传递过来，侵略性十足，直刺我大脑中维持理智的部分，麻痹它，摈弃它……

脑子里像被人灌了一吨的烈酒，又像被塞满了棉花，正在这时，眼角忽然被门外的灯光晃了一下。

Chapter 10
你会对着流星许愿吗

也多亏了这道光，让我骤然清醒过来，从本能的手中再次夺回身体主权，用力掀开了身上的商牧枭。

他没有防备，直接一屁股摔到边上，表情空白了几秒才反应过来这是怎么了。

"我忘了，你不喜欢我碰你……"他喃喃道。

我撑坐起来，没有理他。"只有这一句是假的。"我低着头道，"其他我都没有骗过你。"

他那头静悄悄的，没有回应，也没有动静。

要不是眼角余光看到他还直挺挺坐着，我都要怀疑他是不是瞬息间睡着了。

久久，他吐出三个字："我不信。"

我一顿，冷冷地看向他："爱信不……"

"除非你也和我跳舞。"他语速极快地说完，从地上摇摇晃晃地站起来，朝我伸出手，"我要跟你跳舞。"

醉鬼的偏执让人摸不着头脑。

我看着他，没有立即答应："那跳完舞你要听话好吗？"

他笑了笑，突然乖得不行："好。"

握住他的手借力站起来，屋外的夜空忽然被硕大的烟火点亮。

一朵朵色彩绚丽、形态各异的烟火，仿佛某种专为夜色而生的植物，用一刹那的绽放，换来沉寂宁静的夜晚难得的热烈与生机。

我与商牧枭彼此相拥着，在宛如鼓点的燃放声中，于昏暗的室内轻轻摆动着身体。

商牧枭抱我抱得太紧了，这根本算不上什么舞步，简直比和方麒年那支舞还要不像样。而且我的外骨骼快没电了，实在不该这样悠哉悠哉地跳舞……

可是，屋外的烟火，遥远的人声，只有彼此的暗室……和我跳舞的，曾是我努力想要站起来的唯一动力。此情此景，我又怎能不将这支舞延续得更久？

我知道，我都知道，什么该做，什么不该做。可如果凡事都能一如所想，人们也不会总把"万事如意"当作最大祝福。

理性喋喋不休，吵吵闹闹。

但就和远处的人声一样，全都沦为了我与商牧枭这支舞的背景音。

不知过了多久，烟火放完了，夜空再次沉静下来，只余空气中淡淡硝烟味，我也随之停下脚步。

"可以了吧？"我拍拍商牧枭宽阔的肩膀，示意他松开。

他装了会儿死，直到我连名带姓加重语气叫他，他才不甘不愿地直起身，将胳膊从我身上撤走。

"跳完了，能走了吗？"我看了眼时间，不快些，半路我就得没电。

"嗯。"跳完舞，他心情好了很多，"我们一起回去吧。"

他就住我对面楼，一起回去倒也没什么，只是……

◆ **烧** 不尽

"你非得这么走路吗?"走出展览室,我忍不住回头问道。

商牧枭走在我身后,手指捏住我外衣的下摆一角,闻言一脸无辜地看着我,简直比杨幼灵还像个学龄前儿童。

他也不说话,垂下眼,将我的衣摆捏得更紧了,用实际行动告诉我——是的,他非得这么走。

我拿他没办法,只好加快脚步下楼,从洋房后门悄悄溜出去,一路心惊胆战,好在没有遇到太多人,有些远远的就叫我避开了。

后门有条蜿蜒的小道直通停车场,两边绿植浓密。有株百年榕树,遮天蔽日,经历战乱与一代代屋主人,如今依旧生机勃勃,枝繁叶茂。

靠得近了,便看到榕树下有对男女。

男人身材高大,将女人遮得颇为严实,但零星露出的一点衣服样式,让我总觉得十分熟悉。

司影今天穿的好像就是这个颜色,还挺鲜亮……

"你干什么盯着他们看?"身后商牧枭忽然凑上来,在我耳边低声道。

我回过神,见他眉眼又阴沉下来,怕把疑似商禄和司影的那两人惊动了,赶忙夹起拐杖拉着他的手就走。等到了停车场,彻底远离那棵要命的榕树,我才再次将他松开。

让商牧枭上车,他就乖乖上车,让他别动,他也照做不误。

回程四十分钟,他起码有一半时间都在看我,后来可能实在撑不住了,就靠着椅背睡了过去。

将车驶入小区,我见他呼吸沉缓,没有半点要醒的意思,索性熄了火,降下窗户,默默等待起来。

车库没什么人,偶尔有车经过,轧过减速带声音会特别响。

我正想将窗户关上,身旁商牧枭动了动,已经醒了过来。

"到了吗?"他扶着额,声音透着浓浓倦意。

将窗户升起,我拉开门道:"嗯,下车吧。"

被打断的睡眠让商牧枭脸色很差,酒精在体内流窜,升华,带动情绪闹了一晚,现在终于消停,他迫不及待地想找个地方躺下。

不知道明天等他清醒后回想今晚的种种,会不会恨不能杀我灭口。

可惜没把他落泪的那幕拍下来……

往电梯口走着,我在前,他在后,这次他没再牵我的衣摆。

本来我们在电梯口就该分开,他回他家,我回我家。

但就在我回头想与他道别时,身体突然不由自主地往后倾倒,像是被剪了线的木偶,整个颓靡下来。

糟糕,我一定是错过了外骨骼的电力警示提醒……

Chapter 10

你会对着流星许愿吗

眼看要摔，我已经闭上眼做好准备迎接疼痛，身体却被一双坚实的臂膀及时托住。

"北芥！"

我睁开眼，商牧枭一改先前困顿，满脸慌张。

可能冲得有点急，他喘息明显："你哪里不舒服？"

我看着他这个样子，竟然有点想笑。

"我的外骨骼没电了。"

他怔愣片刻，松懈下来，脱力般地抱着我坐到地上。

"我以为你晕倒了……"

我这个样子没法儿自己上楼，而目前唯一能求助的人，也只有眼前的商牧枭。

"你去，帮我把车后座的轮椅推过来。"我推推他道。

他蹙眉转头看一眼我车的方向，又看回我："为什么要那么麻烦？"说完，他一只胳膊托住我的膝弯，连同我的拐杖一起，将我从地上稳稳抱了起来。

我下意识搂住他脖颈，倒也没觉得这方法多便捷。

"你以后能不能当心点，万一是在外面怎么办？这次还好有我，要是没我你知道有多危险吗？"他看着是被吓清醒了，一进电梯便不停数落我的粗心大意。

我一直默不作声听着，直到电梯到达指定楼层，见他还没有停下的趋势，我终于忍不住开口。

"没有你我早就到家了。"

商牧枭跨出电梯的脚步一顿，下一秒又若无其事接上，识相地没再说什么。

开了门，他将我抱进卧室，轻轻放到了床上。

商牧枭将我丢在床上，他也自顾自地睡去，我无法移动，就是去厨房倒杯水都不行，更别说给外骨骼充电了。

乱发酒疯还靠不住……

我瞪着身旁人良久，心里生出诸多将他脱了裤子打得哇哇大哭的不和谐画面。他一无所觉，睫毛塌在眼下，睡得香甜。

轻轻叹了口气，我伸手胡乱揉了把他的脑袋，认命地脱掉外套和外骨骼设备，躺在床上用手机看起了书。

如果要选几样具有划时代意义的现代发明，电子书绝对名列其中——你可以随时随地选择自己想看的书籍，手机在哪儿，你的图书馆就在哪儿。

但我仍然觉得它缺少了一些触摸实体书的乐趣。顺滑的纸张，油墨的气味，翻阅的声响，都是电子器械所无法给予的来自书籍的回应。

就好像一件精美的艺术品，照片似乎也能让你领略它的美，但真正将实物捧在手上，又是另一番滋味。

点开叔本华的《人生的智慧》，从引言开始读起。

叔本华信誓旦旦地说这是一本教人怎样获得幸福的书籍，但我敢打赌，看完

♦ **烧** 不尽

这本书的人起码有一大半都会因为被他戳中痛脚而根本不认同他的观点。

比如，他认为热衷社交的都是思想浅薄、无聊透顶的愚蠢之人，因为有思想深度的人自身拥有太多，就不会再向人群索取，会避免接触别人，享受独处。

这一段内容就不知道骂了多少人。

再比如，他认为美貌非常重要，对男人也是。

读到这里我瞥了眼商牧枭，他侧脸压在枕上，头发有些凌乱地落在额头，下半张脸的线条硬朗不失流畅，是最好的雕塑家都难以创作出的杰作。

……好吧，这点叔本华说得对，美貌的确很重要。

看书看到十一点多，我有了些睡意，正打算熄灯睡了，身旁商牧枭忽然发出一连串痛苦的低吟。

"不要……妈妈我错了……对不起……"

他闭着眼，眉头紧锁着，显然是陷在某个可怕的梦境里难以醒来。

"商牧枭？"我推着他肩膀想叫醒他，但他被魇得很深，只是发出恐惧的呜咽，手指无助地抓挠着，好像溺水之人的求助。

"嘘……乖，没事了……没事了……"我将他搂进怀里，摸着他的脑袋轻声安抚。

过了会儿，他安静下来，没再发出迷糊的呓语，似乎是清醒了。可当我要放开他时，他却环着我的腰不让我动。

"再……抱一会儿。"他哑着声音，越发收紧了胳膊。

我低头看着他，不再挣扎，手指轻拍他的脊背，算是默许了他的行为。

过了一会儿，他平复了心情，闷闷开口，从商禄、梅紫寻开始，将他的幼年噩梦缓缓道来。

"我父母，是一见钟情……"

梅紫寻自小就有才女美名，十四岁便办了自己第一场个人画展，在艺术圈打响了名头。此后顺风顺水，前途无量。

商禄无意间受朋友邀约，去看梅紫寻的画展。画没有多吸引他，作画的女孩却占据了他全部目光。彼时他俩一个十九岁，一个十八岁，女孩比男孩大一岁，都是情窦初开的年纪，两团火热的灵魂彼此碰撞，一来二去干柴烈火，私订终身。

二十岁那年，梅紫寻不顾父母反对，毅然决然生下了商芸柔，与商禄一同组建了"家庭"。

那会儿商禄空有一副外貌，要钱没有，要名也无，在演员培训班上课，外人看来简直是不务正业。但梅紫寻不在乎，她认为这就是爱情，为此不惜与家人决裂。

而商禄对梅紫寻……那或许已经不能称之为"爱情"，更像是一种信仰。他

Chapter 10
你会对着流星许愿吗

迷恋她的所有，对她言听计从、千依百顺，哪怕之后进到演艺圈发展也未有改变。

可爱情这种东西，有时候光有"爱"是不够的。

梅紫寻沉迷创作，商禄演艺事业蒸蒸日上，两人聚少离多，圈子无法重叠，渐渐有了隔阂，变得疏远。他们都知道问题所在，试着解决，于是要了第二个孩子，也就是商牧枭。

梅紫寻怀孕初期便反应强烈，生产时更是一度难产，情况危急。产后她大量脱发，失眠严重，哪怕商禄为她请来最好的大夫也收效甚微。最要命的是，她失去了创作欲，她的大脑变得麻木，身体疼痛不已，她再也画不出和以前一样好的画。

她开始责怪商禄，责怪新出生的孩子，责怪所有人。她病了，病得很严重。

商禄为了能更好地陪伴妻子，只得放弃如日中天的演艺事业，回归家庭。

他对她无条件地顺从，爱她所爱，恨她所恨。她不爱商牧枭，不允许任何人爱他，商禄也就不爱他，将他当作家里的透明人。

"她觉得……我是恶枭转世，是来摧毁她吞噬她的。在我印象中，她总是一副歇斯底里的样子，从来没有平静过。"

亚里士多德认为，所有优秀的、杰出的人物都是忧郁的。

曾经的天才陨落，无法忍受自己变得平庸。对于敏感的艺术家来说，他们生来多愁善感，的确更容易因为某些挫折而加剧固有的悲观情绪，梅紫寻也不例外。

《人生的智慧》一书里提到，导致自杀的有两个极端，其中一个便是从天生的忧郁到病态的加剧。梅紫寻的悲剧，可以说是后天形成的，也可以说是天生便注定的。

"她始终对我很冷漠，很不耐烦，我从没在她那里得到过一丝温情。三岁那年，她第一次试图杀死我……"

我不自觉动作一顿，震惊于梅紫寻竟然不止一次地想要杀死自己儿子。

"她总是待在画室，我太好奇了，好奇那些能得到她关注的东西是什么，于是偷偷潜了进去。我动了她的颜料，只是用手指沾了一些。

"她走进来看到我，开始疯了一样大喊大叫，说我弄坏了她的画。可我发誓，我真的没有动她的画。"与惊心动魄的内容不同，他的语气堪称平静，无波无澜，也没有生气，听着下一秒就要睡着，"她掐着我的脖子，让我去死，要不是姐姐冲进来推开她，我可能就死了。姐姐说，妈妈以前不是那样的，妈妈只是生病了，她也不想变得那么可怕。"

他像是问我，又像是问记忆中的商芸柔："生病了，做什么都能被原谅吗？"

说着他开始颤抖，绷紧了浑身的肌肉，就像我曾经深陷噩梦的样子。

我更用力地抱住他，什么也没说，只是默默抱着他，听他说完一切。

"他们都以为三岁不会有记忆，觉得我迟早会忘记。可我没有忘，我忘不了。我至死都会记得，记得她是怎样想要杀了我的……"

◆烧不尽

大概过了四五分钟，他身体的颤抖才渐渐止住。感到他松懈下来，我便也松开了胳膊。

他抬起头，眼睛有些微红，好在没有泪光。

他深深看我一眼，翻身下了床："几点了？"

"十一点半。"

他捡起地上的西服外套，甩了甩，挽在了胳膊上。

"你的备用轮椅在哪儿？"

我指着客厅方向道："塞在书柜边上。"

他点点头，出去了。

看来是酒彻底醒了，也不知道今晚发生的事他还记得多少。

没多久，商牧枭推着轮椅进来。

将轮椅停到我床边后，他顺手拿起我脱下的外骨骼去了外面，等我到外面一看，他已经给设备充上了电。

外骨骼设备到底是高科技产物，构造颇为复杂，我当初也是有技术员指导才知道如何使用，商牧枭如今操作起来却熟练得好像自己用过一样。

我心中没由升起一丝古怪，来不及细想，商牧枭站起身朝我走来。

"我回去了，蛋黄晚上还没遛呢。"说是这样说，但一步都没动。

从我这边回他那边，最多也就五分钟，倒也方便。

"嗯，早点休息。"今天忙碌了一天，晚上还被他折腾了那么久，我已经疲惫不堪，只等他离开就去洗个澡上床睡觉。

他原地站了片刻，问："明天，我能坐你的车去学校吗？我明天约了周言毅有事。"

我可能也是累迷糊了，竟然觉得他的神情看起来有几分"忐忑"。

这算什么？撒一撒娇，掉一滴眼泪，前面的全都一笔勾销？

"……你银行卡号不打算给我了吗？"我不答反问。

他闻言微微蹙眉，比我更像那个被催债的。

"明天给你。"他观察着我的神色，进一步补充，"明天在车上给你。"

哦，那就没办法了。

"八点准时等在楼下，不许迟到。"我说。

他闻言眉心骤然舒展开来："那……明天见。"

"……嗯。"

他眼里闪过一丝笑意，将名贵的外套随意地从肩膀甩到背后，转身出了门。

我告诉自己，这不是心软，这只是为了更快还他钱，但内心深处被我压制的一部分理性却挣脱出来，对此深表不屑。

你就骗你自己吧，愚人……

Chapter 10 ◆ 你会对着流星许愿吗

闭嘴！我再次将它关起来，不明白它为什么会变得这么刻薄。

外骨骼这东西，好是好，但如果像今天这样在外头突然没电或者坏了，也是实打实的尴尬。不知道会不会有备用电池，有的话又要多少钱？

洗澡时我一直在想这个问题，洗完澡便忍不住拿出手机给肖代表发去消息询问。

几乎是下一瞬，床的另一侧便传来了手机轻响。

我循着声音往床下找去，发现地板上落着一部手机，应该是商牧枭之前脱外套时不小心掉出来的。

捡起后翻到正面，避无可避地看到他亮起的屏幕上，被设成锁屏的照片——一张我的偷拍照。我在讲课，手里拿着激光笔，完全没有注意到镜头的存在，看穿着，应该是冬天的事了。

亮起的屏幕上，不只有我的照片，还有一条弹出信息，显示着发送人的昵称与内容。

  肖代表，请问外骨骼有备用电池卖吗？

发送人——北芥。

清早八点，商牧枭准时等在我的车旁。

"来，张口。"一上车，隔着塑料袋，他将一只热气腾腾的肉包子递到我面前。

我仰后仰了仰，婉拒道："我吃过了。"

他没有收手，甚至又往我嘴边送了送，坚持道："很好吃的，你尝一口。"

昨天发生的一切历历在目，从尹诺向我道歉到晚上发现肖代表就是商牧枭，事件密集程度让我的大脑都要过载宕机。

其他倒也好说，不算太过离奇，只是肖代表这件事……实在超出我的想象。

我不明白，他怎么能是商牧枭？他怎么会是商牧枭？

要不是昨天已经太晚，我简直想立刻打电话给唐沅问个清楚，这套免费得来的外骨骼设备到底和商牧枭有什么关系。

辗转一夜，睡眠断断续续，今天早上差点没起来。

实在推拒不过，我只好就着商牧枭的手咬了口肉包，外皮松软，内馅儿鲜美多汁，的确很好吃。

"好吃吧。"他心满意足，在我咬过的地方又咬了一大口，"我无意中发现的，附近就这家包子店最好吃。"

我掏出手机给他，道："昨晚掉我家了。"

他看一眼，接过了，道："哦，我还以为昨天掉在婚礼现场了。"

✦ 烧 不尽

"你带卡了吗？把卡号给我，或者拍张照发给我。"

他咬着包子，几乎没有任何停顿地回道："忘了，明天给你。"

又来这套？

发动车辆，我没再说话。

周一的早上到处都很拥堵，走走停停，激发人的困意。打开收音机，音响中传出男主播开朗又富有朝气的嗓音。

"欢迎收听《你好，早晨！》，每天早晨我们会选择听众信箱里的一些问题给大家念出来，然后寻求一下大家的看法。今天第一封来信是这样的，有位毛小姐说：'我过年的时候和我男朋友因为一点小矛盾分手了，分手后我很想他，但一直拉不下面子去找他，也不确定他是不是也和我有一样的想法。我到底应不应该去找他复合？希望大家给我一点意见。'"

"既然想他，那就复合呗……"商牧枭边啃包子边道。

我打开收音机主要是想有点声音不容易犯困，主播的话听过就算，也没怎么花心思去思考里面的内容。所以当商牧枭突然出声发表意见时，我还花了点工夫去回忆主播的话。

前面堵着，我抽空瞟了眼身旁的男人。他一副理直气壮，完全不觉得自己说话有什么问题的模样，仿佛几个月前那个口口声声说着"不开心了就要果断抽身走人，藕断丝连当断不断才会产生痛苦"的人不是他一样。

"让我们来看看其他听众的想法……有位王先生说：'既然男方没有主动求复合，大多是不想复合的，还是不要去找对方了，免得受到二次伤害。'"

商牧枭进食的动作一顿，咀嚼的速度都慢了下来。

"有位 lina 小姐说：'男方几个月了一点表示都没有，说不准已经有了新的对象，不是很看好啊'。"

商牧枭彻底不动了，瞪着收音机，恨不能用眼神点燃它。

"陈小姐说：'不如先制造偶遇，或者想个其他的法子让两个人重新产生联系，如果对方兴致索然，也就没必要再上赶着找不痛快了'。"

前车逐渐移动起来，我飞快切到另一个频段，听到放的是流行歌曲，心里不禁大大松了口气。

到了学校，因为哲学系和金融系是两个方向，我就在最近的一个路口将他放了下来。

"对了，之前你不是问我，为什么要退学吗？"他站在车边，突然道，"前不久有一支专业摩托车队找到我，向我递了橄榄枝，希望我能加入他们。我不喜欢金融，也不打算继承我爸的公司……"说到这儿他面露嘲讽，"当然了，他可能也没这个打算。我想去做自己喜欢的事，真正喜欢的事。"

Chapter 10 你会对着流星许愿吗

真正……喜欢的事？

晨光正好，温暖的朝阳洒在他身上，将他的头发都染成金棕。

"我不想再为别人活了。"一阵微风吹过，他眼眸微微弯起，笑道，"往后的人生，我要为自己而活。"

如果我是他专业课老师，我应该替他感到惋惜，并且会极力说服他在完成学业后追寻自己的梦想。可我只是他的选修课老师，还是曾经的，他甚至都没从我这里拿到过一个学分，我又有什么资格评判这件事呢？

哪怕、哪怕我们还没有分手，作为恋人，我也不该阻止他去做自己喜欢的事，就好比我也不会希望他劝说我放弃哲学。

有些东西虽无法凌驾于任何感情之上，但对人生同样重要。情感是血液，它们便是骨肉，支撑起人生的框架。

他摆手与我道别，随后站在原地目送着我离去。我将车停到了自己的固定车位，下了车一抬头，见到余喜喜立在不远处，缩头探脑，鬼鬼祟祟。

对上我的目光，她一阵小跑着过来，和我打招呼："小芥，早啊。"

"早。你看什么呢？"

余喜喜收回目光张望的目光，道："看帅哥啊，小芥你和商牧枭一起来的啊？"

我脚步一顿，道："他现在和我住一个小区，顺路带下他而已。"

她点点头："哦。"

我们并肩走在梧桐大道，冬去春来，光秃秃的梧桐枝条再次长出绿叶，两边的树冠几乎连成一片。

细碎的阳光从树叶缝隙里漏下，伴着微风轻轻晃动。

"人性最特别的弱点，就是在意别人如何看待自己。万物，存在即合理，合理即事实。"余喜喜轻声念完，抱着讲义急急往前跑去，一溜烟跑进了教学楼。

我错愕地停下脚步，难以形容自己此时的心情。

余喜喜的前一句话来自叔本华，后一句，是黑格尔的。她若像平时一样与我从哲学角度讨论这两句话，我不会有任何怀疑，可她丢完这两句话逃也似的走了，摆明不寻常。

她没有要和我探讨的意思，这话是特意说给我听的。她特意说给我听，要我不要在意别人看法，告诉我一切存在即为合理。

到了这份儿上，我也无法欺骗自己说她对我和商牧枭的事一无所知了。

她知道了。

或许早就知道了，只是一直努力装作不知，今天实在是看不下去我拙劣的掩藏，这才想要戳破。

这丫头……

✦ 烧 不尽

我哑然失笑，抬步继续往前走去。

整个上午，余喜喜和我说话时都不敢看我，比我都像个被揭破秘密的人。
"是，我正在说谎。"
余喜喜惊讶抬头，怔怔地望着我。
上课铃响，我指了指教室后面，让她坐过去。
"我正在说谎"，这是罗素的经典悖论，光是探讨这个问题，就可以洋洋洒洒地从二律背反谈到康德的"物自体"理论。但就和余喜喜通过叔本华和黑格尔传达自己的想法一样，我这么说，也不过是借罗素来回应她——是的，我正在说谎。
"小芥，你是最棒的！"余喜喜心照不宣地冲我竖起大拇指，欢快地跑走了。

备用电池有啊，一块四十万吧。

肖代表回了我的信息。

你要吗？我可以给你打折？

盯着那两行字，我有些哭笑不得。
你给我打折，你用什么给我打折？我没回他，直接退出了APP。
上午一直有课，我也没空打电话给唐沅，这会儿终于有时间，便给他去了个电话。
"喂？北芥，什么事啊？"他估计是在吃饭，周围有些嘈杂。
我开门见山地问道："我这套外骨骼到底是怎么回事？"
那头一静，能听到细碎的移动声，片刻后，唐沅再次开口，环境已经安静许多。
"你都知道啦？"
"嗯。"我糊弄他，"商牧枭都说了。"
"那你还问我呀。"
"他不肯说得太细。"
"唉，你们这两个人……"唐沅叹着气道，"简简单单一件事，干吗非得弄得这么复杂？就是他想送你一套外骨骼，但又怕你不要，所以联合我撒了一个善意的谎言，骗你说有套免费的外骨骼给你，但其实压根没有。"
虽然早有准备，但真正听到从唐沅嘴里说出来，我还是有些眩晕。
怪不得商牧枭会那么在意我把钱借给谁了……
忆起昨晚他酒后奇怪的言行，我忐忑地问道："那他知道我复健的原因吗？"
"原因？你是说跳舞那个吗？"唐沅丝毫没有给我留余地，"知道啊，我和他

Chapter 10
你会对着流星许愿吗

说的。他说他是仰慕你学术风采的富二代，非常愿意免费提供你一套外骨骼设备，希望我能跟你保守秘密。我就跟他说，北芥复健可努力了，手都磨出水泡，就为了跟喜欢的人跳一分钟的舞。这是什么？这是感天动地的爱情啊！"

我闭了闭眼，生无可恋道："嗯，感动，太感动了。"

本来我以为自己只欠商牧枭20万，要到银行卡号打过去就行，但现在20万变120万，我怕是把房子卖了才能还清。

这人主意怎么这么大？也太乱来了。竟然还串通唐沅编了个"肖代表"的身份接近我，我就说这肖代表接触起来怎么怪怪的。

气过后，又把这些日子发生的事都理了遍。发现几乎每次现实中我和商牧枭吵完架，那头肖代表沉寂几天就会上线，问一些根本不该他问的问题。

而且我也终于知道为什么好几次回家我都正好能碰到商牧枭遛狗了。不是他遛狗时间不固定，是他根本就在等我。

黑色中性笔在纸上记下时间线，我抽丝剥茧，一点点顺着那根好不容易冒出的名为"真相"的丝线，努力想要找到它的源头。

唐沅说，商牧枭找上他是在今年年初，大概寒假时候的事，并且已经大致联系好了外骨骼事宜。

我大概是在圣诞节前夕，从唐沅那边得知有外骨骼的试用名额，但那会儿由于高昂的价格以及并未重拾复健的决心，宣传单拿回来便被我关进了抽屉里。随后圣诞节到来，因为被一道小小的上街沿阻挡了去路，我再次决定复健。

圣诞节……耳钉？

灵光一闪，我想到那枚耳钉，圣诞节那天我让商牧枭自己去床头柜拿的那枚耳钉……他一定是那时候看到了我放在底下的外骨骼宣传单。

可能想要给我惊喜，他偷偷联系了厂家，确认好一切，又找到为我做理疗的唐沅。在这时进一步得知原来我一直在努力复健，复健原因是想和心爱的人跳一支舞。

一切都很完美，只等给我惊喜。偏偏，在这当中出了要命的差错，我跟他提了分手……

他本可以退回这台外骨骼，或者转卖他人，就跟那台星特朗一样，我想愿意要的人多的是。但他没有，他仍然按照计划，让唐沅告诉我，有一台展示用的外骨骼设备，只需要十万块。发现我连十万都没有后，他一边急着想知道我的钱去了哪里，一边又让唐沅再次告诉我，设备可以免费给我使用。

丢开笔，我将脸埋进掌心，杂乱的大脑逐渐清晰起来。

如果这次不是我无意中发现了肖代表的秘密，商牧枭打算瞒多久？难不成一辈子吗？

敲门声响起，我放下胳膊，看向门外。

一名哲学系的学生忐忑地朝我颔首："老、老师……我是来向您请教论文的。"

烧不尽

我将笔记本合拢,道:"进来吧。"

他小心翼翼地走进办公室,全程一直打量着我的面孔,间或露出见鬼的表情。在我指导他论文期间,这种可以说十分失礼的行为并没有停止。

到我讲解完了,他要走时,看了我一眼,又瑟缩回去,我终于忍不住,问:"你为什么这么害怕?我脸上有东西吗?"

他将自己厚厚的论文捧在胸口,点点头道:"有……有笑容。"

"什么?"我差点以为自己听错了。

他怯怯指着我的唇角道:"老师,您笑了,您一直在笑,您没发现吗?"

经他这样一说,我伸出手,迟疑地摸了摸自己的脸。

"是吗,我刚一直在笑吗?"他不说,我还真的没有发现。

男学生忙不迭地点头道:"是啊,从我进来您就一直在笑,比我这四年看到的加在一起都多。"最后一句话他说得又轻又快。

上课时我向来不苟言笑,对学生们作业要求高,为人又严厉,还曾一度被评选为系里最难相处的老师,今日一反常态,也难怪他会这么害怕。

"只是……知道了一些令人心情愉悦的事罢了。"

见他没事了,我打发他离开。他如蒙大赦,火烧屁股似的跑出了办公室。

出于一种连我自己都感到惊讶的、从未在我身上出现过的恶趣味,我没有立即揭穿肖代表的身份,也让唐沅不要将我已经知晓真相的事告诉商牧枭。他虽然一头雾水,但也答应会保守秘密。

于是,我与肖代表每日的联系忽然密集起来。

 肖:你这么晚还没回家?
 我:还有些作业,想在学校看完。
 肖:据说今晚有天琴座流星雨。
 我:你对星象也有研究?
 肖:我有一台望远镜,天气好的时候偶尔会看一看。

你有一台望远镜,不只看星星这么简单吧?

一直让他不要乱看,结果他是一点没听我的,看来厨房的帘子以后都不能拉开了。

 如果能向流星许三个愿望,你会许什么愿望?

只是三个愿望,那头却静了许久。

直到我看完所有作业,关电脑打算走人了,手机才再次振响。

Chapter 10

你会对着流星许愿吗

希望所有人都快乐。希望所有人都健康。希望我爱的人能爱我。

除了最后一个,他的前两个愿望堪称"无私",让我有些意外。
边走边发消息不太方便,到了车上,我才给他回去信息。

那如果只能许一个愿望呢?

那头又是过了许久没有动静,似乎每次我的问题对他来说都不是简单的问题。他认真地将每一个愿望都当作真的愿望来对待,所以要思考很久才能决定,到底要向神灵祈求些什么。

回到家,挑开厨房的帘子看了眼对面,1102亮着盏昏黄的灯,商牧枭在家。
冲了碗蛋花汤,从冰箱拿出速冻的米饭加热,打算简单再做一道鱼香茄子,晚饭便这样对付过去。
切菜时,手机振动起来,我下意识看了眼对面。自然,什么也看不出。

希望我爱的人,快乐、健康、爱我。

放下菜刀,我靠在料理台上,专心回他消息。

如果你许"希望全世界的人都快乐",你爱的人必定也会快乐、健康,并且如你所愿地爱你,因为如果对方不那样,你就不会"快乐",你不快乐,就不是全世界的人都快乐。

他发了个小猪大笑的表情包。

那就,希望全世界的人都快乐。

吃完饭,收拾好碗筷,我与"肖代表"说了声要下楼丢垃圾,过会儿再和他聊。
拿着厨余垃圾到楼下时,果然商牧枭又在遛狗。
丢了垃圾,我主动向他走去,弯下腰逗了逗狗。
也不知道他怎么喂的狗,只是几个月,蛋黄就跟吹了气的气球似的,胖了一大圈,脸型越发方正憨厚。
"它的腿全好了吗?"蛋黄只在草地上蹦跶转圈,怎么也不下到水泥地上,我拎着它两条前腿试图要它下来,遭到它撅着屁股的抵死反抗。
"娇气得很,腿不能碰硬的东西,一碰就哼哼。"为了证明自己的话,商牧枭

◆ 烧不尽

鞋尖轻轻一踢蛋黄的屁股,它的一只后腿就踩到了水泥地上。

蛋黄愣了两秒,仿佛是被这坚硬冰冷的水泥地割伤了脚,突然惨号出声,吓得我立马松开了它。

蛋黄哼哼唧唧回到商牧枭脚边,透过他的两腿缝隙戒备地看着我。

不是我,刚刚不怪我啊。

我讪讪地直起身,看了眼夜空,状似无意地提了嘴:"今晚好像有天琴座流星雨。"

流星群由彗星的碎片分裂而来,出现的契机也与彗星轨道相关。人们会根据它们集体坠落的那个辐射点来给每一场流星雨命名,辐射点在狮子座的就是狮子座流星雨,辐射点在英仙座的就是英仙座流星雨。

流星雨的出现每年都会有固定的时间段,一月是象限仪座流星雨,四月是天琴座流星雨,五月是宝瓶座流星雨……天琴座流星雨又与英仙座流星雨、天龙座流星雨,并称全年三大周期性流星雨。

"嗯。这里应该看不到。"商牧枭与我一样,抬头看了看头顶上方的夜空。

由于灯光污染,哪怕是晴朗的晚上,没有云彩,天上也很难用肉眼看到多少星辰。

"你会对着流星许愿吗?"商牧枭问。

老实说,不会。这只是一种天文现象,不具任何难以用现代科学解释的原理。它没有魔法,它帮不了任何人。

"会。"我说。

商牧枭看向我,显得有些出乎意料。

"我希望,我的星星能够永远闪耀;我希望,他的光芒能驱赶我身边所有的黑暗;我希望,他能一直一直陪着我;我希望……我能让他远离伤害。"我凝视着他,缓缓说道。

他微微拧眉:"你不是在说星星。你在说谁?"

我在说谁……我能说谁?

见他脸色越来越沉,我笑笑道:"灵灵啊。"说完,冲着瑟缩在商牧枭身后的蛋黄挥了挥手,转身进了楼。

第十一章

想更了解你的世界

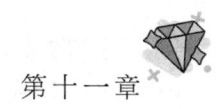

"小芥,大新闻啊!"余喜喜冲进我办公室,脸上兴奋莫名,"我刚从楼上教务处下来,你猜我见到谁了?"

敲下最后一段,我将文档拉到最前面,又检查了格式与错别字。

"谁?哈贝马斯来了吗?"要是这位当代最具影响力的哲学大牛能莅临清湾大学,那可真是大新闻了。

余喜喜瞬间冷静:"那倒没有。"她看了眼门外,伏低身道:"商禄来了。"

"商禄?"我有些错愕,"他来做什么?"

"好像是和新楼的捐款有关,反正是来见校长的。"余喜喜满脸陶醉,"近看又硬朗又帅气,一点不像五十岁的人,可谓风采依旧。果然,岁月从不败美人……"说到一半她猛然惊醒,拍了下自己的嘴,小心观察我的面色道,"我是不是不该在你面前提他?"

"为什么?"虽然我现在一听到他的名字的确有点近乎"创伤后应激障碍"的心烦,但也不会刻意地要求别人不要谈论他的名字。

她想了想,道:"怎么也是商牧枭他爸,说多了尴尬。"

"还好,我不尴尬。"

她观察我的表情,似乎在仔细分辨我是不是真的不尴尬。

就在这时,门外传来轻轻叩门声,我与余喜喜一个抬头、一个回头,同时看过去,当见到商禄出现在办公室门口时,都愣住了。说曹操曹操到,正提到他,他竟然就出现了。

"方便吗?"商禄问。

余喜喜瞬间如临大敌,紧张地看向我,用口形无声道:"怎么办?"

我比她淡定许多。来都来了,还能怎么办?总不能将人赶出去。当即示意她先行离开,留我和商禄两人谈话。

余喜喜看着很不放心,但最后也没说什么,点点头,擦着商禄身侧出了办公

◆ 烧不尽

室。直到门缓缓合上，都还能看到她不住往里张望的身影。

"请坐。"我站起身，招呼商禄到沙发上坐，"茶还是咖啡？"

他走向沙发："咖啡，谢谢。"

我喝咖啡不多，茶柜里只有最寻常的速溶咖啡，估摸着不会合他的口味。但他来找我，用膝盖想也知道不是专门来品咖啡的，我又何必管他爱不爱喝？他或许压根都不会喝。

"过年那次，我还没有正式向你道歉。"商禄的声音自身后徐徐响起，"我睡眠浅，有时候回来得晚就会睡在客房。那天谁也没和我说来了客人，多有冒犯，实在不好意思。"

水温一点点上升，沸腾后开关自动跳转。

"我突然出现在商先生家，是我冒犯才对。"将热水冲进咖啡杯，搅拌均匀，托盘上放上两粒方糖，我转身端着咖啡向沙发走去。

商禄起身接过，说了声："谢谢。"之后便一如我所想，直到谈话结束他都没再动过那杯咖啡。

"商先生今天特意来找我，就是为了跟我道歉吗？"我在他对面坐下，问道。

"也不算特意。"商禄往后一靠，带着几分威严道，"你应该知道吧，我那个不成器的儿子退学的事。"

我轻轻点了点头，道："知道。他说他要去做自己真正喜欢的事。"

商禄冷哂一声："真正喜欢的事……"

那口气，不像是在对商牧枭退学追梦表示反对，更像是奇怪商牧枭怎么会拥有"真正喜欢的事"。甚至，他或许并不认为商牧枭真的懂什么是"真正喜欢"。

他在以一种成年人的傲慢，俯视着自己年幼的孩子。既不给予充足的耐心教导，也吝啬于合理的关爱。

"一旦衣食无忧，小孩子就开始各种胡来了。我在他这么大的时候，整日都在为温饱奔波忙碌，养老婆养孩子，早上四点起床，一直到半夜才能收工。这么好的大学，做梦都摸不到边。他倒好，说不读就不读了。"商禄神色倦怠，"我与芸柔说，她就是太宠她弟弟才会将他宠坏，她还不信。"

作为一名老师，我当然也是不希望学生退学的，但我同样无法认同商禄的态度。

纵然……商牧枭的确有被宠坏的嫌疑。

"读书什么时候都不算晚，想要做的事却不是什么时候都能做的。"我捏着拐杖，直言道，"就像商先生，现在这个年纪想来我们学校念书我们也是欢迎的，可要是去参加专业摩托比赛，应该就不太行了。"

他闻言微微挑眉，有些意外的样子："你替他说话？我以为你们分手了。"

"分手也不意味着我要站在他的对立面。"

Chapter 11
想更了解你的世界

"怪不得年年说你很有趣。"

年年？方麒年吗？

"方先生也很有趣。"

"他把他姐姐拉黑了。"

话题有些跳跃，我没跟上他的节奏，差点理解成方麒年把他姐姐拉黑了，仔细一想，应该是指商牧枭。

"商牧枭把他姐姐拉黑了？"我试探着道。

商禄点头："拒绝所有沟通的可能，扬言不再用家里一分钱。你知道这意味着什么吗？"

我看着他，没有说话。

他接着道："以前在这个家，无论他和我怎么吵，吵了怎么走，只要有芸柔在，他就会乖乖回来。芸柔养着他，护着他，是他的父，是他的母。芸柔说什么就是什么。他不肯读金融，芸柔劝了，他立马同意了。他不肯到公司上班，芸柔劝了，他又立马同意了。芸柔曾经很管用，但是现在，他不再听她的话了。"

没有谁生来就该对谁言听计从。以前商牧枭那样听商芸柔的话，是因为他只有商芸柔，她是他冰封的人生里唯一的一丝温暖。他极力地讨好她，以求得她更多的关注，从她身上汲取更多的温暖，也因此在意识到商芸柔可能会被别人夺去关注时他的反应才会那样激烈。

以我的立场，不该说这些话，但我还是没忍住："我之前一直以为你的情感游离在家庭之外，并不放在孩子身上。"更确切地说，是疯得很自我，"但你其实什么都知道。知道我和商牧枭分手了，知道商牧枭把商芸柔拉黑了……你什么都知道，你也知道自己儿子渴求的是什么，却从来不去满足，只是一味地让商芸柔做'遥控器'，像遥控一台电视机那样遥控商牧枭的人生。你并不是憎恶他，你是害怕他，害怕承担起做父亲的责任。"

商禄静静地注视着我，一时没接话，眼眸黑沉，嘴角下压，是不太高兴的样子。

"你问我知不知道这意味着什么？我知道。"我唇角浮现一抹笑来，"恭喜你。你的儿子长大了，商先生。"

"砰！"

办公室的门被人鲁莽地撞开，商牧枭十万火急地冲进来，扫了眼屋内情形，喘息着挡在了我面前。

"你找北芥做什么？"他像一只炸毛的野兽，身上每个毛孔都满载着戒备。

商禄应该是不太喜欢仰视的角度，站起身，理了理并不凌乱的衣服，道："我找谁不需要经过你同意。既然退学了，以后你想做什么就做什么，我都不会管你。但你给我听清楚了，"他走近商牧枭，盯着他的双眼，一字一句道，"失败了，就算你哭着求我，也别想再回来。"

商牧枭连一秒都没犹豫，条件反射般地反唇相讥。

"你放心，求谁也不会求你。"

商禄不予置评，垂下眼，冲我一颔首，面无表情地大步离去。

门再次关上，商牧枭瞪着那门板，一副恨不得将它灼穿的模样。

"你怎么来了？"我起身端起那杯商禄动也没动的咖啡，将它放到一边，打算等会儿洗了。

"你助教通知我的。"身后商牧枭道，"他和你说了什么？"

"他跟我道歉。"我走回办公桌后坐下，"说过年那会儿认错人了，觉得冒犯了我，很不好意思。"

他跟过来："你怎么回答的？"

怎么回答的？

我不明所以："当然是原谅他了。"那难不成我还要记这件事的仇一辈子吗？

商牧枭满脸不敢置信："我为那次的事道了那么多次歉你都不原谅我，他就跟你道了一次歉你就原谅他了？"

整理讲义的动作一顿，我抬眼看他："你是觉得我对他太宽容，对你太苛刻了吗？"

他抿着唇不说话了，但表情明晃晃就是这么觉得的。

"因为你的道歉没有用心。"虽然我不认为商禄道歉就用心了，但……谁在乎呢？

发了个信息给余喜喜，让她直接去教室不用等我。撑起拐杖，我将上课用的东西一应给到商牧枭，让他替我捧着。

"我还有十五分钟上课，麻烦送我去教室。"

生气归生气，他还是乖乖跟着我出了办公室。

自从得知他肖代表的身份，我仿佛打通了全身关窍，醍醐灌顶一般，逐渐掌握了驾驭他的诀窍——纸做的老虎，表面凶狠，实际只要挠挠他的下巴，他就会翻过身体，把肚皮都露给你摸。

一前一后走着，安静的走廊忽然响起商牧枭低低的声音："再给我一次机会，打死我也不会把你带回去。"

可惜很多事情没有再一次的机会。

我只当作没听到，并不回头，依旧往前走着。走到教室门口从他手里接过讲义，谢过他后便进去了。

上课铃响后，一抬头，在教室后排又看到了他的身影。

我没管他，照常上课。

晚上肖代表就来了信息。

Chapter 11
想更了解你的世界

　　肖：道歉为什么不管用？
　　我：和谁道歉？
　　肖：喜欢的人。
　　我：你有喜欢的人吗？
　　肖：嗯。做错了事，怎么道歉比较好？

想走捷径可不行，要自己好好想啊。

　　我：那好可惜……
　　肖：？
　　我：我还挺喜欢你的，肖先生。
　　肖：？？？

那边久久没有回音，仿佛是被这个信息砸晕了头。
等不到他回复，我放下手机先去洗了个澡，再回来发现已经有多条未读消息。

　　你什么意思？
　　你说的"喜欢"是哪种喜欢？
　　你喜欢我什么？
　　是因为我让你重新站起来了？
　　因为外骨骼吗？
　　人呢？？

我不紧不慢地回过去。

　　就是字面意思。

对方几乎是秒回，我都惊讶他有这么快的打字速度。

　　不行，你不能喜欢我！

但很快，这条消息被撤回了。过了片刻，他又发过来一条语气看上去没那么强硬的。

　　肖：你都没见过我你就喜欢我了？
　　我：你有一副有趣的灵魂。

✦烧 不尽

　　肖：卡西莫多也很有趣。
　　我：你长成什么样我都喜欢，相貌不重要。你如果是卡西莫多，我愿意做你的艾丝美拉达。

商牧枭又是许久没有回复，我特地去厨房看了眼，但对面暗着灯，什么都看不出。

靠着窗，就着室外一点路灯观察着对面，想象着商牧枭此时该是怎样的气急难言，辗转纠结，这几个月来因为他而积累的苦闷便一点点消散而去。

人生就是不断在痛苦与无聊中左右摇摆。当一个人远离痛苦了，就必定会变得很无聊。叔本华诚不欺我。

手机振动了下，商牧枭终于又回来消息，字里行间都是拒绝。

　　肖：但我已经有喜欢的人了。
　　我：所以很可惜……

我不再逗他，回答他最初的问题，给了点小小的提示。

　　人和人之间的感受力各有不同，从某个层面讲，彼此的纽带好比一根脆弱又坚固的玻璃。当你无法与对方达成"痛苦"的共情，这根纽带就会出现裂痕，你们的关系也岌岌可危。想要修补破损是件非常困难的事，你要让对方知道你再也不会犯同样的错误，并且让对方相信，你会为此付出最大的努力。
　　纽带需用真心煅烧，才会重新变得坚固起来。

直到我入睡前，商牧枭仍然没有任何动静。
我将手机调成静音，没再去管他。

睡到半夜，突然被拍门的动静惊醒，看一眼闹钟已经凌晨一点。
也不知道什么情况，我赶忙挪到轮椅上，匆匆出了卧室。
"谁？"我来到门前，透过门板询问外面的人。
门外一片寂静，半晌无声。就在我以为是不是哪个醉汉走错门，准备叫保安过来查看时，商牧枭的声音迟缓地从那头响起。
"是我。"
得知不是什么奇怪的人，我着实松了口气。
自从贺微舟事件后，认识到危险无处不在，我特地网购了堵门器，每晚睡前都会仔细堵上。不想变态没堵到，却堵到了商牧枭。

Chapter 11 想更了解你的世界

"这么晚了,你怎么过来了?"

手刚握上门把,外头商牧枭再次出声:"我有个东西想要给你,你不用现在开门,等我走了……你再开门吧。"

这句话说完,外面便没了动静。

到底是什么东西,这么神神秘秘,非得半夜三更送来?我满心疑惑,又等了会儿才开门。

外头的感应灯因为长久的静默暗下来,只能透过屋内的一点灯光,模糊地照出地上商牧枭留下的东西。

我错愕地愣在那里,有些不敢相信自己的眼睛。

片刻后,我小心翼翼地将那东西捧起来。尽管面目全非,尽管支离破碎,但它……的确是那座被商牧枭摔碎的水晶奖杯。

可能怕不够牢固,从底座开始,它被缠上一圈圈的透明胶带,乍一看,像个棒槌。

我所说的"修补破损"可不是这个意思啊。

好笑地摇了摇头,看一眼黑暗的楼道,确定商牧枭已经不在,我捧着奖杯关上门重新回到屋里。

把奖杯放回原来的地方,之前被它压在下面的那盒《逆行风》,则叫我丢进了垃圾桶——如今的我已经没办法再以艺术的眼光欣赏这部影片,粉丝和偶像还是保持距离比较好。

回到卧室,检查手机才发现原来商牧枭给我打过好几个电话,只是我都没听到。

不仅打了电话,还用他自己的号给我发了短信。字不多,简洁明了,主旨清晰。

> 对不起,我错了。

我发了个"嗯"过去。

还没等我躺下,商牧枭的电话就来了。

"你'嗯'是什么意思?"

我本就是被他从睡梦中吵醒,现在一沾到枕头边,睡意便又汹涌而来。

"就是'知道了'的意思。"

"你……"他压着脾气,问得没什么底气,"那你这是原谅我还是没原谅我?"

"为什么不当面给我?"

他磨磨蹭蹭,吐出四个字:"怕你不要。"

"你粘得也太丑了。"

"我整整粘了四个小时!"

◆ **烧** 不尽

　　思绪慢慢飘离身躯，我蹭了蹭枕头，闭上眼道："谁让你自己摔碎的……"

　　他的声音还在继续，透着不确定："真的很丑吗？那我……那我拿回来重新再粘一下？"

　　那不是要再碎一次？这奖杯已经够可怜，何必总折腾它。

　　"不行，给我……"我声音渐低，"就是我的了。"

　　"那你收了，就是原谅我了。"

　　我的大脑还能理解他的话语，但身体已经不由自主臣服于松软的床铺，响应周公的召唤。

　　"……北教授？北芥？"

　　长久没有得到我的答复，他试着叫我的名字，见还不管用，懊恼地"啧"了声。

　　我勉强抽回已经递给周公的手，努力试着清醒，还在迷糊中，就听他长长叹了口气。

　　"以前我总认为，恋爱不应该冲着一辈子，恋爱就应该冲着开心。开心了在一起，不开心了就分开，所以分手也是很正常的事。"他声音很轻，是一种想说给我听，又不想吵醒我的音量。

　　"这世界没有谁离了谁就活不下去的，我绝不会沉溺于一段不合适的感情，也不会对抛下我的人再有留恋。和你在一起的确很放松，很开心，但也没什么大不了的，时间久了我总会忘掉你。我一直，这样告诉自己。"

　　"我太自以为是了……"他一连说了好几遍，听着似乎对这句话尤为刻骨铭心，"我太自以为是了。"

　　我这时其实已经清醒，但硬憋着没出声，想要听他接下去怎么讲。

　　"北芥，你能不能不要喜欢别人？我比他们都年轻，比他们都好看，还没有不良嗜好。你要喜欢，也应该喜欢我啊。"说到最后，他语气带上点愤愤不平，似乎无法理解我为什么要去喜欢"肖代表"。

　　我忍得辛苦，差点笑出声。

　　他又叹了一口气，再开口时，音色变得十分温柔。

　　"晚安，我的宝石。"

　　握着手机的力道一下加重，我的心也像是被这股力量攥紧了，不疼不痒，只是扯着胸腔，叫人心慌意乱。

　　怕心跳声太大，被对方察觉，我紧紧揪扯着胸口的衣服，直到他挂了电话，才发现自己忘了呼吸。

　　大口吸气，再徐徐吐出，来回数遍平复心跳后，又觉得热，下床想要洗一把脸。

　　镜子里如实映照出我此时的模样——双颊乃至鼻尖染上微红，眼瞳蒙上层水光，加上蹙眉的表情，说一句"泫然欲泣"也不为过。

Chapter 11 想更了解你的世界

到底是老毛病犯了，一激动就眼红，还是因为憋气憋的，又或者是别的什么原因，我自己也分不清了。

只是觉得热，热得困意全消，想起来走动走动，想拉开窗户，对着外面大声呼喊，甚至，想要将家里的每张唱片都拿出来擦拭一遍。

这股热仿佛化成了某种神奇的"动力"，驱使我精力旺盛，难以入睡，非得做点什么耗尽它，我才能得到平静。

于是我起来打开电脑，借着这股"力"，一气呵成，写完了自己的《东方心灵哲学：传统与变革》，并将它投递给了一家 CSSCI 的核心期刊。

电脑屏幕出现邮件顺利发出的画面后，我活动了下酸痛的肩颈，再看窗外，天空已经泛起鱼肚白。

上午倒也还行，不算太困，可能"动力"没耗完，到了中午就不行了，疲惫感扑面而来。幸好下午只有一节课，上完我也不敢开车回去，便倒头睡在了办公室沙发上，一觉睡到六点，还是被"肖代表"的信息吵醒的。

他叮叮咚咚发了一通，大致意思不外乎两点。

一、他很感谢我对他工作的配合；二、他要调职了，以后这个号会给到他的同事——一位五十多岁的中年男士。

我坐在沙发上，对着他的信息笑了足足两分钟。笑完了抹抹眼角溢出的泪花，起身前往停车场。

当我的车驶出校门，拐弯时，差点与一辆眼熟的蓝白重机撞上。

我和对方都有些意外，一时谁也没走。

对方往上一拨头盔目镜，露出一双带着痞气的双眼。我也降下车窗，与他四目相对。

"周言毅？"我认出他来。

"抱歉啊北教授，刚刚开得有点快。"他干脆脱掉头盔，不好意思地冲我直笑。

我打量着他座下的蓝白重机，问："商牧枭卖你多少钱？"

他一愣，拍了拍重机的头部，道："原价一百万，本来可以卖到七十万，但他说急着用钱，如果我能马上给他转账，就五十万卖我。"

之前我就觉得奇怪，以商牧枭对这辆车的喜爱程度，就算是我坐不了，他放着当大型摆件也不至于卖了。现在听周言毅这样一说，就更确定了我心中的想法。

他急着用钱，所以才会不得已卖了自己的爱车。而那段时间，他也的确买了个特别贵的东西——我的外骨骼。

到了卖车的地步，他也可以说是……倾其所有了。就这样，他竟然宁可让肖

✦ 烧不尽

代表"调职"也不跟我说。干什么,怕我觉得他挟恩图报吗?

"你们没事吧?"周言毅见我一直不说话,斟酌着开口,"这学期他突然就和尹诺闹崩了,谁也不说为了什么,但我猜……应该是和你有关。"

这里是校门口,虽然是晚上,但也不便多说。我用最简练的语句,含括了我和商牧枭目前的状况。

"我们分手了。"

"啊……"

"但今天应该会复合。"

"啊?"周言毅抱着头盔,呆呆地看着我,一副回不过神的模样。

我没跟他多解释,说了声"再见"便升起车窗离去。

驱车回到小区,我没有如往常一般坐电梯回家,而是进了对面那栋楼,上到11层,1102。

电梯一路上行,我给"肖代表"发去信息。

开门。

这要是在电影中,电梯门一开,我就该与商牧枭来个深情对视了。

然而现实是,他并没有开门,也没有回我信息。不知道是人傻了,还是根本没看手机。

为此,我只好直接点开了他的语音通话。

透过大门,隐隐能听到里头传出的手机铃声,还有与之一同响起的狗叫。在一阵兵荒马乱的脚步声后,手机才被匆匆接起。

耳边尽是喘息声,商牧枭谨慎地没有先开口。

我立在门前,叹了口气,按响了门铃。

"肖代表,不给我开门吗?"

随着"叮咚叮咚"的门铃声,蛋黄叫得更欢快了。门里与手机里同时传出物体被碰撞倒地的闷响,接着是商牧枭慌乱的咒骂声。

"当心些。"我叮嘱他。

下一秒,房门猛地被拉开,商牧枭形容狼狈地出现在我面前。似乎是刚洗好澡,头发都没吹干便来接我的电话,身上睡衣扣子系错了,拖鞋还掉了一只。

"你……你怎么来了?"我就在他面前,他却仍然举着手机不放,可见受到的惊吓有多大。

跨进室内,一眼就看到在客厅地毯上来回打转的蛋黄。别的狗还得给它围个栏拴个绳,它倒好,一块地毯就限制了活动范围。

"来看看你。"收起手机,我扫了圈脚下,没发现拖鞋,"有鞋套或者拖鞋吗?"

Chapter 11
想更了解你的世界

他愣了片刻,让出一条道来:"没有。不用脱鞋,我……我没怎么拖过地,直接进来就好。"

他不知道用的什么沐浴露,经过他身边时,浓郁的果香扑面而来,加上他微微散发着湿热的肌肤,闻起来就像某种酸甜可口的热带水果。

室内大体是出租屋该有的样子——堆满衣服的沙发,迟迟未整理的纸箱,以及铺满各类你能想到和不能想到的东西的茶几。

所幸屋里虽乱,但并不脏,没什么存了几天的外卖、泡面盒。

遥想当年,杨海阳刚离婚那阵,可谓一蹶不振,孩子让他妈带着,自己整天躺在家里虚度光阴。我去找他,刚一进门,要不是站不起来,都能被屋里的味儿熏个趔趄。

那日我陪着杨海阳喝了有十几瓶啤酒,喝得他抱着马桶吐得昏天暗地,吐完又抱着我的轮椅哭着发誓这辈子再也不要结婚。

最后他哭累倒床上睡着了,还是我帮他清理的房间。那成堆的垃圾里都有什么,我这么多年都不愿回忆第二遍。

"你,你什么时候知道我是……"商牧枭显得有些难以启齿,最后几个字愣是说不出口。

"肖代表吗?"我替他说完了。

沙发对面的墙上挂着一台60寸左右的大电视,应该是房东赠送的,电视下连着一个类似电脑主机的小盒子,配合摆在上头的红色游戏手柄,我猜这应该是个游戏机。

再往边上看,阳台上架着一台眼熟的黑色天文望远镜,不是三十万那台,而是更早之前,被商牧枭摔坏那台星特朗的同款。

同样的型号,但比我那台新许多,有些地方膜都没来得及撕。

兜兜转转,仿佛老伙计换了种方式又回来了。

"你姐婚礼那天知道的。"我摸了摸望远镜的镜身,转头问他,"你看得到月亮吗?"

商牧枭目光游移,盯着地面:"能啊。"

我好笑地俯身,左眼对着目镜,没有看到月亮,只看到我家拉着帘子的窗户。

"我家有月亮吗?"

"所以你故意骗我说你喜欢我?"他不回答我的问题,还在纠结"肖代表"的事。

"是故意的,但没有骗你。"我直起身,继续参观别的地方。

这套房子的格局与我那套是一模一样的,只是我那套卧室做了洗手间,占去了部分面积,显得房间有些局促。而商牧枭的卧室除了一张大床与一排开放式衣帽架别无他物,看着就很宽敞。

"为什么?因为我让你站起来了吗?"我打量他的卧室、他的衣架,他就斜

烧不尽

靠着门框双手环胸打量我。

拐杖覆着橡胶的底部敲击在瓷砖地面上，发出"嗒"的声响。目前我对外骨骼适应良好，已经可以用单边拐杖走路，慢慢走的话，脱拐也不是不可以，只是会不稳。

"这点不够吗？"我转身直面他。

之前只是在课业上对他网开一面，他都能觉得是我要潜规则他，狂得天上有地下无的。现在该他狂了，他倒老实起来。

"我不知道。"他垂下眼，微微拧眉，瞧着颇为纠结，"我……我的确想让你喜欢我，但我不想你因为我给你买了外骨骼喜欢我……我不想你觉得欠我的，觉得自己应该像个田螺姑娘那样报恩……"

这会儿，他倒是比我还要瞻前顾后了。

我听不下去，两步走过去，捧住他的脸，直接印上了自己的唇。

无论我之前坚信怎样的理论，在这一刻我都必须承认——所谓的物自体，本我，意志，心灵……一切一切操控着我们肉体又无法被我们操控的形而上的存在，它或许本身就是不理性的。

"我不是田螺姑娘。"我望着他的双眼，"我高兴，是因为它是你给我的，是你，不是别的任何人。"

如果这副外骨骼是贺微舟花一百万送给我的，别说卖房，砸锅卖铁我都会把钱凑出来还他，以确保自己与他不会有过多牵扯。

"都说事不过三，这是第二次，也是最后一次。我给你最后一次机会，也给自己最后一次机会。这次不是奔着开心，是奔着一辈子，你愿不愿意？"

这大概是近十年来我做过的，除了和商牧枭交往外，第二件大胆的事——向前任求复合。

商牧枭闻言眼眸霎时睁大了几分，很有几分不可思议。

我错开视线不去看他，在过于焦灼的等待中一点点陷入自我怀疑。

这么大的事，是不是要给他多点时间考虑？他毕竟才二十出头，一辈子对他太遥远了。人生有太多变数，不是口头答应一声，就万事都能实现。

而且……这发言也太像求婚了，他该不是吓到了吧？

"你……"我刚想叫他不用这么快答复我，可以考虑一个晚上，才出口一个字，身体便被整个抱了起来。

拐杖落地，我来不及惊呼，转眼间，已仰躺在了床上。

"那天你说的不是灵灵。"他突然没头没脑提起杨幼灵，"你的星星是我！是我，对不对？"

他俯视着我，执拗地等着我的回答，眼里已经不再有迷茫和踌躇。

当我重新服下爱情的迷药，甘心沦为本能的俘虏时，他也重拾狂傲，变得无比敏锐。

Chapter 11
想更了解你的世界

他说的都是实话，没什么好否认的，但我仍然觉得有点不好意思。我人生中实在缺少说这些话的时候，这可能是我这辈子说过最肉麻的话了。

"你还没回答我的问题。"我顾左右而言他。

商牧枭眼眸幽深，好似正在酝酿着噬人的黑潮，随时随地都要将我吞没。

"是，我不是在看月亮，我就是在看你。你把那个兽医领回家的时候，我简直要气疯了。"

我愣了好几秒才反应过来他在回答我之前的不知道第几个的问题。

"我就说，你怎么可能放着我不要去喜欢他。"

或者，他也不是想回答我的问题，只是单纯自信回来了，尾巴翘上了天。

"不可以再那样看别人……"我警告他。

"知道了，我就看你一个。"他亲了下我的唇角，抬头道，"你可以教我，教我怎样和你过一辈子。我很聪明，会好好学的。"

我曾经也想过，自己会在怎样的情况下坦然地、毫无保留地向他人袒露心扉。那时，我对找到人生的另一半已不抱希望，思来想去，这种情况也唯有在进行必要的医疗治疗时才会发生。

若按人类全球平均寿命来算，我的人生已过三分之一，是一个在大多数人看来早该认清现实，脚踏实地，不去奢求爱情的年纪。所以，哪怕知道理论上如果出现一个"真爱"，我应该会对他放下戒备，无惧于向他展示真实的自己，但仍然觉得这种可能微乎其微，微到无限接近奇迹。

万万没想到，这么一个连我自己都觉得除非奇迹出现不然绝无可能发生的事……就这样发生了。

"婚礼那天，尹诺和我说了赌约的事。"我有一事始终不明白，"你为什么不解释？"

虽然他解释了赌约还是存在，不可能消失，但"中途作废"和"一直延续到被我发现"，两者还是大有不同的。

前者尽管我仍然会觉得不被尊重，可至少不会像后者一样，误以为从头到尾自己一头热，对方全然没有一点真心。

"我说了啊，因为我太生气了。"商牧枭撇撇嘴道，"我本来想解释来着，结果看到你和那个变态兽医一起回来，我就受不了了。"

竟然是这样……

"我和他只是在飞机上偶遇，他顺路送我回来，问我借唱片……"然后就这么被他撞见了。

"他就是不怀好意。"商牧枭冷哼一声。

"我哪里知道他这么下作。"还好警察警告过他后，他就吓得再也没有联系过

◆烧不尽

我,连带余喜喜都被他拒绝往来。为此余喜喜还专门同我吐槽过,说贺微舟有毛病,莫名其妙拉黑人。

在商牧枭的帮助下洗了澡,又吃了他叫的外卖,他还想留我住下,被我拒绝了。
"为什么?"他拧起长眉。
"因为我的外骨骼要没电了。"
我拄着拐杖,起身要走,被商牧枭拉住衣摆。
"我可以帮你拿回去充电,明天一早再拿过来。"
我想了想:"不了。"
外骨骼设备的充电装置并不小巧,固定在墙上,难以携带,这就造成我如"灰姑娘"一样,到时间就必须回家,不然魔法便会失灵,我会被打回原形。
他眉头拧得更紧:"你不想和我待在一起?"
我叹了口气,不是不想,是身体吃不消。
"让我好好休息,我明天还有课。"
他看起来不太高兴,嘴角都耷拉下来。
"乖。"我摸摸他的脸颊,安抚他道,"周末陪你。"
他看我半晌,握住我的手,吻了吻我的手背,然后就不松开了。
"那我送你回去。"他站起身,牵着我的手轻轻摇晃。
我随他,就这样与他手牵手走到门口。
还没出门,他想起什么,松开我跑回去,将地毯上打瞌睡的蛋黄抱了起来。
"今天还没遛过它。"商牧枭一手夹着蛋黄,另一只手回来继续牵着我。

电梯里不是没有遇到人,但商牧枭始终没有松开我的手。
我本来想陪他遛狗,可他怕我像上次一样突然没电摔倒,坚持要先送我回家。
直送到家门口,我忽然也有些不舍,就问他要不要进来坐会儿。
他摇摇头,说不了,怕一坐就不想走。但说完了,我站在门里,他站在门外,谁也没动作。
"北教授,给我个告别吻吧。"他指了指自己的脸颊道。
我凑过去,轻轻吻在了他的唇上。
"晚安。"我说,"明天见。"

在叔本华这样的极端悲观主义者看来,幸福和快乐犹如海市蜃楼,只可远观。一旦靠近,所有的一切便会消散一空。
曾经我也有差不多的想法,但我的幸福和快乐是天上的星辰,虽然不是虚幻的,于我却一样遥不可及,太难太难拥有。

Chapter 11
想更了解你的世界

而现在,有一颗星星自己来到了我的面前,那样耀眼,那样温暖,那样让我神魂颠倒,我才发现自己的悲观只能称之为"薛定谔的悲观"。

或许这世上从来没有什么至死不渝的悲观主义,不过都是……没有遇到自己的那颗星星罢了。

商牧枭很快投入到了车队的日常训练中,白日里我去上课,他就去训练,有时候比我还要晚回家。

通过商牧枭的解说我才了解到,专业的摩托车队原来也会有"青训营"。年少的孩子们从小接受青训营的训练,日思夜想的就是怎样取得更好的成绩,怎样刷出最快的圈速,而最终能顺利成为车队正式签约队员的,只是凤毛麟角。

他没有参加过青训营,直接由车队经理看中邀请入队,算是空降,队内其他人没有说法是不可能的。因而他也需要付出比别人更多的努力,维持更好的状态,用实力服众。

"这是拥有梦想的人。"商牧枭拿起茶几上的一包刚开的抽式纸巾,晃了晃它饱满的肚腹。

"这是能实现梦想的人。"他轻轻抽出最前头的那张纸巾,直观地演示了什么叫"千万人过独木桥"。

复合后,由于住得近,他几乎天天带着狗上门吃饭,吃完了会和我在沙发上坐一会儿,聊聊天,等时间足够晚了再起身回去。

盯着那包纸巾,我不由想到自己小时候的一些事。

"我也上过青训营,清湾大学的青训营。"

清湾大学每年夏天都会有面向广大中学生的夏令营,报名夏令营的学生需要预先选择感兴趣的学科,之后参加学校组织的活动和考察。结束时,该夏令营的前三名将得到免去自主招生初试,直接进入复试的优待。当初我就是参加了哲学夏令营,被评为全优生,最后免初试和面试考上的清湾大学。

"为什么选哲学?"商牧枭耐心听我说完,问道。

电视里播放着不知名的综艺,声音调得很轻,充当着类似背景音的作用。

5月的气温正好,不冷也不热,很适合在睡前喝一点度数不高、清新爽口的半甜白。

我举起酒杯,浅浅抿了口带着李子与青苹果气息的酒,回忆了一阵,解释道:"因为……哲学夏令营的报名费最便宜。"

商牧枭原本正拿着纸巾逗狗,闻言脸上一愣,被蛋黄抓准时机扑上,一口咬住纸巾,甩着头撕得粉碎,完了高兴地看着商牧枭,嘴里发出兴奋地"哈哈"声,似乎在说:"还有没有?我还要玩!"

商牧枭撸了把它的狗头,将它两只耳朵都往后撸,露出圆润饱满的脑袋,随后又抽了张纸巾盖在它头上。小狗的尾巴立时跟旋风似的甩动起来,追逐着纸巾

◆ **烧** 不尽

在沙发上不停转圈圈。

"我小时候也参加过夏令营,不过是马术夏令营。那时我姐希望我能通过夏令营交到更多朋友,可我不仅没交到朋友,还成了夏令营最讨人厌的孩子。"商牧枭不再管蛋黄,歪斜着身体靠到我肩上,注视着前方的电视,缓缓道,"我觉得他们幼稚可笑,他们觉得我喜怒无常,谁也看不上谁。那个夏令营我只去了一次就再也没去过,之后的马术……都是由我姐亲自教我的。"

那必定不是什么愉快的回忆。

我反手摸了摸他的脑袋,安慰道:"没关系,就算不上夏令营,你的马术也很厉害。"

"我就知道你觉得我厉害,那天你一直看着我呢。"他笑起来,过了会儿,声音逐渐转低,"要是一直学下去,说不定我真的会很厉害。可惜……我最喜欢的那匹马死了。后来我就迷上了摩托车,比马跑得更快、更刺激,还不会死。"

关于那匹马的死,他没有说太多。要不是之前马场的李老师提及,我很难从他简短的一句话里得知那是个多么令人伤心的故事。它甚至直接改变了他的喜好。

商牧枭看着做事全凭自己高兴,时常让人恨得牙痒,任性起来像个被宠坏的大少爷,但其实久了就会发现,他只是用强硬的外表来伪装自己爱撒娇又敏感的本质罢了。

常说"三岁看老",幼年期的性格养成对长大后的人生至关重要。有良好稳固的基础,才能在上头盖起通往幸福的摩天大楼。若基础太差,又无法引起足够的重视及时加固,楼就算盖起来了,只要有一点差错,最后都难逃轰然倒塌的命运。所以才会说,不幸的童年,需要用一生来治愈。

商牧枭小时候太缺爱,身边唯有一个商芸柔,他就只紧紧抓着对方,眼里也只有对方,看不到别人,也不需要别人。抓住商芸柔这个明确的"爱"的来源,对他来说才是最急迫最主要的,因此就算其他人向他释放出善意或者爱慕,他也接触不良,不会想要照单全收。

该说我和他会在一起,也是一种天时地利吗?

若不是商芸柔和杨海阳恋爱,让他失去了仅有的"专一"对象,使他迫切想要寻找填补空位的宝石,我或许就和那些爱慕他的人一样,哪怕产生交集,在他眼里也不过是不起眼的玻璃。

这天下班途中,我接到了卢玥的电话——卢爸爸去世了。

在看到来电人是她时,我便有了心理准备,也不算太意外,但挂断电话后仍然将车靠到路边,平复了许久。

回到家,商牧枭已经带着狗登门,正在打游戏。这些天家里他的东西又逐渐多起来,衣服裤子就不说了,前两天他还把自己的游戏机搬了过来,说我这边投

Chapter 11
想更了解你的世界

影布大，玩起来比较爽。

进门时我与他打了招呼，随后便一头钻进厨房做饭去了。

电饭煲里已经煮好了米饭——这也是商牧枭唯一会做的，只要再做两个菜就好。

"你怎么了？"切着丝瓜，身后忽然响起商牧枭的声音。

我停下刀，不解地回头，他靠在厨房门口，拧眉看着我，见我不说话，快步往我这边走来。

"谁惹你生气了？"他伸出一只手捧住我的脸，自己观察着我的表情问。

他有时候真的是很敏锐，不光是看人方面，察言观色也是一绝。

不知怎么，本该已经平静下来的情绪在他这样问出口后，再也压抑不住。

松开刀，我一下子紧紧抱住他，面孔侧在他的肩上，闭上眼道："卢飞恒的父亲，去世了。"

他闻言身体一震，长久地没再出声，只是任我抱着。

"这几天你不在，我也会看你的书。"他抬起手，轻轻按在我的背上，安抚人的姿势有种说不出的笨拙，"叔本华说，在面对无法挽回的事时，我们都应该尽人事，听天命，告诉自己……所有发生的事都是必然发生的，不可避免。"

这是典型的命运论。

"你竟然会对哲学感兴趣？"我靠在他身上，依偎着他，心情不能说完全恢复，但也得到了不少抚慰。

"因为想更了解你的世界。"他说着，更紧地抱住我。

我们在厨房抱了许久，确定我情绪稳定下来后，商牧枭才将我松开。

最后他没让我继续做饭，而是直接叫了平时常吃的外卖。晚上更是以怕我胡思乱想为由，和蛋黄一道留下来过夜，不走了。

商牧枭与我一道参加了卢爸爸的葬礼。其实我一个人也可以，但他怕我情绪不稳开车有危险，坚持要陪我一起。

情绪不稳倒也不至于。死亡是每个人的必然宿命，从出生开始，我们就在向死而生，大家都会在一部名为《我的人生》的电视剧里担任主角，最后走向这个必然的结局。

卢爸爸活着时，我或许会有些遗憾，他未能为自己争取活下去的机会。但他如今已经去世，我也已经好好跟他告过别，可以说没什么遗憾了。

卢爸爸就葬在卢飞恒所在的那个墓园，落葬那天我与商牧枭一早便从家里出发。到的时候时间正好，商牧枭还在大门口买了一束白菊花。

参加葬礼的人个个穿着肃穆的黑衣。卢妈妈被卢玥搀扶着，不住地用纸巾抹眼泪。见我来了，卢妈妈主动过来给了我一个拥抱，感谢我能来送卢爸爸最后

✦ 烧 不尽

一程。

"老卢知道你来了一定会高兴的，飞恒也会很高兴……"她发现了一边默不作声的商牧枭，可能实在想不起来这是哪号人物，只好用眼神求助我。

"这是我的……""学生"两字本来都要脱口而出，临到嘴边又改了主意，换作我更喜欢的，也是更能体现商牧枭与我关系的两个字，"恋人。"

卢妈妈一怔，显是没有预料到我会这样回答。

"你……"她完全回不过神，一副有很多问题却又不知道该问什么的表情。要不是一旁卢玥悄悄拉了她两下，她可能要对着我一直呆下去。

这时又有其他人来，卢玥朝我与商牧枭颔了颔首，拉着卢妈妈去招呼对方了。

"没关系吗？"商牧枭靠到我身后，低声问。

我摇了摇头，接过他手里的菊花，送到了卢爸爸的墓前，而与之相隔不远的，正是卢飞恒的墓碑。

照片上他笑容爽朗，目光温和，是我最常见到的那副模样。转眼十几年过去了，我也已经三十多岁，他们却永远停留在了 20 岁。

"这就是你的朋友吗？"商牧枭轻声念出墓碑上的墓志铭，"不用伤心，我终于得以探知意志的真相。"

我微微笑道："这大概是每个研究哲学的人都想知道的真相吧。"

也是至今无法解开的千古之谜。

感到商牧枭一直看着我，又不说话，我奇怪地转过头，问："怎么？"

他没说话，又看了我半晌，移开视线，盯着照片上的卢飞恒道："没什么。"

葬礼结束后，卢妈妈情绪有些激动，众人纷纷围拢过去安慰。这么多人，也轮不到我，我见帮不上什么忙，与卢玥说了声便准备走了。

她一边关注着自己妈妈一边与我匆匆道别，等我和商牧枭走出十多米，又听到她在后头叫我。

"北芥。"她喘着气跑过来，拉住我的胳膊，瞟了商牧枭一眼，压低声音问道，"其实我从以前就想问，但一直不确定，我弟是不是……喜欢过你？"

我有些讶然，这个问题过去她从未提及。

"这件事压在我心头十几年了，我知道已经时过境迁我不该提的，也不是要给你增加负担，我没有别的意思，就是……就是想更了解自己的弟弟。"她刚刚哭过，眼圈还是红的，这会儿说起卢飞恒，眼里又忍不住落下泪来。

我赶忙用空着那只手去摸身上的口袋，却发现今天不巧，没带纸巾。

这时，从一边横出只胳膊，手上捏着张纸巾，递到卢玥面前。

卢玥谢着接过，抹去眼泪后，情绪也稳定下来。

商牧枭送完了纸巾，与我说了声去外头等我，便往墓园大门方向走去。

Chapter 11
想更了解你的世界

总觉得从方才开始,他就怪怪的。难道是天气不好,加上来参加葬礼,让他又想起小时候的事了吗?

迟疑地收回视线,重新面对卢玥,想到她的问题,我不禁长长叹了口气。

"我不知道,他从未与我提过。很遗憾,我也没能有机会更了解他的内心。"

卢玥看上去有些失落:"谢谢……谢谢你。"

我摇摇头:"照顾好阿姨,也照顾好自己,这样叔叔和飞恒才能放心。"

"你也是,照顾好自己。"卢玥神色间稍有挣扎,但可能觉得今天已经说了很多,不差这点,便干脆把事情说开,"很长一段时间,我爸妈其实都很关心你的近况,但又怕联系你。他们怕你有负担,也怕你看到他们就想到飞恒想到车祸。"

我张了张嘴,喉咙跟哽了块石头似的难受。我从来不知道,他们对我竟然有过这样的担忧。

"我妈刚刚就是一时太惊讶了,她也是为你高兴的。你现在站起来了,还有了恋人,真的太好了。"卢玥拍拍我的肩,让我路上小心安全,随后便转身往回走去。

我望着她背影良久,等她回到卢妈妈身边,我才挪动脚步,朝相反方向而去。

我回到停车场时,远远就见商牧枭正立在一个垃圾桶边上抽烟。

他知道我不喜欢,现在在我面前已经不大抽烟。但烟瘾难消,有时便会偷偷地抽。看不到,但能闻到。

刚将烟递到嘴边,看我回来了,他立马把烟按灭,投进了垃圾桶。

"这么快聊好了?"他小跑着过来,双手插在衣兜里,与我一同往车位走去。

"嗯。"他瞧着神色如常,我也只当刚才是自己多心。

他没有问我卢飞恒的事,我以为他不在乎,就没有解释。我说学校的事,他说训练的事,聊的话题都很轻松。

等回了清湾,进了小区,他说他想休息,晚上来找我,与我告别后回了自己那边。

我下午还要看学生的论文,给他们修改意见,这样也好,不用互相打扰。

看论文看到四点,见时间差不多了,我关掉电脑,起身准备做饭。经过大门时,正好听见外头有人按密码,我知道是商牧枭,就过去帮他把门开了。

商牧枭维持着按密码的动作,愣了愣,低头进来换鞋。

"休息得怎么样?"他不知道怎么睡的,瞧着还是不太精神的样子,不过也有可能是睡迷糊了,还没完全清醒。

"还行。"

◆ **烧** 不尽

我转身往厨房方向走去："你玩一会儿游戏，我去做饭。"

忽然被人从背后抱住，商牧枭下巴搁在我的肩上，轻声说：

"我知道我不该这样，但我还是忍不住……我花了一个下午，整整一个下午想要把这股情绪压下去，却毫无成效。"

他吐出的呼吸尽数打在我的耳后，叫我下意识地想要避开。

他感觉到了，更紧地桎梏住我，让我哪里也无法去。

我按住他的手，问："我上午就觉得你不对，怎么了？"

他静了许久没有说话。

"到底怎么了？"我又问一遍。

这次他终于开口。

"为什么这么多人喜欢你？我好想把你藏起来，藏在谁也找不到的山洞里，让你只做我一个人的珍宝。"他又委屈，又不情愿，"你就不能……只是我一个人的吗？"

果然，是因为卢飞恒的事。他应该是误会我和卢飞恒曾经的关系了。

竟然忍了一个下午才发作，也算是有进步了，放到从前，他怕是忍不到回家。

"你是说卢飞恒吗？你怎么知道他喜欢我？"

"因为如果连他姐都怀疑他是不是喜欢你，那他肯定就是。"商牧枭振振有词，"而且你看他墓碑的眼神不一样，你知道他喜欢你，是不是？"

"只是……只是我的猜测。到他离世前，我们都只是朋友。"

就算卢飞恒真的喜欢我，也说明不了什么。他已经不在了，我不会拿未曾发生的事以及不可能再改变的事做假设。

"如果他还活着，你就是他的了。"但显然商牧枭不是这样认为的，他某些时候比我还像个悲观主义者，总喜欢将事情往对他不利的方向想。

让人十分伤脑筋。

"没有如果。"我说。

"真的？"

"真的。"我顺着他的毛，道，"没有如果，我只喜欢你。我只喜欢商牧枭。"

他被我顺得很开心，终于笑起来。

"再说一遍。"

我满足他："我只喜欢商牧枭。"

"再说一遍。"

"我只喜欢商牧枭……"

最后我都不知道自己说了几遍，直说到口干舌燥，天都要暗下来，他才将我松开。

见他心情恢复了，我才与他说，让他以后有问题要第一时间说出来，不要憋在心里。

Chapter 11
想更了解你的世界

他想了想,道:"但我怕你觉得我不懂事。"

他要横时,我头疼他蛮不讲理,现在他乖起来,我又心疼他太过懂事。人这种生物,实在难有满足的时候。

"没关系,你这个年纪,不用很懂事也可以。"我亲亲他的唇角道。

第十二章

一起生活

转眼入夏，天渐渐热起来，临近一年一度的答辩，我忙着指导学生们的毕业论文，商牧枭则因为需要尽快与团队磨合，开启了为期一周的封闭式训练。

分明两个人都在清湾，却只能每天通过电话联系。

我倒还好，就是商牧枭似乎不太习惯，一直催着让我去看他，抱怨说没有我吃不好住不好的，人都瘦了。

知道他是在训练，不知道的还以为他在坐牢。

最后我答应了周日去看他，顺便接他一道回家。

他掰着指头数了数，一算还要三天，又闹起来。我只好当他小孩子一样哄着，尽挑些他爱的说，什么"我最喜欢你了""我也很想你""没有你我都睡不着"⋯⋯如此说了十来分钟，他高兴了，我简直要被自己肉麻死。

他当然不是真的抱怨。以后他会去全国各地乃至全世界各地比赛，这种分离必不可少，哪怕他才二十出头，也不会觉得成年人的恋爱就该时时刻刻黏在一起，他就是喜欢听我说这些。

走出电梯，我对着办公室方向错愕地顿住脚步。

我想过与商牧枭复合后，可能商禄会来找我，商芸柔会来找我，唯独没想过方麒年会来。

他悠闲地靠在办公室门上，低头盯着鞋尖，在地面上打着只有自己才知道的节拍。

我一走近，他便停下动作，抬头看过来。

"你总算回来了。"他露出微笑，如老友一样朝我打招呼。

我上前打开办公室门，问："你怎么来了？"

"想来就来了。"他语焉不详，兜着圈子，不说实话。

之后，他便像是在我沙发上生了根，一坐就是一下午。不说来意，也不说什

Chapter 12 一起生活

么时候走,甚至学会了自己泡茶。

我同商牧枭发去消息,说明情况,但他可能在训练中,手机不在身边,很长时间都没有回我。

到我要下班了,方麒年看了眼时间,起身表示时候不早了,我们可以去吃饭了。

我都不知道他怎么可以这么自然说出这句话。

"怎么?"方麒年完全没有一点自觉,"你肚子不饿吗?走啊,我们去吃好吃的,我请你。"

我对他的邀约不置可否,问道:"你到底来找我做什么?"

他推着我肩膀往外走:"哎呀,边吃边说嘛。"

学校后面正好有一条街都是饭店,我随便选了家人看起来不是很多的炒菜馆,带着方麒年坐到了靠窗的位置。

"我都说我请客了,你怎么选在这里?"看得出他在隐忍嫌弃,不住地用纸巾擦着面前的桌面,又一遍一遍地擦拭自己的碗筷。

"这家店味道不错的。"我睁眼说着瞎话,其实别说这家店,就是这条街我都不怎么来。

带他到这里,不过是因为这里离得近,我想速战速决,尽快进入主题罢了。

点完了菜,由于人不多,上得也很快。

我与方麒年同时动筷,夹了一口,又同时放下筷子。

客人少果然是有原因的,这也太难吃了。

"不错,味道挺好,很有……家的感觉。"方麒年评价道。

我笑笑,举起茶杯喝了口水,以冲淡嘴里的咸涩。

"现在可以说为什么来找我了吗?"我放下杯子问道。

他点点头,脸上仍是在笑,却没有给人多少"快乐"的观感,仿佛只是机械地牵动唇角。

"我和家里人吵架了。我可以去你那儿借住两天吗?"

一听是这事,我倒有些为难。

我和他的确有几分交情,但这些交情加一起,也只够我们坐在这里吃一顿明明难吃却又不得不违心夸一句好吃的饭而已,远远未到可以借住的程度。

"我可以先借你些钱,让你住酒店。"我道。

"我不缺钱,就是不想让家人找到我。"方麒年撇撇嘴道。

每个人都只能对自己的人生指手画脚,没法干涉别人的人生,我也不好多说什么。

就在这时,我的手机响了起来。拿起一看,是商牧枭来电。他估计这会儿结束训练,看到了我的信息。

◆ **烧**不尽

"他找你做什么？"一接起来，他便急急问道。

我看了眼对面的方麒年，道："他和家里人吵架了，想在我那儿借住两天……"

我还没说自己同没同意，商牧枭就炸了毛一样，扬声打断我："不行！你不许让他进门，这个家有他没我！"

方麒年该是听到了我手机里的动静，撑着下巴，一副看好戏的表情，脸上明晃晃都是"你还是回来了啊"几个字。

我侧了侧身子，避开方麒年道："没有让他进门，我还没有答应。"

"还？"他抓住重点，问，"你现在和他在一起？"

我心虚地没了声音。

"北芥！"

他连名带姓地叫我，语气里多了几分咬牙切齿。

我暗叹口气，知道是躲不过了。

"我在和他吃饭。"

手机里的喘气声一下粗重起来，商牧枭不再说话，像在忍着怒气。

我都做好被他挂电话的准备，没想只是几秒他又开口了。

"你把电话给他。"态度平和镇定，"我来和他说。"

我踌躇片刻，道："那你别跟人家吵架。"说完将手机递给了方麒年。

"我吗？"方麒年错愕地指了指自己，经我点头确认后，才从我这里接过手机。

我颇为忐忑地观察着方麒年的表情，怕两人在电话里吵起来。

"吃饭而已，要不要这么小气？"所幸方麒年声音和缓，神色如常，与对着我时没什么区别，"怎么？就你能离家出走？嗯……嗯……知道了……OK。"

两人大概讲了一分多钟的电话，之后方麒年便将手机交还给我。

"我和他说了，让他住在我那里。"商牧枭道，"你等会儿把钥匙给他就好。"

他封闭训练前将蛋黄和钥匙都托付给了我，如今倒也方便。或许，方麒年一开始就打的这个主意，要借的就是商牧枭的房子，只是如果直接找过去，对方大抵不会同意，所以才会绕一大圈找到我这边。

"好。"我道。

商牧枭再三叮嘱绝对不许让方麒年进我家，还让我赶快吃完饭回家，半个小时后要视频查岗。

我连连答应，挂了电话，看着桌上那盘只动了两筷子的炒时蔬，提议道："今天你在外头一天，估计也累了，不然……我先送你回去休息吧？"

这简直是不需要考虑的选项，方麒年当即叫来服务员买单，与我一同起身离去。

Chapter 12 一起生活

方麒年就这样在 1102 住了下来。之前商牧枭将蛋黄养在家里时,方麒年就很喜欢蛋黄,这次便想问我借过去养一养。

我日常要工作,没什么时间陪小狗玩,方麒年一个人待在家也无聊,两相合宜,就答应了。

到了周日那天,商牧枭眼看要回来了,方麒年却还住着没走。我寻思着商牧枭回来应该要同我住一道,就预先去他那屋拿了些衣物。

方麒年闷在屋里好些天,只有狗作陪,知道我要去接商牧枭,立马兴奋地跳起来就说要一起去。

我见他满怀期待,不太好意思拒绝,就带着他一起去了。

商牧枭他们车队成立不过五年,名为"赤牙",背后的赞助商是在互联网行业迅速崛起并十分财大气粗的赤牙集团。

由于基地就在清湾,日常训练便也在清湾国际赛车场进行。

在路上时,我就觉得天有些阴沉,等到了赛车场,一下车,天空开始下起细雨。

"下雨了。"方麒年仰头看了眼。

我从车里拿出伞,与他一同往赛车场里走去。

虽然天气不佳,但观众席上仍坐着不少身穿红色统一服饰的人,看样子都是车队的铁杆粉丝。

"请问你们是?"有位工作人员上前询问。

我与他说明来意,他一听商牧枭的名字,立刻笑起来:"哦哦,他和我们打过招呼了。你在看台上等一等吧,他还有最后几圈。"他指着离赛道最近的蓝色座位道。

我谢过他,与方麒年过去坐了下来。

"你认得出哪个是他吗?这一个个遮得可真严实啊。"方麒年举着伞道。

我等了一会儿,直到一辆车号为"28"的红色摩托经过眼前,指着骑手背影道:"那个。"

方麒年瞬间投来佩服的目光:"你也太厉害了。"

商牧枭的车犹如赤色的闪电,只在视网膜上留下一道鲜明的痕迹,转眼便消失不见。

雨越下越大,方才还细如牛毛,现在已经可以感觉到砸在肌肤上的重量。

不知怎么了,右眼跳得厉害,胸口也像压着什么一样,不太舒服。

"怎么了?"方麒年见我神色有异,关心问道。

"他不喜欢下雨。"我盯着赛道能最先看到骑手出现的地方道。

方麒年了然:"他妈就是雨天去世的,商牧枭整整在雨里站了两个小时才把商芸柔等回来。"

◆ **烧** 不尽

我不由看向他。

他挑挑眉："怎么？他没跟你说吗？"

"说了。"

只是每次听，我仍会为他幼时所遭受的磨难感到痛心。

方麒年将视线移到赛道："你说导致她最后走向绝望的，是生孩子这件事，还是抑郁这件事？一个母亲，怎么能这么恨自己的孩子呢？"

就和有人会得肿瘤，有人长命百岁一样，梅紫寻的痛苦，来自她不幸地得了一场严重的疾病，与商牧枭不存在任何必然性。

商牧枭有权利不原谅她，因为没有任何人可以劝他与过去的伤痛和解。在他面前，我从来不会劝他大度，但这会儿和方麒年谈论起来，我必须客观理性地为梅紫寻说些话。

"她生病了。有时候爱和恨都不是你想要就要，想抹去就抹去的，它们不由你自己控制。"

梅紫寻也不过是个被疾病困扰的可怜人，就像普通人无法体会我作为残疾人的感受，我们也无法体会她的绝望。

正说着话，忽然看台喧哗起来，所有人纷纷站起，往一个方向看过去。

我正觉奇怪，就见方麒年的表情也变了："你刚刚说，商牧枭是几号？"

我一愣，忙朝赛道看去。

一辆车头标示着"28"的摩托车不知何故摔在了赛道上，骑手滚落在旁，一动不动。

"是不是没有换雨胎打滑了。"

"……不知道啊，怎么回事啊？"

"怪吓人的……"

我从座位上站起身，往看台下走去。

上次冰霜杯的比赛也有名车手摔倒了，可最后还是毫发无损地站了起来。尹诺说过，参赛车手都有非常完备的安全措施，头盔也很坚固，应该不太会受重伤……

视野里，不少人陆续赶到商牧枭身边，查看他的伤势。人越聚越多，事件的主角却迟迟不见动静。

求你了，求你了……

我甚至不知道在向谁祈求，只是脑海里不断重复这三个字。

脚步越来越快，雨水迎着风扑向脸面，每一滴都冻彻心扉。

我太过慌张，脚下没看清楚，整个人踩空摔了下去。所幸是最后两节台阶，摔得不算太严重，只是拐杖甩出去了，人也摔进雨里，略有些狼狈。

"北芥！"方麒年追过来，要扶我起来，"你没事吧？"

Chapter 12 ♦
一起生活

我摇摇头，让他不要管我，去看商牧枭的情况。

他表情有些紧张，将伞给到我，快速奔进了雨里。

方麒年走后，我试着想要站起来，可不知是外骨骼被我摔坏了还是别的什么原因，试了几次都没有成功。后来还是几个年轻的车迷赶过来，将我从地上扶起，又帮我捡回拐杖。

忘了有没有谢过人家，眼里只有被抬到担架上的商牧枭。身体里像是被塞了成吨的冰，整个人又冷又僵，连脑子都被冻得嗡嗡作响。

到这时我才发现，外骨骼并没有问题，有问题的是我自己。我身上好像没了热乎劲，不断打着冷战，使不出一点力气。

担架从另一条通道离去，过了会儿，方麒年回来了，面色凝重道："他的头盔摔车的时候裂了，现在人失去了意识，他们要送他去医院进一步做检查，看到底是什么问题。"

握伞的手不受控制地晃了晃，被方麒年一把稳住。

"北芥，深呼吸。"

我望着他，听到了他的话，但根本不知道他什么意思。

我的大脑出了问题，它突然不能思考了。不，不只是大脑，我的整个人都好像宕机了，一切都在罢工。

方麒年注视着我，更明确地指示："你脸色很难看，北芥，深呼吸，不要自己吓自己。不会有事的，谁也不会有事的。"

谁也不会有事……谁也不会有事……

我把它记在心里，刻进脑海里，将它视作动力，渐渐平静下来。

闭了闭眼，我深深吸一口气，再徐徐吐出，反复几次，感觉身上颤抖得没那么厉害了，才开口道："我们也去医院吧。"

到了医院，商牧枭被送进急诊室，车队经理和队医在里面与医生交流，由于不能进太多人，我同方麒年被拦在了门外。

等待最是焦灼。

坐在急诊室外的长椅上，我一句话都不再说，交握着双手，沉默地盯着紧闭的大门，期盼着它很快能开启，带来好消息。

求你了……求你了……求你了……

脑海里不断地重复着重复着。

不要再把他也夺走。我可以失去一切，我可以用一切来换他。

把我的腿拿走吧，把我的手拿走吧，把我的身体都拿走吧。不要伤害他，他才二十岁，不要做这样残忍的事，不要让我再失去他……

我分明不信神不信教，这一刻却无比希望大众口中的上帝、佛祖、玉皇大帝，一切决定人类命运的神真实存在，并且此时此刻正在聆听我的祈祷。

✦烧不尽

  我愿意奉献一切来求商牧枭的平安，只要他健康，只要他好好的，我甚至可以用自己来交换。

  不知过了多久，急诊室的门开了，有人走出来，方麒年第一时间上前询问，从言谈中得知，那应该是车队经理。
  对方大概四十多岁，穿着一身深蓝色西服，头发不知是被汗还是雨水沾湿了大半，胡乱地贴在脑门上。
  "已经恢复意识，医生诊断应该只是轻微脑震荡……但还需要留院观察……"说话间，他掏出一块手帕，不住地擦拭额头。
  "我们可以进去看看他吗？"方麒年问。
  "可以，但最好一个一个进。"
  话音未落，我已经去推急诊室的门。
  急诊室内充斥着消毒水的气味，还有各种仪器声。
  一名瘦高的外国男人站在商牧枭的病床旁，用熟练的中文与医生低声交流，看到我后，暂且停止对话走过来。
  "你好，我是卡特，车队队医。你是商的恋人吧？他和我提起过你。"
  我点点头，视线不由自主地落在商牧枭脸上，再也移不开。
  他额头上贴着一块纱布，脸色非常苍白，不知是不是很不舒服，眼睛闭着，眉头皱得很紧。
  "他看起来很难受。"
  卡特也看过去，道："脑震荡是这样的，这几天他可能会经常性地头痛、头晕，甚至恶心呕吐，静养一段时间就好了。"
  可能是听到我的声音，商牧枭迷迷糊糊睁开眼，抬了抬手指，好像要够什么东西。
  "不好意思。"我匆匆与卡特打了声招呼，越过他去到病床旁，一把握住了商牧枭的手。
  也是到这会儿我才发现，自己的手竟然可以这样冷。
  他微微睁着眼，也不知有没有看清我，很快又闭上，用很轻的声音叫我的名字。
  我见他口唇开合着，忙凑近了去听他在说什么。
  "……你别哭。"
  我错愕片刻，在他床边缓缓坐下。只是短暂的清醒，他很快又昏睡过去。握住他的手牢牢抵在自己额上，我的心头忽然涌出巨大的懊悔。
  我为什么不能自私一点呢？
  我不应该让他退学的，我不应该让他追寻这样危险的梦想……
  我就应该时时刻刻看着他，将他绑在自己的身边。他在我身边也会很快乐，

Chapter 12
一起生活

最重要的是他能活着。

我简直不敢想以后他的每场比赛自己是否都要这样担惊受怕。

我不能再失去他了，我已经无法再承受一次这样的事情。

我一直守在商牧枭床边，握着他的手，直到方麒年进来叫我去外头休息一下，吃点东西。

吻了吻商牧枭的手背，我用另一只手替他掖紧了被子，这才悄然起身离开急诊室。

方麒年买了两盒盒饭，我简单扒了几口，看了眼时间，发现"灰姑娘的魔法"又要消失了。

我与方麒年商量着，让他先在这里替我看一下，等我回去给商牧枭拿些换洗衣物，顺便把外骨骼放回去充电，算上来回车程，晚上十点多再来换他。

方麒年道："他今晚估计不会醒了，你要不回去好好睡一觉，明天再来换我。"

"不用了。"我婉拒了他的好意，"今晚我应该是睡不着的。"

他看着我，无可奈何地叹了口气，道："好吧，那你路上小心。"

外头的雨还在下，我开得慢，回到家都要八点多。

迅速带蛋黄下去遛了一圈，再上楼拿好商牧枭的衣物，换好轮椅，我便再次朝医院出发。

快到时，接到方麒年电话，说商禄来了，给商牧枭安排了单人病房，要我直接到住院楼来，他在楼下等我。

"这里！"方麒年站在病院楼的遮雨檐下，见了我，远远就朝我挥手示意。

等我到了檐下，他主动将我怀里的袋子拿到自己手上，脸上颇有些不好意思。

"我自作主张通知了商先生，你不会怪我吧？"

商禄怎么说也是商牧枭的爹，儿子出了事，做爹的来看看也是人之常情，我并不觉得有什么。他知道了都不来，那才真是枉为人父。

"不会。他还在吗？"

"在。"方麒年在前头领着路道，"其实有时候觉得他们一家也挺让人羡慕的，怎么吵也散不了，打断骨头连着筋。多少没有父母亲人的，做梦都想拥有这样的血缘至亲呢。"

世人总是觊觎自己没有的，厌恶自己拥有的。如果他真的拥有了个只知道和自己吵架的亲人，他会比谁都厌恶这段关系，迫不及待想要逃离，就像商牧枭。

来到病房门口，方麒年轻轻敲了敲门，接着推门而入。

◆ 烧 不尽

我跟着进去，见商禄坐在靠窗的一张长沙发上，正抱臂望着病床上仍在昏睡的商牧枭，不知在想些什么。

他没有和我们打招呼的意思，方麒年站在一旁不说话，我也没什么好说，一时房里只有仪器的轻鸣。

"他应该没什么大碍。"又看了会儿，商禄收回视线，从沙发上站起身，整了整西服对我道，"我还有事，先走了，今晚就麻烦你照看他了。"说罢冲我一点头，往外走去。

到了门口，他握着门把微微偏过身，蹙眉看向方麒年。

"你还不走？"

方麒年身子一震，我以为他要走，他却愣是站着一动不动，像是与商禄杠上了。

商禄沉着眼，薄唇紧抿着。

"随便你。"他声音压得很低，听着让人心惊胆战，说罢转身而出，脚步不再有丝毫停留。

方麒年望着他离去的方向，烦躁地皱了皱眉，将手里的袋子轻轻放到地上，冲我微微笑道："这些天谢谢你的收留，以后有机会再请你吃顿真正的大餐。先走一步，有事随时联系我。"

拍拍我的肩，他大步出了病房，看着应该是追商禄去了。

商牧枭直到后半夜才醒过来，而那时我的理性和感性正在脑海里展开激烈的互搏。

理性说："你不要把事情想得这么严重，今天只是个意外，世界上每天都有很多意外。不做赛车手就不会有事了吗？"

感性反驳："世界上有很多意外，但危险的职业遇到意外的概率总比普通职业大吧，这点你不能否认。"

"这可不一定。你去搜搜这么多年有几个赛车手死于比赛的？那都是极小极小的概率，比这世上大多数职业都安全多了。"

"世界上才几个赛车手？一百个里有一个出事都是1%，还不够多吗？"

"你这样是因噎废食，你自己难道会因为喝水呛了口水就永远不去喝水吗？"

感性让它去死。

"你在想什么？"

我猛然回过神。

商牧枭不知什么时候醒了，抬起插着留置针的手，点了点我的唇角："好严肃。"

我怔怔地看着他，小心地拢住他的手，问他渴不渴，饿不饿。

他脸色还很苍白，说话也像是没什么力气："有点饿。"

Chapter 12 ◆
一起生活

病房里自带一个茶水间，有微波炉和冰箱。我怕他半夜起来没东西吃饿着，早些时候特意叫了清淡的蔬菜粥存在冰箱里，这会儿只要拿出来热一下就好。

垫高商牧枭的枕头，我让他等一会儿，自己去给他热粥。

当微波炉运转起来，我维持了一夜的镇定，强装了一晚的从容，忽然毫无预兆地瓦解。

我缓缓俯身，将额头抵在冰冷的台面上，眼泪抑制不住地一滴一滴从泪腺里溢出，争先恐后地顺着眼角滑落。

手指紧紧攥着大理石的台面，用力到指甲都隐隐作痛。我咬着唇，小心地没有发出任何声音，直到那股庞大而汹涌的情绪宣泄完毕。

微波炉"叮"的一声，粥热好了，我松开齿关，嘴里竟然尝到了淡淡的血腥味。

就着一旁洗手池洗了把脸，顺带漱了漱口，边用纸巾擦脸边抬头看镜子里的自己，除了眼底有些红，不仔细看应该是看不出什么的。

将纸巾丢进垃圾桶，我从微波炉里端出温热的粥，重新回到商牧枭身边。架起桌板，把粥放到上头，让他自己吃。

他估计是真的饿了，用勺子吃了两口，嫌慢，索性端起碗仰头咕噜咕噜灌下，只一会儿便将一碗粥全都喝光。

吃完了，他满足地揉了揉胃，又接过我递给他的热水喝起来，喝了没几口，视线瞥到我，忽地动作一顿，放下杯子问："你怎么头发湿了？"

我摸摸自己潮湿的鬓角，随口扯了个谎道："刚刚觉得有点困，就洗了把脸。"

他伸手抚上我的脸，指尖落在我的眼尾。

"之前我迷迷糊糊醒过来，看到你在我床边，瞧着……特别伤心。"他指尖微凉，带着些许药味，"我以为你哭了。"

我蹭着他的掌心，否认道："没有，我没哭。"

北芥，你为什么不能自私一点呢？为什么不能大声告诉他，对，你就是很伤心，你一点不希望他再继续赛车呢？

你要理性到什么时候？你明明那么害怕。

商牧枭吃饱喝足了，躺着和我说了会儿话，知道商禄来过，还在旁边看了他许久，嗤笑一声，不予置评。

脑震荡再怎么轻微也属于脑损伤，说着话他脸色越来越白，最后闭上眼躺床上直说自己头晕。我忙要叫护士，他不让，拍拍自己的病床，让我上去陪他一起躺。

一时间我都不知道他是真晕还是装晕了。

我瞟了眼病房门："被护士医生看到了不好……"

他侧过身，枕着枕头，拿小狗一样的眼神瞅着我。

我心里哀叹一声，知道自己没法拒绝，于是将手伸给他。

◆ 烧不尽

我轻轻拍着他的背,像哄孩子一样哄他。

他呼吸平缓,很久没有出声。我以为他睡了,也打算闭眼小歇一会儿。

"他们都以为是雨天打滑。其实不是,是我害怕了。我害怕下雨……"他突然开口,"我害怕雨滴打在身上的感觉,害怕想起自己被丢进雨里那天,我妈死的那天。北芥,我要是一辈子都害怕该怎么办?要是他们知道我没法儿雨天比赛该怎么办?"

我睁开眼,看向被子下小山似的隆起,我都能清晰地感受到他身体的轻微颤抖。

我没有办法让他放弃赛车,这不是理性的胜利,也不是我不够自私,相反,我无法说出口,完全是出于另一种的,可能会失去他的恐惧。

我怕他有一天会恨我,恨我毁了他的人生。就和他的母亲一样,失去了梦想,失去了自己热爱的事业,哪怕有再多的爱,最终还是走向了绝路。

这世间,并不是只有爱情就好。

长到如今的岁数,读了十多年的哲学,我已经能透彻地明了这个道理。

身体的死去并非真正的死去,灵魂的泯灭,才是真的消亡。

"不会的。"我安抚着他,摸着他的脑袋道,"我们去看心理医生,去做心理咨询,你还可以和我一起参加互助小组。会没事的,你一定可以比赛的……"

他有好一阵没有说话,就这样静悄悄地抱着我,仿佛沉浸在自己的世界。

我也不再说话,只是安静地陪着他。

过了几分钟,他闷闷开口:"北芥,你会一直陪在我的身边吗?"

从前我没怎么在意,但今天我突然有所顿悟,琢磨出了他叫我"老师"和"北芥"的规律。

叫我"老师"时,是他要撒娇了;叫我"北芥"时,是他需要爱了。

"嗯,会的。"

得到我的保证,他逐渐松开怀抱,像是终于从情绪里走了出来。

"我一定会送你更多更多的奖杯……"他声音带着困倦,一点点转轻,"让你……以我为荣。"

"好。"我应着他,他说什么都应着他。

我不知不觉睡过去,但由于姿势实在别扭,也没怎么睡实,大约六点的时候便醒了过来。

不是没试过回到轮椅上,可商牧枭一直抱着我不撒手,我又不忍心叫醒他,想着再等等,再等等……就这样,等来了商芸柔和杨海阳。

两人一前一后进到病房,商芸柔一眼见到我,立时站住不动了,瞪着被子里的一坨脸色分外精彩。杨海阳跟在她后头,手里拿着个大包小包,因为她突然站定差点撞上去,还好及时收住脚步往后退了两步。

"干什么站在这里?幸好没撞上……"他一转眼,也看到我,最后一个字卡

Chapter 12 一起生活

在喉咙口，半天才艰难地吐出来，"你……"

三个人大眼瞪小眼，半天没人说话。

杨海阳这会儿还存有一丝幻想，表情十分天真："北芥你怎么……怎么也在这儿啊？好巧啊。"

我暗叹口气，掀开被子，露出商牧枭凌乱的脑袋，让他清醒一下，不要做无谓的挣扎。

杨海阳死死盯着黏在我身上的人，手里的瓜果饮品骤然掉到地上，嘴角都在抽搐。

"啊，商牧枭……这货也在啊。"仿佛已经完全忘记自己今天来是探望谁的了。

外头的雨已经停了，只是地面还很潮湿。杨海阳坐在住院楼大厅外的台阶上，眉头皱得死紧，指尖夹住一支烟默默抽着，也不说话。

将病房留给商家姐弟，我和杨海阳来到了室外，本以为他会有很多话要问我，结果恰恰相反，他一句话都没有。

"你们怎么来了？"既然他不说，只好我来主动开口，打破僵局。

杨海阳抽烟动作一顿，跟雕像似的静止了片刻，骤然回头："我不来哪知道你竟然和商牧枭……啊？"他含糊掉当中一段，"不是，这么大的事你怎么能不跟我说呢？"

我理所当然地认为他生气是因为商牧枭是他小舅子，我认为我没顾虑他的心情，于是试着和他讲道理。

"大家都是成年人了，你和别人恋爱也不会问过我的意见吧……"

他激烈打断："我不是这个意思。他……他可是商牧枭啊，那个商牧枭！"他一指大门方向，手上的烟弯出一道扭曲的弧度，"那小子就不是个好东西，阴着呢，你要喜欢也不能喜欢那样的啊。他跟你就不是一路人，你怎么能让他得逞？！我跟你说他肯定就是故意接近你来报复我的，你不能上当！"

他越说越像那么回事，一激动站起来，把烟头往地上一摔，气势汹汹地跺了两脚。

"不行，他配不上你，你们两个的事我不同意！"

我彻底地意外了，静静端详了他片刻，没忍住笑起来，并且有点刹不住脚的趋势。

他被我笑得莫名其妙，烦躁道："你笑什么？我认真的。"

他这样一说，我笑得更厉害了，捧着肚子好一会儿才缓过来。

"你现在的样子，好像以前的商牧枭啊。"我擦着眼角泪花，一针见血道。

杨海阳上一秒还在脸黑，闻言一愣，整个人都如遭雷击。

"我……我跟他那性质还是不一样的。"他努力为自己辩解，"我怎么也比他靠谱吧？"

✦ 烧不尽

随后他细数自己种种优点，又指出商牧枭的种种缺点，要向我证明他和商牧枭根本就是完全不同的两种人。

我无奈道："你们对彼此都有很深的成见，这是作为你们的另一半，我和芸柔都不想看到的。"

一听爱妻的名字，杨海阳瞬间泄了气。

他塌下肩膀，从脚底捡起踩扁的烟头，丢进不远处的垃圾桶。接着又拖着脚步回到我面前，像是下定某种决心般，深深吸了一口气。

"我知道芸柔多疼那小子，也知道你对感情的事多谨慎。我想过了，为了你们我愿意跟他和平共处。可如果……"他满脸严肃，表情里不含一点玩笑成分，"如果他哪一天跟你犯浑，我一定不会饶了他，哪怕芸柔求情。"

这次换我愣怔。还好不是过年那会儿让他知道，不然以他的脾气，怕是要把商牧枭揍进医院。

我凝视他很久，最终点了点头。

"好。"

杨海阳抓抓脑袋，放完了狠话多少有点不自在。

"早上芸柔看到昨晚她爸给她发的信息，知道商牧枭受了伤，就急着要过来。她这还不满五个月呢，我怕她情绪太激动有点什么，就硬是跟着一起来了。"他回答我一开始的问题。

昨晚商禄在病房待到十点多才走，估计是回去发的信息。至于原因……回想他望着商牧枭的眼神，不好说，我猜不透他。或许是突然意识到躺在那里的毕竟是他儿子，是他从小就不曾给过关爱的儿子，也或许，是想借由商芸柔的劝说让商牧枭放弃赛车乖乖回家。都有可能，谁说得准呢？

"那个，你们什么时候开始的啊？试礼服那会儿？"杨海阳说出自己的合理怀疑，"那会儿我就觉得奇怪，他离家出走竟然和你住一个小区。现在想想，那都是有预谋的啊。"

预谋的确是有预谋，但事实真相和他想的稍有些出入。

"不是……"

"不是？那是几时？"

我移开视线："你准备求婚那会儿。"

杨海阳那头霎时没了动静，几秒后才像是卡顿的老式唱片突然又出声。

"你说什么时候？！"他把男低音都要飙到高音的音域了，"去年的事？北芥你可以啊！我今天要是没撞见你打算什么时候跟我说，难道打算永远这么瞒着？"

"很快，在我的'待办事宜'里了。"

"你少来！"

眼看他又激动起来，就在此时，商芸柔从楼里缓缓走出。他一见，顷刻从一

Chapter 12
一起生活

只要爆炸的气球变成了一只漏气的气球,声音都比平时更温柔几分。

"这么快聊好了?"

情绪转变之迅速,商禄见了都得夸他有天赋。

"嗯,他没什么事,过两天估计就能出院。"商芸柔道,"地上有些湿,不太好走,你去把车开过来吧。"

杨海阳一秒没犹豫就要转身,转到一半又顿住,拉着商芸柔走进楼里,走到我看不到也听不到的地方。

夫妻俩大概说了五分钟的悄悄话,又回到我面前,杨海阳瞧着面色如常,还挺高兴,商芸柔就笑得比较勉强了。

"那我先走了。"杨海阳挥挥手,快步往停车场方向跑去。

直到再也看不到他的身影,商芸柔才收回视线,看向我时,唇角本就不明显的弧度更是一点点回落,变得平直。

"北芥,你没有遵守对我的承诺。"她冷声道。

"我没有承诺你任何东西。"我不惧与她对视,"当初会和商牧枭分手,是因为我自己想分手,如今复合,也是因为我自己想复合,从头到尾和你没有关系。"

当初在咖啡馆承诺与商牧枭分手,只是正好我要与他分手,而商芸柔卡在那个节点找到我,我知会她一声让她放心,并不代表我真的怕了她。

商芸柔的唇紧抿着,注视着我久久不再说话,神情复杂难辨,仿佛在经历不为人知的天人交战。半晌后,她主动放弃先前的话题,语气也软下来。

"你能劝他放弃赛车吗?"除了将高跟鞋换成了平底鞋,她依然是从前的模样,容貌美丽,衣着精致,由于还不显怀,身材也很苗条,最重要的是,没有丢下商家人的老本事——只要他们想,他们就能取得任何人的好感。

"我不想劝。"但可能是和商牧枭待久了,我已经有了一定免疫力,完全不为所动。

"为什么?你没看到他伤成什么样了吗?"她万分不理解地瞪着我,"家里的公司随便他折腾,你只要让他回家,我就不干涉你们的事……"

"你干涉不了。"我不客气地打断。

你来我往,商芸柔开始放狠话。

"你不怕我让你在清湾大学待不下去吗?你们翻新图书馆的钱可还是我捐的。"

我相信她靠着自身的能量,的确可以让我在清湾活得很艰难,但同时我也相信,自己的学校能抗住她的压力。清湾大学历史百年,不缺一个人的钱,也不靠一个人的钱。

"管天管地,学校还能管我和谁谈恋爱吗?况且……"我掏出撒手锏,"你不怕让海阳知道是你做的吗?"

这招很管用,商芸柔闻言立时面色一变,双手交叉环胸道:"你觉得他会为了

✦烧不尽

你和我闹？"

"你嫁给他，是因为看出他会是个好丈夫、好爸爸，那你怎么会看不出，他也是个很好的朋友呢？"

打蛇打七寸，她深谙人性的弱点，我也深谙她的弱点。

她被我堵得一句话也说不出，脸都要憋青了。

忽然外头响起汽车喇叭声，我与她一同看过去，是杨海阳的车来了。

商芸柔不再多言，转身欲走。

"好好和海阳说说你家里的事吧。"我冲她背影道。

她脚步微顿，很快又若无其事接上，头也不回地走了。

"走了啊！"杨海阳降下车窗与我道别。

我挥了挥手，在他们走后也回身进了楼里。

新的一天开始，商牧枭挂上新的吊瓶。我回到病房时，给他换药的护士正好推着小车出来。

一进屋，商牧枭的视线从头顶吊瓶移到我身上。

"北芥，"他指了指自己打着留置针的手背，可怜兮兮道，"我的手好凉啊，还很疼。"

我也不是没打过留置针，知道那基本是没什么痛感的，他这样说可能纯粹就是想惹我心疼。

受了伤之后，我总觉得他越发娇滴滴起来，简直比蛋黄还要娇气。

"吹吹就不疼了。"我伸手小心翼翼地捂住他打着吊瓶的手，放到面前轻轻吹气。

他是不是真的疼，对我来说没那么重要，因为我始终会把它当作真的对待。

从另一方面来说，商牧枭也算是深谙我的弱点——我总是很容易对他心软，也很乐意宠着他。

他享受似的微微眯眼："我姐和你说什么了？"

"说只要我和你分手，她就给我一千万。"

"你要了吗？"

我抬眸无声盯住他。

他笑道："你应该答应下来，这样我们下半生都不用愁钱啦。"他瞥了一眼我的轮椅，"你可以买好多块备用电池让魔法永远不消失，还能买最好的望远镜看星星。"

待他的手不再那么凉了，我将其塞进被子里，嘴上应道："说的也是，你还能买辆新的机车，买辆两百万的。"

反正又不是真的有一千万可以随意挥霍了，说说而已，我也就往贵了说，没想到商牧枭还不要。

Chapter 12 一起生活

"不买你不能坐的车,买一辆小小的,可以接送你上下班的车就好。"他畅想着,"这样蛋黄也能坐。"

他现在没有车,行动起来的确不太方便,我那台车也只适合残疾人开,他开不了。虽然是他的玩笑话,我却听进去了。

第二天便去到车行给他选了辆小车,连着税款牌照,大概二十五万。只等他出院,给他个惊喜。

我和家里自过年一餐后,已是好几个月没有联系。虽然答应了沈洛羽找时间回家一趟,但却一拖再拖,下意识地将这件事放在所有待办事宜的最后一项,而生活中又总有更优先的事超越它,超越它,又超越它。

北岩打电话来时,我正在医院陪床,看到是他来电,也没避,直接当着商牧枭的面接了起来。

"喂?怎么了?"

北岩好像根本没想到我会接电话,被我的声音吓了一跳,"啊"了声后半天才开口。

他怯怯地道:"周六,你能回来吗?我……我那天生日。"

我怔然片刻,想起他的确是要生日了。以往就算不回家吃饭,我也会提前将生日礼物寄回家,然而这几天太忙,竟把这茬都忘了。

这电话要是我父母中的任何一个打来,我都能找借口推托有事,避免回家吃饭。可对北岩,我着实不忍心拒绝。

无论大人们如何生龃龉,小孩子总是无辜的。而且……我瞥一眼床上正细心剥着葡萄皮的商牧枭。有些事既然不可免,与其像那天被杨海阳尴尬撞破,还不如早一些坦白,也好将主动权握在自己手上。

"好,知道了。我周六回家。"

北岩一改怯弱的语气,声音中满是悦色:"那说定了,你可不能骗我!"

"不骗你,到时给你带礼物回来。"

他欢呼起来:"你最好了!"

嘴里忽然被塞进一颗剥好皮的葡萄,果肉酸甜适宜,透着淡淡的玫瑰气息。

我虽然爱喝葡萄酒,平时却不大爱吃新鲜葡萄,总觉得口感太过古怪,但这会儿商牧枭亲自馈赠,我也只得就着他的手接受了这颗甜蜜的果实。

他看我吃下去,脸上露出满意的笑来,俯身在我额上落下一吻,无声地吐出一个"乖"字,又着手去剥下一颗。

"……小狗怎么样了?"

一晃神,差点错过了北岩的问话。

"嗯,挺好的。"玫瑰的气息令口齿留香,我分明是不喜欢的,但这会儿盯着商牧枭手里的青色葡萄,不禁心里又生出一些期待,"它的主人对它很好,它现在很幸福。你想见见它吗？我周六可以带它来见你。"

"真的啊？想啊，当然想。"北岩雀跃不已，"那你周六早点回来啊，我等你！"

挂掉电话，我还一句话没来得及说，一颗葡萄又塞过来。

商牧枭道："杨海阳虽然人傻头傻脑的，但店里的葡萄还挺不错，又甜又大，还没籽儿。"

杨海阳同商芸柔来探病时，拿来不少水果和保健品。水果大部分落在了商牧枭的胃里，保健品因为多是钙片和鸡精，商牧枭认为自己现阶段还用不上，就让我去送给需要的人。

一天前我还不知道需要的人在哪里，现在倒是有了方向。伸手不打笑脸人，收了礼，我爸妈兴许就……少生气一点了。

"周六我要回家一趟，"我咽下葡萄，说，"我弟弟生日。"

商牧枭闻言点点头："嗯，我刚听到了，你还要把蛋黄带过去。"

"你自己吃饭，别吃海鲜，觉得无聊就发信息给我，不要喝酒，也不许抽烟，知道了吗？"

他住院三天，除了额头上一道两厘米左右还没好全的伤口，其他并没有什么大碍，连脑震荡的症状也在第三天消失得差不多，明天就能出院了。

"知道了。"他捏着一颗葡萄，举手发誓，"葡萄为证，我一定做个好学生，不让北教授担心。"说完一口将葡萄丢进嘴里。

从医院出来，与沈洛羽约定的时间也快到了，我加快速度赶到4S店，果然她已经等在大门口。

我一开车门，便听她道："我刚想明白，你这车不是给自己买的吧？"

"当然不是。"锁好车，我与她一道进入4S店。

下肢瘫痪的残疾人用车都需要经过专门定制，一般4S店是没有售卖的。

"那你给谁买的？你爸妈？总不见得……"她一下站定，异想天开道，"难道是给我买的？"

我睨她一眼，继续往里走："不是，给我对象买的。"

身后一静，过了片刻忽地响起鞋跟踏在地面上的嗒嗒声。

"你……你又谈恋爱了？"沈洛羽急急追上来，"什么时候的事啊，你怎么都不说？"

"不是'又'。"

我停下来更正她，她疑惑地看着我，半天没反应过来。

"就是一开始的那个，我跟他复合了。"

"复合了？"看得出她对我会复合很震惊，她一向知道我的性格，估计也在奇怪怎么我这次会这样拖泥带水。

自我消化了一会儿，她平静下来："那很好啊，分分合合感情才更稳固嘛。看

Chapter 12 一起生活

你连车都送了,这次应该是彻底定下来了吧?"

"嗯,定下来了。"

我来到前台,道明来意,前台小姐让我到一边会客室等待一下,说销售员马上就来。

会客室角落有自助咖啡机,沈洛羽为自己泡了杯咖啡,回头问我要不要。

"不用了,我不喝咖啡。"我说。

她端着咖啡坐到我对面,道:"既然定下来,就早点把证领了,把婚事办了吧,也让我妈分散下注意力,别老盯着让我结婚。"

"你是不打算结婚了吗?"她大我四岁,如今已是三十七岁,是大多数女孩子已经结婚生子的年纪。

"不结啊,一个人多好。"她吹了吹咖啡,无所谓道,"也不是说两个人不好,只是……别人适合的生活状态,不一定适合我。我有清楚的自我认知,一个人是最好的状态,除此之外都不会快乐。"

我点点头:"那就不结婚,你怎么高兴怎么来。"

人生不一定只有一种模式,别人的目光也没那么重要。

"我妈总担心我没孩子老了怎么办,那没孩子得死,有孩子也得死啊,生了孩子就能长生不老吗?"一谈到结婚生子的话题,沈洛羽就有吐不完的苦水,发不完的牢骚,"为了临死前那段注定不快活的日子能有人贴心照顾我,所以我就必须现在牺牲自己的快乐结婚生子,世上哪有这么可笑的事?"

说完她自觉不妥,郑重申明:"当然了,别人结婚生子我还是很支持很为他们高兴的。每个人来世上目的都不一样,我的目的只是想一个人好好欣赏风景。"

以前我也有这样的想法,但现在有了商牧枭,这个想法略有改变——我想好好欣赏这个世界的风景,和商牧枭两个人一起。

"周六北岩生日,你和姑姑去吗?"我问。

有他们在,多少可以缓和下气氛,我父母也不至于当众发飙。

沈洛羽想了想道:"好像去的。怎么,叫你了?你去吗?"

"嗯。"

"那顺便把你对象带回去呗,这样你爸妈也不会老跟你过不去了。"

"不太方便。"

"周六还上班吗?不对,你说过对方比你小很多,不会还在读书吧?"

"没再读了。"

"哦,那就是在上班?"

我沉默片刻,道:"他是赛车手,前两天训练时不小心摔车受了点伤,明天才出院,目前以静养为主。"

"赛车……手?"沈洛羽端着咖啡杯,愣了几秒,道,"挺酷啊。"

我平静道:"你见过的,那天在我家你碰到的那个,杨海阳的小舅子,商

✦ 烧不尽

牧枭。"

她倒吸一口凉气,咖啡杯放到茶几上,仿佛是被烫了舌头,嘴抖了半天都说不出一句话。

"你……"

"就像我支持你的选择,我也希望你能支持我的选择。"

虽说别人的看法不重要,但我仍然希望自己的恋情能得到亲人的认同,希望……沈洛羽和姑姑能喜欢商牧枭,能叫他领略更多来自家庭的温暖。

一天更比一天满胀的情感使曾经干枯死寂的心灵逐渐充盈,它变得鲜活起来,让我只想把全世界最好的东西都给我心爱的男孩,让他没有烦恼,让他不再害怕雨夜。

爱让人变勇敢,也让人变胆小,爱是如此矛盾,又如此统一,是所有欲望的合集,是孤独的终身死敌。

我见沈洛羽不说话,以为她一下子接受不了商牧枭,还想晓之以理动之以情,她一拍沙发,激动起来。

"我就知道!我那会儿就有怀疑了!"

我被她吓了一跳,等反应过来她话里的意思,简直哭笑不得。

"要祝福我吗?"

她盯着我笑而不语,也没说话,但从她轻松的表情来看,答案是肯定的。

看了我片刻,她感慨似的叹一口气,道:"真的定下来了?"

"嗯。"我用力点头。

车子停稳,商牧枭轻轻哼着歌,边玩手机边下了车。

"哎!"我锁好车门,从后头叫住他。

商牧枭停下脚步,从手机里抬起头,转身疑惑地看向我。

"这个给你。"手中之物以一道完美的抛物线朝他飞去。

商牧枭表情还在错愕中,身体已经下意识动起来,一把抓住飞向自己的车钥匙。

看着车钥匙上的 logo,他挑了挑眉,认出这是辆新车。

"哪儿来的?"他问。

我缓缓走到停在一旁的黑色新车前,拍拍引擎盖道:"用望远镜换的。"

他皱着眉,一开始没听懂,几秒后猛然回神,走到我面前。

"你用卖望远镜的那二十万给我买了车?"

我见他不像是高兴的模样,脸上笑容略僵,讪然道:"你不喜欢吗?"

脑海里闪过众多念头,我意识到他可能并不希望我动用那二十万。

这毕竟是他的钱,我多少应该问一下的。

"抱歉,我……"

Chapter 12 一起生活

"你就这么想把钱还给我吗?"他烦躁地打断我,"我不收钱,你就买辆车给我?"

他的确是不高兴了,但他不高兴的点和我以为的似乎略有出入。

"我知道,你就是想和我撇清关系!"

他头上还有伤,这会儿恶狠狠说话的样子,不仅不让人觉得凶,反而透着点委屈巴巴,像一只刚独立不久,明明想要一展威风,却不幸在捕猎中折了指甲的年轻野兽。

"钱放在我这儿我也用不上。"碰到这样的大家伙,激怒他是非常不明智的选择,我之前已经有过太多惨痛教训,"你那里不是还有台望远镜吗?搬过来不就好了。"面对负伤的野兽,唯有小心翼翼地安抚,让他忘记疼痛,才是正理。

商牧枭闻言一愣,紧蹙的眉心都舒展了几分。

"什么意思?"

他并非真的不知道什么意思,就是想要我更明确地说出来而已。

怎么这么爱撒娇呢?

"让你搬过来和我一起住的意思。"我掰开他的掌心取出车钥匙,朝新车按下开锁键。

"咔嗒"两声,车门解锁,我抬抬下巴,道:"去试试。"

"你真的要和我一起住?"他不动,只是执拗地询问我这个问题。

在他看来我做下这个决定或许非常突然,可这几天我其实一直在考虑这件事。

恋爱交往和同居结婚是不一样的,哪怕我没有经历过婚姻,也深知其中的差别。恋爱是风花雪月,是罗曼蒂克,住到一起,却更多是柴米油盐,生活的方方面面。

我已独居十几载,早就习惯了凡事一个人,要适应另一人的生活习惯可能并不是那么简单的事。但我愿意尝试,愿意与商牧枭一同慢慢磨合。

每个人从出生起就是独一无二的,拥有许多棱角,也有许多孔洞,独自踉跄着走在人生路上。遇到不适合的人,这些角就会变成刺,伤害对方,也阻碍自己。可一旦遇到合适的人,榫卯相合,两个人成就一个整体,便能在人生路上无往不前。

然而,并非所有人从一开始就能完美契合,这需要时间,也需要在摸爬滚打中磨去一些彼此的棱角。

有人喜欢用"牺牲"这个词来形容两个人之间的磨合,但我不喜欢。我不觉得这是牺牲,对我来说,这更像是一场进修,学习怎样才能更好地从一个人生活变为两个人生活。

"你不想就算了……"

"想!"商牧枭像是怕我反悔,吐字又快又有力,一把抓住我的胳膊,从我

◆ 烧 不尽

　　手里再次拿回那把车钥匙,"我们一起住,你,我,还有蛋黄。一起吃饭,一起睡觉,一起起床,一起生活。"

　　他越说眼睛越亮,脸上笑容灿烂,是这几天来,我见到的他最开心的表情。

　　虽说他的心愿是买辆小小的车,但考虑到舒适性,最后我还是选了辆看起来体量敦实庞大的SUV车型。

　　商牧枭心情好,看什么都顺眼,从皮饰到车漆再到油门反应速度都被他夸过一遍,完了直接开着就要回他自己那栋楼去搬东西。

　　他才刚出院,医生都说要静养,怎么好来来回回操劳?我忙阻止他,让他等周日再说,到时我和他一起搬,反正他那些箱子多数都原封未动,搬起来也方便。

　　"好,听你的。"他又将车开了回去。

　　到了周六,商牧枭带上蛋黄以及它的一应外出用品,开车将我送到了我父母家楼下。

　　其实我原本是不想要他送的,奈何蛋黄是只娇气的小家伙,一有不顺就以高分贝惨嚎抗议,商牧枭怕我开车分心,便坚持要送我。

　　"你好了就打电话给我,我再来接你。"他抱着蛋黄,将我送到单元门口。

　　"嗯,路上小心。"点点头,接过蛋黄,我按下应答门铃,之后目送商牧枭上车。

　　似乎知道是我来了,门铃接起又挂断,没一句话门就开了。

　　"来了!"

　　北岩打开门,本来笑得兴高采烈,见到我的模样突然就愣住了。

　　"你……你站起来了!"他仰头看我,"你好高啊。"

　　我笑了笑,俯身将蛋黄交到他手里:"它不喜欢待在硬地上,你抱它到沙发上玩吧,它很干净的,昨天刚洗过澡。"

　　小孩子很容易被分去注意力,上一刻还在惊叹我站起来了,下一刻便欢天喜地地接过小狗。

　　"它长得好大了呢,之前小小的,我一只手就能举起来。"

　　我进到屋里,关上门道:"吃完了就睡,吃得还多,能不胖吗?"

　　说着话,姑姑与我父亲从餐厅一前一后出来。

　　"小芥你来啦。"

　　可能是姑姑和我父母说过我的事了,父亲见到我如今的模样虽然也有些怔忪,但并没有表现得太震惊,脸上还算镇定。

　　"刚刚我还和你爸妈说起你呢。"姑姑过来搀住我,将我往餐厅方向带。

　　我脱下肩上背包放到一旁,经过我父亲时,顿住脚步,叫他:"爸。"

　　这个称呼如此熟悉又如此陌生,以至于说出口后,连我自己都感到尴尬——

Chapter 12 一起生活

我们的关系已经疏远到无法承载这样亲昵的称呼。

他背着手,淡淡地"嗯"了声。

"那狗你在养吗?"他盯着北岩和他怀里的狗问。

北岩这会儿已经带蛋黄坐到了沙发上,蛋黄身处新环境显得有些拘谨,但兴许是还记得北岩身上的气味,趴在北岩怀里一动不动,乖巧得跟只玩具狗似的。

"是。"与商牧枭住到一起后,蛋黄也可以算是我的狗了。

"你自己都这个样子你还养狗?"父亲眉心一蹙,板着脸道,"要工作要照顾宠物,你有这个精力吗?"

我以为,面上的平静至少可以维持到这顿生日宴的后半段,我和他们说商牧枭的事情之前。

事实证明,我太低估我父母了。

他们对如何才能把气氛搞糟,实在是太拿手了。

第十三章

我喜欢你就够了

再要我父母这个年纪的人改变想法改变说话方式,是件非常困难的事。我也可以与他们据理力争,但最后无非是发展成一场令人疲惫的争吵,没有任何意义。

于是我沉默下来,不再多言。

父亲似乎还想说什么,姑姑先一步将我拉进厨房。

"这些晚点再说,先去见见你妈,她忙活了一下午,知道你要回来做了好多菜呢。"

饭桌上如姑姑所说,摆了不少烧好的菜,蒸炒焖煮,看着颇为丰盛。

厨房溢满了油烟,抽油烟机开到最大仍然觉得呛人,母亲系着围裙,正将一篮洗过的绿叶菜倒进油锅。水与油接触,发出剧烈的炸响,使得厨房噪声更大。

"蔓娟啊,你看谁来了!"姑姑大声道。

母亲闻声转头看来,一见是我,将炉灶上的火转小,掌心在围裙上擦了两下,仔细地上下打量起我。

"妈。"我笔直地站在她面前,任她打量。

她的视线主要集中在我的腿部,有几次似乎想要触碰黑色的外骨骼,手抬起了,到半途又放下。

"得有……十二三年没见你站起来的样子了吧。"

"嗯,差不多有十三年了。"

她虚指我右手握着的拐杖,问:"要一直拄着这个吗?"

"不用,这个拐杖主要是为了让我能更快地适应站立,再过十几二十天,我就能完全脱拐了。"我低头紧紧地握了下拐杖,道。

她点点头,"哦"了声,回身将火转大,继续炒菜。

"还有两个菜就完了,你们先准备碗筷吧,等洛羽来就能开饭了。"

姑姑从筷架里取出一把筷子递给我:"碗跟勺子我已经拿出去了,你先去摆上吧。"

我一出厨房，姑姑便把玻璃移门给拉上了，只能隐隐从缝隙中听到溜出的一星话语声。

"儿女自有儿女福，我现在也想开了……"

父亲捧着他的大茶缸，坐在阳台的摇椅上，正在看他的手机新闻。电视里播着闹腾的动画片，北岩却已经没心思看，全副心神都在蛋黄身上，对它又抱又亲，不时还要耳语两句悄悄话。

这明明是个再平常不过的家庭，我不知道问题到底出在哪里，让交心变得这样困难。

我曾经告诉商牧枭，怨恨也没有关系，不和解也可以，这句话如今或许也适用我自己。

有很多事注定成为遗憾，太过纠结，久了反而成了心头的一块病，不如看开点，该怎么样就怎么样，船到桥头自然直。

一副副摆好碗筷，姑姑也端着菜从厨房出来。

"洛羽今天公司临时加班，说是五点能走，这会儿估计快到了。"她看了眼墙上挂钟，道，"哥，小岩，过来先坐下吧，边吃边等。"

父亲端着茶缸站起身，路过电视机前，看北岩还在逗狗，横眼呵斥道："没听见你姑说话啊，还不快去洗手吃饭？都十一岁的人了，能不能懂点事？"

北岩脸一垮，赶紧将狗放到一边，跳下沙发快步跑进了洗手间。

盯着关上的洗手间门，还没动菜，我就已经没了胃口。

"哥，小岩也大了，你别老是动不动当着大家的面骂他，会伤他自尊的。"姑姑看不下去，出声替北岩说话。

父亲嘟囔着："都是自家人，又没有外人。"

姑姑摇着头，替大伙儿分别倒上饮料，过没多会儿母亲也出来了，手里端着一大锅鸡汤。

"先喝汤，冷了就不好喝了。"她小心翼翼地将鸡汤摆到正中，之后解下身上的围裙丢到一旁。

和父母待在一块儿，不管是吃饭还是做别的什么，我心里总像是生了根绷到极致的弦，以至于一言一行都要思量再三，就怕这根弦不知何时就断了。

北岩从洗手间出来，直接坐到了我身边。

"你怎么洗手洗得衣服都湿了？"母亲拧眉盯着他袖子上的水迹。

北岩刚拿起勺子又放下，嗫嚅着道："不小心弄湿的。"

母亲从小最受不了邋遢，衣着整洁对她来说便是一个人的教养。穿着脏兮兮的衣服，学历纵然再高，在她眼里也是没教养。

"卷起来就好，现在天气热，一会儿就干了。"说着我替北岩卷了卷袖子，把袖口的水迹卷起不再外露。

"谢谢。"北岩冲我露出一个灿烂的笑来。

◆ 烧 不尽

兴许也顾忌着今天是北岩的生日,母亲虽然表情仍有些嫌弃,但到底没再开口数落小儿子。

姑姑在桌上说着街坊邻里的趣闻,和我父母聊得颇为欢畅。我和北岩插不上嘴,只是专心喝汤。

"我的礼物你收到了吗?"我低声问。

北岩闻言抬起头,嘴里鼓鼓囊囊的,都是鸡肉。

"收到了!"他口齿不清地说着,"我还没拆呢,等会儿吃完晚饭你和我一起拼吗?"

每年生日我都会送他一套乐高积木,去年是月球空间站,前年是自由女神像,今年本想买间消防局,结果商牧枭硬是让我买摩托车,说摩托车才是每个男孩的终极梦想。没有办法,我只好拍下那辆鲜红夺目的杜卡迪,所幸看北岩的模样,并没有不喜欢。

"好,我可以做你的助手。"

北岩越发高兴,笑得眼都眯缝起来,显得脸更圆润了。

汤喝得差不多了,门铃响起。

"应该是洛羽……"姑姑作势要起身。

"您坐着,我去开。"我拦下她,先一步起身往门口走去。

一开门,沈洛羽就鬼鬼祟祟地往里探头。

"看什么呢?"我问。

"我在楼下看到辆跟你新买那车一模一样的车,以为你把你对象也带来了,还想你也太刚了吧。"她边脱鞋边道。

一模一样的车?

"那车也没上牌照?"

新车上牌要等到下周,故而商牧枭那车目前还是临时牌照。

"没呢,新的,不然我也不至于认错。"沈洛羽道。

在一瞬间,我生出了种奇怪的直觉,促使我不顾沈洛羽的惊异,径自往外走去。

"你……你去哪儿啊?"

我头也不回道:"我下去一趟,马上回来。"

这世上当然会有一模一样的车型出现在楼下的可能,但若加上没上牌的新车这一点,商牧枭根本没有走的可能性增加不少,而后一种"可能",十分值得我下楼一探究竟。

一出大门,我远远便看到那辆黑色SUV,只一眼我就认出确实是商牧枭那

Chapter 13 我喜欢你就够了

辆没错,挡风玻璃上的年检标志是我贴的,角度和歪斜程度都一模一样。

我缓缓走近,透过前挡风玻璃,看到商牧枭正坐车里玩手机,没注意到我的到来。

指节轻轻敲击车窗,他吓了一跳,嘴里叼着一根薯条看过来,透过灰蓝的玻璃膜与我对视。

车窗一点点降下,他吃掉那根薯条,轻咳一声,解释道:"那个……我在家也是等,在这儿也是等,在这儿等还方便点,不用来回跑。"

瞟了眼副驾驶座,上头摆着一个麦当劳的纸袋,袋子外面贴了张外卖单。

我在楼上吃着大餐,有家人相伴,他在楼下自己叫快餐,还要一个人在车里孤独地等我好几小时。怎么看,都有些凄楚。

"下车。"我拉开车门。

他不太明白我要做什么,表情透着不解,但仍是听话地下了车。

我满意地揉了揉他的脑袋,拐杖一指我家那栋楼的大门,道:"走,带你回家吃饭。"

知道我要带他回家,商牧枭一路都显得很安静,只是默默跟在我身后,并不出声。

到了门前,我要按下门铃的前一刻,他忽然开口。

"要不我还是去下面等你吧?"

我回头看向他,手上动作不停,按响门铃。

"别动。"我命令他。

沈洛羽很快来开门,一眼看到我身后高大的商牧枭,吃惊地半张着嘴,两眼瞪得犹如铜铃。

"说来就来啊?"

我冲她笑笑:"择日不如撞日。"

带商牧枭来到餐桌前,我向众人介绍,说他是杨海阳的小舅子,沈洛羽也认识,今天正好在附近,就让他上来吃个饭,一起热闹热闹。

我父母虽然对我突然不声不响带个男人上来吃饭的行为多少感到诧异和疑惑,但至少表面上待客还算热情。

而姑姑……应该是猜到了商牧枭的身份,观察他的时候,眼神里就带了些审视。

不过商牧枭的脸实在很有先天优势,我一点不担心他收服不了姑姑。

"哎哟,这孩子长得真俊啊。"

果然,他一叫人,姑姑笑得就跟朵花儿似的。要不是没准备,她兴许都能从兜里掏出个见面红包。

◆ **烧** 不尽

多添了一副碗筷，商牧枭坐到我另一边，沉闷的话题也因为他的到来有了新的变化。

"小商你今年多大了？"父亲举起啤酒瓶，想给商牧枭满上。

他挡了挡，婉拒道："我开车来的，不喝酒。我今年二十一岁了。"

"哦，那还在读书啊。"

"没有，我退学了，现在是一名职业摩托车手。"商牧枭老实道。

父亲闻言眉心骤然蹙起，看得出不是很认同他的做法，但碍于彼此也不熟悉，就没发表太多看法。

"退学了？那你之前是哪所学校的？"母亲给商牧枭杯子里倒上饮料。

"清湾大学，金融系的，和北教授一个学校。本来也是我家里人让我考的，我不是很喜欢，加上正好有专业车队向我发出邀约，错过了可能不会再有第二次机会，我就干脆退学了。"

"还是清湾大学的？"父亲放下酒杯，大声道，"现在小孩也忒任性了，这么好的大学说不上就不上了。"

母亲虽然也不见得认同商牧枭的做法，但她这人最讲究礼数，是万万不会当着正主面说出来的。

"你少说两句。"她冷着声，用着餐桌上所有人都能听到的音量对父亲道。

父亲一向大事小事都听她的，直白点讲，就是"惧内"，被训得立刻就不说话了，只一个人专心喝酒吃菜。

"那你……你的车长什么样子啊？能不能给我看看？"北岩越过我，兴奋询问商牧枭。

以前，我其实也不是非常理解商牧枭退学去开赛车的决定，总觉得太过可惜，但看到北岩闪着星星的双眼，我突然意识到，赛车手或许是大多数男孩都无法拒绝的一个职业。就好比……哲学家无法停止对生命的探索，失去这个"命题"，哲学也就失去了生命。

商牧枭好似一名终于找到机会炫耀自己孩子的老父亲，掏出手机就给北岩看自己的坐骑。

"长这样，车身是红的，车头是我的幸运数字'28'。我叫它'火神'。"

北岩捧着手机，看得口水都要流下来。

"好酷哦。"他满眼都是羡慕。

"来来来，也给我们看看！"沈洛羽伸出手要手机。

北岩又看了片刻，才依依不舍地将手机递到对面。

沈洛羽接过手机细细品味，姑姑和母亲一左一右夹着她，目光里都是好奇。

"好神气啊。"沈洛羽问，"这得不少钱吧？"

商牧枭夹了粒桌上的下酒花生，用平淡的语气道："我们车队是卫星车队，不直接制造赛车，而是每个赛季向厂队租用赛车，一年一个人两辆车，一台比赛一

Chapter 13

我 喜 欢 你 就 够 了

台备用，大概是一千五百万。"

"噗！"父亲一口酒喷出来，其余人也都目瞪口呆抬头看向商牧枭。

我也有点被吓到，先前一百万一辆的摩托车我已经觉得够夸张了，谁能想到还有更夸张的。

商牧枭挠挠额头上贴着创可贴的地方，道："前阵子我不小心训练的时候摔了一跤，修车费就要十几万，我还一场比赛没比呢。"

"我家房子三百万，一千五百万就是五套我家的房。"北岩快速心算，"你一年就要花五套房啊？"

商牧枭道："如果是厂队，拥有最先进的技术最好的引擎，价格会更高，一台车造价在两千万左右。"

两千万……这数字已经夸张到叫我们这些平头老百姓难以想象的地步了。和他在赛场上骑的车相比，我给他买的那二十多万的SUV，真的就只能是"小"车了。

沈洛羽突然"啊"了一声，盯着手机屏幕略显尴尬，忙把手机还了过来。

"不好意思，不小心锁屏了。"

我瞥了眼，屏幕已经黑了。

商牧枭之前屏保是偷拍我上课时的照片，但前阵子我发现他又换了，换的还是我，并且仍是偷拍的——彼时我躺在沙发上睡得香沉，胸口盖着一本《黑格尔哲学讲演集》，蛋黄脑袋枕在我肚子上，四脚朝天，也在呼呼大睡。

除了沈洛羽，姑姑和母亲似乎并没有看到这张照片，两人与父亲探讨着两千万到底是什么概念，现金堆起来要堆多高。

得知商牧枭从事的职业这样财大气粗，父亲没再说什么诸如放弃学业可惜的话，原本还存着些嫌对方不务正业的语气，也一下子变为夸赞他年轻大有可为。

吹完蜡烛，吃完蛋糕，生日宴暂告一段落。我推了推商牧枭，让他和北岩去客厅里拼乐高，自己则留下和姑姑他们一起收拾桌子。

父亲往茶缸里添了点热水，又要去外头坐着，我直接拦下他，冲沈洛羽道："把门关一下。"

沈洛羽忙走到餐厅移门边，轻轻拉上了门。

"妈，你先等会儿洗碗，我有事要说。"我在桌子一头坐下。

父亲迟疑着没动："什么事啊？"

沈洛羽过去一把搀住他就往桌子这边带："舅，你先坐下。"

"蔓娟你也坐下。"姑姑也拉着洗碗洗到一半的母亲过来。

长条形的餐桌，我坐在长的一头，沈洛羽和姑姑坐我两边，父母坐我对面。

双手置于桌面，十指交握，我静下心，用着最严肃也最正式的态度，与我的家人分享我的人生大事。

◆ 烧 不尽

"大概是去年秋天的时候，我认识了一个人……"他比我小，比我莽撞，脾气不算太好，有时候显得特别任性，但他会在噩梦后安慰我，告诉我活着不是我的错。他喜欢我做的每道菜，哪怕是我亲手泡的速食汤都会认真喝完，还卖掉了自己心爱的车，给了我重新站起来的机会。我也曾想过要和他结束，结果发现根本行不通。

他已经扎根在我的生活中，成了我生命密不可分的一部分，剔除他，便像是剜我骨肉，要我性命。

我越说，父亲倒还好，可能还没转过弯，母亲的面色却渐渐沉下来。她应该已经猜到我口中的这个人是谁，也终于明白今天商牧枭为何会出现在家里。

"你一直对我们心有怨恨！"母亲猝然激动起来，一掌拍在桌面，"我知道，从北岩出生开始你就在怪我们。你以为我想那么大年纪再养个孩子吗？可没有北岩，我和你爸老了怎么办？靠你吗？躺在病床上，你就是想扶我们起来上个厕所都难！"

"你现在是能照顾自己，那是因为你年轻，等你六七十了，我们也走了，你怎么办？你一个人怎么生活？我生北岩我有错吗？我让他照顾你我有错吗？"

好似一座酝酿了13年的活火山，一朝爆发，她到处喷吐着灼人的岩浆，伤害任何靠近她试图劝说她的人。

"舅妈，你别激动。"

沈洛羽的手刚搭上母亲的肩膀，就被她猛地挥开。

"还有你们！"她怒目瞪着沈洛羽，又去看另一边的姑姑，"我就搞不懂了，你们怎么总爱掺和别人家的事啊？当好人说好话谁不会？我严厉也是为了他们的将来，没有我，北芥能考上那么好的大学，能有现今的成就吗？"

姑姑板住脸，一改先前温和态度，冷声道："你要是能跟孩子好好说话，谁要掺和你们家的事？"

"你好好说话，晓瑛也是关心孩子。"

父亲虽然惧内，却十分疼我姑姑。两人幼时父母早逝，相依为命长大，后来姑姑年纪轻轻守了寡，身体也不好，父亲背后没少感伤，觉得妹妹命苦，因此总是让母亲能帮衬多帮衬，有事没事多走动。

他这行为无疑火上浇油，母亲豁然站起，指着他鼻子就骂："北建辉，你给我闭嘴！嫁到你们家我真是倒了八辈子霉了！三十多年了，管孩子的是我，做家务的是我，照顾你妹妹的还是我，你除了坐那儿跟尊佛似的还会什么？"

"你这话说的，我没赚钱养家吗？孩子是我不想管吗？那是你不让管，嫌我管得不好……"

本以为今天是我与姑姑她们，同我父母间的三对二，想不到竟成了母亲和我们的一对四。

我暗暗叹息一声，跟着缓缓起身，加入嘈杂的争吵中："我不是来吵架的，也不是来征求你们意见的。"

我尽量维持平和的心态跟语气，不想加剧矛盾。如今再逐一细数彼此的不足已经没有任何意义，既分不出个子丑寅卯，也说不出个一二三四。

能得到认同当然最好，但若得不到……也无须强求。

"你现在大了，翅膀硬了，当然不需要我们意见了。我们跟你都已经不在一个层次上了，你看不上我们也是很正常的事。"母亲皮笑肉不笑地说着，满眼都是嘲讽，"你要找对象，你也找个会过日子的啊！你看看外头那个，浑身上下都写着'花花公子'几个字，嘴里那几百几千万跟玩儿一样，年纪轻轻不学好，辍学去赛车，和你能是认真的吗？"

她要是直接否定我的选择，我还痛快些，可她偏不，以一种表面"为你好"的姿态，暗暗施行自己的控制欲，妄图将自身意志强加于我。我若不听，就是不孝，是"吃苦还在后头"。

我蹙眉道："我不需要像你证明他对我是不是认真的，我比你们要了解他，我知道他是什么样的人。"

隔着餐厅门，她抬手指着客厅方向，嗤笑道："他才21岁，北芥，你四十岁的时候，他也才二十八岁呢！你找这样的，对方再有钱我都是不答应的！"

"我答应了。"她话音刚落，姑姑就在旁小声拆台。

母亲当即又是一掌重重拍向桌面，斥道："有你什么事！"

"舅妈，你不是怕北芥老了没人照顾吗？小十几岁不正好吗？小芥七老八十的时候，人家商牧枭还能动弹呢，床头递杯水喂个饭还是能做到的。"沈洛羽不愧是辅助的一把好手，解析问题角度颇为刁钻，瞬间把母亲堵得说不出话来。

眼看她脸涨得通红，简直要气到怒发冲冠，一只搪瓷杯猛地摔在地上，发出一声巨响，叫停了在场所有人的动作。

暂且安静下来的餐厅里，只剩茶缸在瓷砖上滚动的声响。还没等它停稳，餐厅门便被倏地拉开，商牧枭冲进来，以保护之姿挡在了我的面前。

同时冲进来的，还有蛋黄。

它疯叫着围绕餐桌跑了一圈，最后龇着牙停在了我的身边，同商牧枭一个在前，一个在旁，严密地将我保护起来。

"别动北芥，是我硬要和北芥在一起的，你们要打打我。"商牧枭将我挡在宽阔的背脊后，与冲进来时急切的动作不同，他的声音异常冷静，很清楚自己在做什么。

父亲凝视了他片刻，弯腰自地上拾起那只大茶缸，重新放到桌上。

"行了，你们走吧。"他叹息着道。

母亲面无表情地又坐回椅子上，视线盯着地砖上的某一点不出声，仿佛她的所有气焰所有怒火都被刚才的那一缸茶泼了个精光，现在她已是一堆湿柴，再也

◆ 烧 不尽

没了之前的气势。

"小芥，你先回吧。"姑姑冲我挤了挤眼道。

这是我本来就已经预料到的结果，没什么好失落的。我完成了对父母的坦白，告诉他们我的情况，这样就足够了。

让商牧枭抱上蛋黄，踩过满是茶水的地面，我与他一前一后出了餐厅。

北岩怯怯地躲在餐厅门后，扒着门框，仰头望着我，表情透着不安。

我摸摸他的脑袋，与他道别，告诉他以后会再来看他。

沈洛羽将我和商牧枭送到门口，要我们一路小心，说过会儿会和她妈再劝劝我父母，让我别着急。

"舅妈就是嘴硬心软，你信我，保准给他们拿下。"

自己的父母自己最清楚，劝动他们的难度，不亚于说服唯物主义者相信这世界上存在神灵。

但至少表面上，我仍是给予了沈洛羽一个乐观向上的态度。

"那就麻烦你和姑姑了。"

她将背包递给商牧枭，道："都是自家人，说什么麻烦不麻烦。"

到了楼下，我在前走着，商牧枭跟在后头。快到车前了，我转身，想从他手里接过蛋黄，就见他耷拉着脑袋，无精打采的样子，看着比我受的打击还大。

"怎么了？"我等他慢慢走近，问道。

他停下脚步，过了半晌才道："他们不喜欢我。"声音有些沉闷。

他抬起头，双眸在月色的照映下显得清澈而透亮，表情是实实在在的不开心。

除了商禄，他可能还没在哪里遭过这样大的滑铁卢。只要他想，他总能讨到任何人的欢心。

心里有点酸酸的。忽然就明白了余喜喜追星大战黑粉时的言行——他这么好，你们都瞎了吗？为什么看不到？

"低头。"我说。

他眼里升起疑惑，但仍是低下了头。

"他们喜不喜欢你不要紧，我喜欢你就够了。"

本以为蛋黄的脚不药自愈，可以跟正常狗那样下地走了，结果回到家一给它放地板上它就叫得跟杀猪一样，比谁都惨。

也不知道这小狗怎么回事，这么小的身体，这么大的戏瘾。

商牧枭提倡鹰式教育，说要丢地板上，不相信它能嚎一晚上不睡觉。我忙拦住他，表示这样对邻居实在太不友好，还是算了。

他愣了半天，好像才想起我这小破屋上下左右都是人，不比他家那大别墅。

撇去演戏的成分，蛋黄今晚的表现可圈可点，趁着商牧枭去洗澡，我将它抱上床，让它睡在了我身边。

可能晚上那一餐饭耗去太多心力，没一会儿我就睡着了，迷迷糊糊中，商牧枭带着沐浴露的清爽气息回到床上，可能觉得我抱着狗的画面很有趣，轻笑起来。

"北芥，你好可爱。"他俯下身，在我额头上亲了一口，"其他人都无所谓，只要有你就够了。晚安。"

第二天是周末，本来我打算带商牧枭去见见廖姐，参加一下久违的心理互助小组，看能不能解开他的心结。结果一大早，我就被杨海阳的电话吵醒了。

商牧枭把他爸他姐的联系方式都拉黑了，导致没人找得到他，有事只能通过杨海阳致电我来间接联系他。

"什么事？"我还不怎么清醒，声音含着丝沙哑。

蛋黄不知怎么睡去了脚边，这会儿听到动静机警地睁开了眼。

商牧枭动了动身体，也有了清醒的迹象。

"是这样……"杨海阳踟蹰片刻，将事情来龙去脉道出。

管理梅紫寻作品的基金会，在保养清点画作时，意外在一幅固有油画后，发现了一幅从未面世、不为人知的新油画。

由于油画内容涉及商家隐私，能不能展览，后续要如何处理，需要一起协商，所以……基金会会长约了商家三人，下午一点到基金会所在地来，一同探讨这幅画的未来。

现代对孝道的研究，倾向于认为它是一种人类的先天特性，但需要后天的适时引发，被称为"待发天性"，更将它归为人类之所以有别于其他动物的根本原因之一。

换言之，每个人天生便会对"家""族群""亲长"拥有极强的依赖性。

这种依赖性加以引导开发，就成了"孝"，它驱使我们努力成为家族的荣耀，渴望得到家人的认可，惧怕挑战族权结构……

而由于它的先天性，哪怕最后人们离开了"家"的环境，它仍然不会消失。它极端复杂又极端脆弱，已然成为现代社会的一大焦虑。

可以说，噩梦是它，美梦也是它。

商牧枭打从心眼里无法原谅自己的父母，憎恨他们施加在自己身上的种种"暴力"，可一旦听闻梅紫寻基金会的新发现，仍然做不到漠不关心。

他长久地没有说话，既不说去，也不说不去，还少见地去阳台上抽了烟。

有时候沉默本身便是一种答案。

最后我替他做了决定。

"走吧。"我拿着车钥匙，站到门边招呼他。

◆ 烧 不尽

他看我片刻,朝我走过来,嘴里含着烟,从我手里一把取过车钥匙。

路上,他心事重重,开着车窗又接连抽了两根烟。我体谅他难言的心情,没有阻止,但到第三根的时候,忍不住按住了他的手。

"好了。"

他抿了抿唇,收回手,升上了车窗。

车流开始移动,太安静了,我打开了广播,温柔的女声正在介绍德国著名作曲家勃拉姆斯的生平,并逐一播放他的作品。

在舒缓的乐曲中,我们到了基金会所在的办公地点,这是一栋僻静古朴的上世纪小别墅。

小小的黑色铁门旁,白墙上爬满了绿色的藤蔓植物,开着一朵朵红色的喇叭状小花。

按响电子铃,得知我们的来意,里面很快出来一名男性工作人员替我们开门。

"我姓安,叫我小安就好。这边请,我们会长正在会客室等各位。"

"其他人都到了吗?"商牧枭问。

"商先生已经到了,商小姐正在路上,说是马上就到。"

说曹操曹操到,还没走到别墅门口,大门那边便再次响起铃声,隐隐我还听到了杨海阳的声音。

小安让我们暂等片刻,他过去开门。门一开,果然是商芸柔和杨海阳。

姐弟俩互相对视一眼,什么也没说,各自低头往里走。

几人很快到了一扇高大的白色木门前,小安替我们挡着门,等我们全都进入室内后,这才轻轻将门合拢,自己也进到室内。

会客室整体充斥着干净明亮的白色,散落着各种形态的椅子和沙发,我粗略算了下,挤一挤大概可以坐个二三十人。

商禄端着一只英式红茶杯坐在一把高背椅里,他斜对面是一位满头白发却看不出具体年纪的中年女性。我们进来前,两人似乎正在闲聊,故而当商禄转向我们时,唇角甚至少见地留有微笑的余韵。

但很快,当他见到商牧枭,更准确说,见到商牧枭的臭脸,他的笑就淡去了。

"刚刚我还在和你们爸爸谈论你们呢。"白发女性起身迎接我们。

"好久不见,谭会长。"商芸柔礼貌地撑起笑脸,与对方握手,"说我们什么?该不是在说我们坏话吧?"

谭会长笑道:"说你们都大了,找到了自己人生的目标,要是紫寻能看到,一定会为你们感到高兴。"

商芸柔没有多言,一旁的商牧枭却冷冷笑出声。

谭会长兴许已经习惯商牧枭这个态度,知道他是多难搞的一个人,被他冷不丁刺一下也不生气,只是无奈地看着他。

商牧枭冲她笑笑:"没什么,就觉得……你们真会聊。"

我偷偷拧了下他的后腰,他吃痛地嘶了声,不敢置信地看向我,好像我平白无故做了天怒人怨的事。

"好好说话。"嘴上很严厉,手上却仍是替他揉了揉方才被我拧痛的部位。

他脸色稍缓,做了个深呼吸,冲谭会长含糊地道了歉,随后拉着我坐到了一边的长沙发上。

杨海阳扶着商芸柔,坐到了另一条沙发上。

众人落座,谭会长冲小安道:"麻烦你把画拿过来吧。"

对方颔首,去了会客室另外一头。那里有道小门,似乎通往另一个空间。

谭会长介绍道:"我们是在清理画作,例行更换画框的时候发现的它。它被藏在了另一幅油画的背后,没有画完。我猜测,紫寻可能曾经试着想要画完它,但没有成功……"

没一会儿,戴着白手套的小安手里捧着一幅 A3 大小的油画出现在众人面前。油画上遮着一块白布,让人看不到上面的内容。

商家三人几乎不约而同地坐直了身体,肉眼可见地紧张起来。

杨海阳可能是想让妻子放轻松,从后头环抱住商芸柔的肩膀,握住了她僵直地摆在膝上的左手。

手上一紧,我低头看去,是商牧枭握住了我的手。

"就是它了。"谭会长缓步到画作前,手指轻轻捏住白布,一边说着,一边将它掀了开来,"我从未见过这样温暖的色彩,虽然未完成,但我认为这是一幅可以与《园景》相媲美的佳作。我个人特别希望你们能同意我们展出它,但……我知道,这主要还是取决于你们的意愿。"

如谭会长所说,这幅画十分温暖,不仅是色彩,也包括它所表达的主题。它描绘了一个"家",一个温暖、温馨、充满温度的家。

挺着孕肚的年轻女子坐在一把扶手椅上,穿着红点连衣裙的小女孩好奇地将耳朵贴在她的肚子上,仔细聆听着里面的动静。女子一手慈爱地抚着她的脑袋,另一手按在自己肚子上,男人则撑着椅背,站在一旁,满眼温柔地凝视着她们。

女子无疑是梅紫寻,小女孩是商芸柔,男人是年轻时的商禄,肚子里的……应该就是还未出生的商牧枭了。

任谁看了这幅画,都不可能忽略掉梅紫寻脸上那种母性的光辉。

它吸引着我的目光不自觉地落在她柔和的眉眼上,忍不住想要为她能再次成为母亲感到高兴,想要发自真心的微笑。

"天啊……"商芸柔颤抖地捂住嘴,失声痛哭起来,"她没有毁掉它……她把它藏了起来……我以为她把它毁掉了……"

她彻底地失控了,颤抖着泣不成声。我从未见过她这样崩溃,哪怕亲弟弟在除夕夜带了个外人回家,她都能面不改色地待客,而现在,她被一幅画击垮了,卸下了坚硬得如同钢铁一般的外壳,像个小女孩一样号啕大哭。

◆ **烧** 不尽

怕商芸柔哭坏了身子，谭会长要小安赶快拿走了那幅画。

会客室回响着商芸柔的小声啜泣，商牧枭垂着眼，脸上没什么表情，商禄将茶杯搁到茶几上，疲惫地长长叹了口气。

"这幅画我们……我和芸柔都知道，但我们以为它早就被紫寻销毁了。"商禄揉着太阳穴道，"这是从她怀孕五六个月时开始画的，后来她……她就病了，没办法继续。情况变得很糟，她不允许我们问画的事，不然就会非常激动。她去世前，把那两年她画的画全都烧了，我没想到她会留着它。"

谭会长找了一把椅子坐下，道："我不知道你们刚才有没有注意到，画的角落里有几笔非常突兀的灰色，是后来加的，所以我才会说……她可能试着画完它，但没有成功。"

商牧枭在这时突然站起身。

"这幅画和我没多大关系，你们两个决定要不要展出它吧，我先走了。"说着，他回身向我伸出手。

我愣了愣，看了眼不作声的商家父女，握住商牧枭的手站了起来。

回程的路上，商牧枭变得更为沉默，这种"沉默"并非不说话那么简单，它伴随着低气压与坏脾气。

广播里，勃拉姆斯的作品介绍还在继续。

"……接下来，为大家带来的是勃拉姆斯最为人熟悉的一首作品——《F调摇篮曲》。因为优美的旋律，它常被各大歌唱家当作音乐会的保留曲目。"

浑厚高亢的女高音在背景里缓缓响起："Lullaby and good night…with roses bedight…with lilies bedecked is baby's wee bed…"①

"关掉。"

商牧枭的声音夹杂在其中，我并没有第一时间给出反应。

"关掉！！"过了一会儿，他更大声地嘶吼起来，仿佛一秒也无法忍受这首歌的存在。

我连忙将收音机关了，同时他也迅速将车靠到了一边。

拉起手刹后，他往后退了退，远离方向盘，抹了把脸，表情异常沮丧道："对不起……"

他眼底很红，声音颤抖，我甚至怀疑他那样快离开基金会是不想商禄和杨海阳看到他的眼泪。

我靠过去，轻轻环抱住他，道："不用对不起，我告诉过你，你可以不那么懂事的。"

他紧紧地，好似溺水之人抓住最后一块浮木般地回抱住我。

---

① 安睡吧，小宝贝，你甜甜地睡吧，睡在玫瑰花的被里……

"为什么是我?"他将脸埋在我的颈间,指尖揪扯着我后背的衣物,哽咽问道,"为什么是她……"

晚上,商芸柔打来电话,问我在不在家,我看了眼疲惫睡下的商牧枭,蹑手蹑脚地关上门到了客厅。

"你要过来吗?"我问。

那头骤然从一个安静的空间转换到相对嘈杂的环境,接着是一声沉闷的关门声。

"我已经在楼下了,开门吧。"

我一愣,挂了电话,过去开了门。

大概两分钟后,电梯停靠在十一楼,门开后,商芸柔缓步走出。

我猜测她应该是为了今天下午的事来的,侧了侧身子,请她进屋里说话。

我将一杯温水轻轻摆到茶几上,在另一张单人沙发上坐下,道:"你自己来的?"

"海阳送我来的,他在下面等我。说两句我就走,晚些我们还要去接灵灵,她今天有钢琴课。"她视线移到紧闭的卧室门,问,"他怎么样?"

我也看过去,道:"有些消沉,回来吃了点东西就睡了。"

蛋黄像是也感觉到他情绪不高,一直安静地贴着他,陪他睡在床上。

"我们……我和爸爸最后决定展出那幅画,麻烦你跟牧枭说一下。"下午哭了那么一大场,她到现在眼睛还是微微红肿的,说话也没什么精神,丝毫不见之前与我对峙时的凌厉独断。

"好。"

说不清是陷入沉思抑或发呆,有那么会儿商芸柔什么话也没说。

过了片刻,她突然开口:"我反对你们在一起,主要是照顾病人太累了,我不想让他再遭遇我曾经遭遇的。"

"我不知道你有没有和抑郁症患者相处过,那种感觉……她痛苦,你比她更痛苦。她就像个黑洞,吸纳一切光、热、希望和快乐……"她静静说着,从回忆里一点点扒出那些鲜血淋漓的记忆。

"不吃药的时候,一点小事都会让她歇斯底里、崩溃大哭。她脾气会变得很差,会不停地画画,但总是不满意。吃了药,她会稍微镇定下来,可她又觉得药物副作用'剥夺'她的灵感,让她无法作画。于是她倒掉所有的药,消极治疗,彻底变成一场灾难。"

"为了让她吃药,我和爸爸只能偷偷把药加在她的食物里。可一旦这样做被她察觉,那又会是另一场灾难,所有人都别想好过。"说到这里,她轻轻叹了口气,转向我道,"上次牧枭摔车,是因为下雨吧?他应该跟你说过,他为什么讨

◆ **烧** 不尽

厌雨天。"

我点点头，道："嗯，他跟我说过一些。"

"那不是我们的母亲第一次尝试自杀，在牧枭更小的时候，她还试过一次，那次她差点杀了所有人。她病得太严重了，我们只好把她送进疗养院。在那里，她开始准时吃药，积极配合治疗，所有人都以为她在好转，医生也这样认为。于是一年后，她出院了。"她抿了抿嘴唇，露出一抹有些惨淡的笑来，"结局是什么，你也知道了。"

商芸柔坐了大概十分钟便起身欲走，我送她到门口，她一只脚都跨出门槛了，忽然像是想起什么，回头问我有没有司影的消息，说对方不见了。

我摇摇头，道："没有。"

其实今天下午没见着人，我就有些奇怪，但也只当对方身份尴尬，不便出席那样的场合，实在想不到人都不见了。

只是，这次不知道对方是欲擒故纵、小吵怡情，还是真的想通要走。

商芸柔看着就像顺嘴一提，也没有要深问的意思。

她低头抚着自己微凸的小腹，脸上柔和的神采，与下午那幅画上梅紫寻的表情出奇的一致："那就随她去吧，我现在也没有心力管别人的事了。做了母亲后，很多事我都有了新的认识，也有了很多期待。"

大多新生命的到来，还是能带给人希望和快乐。我虽然没有孩子，但杨幼灵和北岩出生的时候，只是看着他们，我便觉得自己被一股蓬勃的生命力拉扯着向上，连平淡的生活都像是染上了几分鲜明的色彩。

"预产期几月份？"我问。

"10月。"

"是个好月份。"不冷不热，晴天特别多。

希望这个新生命的到来，可以抚平商家这场历经二十多年的阵痛，带来更多明媚的颜色。

关上门，我一回身，发现卧室的门开了。商牧枭倚着门，脸上毫无睡意，显然已是清醒多时。

"你都听到了？"

"嗯。"

"那我就不跟你复述了。"我去收茶几上的水杯，刚要直起身，商牧枭便像只树熊一样从后头抱住我。

"你才不是病人。"他将唇贴着我的脖颈，黏黏糊糊道，"你是我的宝石，我的北芥，我最爱的……北教授。"

我想躲，被他更用力地勒住腰。

"过几天等我监考完就能放假了,到时帮你一起搬家。"

"好。"

"嗯……让我把水杯放好……"

"不要。"

他直截了当的拒绝颇有点从前小浑蛋的风范,我一时又好气又好笑,觉得他也实在太听话,让他别那么懂事,他就真的不懂事起来。

"那你想怎么样?"

"我的耳钉呢?"

"抽、抽屉里……"

"可以还给我了吗?"

搞了半天,原来是问我要耳钉。

我咽了口唾沫,几乎要端不住水。

"嗯……"

他得到肯定的答复,不再捉弄我,一点点松开钳制。

我暗暗吁了口气,将杯子重新放回茶几上。就在还差几厘米距离时,胳膊忽地被用力一扯,水杯打翻,泼满了桌面。

任性又骄纵……

我脑海里无可奈何地腹诽着。

到第二天起床时,茶几上的那摊水都已经干得差不多。而商牧枭在休息了一周后,戴上那枚星星耳钉,再次投入到了紧张的训练中。

半个月后,我突然收到了两个快递。一个是卢玥寄来的,还有一个……是司影寄来的。

卢玥寄来的那个快递是个大箱子,里头塞满了各种土特产。

我打电话过去,卢玥说东西是卢妈妈让寄的,没说两句,就将电话递到了一边。

"妈,你跟北芥说两句吧……干什么啦,别不好意思啊……快点来啦……"

一阵窸窣声后,卢妈妈接起电话,颇有些不自在道:"北芥啊,东西收到啦?"

"嗯,收到了。"

她详细地说了遍箱子里各种食材的做法和吃法,又很关心地问我最近身体如何。闲聊到最后,要挂电话了,她像是才想起最重要的事,急急补上一句,让我有空去她家吃饭,带上商牧枭一起。

而司影的那个快递,显示是国外寄来的,包得里三层外三层。好不容易拆开,发现里面是一幅油画,一幅蛋黄的肖像,除此之后未留只言片语,也不知道对方什么意思。

✦ 烧 不尽

放假后,我抽空去了趟心理互助小组。于天儿高考后便去参加毕业旅行了,因此小组内只剩我和廖姐。

我将自己写的信交给她,告诉她以后应该不会再来。

她了然地笑了笑,接过我手里的信:"我会将这封结业信读给天儿听的,希望她听完后,也能早点从这里'毕业'。"

廖姐组织互助小组有十多年了,起因不详,她从未提及,一批批成员更替变换,只有她留到了最后。

"这个互助小组会一直存在下去吗?"我问。

"会的,只要我还干得动,就会把它继续下去。"她折着信封的边角,扫了眼那张摆着热茶与手工饼干的乒乓球桌,眼里是无可动摇的决心,"这世界总要给那些不开心的、灰心的、伤心的人一个可以诉说、可以倾听的地方。"

"谢谢。"我替自己,也替那些人由衷地感谢她。

她看了眼手里的信,给了我一个大大的拥抱:"也谢谢你。"

似乎每一个能从这里顺利"毕业"的组员,对她来说都有着莫大的意义——一种我无法探知的,只存在于她内心深处的不凡的意义。

回到家里,商牧枭正昏昏欲睡地和蛋黄一道挤在沙发上看电影。

见我回来了,他打起一点精神,朝我伸出手,要我过去。

"你再不回来我都要睡着了。"

我握住他的手,被牵着坐到他身边。

"困了就睡,硬撑着做什么?"

"因为有东西要给你。"他将下巴搁在我的肩膀上,伸手拿过茶几上一张门票样的纸递到我面前。

我接过细细看了看,发现真的就是一张门票,摩托车比赛的门票。

"我将代表赤牙首次出征。北芥,来看我比赛吧,我会再次把奖杯……送到你的面前。"商牧枭语气笃定,仿佛此事已经十拿九稳。

犹记得摔车住院那晚他的恐惧彷徨,而现在,他像是彻底摆脱了旧日阴霾,重拾自信,再次无所畏惧。

他会赢。

他会再次站上最高的那座领奖台。

他会成为……我的骄傲。

可能被他传染,我不禁也生出一种对他近乎盲目的信心。

商牧枭代表赤牙的第一场正式比赛,在周六的上午十点准时举行。

与冰霜杯相比,这场比赛更专业,也更热闹。

穿着统一红色队服的车队粉丝早早便在观众席落座,有的手上举着加油用的

Chapter 13
我喜欢你就够了

小旗子,有的头上还扎着"必胜"的扎带,甚至还有人怀揣专业级的摄影相机进行抓拍,镜头长到不可思议。

商牧枭这次给我安排在离颁奖台非常近的位置,说这样就能第一时间看到他站上冠军的奖台。

刚落座不久,肩膀便被人拍了下,我回头一看,竟是杨海阳。

"在上面我就看到你了。"他一指赛场上方的 VIP 包厢,"发你信息怎么不回?"

我一摸口袋,这才发现自己似乎把手机落车上了。

虽然我对商牧枭有绝对的信心,也很支持他的梦想,但内心深处不可避免地还是会为他感到紧张。在他面前我总是尽量不表现出来,却难免在细枝末节上显露端倪。

"忘带了。"我说。

杨海阳一扯我袖子:"和我上去看吧,下面这么热。芸柔和她爸也在上头呢,那包厢可大了,还送香槟和水果,沙发够坐十个人。"

下头是挺热,能有三十摄氏度,这会儿时间早还好,到下午估计温度更高。

我谢过他,但并不打算换位置:"不用了,我坐下面就好。"

这是商牧枭特地给我准备的位置,我要是换到别的地方,他一定会发脾气。

"你客气什么,芸柔让我来问你的,都是一家人,怎么这么见外呢?"

杨海阳自从知道我和商牧枭的关系后,对我的态度逐渐由"朋友"变成了一种类似于"小辈"的情绪。有时候我稍一晃神,会觉得他好像个"妈妈",一个热情又絮叨、亲切又暖心的妈妈。

"真的不用了……"

我还要更详细地说明缘由,背后响起一阵骚动,接着与我相距不远的赛道方向忽地传来一道人声。

"北芥,过来。"

商牧枭穿着赛车服出现在场边,那些窸窸窣窣的骚动正是因他而起。

他也不说找我干吗,只是勾着手指让我过去。

"你上去吧,我这位置挺好,看得更清楚些。"我冲杨海阳说完,起身就要过去。

杨海阳轻喷一声,语气里很有些恨铁不成钢的味道:"那行,随便你吧,我回去了。"说罢拾级而上,回 VIP 包厢去了。

"我姐夫找你干什么?"

商牧枭与我之间隔着一张半人多高的防护铁网,他将手肘搁在栏杆上,姿态随意,脸上带笑,显得十分轻松。

"你爸他们来了,在包厢里,他说那里头凉快,要我和他去包厢里看比赛。"

他蹙了蹙眉,有些不乐意:"可我想领奖的时候第一眼看到你。"

◆ 烧不尽

他要是真有条尾巴，这会儿就该从螺旋状态骤然僵立，无精打采地摊在地上了。

我有点想摸他脑袋，但顾忌在大庭广众，最后还是忍住了。

"不会去的。我会看着你领奖。"我保证道。

他闻言立时又眉开眼笑起来，好像一个任性被满足、获得了超多糖果的小屁孩。一旦知道自己是被偏爱的，他的尾巴简直都要翘上天。

"把手张开。"他忽然道。

虽然不知道他要做什么，但我还是依言张开手，递到他面前。

一枚银色的星星耳钉沾染着商牧枭的体温，轻轻落在掌心。

"戴上头盔就不能戴它了，你帮我保管吧。"他解释道，"等比赛结束，你再亲自给我戴上。"

他双手捧住我的手，替我收拢手指，将耳钉牢牢握进掌心，接着俯下身，用一种近乎虔诚的姿态，吻在了我的指尖。

睫毛不可抑制地颤了颤，仿佛有一股温暖的水流，自指尖缓缓流淌，蹿进我心脏最柔软处，让整个胸膛都充盈着比这天气更为炽烈的情绪。

身后隐隐传来口哨声，将我拉回现实。

那么多人看着，商禄他们或许也会看到，我竟然在大庭广众做了这样的事情，我太冲动了。

我太冲动了……

我……

费了不少意志力松开被商牧枭按着的手，又往后退了退，结束了与他甜蜜的纠缠，我道："我等你，赢给我看。"

他满眼振奋，胸膛剧烈起伏着，掷地有声落下一个字。

"好。"

比赛快要开始时，周言毅在我身边落座。

"路上有点堵，差点没赶上。"他不停拿比赛宣传小册子扇着风，额上都是急出来的汗。

赛道上，车手们按照排位赛的结果逐一进场，来到自己指定的位置，蓄势待发。

商牧枭的 28 号车在第二排，是一个非常靠前的位置。

"这样专业级的比赛，能拿到这个排位已经很牛了。"周言毅充当着我的比赛解说，忽地话锋一转，道，"我没想到你会同意让他成为专业车手。"

我闻言微微挑眉："因为我的职业？"

"不完全是。你看起来就不像是会喜欢这种极限运动的人啊。"

"我的确不喜欢。"我直言道。

Chapter 13

我喜欢你就够了

周言毅并不意外,笑道:"其实……如果你让他继续学业,不要玩车,他一定会听你的,就像他以前也很听他姐姐的话一样。"

对于心里看重的人,商牧枭会有一种潜意识的"讨好"心理,从里到外地变得言听计从。这一点,他从未想过遮掩,以至于他身边的朋友似乎也见怪不怪。

"你知道康德对于'信念'的解释吗?"我重新看回赛道。

"啊?上课讲过吗?我……我不记得了。"周言毅被我问得有些蒙。

"在康德看来,主观上确信、客观上不确定的'真实',就可以称之为'信念'。也就是说,信念这种东西,根本不需要别人的参与。"

康德在阐述"信念"这一概念时,还举了一个例子。说一个偏远小山村,只有一个医生。有一天,这个医生接到一个重病患者,他从未见过这样的病症,但由于他是唯一的医生,小山村离城市又很远,病人无法经受长途颠簸,他只能硬着头皮为这位病患诊治。

而诊治的过程,便是先确立一个病人可能得的是什么病的信念,再按照这个信念治疗。如果没有效果,那就修正这个信念,继续尝试,直到病人好转。

信念就是这样一个只要自己视之为真,就能不断探索,不断试错,最后达成某件事,乃至整个人生理想效果的存在。

"信念很重要,做任何事都需要它作为依托。人可以迷茫,可以失败,但不能没有信念。人一旦失去信念,就会失去目标,变得浑浑噩噩。"

它是一往无前的开始,更是所有凌云壮志的起点;它是梦想的基石,也是人生的良伴。

周言毅似懂非懂,尝试理解:"所以说……你可以,但你不想。"

我莞尔:"对,我不想。"

我绝不会成为摧毁商牧枭信念的人,这也是我的信念。

倒数十秒,所有选手伏低身体,屏息以待。

我不由得也安静下来,盯着商牧枭的方向,专注于比赛,不再与周言毅说话。

忽然,商牧枭抬头往我这里看过来,并起两指,隔着头盔,一如当初在冰霜杯那样,朝我飞了个吻。此时摄像机正好扫到他那排,于是对着观众席的大荧幕上,也就如实播出了拍摄到的画面。

观众们看来,就好像他在对着众人飞吻。

观众席霎时一片尖叫。

周言毅堵着耳朵,受不了地吐槽:"什么时候了还耍帅。"

在这样成片的尖叫呐喊中,倒计时完毕,比赛正式开始。

商牧枭的火红摩托犹如一只展翼的火鸟,冲出起点,擦着赛道,于车流中游刃有余地穿行。所过之处,连空气都像是火烫的。

我目送着他的车消失在赛道尽头,抬头看了眼头顶的蓝天。

✦烧 不尽

晴空万里，是个很好的天气。

致天儿：
  我们肉眼所能看到的星星，可能离我们很远很远，距离几万甚至几百万光年。它们或许也不是一颗星星，而是像银河系这样的星系，星团。
  过去我很讨厌阴天。当天气不好的时候，云层变厚，群星黯淡，天空就会变得非常单调无趣。
  可其实，繁星并不会因为云层而黯淡，之所以我们觉得黯淡，是因为我们被阴云蒙蔽。星辰的光一直闪耀，云无法遮挡，风无法吹散，就算消亡，我们仍能久久地观察到它的余晖。
  这世间的种种苦难，一如地球上的风浪、阴霾、寒冰雨雪。而我们的意志，便是天上的星辰。苦难能遮挡我们的光芒，蒙蔽我们的感官，让我们黯然失色，但它永远不能真正地毁灭我们。
  总有一天，阴云会散去，雨雪会终止，你的光芒会被所有人看到。
  你将点亮无趣的夜空，成为浩瀚宇宙的一部分，使其璀璨夺目，持续闪耀。

北芥

20××年6月25日

番外一

打赌

周言毅和商牧枭是在大一下半学期熟悉起来的,到大二才算真正称兄道弟。熟悉起来的契机,是他们共同参加了一场摩托比赛,在赛场认出了彼此。自此之后,他、尹诺、商牧枭,三个人就经常一起行动了。

大二下半学期,快要期末的时候,周言毅记得,那是个阳光不错的午后,他同商牧枭和尹诺三人刚上完一堂经济学,正要赶往下一堂课的教室。梧桐大道上,宽大的树冠遮天蔽日,路面上铺着细碎的阳光。

突然,商牧枭毫无预兆地停下了脚步。

"怎么了?"见他不动了,尹诺与周言毅也疑惑地跟着停了下来。

商牧枭视线望着一个方向,眉心几不可察地蹙了蹙:"那个人……好像卡住了。"

周言毅顺着他的目光看过去,只见有个人坐着轮椅,正低头反复调试着手边的遥控,可试了几次轮胎都只是原地打滑,似乎是卡在路面的浅坑里,没办法出来了。

"啊,那是哲学系的副教授,北芥。"

周言毅曾有一任女朋友是哲学系的学姐,因此听过"北哲王"的大名。对方的造型结合长相,很容易便让周言毅猜出对方的身份。

在前女友的口中,对方是个就算坐着轮椅,瞧着弱不禁风,长得脱俗若仙,却仍可叫哲学系众学子瑟瑟发抖的存在。

试了几次不成功,那人放弃般长长叹了口气,靠在椅背上不再做任何努力。

摇曳的阳光在身上轻轻晃动,将北芥的睫毛染成了金色,使其脸上的皮肤一半成了暖黄,一半陷入死白。

周言毅还没反应过来,眼角瞥到一旁的商牧枭动了动,像是想要上前。但有人比他更快一步。

"小芥小芥,我来了!"年轻的女孩急急奔过去,握住轮椅握把,稍稍使了点劲儿，轻而易举便将对方从窘境解救了出来。

北芥偏过脸，冲着女孩露出一抹浅淡的微笑："谢谢。"

这笑就像是风雪里骤然开出的一朵颜色温柔的花，转瞬即逝，却颇具冲击力。

周言毅算是有点明白为什么哲学系的人对这位副教授会有那样矛盾的评价了。这人本身就存在一种矛盾的美感，脆弱但倔强，冷漠又温柔。

"走了。"

耳边响起商牧枭的声音，周言毅一回神，就见对方双手插兜，不知什么时候已经自己往前走了。

"阿枭，你等等我！"尹诺急忙追上去。

周言毅回头又看了眼远去的副教授，这才快步跟上。

本以为交集不过如此了，但让周言毅没想到的是，几天后，在选下一学期选修课时，商牧枭一反常态，跳过一系列热门课程，选了作业多、考试严、上课还不允许开小差的……西方哲学史。

而尹诺在看到商牧枭选了这门课后，毅然决然地跟着选了这门课。

周言毅看神经病一样看着两人："不是吧，你们不了解这门课，北芥课上超严厉，弄不好会挂的。"

尹诺无所谓地耸耸肩："挂就挂，阿枭去哪儿我去哪儿。"

周言毅绝望地看向商牧枭，抱着最后一丝希望确认："你刚刚是不是眼花选错了？"

商牧枭双手交握枕在脑后，身体慵懒地靠向椅背，伸了个懒腰。

"没有，我就是突然……对哲学感兴趣，想要领略下哲学的魅力。"

那会儿周言毅觉得他是脑子搭错了才会对哲学感兴趣，后来等一切尘埃落定，再细细品读这幕，他就懂了，完全懂了。商牧枭哪里是想领略哲学的魅力，他就是想领略北芥的魅力啊！

再后来，暑假里，商牧枭无意间发现自己的姐姐正在和一个离异带着小孩的男人交往，甚至谈及婚嫁。他气得要疯，那两个月都在变着法儿地找两人麻烦，心情糟糕到跟只火药桶一样，稍有摩擦便要炸得人尸骨无存。

这股谁惹谁死的劲头一直持续到开学，甚至到了北哲王的课上都不知收敛，直接和北芥就杠了起来。

周言毅心想，你这是何苦，当初让你不要选这课了，这不是上赶着找挂吗？

但他也不敢当面这么和火药桶说，那阵子为了舒缓商牧枭的情绪，组了不少局，哪里有乐子都会叫他一声。

这天是KTV局，周言毅与尹诺先走一步，商牧枭说北芥找他有事，要晚点到。

周言毅猜测北芥这是要挂他了，心里暗暗替他默哀。没想到商牧枭到了

番外

打赌

KTV，心情瞧着的确不怎么样，一问下来，却与他所想的挂科大相径庭。

北芥不仅不挂商牧枭，还想潜他。这简直是近年他所听过的最离奇的校园桃色八卦了。

"北芥想潜规则你？你确定？"

"我看起来像说谎的人吗？"商牧枭转着杯子里的酒，不悦道。

周言毅马上道："不是我不信你，但口说无凭，北芥怎么看都不像是会喜欢上你这种男人的人啊。"

"我怎么了？"

"你太不好惹了，哈哈哈。"

周言毅其实想说得更直白些的，北芥跟个无性恋一样，实在难以想象对方会对谁存有欲望，特别还是像商牧枭这样一个……注定不会认真、不会动真情的人。

"那我们打个赌吧。"周言毅的话似乎激起了商牧枭内心奇怪的胜负欲。他们打了个赌，一个北芥到底会不会喜欢上商牧枭的赌。

用别人的感情打赌，周言毅也有过犹豫，但他并不认为一个哲学系的副教授，那个以理智成熟出名的北芥会乖乖落入商牧枭的陷阱。

所以他最后还是同意了，用两台机车作赌注，谁输了，谁的车就归对方。

尹诺拍下视频为证，谁也不能抵赖。

日子一天天过去，比起周言毅，尹诺更关心赌约的事，隔三岔五就要问一问进行到哪儿了。可能是被他问烦了，没多久商牧枭便说要取消赌约，之后请他们吃了顿饭，这件事便算结束了。

周言毅其实也没将那个赌放在心上，不玩就不玩了，很快投入到了冰霜杯赛事的准备当中。他没想到会在比赛现场见到北芥，商牧枭甚至还将奖杯送给了对方。

他没忍住一口酒喷了出来，一句"真的假的"脱口而出。

商牧枭当即变了脸色，对他冷冰冰地吐出两个字："闭嘴。"

周言毅只以为对方是赌性又起，还没忘了赌约的事，连忙做了个给嘴巴拉上拉链的动作，表示自己什么都不会说。

赛后他们一道去庆功，北芥以第二天有课为由没有跟去。

周言毅一边啃着烤肉串，一边好奇地凑过去问商牧枭，他和北芥到底怎么回事。

尹诺放下手中的饮料杯，一双眼专注地望向对面的男人，也在等着他的回答。

"什么怎么回事？"商牧枭手里摇晃着酒杯，穷卖关子。

"你们真成了？"周言毅肉疼道，"我的车不是要保不住了吧？"

商牧枭唇角勾起一抹意味深长的笑："没成，不过……迟早的事。"说罢仰头一口饮尽杯中的酒。

◆ **烧** 不尽

　　周言毅还想刺他两句，让他别这么有自信，那头尹诺忽然开口道："你该不会……认真了吧？"

　　商牧枭古怪地抬头看他一眼，像是他说了多好笑的笑话："认真？怎么可能？"

　　周言毅只关心自己的宝贝摩托，一把勾住商牧枭肩膀，道："先说好，赌约作罢，我是不会把自己的车给你的！"

　　商牧枭"切"了声："谁稀罕。"

　　他的确不稀罕，他自己那辆机车，全球限量，百万级别，日常都是别人垂涎他的份儿，哪有他稀罕别人的时候。

　　可让周言毅万万没想到的是，几个月后的一天，商牧枭竟然要把他那辆限量机车卖给他，还是对折超低价卖。

　　周言毅当时就惊了："五十万？你确定？"

　　这种限量版的车，一向非常保值，况且这才开了一年，怎么也是个九五成新，五十万站他的角度叫"白捡"，站商牧枭的角度跟大出血没什么两样。

　　"我急着用钱。"商牧枭烦躁道，"你要就要，不要我找别人去。"

　　周言毅急忙拦住他："我就是问问，要，当然要！不过，你急着用钱，怎么不问你家里人要？何必把自己的宝贝车给卖了？"

　　商牧枭拿出手机一顿操作，把自己的卡号发给了周言毅。

　　"我要用自己的钱买个东西，不想靠家里。"

　　"什么东西啊要这么多钱？"

　　他们这种玩车的就没有穷的，再加上这两年比赛周言毅也存了点钱，手头正好有五十万，就全给商牧枭转过去了。

　　过了一分钟，商牧枭那头收到手机提示短信，显示五十万到账。

　　"魔法道具。"商牧枭收起手机，拍拍周言毅肩膀，道，"谢了，我先走了，下次再说。"

　　说罢，留下周言毅一人在原地凌乱。

　　魔法道具？商牧枭这是不玩车了改玩网游了？！

　　什么道具这么贵啊要几十万？限量橙武吗？

　　也是到很久以后周言毅才知道，商牧枭真的买了个魔法道具，一个可以让北教授站起来的、超贵的魔法道具。

番外二

北教授的交往对象

于天儿从小寡言内向,同学们觉得她阴沉,都不爱和她来往。

青春期的女孩儿没有朋友可以诉说心事,父母老师又都只关心她的学习,这让她一天更比一天沉默。

高中时,她学业压力过大,一度产生了抑郁厌世的情绪。所幸被班主任及时发现,通知父母,介绍他们去参加了廖银年的心理互助小组。

于天儿一开始是不想去的,也害怕接触人群,可敌不过父母和班主任的一再劝说,最后还是同意参加。

每周一次,雷打不动,她从高二参加到高三,成了小组里留到最后的一位组员。

从廖姐手里接过北芥留给她的那封"毕业赠言"时,她前一日刚收到了清湾大学哲学系的录取通知书。

北芥的信与那纸通知书,后来都被她珍而重之地裱了起来,摆放在了书桌显眼处。

怀着期待的心情,开学后她再一次与北芥重逢,成了北芥真正的学生。

在于天儿看来,北芥哪儿哪儿都好,从外在到内在无不令人敬仰,那些说对方爱挂科、冷面杀神、不好相处的……都不过是学渣的恼羞成怒。

于天儿也永远记得黄爷爷去世那会儿,在她对"死亡"迷茫之际,对方是怎样耐心又温柔地为她解答的。

真正冷漠的人,是无法说出"只要我们记挂他,他就还在"这种话的。真正冷漠的人,也不会那样无可救药地爱上另一个人。

于天儿在互助小组时,是知道北芥对一个人动了心的。她也知道,在北芥看来两人的差距很大,但因为对方实在很有魅力,因此哪怕差距悬殊还是无可救药地爱上了对方。

小女孩的思维里,所谓差距悬殊最多也就是身体健康上的差距了。她丝毫不

♦ **烧**不尽

觉得这是问题，在她看来，北芥本身的魅力足以让人忽略其身体上的残疾。

她本人并不追星，却对北芥有种莫名的死忠粉情结在，觉得老师最好，老师配得上任何人。

而在她的想象里，被北芥喜欢的人，那一定也是十分优秀的。或许是个和老师一样，看起来特别高冷，实际很温柔的人。

她想过很多，唯独没想过……对方是商牧枭那样的。

这天她攒了好几个问题跑去办公室找北芥解答，刚到门外，发现办公室门泄开了一条缝儿，没有关紧。

不确定北芥是不是在办公室，她迟疑地轻触门板，将那条缝推得更大了些。

约莫也就两三厘米，并没有发出什么声响，因此也没惊动屋里的两人。

"晚上去我上次说的那家店吃饭吧？"

于天儿的角度，视野有限，只能看到有个身材高大的男人双手撑在办公桌边上，侧对着她的方向，似乎是正和坐在办公桌后的北芥说话。

男人非常年轻，长得也很好看，笑起来的弧度格外有一种外放的、毫不收敛的侵略性，让人一眼便能感知到他的危险。

这个"危险"并不是说他看起来有暴力倾向，而是一种难以描述的印象。对方给她的感觉，便像一柄锋锐又名贵的刀，只是好好放在那里当摆件，就叫人浑身紧张，忍不住要去想象被他切割的痛楚。

于天儿记得他，对方之前参加过互助小组，也是清湾大学的学生，好像是叫……商牧枭来着。

"随你。不过等会儿我还要开会，你要先在办公室等我大概……两个小时。"北芥的身形被电脑和门挡住，只闻其声不见其人。

"那我在你办公室睡个午觉……"商牧枭说着缓缓俯下身，鼻尖嗅动，拧眉道，"你身上今天怎么会有香水味？"

"香水味？"北芥似乎是确认了一下，"哦，二楼那个大教室暑假里死了一只老鼠，发现的时候都已经臭了。开学这么久，那味道一直去不掉，今天上课前就有女生将整个教室喷了遍香水。"

"感觉……好甜。"说话间，商牧枭上半身压得更低，尾音也逐渐转低消失。

于天儿一下捂住嘴，震惊地睁大了眼。虽然被电脑挡住了，但她已经成年，这点理解力还是有的。

北芥曾经的话语环绕在她脑海，所谓的差距大，无法反抗的心动对象……竟然是商牧枭？！于天儿的三观都要塌了。

而办公室里，北芥一只手虚虚搭在商牧枭腕上，指尖不自觉地蜷缩着，一点点攥紧，看着像是要拒绝的架势，偏偏直到最后都只是柔顺地接受，没有一丝挣扎。

"果然很甜。"地方不对,商牧枭也只能浅尝即止,没多会儿便放过了对方。

北芥双颊染着淡淡的红晕,一直蔓延到眼尾,听他这样一说,眼睛更红了。

"你别这样,当心有人进来。"

"关得好好的,怎么会……"商牧枭往门口看了眼,这才发现门没关紧。

他蹙着眉,走过去拉开门往走廊里查看一番,并未发现有人。

"……现在关好了。"说着,门再次被关上。

他不知道,就在他看向门口的前两秒,于天儿刚刚抱着书落荒而逃,等他去开门,于天儿已经跑到转角,贴着墙壁小心翼翼地喘气了,简直比打电话查高考分数那天还刺激。

后来,于天儿又在学校里见到过商牧枭几次,有时是在北芥的办公室里,有时是在教室外头。

对方外形实在扎眼,出现得多了,难免有人议论纷纷,于天儿的几个室友便在其中。

"听说他是商禄的儿子,以前在金融系也是风云人物呢。"

"我们挤破头才考进来这里,人家拍拍屁股就退学去当职业摩托车手了,成绩还怪好的,果然,有才的人到哪里都不会默默无闻。"

"他好像和北教授很熟的样子,经常来找教授,不知道能不能通过教授问到他的联系方式……"

其余几人一脸"是你没睡醒还是我没睡醒"的表情看向说话的女孩。

"你疯啦,你说的是北教授吗?北芥?那个北哲王?你不怕被骂死啊?"

那女孩嘻嘻一笑:"当然不是我,我们这不是还有天儿吗?天儿和北教授熟啊,让她去问嘛,教授一定不会骂她的。"

于天儿默默地喝汤吃菜,尽量在这种话题下缩减自己的存在感,突然被提到,她一脸茫然看向对方。

"啊?"

看着一张张满含期待的面孔,于天儿咽下口中食物。

"他那个……有交往对象的。"

女孩们闻言纷纷有些失落,但只是几秒又都恢复过来,毕竟天下帅哥千千万,错过了这一个,还有下一个等着她们。而且像商牧枭这样的,有对象也不让人意外。

"你怎么知道?你见过吗?"她们迅速转移八卦对象。

"和我们说说呗,对方好看吗?是不是演员啊?"

于天儿支支吾吾的:"好看,特别好看,不是演员,学历很高……比他大。"

"哎哟,他喜欢成熟的啊?看不出啊。"

"那也不一定,说不定只是正好对方比他大。和年纪关系不大,和脸关系大。"

◆ 烧不尽

"啧啧。"

说话间，从于天儿的方向正好远远看到两道身影从门外进来。

走在前面的那人身量略高，先一步撑住玻璃门，让后头的人先行。

后头那人腿上穿戴着一副黑色设备，一进门便引得众人频频侧目，但对方好像已习惯了，并不在意，自顾往空位走去。

"是北教授和商牧枭！"室友们顺着于天儿的视线也发现了这两人，一下子兴奋起来，跟见着偶像真人的女粉丝似的。

室友们叽叽喳喳吵起来，北芥无意中朝她们这边看了一眼，正好看到于天儿。他们所在的饭店正好在学校附近，见到学生并不奇怪。

方才不知聊到了什么，北芥唇边笑意未消，瞧着格外叫人如沐春风。两人除去师生也是熟人，对方冲着于天儿颔了颔首，算作招呼，之后便继续低头去看菜单。

于天儿本也打算收回视线，商牧枭却在这时转头看过来，用与面对北芥时截然不同的漠然眼神扫过一眼，确认过没有威胁了，这才又转回去。

于天儿被他看得一激灵，几乎可以配出他的心路历程：北芥在看哪里？哦，没有竞争力，放心了。

只是一个眼神，到底怎么做到把她看得这么不爽的……

于天儿抑制住嘴角的抽搐，压低声音提醒室友道："好了，你们轻一点，不要吵到别人吃饭啦。"

室友们左右看了看，立马降低了分贝。

"天儿，那北教授有没有对象啊？你知道吗？"女孩子再次开启八卦模式。

"有对象的。"于天儿觉得这应该是在可说范围，就没有隐瞒。

"哇，是什么样的人啊？"

于天儿瞥一眼不远处商牧枭的背影，带着几分嫌弃道："学历低，性格差，除了年轻貌美……别的都不怎么样。"

番外三

把喜欢刻进基因

商芸柔生了，生了个七斤六两的大胖小子。

我把这消息告诉商牧枭时已经是大半夜，他在玩游戏，我在写论文，两人都没睡。

"哦，恭喜杨海阳再当爹。"他瞧着好像对这一消息并没有太多反应，可过了会儿便关了游戏机，打着呵欠起身说要睡了。

我还剩一点内容没有改完，本想改完再睡，但他一直腻在我身边，让我无心工作，最后只好关了电脑和他一道入眠。

"明天去看看你姐吧。"虽然他不说，但我能看出来，从知道商芸柔要生了开始他就心神不宁的。

虽说两人一直冷战到现在，没有要和好的意思，但到底是亲姐弟，打断骨头连着筋，就像商牧枭摔车，商家人得到消息第一时间便赶到了医院，商芸柔产子，商牧枭自然也会担心。

"……好。"半晌，他于黑暗中轻轻说道。

如今已是入冬，商牧枭将我圈在怀里，他身体散发着惊人的热量，哪怕不开暖气，晚上睡觉也绝对不会感到寒冷。

一夜安睡到天亮，第二天正好是周末，我们一早起来便赶去了医院。

商芸柔住的病房大得好似酒店套房，分了客厅和卧室两个区域，我们到的时候，商芸柔正在休息，客厅里站着不少人，有杨家的亲戚，也有商芸柔的朋友。

孩子被杨海阳抱着，众人轮番看过，纷纷给出了不俗的评语，有的说眉眼像商芸柔，有的说嘴像杨海阳，轮到商牧枭，他看了一眼，语出惊人。

"像我。"

众人："……"

我看杨海阳脸都绿了，忙道："都说外甥像舅，还是有些道理的，看这眼睛，真的有点像。"

◆ **烧** 不尽

待了会儿，走了些人，迎来了杨幼灵和杨妈妈。

杨幼灵好奇地挤到杨海阳身边，盯着襁褓里的小婴儿，说："弟弟真好看……"

杨海阳露出慈父的微笑，刚要说什么，就听杨幼灵接着道："像舅舅。"

杨海阳深吸一口气，一副脑仁疼且非常疼的模样。

商牧枭摸摸杨幼灵的脑袋，赞许道："灵灵，你可太会说话了。"

杨幼灵仰头，笑得格外甜。

待了半个小时，商芸柔总算醒了，商牧枭进到里头和对方说了两句话，几分钟又出来，说可以走了。

"真的不吃了饭再走？"杨海阳将孩子交给母亲，送我们到电梯口。

"不了，你好好照顾老婆孩子吧。"我说。

他点点头："那行，满月酒那天再见。"

与杨海阳道别后，我与商牧枭一道下了车库，出停车库时，恰巧同一辆黑色劳斯莱斯擦身而过。

"我爸他们来了。"他扫了眼，没有停留，照常往前开走。

对方同样不做停留，应该是没有认出他来。

我往后看去，只看到车里两个模糊的身影，一个是商禄，另一个就不知道是谁了。

在外头吃了饭，之后又去了趟超市，满载而归一开门，便受到蛋黄的热烈欢迎——为了能让蛋黄有更多的活动空间，我们在全屋铺上了地毯。

"我时常觉得狗是非常神奇的动物，怎么能够这么爱人类？人类看它们一眼，好像都会使它们感到快乐。人类自己可能都没有办法这么无条件地爱人类吧。"商牧枭给了蛋黄一块磨牙棒，小黄狗咬着绿色的小骨头欢快地去了自己的狗窝。

"把爱刻进基因里，就成了一种本能。"

我挑选着柜子里的电影 DVD，最后选了盘国外经典老电影塞进影碟机，坐回到商牧枭身边。

电影虽然我已经看过很多次，但每次看都会有新的体悟，常看常新。与我相比，商牧枭明显心思不在电影上。

我被他弄得总是要开小差，注意力隔三岔五就要离家出走一回，忍无可忍，轻轻推他："好好看电影。"

他靠到沙发背上，睨了眼投影幕布，不知道是不是我的错觉，那一瞬间，我脑海里的确产生了一种他想把投影布挫骨扬灰的念头。

刚想说不看就不看吧，我看他玩游戏也行，他突然拍拍自己的腿，道："我给你按腿吧，不影响你看电影。"

外骨骼是义体，严格说来只是一种辅助行走站立的工具，我的腿并非真的自己在行走，因此还是需要定期的按摩维护，防止肌肉萎缩。

以前每天我都会自己按，和商牧枭住到一起后，这项工作基本就是他在做，只要不集训，他在家有事没事就会要我脱下外骨骼给他按腿，连唐沉都惊叹我现在的腿部状况有了很大改善。

脱去外骨骼，将腿架到商牧枭膝头，他从小腿一点点按揉着我的肌肉。并没有任何触觉，只要移开视线，我甚至不会感到有人在碰我。

电影情节到了最精彩的部分，我心无旁骛沉浸其中，也没去管商牧枭。

"你的脚指甲真可爱啊。"

我瞥去一眼，发现他在看我的脚趾。

长这么大，还是头一次有人夸我脚指甲长得好看，我有些不好意思，但又偏偏收不回腿。

"跟别人的不都一样吗？"我有些脸热地道。

"才不一样，你的腿比别人的都漂亮……"他着迷地摸着我的脚踝，突然像是反应过来了，道，"你继续看，不用管我。"

他这个样子，我就是想继续看也完全集中不了注意力啊。

"你故意的是不是？"他从头到尾就没想让我好好看电影，就是想让我所有注意力都集中在他身上。

他眼里露出一丝狡黠，表情却还是很无辜。

"不看了吗？"

有这么只小狗在旁边捣乱，我还怎么看得下去？

"不看了。"我认输了，不再做无谓的挣扎。

他带着胜利者的得意凑到我面前，还要假惺惺："是你自己不看的，你不能怪我。"

我什么也没说，只是默默看着他。

"我对你的喜欢，一定也是刻进基因里的。"商牧枭摩挲着我的侧脸道。

我一时也没觉得这句话有什么问题。

电影结束，开始播放片尾字幕。

商牧枭与我相拥在宽大的沙发里，忽然毫无预兆地说道："姐姐说，只要我开心健康，我可以做任何事，她不会再反对我们了。当了妈妈，她变了很多。"

我倒觉得她不是当妈妈才变的，可能与杨海阳结婚后，她就在慢慢发生改变了。

有充足的爱与关怀，再极端的人也会稍稍软化，变得不那么强硬。别人说不准，但我相信杨海阳可以做到，他的乐观积极会给人很多力量。

"那很好，你们终于不用再冷战了。"我抚着他头发道。

"我曾经以为，这辈子姐姐会是我最重要最重要的亲人。她的话，她的要求，

◆ **烧** 不尽

我都会遵守，都会去做，直到……你出现了。"他话语里满含深情，又带着一点遗憾，"要是能交换思想该多好，这样你就能明白，我有多喜欢你了。"

"不用换我也能明白。"我闭上眼道。

他似乎是不信，极轻地哼了声。

"你可能明白我对你有很多的喜欢，但你永远不知道我的喜欢有多庞大。它的起点，它的极限，你都一无所知。"

我睁开眼，好笑道："你现在是要和我探讨恋爱哲学观吗？"

他垂眼看着我，没来由眉头一蹙，开始发脾气。

"你看，你就是不知道。"

第二天，我面色憔悴去学校，余喜喜问我最近是不是太操劳，还推荐给我一个保健品。

几天后，我发现自己手机里突然多了一个群，群名简单直白，叫"相亲相爱每一天"，后头还跟着几个硕大的爱心，是杨海阳建的。

点开群一看，成员有我、商牧枭、杨海阳、司影，还有两个不是我好友的人，但看头像和名字，我猜测应该是商禄和商芸柔。

杨海阳发了一个欢迎欢迎的表情包，是个卡通人物手持礼花的动图，群里静悄悄，没人理他。

过了会儿，疑似商芸柔那个头像在下头跟了个"拍手"的表情。

我笑得停不下来。

爱真的是可以改变一个人啊。这样想着，也跟了个"拍手"。

过了会儿，商牧枭先是发了串省略号，但也乖乖跟上"拍手"。

到晚上时，群里又有了动静，司影发了一连串高兴雀跃的表情包，发得手机振个不停。

够了。

唯一没有发过言的那个头像忍无可忍地跳出来，这才终于阻止了一场表情包轰炸。

番外四

遇见你实在太好了

这几天余喜喜一直在念叨着宋万呈的新片——《灰烬》，说打算周六和小姐妹们一起去看，又说看这片的架势妥妥奔着拿奖去的。

就算没关注这部电影，我也从她那里知道不少消息。据说这部电影试映时口碑爆棚，不少人笑着进去哭晕了出来，连带对商禄的讨论度也高了起来。

而商禄似乎并不需要这些关注，托宋万呈发了封信函，表示希望大家将注意力集中在电影所探讨的主题上，而不是他这个已经远离公众视野多年的人身上。

媒体可能也被打点过，之后倒的确没再怎么看到他的消息。

我对宋万呈导的片子虽然也存在一定好奇，但这毕竟事关商牧枭，别说去看，连提都不敢在他面前提，就怕又惹他伤心。可没想到等商牧枭周六集训回家，突然就问我要不要去看电影。

"看电影？"我不太确定是不是《灰烬》，问得很小心。

"我姐给我的票，宋万呈的新片。"商牧枭知道我在想什么，笑着道，"放心，我没那么脆弱，不就看个电影吗？艺术加工过的东西，我不会当真的。"

说是这样说，但当我们在电影院坐下时，我明显感觉商牧枭整个人的状态一直是紧绷的，仿佛随时随地防备着荧幕里的巨兽当众跃出将他一口吞噬。

观影期间，我无数次地转头查看商牧枭的情况，次数多了，他也发觉，松了些表情，朝我露出浅淡的微笑，在黑暗中握住了我的手，反倒像是在安慰我。

灰烬，代表原本完整的事物被焚毁，只留下漆黑的灰。用这样一个词来当这部电影的片名，实在再贴切不过。

内容不出意料地压抑，看得人胸口发闷，特别是当影片最后女主角笑着问她的儿子要不要和她一起去一个地方时，我连呼吸都要凝滞。

如现实一般，电影里的小男孩也拒绝了母亲的提议。

女主角得到答案后，紧紧握着孩子瘦弱的肩膀，眼里流露出复杂的情绪，随后毅然决然地将对方推出了门，不管幼小的孩童在雨中如何呼喊都没有再开门。

◆ 烧不尽

她牢牢抵住门的模样，充满挣扎，与其说是愤怒，还不如说是在阻止自己继续伤害对方。

观众可以明显感觉到她与心魔的拉扯。她也有很多不舍，但最后她仍没有敌过自毁的情绪，如现实结局一般自杀死去。

男主角满怀希望地回家，等待他的是妻子冰冷的尸体。曾经畅想的美好未来都没有了意义，死亡将最后一丝活力从疲惫的灵魂中抽离，英俊的面孔上唯余麻木。

比起贯彻到底的绝望，这种给一颗甜枣再把人抽死的剧情展现手法直接击碎了在场观众的内心。

我能够清晰地听到后排女生抽泣的声音。

一场疾病，被烧尽的何止一个女人，灰烬里的，是曾经圆满幸福的家庭。

宋万呈的拍摄手法细腻，镜头语言动人，让人很难不产生共情。

片尾曲响起，字幕缓缓出现，特别鸣谢那一行里赫然写着商禄的名字。

没有等放映厅的灯光完全亮起，商牧枭便一声不吭地起身往外走去。

我急急追过去，发现他转进了洗手间。

他洗过一把冷水脸，出来的时候，我看到他的眼眶有些红，头发也湿了一点。

我拿了一张纸巾替他擦去脸上的水珠，他乖乖的没有动，表情有些丧气的样子。

我尽量用轻松的语气道："走吧，请你去吃好吃的，这周我刚刚发了稿费。"

他握住我的手腕，垂着眼皮，久久没有说话。

我并不催促，只是静静等待。

过了片刻，他终于开口："如果我有一天也变成那样，你要怎么办？"

我一愣，被他问得有些猝不及防。

"这不是遗传病，你不会得的。"替他又擦了擦领子上的水迹，我将纸团丢进垃圾桶，"好了，别胡思乱想，我们吃饭去吧，你看看你想吃什……"

"我是说如果，如果呢？如果我也变成那样，你会一直在我身边吗？"

我不知道他为什么突然要对这个问题追根究底，但老实说，我不太喜欢这个假设。

直视他的双眼，我认真道："没有如果。"说罢，我自顾往外走，拒绝再谈论这个话题。

吃饭时，他好像知道我生气了，一直很小心地察言观色，没有再问些奇奇怪怪的问题。

其实我也不是真的生气，虽然嘴上说着"没有如果"，但心里还是将这种可能想了一遍。

如果换作是商牧枭得病，我可能……做得也不会比商禄更好了吧。

照顾病患所要付出的耐心非常人能够想象，所花费的精力也十分巨大，商禄虽然不是个好父亲,但他的确是个合格的丈夫。

回到家里,时间尚早,商牧枭抱着蛋黄下楼遛狗。我看夜色不错,没什么云层,调整望远镜看起星星。

大约十几分钟,商牧枭遛完狗上来,我仍看得入迷,没有理他。

"北芥,你生气了吗?"商牧枭从身后靠过来,"别生气了,我以后再也不问那种问题了。"

他既然已经认识到错误,我也不会揪着不放。

我直起身,面向他:"不要再做那种假设,我不喜欢。我对你唯一的要求,是你必须健康快乐,你明白吗?"

比起自己失去健康,我可能更加无法忍受看到商牧枭被病痛折磨。毕竟前者我已经习惯,那无法摧毁我的意志,而后者,却可以直接击碎我的灵魂。

他看着我,忽地嘴角露出一丝笑意:"只是假设也不行吗?"

"不行。"

"我会死的这个假设,这么让你没法接受吗?"笑意染上双眼,他明知故问。

性格使然,我不太会说甜言蜜语,相较于商牧枭总是动不动把喜欢和爱挂在嘴上,我可以说是十分吝啬。

这也导致了一旦发现我这个蚌壳有缝隙可钻,他就会死命地盯着那处撬,直到将那条缝彻底撬开,看到赤裸裸的爱意呈现在他眼前,他才会心满意足。

脑海里不知为什么闪过《灰烬》最后,男主角抱着女主角尸体时那段绝望的爆发。不得不说,宋万呈的片子后劲实在很足。

而当我的大脑试图将这两个人物替换成我和商牧枭时,我几乎立即就阻止了自己再想下去,觉得晦气。

连我自己都惊讶于我会是在乎这些的人,而它甚至还只是一个想象。

商牧枭说得对,我的确没法接受,哪怕只是个假设。

我轻轻点头,并不否认:"嗯……"

商牧枭很久不说话,只是看着我,满是愉悦。

我抬手抚上他的脸颊:"我会陪着你,你去哪里我都陪着你。"

我微微加重了"哪里"的咬字。

商牧枭一开始有些茫然,但很快明白我是在回答他之前的那个问题——如果他有一天也变成电影里那样,我要怎么办。

我要怎么办?

人都有极限,我已经因为身体的伤痛熬过一次极端痛苦的时期,我确信再来一次自己绝对会撑不过去。所以他去哪里,我也会去哪里。

他睁大眼眸,显得有几分震惊,好像没想到我会给出这样的答案。

但很快,他眯起眼,笑容更大了些:"你也太喜欢我了吧,北芥。"

他这话也没错,但我觉得这其实更像是一种清晰的自我认知。

✦ 烧不尽

  我知道自己的极限在哪里,我知道就算自己再坚强,也不可能经受得起再三的打击。

  见他这么开心,索性我也放开了,带着一点纵容的心情,说了些他更喜欢听的话。

  "不是喜欢。"我说,"是爱,我很爱你。"

  这份爱一日更比一日浓烈,已经到了让我自己都感到恐惧的地步。我从未想过会这样爱一个人。

  唇角的弧度一点点回落,他再次显露出一种不敢置信的震惊表情。

  "这还是你第一次主动说爱我,以前总是我缠着你说你才会说这些……"说到最后,他带上一点委屈。

  "好话不多说。"我道。

  他显然不赞同,蹙眉道:"好话就要多说,就像我这样……"他俯下身,"我也爱你,我的北芥,我的北教授,我的……宝石。"

  到最后两个字,他声音压得很低,语调缱绻。

  "再说一遍好不好?"他贴着我的侧脸,蛊惑道,"我今天心情特别不好,要你哄我。"

  说都说了,也不差一两句,而且……今天他的确心情不好。

  "我、我爱你。"这话本没有过错,但我确实难以启齿,睫毛颤得太厉害,我干脆闭上了眼。

  商牧枭轻轻笑起来,我们贴得太近,那颤动直接传递到了我这边。

  过了会儿,细细的呼吸打在我的眼皮处。

  "遇到你实在是太好了。"说完,温柔地吻在了我颤动的眼皮上。

番外五

亲 和 力

我和商牧枭去姑姑家吃饭,才发现北岩在她们那儿。细问下来,原来是我父亲前两天突发阑尾炎,需要住院开刀,母亲一个人顾不过来,便让北岩寄住在了姑姑家。

"开刀也不告诉我,看来他们是不准备认我这个孩子了。"我从姑姑手里接过碗,一个个擦干了放进橱柜。

吃完饭,沈洛羽接到个电话,去卧室里处理工作上的事了。北岩和商牧枭两个人则坐在客厅里,一个写作业,一个辅导作业,其乐融融,相处愉快。

姑姑边洗碗边道:"你妈就是嘴硬,脾气犟,你又不是不知道。你小时候没上幼儿园前,你爸妈工作忙,想把你托给你姥姥带,结果你姥姥说嫁出去的女儿泼出去的水,她要带孙子,带不了俩小孩,让你妈找婆家去,把你妈气得,之后好几年都没和娘家联系。

"后来要不是你姥姥病得快不行了,你舅他们来劝,估计到你姥姥走她们母女俩都不会和解。"

这事我以前听父母说过,可能也正因如此,母亲和娘家那边始终不亲厚,我读书时尚且还会走动走动,后来我出了车祸,那些亲戚就再也没动静了。

"我爸住哪个医院?明天我去看看他。"我问。

姑姑转头看过来,面露喜色,似乎没想到我会主动提这件事。

"好啊好啊,我这就把医院和床位号给你。"她往围裙上抹了抹手,去拿放在客厅的手机。

坐了会儿,我们打算走了。北岩对商牧枭表现出了强烈的不舍,要不是我那儿实在没地方,我怀疑他都要跟我们回去。

路上,我有些想不明白,问商牧枭:"为什么北岩从来不向我请教问题?"

我虽然研究的是哲学,小学生的题怎么也是做得出的,但北岩无论过去还是

◆ 烧 不尽

现在，好像都没想过要找我辅导作业。

"因为你总是看起来冷冰冰的样子。你第一次和我说话的时候，一点表情都没有，我还以为你讨厌我呢。"在开车的商牧枭闻言笑道。

第一次说话？

我回想了下和他第一次说话是什么时候，很快想起来是怎么回事。

"你在课上玩手机。"还不止一次。

他似乎不欲多谈这点，直接没有接茬："后来我撞了你的车，你的表情也是冷冰冰的，我就想，哦，北芥肯定更讨厌我了，没关系，我也讨厌北芥好了。"

我简直有些哭笑不得，这是什么幼稚鬼？

"再后来你说要潜规则我……"

我再次打断他："我没有要潜规则你。"

"我以为你要潜规则我。"他顺势改口，"当时我特别生气，心想：这个人果然很讨厌，什么拒人千里、高不可攀都是假的，肯定做了不止一次这样的事，实在欠教训。"

"于是你就突然转变态度，说要接受我的'潜规则'，还和周言毅打了赌。"我替他接下去道。

正好红绿灯，他停下车，探身过来看着我。

"对不起，我不该误会你。"

他这个样子，让人怎么生气啊！

我轻轻推他，无可奈何道："好好开车。"

他坐正身体，回到最初的问题，给出建议道："你多笑笑，展现自己的亲和力，北岩一定就不怕你了。"

多笑？

我摸了摸自己唇角，倒也不觉得这是多难的事情。

第二天，我独自抽空去了趟医院。去的时候病房里只有我父亲和隔壁床一位病友，不见我母亲。

父亲见我来了，眨巴着眼，愣了半天没说出话。

我放下水果，叫了他一声："爸。"

"老北，这是你孩子啊？你两个孩子呢？"病友丝毫不觉气氛异样，对我有诸多好奇，要不是实在不好意思，估计就要直接问我腿上戴的是什么东西了。

"啊对，我孩子，今年三十多岁了。"父亲向他介绍道，"清湾大学的副教授，平时特别忙。"

"清湾大学副教授啊？厉害的厉害的。你们平时都怎么培养孩子的？我真要向你们取取经了，怎么才能给孩子培养得这么厉害？我回去也这么教我家那个小兔崽子。"

番外 五
亲 和 力

"谈不上厉害,就是个哲学系副教授,穷教书的,没什么钱的。"

"教哲学的啊?那真是更厉害了。这年纪轻轻的,前途无量啊……"

父亲被病友吹捧得满面红光,分明和我还在冷战,已经许久没见面,在对方面前却还是将我夸得天上有地上无。

我坐在一边静静听他们说话,听着听着,都不敢相信父亲口中那个人是我自己。

"说什么呢这么高兴?"母亲外头就听到两人谈话声,提着食盒走进来,一眼看到我,脸上的笑差点维持不住。

"你……又是你姑跟你说的?"她重重放下食盒,看着面色不善。

"我去她那里吃饭,见到北岩了。"我说。

她点点头,哂笑道:"你往她那边跑得倒是勤。"

父亲扯一扯她的袖子,让她不要再继续说下去。

隔壁床的病友兴许已经觉出不对,乖乖躺到床上,没再搭话。

母亲抿了抿唇,将饭菜摆到小桌上,道:"行了,吃你的吧。"

可能是我和母亲两个人盯着他吃饭太有压力,父亲匆匆几口便吃完了,饭像是不用嚼直接吞下去的。

母亲收拾着食盒去外头走廊倒剩饭剩菜,我起身朝父亲和隔壁床打了声招呼,也打算回了。

走廊里,我和母亲不得不同行一段路,一开始谁也没说话,到了垃圾房门口,我率先打破沉默:"几时能出院?"

母亲也停下脚步:"应该还要几天,主要看伤口恢复情况。"

"那我给你们请个护工吧。"

"不需要,浪费钱。"

"我出钱。"

她一瞪眼:"你的钱难道是天上掉的吗?"

我缓缓道:"不是天上掉的,男朋友给的。"

暑假里那场比赛他赢了冠军,把奖杯和奖金都给了我,让我想买什么买什么。

我没什么想买的,就将钱存起来买了定期理财。如今说这话,不过是故意说给我母亲听的。

"你……"她像是被我的话噎住了,半天才道,"你存心气我是不是?你的钱我不稀罕,他的我更不稀罕。"

"你这是自己找罪受。"

"我乐意。"

我不和她犟:"随便你吧。"

我尽己所能提出改善方案,她不愿意,那就算了。

母亲板着脸看了我半晌,最终还是转身进了垃圾房,而我也很快离去。

◆ 烧不尽

杨海阳和商芸柔的儿子取名杨幼杰,满月酒在一家环境优雅的五星级酒店内举办,只宴请了少量的亲朋。

杨家那边人还多些,有两桌,商家就有些可怜了,算上我和杨海阳都不够一桌人。

商芸柔抱着孩子坐在圆桌另一边,商牧枭立在她面前,正俯身稀奇地逗弄他的小外甥。两人有说有笑,已不见冷漠疏离,似乎是回到了从前的关系。

"你升职了?"

我收回投在商牧枭身上的目光,看向身旁的杨海阳,不明白他为什么这么问:"没有,怎么了?"

"你笑得跟已经被任命为校长了一样。"他伸出手指,对着自己的脸比画了一圈。

哦,原来是指这个。

"我在培养自己的亲和力。"

他一脸莫名其妙,眯眼道:"为自己竞选校长做准备?"

我:"……校长不是竞选出来的。"

"那你培养那东西做什么?"

"因为没有。"

我和杨海阳正聊着,商禄他们到了。

司影跟在商禄身边,感受到我的目光,朝我这边看过来,笑着挥了挥手。

由于每桌都有独立包间,三桌人各自分开,商禄打算去和亲家打个招呼,以示礼数,就让杨海阳带路。

杨海阳得了令,立马恭恭敬敬地领着老丈人出了门。

"哎哟,让我看看小乖乖。"司影直奔小婴儿而去,"长得真可爱啊,瞧这眼睛黑的。"

对方从怀里掏出一封红包塞进襁褓,对着并不知事,连视力听觉都还没发育完全的小婴儿道:"这是给你的见面礼,你好好收着,以后自己买糖吃。"说完,转身往我这边走来。

"你收到我寄给你的画了吗?"对方坐到原先杨海阳坐的地方,问道。

这时杨幼灵从门外进来,手里牵着一只氢气球直直奔向商牧枭,绊住了他走向这边的脚步。

"舅舅,你看我的气球好不好看?"

"哦,好看好看……"

我点点头:"嗯,挂在墙上很好看。"

司影的画有种别样的生机,虽然可能不似传统油画那样正式,却自有动人之处。

"以后说不定我可以开自己的画展。"司影畅想道,"你到时候记得捧场。"

"好。"

撑着下巴,司影打量我片刻,问:"最近你是遇到什么好事了吗?"

有了杨海阳的前车之鉴,我大概知道对方为什么这么问,直接道:"我在培养自己的亲和力。"

"什么?"

"商牧枭说我该多笑笑。"

司影面色古怪:"他让你对着人多笑笑?"

虽然原话不是这么说的,但差不多就是这意思吧。

"嗯。"

司影继续面色古怪,对着我露出似笑非笑的表情。

我刚想询问对方有什么问题,门外响起商禄和杨海阳的交谈声。

没多会儿,商禄率先走进来,目光扫到我的时候,不知道是不是我的错觉,我总觉得他隐隐皱了下眉。

商牧枭抱着杨幼灵,将她塞回到包间的杨海阳怀里,随后在我另一边的空位坐下。

商禄是大家长,自然坐在主位,商芸柔和杨海阳依次坐在他右手边。杨幼灵来了就不肯走,硬要坐在我和商牧枭之间。

商芸柔和杨海阳吃到一半便带着孩子移到了杨家那边,走前还想带走杨幼灵,小姑娘坚决不肯。

餐桌上只剩下商家父子、我和司影四个大人。

我从来没吃过这样诡异的饭,房里寂静到只剩杨幼灵吃东西的声音,仿佛我们不是一道来参加满月酒的,只是碰巧拼了个桌。

而每当我和司影试图缓解尴尬的气氛说些什么,商家那俩父子都会各种打断,最后使餐桌重新陷入死寂。

好不容易熬到散席,等不到回家,商牧枭在车上就发起了脾气。

"你最近怎么老是对别人笑?你以后不许笑了!"他重重拉上车门。

这要求实在有些不讲道理,我又不是面瘫,哪里能说不笑就不笑?

"不是你让我多笑笑,展现亲和力的吗?"

他一瞬间好像对自己产生了怀疑,但回忆了过后,很快又理直气壮起来:"我让你多朝北岩笑,没让你见谁都笑。"

我莞尔:"有什么区别?"

我笑了几天还挺有用的,明显感觉学生们对我好像更热情了。

"你还笑!"他一拧眉,思量片刻,做出让步,"这样,你可以对我笑,对北岩笑,但不许对除了我们以外的人笑。"

这算什么万不得已的妥协?

✦ 烧不尽

我心里觉得好笑,脸上也就笑得更厉害了几分:"给我个理由。"

"因为你一笑,冰就化了,我不喜欢……"转瞬间,他不知怎么改了主意。"算了,以后我给北岩辅导功课就好,你也别对他笑了。"

"你只要为我一个人融化就够了。"

只对他笑当然是不可能的,这种事就算答应了我也控制不了。所幸商牧枭的不讲道理只在他的气头上,等过了,他自己都知道荒唐,便不会再提了。

不过这件事后,我倒也没再强迫自己展现亲和力,很快恢复到了从前的状态。"维持笑容"看着不难,其实一直坚持还挺累人的。

有些东西有就是有,没有就是没有,如果觉得累,那就放弃,也不失为一个好选择。

番外六

影 子
—— 司 影 的 自 白

我对商禄和自己的事总是看得很透,目标也很明确,清楚地知道自己想要的到底是什么。

那年,我离开生活了多年的地方,想去看看外面的天地,想去闯一番事业。我带着自己仅有的几件衣服和几百块钱,去了自己向往的大城市——清湾。

我以为,清湾遍地是黄金,处处有机遇,是个闭着眼都能发财的地方。我很快就能过上华服豪宅、用人三千的日子。可事实是,大都市的确机遇多,却根本不是给我这种人的。

我找不到活儿,只能终日在街上无所事事,填不饱肚子,跟野狗抢吃的,随乞丐睡天桥。

在清湾流浪的那段时间,是我最不愿回首又最忘不了的记忆。

没有那段经历,或许之后很多事都会不同。我不会那么执着于留在商家,也不会那么处心积虑想要霸占商禄身边的位置。

不知是不是长期营养不良的关系,我骨架一直很瘦弱,以致告诉别人真实年龄时别人都会觉得我报大了,不敢用我。

后来几经波折,我好不容易找到了一份工作,在小饭店的后厨帮忙配菜、洗盘子。

饭店包吃住,一个月另给八百块工资。吃的是剩菜剩饭,睡的是晚上关门后几张桌子拼一起铺条被子。

条件差了些,但我没得选。

做了一个月,到结算工资的时候,我想着给自己买一部二手手机,抓紧赶一下自己落后多年的潮流,再买身新衣服,结果老板只给了我四百块。

累死累活一个月,起早贪黑没休息过一天,就得了四百块。

◆ **烧** 不尽

我不明白另外四百块去了哪里，盯着那四张票子，没接，问老板怎么回事。

"哦，是这样。你在这儿吃在这儿住，都是要钱要花销的吧，这四百是扣掉你房租饭钱之后的结余。"老板一脸理所当然。

我不干了："当初说是包吃包住的，你不能看我好欺负就这么坑我啊？菜我洗，盘子我刷，店我看，卫生也是我打扫，我辛辛苦苦一个月，你就拿四百块打发我？"

老板脸色微变，见我已经说得这样直白，也不再假意客气，强硬道："现在就四百，再多没有，你爱要要，不要滚。"

说罢他将钱丢到地上，不再理会我。

我盯着地上散落的纸钞，不知道第几次感受到生而卑微就活该被人践踏的愤怒与不甘。

我绷着下巴，将腰挺得笔直，飞快蹲下身拾起那四百块钱，冲在柜台算账的老板骂了句脏话，拔腿便跑。

我跑得很快，风在我耳边呼啸，行人擦过我的身侧，我停也不停，一直跑到了江边。

这事实属突然，我没带任何行李，身上只有四百块钱外加一身衣服。

一时冲动跑出来，再回去多没面子？就这样，我又开始了流浪的日子。

我买了两瓶啤酒，在江边借酒消愁。结果一不小心喝醉了，醒来时发现身上的钱已不翼而飞。

屋漏偏逢连夜雨，船迟又遇打头风。

我整个人如遭雷劈，愤恨和郁闷全都在昨夜发泄完毕，彼时我只觉得空虚又茫然，不知道自己下一步要去哪儿，要做什么。

我在附近晃悠了几圈，从早晃到晚，饿得两眼发花。

江边有座漂亮的复古建筑，隐在绿植间，看着像是家吃饭的地儿。

我晃着晃着晃到门口，见看门老头在打瞌睡，便心安理得地晃了进去。

明黄的灯光将整座建筑渲染得璀璨又温暖。我在黑暗中，羡慕地注视着里头穿着体面、推杯换盏的食客，揉着发疼的胃部，忽然就不想再挣扎了。

我可能一辈子都不能坐到里面吃饭。

既然这样，那就随便找个有地方睡有饭吃的地方吧。

我四下扫了两眼，捡起一块巴掌大的石头。

那院子里停着少说十一二辆车，我拣了辆看起来最顺眼的黑车，一石头砸破了车窗。

警报瞬间响彻云霄，我拍拍手，坦然地等着被警察带走。

结果警察没等到，等来了商禄的司机。

商禄的司机姓刘，退伍兵出身，四十来岁，算是兼职半个保镖。

番外 六

影子——司影的自白

本来商禄吃饭，他没事做也该原地待命，结果因为尿急，走开了一会儿。谁想就这一会儿，被我砸了车。

老刘一看车窗碎成了那样，血压都要爆表，脾气一上来，扭着我胳膊就把我按在了地上。

"你这人怎么回事？你知道这车多少钱吗？！"

我脸颊贴着冷硬的地面，努力想抬头，又被老刘一巴掌按回去，撞得脑门都疼。

"我不知道……你、你报警吧！"

周围逐渐围了不少人，都是听到动静过来看热闹的。

"感觉像是精神不正常……"

"是不是和家里闹矛盾离家出走了？"

"你看这人穿的，是不是无家可归啊？"

我为了省钱已经好些年没剪头发，平时只用一根橡皮筋扎着，这会儿被老刘按在地上，头发全都披散开来，覆住头脸，看着跟个疯子似的。

看门的老头这会儿也清醒过来，急急跑过来，一看大事不妙，声音都在发抖。

"哎呀，这……这人怎么跑进来的，我……我怎么没看到啊？"

老刘或许也觉得我是脑子有什么问题，不再啰唆，压着人，冲看门老头抬抬下巴道："报警！"

我一听"报警"两个字，真是从未有过的安心，不自觉地笑了起来，手脚也放轻松，不再做任何无用的反抗。

谁能想到，兜兜转转，我又过回自己最厌恶的生活？颓废，贫穷，一事无成。

我心比天高，想要学鲤鱼跃龙门，想要从衔泥燕变真凤凰，结果事事不成，倒是认清了自己是个废物这一事实。

废物就该待在尘土中，在泥泞里挣扎，然后绝望地越陷越深。

我该早点认清现实，早点放弃挣扎，这样也能少受些苦，起码……不用到这一步。

"怎么回事？"

嘈杂的人声中，一道格外有磁性、低沉的嗓音，像顺滑柔软的红丝绒一般，穿过人群，滑进了我的耳朵里。

我当即打了个激灵，不自觉抬起了脸。

"先生，这人不知道是不是脑子有问题，把我们车窗给砸了，还让我只管报警！"老刘忙不迭地向老板解释起前因后果，一分神，手里力道就没那么死，叫我得以找着机会抬头。

最先映入眼帘的，是一双做工精美、鞋面没有一丝污渍的黑色系带皮鞋。往上，是笔直的灰色裤管，白衬衫，弧线优美的下巴，厚薄适宜的唇，笔挺的鼻梁

◆ 烧不尽

以及一双低垂着的……毫无感情的眼眸。

商禄见到我的第一眼，必定是不存在任何旖旎心思的，这点我很确定。

对方甚至可能都没把我当回事。我在他眼里或许只是一张路上的小纸片，突然溅到裤脚的泥点，或者读书时窗外没来由响起的一声噪声。让人在意，但转瞬即忘。

一听报警，他蹙眉道："报警太麻烦了，不要浪费警力，也没多少钱，放了吧。"

事后我想起来，觉得可能是对方怕媒体胡乱报道，这才不愿意报警。

然而对当时的我来说，不报警就相当于这晚白忙活一场，商禄肯干，我可不愿意。

我猛地挣脱老刘的桎梏，一把抓住商禄的裤管，奋力昂起上身道："不行！必须……你们必须报警！"

那一瞬间，我对商禄产生了一种近乎痛心疾首的荒谬情绪，觉得对方真是空有一副资本家的姿态了。

老刘见我这样激动，怕我伤人，扯住我头发把我整个人都往后扯。

我的背反弓成了一道月牙的形状，我痛呼着，眼里迅速积聚起痛楚的泪花，手指只能被迫松开裤子去护自己的头发。

昏暗的路灯下，商禄彻底看清了我的脸。

商禄长久地凝视着我，直到被一声巨大的肠胃嗡鸣打断思路。

这声音自然是饥肠辘辘的我发出的，我一天没吃东西，这会儿饿得浑身出冷汗，头发还被人抓住，一瞬间悲从中来，眼里的泪摇摇欲坠。

商禄胳膊上挽着西服外套，他缓缓在我面前蹲下，托着下巴看我。

"饿吗？"

我不知道他什么意思，只是泪眼蒙眬看着对方。

商禄意有所指扫了眼饭店内，继续道："饿，我就请你吃东西。不饿，就滚远点，别挡着我回家。"

商禄请我吃了顿饭，就在十分钟前我还觉得此生都不可能坐在里面用餐的饭店里，点的是一碗鲍鱼面。

很多年后我都记得那碗面的滋味，真是前所未有的鲜美。只是过几年再去，不知是厨师换了还是我舌头刁了，觉得其实也不如何。

那会儿我认为商禄可能是个圣母。我砸了他的车，对方不仅不报警抓我，还请我吃饭，吃完饭知道我没地方住，更主动提供住处给我。只有圣母能这么无私了。

我也不是没怀疑过对方目的不纯，但我那时候……说得难听些，拉去割肾可

番外 六
影子——司影的自白

能都会被嫌健康不达标，我都不知道自己有什么可图的。

再差也差不到哪儿去，再糟也糟不过现在。抱着这样的心态，我随商禄离去，被对方带进了一家极致奢华的五星级酒店。

我这辈子都没进过如此豪华的地方。洁净的大理石地面，宽敞的直达电梯，还有芬芳的空气……一切一切都让我目眩神迷，无法自拔，堪比刘姥姥进大观园。

商禄开了一间最大的顶层复式套房给我，从客厅落地窗往下看，正好能看到无遮挡的至尊江景。

我趴在宛若无物的窗玻璃上，舍不得眨眼。

商禄让我安心住下，之后便好几日不管我，只让酒店工作人员将一日三餐给我送到房里。

我根本不敢离开房间，生怕一离开就再也进不来了。

我就像一种病毒，靠着商禄给的伪装得以暂时进入这栋大厦，但露馅是迟早的事，一旦被发现，等着我的就是驱逐与毁灭。

我睡在地毯上，睡在沙发上，甚至睡在浴缸里，将房间的每个角落都睡了个遍，有时光看楼下风景就能看一整天。我不觉得腻，完全不觉得腻，只想在失去眼前风景前尽可能多地留下记忆。

商禄再出现已经是一周后的事了，来之前还让人给我送了几套衣服过来。合身的留着，不合身的拿走。

那衣服我压根不敢摸，生怕自己手指太糙，给摸坏了。

第二天，我穿着干净的衣衫，将半长的发扎在脑后，到门口迎接商禄的到来。

商禄该是从哪个宴会上直接过来的，穿着一套略显正式的三件式西服，脖颈上还系着领结。

"商先生……"我立在门边，一句话还没说完，商禄便擦着我进了屋，看也没看我一眼。

商禄在沙发上坐下，一手解开领结甩到一边，哑着嗓子吐出一个字："水。"

我赶紧去吧台拿了瓶矿泉水给他，送到他手里前，还特意拧开了瓶盖。

商禄接过水，不紧不慢地喝了几口，这才正眼看我。

我这些天吃得好睡得好，长了不少肉，下巴虽然还是尖，但好歹不戳人了。穿上商禄准备的衣服，不说话可以装装样子。

"胖了。"商禄评价道。

我拘谨地立在他面前，尽量想要表现得自然，于是我笑了笑，赞起酒店饭菜的美味，表示都是因为这里伙食太好，我才会吃了还想吃。

商禄将矿泉水瓶放到一边，可能是有些醉意，眼眸显得颇为迷蒙，撑着手支在扶手上，像是随时都要睡过去。

◆ **烧** 不尽

"把头发放下来。"他突然命令道。

我一怔，不明所以，但还是听话地解下了皮筋。

商禄眯了眯眼，招手让我过去。

我略做犹豫，近了两步。

商禄道："你认识我吗？"

我心生疑惑，满脸茫然。我开始胡思乱想，想商禄是不是认识我父母，是不是我失散多年的亲人……没等我想更多，商禄再次开口给出答案。

"我以前是演员。"

我恍然清醒，怪不得长得这么标致，原来是明星，原来是这个"认识"。

"对不起商先生……我、我没认出来。"

我自小孤苦，明星富豪的世界于我太过遥远，关心那些还不如关心明天吃什么实际。别说商禄"以前"是个明星，就算现在仍是，我大概率也是不认识的。

商禄没有就身份多言，无声看了我片刻，沙哑着嗓子让我再近一些。

我无端紧张起来，双手抓着衣摆两侧，又挪了两步，正正地立到了商禄面前。

商禄仰头望着我，目光中那一丝清明逐渐消失，眸上仿佛被一层雾覆住，变得更为迷茫。

"紫寻……"他梦呓般冲着我喊出陌生的名字，伸手想要触碰我的脸。

但在被碰触到前，我便受惊似的退开了。我的举动让商禄眼里的雾稍稍散开一些，露出了其后冷冽的本质。

我对上他的眼瞳，不由自主地瑟缩了下，心想，完了，我要被赶出去了。

"对、对不起……"我也不知道自己为什么道歉，只是想要补救，想要做点什么缓和尴尬的气氛。

但是始作俑者商禄只是坐在沙发上，姿态优雅而冷淡地注视着我，并没有试图解释什么。

就这样无声地过了两三分钟，我内心焦灼一片，手揪扯衣摆的力道都更大了。

"你长得很像我过世的妻子。"商禄终于开口，语调慵懒。

我错愕地抬头，不太明白对方的意思。

然而商禄也没想让我明白，只是自顾自补了一句："特别是……嘴和下巴的弧度。"之后又不再说话。

我不自觉地抚上自己的唇，心里渐渐有了点模糊的意识，对于我为什么会被商禄善待，会被这座富丽堂皇的"宫殿"接纳。

那一刻我其实是有些害怕的，比起割肾，这事也够让我头皮发麻的。一个三十多岁的男人，对着我说你很像我死了的老婆……太吓人了。我甚至已经做好商禄要是敢扑上来，我就抄起一旁台灯打残他然后夺路而逃的准备。

可是……对比了下对方高大的身形和自己鸡仔一样的体格，我绝望地发现，自己打不过对方。

六

番外

影子——司影的自白

"我对你没有兴趣。"商禄不知道是不是看出我的想法,拧着眉心,用略有些嫌弃的语气说道。

我暗想:你最好没有。

我已经开始规划最佳逃跑路线,嘴上干笑着敷衍道:"嗯,我看您也不像。"

商禄嗤笑一声,突然站了起来。

我如临大敌,疾退几步,结果撞到身后的沙发,失去平衡一屁股坐了下去。我手忙脚乱地赶紧起来,手上莫名抓了个枕头,隔在我和商禄之间,仿佛那是个阻挡攻击的盾。

商禄整了整衣襟,眼里讽意更浓。

"放心,我不会对你做什么。今天我有些累了,你也太过紧张,不适合谈事情。过几天我会再来,到时会明确告诉你我需要你做什么,你该做什么。你可以将它视作一份工作,和我提任何你想提的要求。"他往门外走去,"当然,你也可以就此离开,不会有任何人阻拦你。"

房门轻轻闭合,我瞪着那扇厚实的大门,抱着靠背怔怔坐回沙发。

商禄的话我只听懂了最后一句。我在沙发上坐了半宿,将房卡揣进兜里,偷偷摸摸出门,下了电梯,从酒店大堂出去,沿着滨江大道走了半小时,到了一处僻静无人的地方。

我环伺四周,中气十足地大喝一声:"你们出来,我知道你们跟着我!"

等了片刻,除了江边的风徐徐吹乱我的头发,吹得树叶簌簌作响,再没有别人。

还真没人拦着我。

我被冷风吹得打了个激灵,搓搓胳膊,摸着裤兜里的房卡,又在江边的景观椅上坐了下来。这一坐,就坐到天蒙蒙亮。

我见到日出,听到鸟鸣,呼吸着岸上潮湿的泥土气息,这才驱动僵硬的四肢从石椅上起身,一步一步,比来时更缓慢地往酒店走去。

用房卡重新刷开房门,桌上已经摆上精美的早餐。

这不还有几天吗?先再混几顿饭吧。我想着,在桌边坐下大快朵颐起来。

商禄再次出现,又是一星期后的事。

我有时候都怀疑这是不是对方的某种策略?让我逐渐迷失自我,沉醉其中,这样当对方提出一个不算很过分的要求时,就很容易成功。

而商禄的确成功了。

我可以继续享受我现在所享受的一切,甚至更多。

在商禄到来时,我必须换上他准备的衣服,扮成另一个人的样子。

商禄并不会与我有任何肢体上的接触,也不会和我谈情说爱,我更像一个……高端的人工智能人,负责在雇主需要时扮演一个指定的样子,可以让他追

◆ **烧** 不尽

忆往昔。

为了让我气质更接近他亡故的妻子，商禄甚至给我请了家庭教师，教我文学、钢琴，还有油画。

这份工作实在跟梦一样，太轻松了，轻松到不可思议。

商禄不太正常，我感觉得出，但我不在乎。我甚至暗暗祈求过老天，让商禄永远这样疯狂地爱他的妻子吧，我愿意一直做一个影子。

那时候我怎么也没想到，这影子竟然一做……就做了十多年。

这些年，我统共遇到过三次绝无仅有的大危机。

第一次，我拍了一部电影。

我那会儿太无聊了。仅仅三年，曾经以为一辈子都不会看腻的无敌江景也变得索然无味起来。

商禄并不常去我那儿，勤起来一星期见一次，不勤的话……可能两三个月都见不到他人。

我整日闷在酒店里，没有朋友，没有社交，只有上不完的课，画不完的画。

商禄来之前，总会让老刘打电话给我，让我提前做准备。

其实也没什么好准备的，无非是穿上他送来的衣服，再用化妆品遮掩一下脸上不像梅紫寻的部分，拿一本书等在房里就好。

商禄总是晚上来，甚至深夜来，来了也不做别的，就是看着我。看我读书，看我画画，甚至看我睡觉发呆。

明明近在咫尺，但我可以明显感觉得出，我们之间是有壁垒的——一道看不见也摸不着，透明的壁垒。我好像一副被弦线牵着四肢的木偶，在特定的场景道具箱里表演着固定的戏码。

我为了更好地完成自己的工作，上网搜过商禄和他妻子的资料。不搜不要紧，一搜才知道商禄竟然这么有名，拍过那么多电影。

我花了三天时间，将商禄演过的所有电影都看了一遍，觉得不过瘾，开始到处搜刮对方的访谈节目。

商禄出道十多年，拍了不少影视作品，做过的访谈却屈指可数。而这为数不多的访谈里，有一场我印象最深。

主持人给商禄一道题——如果他有另一半，他希望对方成为自己的什么。

这是一道简单的填空题，一般人也就填个港湾、灯塔、北极星等等一些浪漫又明确的词汇，可商禄偏偏不，他填了一个字。

神。

他说，他希望另一半成为自己的神。

当时大家并不知道他早已隐婚生子，纷纷惊叹他竟然是这样一个甘于奉献的角色。

番外 六
影子——司影的自白

后来，这场访谈没少被人拿出来讨论。

而他的另一半，天赋过人的印象派画家梅紫寻，也没少被人议论。

梅紫寻家世出众，从小便显露出卓绝的艺术才能，长得也十分出挑，与商禄相识于年少，彼此一见钟情。之后女方不顾家人劝阻嫁给了当时还一文不名的男方，默默做起了他背后的女人。

两人育有一子一女，十多年来感情深厚，但好景不长，在商禄事业正发展得如火如荼之际，梅紫寻却出了问题。当时具体情况不明，似乎是身体上的原因，不少人猜测是癌症。

商禄当即放弃演艺事业回到家人身边，开始从商。不过让人遗憾的是，五年后梅紫寻还是撒手人寰。

我看到这里，已经在心里替商禄和梅紫寻谱写出一首动人心肠的爱情悲歌。

女主角得病死了，男主角无法接受失去她的事实，就找了个相像的人假扮她。这剧情，电影都不敢这样拍。

梅紫寻留下的照片资料不多，毕竟是画家不是明星，少数的几张也都是画展开幕式上拍的。

但就少数几张照片也不难看出，对方是真的人淡如菊、人美如画，气质更是无可挑剔。

我看了又看，还拿镜子照着自己与照片比着看，发现我和梅紫寻除了下半张脸十分相像，别的可以说是毫不相干了。

每次商禄来之前，我都会精心打扮一番，但商禄也不是每次说来都会来。

我记得，那次商禄爽约了，我等到很晚，只等到老刘打电话来让我休息。

我当时也说不上来什么感觉，反正就挺无趣的，随即活动四肢，丢开画笔，衣服不换，妆也不卸，出门去了楼下酒吧。

酒店自带的酒吧，没有嘈杂的音乐，也没有晃眼的灯光，更像是个商务会谈场所，一切都是舒缓轻柔的，连音乐都显得很安静。

我披着一件夹克外套，敲敲吧台，问酒保要了杯黑莓鸡尾酒。

酒保调酒期间，我身旁又坐下一个人。我没在意，低头专心看手机。

过了会儿，酒好了，我端起轻轻抿了口，酒体里带着些许的酒味以及更多的属于水果的酸甜。

一张名片被一根手指抵着，推到我面前。

我动作一顿，去看边上那人。

对方大概三十岁，胡子拉碴，戴副黑框眼镜。一看名片，还是个导演。

"我姓海，叫海木。我看你形象挺好的，要不要来拍电影？"海木笑嘻嘻问我。

我放下酒杯，也冲他笑："滚远点。"

◆ **烧** 不尽

我可能早年营养没跟上，导致发育迟缓，虽然这些年可劲儿地补，但体型依然偏瘦，不长肉。正好就成了海木眼里的上镜脸。

对方一愣，急忙解释："你别误会，你可以网上查我名字，我真的就是看你长得不错，想让你来演我的女主角，没别的意思。"

我当真输入对方的名字检索起来，结果发现还真是个小有名气的文艺片导演。

小到什么程度呢？这么说吧……我拍的片子，连盗版片源都没有。

这样一个小导演来找我拍片子，还是找我去演女主角，照理我该想也不想地拒绝，但当时我可能是酒精上头，又或者实在想给自己找点事做，莫名其妙就同意下来。

海木要拍的片子叫《街角夜灯》，主题是上班族和大学美少女之间的禁忌之恋，投资小到我整部电影就一套服装一个造型。

故事噱头十足，剧本却着实不咋地，我光是看剧本都知道这片又要扑街，但海木拍得颇为亢奋，拍摄速度也很快，一部电影只用了半个月就拍完了所有镜头。

我拿了片酬就没怎么关注后续，哪想一年后，这电影竟然在国外影展参赛。虽然最后理所当然地没有得奖，但作为陪跑电影在国内也有了一定的曝光度。

就算起了点水花，商禄也没有这样巧正好就看到这条新闻的道理吧？而且看到了又如何？对方又没说空闲时不能打两份工。我给海木的也是假名，应该……应该不会有什么吧。

做足自我安慰后，偏偏事与愿违，商禄不仅看到了新闻，还找到了片源，对于我私下接活的行为大为不满。

没有知会一声，商禄大白天冲进了我的住处，冷着脸，一句话没有，抓着我的手臂将我拽进了浴室。

我害怕极了，不住挣扎尖叫，却根本无法撼动商禄分毫。

我被拽到宽大的洗漱台旁，他抬起我的下巴让我直面镜中的自己。

"你是演戏演上瘾了是吗？"

只一句，我就知道自己去拍电影的事被商禄知道了。

"没、没有……"我红着眼，脸上全是细碎的黑发，"商先生，对不起……对不起，我不是故意的。"

商禄一动不动地注视着我，冷声道："不要瞒着我做任何事，明白吗？"

我眼睫颤抖着，咽了口唾沫，喉间隐隐抵上一点冰寒："明白……明白了。"

商禄又看我片刻："以后不要让我再在电视里看到你。"说完，转身离开了洗手间。

……寂静，无声，没有存在感。

我怔怔地盯着镜子里狼狈的自己，眼眶的红一点点加深，在某个临界点，我

番外 六

影子——司影的自白

猛地垂下脑袋，将额头抵在冰冷的台面上，跪在地上静了许久。

等我擦好脸，从洗手间再出去，商禄早已不见踪影。

后来，有一次我心血来潮想看看自己那部处女作加息影作，点开好不容易找到的盗版片源，看了半小时，越看越觉得不对。电影里被加了大段大段直白的欲望描写，和我当初演绎的简直是两个版本。

我拍的时候的确是有一两场和男主角的亲热戏，但都点到为止，借位拍摄，不算过火，电影成片却要劲爆得多，甚至有几分露骨。

我一瞬间醍醐灌顶，突然就懂了，什么都懂了。

商禄那样气愤，不仅是因为我私自跑出去拍了电影，更因为……我亵渎了他心目中的神。

哪怕是一个影子，我也不该做任何有辱梅紫寻的事。

老刘经常会给我送东西，衣服、饰品还有帽子，应该是商禄想让我穿戴的。

我和老刘也算不打不相识，有时候会留对方喝杯茶、下个棋，从他那边打听些商禄的事。

老刘嘴很紧，起先也不怎么说，后来一年年的时间久了，对我渐渐没了防备心，加之可能觉得我和商禄关系不一般，也就一点点全说了。

原来商夫人……梅紫寻并非死于什么癌症，而是抑郁症自杀的。从第二个孩子出生起，她就抑郁缠身，痛苦不已，自杀过不止一次了。

"折腾了五年，整整五年，抑郁实在太可怕了。"老刘喝着热茶，无比唏嘘道。

在他口中，抑郁成了一只狰狞的庞然巨兽，擅长悄无声息地将人吞噬殆尽，会无差别向周围散播瘟疫病毒，是凡人难以抵挡的深渊恶魔。

"一般做妈的都不会讨厌自己的孩子吧？可夫人对这个小少爷，简直可以说无比憎恶啊。自己不亲近就算了，也不许旁人亲近，把孩子当仇人一样。商家大概只有芸柔小姐能在她面前说上几句话，劝一劝她。"

听到这里，我好奇道："商先生也不行吗？"

老刘观察着棋局，吃了我一匹"马"，已是胜利在望。

"不行不行。她发起病来，恨不得先生也去死，说都是因为先生她才没办法继续画画的。"老刘摇头道，"有一回还动了刀，幸好被我及时把刀夺了下来。先生就那么一动不动地看着她，跟傻了一样。我到现在想起那会儿的景象都觉得背脊发凉呢。"

"他不是傻了，他是觉得，就那么结束也行吧。"我节节败退，已不再做无谓的挣扎，拿出手机给老刘转了十块钱红包。

商禄视梅紫寻为神，但在她心里，作画远比任何东西都重要。他被他爱的神抛弃了，可不就心如死灰了吗？

"哎，你可别当着先生的面乱说话，他不喜欢别人提这些。"老刘笑呵呵收了红包，不忘提点我两句，"家家有本难念的经，别人家的事啊，少掺和。"

我撇撇嘴，不以为然。

这些悲惨的往事让我对商禄有了根本的改观，将商禄从一个凶恶的疯子，变成了一个可怜又悲惨的男人。

之后想来，这里我犯了一个极大的错误——对一个危险的对象产生怜悯。

商禄要我做什么，我做就好了，我万不该叫这份单纯的关系染上别的色彩，不该觉得……自己或许可以帮助商禄减轻痛苦。

年轻气盛，加上养尊处优久了，逐渐积累的自以为是，让我心思活络，想着也许可以赋予自己这份"特殊"的职业一些更正面的含义，比如……救赎。然后我就去做了。

我更殷勤地对待商禄，用自己并不精湛的演技扮演着"梅紫寻"这个角色。和对方一起讨论看过的书，为对方庆祝生日，给对方准备礼物，邀对方下棋……有时候一觉醒来，我自己都有些分不清，我到底是我还是梅紫寻。

但好景不长，可能是心情好了，伙食也吸收得好，旺盛的新陈代谢使我蜕去了清瘦的轮廓，突然开始疯狂地长肉。脸圆了，纤细的骨骼感没了，我不得不化更浓的妆掩盖自己的轮廓，可仍然与梅紫寻不像。

我穿不上以前的衣服，变得非常焦虑，睡不好觉，吃不下饭。就算吃了，也会去洗手间吐出来。

而这时候，商芸柔找了过来。

那天我听到门外老刘的声音，以为他又来送东西，就去给他开门，结果门外除了老刘，还站着个跟我差不多岁数的女孩。

老刘一脸尴尬跟我介绍："这是芸柔小姐。"

我霎时脸都白了，很有种犯了滔天罪行的惊慌无措感，脑海里已经飞速想到自己等会儿被扫地出门的时候要趁机拿哪几样东西一起走了。

商先生送我的那块表是一定要带走的，还有那条祖母绿的项链，那顶帽子，那本书……

可令我意外的是，商芸柔并没有跟对敌人似的对我，客客气气地进屋里参观了一圈，和我坐下聊了起来。

"我只是好奇想来看一看。"

老刘已经完成了带路的使命，下去楼下车里待命，商芸柔喝着我给她倒的红茶，说话声音轻柔又得体，一看就是个家教良好的大小姐。

"我和商先生……不是你想的那样。"我试图解释，商芸柔无论听到什么都对我报以微笑的表情，没有任何不妥的言语，但我知道，她压根不信。

这让我有些挫败。

商芸柔聊的话题十分随意，没什么重点，突然就聊到了我的体型。

六

番外 影子——司影的自白

"你太瘦了，应该多吃点。"

我摸摸自己的脸，看了眼对方细瘦的腰肢，干笑道："也不好吃太多，吃多了……不消化。"

"能有个人陪陪爸爸，替他解解闷也挺好。"商芸柔坐了一会儿，大概十来分钟也就走了。似乎真的只是因为好奇，才来看一看的。

可我觉得事情没这么简单，有种……先礼后兵的调调。

如果商禄知道自己在外头的事被女儿发现，恼羞成怒起来，说不定就不要我了。

让商禄自己处理我。这或许才是商芸柔的目的。

这样一想，我更焦虑了。我变得更吃不下东西，身形一日日消瘦下去，下巴尖回来了，腰也细了，终于被冬日里的一场伤寒击倒，几乎要下不来床。

我浑浑噩噩地躺在床上，屋里只开了盏昏暗的小灯。忽然，我听到开门的动静。

努力想要睁开眼，身体却软绵绵的，连睁眼的力气都使不出。好不容易睁开一条缝，便感到眼前降下一片阴影，接着额头一凉，被一只大掌覆住。

外头一定很冷……我迷糊地想着，无法抑制地往那只手蹭了过去。

只是没让我蹭多久，对方便转身离开，出了房间。

我缩在被子里，缓缓睁开眼，盯着未合拢的房门看了许久，将脸又往枕头里埋了埋。

过了大约十分钟，脚步声又起，房门再次被推开。

我还没睡着，听到动静，一下睁开眼，正好看到商禄手上端着个托盘进来。

托盘里是新鲜的鸡丝粥、一杯温水，再加两粒感冒药。

商禄将托盘放到一旁床头柜上，先给了我水和药。

我靠在床头，老老实实接过，一仰头将药吞了下去。

"病多久了？怎么不和老刘说？"商禄放回水杯，端起碗，竟是一副要喂我的架势。

我有些受宠若惊，盯着那勺粥看了片刻，张开嘴吃了下去。

他也曾这样照顾过自己的妻子吗？应该是吧，他看起来很熟练。

"小毛病，不碍事的。"粥落到胃里，没有带来满足感，反而泛起一阵恶心，我强忍着，把呕吐的欲望忍了回去，"您什么时候回来的？"

商禄月初时去了国外，一去就是半个月，我以为他要更晚些回来的。

"两个小时前。"商禄垂眼注视着手里的粥碗，又舀了勺粥，送到我嘴边。

我受刑似的，嚼也不嚼将粥吞了下去。

"芸柔来找过你？"商禄问。

如遭雷劈一般，我瞬间僵直在了当场，内心惶恐不已。怪不得对方一下飞机

◆ 烧 不尽

就直奔这里，原来是兴师问罪来了？

"嗯……"我几乎颤抖地从喉头挤出一个音符。

商禄没再说什么，喂完了粥，一言不发端着托盘出去了。

我盯着他的背影，被子下按在胃部的手指一点点攥紧。

完了，一切都完了，他一定是不要我了，我要失业了……

一想到要失去现今拥有的一切，过回穷困潦倒，有今天没明天的日子，我就感觉自己的胃更痛了。它抽搐着，一会儿蜷缩成一团，一会儿又伸展到极致，仿佛要从内部将我撕裂。

再也忍不住，我冲进洗手间，抱着马桶吐得昏天暗地，吐得胃里什么也不剩，还是止不住地干呕。

商禄听到声音进来查看情况，以为我是感冒引发的呕吐，将我从地上抱起来，要送我去医院。

我用胳膊勒住他，八爪鱼一样黏在他身上，说什么也不肯下去。

商禄没办法，只好将我送回床上，又给我喂了两粒药。

"商先生……"

我握着他的手，人都已经迷糊了，也不知道自己絮絮叨叨说些什么。只记得一直在恳求，求商禄不要赶我走，不要不要我。

商禄怎么回答的，我忘了，也可能是对方根本就没有回答。

商禄一般不留宿，但那晚被我缠着，加上刚出差回来身体疲惫，竟也住了一晚。

第二日我的烧就退了，感冒症状也消得差不多，唯有厌食症状还是十分严重。

我精神好一些了，不愿坏了规矩，起来换上旗袍，戴上假发，给自己化了个妆。由于脸太白，腮红比往日都要重。

商禄与我一起用早餐，我吃得很少，吃完了，又偷偷去洗手间吐。到中午如法炮制一番，接着是晚餐……

也不知怎么了，这日商禄不仅留下了，看起来还要再过一夜。

晚上酒店用推车送上来许多菜，两个人根本吃不完，而且一人一道，不想吃都不行。

我辛苦地忍了半席，在一道花胶鲍鱼羹面前破功，胃里波涛翻涌，捂着嘴就冲进了不远处的洗手间。

我再次将胃里的食物全吐干净，吐到眼泪都出来，门外商禄也察觉不对，敲响了洗手间的门。

"开门！你怎么回事？"

我赶紧按下抽水键，哑着嗓子道："我……我没事，就是突然……突然有点肚子痛。"

番外 六

影子——司影的自白

我踉跄着扑到洗手池前漱了漱口,用毛巾小心擦去挂在下巴上的眼泪,之后才去开门。

商禄挡在门口,冷脸看着我。

"商先生,我没事的,可能是着凉了……"

商禄不等我说完,抬起我的下巴,从下往上地打量我。

"你现在多重?"

我不由自主地抓紧了旗袍两侧的布料,这是我紧张时惯有的小动作。

"不知道,很久没称了。"我斜着视线,不敢看对方。

"你在节食?"

"我没……"

"每顿饭都会吐吗?"

我垂下眼,双唇嗫嚅着,不知道要怎么说。

商禄松开我,往后退了两步,忽然发出一声笑来。这笑并非愉悦的笑,更多的是感到荒唐,饱含讥讽。

"为什么连你也……"

我一惊,抬起头来。

商禄唇角挂着冷笑,问我:"你也想死吗?"

"不是……"

"那你在做什么?我说了多少次,我没有让你做的事不要自作主张,你看看你现在的鬼样子!"商禄大声诘问,声音里染上怒气。

我突然就觉得很委屈,我会变成现在的鬼样子,还不是商禄害的?

我一把扯去头上的假发,解开胸前的盘扣,一股脑往外面冲。

商禄从后头拽住我的胳膊:"你要去哪里?"

我不说话,肢体动作渐渐激烈起来,跟条活鱼似的,急于挣脱对方的钳制。

商禄几乎要抓不住我,只好拧着眉,勒紧我的腰,攥住我一只胡乱挥舞的手腕。

两人无声地对峙了一波,我先失了力气,垂头搭脑地挂在商禄手臂上,彻底崩溃了。

"我不是故意的……我也不想……对不起对不起……我不知道自己怎么回事……身体不受我自己控制了,我很害怕……对不起……"

滚烫的眼泪自下巴滑落,砸在商禄手背上,他更紧地勒住了我。

巨大的镜子如实映照出我俩的身影,他紧紧抱住我,仿佛要将我揉进自己的身体里。

偌大的客厅走廊里,一切杂音都消失了,只余我伤心至极的抽噎。

商禄闭了闭眼,冷硬的五官一点点显露出痛楚的情绪。

"没关系。"他在我耳边,用着温柔到不可思议的嗓音道,"你只是生病了,

◆ 烧 不尽

你只是生病了……"

商禄让老刘固定每周带我去看心理医生,另外还给我请了一名专业看护常驻酒店,为我做营养餐,打营养针。

他规定我一年内必须要增加一定的重量,如果太瘦,就要解雇我。

我的所有焦虑都来自"失业"的惶恐,商禄拿这个对付我,实在是一击即中,一针见血。

厌食症是个心理过渡到生理上的疾病,通常治疗难点在于患者的不配合——患者对瘦的渴望超过了别的任何欲望,甚至产生了对进食的负罪感。

可我严格说来害怕的并不是"胖",我害怕的是被抛弃,变得一无所有。

几乎没有任何抵触,我开始积极治疗,吃营养师给我准备的一切食物,配合心理医生缓解内心压力。

也算治疗及时,我的厌食症没有进一步恶化,一点点好转起来。但其实最大的焦虑仍然在,我还是害怕,害怕自己病彻底好了,商禄迟早要抛弃我。

商禄这一年里来得很少,往往三四个月才能见到他一回。为了让我觉得自己在慢慢好起来,我变得更精心地打扮自己。

我大量地看书,培养自己的气质,甚至对着网上梅紫寻那两张照片翻来覆去地揣摩,希望能模仿出她神态的二三。

我的努力卓有成效。

如果说之前商禄只是一名挑剔又冷漠的观众,总是对扮演自己心目中"神"这一个角色的我不假辞色,低看一等,那么在我潜心修炼磨砺演技后,这种情况有了翻天覆地的变化。

当我露出那与梅紫寻一般无二的笑容时,商禄总会有一瞬间的失神,接着便会卸去所有防备与抵抗,变得特别好说话。他再也做不到对我无动于衷。

这给了我新思路。我猛然发现原来自己也可以掌握主动,也可以成为那个手握金钥匙的游戏玩家。

于是手握金钥匙的我开始思索怎样才能更好地使用它,并且在实践中一点点摸索出套路。

比如,当商禄深夜来到我的住处,脸上一片疲惫时,我会轻拍身旁的位置,让对方坐过来。

"我给您按一下头吧,对缓解疲劳有帮助。"

商禄看着我,犹豫了一会儿,最后败在我唇边浅淡的笑容下,将手中西装丢到一旁沙发上,朝我走过去。

我身上有一股淡淡的属于油画颜料的味道,是下午我故意蹭到衣服上的。我认为比起任何香水味,这样的气味会让商禄更"入戏"。

商禄仰躺在我的双腿上,缓缓闭上了眼睛。

番外 六
影子——司影的自白

我的手指轻轻按到他的太阳穴上，以一定的力度按揉起来。

"最近有什么烦心事吗？"我关心地问道。

商禄起先并没有回答，而是过了许久，久到我都以为他光速睡着了的时候，他才缓缓开口："我家的小鸟长大了，变得越来越不听话。"

我一怔，差点以为商禄什么时候真的养了只鸟，可又觉得语气不对，仔细一想，想起商家小少爷好像是叫"商牧枭"来着。

所以，枭等于猫头鹰，等于……小鸟？

"小少爷？"梅紫寻生完这个孩子就得了抑郁症，算算年纪，对方应该也有十二三岁了，正是调皮捣蛋叛逆不服管的时候。

商禄闭着眼，没有再说话。

我好不容易挑起话头，不愿意就这样结束，大着胆子继续问商禄，他和梅紫寻是怎样相识的。

商禄蹙了蹙眉，睁眼看我。

我心里也没有底，强忍着哆嗦冲他笑了笑。

商禄又闭上眼，竟然真的就回答了我："在美术馆门外认识的……"

商禄自小家贫，由祖父母带大，长大后经人介绍，参加了当时十分有名的一家影视公司组织开展的演员培训班。

他长得好，又肯下苦功夫，很得老师喜爱，因此遭到了班里其他人的嫉妒排挤。

有一次他被班里相熟的人拉去参加集体活动，到了才发现是要去看画展。所有人穿得衣冠笔挺，一副明星派头，就他邋里邋遢，T恤都洗到发白。

画展门票要五十块，那时候他没有收入，祖父母又年迈多病，连饭都吃不饱，根本不可能花五十块钱去看画展。

那些人都知道，不过是成心想看他掏不出钱的窘迫。

十八岁的商禄的确也很窘迫，难堪到甚至想再也不要去培训班，就此放弃做演员这件事。

而和所有动人的爱情故事一样，"美人"被欺凌羞辱的时候，总会出现一个救他于水火的高光人物。

在商禄的故事里，这个人物正是梅紫寻。

"那是她的画展。她早就注意到我们了，看我实在掏不出钱，便主动说要请我看展，又拉着我的手替我讲解每幅画的故事。"

商禄的人生里从来没被人这样温柔地对待。他视她如神，因为只有神才会如此完美。她一度是他的精神支柱，在他祖父母相继去世时，在他事业停滞不前时，在他压力过大时，只是听到她的声音，注视着她的笑容，就能让他重新振作起来。

然而有时候光有爱还不够。商禄红了之后越来越忙，而梅紫寻也从始至终没

♦ **烧** 不尽

有放弃自己的事业,两人聚少离多,话题少了,日渐疏远。

一路走来,诸多不易,谁也不愿就这样结束。商量过后,两人决定再要一个孩子。

这是两个人的决定,但之后无论是发病时的梅紫寻还是商禄自己,都觉得……那理应是他的过错——她抛弃家人嫁给他,他却没能照顾好她。

梅紫寻第一次尝试自杀是在商牧枭三岁的时候。她病了几年,又不愿意好好吃药,商禄一边要忙生意一边要照顾她和孩子们,有些力不从心,一个没看住,让她在他喝的牛奶里下了安眠药。

但可能是剂量没掌握好,商禄并未彻底昏睡过去,半夜醒来发现梅紫寻竟然正准备点燃一个炭盆。

那次之后,商禄将她送进了疗养院,强制她接受更专业的治疗。

本以为她会慢慢好起来,可最后还是失败了。

商禄爱她,她当然也爱商禄,但她最爱的永远是那些自己一笔一画涂出来的色彩。所以当她发现自己最爱的事物永远消失了时,她的病注定不可能再好起来。

我睫毛轻颤着,听得有些愣神。

我原本只是想听商禄和他女神相识相恋的过程,结果商禄一路说到了悲惨的大结局,都把我说蒙了,不知道是要安慰好,还是就此揭过不提好。

"你还有什么疑问吗?"商禄闭着眼缓声问。

我肩膀一缩,下意识回道:"没了……"

兴许是我技术了得,按得十分舒服,又或者是商禄的确太累了,没多会儿我感到他呼吸渐沉,叫他也没反应,竟是睡着了。

我盯着他的睡颜,没有动,任他枕着,直到后半夜对方自己醒来。

那之后,商禄来得频繁起来,几天就要来一次,每次来都会要我按摩一番,按着按着就睡着了,简直像是专找我改善睡眠的。

我日复一日地盯着他沉沉睡去的脸,一个念头由模糊到鲜明,逐渐形成。

那之后不久,我就与商禄酒后乱了情。

商禄平日里非常有分寸,不会烂喝,但偶尔的偶尔,也会有他推不了的酒。他来我这边来得勤了,应酬完了老刘会把他直接送过来。

那晚他叫着梅紫寻的名字,伸手抚摸我的脸,眼里满是迷恋。我毫无障碍应下了这个称呼,这件事便成了。

第二天醒来,我发现商禄在看我。

不知道看了多久,就那样无声地面无表情地打量我。

我睡眼惺忪地睁开眼,吓了一跳,赶忙坐起身,发现头上的假发不知道什么时候掉了。

我昨天的妆也花了,经过一夜还不晓得有多丑。

我赶忙低下头,好让商禄不要看到我的脸。

商禄见我醒了,也没有出声,一句话不说,跨下床,拿起地上衣物进了房间里的浴室。

我盯着合拢的浴室门,心里万分忐忑。不成功便成仁,问就是我也挣扎过反抗过,地上衣服碎片为证,把自己先择干净。

但令我没想到的是,商禄并未多言这场意外的结合,用过早饭照常离去,事后也没有让人来轰我出去。

就像什么也没发生过一样。

我彻底茫然了,有些不知道接下来要怎么办。

我窝在屋子里,画也无心画,看着天上一朵飘浮的白云,觉着像头大象,就用颜料画了只粉色的大象,身上还有爱心状的纹路。

我随手画的,放在那儿就没管,结果晚上商禄就来了,见到这幅画眉头立刻皱起来,一脸嫌弃。

我赶紧挡住画板,解释道:"我……我随便画的。"

商禄没有就此做什么评价,解开领带往二楼走去。

"我今晚在这里过夜。"

我愣愣地看着他,一时没反应过来。

商禄楼梯走到一半见我没跟过来,眉心蹙得更紧,声音都降了几度。

"过来。"他道。

我心头一下子敞亮了。

我加快脚步追过去,离商禄只有几步的时候,又不由自主地慢下来。我自后头缓缓靠近正在解扣子的商禄,从背后抱住他。

商禄肌肉一紧,身上硬得跟石头一样,却没有推开我。

两人的关系到这会儿算是彻底坐实,商禄至此被我从高高的观众席上拽了下来,拽进了自己一手打造的剧场里,不由自主地从一个旁观者成了参与者。

我在酒店住了几年,住到比酒店许多员工都要熟悉这栋建筑的程度。

治好厌食症后,我学会了均衡饮食,也学会了怎样更健康地管理身材。每天我都会前往酒店健身房锻炼,有时候游个泳,有时候跑个步,锻炼完了冲个澡再回房间。

那天我游完泳后,发现手机上有老刘的未接来电,我知道坏了,今天商禄要来。

我来不及冲澡,湿着头发就跑回了房间,可能是沾了水,门卡试了几次都刷不开门。就在我越来越焦躁的当口,"嘀"的一下,门锁开了,我一喜,推门而入,差点与商禄撞个满怀。

我反手关上门:"抱歉,我没看电话。"

我头上还在不停滴着水,顺着发梢滴到衣服上,甚至地上。商禄蹙着眉,不

◆ 烧不尽

由退后一步，像是怕被这水溅到。

我见他这样嫌弃，眉一挑，扑过去便将他吻住了。

商禄闻着我发间淡淡的消毒水味道，本是想推开的，但手一放到对方腰上，我便从鼻间轻轻哼出一个甜腻的鼻音，叫商禄迟迟无法进行下一个动作。

片刻后，我笑吟吟地退开。

商禄扫过被我湿了一片的衣襟，道："去把头发擦干，再换身衣服。"

我在商禄面前一向是裙装居多，没多想，很自然地以为商禄是让我换"商夫人"的衣服，于是上楼换了假发裙子。可等我穿戴整齐下楼，商禄听到动静抬头看来，对着我却隐隐皱了眉头。

这让我一下子有些忐忑，不知道自己哪里做得不好又让这位祖宗不满意了。

"怎么了？这身不好看吗？"我提了提裙摆。

商禄收回视线："算了，就这样吧。"

于是商禄就这样随随便便地把我带回了家，真正的家，当着商芸柔与商牧枭的面介绍过我后，便说要和我结婚。

我之前觉得商禄多少有点不正常，但经过这么多年的相处，早就已经习惯他的不正常。

可到那会儿我才发现，对方的不正常远超我的想象。

彼时还是个高中生的商牧枭勃然大怒，一掌拍在桌上，直言他老子是疯了。

我实在很想跳起来加入他，问一句"商禄你是不是疯了"。但我不敢。

商芸柔还算冷静，问商禄是不是一定要这么做。

商禄沉默半晌，看着她回了个"是"字，商芸柔便没再多话。

这件事虽然我是另一个当事人，可桌上完全没我说话的份儿，也不需要我的意见。

那是我这辈子做过最疯狂的事。

婚礼很私密，商牧枭没有参加，所有人只当作商禄娶了个和梅紫寻颇为相似的女人。大家看我的目光都心照不宣，带着微妙的怜悯。

他们也不算猜错，但我并不觉得自己可怜。

可怜的是商禄。

我也曾趁着情热问过商禄，为什么一定要有婚礼，商禄说，因为他欠梅紫寻一场婚礼，他想要有所弥补。

这个回答我并不意外，但我觉得这不是在弥补梅紫寻，这不过在弥补商禄自己心里的缺憾罢了。

这件事虽然疯狂到不讲道理，对我却没有多大影响，我一个名不见经传的小人物，没亲人没朋友，也不怕什么。

商禄握住我的手，轻轻咬了咬我无名指上的白金戒指，声音沙哑道："你也觉得我疯了？"

番外 六
影子——司影的自白

我哪里敢说实话,将手指插进对方指缝里,十指相扣着,摇着头否认。

商禄看了我片刻,忽然笑起来:"我忘了,这些就是你想要的。你高兴还来不及,怎么会不喜欢。"

还没等我反应过来,商禄猛地将我的手扣到床上。

我在这之后就有些心惊胆战,总觉得商禄知道当年那场酒后乱性的真相了。可苦主都没击鼓鸣冤,我这个做贼的也不好上赶着认罪,只得战战兢兢,继续伏低做小。

这些年,比我更像梅紫寻的人当然也有,甭管天然的后天的,想接近商禄,总要往这方面下手。

但那些人往往只有形没有神,充其量就是个劣质的山寨货,连赝品都不是。我牢牢扒着商禄的房门,谁敢上前就一脚将她踹到面目全非,加之商芸柔有时也会帮我赶人,我"商太太"的位置坐得倒也算稳。

直到……我遇到又一场巨大危机,堪称史上之最。

商禄的多年好友,名导宋万呈,这些年一直想要请商禄出山拍片,但一直被商禄拒绝,拒绝得多了,也不知他怎么想的,退而求其次,不要商禄拍了,转而打算改拍一部关于梅紫寻的电影。

这简直让我怀疑宋万呈是不是另有所图,不然怎会这样执着千方百计要和商禄扯上关系?

宋万呈找商禄聊电影内容的时候,我替他们送茶,正好听到一嘴。

"我知道你有你的顾虑,但你也想让大家知道紫寻身上发生了什么吧?大家可以通过这部电影关注到抑郁症,了解到它并非简单的情绪问题,这很有意义。"

我看过宋万呈的电影,商禄主演的那部《逆行风》,画面优美,剧情也很引人深思。我一直以为对方这次还是要拍爱情片,甚至各大媒体小报也是这样猜测,竟然不是。

商禄沉吟片刻,道:"那男主角的人选……"

"你要是能说动阿枭最好,他是最有资格出演男主角的人。"宋万呈言语恳切真挚,"你也想让他知道当年到底发生了什么吧?或许这次通过这部电影,他可以与紫寻和解。"

商禄冷哂一声:"他才不会,他恨死我们了。"

宋万呈微微叹了口气,我没再听下去,直起身出了门。

要商牧枭出演电影男主角的提议被毫不留情地拒绝了,父子俩为此弄得很不愉快。虽然他们本来相处也不见得愉快。

我有时候也很纳闷,商禄那么聪明的人,怎么偏偏在"当父亲"这件事上总

✦ **烧** 不尽

是磕磕绊绊？

后来商芸柔给了我答案。

她说："因为他从小就是这样过来的，没有有效的参照物，所以也不知道一个正常的父亲该是什么样的。我确定他爱我的母亲，但我不确定他是不是爱我们。可能，他自己也很迷惑吧。"

说完这话没多久，商牧枭的反击就来了。

谁弄得他不愉快，他就要弄得大家都不愉快。大过年的，他将自己那坐轮椅的情人带回了家，气得商芸柔够呛。

我还挺喜欢北芥，不觉得对方配不上商牧枭，只为人家可惜，看上这么只小疯狗。

晚上我在影音室看电影看得睡着了，睡到一半醒来，一看快到十二点，裹着块毯子跑楼上去等看烟火。

刚到一楼，就听到商禄和商牧枭的争吵声。

"你们到底为什么要生我？"

"我以为再生一个孩子她会快乐，想不到却让她更不快乐，这点上，我也很后悔。"

"所以你恨我，你觉得是我杀了她。"

"不。是我们一起杀了她。"

我脚步一顿，不确定要不要过去。

我裹着毯子，在原地等了会儿，商禄自黑暗里缓缓走来。

好似没有看到我，商禄擦过我便上了楼。我一路紧追在后，见他情绪不佳，小心翼翼从身后去牵他手，被他甩开了。

"你刚刚去了哪里？"商禄语气不善地问道。

"我在看电影，不小心睡着了。"我答。

商禄没再说话，进了主卧，将外套往床上一丢，不待我开灯便转身将我抵在了门上。

身上的毯子滑到脚边，我柔顺地迎接商禄蛮狠的吻，不做任何反抗。

吻完了，我搂住商禄脖颈，低声道："夫人的死……不是任何人的错，你们没有杀了她。"

商禄浑身僵硬了一瞬，接着便像没听到般，继续自己的攻势。

"你……你明明也不是那个意思，为什么每次都不好好说……"

商禄还是不说话。

"你就是嘴硬……"

商禄似乎忍无可忍，再次吻上我的唇，堵着我不让我再说。

父子俩的这场大战，最后还是商芸柔出面才算完。商禄没再逼迫商牧枭去演

番外 六

影子——司影的自白

男主角，商牧枭也从家里搬了出去。

电影男主角很快落到了当红小鲜肉的头上，女主角则通过海选选出，不是科班演员出身，甚至不是演艺圈的人，但那长相那气质，别说那些山寨货，就是我这尊精雕细琢的仿品，也是拍马赶不上的。

商芸柔的婚礼上，商禄一双眼都在那个女孩身上，甚至还邀她共舞。

我已经三十岁，对方却才二十岁出头，正是青春年少。我知道，自己再不做点什么，就真的要地位不保了。

那一晚上我都没与商禄说话，眼神交流都很少。年纪越大，我对商禄的吸引力越少。

晚餐过后，草地上重新奏起音乐，夜空中燃起璀璨烟火。

女孩与商禄并肩站着，一手高指天上的花火，笑面如花。两人男俊女靓，十分和谐，当真是一对璧人。

我有时候都觉得不可思议，也没见商禄怎么用心保养，怎么好像这些年只有我在变，对方完全不老的？

这还做什么生意？干脆自己代言去卖保养品，保证赚得盆满钵满。

我轻轻拨开眼前的柳树条，发现前方已经有人占了抽烟的位置。再看仔细一些，发现是宋万呈新戏的男主角。似乎是叫郑夏，长得并不像商禄，只是因为有票房号召力，这才选了他。

我走到他边上，问："有烟吗？"

"有。"他一愣，从口袋里掏出烟盒给我。

我平时不抽烟，但今天情况特殊，没来由就想抽上一口。

昏暗中，郑夏赶忙打起火递过来，我微微俯身。

我点了烟便不再理郑夏，望着喧闹的草坪开始出神。

不过是借个火的交情，我自认没做什么引人误会的动作，也没说什么暧昧的话语，对方却好像误会了什么。

郑夏突然提议道："要不要……去我车上休息一会儿？"

我斜斜看过来，有些好笑。这小子把主意打到我身上来了？

郑夏愣愣的，也跟着笑："何必为不值得的男人伤心？"

他一点点凑近我，已由暗示转为再明显不过的明示。

再近一点就要超过正常社交距离，我伸出一只手抵住他，不让他再靠近分毫。

我扬着笑："你哪只眼睛看到，我伤心了？"

郑夏也不知是被呛住了还是被问住了，呆呆地看着我，没有立即回答。

而就在这时，不远处传来第三人的声音，像从高耸雪山上刮下来的一道风，闷头钻进我和郑夏的耳道里，冷得我一激灵。

◆ 烧不尽

"你们在做什么？"

郑夏条件反射地往后退了两步，拉开与我的距离，抬头一看来人竟是商禄，脸色都变了。

"禄哥，我……刚刚……"他结巴着，冷汗都冒出来。

我一看他那样，心里更觉好笑，在树干上按熄烟头，道："伸手。"

郑夏慢一拍反应过来，伸手去接我的烟头。

"替我丢了，谢谢。"说完，我往商禄那边走去，但不等我走到，对方已经转身。

我也不叫住他，只是沉默地跟在后头，亦步亦趋。

两人沿着小道渐渐远离了热闹的人群，到了别墅后头一片黑黝黝的地带，再过去就是停车场了。

商禄在一棵榕树下站定，语气带着几分不悦："你别忘了自己的身份。"

"记着呢。"

"刚才你和郑夏在做什么？"

"哦。"我丝毫没有隐瞒的意思，"刚才那小子……好像对我有意思。"

腰间的力道一重，勒得我差点一口气没喘上来。

但我并不叫疼，反倒轻轻笑起来，边抚着商禄的侧脸，边咬他下巴边道："宋导新片这男女主角，都不是省油的灯啊。"

商禄皱眉："那女孩才二十出头，和商牧枭差不多大。"

我不予置评。

商禄不知是被我身上烟味弄的还是酒喝多了，也有些上火，将我抵在榕树上。

"以后不准再抽烟。"商禄略带嫌恶地道。

婚礼这天的事，以我俩榕树下一番谈话作为结束，之后谁也没再提。

我当然不会信商禄那套说辞。所以当两个月后我看到有消息称商禄夜探剧组密会新任"呈女郎"时，也没有太过惊讶。

呵，说不定是宋万呈半夜找他去探讨电影剧情的呢。

我其实可以当作视而不见，但我这次却选择了正面出击，以退为进。

"不然，我们离婚吧。"

商禄系领带的动作一顿，回头看向我。

我坐在窗户旁的藤椅上，因为刚起床的缘故，身上穿着一件丝质睡袍，脸上干干净净的，脂粉未施。

我端起茶杯，轻抿一口茶，继续道："我的意思是……让别人觉得我们离婚了。这样你也可以正大光明亲近自己喜欢的人，不好吗？"

商禄慢条斯理系紧领带，调整了下角度，笑道："你倒是很为我考虑。"

六 番外

影子——司影的自白

我垂下视线，目光落在手中那被晨光照射得犹如琥珀的茶汤上。

不多会儿，我的下巴被一只骨节分明的手抬起。

商禄的力道不算轻，掐得我脸都有些痛。

"怎么，你有别的打算了？"

我很想问他知不知道什么叫"倒打一耙"。

"没有。"我别开脸，道，"我只是怕这样下去，对你的声誉不好。"

商禄无声注视我片刻，旋即转身，只留下冷冷的一句话："我说过，你想走，随时可以走。"

房门一声巨响，震得我心都颤了两颤，差点握不住手里的杯子。

对方既然都这样说了，不走显得我很没有骨气。

什么都没拿，商禄走后我也出了门，去了国外。走前将衣柜里的衣服全都扔了，一件不留。我知道商禄能查到我坐的航班，但我并不是真的想让对方找不到我，所以也无所谓。

以色侍人不能长久，最牢靠的还是走心，道理我都懂，但我其实自己也没多少把握保证这招能赢。

大约过了一周，商禄打我电话，问我在哪儿。

我举着手机，躺到柔软的床铺上，目视天花板道："你不是说，我随时都可以走吗？"

手机那头寂静下来，商禄不说话了。

我无声勾了勾唇："我把那些衣服全部扔了，你应该已经发现了吧？我也不和你兜圈子，你要是不来找我，我们就到此结束，各过各的。如果你来找我，我就和你回去，但以后我只是我，不是任何人的影子，你也只能有我一个。"我报出一个地址，"我不会等你很久的，商禄。"

说罢不等对方再说什么，我就挂了电话。

我在异国他乡待了一个月，白天去河边画画，晚上就在酒店楼下的酒馆点杯黑啤，露天坐上个把小时，什么也不做，只是盯着来往的人群发呆。

有时候老板得空，也会和我聊上两句。

"你来这边留学，还是工作？旅游？"

我看他一眼，道："什么也不是，我来等人。"

"等人？"老板好奇道，"可你已经在这住了一个月了。"

我点点头："所以我再等一周，对方如果再不来，我就走了。"

"万一对方第八天来了呢？"

我想了想，道："那只能说明……我们没有缘分。"

我按照计划，又等了一周，始终没等到商禄。

看来……是失败了。

✦ 烧不尽

我苦笑着,收拾行李,打算去往下一个目的地。
反正钱还够,走一步算一步吧,大不了支个摊路边给人画画挣钱去。
扫一圈房间,见没什么落下的,我拎着行李箱准备退房。
就在这时,门铃响了。

番外七

论走近哲学对当代年轻人
性格养成的正面意义

月初开始,商牧枭正式进入休赛期,由于上一赛季取得了不错的成绩,车队教练让他适当放松一下心情,除了维持基本的体能训练,可以不用一天到晚想着提高速度这件事。

他听取了教练的建议,开始缠着我陪他玩游戏。经典塔防类游戏,我、商牧枭,加上周言毅,三个人一起。

消消乐、俄罗斯方块我尚且能玩一下,但那种对操作要求较高、需要与人正面对战的游戏,往往我连对面过来的是哪个人物都没认出来就已经惨死在对方的技能之下。

死的次数多了,就算队友不说什么,我也有些不好意思,更何况我们是五排,还有两个是随机队友。

连输几场,甚至收到了队友投诉我故意送"人头"的举报信,本来就兴趣不大,这下更是想要早早结束游戏去睡觉。

"明天还要赶飞机,再玩一把睡觉吧。"我对商牧枭说。

有了外骨骼之后,我不再惧怕异地的讲座邀约,参加圈内讨论会的次数也增加不少。这次受邀前往的"华大讲坛",是华大哲学系专家——从事中国古代哲学研究的范仲羽范教授,主理的一个面向业内人士的专业讲坛,至今已举办了六届。由于坐动车要十个小时才能到,我们选择坐飞机前往。

商牧枭看了眼时间:"这么早啊?行吧,赢了就睡。"

我本来一直玩的是辅助,商牧枭是中单,周言毅是打野,但这局一开场,随机队友之一"小小桃子酱"就锁定了辅助。一个队伍里不可能存在两个辅助,我只好选了个战士,去了更不擅长的上路。结果对面英雄专克我,开局不到一分钟就拿下了我的"人头",此后更是盯我盯得死死的,完全不给我发育的机会。

而另一边,商牧枭和桃子配合无间,在中路人挡杀人,佛挡杀佛,很快便开启了第一波团战。

✦ 烧不尽

我着急忙慌地冲过去，放了一个大招，没中，反倒被人冻住。眼看血条见空，想要回撤已经来不及，没走两步就倒在了地上，屏幕上方出现复活倒计时。

"辅助跟上！"商牧枭专心致志地盯着手机屏幕，完全沉浸在激烈的游戏里。

"周言毅你干吗呢？对面辅助丝血了，快补刀。"

"我二技能冷却时间到了，准备冲！"

系统不断播报着他的击杀次数，很快，对方五人团灭，我方顺利将一座防御塔推倒。

由于等待复活的时间太过漫长枯燥，我忍不住跳出游戏界面看起电子书来。这是一本畅销悬疑小说，我之前已经看了一个星期，正看到高能不断的尾声部分，不知不觉就有些入迷，等回过神的时候，耳边已经响起了游戏胜利的音乐。

音乐是从商牧枭手机里传出来的，他脸上带着作为胜利者的愉悦表情，握着手机伸了个懒腰，注意到我的视线，摆着手机冲我笑道："赢啦。"似乎并没有注意到我的摸鱼行为。

我回他一笑，不动声色切进游戏，系统显示上一局已经结束。

"好了，这下可以睡觉了吧？"我正要退出游戏，突然收到一条好友添加请求，是方才的辅助桃子发来的。

看着对方可爱的 Q 版头像，我没有多想，点了接受。

> 菜就不要玩。
> 没见过你这么恶心的，不仅菜还划水。
> 你是来普度众生的吗？不想杀生就别玩游戏，出家多好。
> 唐僧都没你有奉献精神，一次次给敌人送温暖。
> ……

连发十数条，完全不给我解释的机会。

就算对方说的是实话，但特地加好友来骂我，也确实让我没想到。

> 抱歉，我不是故意的。

打好文字，点击发送。

发送失败，对方将我拉黑了。

我无言以对。

算了。

轻叹一口气，我退出游戏，刚想关灯睡觉，却发现商牧枭那头不知什么时候又开了一局。

注意到我的视线，他有些心虚地笑笑道："你先睡，最后一局，打完我就睡。"

论走近哲学对当代年轻人性格养成的正面意义

"你和周言毅两个人打?"我问。

他一边游戏一边分心回我:"还有一个,刚才的辅助,叫什么桃子的。他主动加了我和周言毅好友,还邀请我们三排。上一局多亏他辅助我才拿了MVP,就当还他人情了。"

同样是加好友,一边是痛骂菜鸡,一边是邀请三排,这就是人和人之间的差距吧。

我什么也没说,躺下睡去。当中醒了一次,可能是一两点钟的时候,身后亮着手机光,商牧枭戴着无线耳机,还没有睡。

到了今天早上,他完全赖在床上起不来,好不容易起床了,早餐时一连喝了两杯特浓咖啡提神,上了飞机却仍然倒头就睡。

到这会儿我才有点生气,但并非因为他沉迷游戏。我连赛车都能支持他,又怎么可能因为他通宵玩游戏就生气?我生气完全是因为他缺乏自制力,且是在对我有承诺的前提下缺乏自制力。

虽然是件小事,但我不准备就此轻轻揭过。

飞机降落后,我一反常态地没有与他过多交流,包括眼神上的。他起初可能困蒙了,没怎么反应过来,但当我们坐上前往酒店的出租车,我放弃与他一起坐在后排,独自闷不作声地拉开副驾驶车门坐进车里后,他突然就回过味来。

同负责接洽的工作人员发去平安落地的消息,商牧枭那头的信息也紧随而来。

我惹你生气了?

我没有理会,切回与工作人员的聊天界面,和对方确认明天的行程。

商牧枭见我久久不理他,索性从后排凑上来,不依不饶地追问:"我又做错事了?"

我瞥他一眼,并没有给出答案:"坐回去,系好安全带。"

他看了我好一会儿,才不甘不愿地坐回后排,拉扯安全带的动作大到我在前面用余光都能捕捉到。

"非常抱歉……"酒店前台歉意地表示,"华大讲坛这边的负责人只订了一间无障碍房,是大床房,您看两位是一同办理入住还是另外再开一间房?"

"一间房就好。"还不等我说什么,一旁商牧枭便抢先回答。

"好的。"前台微笑着点了点头,快速为我们办理入住。

接过对方手里的房卡,看了眼楼层号,我自顾自地往电梯口走去,商牧枭拖着行李跟在后头,急走两步追上我,试探地问:"你怎么都不等我?"

我目不斜视,并不看他。

✦ 烧 不尽

"还在生气？"

按下电梯键，盯着显示屏上不断倒数的数字，仿佛完全将他屏蔽了，我既不看他，更不搭理他。

电梯口陆陆续续又来了四五个人，聚在我们身后。不少人往我这边投来好奇的目光，小心或者大胆地打量着我腰间的外骨骼。

我已经十分习惯这样的打量，并不觉得有什么，但商牧枭显然不太喜欢。他往我身边靠了靠，挡住了大部分视线，随后回头瞪向斜后方一名戴眼镜的西装男。

"没人教过你一直盯着别人看很不礼貌吗？"

对方被他吓了一跳，下意识地放下了原本举到前胸的手机。

这样的行为，实在有些此地无银三百两，商牧枭眉头骤然蹙起，松开行李箱，两步到男人面前，一把夺过了对方的手机。

"你、你做什么？！"男人脸色巨变，忙要抢回自己的手机，却被商牧枭一手抵着前胸不得近身。

商牧枭飞速划拉着手机屏幕："我做什么？"屏幕的白光显得他唇角的笑格外森冷，他停下动作，将手机屏幕怼到男人面前，"我还没问你在做什么呢！光天化日的搞偷拍，你是变态吗？"

男人苍白着脸色，难堪地看了眼四周。商牧枭声势浩大，没有一点想要低调处理的意思，整个电梯口的人都看向了这边。

"我……不是……你误会了……"男人慌忙解释，短时间内额上渗出薄薄冷汗。

我怕商牧枭和人动手，忙上前抓住他胳膊，挤进他和男人之间，将他们隔开。

"乖，先松手。"

商牧枭不太情愿的样子，目光冷冽地瞪了我身后的男人一眼，看向我时，眼神又奇异地快速柔和下来。

"他偷拍你。"他将手机拿给我看，言语里莫名带着一些邀功的意味。

男人的手机里，静静躺着一张我的侧脸照。非常清晰，只拍了我一个人，就连在我身旁的商牧枭都没带上，无可争辩的偷拍行为。

我接过手机，将照片删除，随后将手机还给了男人。

"收起来吧。"

"我是……我不是故意的，我是看您比较面熟才……"男人涨红了脸，从口袋里掏出自己的名片给我，"这是我的名片，我是明天参加华大讲坛的编辑陶冶，我真的不是变态。"

我接过名片看了看，对方是《自然哲学》杂志的栏目编辑。这本杂志在业内也算小有名气，加上对方只是拍了我的侧脸，并没有拍什么奇怪的地方，可能真是看我眼熟，想要跟朋友确认下我的身份吧。

我点点头："一场误会，我替我朋友向你道歉。"

论走近哲学对当代年轻人性格养成的正面意义

"没有没有，是我不好。"陶冶连连摆手。

既然是误会，解释清楚就好，恰巧此时两部电梯同时到达，我与商牧枭上了其中一部，陶冶识相地去了另一部。

电梯里人有点多，商牧枭背对着人群，将我护在角落。

我抬头与他对视，他脸色有点臭，不知是因为陶冶，还是因为电梯里的拥挤。

见我看他，他垂眼注视我片刻，不似以往那般露出灿烂笑容，反倒移开了视线，竟也像是生气了。

等到了我们的楼层，电梯里已经不剩什么人，商牧枭走向门口，却没有出去，而是按着电梯开门键，示意我先走。

使用外骨骼行走的步速，并不如正常人的行走步速快，所以每次只要我和他坐电梯，他都会替我按住开门键，让我先走，平时也会迁就我的步速。

明明可以跑着前进，他却选择同我慢慢走。

突然，就没那么生气了。

行李一路拖行过厚实的地毯，进到宽敞的酒店房间，我正要跟商牧枭好好说说昨晚的问题，他却先一步开口了。

"你干吗跟那个人道歉？偷拍还有理了？该道歉的是他才对。"他放下行李，双手交叉靠着墙壁，一副要好好跟我掰扯清楚的模样。

"他没有恶意……"我脱下外套，挂到衣橱里。

"那你也不应该道歉。你道歉是因为觉得我做错了，但这件事上我并没有做错什么。"

因为已经决定要结束短暂的冷战与他和好，我回答得格外有耐心。

"我向他道歉，是因为你在还没有查明真相前就草率地认定他是'变态'。这个词非常严重，你应该谨慎地使用。"

随着网络的发达，现代社会想要给某个人贴上标签实在是再容易不过的一件事，正面标签还好说，可若是负面标签，想要摘下来就并非那样简单。扒皮剥肉，或许都有人嫌腥臭。

他轻抿着唇，虽然看着仍然不太服气，但没有再说什么。

"至于我为什么生你的气，我想只要你认真地回顾一下自己昨晚的行为，就不难理解我为什么生气。"我在床上坐下，开始脱自己的外骨骼。

他应该是有认真地在想，渐渐的姿势就从双手交叉环胸，到放下手站直身体，再到摸着脖子忐忑地往我这边走来。

"你要是不喜欢我打游戏，我以后都不打了。"他走到我面前，经过一番检索，已经大致有了"罪魁祸首就是游戏"的初步结论。

我摇摇头："我生气的不是你打游戏。"牵起他的手，摩挲他骨节分明的手指，我仰头道，"我只是不喜欢你不遵守对我的承诺。"

他怔了怔，显然没想到症结在此。

"但我现在觉得我也有不对的地方,我应该当时就告诉你我的感受,而不是一直憋着,酝酿情绪。"

成熟的大人不该默默生气,我明明知道其中的道理,却每每在面对商牧枭时,总会变成连自己都感到陌生的"幼稚的大人"。

"不,你是对的。"商牧枭十分自然地跪坐在我的脚边,握着我的手轻轻覆上自己的侧脸,从下往上地看我,可怜兮兮的,就像只祈求怜爱的小狗,"我就知道,你从来不会无缘无故生我的气,所以肯定是我哪里做错了你才会不理我。对不起,我以后不会再那样了。答应你的事,无论如何我都会做到。"

本来我就不打算再继续生他的气了,这会儿他道歉了,我更是没有不接受的道理。

"那就下不为例。"

揉了揉他眼下因为睡眠不足熬出来的青黑,我提议道:"离晚饭还有点时间,你把外套脱了,上床歇会儿吧。"

将遮光窗帘拉上,屋里只留床头一盏阅读灯。幽暗的光线下,商牧枭挨着我很快沉沉睡去,而我在看了会儿电子书后,也困意上涌,倚着床头不知不觉闭上了眼。

华大讲坛在酒店会议厅召开,对于非哲学专业人士,内容相对枯燥艰涩,不甚友好,所以我没让商牧枭陪我一起去,而是让他留在房里等我。

"我可以玩游戏吗?"他叉着腿,穿着条纹睡衣,乖巧地坐在一张长方形的脚凳上。胳膊伸直了撑在前方,头发因为没有打理显得有些杂乱,阳光从窗户洒进来,落在他半边身体上,将他衬得格外干净清爽,分明是二十多岁的人了,却仍像个十七八岁的少年。

容貌方面,老天爷实在是厚待他。

"当然。"忍不住摸了摸他的脑袋,将他一头蓬松的头发揉得更乱,"你可以玩到我回来,然后我们一起出去吃饭。"

他笑了笑,从头顶拿下我的手,放在唇边轻轻吻了吻,道:"好啊。"

华大讲坛进行了一个下午,各学派的大佬轮番上台演讲,发表自己的最新研究成果,有对既有哲学理论的探索,也有一些新的需要不断完善的东西,让我越发觉得哲学世界卧虎藏龙,而自己只是沧海一粟,要学习的地方还有很多很多。

散会后,我与几位相熟的教授交谈着往外走时,被一个身影拦住了去路。

陶冶紧张得说话都结巴:"那个……我能不能单独和您说两句话?"他对我道。

那几位教授对视一眼,其中一位率先道:"那你们聊,我们先走了。"

我们来到走廊另一边相对僻静的角落。

"请问找我有什么事?"我开口询问。

陶冶一言不发,先对我来了个九十度的鞠躬。

论走近哲学对当代年轻人性格养成的正面意义

我吓了一跳，连忙扶起他。

"陶编辑，这是做什么？"

"昨天真是太失礼了。"他一个劲儿地道歉，"我就说我看您眼熟，我以前拜读过您的作品，作者简介那儿有幅您的肖像，但就跟证件照似的，小小的，我当时没太在意，好几年前的事了，也忘得差不多了。昨天在电梯口遇见您，我一时也想不起来在哪儿见过您，就想拍张您的照片让同事认认，没想到闹了那么大的乌龙，是我思虑不周，在这里郑重向您道歉。"

那确实就是张证件照，出版编辑问我要照片时，我手边现成的只有证件照，就给他了，然后它就出现在了我的书籍的勒口上。

陶冶道完歉，可能还觉得差点意思，表示要请我和商牧枭吃饭赔罪。我觉得实在不至于，就以晚上有约为由婉拒了。

他见请客不成，便执意留下我的联系方式，说有机会下次一定要补上。

同一个圈子的，互加好友再正常不过，我没怎么犹豫就掏出手机。之后，我们一同来到电梯口，坐上同一部电梯，前往各自的楼层。

还没走到房门口，陶冶就来了信息。

其实我仰慕北教授您的学术风采已久，我们杂志最近在搞一个新栏目，不知有没有荣幸邀请您成为我们的专栏作者？

我就说这殷勤得有点过分了，原来是在这儿等着我呢。

我：开学的话我可能就没有很多时间了。

陶：没关系，我们可以采取隔月发表的形式，每篇稿件只需要三四千字就够了，稿费绝对给您业内最高的。我们真的很有诚意，希望您能给我们一个机会！

想了想，三四千字，隔月发表的话，应该没问题。

那您再跟我详细说说吧。

"我玩辅助贼溜的，有我在，只要不是菜鸡，队友就死不了。"

一推开房门，便听到通过电子设备传出的伴着游戏音的稚嫩男声。听着年纪很轻，至多二十岁的样子。

我见商牧枭开了麦，怕影响他游戏，便没有出声叫他。

他听到动静看过来，也没关麦，直接道："我刚还在想你什么时候结束呢，你先歇一会儿，等我这局打完我们就去吃饭。"

烧不尽

"不急。"我拧开桌上一瓶矿泉水,边喝边往他走去。

"这么早就吃饭啦?别啊,再玩两局,好不容易放暑假的。"手机里,那个稚嫩男有气无力地拖着声音。

"不了,你找别人去玩吧。"

"小屁孩懂什么,人家要陪对象的,哪跟你一样,就知道玩游戏。"周言毅的声音从手机里传出。

"路人很容易遇到菜鸡啊,就像昨天那个亚瑟。"男声略有些嫌弃道,"不停送人头就算了,到后面干脆站在泉水那里不动了。我最讨厌这种又菜又划水的人了,打完就加好友把那个人骂了一顿。可惜不能骂脏话,不然我一定要问候一下对方全家。"

商牧枭突兀地停下动作,周言毅也不再说话。

现在我已经可以确定,这个说话的年轻男孩,就是昨天和我们一起玩游戏那个桃子酱了。

"小朋友你很暴躁啊,"另一个似乎是随机队友的女生开口,"谁都是从菜鸡过来的嘛……咦?法师你干站在那里干吗?快躲啊,对面来打你了!"

商牧枭在队友的连番召唤下确实是动了,却不是动的手。他看向我,脸色冰冷,语气很沉:"他昨天骂你了?"

可能嫌吵,他直接关了语音,而他的英雄因为他的放任,也死回了老家。

我轻咳一声,又喝了口水:"也不算骂吧,他说的都是实话。"虽然难听了一些。

商牧枭低骂了一声,盯着手机屏幕十分挣扎。

"做什么呢?"

"在想要不要直接退出,但这局是周言毅的晋级赛,直接退有点对不起他。"

我笑了:"不至于,我难道还能跟个孩子生气吗?有点体育竞技精神,'一旦参赛,就算明知赢不了也必须全力以赴完成比赛,这是对自己,也是对对手的尊重',这还是你告诉我的。"

商牧枭蹙眉盯着自己的手机:"你说得对,我没必要为了他放弃比赛。讨厌的东西不会因为我看不见它就消失,存在就是存在,存在即合理,对我来说他是垃圾,但五人游戏中,他的存在是必要的。"

万万没想到,一局游戏还能引发他的哲学理论实践化。

死亡倒数结束后,他沉默着重新操作人物冲向了混战的中路,并没有退出游戏。不过可能是心态发生了变化,与辅助的默契骤减,商牧枭宁可推兵线也不救被敌方英雄锤得满场跑的辅助,致使辅助发育不起来。就算他一个人走位风骚,操作超神,也足足打了二十分钟才艰难地推掉敌方水晶。

等回到游戏房间,商牧枭重新打开了语音,果不其然,桃子已经在那儿骂街了。

番外 七 论走近哲学对当代年轻人性格养成的正面意义

"搞什么啊，会不会玩？你是我'奶妈'，你不保护我你去救坦克？我被20杀，整整20杀！我从玩游戏到现在就没死这么多次过！"男孩气得不轻，"你们是不是有病啊？发什么神……"

商牧枭不等他说完，直接退出了房间，行云流水般地找出对方的ID，将其拉黑处理。

做完这一套动作，他好像犹不解恨，想了会儿，找出刚才那局的比赛记录，点击"小小桃子酱"的ID，选择了举报。

我："……"

"让他知道社会的险恶。"他冷笑一声，收起手机。

我们找了家当地的特色餐馆吃完饭，回到酒店洗好澡后，商牧枭躺到床上，与周言毅再次玩起游戏。而我则坐在书桌前打开了笔记本电脑。

"你不知道，你突然退出房间还把他拉黑，他骂了你好久。"周言毅语气颇为幸灾乐祸，"我在旁边煽风点火，不时附和两句，等他骂得差不多了，反手就是一个拉黑。哈哈哈，他肯定气疯了。"

"北教授可是我自己连句重话都舍不得说的人，是他能随便骂的？"商牧枭这话说得极其自然，一点不好意思的样子都没有，并且从他的神情中可以看出，他是认真的。

周言毅嫌弃道："闭嘴吧，让我饿两天，别喂了。"

好笑地摇了摇头，我敲下标题，打下文章的标题和第一行字。

《论走近哲学对当代年轻人性格养成的正面意义》
学习哲学，可使人豁达平和，开阔眼界，学以致用……

（全文完）

图书在版编目（CIP）数据

烧不尽 / 回南雀著. — 广州：广东旅游出版社，2022.3

ISBN 978-7-5570-2326-3

Ⅰ.①烧… Ⅱ.①回… Ⅲ.①长篇小说－中国－当代 Ⅳ.①I247.5

中国版本图书馆CIP数据核字(2022)第017309号

出 版 人：刘志松
总 策 划：刘运东
责任编辑：林伊晴
责任校对：李瑞苑
责任技编：冼志良
出版监制：王兰颖
特约编辑：杜天梦　夏君仪
封面设计：

烧不尽
SHAO BU JIN

广东旅游出版社出版发行

（广东省广州市荔湾区沙面北街71号首、二层 邮编：510130）

联系电话：020-87347732

天津鑫旭阳印刷有限公司

（地址：天津宝坻经济开发区宝中道北侧5号2-3号厂房）

联系电话：022-22458633

680毫米×970毫米　16开　23.5印张　470千字

2022年3月第1版第1次印刷

定价：49.80元

本书如有错页、倒装等质量问题，请直接与印刷厂联系换书。